KB012516

Fairy tale

1

FAIRY TALE
by Stephen King

Copyright © Stephen King 2022
All rights reserved.

Korean translation edition is published by arrangement with
Stephen King c/o The Lotts Agency, Ltd. through Danny Hong Agency.

Korean Translation Copyright © Minumin 2023

이 책의 한국어판 저작권은 대니홍 에이전시를 통해
The Lotts Agency, Ltd.와 독점 계약한 ㈜민음인에 있습니다.

저작권법에 의해 한국 내에서 보호를 받는 저작물이므로
무단 전재와 무단 복제를 금합니다.

RIEN QU'UNE FOIS by Keen'V / Zonee.L / Matthieu Evain / Fabrice Vanvert
© 2015 by YP / RECORD TWO
Reprinted by kind permission of KEEN'V, YP and RECORD TWO.

페어리 테일 1

fairy tale

스티븐 킹   이은선 옮김

황금가지

Stephen King

REH와 ERB 그리고
두말하면 잔소리지만 HPL을 추억하며
"그리고 항상 양심을 나침반 삼으려무나."

— 푸른 요정 (『피노키오의 모험』에서 피노키오를 사람으로 만들어 주는 요정 — 옮긴이)

차례

1장.
빌어먹을 다리. 기적. 하울링.

1

내게는 이 이야기를 글로 쓸 수 있겠다는 확신이 있다. 그리고 아무도 믿지 않을 거라는 확신도 있다. 상관없다. 문제가 있다면(나 같은 초짜뿐 아니라 수많은 작가들이 같은 문제로 골머리를 앓겠지만) 어디에서부터 이야기를 시작하면 좋을지 모르겠다는 것이다.

모험이 시작된 곳인 창고를 출발점으로 삼을까 싶었지만 보디치 씨에 대해 먼저 소개해야겠다는 생각이 들었다. 우리가 어쩌다 가까운 사이가 되었는지에 대해서 말이다. 아빠에게 벌어진 기적이 없었다면 우리 둘이 친해질 일은 절대 없었을 것이다. 그건 1935년(익명의 알코올중독자 'AA'라는 자조 단체가 설립된 해다 — 옮긴이)부터 수많은 남자와 여자 들에게 벌어진 아주 평범한 기적이라고 볼 수도 있겠지만, 어린아이에게는 진짜 기적 같은 일이었다.

하지만 거기도 올바른 출발점은 아니다. 그 빌어먹을 다리만 아니었다면 아빠에게 기적은 필요 없었을 테니까. 그러니까 거기에서부터 이야기를 시작해야겠다, 그 빌어먹을 시카모어 다리에서부터. 이제 와 그때를 돌이켜 보니 몇 년 동안이나 보디치 씨와 연결된 실이, 금방이라도 무너질 것 같던 그의 빅토리아식 주택 뒤편에 있었던 자물쇠 달린 창고와 연결된 실이 선명하게 보인다.

하지만 실은 쉽게 끊어질 수 있다. 그러니까 실이 아니라 사슬이라고 해야겠다. 그것도 튼튼한 사슬. 그리고 나는 손목에 쇠고랑이 채워진 어린아이였다.

2

리틀 럼플 강은 (동네 주민들은 센트리라고 부르는) 센트리스 레스트의 북쪽 끝을 관통하는데, 내가 태어난 1996년까지만 해도 나무다리가 놓여 있었다. 그해 고속도로 교통국에서 파견된 조사단은 그 다리를 진단한 뒤 부적격 판정을 내렸다. 아빠는 센트리 이쪽에 사는 사람들은 1982년부터 그렇다는 것을 알고 있었다고 말했다. 다리 기둥에 적힌 바로는 설계 하중이 약 4.5톤이었지만, 이 도시 주민들 대부분은 트럭에 짐을 잔뜩 싣고 길을 나서는 날이면 다리가 아니라 성가시게 돌아가야 하고 시간도 많이 걸리는 고속도로 연장선을 선택했다. 아빠 말로는 승용차를 타고 지나갈 때도 널빤지가 흔들리고 떨리고 덜커덩거리는 것이 느껴졌다고 했다. 조사단이 판단한 대로 위험했던 건 맞았지만 아이러니가 있다. 그 나무 다리가 강철 다리로 교체되지 않았다면 엄마는 아직까지 살아 있었을지 모른다는 것.

리틀 럼플은 정말 조그만 강이라 새 다리를 건축하는 데 그리 오랜 시간이 걸리지 않았다. 나무 다리가 철거되고 1997년 4월에 새

다리가 개통됐다.

"시장이 리본을 자르고 커글린 신부님이 그 빌어먹을 다리에 대고 축복을 빌었지. 그걸로 끝이었어."

어느 날 밤, 아빠가 말했다. 많이 취한 상태였다.

"하지만 우리한테는 별로 축복이 아니었지. 안 그러냐, 찰리야?"

다리의 정식 명칭은 베트남에서 전사한 이 도시 출신 영웅 이름을 따서 프랭크 엘스워스였지만 동네 사람들은 그냥 시카모어 다리라고 불렀다. 시카모어가(街)는 매끈한 포장도로였지만, 약 40미터에 달하는 교량 바닥은 스틸그레이팅(배수로 등에 사용되는 강철로 만든 격자 형태의 건축 자재 ―옮긴이)라 승용차가 그 위로 지나가면 웅웅거렸고 트럭이 지나가면 덜커덩거렸다. 설계 하중이 약 27톤이었으니 이제는 트럭도 그 다리를 이용할 수 있었다. 짐을 실은 세미트레일러는 그 정도로 부족했겠지만 장거리 트럭은 어차피 시카모어 다리를 지나다니지 않았다.

교량 바닥을 포장하고 최소한 한쪽만이라도 인도를 설치하자는 얘기가 해마다 시의회에서 거론됐지만 좀 더 시급하게 예산을 배정해야 하는 곳이 항상 있었던 모양이었다. 인도를 설치했다 한들 엄마가 목숨을 부지했을 것 같지는 않지만 도로를 포장했다면 어쩌면 가능성이 있었을지 모른다. 알 길은 없지만.

빌어먹을 다리 같으니라고.

3

우리는 다리에서 400미터 거리에 있는 길쭉한 시카모어 언덕의

중간쯤에서 살았다. 우리 집에서 다리를 건너면 지프 마트라는 조그
만 주유소 겸 편의점이 있었다. 그 편의점에서는 엔진 오일에서부터
원더 브레드와 리틀 데비 케이크까지 평범한 물건들은 물론, 사장인
일리아즈 씨(동네에서는 지피 씨라고 불렸다)가 튀긴 치킨을 팔았다. 유
리창에 걸린 팻말 그대로였다. **아메리카 넘버원.** 그게 얼마나 맛있었
는지 아직까지도 기억이 나지만 엄마가 세상을 떠난 이후에는 단 한
조각도 먹은 적이 없었다. 먹으려고 했다가는 다 게워 냈을 것이다.

2003년 11월의 어느 토요일(시의회에서는 다리를 포장하는 문제에 대해
또다시 논의했고, 또다시 내년으로 미루자고 했다)에 엄마는 지피에 가서 저
녁에 먹을 치킨을 사 오겠다고 했다. 아빠와 나는 대학 미식축구 중
계를 보고 있었다.

"차 타고 가. 비 올 거라던데."

아빠가 말했다.

"운동 좀 하려고. 하지만 빨간 두건이 입었을 것 같은 비옷을 입고
갈게."

엄마가 말했다.

마지막으로 보았을 때 엄마가 입고 있던 옷이 그거였다. 그때는
아직 비가 오지 않았기 때문에 모자를 쓰지 않아 머리칼이 어깨 위
로 쏟아지고 있었다. 나는 7살이었고 엄마의 빨간 머리가 세상에서
제일 예쁘다고 생각했다. 엄마는 창문 앞에서 자기를 쳐다보는 나를
보고 손을 흔들었다. 나는 마주 손을 흔들어 준 다음 루이지애나주
립대가 공격 중인 텔레비전으로 관심을 돌렸다. 엄마를 좀 더 오래
보고 있었더라면 좋았겠지만 자책하지는 않는다. 인간은 인생의 함
정이 어디 숨어 있는지 알 수 없지 않은가.

내 잘못도 아니었고 아빠 잘못도 아니었지만 아빠는 자책했다. *내가 무거운 궁둥이를 움직여서 그 망할 가게까지 태워다 줬으면 됐을 텐데.* 어쩌면 그 배관업체 트럭을 몰았던 운전사의 잘못도 아니었을지 모른다. 경찰은 음주 운전이 아니었다고 했다. 기사도 시속 40km라는 주택가 규정 속도를 준수했다고 맹세했다. 아빠는 그게 사실이라고 해도 운전사가 잠깐이나마 도로에서 눈을 뗀 게 분명하다고 했다. 어쩌면 아빠의 생각이 맞을지도 모른다. 아빠는 보험 손해사정사였고, 지금까지 들은 사건 중에서 100퍼센트 사고라고 할 수 있는 것은 애리조나에서 유성에 머리를 맞아 죽었다는 남자밖에 없었다고 말한 적이 있다.

"항상 누군가 잘못한 사람이 있기 마련이야. 그렇다고 반드시 욕을 먹어도 싼 건 아니지만."

"엄마를 친 사람을 욕하고 싶으세요?"

아빠는 곰곰이 생각하다가 잔을 들어서 마셨다. 엄마가 세상을 떠나고 6개월인가 8개월 뒤였는데, 그즈음에 아빠는 맥주를 거의 포기하고 철저하게 길비스(진과 보드카를 생산하는 브랜드 ─ 옮긴이) 파로 돌아섰다.

"그러지 않으려고 노력하는 편이지. 대개는 잘 되는데 새벽 2시에 자다 깨서 옆에 아무도 없으면 그 남자를 욕하게 돼."

4

엄마는 언덕을 걸어 내려갔다. 인도가 끝나는 곳에 표지판이 있었다. 엄마는 표지판을 지나 다리를 건넜다. 날이 점점 어두워지고 보슬비가 내리기 시작했다. 가게에 들어가자 이리나 일리아즈(당연히 지피 부인이라고 불렸다)가 3분, 길어도 5분 있으면 치킨이 나온다고 했다. 우리 집에서 멀지 않은 파인가(街)의 어딘가에서는 그 토요일의 마지막 작업을 방금 끝마친 배관공이 소형 트럭 뒤에 공구 상자를 싣고 있었다.

뜨겁고 바삭하고 노란 치킨이 나왔다. 지피 부인은 여덟 조각을 상자에 담고, 가면서 먹으라고 날개를 하나 덤으로 줬다. 엄마는 고맙다고 인사하고 결제한 뒤에 잡지 코너 앞에서 걸음을 멈췄다. 그러지 않았다면 다리를 무사히 건넜을 수도 있었다. 아무도 모를 일이다. 엄마가 「피플」 최신호를 살피는 동안 배관공의 트럭이 시카모어가로 접어들어 1.5킬로미터 길이의 언덕을 내려오기 시작했을 것이다.

엄마는 잡지를 내려 둔 뒤, 문을 열고 어깨 너머로 지피 부인에게 말했다.

"안녕히 계세요."

엄마가 나중에 달려오는 트럭을 보고 비명을 질렀을 수도 있고, 그때 엄마가 무슨 생각을 했을지는 아무도 알 길이 없겠지만, 어쨌든 그게 엄마가 마지막으로 한 말이었다. 엄마는 밖으로 나갔다. 차가운 비가 꾸준히 내려 지프 마트 주변 도로에 하나 있는 가로등 불빛에 은색 빛줄기가 비쳤다.

엄마는 치킨 날개를 먹으며 강철 바닥이 깔린 다리로 발을 내디뎠다. 전조등이 비치며 뒤로 그림자가 길게 늘어졌다. 배관공이 다리 저편에 달린 표지판을 지나쳤다. **'전방 다리 위 빙판 주의!'**라고 적힌 표지판이었다. 그가 백미러를 보고 있었을까? 문자를 확인하고 있었을까? 배관공은 아니라고 했지만 나는 그날 저녁에 있었던 일을 생각할 때마다 자기가 들은 사건 중에서 100퍼센트 사고라 할 수 있는 것은 애리조나에서 유성에 머리를 맞아 죽었다는 남자밖에 없었다고 했던 아빠의 말이 떠오른다.

공간은 충분했다. 철제 다리는 그전의 나무다리보다 상당히 넓었다. 문제는 스틸그레이팅이었다. 운전자는 다리를 반쯤 건넌 엄마를 보고 브레이크를 밟았다. 과속해서 그런 게 아니라 순전히 본능적인 반응이었다(그의 말에 따르면 그랬다). 강철 표면이 얼어붙고 있었다. 소형 트럭은 옆으로 돌면서 쭉 미끄러졌다. 엄마는 치킨을 떨어뜨리며 난간 쪽으로 몸을 움츠렸다. 그렇게 좀 더 방향을 튼 소형 트럭에 치이는 바람에 엄마는 난간을 따라 팽이처럼 빙글빙글 돌았다. 죽음의 스핀을 도는 동안 뜯겨 나갔을 엄마의 몸을 되도록 상상하고 싶지 않지만, 가끔은 그걸 막을 수가 없다. 내가 아는 게 있다면 결국에는 엄마가 소형 트럭의 범퍼에 떠밀려 지프 마트가 있는 쪽 다리 받침대를 들이받았다는 것이다. 엄마의 일부분은 리틀 럼플로 떨어졌다. 대부분은 다리 위에 남았다.

나는 가족 사진을 지갑에 넣어 다닌다. 3살 때쯤 찍은 사진이다. 엄마가 나를 허리춤에 안고 있다. 내 한쪽 손이 엄마의 머리칼 속에 묻혀 있다. 엄마는 머리칼이 예뻤다.

5

그해 크리스마스는 개떡 같았다. 그보다 개떡 같을 수가 없었다.

장례식 이후에 열린 다과회가 생각난다. 장소는 우리 집이었다. 아빠가 문상을 받다가 어느 순간 사라졌다. 나는 아빠와 형제지간인

밥 삼촌에게 아빠가 어디 갔는지 물었다.

"누우러 갔어. 기운이 하나도 없어서. 찰리, 나가서 놀지 그러니?"

평생 그렇게 놀고 싶은 생각이 들지 않았던 적은 처음이지만 그래도 밖으로 나갔다. 담배를 피우러 나온 어른들 옆을 지나가는데, 그중 한 사람이 말하는 게 들렸다. *딱한 사람, 아주 인사불성으로 취했더라고.* 엄마 때문에 슬퍼서 정신이 없을 때였지만 그 어른들이 누구 얘기를 하는 건지 알 수 있었다.

엄마가 세상을 떠나기 전까지만 해도 아빠는 이른바 '애주가'였다. 내가 2학년짜리 꼬맹이에 불과했다는 점을 감안해야겠지만 그래도 입장을 바꾸지는 않겠다. 아빠가 혀 꼬부라진 소리로 말하는 걸 들은 적은 없었다. 아빠는 비틀거리며 집 안을 돌아다니거나 술집을 드나들거나 나나 엄마에게 손찌검을 한 적도 없었다. 아빠가 서류 가방을 들고 퇴근하면 엄마가 술을 한 잔 건넸다. 대개는 마티니였고 엄마도 같이 마셨다. 날이 저물면 아빠는 우리와 텔레비전을 보면서 맥주를 두어 캔 마셨다. 그게 다였다.

그랬던 게 그 빌어먹을 다리 때문에 달라졌다. 아빠는 장례식 이후에 (인사불성으로) 취할 때까지 술을 마셨고, 크리스마스 때도, 12월 31일(나중에 알고 보니 아빠 같은 사람들은 이날을 아마추어의 밤이라고 불렀다)에도 취할 때까지 술을 마셨다. 엄마를 떠나보낸 뒤로 몇 주, 몇 달 동안 거의 항상 취할 때까지 술을 마셨다. 대개는 집에서 그랬다. 여전히 밤에 술집을 찾지는 않았고(아빠가 예전에 얘기한 바로는 '나 같은 쓰레기들이 너무 많기 때문'이었다) 손찌검을 하지도 않았지만 조절이 되지 않는 수준으로 술을 마셨다. 이제 생각해 보니 그때 그랬다는 걸 알겠지만 그 당시에는 그냥 받아들였다. 애들이 원래 그런다. 개들도 그렇고.

나는 처음에는 일주일에 두 번씩 아침을 혼자 차려 먹었지만, 그 횟수가 네 번을 거쳐 거의 매일이 됐다. 부엌에서 알파 비츠나 애플 잭스 시리얼을 먹고 있으면 방에서 아빠가 코를 고는 소리가 들렸다. 커다란 모터보트 지나가는 소리 비슷했다. 가끔 면도를 깜빡하고 출근할 때도 있었다. 저녁 식사를 마치면(포장해 온 음식을 먹는 횟수가 점점 늘었다) 나는 아빠 차 열쇠를 숨겼다. 술이 모자라면 지피까지 걸어가서 사 올 수 있었다. 가끔 아빠도 그 빌어먹을 다리에서 차에 치이는 건 아닌지 걱정될 때도 있었지만 그렇게 크게 걱정하지는 않았다. 나는 부모님이 양쪽 다 같은 장소에서 비명횡사할 리는 없다고 (제법) 확신했다. 아빠가 보험회사 직원이라 나도 보험계리표가 뭔지 알았다. 확률 계산이었다.

아빠는 일을 잘해서 술 문제가 있었는데도 직장에서 3년 넘게 어찌어찌 넘어갔다. 회사에서 경고를 받았을까? 모르겠지만 아마 그랬을 것이다. 오후에 술을 마신 이후로 운전을 이상하게 한다고 교통경찰에게 붙잡힌 적이 있었을까? 그런 적이 있었다 한들 경고로 끝났을 것이다. 이 도시에 아빠가 모르는 경찰은 없었으니까. 아빠가 하는 일이 경찰을 상대하는 것이기도 했다.

그 3년 동안 일상에 리듬이 생겼다. 맞춰서 춤을 추고 싶어지는 신나는 리듬은 아니었지만 그래도 기댈 언덕이 되어 주었다. 나는 3시쯤 학교에서 돌아왔다. 아빠는 5시쯤 술을 몇 잔 걸치고 입에서 술 냄새를 풍기며 퇴근했다(여전히 밤에 술집을 찾지는 않았지만 나중에 알고 보니 퇴근길에 더피스 터번을 제집처럼 드나들었다고 했다). 주로 피자나 타코나 조이펀에서 포장한 중국 음식을 들고 왔다. 아빠가 가끔 포장을 깜빡하면 배달을 시켰는데…… 그건 주로 내가 맡았다. 저녁 식사가 끝나면 본격적인 음주가 시작됐다. 대개는 진이었다. 진이 없으면 다른 걸 마셨다. 아빠가 텔레비전 앞에서 잠드는 날도 있었다. 또 어떤 날은 방으로 비틀비틀 들어가 쓰러졌다. 그러면 구두와 꾸깃꾸깃한 양복을 정리하는 건 내 차지였다. 어쩌다 한 번씩 자다 일어나면 아빠가 우는 소리가 들렸다. 한밤중에 그런 소리가 들리면 정말 섬뜩했다.

2006년에 모든 게 무너졌다. 여름방학이었다. 나는 오전 10시에 열린 리틀 야구단 경기에서 홈런을 2개 치고 어마어마한 공을 하나 잡았다. 정오 직후에 집으로 돌아가 보니 아빠가 벌써 의자에 앉아서 텔레비전을 물끄러미 보고 있었다. 텔레비전에서는 왕년의 영화계 스타들이 어떤 성의 계단에서 결투를 벌이고 있었다. 아빠는 팬티 바람으로 흰색 술을 홀짝이고 있었다. 냄새로는 길비스 스트레이트 같았다. 나는 아빠에게 집에서 뭐 하느냐고 물었다.

아빠는 계속 칼싸움을 보며 살짝 혀가 꼬부라진 소리로 말했다.

"회사에서 잘린 것 같다, 찰리. 모가지가 날아갔다고 해야 할까?"

할 말을 잃은 줄 알았던 내 입에서 불쑥 이런 말이 튀어나왔다.

"술 때문이죠?"

"끊을 거야."

나는 술잔을 가리켰다. 그런 다음 방으로 들어가 문을 닫고 울었다.

아빠가 방문을 두드렸다.

"들어가도 되니?"

나는 대답하지 않았다. 우는 소리를 아빠에게 들려 주고 싶지 않았다.

"이러지 마, 찰리야. 그거 싱크대에 버렸어."

남은 술이 병째 싱크대 조리대 위에 있는 걸 모를 줄 알고? 그거 말고 또 한 병이 술 보관장에 있고. 한 병 아니면 두 병. 아니면 세 병.

"어때, 찰리야. 어떻게 생각하니?"

으뜨케. 나는 아빠의 혀 꼬부라진 소리가 싫었다.

"꺼지세요."

평생 아빠에게 써 본 적 없는 단어였다. 나는 그 말을 듣고 아빠가 들어와서 뺨을 한 대 때려 주길 원했던 것 같다. 아니면 안아 주든지. 뭐든. 하지만 아빠가 비척비척 부엌으로 멀어지는 소리만 들렸다. 길비스가 기다리고 있을 그곳으로.

한참 만에 나가 보니 아빠가 소파에서 잠을 자고 있었다. 텔레비전은 켜 놓았지만 무음이었다. 다른 흑백 영화였고 옛날 자동차들이 누가 봐도 세트장인 게 뻔한 곳을 돌고 있었다. 아빠는 술을 마실 때 항상 TCM(터너 클래식 무비. 영화 전문 채널이다 — 옮긴이) 채널을 틀어 놓았다. 내가 옆에서 다른 걸 보겠다고 하지 않는 이상 그랬다. 거의 바닥을 드러낸 술병이 커피 테이블 위에 놓여 있었다. 나는 남은 걸 싱크대에 버렸다. 술 보관장을 열고 다른 것도 전부 쏟아 버릴까 고민했지만 진, 위스키, 보드카, 커피 브랜디를 쳐다보는 것만으로 피곤했다. 열 살짜리가 뭐 그리 피곤할 일이 있을까 싶겠지만 그랬다.

스토퍼스 냉동 식품을 꺼내 전자레인지에 돌리고(우리는 '할머니 표 치킨 베이크'를 제일 좋아했다) 아빠를 흔들어 깨웠다. 아빠는 일어나 앉아서 거기가 어딘지 모르는 사람처럼 두리번거리다 그때까지 들어 본 적 없는 꿀럭거리는 소리를 냈다. 그러고는 그 흉측한 소리를 내며 입을 막은 채 화장실로 갔다. 잠시 후에 토하는 소리가 들렸다. 그 소리는 영원히 멈추지 않을 것 같았지만 마침내 그쳤다. 전자레인지에서 땡 하는 소리가 들렸다. 나는 왼쪽에는 **즐거운 요리**, 오른쪽에는 **맛있는 음식**이라고 적힌 오븐용 장갑을 끼고 치킨 베이크를 꺼냈다. 뜨거운 걸 꺼낼 때 장갑을 한 번 깜빡한 적 있으면 이후로 다시는 까먹지 않게 된다. 치킨 베이크를 접시에 담아서 다시 거실로 들어가 보니 아빠가 고개를 숙이고 깍지 낀 손을 뒤통수에 댄 채 소파에 앉아 있었다.

"저녁 드실 수 있겠어요?"

아빠는 고개를 들었다.

"아마도. 네가 아스피린 가져다주면."

화장실에서 진과 빈 딥(칩이나 또띠야를 찍어 먹는 디핑 소스의 일종―옮긴이)인가 싶은 뭔지 모를 냄새가 진동했지만 어쨌든 아빠는 그걸 전부 흘리지 않고 변기에 게우고는 물을 내렸다. 나는 방향제를 좀 뿌린 다음 아스피린 통과 물을 들고 갔다. 아빠는 아스피린 세 알을 먹고 길비스 병이 있었던 곳에 물 잔을 두었다. 그러고는 내가 한 번도 본 적 없는 표정으로, 엄마가 돌아가신 뒤에도 본 적 없는 표정으로 나를 올려다보았다. 이런 말을 하기는 싫지만 그래도 하자면 바닥에 똥을 싼 개가 지을 법한 표정이라는 생각이 들었다.

"한 번 안아 주면 저녁 먹을 수 있겠는데."

나는 아빠를 안으며 아까 그런 말을 해서 미안하다고 했다.

"괜찮아. 난 그런 소리를 들어도 할 말 없는 인간이니까."

우리는 부엌으로 들어가 할머니 표 치킨 베이크를 최대한 열심히 먹었지만 많이 먹지는 못했다. 아빠는 남은 음식을 긁어서 싱크대에 버리며 술을 끊겠다고 했고 그 주말에는 그 약속을 지켰다. 하지만 월요일부터 일자리를 알아보겠다는 약속은 지키지 않았다. 아빠는 집에서 TCM으로 옛날 영화를 봤고 내가 야구 연습과 Y에서 낮 12시에 하는 수영을 마치고 집으로 돌아갔을 때는 만취 상태였다.

아빠는 나를 보고는 고개를 저었다.

"내일부터. 내일부터. 진짜로 약속할게."

"뻥 치지 마세요."

나는 방으로 들어갔다.

6

그때가 어린 시절을 통틀어 최악의 여름이었다. *엄마가 돌아가신 해 여름보다 더 끔찍했느냐고 묻는다면 그렇다고 하겠다.* 내게 남은 부모님은 아빠뿐인 데다가 모든 게 슬로 모션으로 진행되는 것처럼 느껴졌으니까.

아빠는 건성으로 보험업계 쪽 일자리를 알아보았지만 아무 소득이 없었다. 면도와 목욕을 하고 번듯하게 차려입고 나가도 그랬다. 이미 소문이 나서 그랬던 게 아닐까 싶다.

청구서가 고스란히 현관 앞 테이블 위에 쌓였다. 아빠는 거기에 손을 대지 않았다. 너무 쌓였다 싶으면 내가 뜯어서 앞에 들이밀었다. 그러면 아빠가 수표를 썼다. 언제부터 그 수표들이 **잔액 부족**이라는 도장이 찍혀 반송되기 시작했는지는 모르겠고 알고 싶지도 않았다. 그건 마치 다리 위에서 통제 불능 상태에 빠진 트럭이 나에게 미끄러져 오는 광경을 상상하는 것과 비슷했다. 그러면서 그 트럭에 으스러져 죽기 전에 마지막으로 떠오르는 생각은 뭘지 궁금해하는 것과 비슷했다.

아빠는 고속도로 연장선 바로 옆에 있는 지피 세차장에 파트타임
으로 취직했지만 일주일 만에 그만두었든지 잘렸다. 둘 중 어느 쪽
인지 아빠는 알려 주지 않았고 나도 묻지 않았다.

나는 리틀 야구단 올스타전에 출전했지만 우리 팀은 더블 엘리미
네이션 토너먼트에서 두 경기 만에 탈락했다. 나는 정규 시즌 동안
홈런을 16개 쳤고 스타 마켓 최고의 파워 히터였지만 그 두 경기 동
안 삼진을 7번 당했다. 한 번은 땅으로 떨어지는 공에, 또 한 번은 엘
리베이터를 타야 맞힐 수 있을 만큼 머리 위로 높게 날아오는 공에
방망이를 휘둘렀다. 감독님이 왜 그러느냐고 물었지만 나는 아무 일
없다고, 아무 할 말 없다고, 그냥 건드리지 말아 달라고 했다. 나는
못된 짓도 저지르곤 했다. 때로는 친구와 함께, 때로는 혼자서.

잠도 잘 자지 못했다. 엄마가 돌아가신 직후처럼 나쁜 꿈을 꾸지
는 않지만 그냥 잠이 안 왔다. 어떨 때는 12시 아니면 새벽 1시까
지 자지 못했다. 몇 시인지 보이지 않게 시계를 돌려 놓기 시작했다.

아빠를 미워했던 건 아니지만(조만간 그 지경에 이를 테지만) 경멸하
기는 했다. 침대에 누워서 아빠가 코 고는 소리를 들으며 생각하곤
했다. *약해빠진 인간, 약해빠진 인간.* 두말하면 잔소리겠지만 우리
가 어떻게 될지에 대해서도 궁금해했다. 다행히 차는 할부가 끝났지
만 집은 남아 있었고 다달이 갚아야 하는 대출금이 어마어마했다.
아빠가 언제까지 그걸 감당할 수 있을까? 9년이나 남았는데, 지금
있는 돈으로 그때까지 버틸 수 있을 리 없었다.

노숙자. 『분노의 포도』에서처럼 은행에 집이 넘어가서 우리는 노
숙자가 될 거야.

잠이 오지 않을 때면 시내에서 숱하게 본 노숙자들이 생각났다. 도시를 떠돌아다니던 사람들이 수도 없이 떠올랐다. 뼈만 앙상한 몸에 포대 자루 같은 헌 옷을 걸치거나 뚱뚱한 몸에 터질 것 같은 헌 옷을 걸친 사람들. 초강력 테이프로 붙인 운동화. 삐딱한 안경. 긴 머리. 광기 어린 눈빛. 입에서 풍기는 술 냄새. 오래된 차량기지나 월마트 주차장의 RV차량 사이에 차를 주차하고 거기서 숙식을 해결하는 우리 모습을 상상해 보았다. 우리가 가져온 물건이 가득 담긴 쇼핑 카트를 미는 아빠의 모습도 상상해 보았다. 그 쇼핑 카트 안에서는 항상 침대맡의 알람 시계가 보였다. 이유는 모르겠지만 그게 보일 때마다 소름이 끼쳤다.

집이 넘어가거나 말거나 나는 조만간 다시 학교에 가야 했다. 우리 팀 애들이 나를 삼진왕이라고 부를 수도 있었다. 주정뱅이 아들보다야 그게 낫긴 하지만 그 두 단어가 섞여서 쓰일 날이 얼마 남지 않았다. 동네 사람들은 조지 리드가 더는 회사에 출근하지 않는다는 걸 알았고 대부분 이유도 알았다. 아닐 거라고 나 자신을 속이지는 않았다.

우리 가족은 교회에 다니지도 않았고, 전통적인 관점에서는 어떻게 봐도 독실하달 수 없었다. 한번은 엄마에게 우리 가족은 왜 교회에 다니지 않느냐고 물은 적이 있었다. "엄마가 하느님을 믿지 않아서 그런 거예요?" 엄마는 하느님을 믿지만 하느님을 어떤 식으로 믿어야 하는지 목사에게(또는 신부나 랍비에게) 배울 필요가 없기 때문이라고 했다. 눈을 뜨고 주변을 둘러보기만 하면 알 수 있다고 했다. 아빠는 침례교 집안에서 자랐지만 교회가 산상수훈보다 정치에 점점 더 관심을 기울이기 시작하자 발길을 끊었다고 했다.

그런데 개학을 일주일 정도 앞둔 어느 날 저녁에 문득 기도가 하고 싶어졌다. 못 견딜 정도로 강렬하게 그런 마음이 들었다. 침대 옆에 무릎을 꿇고 두 손을 포개고 눈을 질끈 감고 아빠가 술을 끊게 해 달라고 기도했다.

"그렇게만 해 주신다면 하느님이 어떤 분인지 모르겠지만 어떻게든 보답할게요. 제가 그 약속을 지키지 않으면 죽이셔도 좋아요. 저한테 뭘 원하는지 알려만 주시면 시키는 대로 할게요. 맹세해요."

나는 그런 뒤에 잠자리에 들었다. 그날 밤만큼은 아침까지 푹 잤다.

7

아빠는 잘리기 전까지 오버랜드 내셔널 보험이라는 큰 회사에서 일했다. 말하는 낙타 빌과 질이 등장하는 그 회사 광고를 여러분도 본 적 있을지 모른다. 아주 재미있는 광고였다. 아빠는 예전에 이렇게 말했다.

"보험회사들은 웃기는 광고로 관심을 끌어 놓고 가입자 측에서 보험금을 청구하면 정색하지. 내가 등장하는 지점이 바로 거기야. 아빠 직업이 손해사정사거든. 다들 쉬쉬하기는 하지만 지급될 보험금을 깎는 사람이라는 뜻이란다. 뭐, 가끔 그럴 때도 있지만 비밀을 말하자면, 난 시작할 때는 항상 청구인 편을 들어. 그러지 말아야 하는 이유를 찾기 전까지는."

아빠가 보험 단지라고 부른 시카고 외곽에 오버랜드의 중서부 본사가 있었다. 센트리에서 차로 40분, 길이 막히면 1시간 걸리는 곳이었다. 그 한 사무실에서 근무하는 손해사정사가 최소 100명은 됐는데, 같이 일했던 보험 설계사 중 한 명이 2008년 9월에 아빠를 만나러 왔다. 이름은 린지 프랭클린, 아빠는 그를 린디라고 불렀다. 늦은 오후였고 나는 부엌 식탁에서 숙제를 하고 있었다.

그날은 기념비적으로 엿 같은 날이었다. 내가 방향제를 곳곳에 뿌렸는데도 연기 냄새가 희미하게 남아 있었다. 아빠가 아침에 오믈렛을 만들기로 마음을 먹은 게 화근이었다. 아빠가 왜 아침 6시에 일어났으며 왜 나한테 오믈렛을 먹여야겠다고 생각했는지 아무도 모를 일이지만, 화장실에 갔거나 텔레비전을 켜러 갔다가 스토브에 뭘 올려놨는지 까맣게 잊어버린 모양이었다. 분명 간밤에 마신 술이 덜 깼을 것이다. 요란하게 울리는 화재경보기 소리를 듣고 깬 내가 속옷 바람으로 부엌에 달려가 보니 연기가 뭉게뭉게 피어오르고 있었다. 프라이팬에 담긴 음식은 숯이 되었다.

나는 그걸 긁어내 음식물 쓰레기 처리기에 넣고 애플 잭스 시리얼을 먹었다. 아빠는 계속 앞치마를 입고 있어서 바보 같아 보였다. 아빠는 미안해서 어쩔 줄 몰라 했고 나는 아빠를 입 다물게 하고 싶어서 아무 말이나 웅얼거렸다. 그 몇 주, 그 몇 달간에 대해 기억나는 게 있다면 계속 미안해서 어쩔 줄 몰라 하는 아빠 때문에 돌아 버리는 줄 알았다는 것이다.

하지만 그날은 기념비적으로 좋은 날, 최고로 좋은 날이기도 했으니 오후에 있었던 일 때문이었다. 이미 짐작했을지도 모르지만 그래도 이유를 설명하겠다. 아빠를 좋아하지 않았을 때도 아빠를 사랑하는 내 마음에는 변함이 없었기 때문이다. 이때 기억을 떠올리면 행복해진다.

린디 프랭클린은 오버랜드 소속이었다. 회복 중인 알코올중독자이기도 했다. 그는 아빠와 특별히 가까운 사이는 아니었다. 아마 퇴근 후에 다른 직원들과 더피스 터번에 간 적이 없었기 때문이었을 것이다. 하지만 린디는 아빠가 회사에서 잘린 이유를 알았고 방책을 강구하기로 마음을 먹었다. 시도라도 해 보기로 말이다. 나중에 알고 보니 이른바 '12단계(AA에서 제시하는 알코올중독을 극복하는 방법—옮긴이) 전도'라는 것이었다. 린디는 우리 도시에서 보험 계약자와 잡아 놓은 약속이 여러 개 있었는데, 일정이 모두 끝나자 그 참에 우리 집을 찾아가 보기로 마음을 먹었다. 그는 나중에 지원군이 없어서(회복 중인 알코올중독자들은 모르몬교도처럼 2명씩 짝을 지어 12단계 전도에 나섰다) 생각을 바꿀 뻔했지만 에라 모르겠다, 하고는 휴대전화에 입력된 우리 집 주소를 찾아봤다고 말했다. 그가 생각을 바꿨다면 어떻게 됐을지 상상하고 싶지도 않다. 그랬다면 내가 보디치 씨의 창고에 발을 들일 일이 없었을 거라는 사실만큼은 분명하다.

프랭클린 씨는 양복에 넥타이를 매고 있었다. 헤어스타일은 깔끔했다. 면도도 하지 않고 셔츠는 후줄근하게 걸치고 맨발이었던 아빠가 우리 둘을 인사시켰다. 프랭클린 씨는 내게 악수를 청하고 만나서 정말 반갑다고 한 뒤에 아빠와 단둘이서 얘기하고 싶으니 잠깐 자리를 비켜 줄 수 있겠느냐고 했다. 나는 흔쾌하게 집 밖으로 나갔지만 그날 아침의 대참사 때문에 창문을 열어 놓고 있었기 때문에 프랭클린 씨가 뭐라고 하는지 대부분 들을 수 있었다. 그가 했던 말 중에서 특별히 기억이 나는 발언은 두 개다. 아빠는 제이니가 너무 보고 싶어서 술을 마신다고 했다. 그러자 프랭클린 씨는 이렇게 말했다.

"술로 부인을 살릴 수 있다면 말리지 않겠어요. 하지만 그게 아니잖아요. 당신과 당신 아들이 지금 어떻게 살고 있는지 부인이 본다면 어떤 심정이겠어요?"

그리고 기억에 남은 또 다른 발언은 이거였다.

"사는 데 염증을 느끼는 것도 지긋지긋하지 않아요?"

그 말을 듣고 아빠는 눈물을 흘렸다. 나는 대체로 아빠의 울음을 싫어했지만(약해빠진 인간, 약해빠진 인간) 이번 눈물은 다를지 모른다는 생각이 들었다.

8

여기까지 들은 사람이라면 결말도 알 수 있을 것이다. 당신이 회복 중인 알코올중독자이거나 혹은 주변에 그런 사람이 있다면 분명히. 린디 프랭클린은 그날 저녁 아빠를 AA라는 알코올중독자 모임에 데려갔다. 돌아와서는 자기 집에 전화해 친구네에서 자고 간다고 했다. 그는 접이식 소파에서 잠을 청하고 다음 날 아침 7시에 아빠를 '맑은 정신으로 맞이하는 아침'이라는 모임에 데려갔다. 아빠는 그 모임에 정기적으로 참여하게 됐고, 1년 완주 메달도 받았다. 나는 학교를 빠지고 메달 수여식에 참석했고 이번에 눈물을 흘리는 쪽은 나였다. 하지만 아무도 신경 쓰지 않는 눈치였다. 그 모임에서는 우는 사람이 많았다. 이후에 아빠가 나를 안아 주었고 린디도 마찬가지였다. 그 무렵에는 그가 우리 집을 수시로 들락거리며 이름을 부르는 사이가 됐다. AA 프로그램에서 린디는 아빠의 후원자였다.

그건 기적이었다. 이제는 나도 AA에 대해 충분히 알고, 전 세계 수많은 사람들이 그런 일을 경험한다는 걸 알지만 그래도 기적처럼 느

꺼졌다. 아빠는 몇 번 실수했기 때문에 린디에게 '12단계 전도'를 받고 정확히 1년 후에 첫 번째 메달을 받지는 못했지만, 실수를 인정했고 AA 사람들이 충고하는 대로 포기하지 않았다. 아빠가 마지막으로 실수를 저지른 건(6개들이 맥주를 사서 한 개를 마시고 나머지는 모두 싱크대에 버렸다) 2009년 할로윈 직전이었다. 린디는 아빠의 1주년 기념식에서 연사로 나서서 AA 프로그램을 소개받은 사람은 많지만 실천하는 사람은 많지 않다고 했다. 그러면서 아빠가 운이 좋았다고 했다. 그랬을 수도 있지만, 내 기도가 우연의 일치였을 수도 있지만, 나는 그게 아니었다고 믿기로 했다. AA에서는 원하는 대로 믿을 수 있다고 한다. 회복 중인 알코올중독자들이 '빅북'이라고 부르는 책에 그렇게 적혀 있다.

그렇기에 내게는 지켜야 할 약속이 생겼다.

9

나는 아빠의 몇 주년을 기념할 때만 모임에 참석했지만 앞에서도 애기했다시피 린디가 우리 집을 수시로 드나들었기 때문에 AA 회원들이 외치는 구호를 대부분 숙지하고 있었다. 그중에서도 '엎질러진 물을 주워 담을 수는 없다'와 '하나님은 쓰레기를 창조하지 않으신다'를 좋아했지만 가장 인상적이었던 구절은 따로 있었다. 어느 날 저녁 아빠가 연체된 청구서가 많다며 집이 은행에 넘어갈까 봐 걱정된다고 했다. 린디는 그 말을 듣고서 아빠가 점점 술을 끊고 있다는 사실은 기적이라고 했다. 그러고는 덧붙였다.

"하지만 기적이 요술을 부리는 건 아니지."

아빠는 술을 끊고 6개월이 지났을 때 오버랜드에 재입사를 신청했고, 린디 프랭클린과 다른 몇 명이 보증을 선 덕분에(아빠를 자른 예전 상사도 그중 한 명이었다) 다시 회사를 다닐 수 있게 됐지만 판결 유보 상태였다. 아빠도 그 점을 알았기에 두 배 더 열심히 일에 매진했다. 술을 끊은 지 2년이 지난 2011년 가을 아빠는 린디를 붙잡고 긴 시간 고민 상담을 했다(그날 린디는 결국 다시 우리 집 접이식 소파 신세를 졌다). 아빠는 회사에서 독립하고 싶다며 린디에게 응원을 청했다. 린디는 사업이 실패하더라도 술을 입에 대지 않겠다고 다짐할 수 있으면(물론 얼마든지 깨질 수도 있는 다짐이었지만 다시 시작하는 게 뭐 그리 어려운 일도 아니었다) 한번 시작해 보라고 했다.

아빠는 나를 앉혀 놓고 회사에서 독립한다는 게 무슨 뜻인지 설명해 주었다. 맨땅에 헤딩해야 한다는 뜻이었다.

"네 생각은 어떠냐?"

"그 말하는 낙타하고는 바이바이할 때도 됐다고 봐요."

내 대답에 아빠는 웃었다. 나는 잠시 후에 해야 할 말을 했다.

"하지만 다시 술을 마시면 망할 거예요."

2주 뒤 아빠는 오버랜드에 사표를 냈고 2012년 2월 메인가(街)의 조그만 사무실에 간판을 달았다. 조지 리드 보험 심사·손해사정사.

그 코딱지만 한 사무실에서 아빠가 보내는 시간은 많지 않았다. 대부분 발로 뛰어다녔다. 경찰도 찾아가고 보석 보증인도 찾아가고(아빠는 "실마리를 찾기에 좋거든."이라고 했다) 무엇보다 변호사들을 찾아갔다. 오버랜드에서 일할 때부터 알고 지내던 사람들 중에는 아빠가 얼마나 정직한지 아는 사람이 많았다. 그들이 일을 맡겼다. 주로 대형 보험사에서 보험금을 대폭 삭감하려고 하거나 아예 지급을 거부하는 어려운 사건들이었다. 아빠는 긴 시간 일에 매달렸다. 나는 거의 매일 학교가 끝나면 아무도 없는 집에서 혼자 저녁을 챙겨 먹었다. 그래도 상관없었다. 처음에는 아빠가 퇴근하면 잊을 수 없는 길비스 진 냄새가 나는지 슬그머니 맡아 보려고 아빠를 끌어안았다. 하지만 어느 정도 시간이 지난 후에는 그냥 끌어안았다. 아빠는 '맑은 정신으로 맞이하는 아침' 모임을 빼먹는 일이 거의 없었다.

일요일 점심때 가끔 린디가 포장 음식을 들고 찾아오면 셋이서 베어스 미식축구팀의 경기를 보았다. 야구 시즌이면 화이트 삭스 경기였다. 한 번은 그렇게 같이 점심을 먹던 자리에서 아빠가 매달 실적이 점점 괜찮아지고 있다며 말했다.

"낙상사고에서 청구인 손을 들어줄 수 있는 경우가 많아지면 좀 더 박차를 가할 수 있겠지만 구린 냄새를 풍기는 경우가 좀 많아야 말이지."

린디가 말했다.

"누가 아니래? 그게 단기적으로는 돈이 될지 몰라도 결국에는 역풍을 맞게 되어 있지."

힐뷰 고등학교 2학년이 되기 직전에 아빠가 진지하게 할 얘기가 있다고 했다. 미성년자 음주나 아빠가 술을 마시던 시절에(그리고 그 이후에도 얼마 동안) 내가 친구인 버티 버드와 함께 저지른 말썽에 대해 일장 연설을 늘어놓으려나 보다고 마음의 준비를 했지만 아빠가 하려는 진지한 얘기는 그게 아니라 학교 얘기였다. 아빠는 좋은 대학에 다니고 싶으면 공부를 잘해야 된다고 했다. 정말 잘해야 된다고 했다.

"일이 잘 풀리고 있거든. 초반에는 위태로워서 밥에게 손을 벌려

야 했던 적도 있지만 그 돈도 거의 다 갚았어. 조만간 입지가 단단해
질 것 같아. 연락도 많이 오고 해서. 하지만 대학은……."

아빠는 고개를 저었다.

"적어도 초반에는 내가 많이 도와줄 수 없을 것 같다. 대출금이라
도 갚을 수 있어서 눈물 나게 다행인 상황이라. 내 잘못이지. 이 상황
을 타개하려고 최선을 다하고 있다만……."

"알아요."

"……네가 자립하는 수밖에 없겠다. 아르바이트를 해야 해. SAT도
보게 되면 점수를 잘 받아야 하고."

나는 12월에 SAT를 볼 예정이었지만 잠자코 있었다. 아빠는 할 말
이 아직 많았다.

"학자금 대출도 생각해 봐야겠지만 그건 최후의 수단이야. 대출
을 받으면 그게 한참 족쇄가 되거든. 장학금 받을 생각을 해라. 지금
하는 운동에 최선을 다하는 것도 장학금을 받을 수 있는 한 방편이
지만 결국은 학점이지. 학점, 학점, 학점. 졸업생 대표로 단상에 서는
것까지는 바라지 않는다만 10등 안에는 들었으면 한다. 알겠니?"

"네, 아빠."

아빠는 장난스럽게 나를 찰싹 한 대 때렸다.

10

나는 열심히 공부했고 학점을 잘 받았다. 가을에는 미식축구를, 봄
에는 야구를 했다. 2학년 때 두 종목 모두 학교 대표 선수로 뛰었다.
하크니스 감독님은 농구까지 시키고 싶어 했지만 싫다고 했다. 1년

에 3개월은 운동 말고 다른 걸 해야 하지 않겠느냐고. 감독님은 타락한 시대를 사는 슬픈 젊은이의 초상에 고개를 저으며 사라졌다.

댄스파티에도 몇 번 참석했다. 몇몇 여자아이들과 입을 맞췄다. 친한 친구를 몇 명 사귀었다. 대부분 운동부였지만 아닌 애도 있었다. 마음에 드는 헤비메탈 밴드를 몇 개 발견해 요란하게 들었다. 아빠는 한 번도 뭐라 한 적이 없었지만 크리스마스 선물로 에어팟을 사 주었다. 앞으로 끔찍한 일들이 기다리고 있었지만(하나씩 차근차근 공개하겠다) 내가 이리저리 뒤척이며 상상했던 끔찍한 일들은 하나도 벌어지지 않았다. 집은 아직 은행에 넘어가지 않았고 내가 가진 열쇠로 현관문을 열 수 있었다. 그래서 좋았다. 추운 겨울날, 차나 노숙자 쉼터에서 밤을 보내야 할지 모른다는 상상을 해 본 사람이라면 내 심정을 이해할 수 있을 것이다.

그리고 나는 하느님과 한 거래를 절대 잊지 않았다. 나는 무릎을 꿇고 약속했다. 그렇게만 해 주신다면 하느님께 어떻게든 보답할게요. 저한테 뭘 원하는지 알려만 주시면 시키는 대로 할게요. 맹세해요. 어린애가 한 기도였고 헛된 바람에 불과했지만 내 안의 일부분은(거의 대부분은) 그렇게 생각하지 않았다. 지금도 그건 마찬가지다. 나는 추수감사절과 크리스마스 사이에 방영되는 진부한 싸구려 영화에서처럼 내 기도가 응답을 받았다고 생각했다. 그러니까 내 쪽에서 이행해야 하는 계약 조건이 남은 셈이었다. 내가 그 조건을 이행하지 않으면 하느님이 베풀었던 기적을 거두고 아빠가 다시 술을 마실 것 같았다. 남학생들의 덩치가 아무리 크고 여학생들의 미모가 아무리 출중하더라도 거죽을 벗겨 보면 고등학생은 아직 어린아이에 불과하다는 것을 감안해 주기를 바란다.

나는 노력했다. 학교 수업과 방과 후 활동 때문에 하루 일과가 꽉 찬 정도를 넘어 터질 것 같아도 진 빚을 갚으려고 최선을 다했다.

키 클럽 청소년 봉사단체에서 주관하는 '고속도로 입양 캠페 인'(고속도로 일부를 청소하는 봉사 캠페인 — 옮긴이)에 참여했다. 우리에게 배정된 226번 고속도로의 3km 구간은 패스트푸드 체인점, 모텔, 주유소로 이루어진 황무지였다. 내가 주운 빅맥 상자가 5억 개, 맥주 캔이 10억 개쯤 됐고 길바닥에 나뒹굴던 속옷도 10여 장이었다. 어느 해 핼러윈에는 바보 같은 주황색 점퍼를 입고 유니세프와 쓰레기를 주우러 다닌 적도 있었다. 2012년 여름에는 투표를 할 수 있는 나이까지 1년 반이나 남았는데도 시내에 설치된 선거인 등록 테이블을 지켰다. 금요일에는 연습이 끝나면 아빠 사무실에서 서류를 분류하고 컴퓨터에 입력하는 기본적인 잡무를 도왔고 해가 떨어지면 조반니스에서 피자를 주문해 접시도 없이 먹었다.

아빠는 덕분에 대입 원서에 첨부할 자료가 풍성해지겠다고 했다. 나는 이면의 이유는 밝히지 않고 맞장구만 쳤다. 하느님 눈에 내가 계약 조건을 제대로 이행하지 않는 것처럼 보일까 봐 조마조마했다. 가끔 날 못마땅하게 여기는 하늘의 속삭임이 들리는 것만도 같았다. **그 정도로는 부족하다, 찰리. 길거리에서 쓰레기를 줍는 것이 너와 네 아빠가 누리고 있는 행복한 삶을 보상할 수 있다고 생각하니?**

이렇게 해서 드디어 2013년 3월, 내 나이 17살이었던 그때가 등장한다. 그리고 보디치 씨도.

그리운 힐뷰 고등학교! 그때가 먼 옛날처럼 느껴진다. 겨울이면 나는 버스를 타고 초등학교 때부터 친하게 지낸 앤디 첸과 뒷자리로 가서 앉았다. 앤디는 운동부였고 나중에 농구 선수로 호프스트라 대학교에 진학했다. 그 무렵 버티는 이사를 가고 없었다. 어찌 보면 다행이었다. 세상에는 좋은 친구인 동시에 나쁜 친구인 관계가 존재한다. 버티와 나는 서로에게 나쁜 친구였다.

가을과 봄에는 자전거로 통학했다. 언덕이 많은 도시라 자전거가 다리와 엉덩이 근육을 키우는 데 제격이었다. 그뿐만 아니라 그 시간에 혼자 이런저런 생각을 할 수 있어서 좋았다. 힐뷰 고등학교에서 집으로 가려면 플레인가(街)에서 고프 거리와 윌로가(街)를 거쳐 파인가로 가야 했다. 파인가가 언덕 꼭대기에서 그 빌어먹을 다리와 연결된 시카모어와 교차했다. 그리고 파인가와 시카모어가가 만나는 지점에, 우리가 10살인가 11살이었을 때 버티 버드가 사이코 하우스라고 별명을 지어 붙인 집이 있었다.

그 집 주인은 보디치 씨였다. 우편함에 희미해져서 실눈을 떠야 읽을 수 있는 글씨로 그렇게 적혀 있었다. 그래도 버티의 말에는 일리가 있었다. 우리는 모두 그 영화 「사이코」를 보았는데(「엑소시스트」나 「더 씽」과 더불어 「사이코」도 11살들의 필수 관람작이었다) 거기서 주인공 노먼 베이츠가 미라가 된 엄마와 함께 살았던 집과 닮은 구석이 있었다. 시카모어 일대의 깔끔하고 아담한 2세대용 2층집이나 옆으로 길쭉한 단층집과 달랐다. 사이코 하우스는 빅토리안 시대 양식으로 지어진 집이었는데, 얼기설기 뻗었고 지붕은 주저앉아 있었으며 예전에는 흰색이었을 지붕은 빛이 바래 말하자면 회색 야생 고양이 색이었다. 어디는 앞으로 기울고 또 어디는 뒤로 넘어진 오래된 말뚝 울타리가 부지를 뱅 두르고 있었다. 허리 높이의 녹슨 철문이 포장이 깨진 보도를 가로막았다. 마당에 난 풀은 제멋대로 자란 잡초가 주를 이뤘다. 현관 앞 베란다는 집에서 서서히 분리되고 있는 것처럼 보였다. 커튼이 모두 쳐져 있었지만 앤디 첸 말로는 어차피 유리창이 너무 더러워서 안이 들여다보이지 않으니 아무 의미가 없다고 했다. 키가 큰 잡초 중간에는 **출입 금지** 팻말이 반쯤 파묻혀 있었고 대문에는 **개 조심**이라고 적힌, 그보다 큰 팻말이 달려 있었다.

앤디는 그 개에 대해 아는 바가 있었다. 저먼 셰퍼드이고 이름은 TV 드라마 「M*A*S*H」에 나오는 등장인물과 같은 레이더라고 했다. 우리 모두 그놈이 짖는 소리를 들었고(당시에는 몰랐지만 레이더는 실은 암컷이었다) 가끔 언뜻 본 적도 있었지만 가까이서 본 사람은 앤디뿐이었다. 보디치 씨의 우편함이 열려 있었는데, 그 안을 꽉 채운 광고 우편 몇 통이 바닥으로 떨어져 이리저리 날리고 있길래 자전거를 타고 지나가다가 멈춘 적이 있다고 했다.

"쓰레기를 주워서 다른 쓰레기들로 꽉 찬 우편함 안으로 쑤셔 넣었거든. 그분에게 호의를 베풀고 있었던 거라고. 그런데 으르렁거리면서 우에우에 왁왁 하고 짖는 소리가 들리길래 고개를 들었더니 그 망할 놈의 괴물 개가 보이지 뭐야. 몸무게가 적어도 55킬로그램은 될 것 같았고 이빨을 허옇게 드러내고 침을 뚝뚝 흘리는데 눈이 시뻘겠어."

"아무렴. 영화에 나오는 쿠조(스티븐 킹 원작의 영화에 나오는 광견병에 걸린 세인트 버나드―옮긴이) 같은 괴물 개였겠지. 두말하면 잔소리."

버티가 말했다.

"진짜야. 하늘에 맹세해. 그 할아버지가 큰 소리로 부르지 않았다면 개가 대문을 넘어왔을지 몰라. 너무 낡아서 대문에도 메디큐어가 필요하겠더라."

앤디가 말했다.

"메디케어(미국 정부에서 일정 자격 요건을 갖춘 65세 이상에게 제공하는 보험—옮긴이)겠지."

내가 말했다.

"아무튼. 하지만 할아버지가 현관 앞 베란다로 나와서 '레이더, 앉아!' 하니까 녀석이 배를 깔고 털썩 주저앉더라. 나를 계속 쳐다보면서 으르렁거리기는 했지만. 그 할아버지가 이랬어. '학생, 거기서 뭐하나? 편지를 훔치고 있나?' 그래서 내가 이랬지. '아뇨, 편지가 바람에 날리고 있길래 주워서 넣는 중이었어요. 우편함이 꽉 찼네요, 할아버지.' 그러니까 '내 우편함 걱정은 내가 할 테니 그만 가도록 해.' 하길래 시킨 대로 했지."

앤디는 고개를 저었다.

"그놈이 달려들었다면 목이 갈가리 찢겼을 거야. 분명해."

앤디에게는 과대포장하는 습관이 있었기 때문에 분명히 허풍이 섞였겠지만 그날 저녁 나는 아빠에게 보디치 씨에 대해 물었다. 아빠는 자기도 아는 게 별로 없다면서 평생 독신이었고, 시카모어에서 산 지 25년째인 아빠보다 훨씬 오래 그 다 쓰러져 가는 집에서 살았다는 것만 안다고 했다.

"앤디처럼 한 소리 들은 아이들이 여럿이지. 워낙 성질이 고약하기로 유명하거든. 그 저먼 셰퍼드도 똑같이 성질이 고약하기로 유명하고. 그분이 돌아가시면 집을 철거할 수 있으니까 시 의회에서 좋아할 텐데 아직까지는 꿋꿋하게 버티고 있네. 아주 가끔 지나다가 마주칠 때 말을 걸면 예의바르게 나온다만 그야 내가 어른이니까 그런 거고. 아이라면 질색하는 노인들도 있거든. 나라면 근처에 얼씬하지 않겠다, 찰리."

아빠의 충고를 따르지 않을 이유가 없었지만 2013년 4월의 그날은 예외였다. 이제 그날의 이야기를 시작해 보려고 한다.

12

나는 야구 연습을 마치고 집으로 가던 길에 파인과 시카모어가 만나는 모퉁이에서 자전거를 멈추고 핸들을 잡고 있던 왼손을 흔들었다. 오후에 체육관에서 받은 훈련 때문에(경기를 하기에는 운동장이 아직 진창이었다) 그때까지도 손이 벌겋고 욱신거렸다. 투수 자리를 놓고 경쟁하는 선수 여럿이 견제구 연습을 하는 동안 하크니스 감독님(농구와 야구 감독을 겸업했다)이 내게 1루수를 맡겼다. 개중 몇 명은 정말 세게 던졌다. 감독님이 농구부 합류를 거부한 일에 대해 그런 식으로 복수를 한 거라고 주장하지는 않겠지만(혜지호그스 농구팀은 지난 시즌에 5승 20패를 기록했다) 아니라고 하지도 않겠다.

금방이라도 무너질 것 같은 보디치 씨의 낡은 집이 오른쪽에 있었다. 이 각도에서 보니 그 어느 때보다도 더 사이코 하우스처럼 느껴졌다. 자전거 왼쪽 핸들을 다시 잡고 출발하려고 했을 때 개 한 마리가 길게 울부짖는 소리가 들렸다. 집 뒤편에서 나는 소리였다. 괴물 개가 커다란 이빨을 드러내고 침을 흘리며 시뻘건 눈을 번뜩거렸다던 앤디의 말이 생각났지만, 이건 사나운 짐승이 우에우에 왁왁 하고 짖는 소리가 아니었다. 겁에 질렸고 슬퍼하는 것처럼 들렸다. 심지어 어떻게 들으면 쓸쓸하기도 했다. 나중에 그때를 떠올려 봤을 때, 일이 다 지나고 나서 그런 생각이 들었는가도 싶었지만 확실히 그런 느낌이 있었다. 그 소리가 반복됐기 때문인데, 세 번째에는 소리가 작아지고 길게 늘어졌다. 문제의 그 동물이 그래 봐야 헛수고라고 생각하는 듯했다.

잠시 후에 길게 늘어지던 마지막 울부짖음보다 훨씬 더 작은 소리가 들렸다.

"도와줘."

개가 울부짖는 소리가 아니었다면 나는 그대로 집까지 언덕을 쌩하니 내려가 우유와 함께 페퍼리지 팜 밀라노 쿠키 반 상자를 신나게 먹어 치웠을 것이다. 그랬더라면 보디치 씨에게는 끔찍한 일이 벌어졌을 수도 있었다. 해가 지느라 그림자가 점점 길어지고 있었고 우라지게 추운 4월이었다. 보디치 씨가 밤새도록 거기 쓰러져 있었다면 어떻게 됐을까?

나는 그를 살린 영웅 대접을 받았다. (아빠가 조언한 것처럼 겸손 따위는 개나 줘 버리고 일주일 뒤에 실린 신문 기사를 첨부했다면 내 대입 원서에 별이 하나 더 추가됐겠지.) 하지만 사실 보디치 씨를 살린 건 내가 아니었다.

그를 살린 1등 공신은 쓸쓸하게 울부짖었던 레이더였다.

2장.

보디치 씨. 레이더.
사이코 하우스에서 보낸 밤.

1

나는 시카모어 쪽 출입문으로 모서리를 돌아서 말뚝 울타리에 자전거를 기대어 놓았다. 그쪽 출입문은 낮아서 허리까지 올까 말까 했지만 열리질 않았다. 너머로 고개를 내밀고 확인해 보니 출입문만큼이나 심하게 녹이 슨 큼지막한 빗장이 걸려 있었다. 빗장을 잡아당겨 보았지만 얼어붙은 듯이 꼼짝하지 않았다. 개가 다시 울부짖었다. 나는 책이 잔뜩 든 가방을 벗어서 발판으로 삼았다. **개 조심**이라고 적힌 팻말에 무릎을 부딪쳐 가며 문을 타고 넘는데, 꼭대기에서 운동화 한 짝이 걸리는 바람에 반대편에 다른 쪽 무릎으로 착지했다. 개가 앤디에게 그랬던 것처럼 내게 달려오면 멀리뛰기로 문을 넘어서 도망칠 수 있을지 궁금해졌다. 인간이 극한 상황에 몰리면 초능력자가 된다는 진부한 전설이 떠올랐지만 그 말의 진위를 직접 확인하는 사태는 벌어지지 않길 바랐다. 내 주 종목은 미식축구와 야구였다. 높이뛰기는 육상선수들의 몫이었다.

집 뒤편으로 달려가자 높이 자란 풀들이 바지에 스치며 나지막이 울었다. 그때는 열심히 개만 찾느라 창고를 보지 못했던 것 같다. 개는 뒷문 앞 베란다에 있었다. 앤디 첸은 녀석의 몸무게가 최소 55킬로그램은 될 거라고 했고 고등학교가 먼 미래의 일이었던 우리의 어린 시절에는 실제로 그랬을지 몰라도, 지금 내 앞에 서 있는 녀석은 기껏해야 25킬로그램에서 30킬로그램밖에 되지 않아 보였다. 비쩍 말랐고 털은 듬성듬성하며 꼬리는 볼품없고 주둥이는 흰색에 가까웠다. 녀석은 나를 보더니 금방이라도 무너질 듯한 계단을 내려오기 시작했지만 그 위에 대자로 뻗은 남자를 피하느라 하마터면 넘어질 뻔했다. 녀석은 나를 향해 다가왔지만 전속력으로 돌진하는 게 아니라 관절염 환자처럼 절뚝거리며 달렸다.

"레이더, 앉아."

말을 듣지 않을 거라고 생각했지만 녀석은 잡초 위로 배를 대고 납작하게 앉아서 낑낑거리기 시작했다. 그래도 나는 개와 멀찌감치 거리를 두고 뒷문 앞 베란다로 갔다.

보디치 씨는 왼쪽으로 누워 있었다. 카키색 바지 오른쪽 무릎 위가 불룩하게 튀어나와 있었다. 의사가 아니라도 다리가 부러졌다는 걸 알 수 있었는데, 튀어나온 정도로 보았을 때 상태가 꽤 심각했다. 보디치 씨가 몇 살인지는 알 수 없었지만 나이가 상당히 많았다. 머리는 거의 백발이었지만 젊었을 때는 진짜 심한 빨간 머리였는지 아직까지 군데군데 빨간색이 섞여 있었다. 그래서 머리칼이 녹슬어 가는 것처럼 보였다. 뺨과 입가의 주름살은 어찌나 깊은지 홈이 파인 것 같았다. 날이 쌀쌀했는데도 이마에 땀이 맺혀 있었다.

"좀 도와주겠니? 저 빌어먹을 사다리에서 떨어졌어."

보디치 씨는 사다리를 가리키려고 했다. 하지만 그러느라 계단에서 몸이 살짝 움직이자 신음소리를 냈다.

"911에는 연락하셨어요?"

그는 바보 대하듯 나를 쳐다봤다.

"전화기는 안에 있잖니. 나는 여기 *밖*에 나와 있고."

나는 나중에서야 그 말을 이해했다. 보디치 씨에게는 휴대전화가 없었다. 휴대전화의 필요성을 느낀 적도 없었고 그게 뭔지도 잘 몰랐다.

그는 다시 움직여 보려고 했다가 으르렁거렸다.

"*젠장*, 아파서 안 되겠네."

"그럼 가만히 계세요."

나는 911에 전화해 보디치 씨가 사다리에서 떨어져 다리가 부러졌으니 파인과 시카모어가 만나는 네거리로 구급차를 보내 달라고 했다. 심하게 부러진 것 같다고, 뼈가 바지 위로 튀어나온 게 보이고 무릎도 부은 것 같다고 설명했다. 신고 접수원이 번지수를 묻기에 나는 보디치 씨에게 물었다.

그는 또다시 바보냐고 묻는 듯한 표정으로 쳐다보고는 "1번지."라고 말했다.

번지수를 알려 주자 접수원은 당장 구급차를 보내겠다고 했다. 나더러 옆에서 체온을 따뜻하게 유지해 주라고 했다.

"땀을 흘리고 계신데요."

"신고하신 분이 얘기한 것처럼 부상이 심각하다면 쇼크 때문에 그런 걸지 몰라요."

"어, 알겠습니다."

귀를 납작 눕힌 레이더가 으르렁 소리를 내고 절뚝거리며 돌아왔다.

"공주님, 그만하고 엎드려."

보디치의 말에 레이더(수컷이 아니라 암컷이었다니)는 안심하는 듯한 표정을 지으며 계단 발치에 배를 대고 앉아서 숨을 헐떡였다.

나는 학교 점퍼를 벗어서 보디치 씨 위로 넓게 펼쳤다.

"지금 뭐 하는 거냐?"

"따뜻하게 체온을 유지해 드려야 된다고 해서요."

"괜찮은데."

하지만 몸을 와들와들 떨기 시작한 걸 보면 사실은 괜찮지 않은 거였다. 그는 턱을 숙여 내 점퍼를 확인했다.

"고등학생이로구나?"

"네."

"빨간색과 금색. 그럼 힐뷰겠네."

"네."

"운동하니?"

"미식축구하고 야구요."

"헤지호그스 말이지? 무슨 그런······."

그는 몸을 움직이려고 했다가 비명을 질렀다. 레이더가 귀를 쫑긋 세우고 걱정하는 표정으로 그를 쳐다보았다.

"무슨 그런 어처구니없는 이름이 다 있는지."

나도 반박할 수가 없었다.

"움직이지 말고 가만히 계세요, 보디치 씨."

"계단 때문에 여기저기 배겨서. 땅바닥에 그냥 있었어야 했는데 현관까지 올라갈 수 있을 줄 알았지. 그다음에는 집 안으로 들어갈 수 있을 줄 알았고. 시도해 보는 수밖에 없었어. 조만간 기온이 지랄 맞게 떨어질 테니까."

이미 기온이 지랄 맞게 떨어진 것 같긴 했다.

"와 줘서 고맙다. 저 아이가 우는 소리를 들은 모양이지?"

"처음에는 그랬고 그다음에 아저씨가 외치는 소리도 들었어요."

나는 현관을 올려다보았다. 문이 보였지만 성한 쪽 무릎을 딛고 일어나야 문고리를 잡을 수 있을 것 같았다. 그가 이 상태로 과연 그럴 수 있었을까 싶었다.

보디치 씨가 내 시선이 향한 곳을 보았다.

"개구멍이 있거든. 거기로 기어들어 갈 수 있지 않을까 했지."

그는 인상을 썼다.

"진통제 들고 다니는 거 없니? 아스피린이나 아니면 더 센 거. 운동을 한다니 혹시나 해서."

나는 고개를 저었다. 희미하게, 아주 희미하게 사이렌 소리가 들렸다.

"아저씨는요? 진통제 사 놓은 거 있어요?"

보디치 씨는 망설이다가 고개를 끄덕였다.

"집 안에. 복도를 따라서 죽 걸어가다 보면 부엌 옆에 조그만 화장실이 있어. 거기 수납장에 엠피린(아스피린의 일종 — 옮긴이)이 있을 거다. 다른 건 건드리지 말고."

"알겠어요."

보디치 씨가 나이가 많고 통증 때문에 괴로워하고 있다는 걸 알았지만 그래도 나를 뭘로 보는 건가 싶어서 살짝 기분이 나빴다.

그가 손을 내밀어 내 셔츠를 움켜잡았다.

"여기저기 기웃거리지 말라고."

나는 몸을 뺐다.

"알겠다고 했잖아요."

계단을 올라가는 내 뒤에서 보디치 씨가 외쳤다.

"레이더! 같이 가!"

레이더는 절뚝절뚝 계단을 올라오더니 하단부에 달린 여닫이문으로 들어가는 대신 내가 문을 열 때까지 기다렸다가 나를 따라 들어왔다. 복도는 어두침침하고 조금 놀라웠다. 한쪽에는 밧줄로 묶은 묵은 잡지가 쌓여 있었다.(「라이프」와 「뉴스위크」는 알았지만 「콜리어스」, 「디그」, 「컨피덴셜」, 「올 맨」처럼 한 번도 들어 본 적 없는 잡지도 있었다.) 다른 쪽에는 책들이 쌓여 있었는데 대부분 오래된 책 특유의 냄새를 풍겼다. 누구나 그런 냄새를 좋아하는 건 아닐 테지만 나는 좋아한다. 퀴퀴하지만 기분 좋게 퀴퀴하다.

부엌은 오래된 제품들로 가득했다. 스토브는 핫포인트였으며 사기 개수대는 우리 동네가 센물이라 동그랗게 녹이 슬었고, 수도꼭지에는 바퀴살 모양의 옛날식 손잡이가 달렸고, 바닥에 깔린 리놀륨은 심하게 닳아서 무늬가 뭔지 알아볼 수가 없었다. 하지만 공간 자체는 깔끔하기 그지없었다. 식기 건조대에는 접시 한 장, 컵 한 개, 은식기 한 세트(나이프, 포크, 스푼)가 있었다. 그걸 보니 슬퍼졌다. 바닥에는 테두리를 따라 RADAR(레이더)라고 적힌 깨끗한 그릇이 놓여 있었는데 그것도 보니 슬퍼졌다.

화장실로 들어갔다. 크기가 벽장이나 다를 바 없었고, 안쪽에 동그랗게 녹이 슬었고 뚜껑이 올려진 변기와 위에 거울이 달린 세면대 뿐이었다. 거울을 열어 보니 처방전 없이 살 수 있는 약이 무더기로 들어 있는데, 노아의 방주에 실려 있기라도 했던 것처럼 먼지투성이였다. 가운데 선반에 엠피린이라고 적힌 통이 있었다. 통을 집었을 때 그 뒤에서 조그맣고 동그란 것이 보였다. 그때는 그게 BB탄인 줄알았다.

레이더는 부엌에서 기다렸다. 화장실에는 우리 둘 다 들어갈 수 있는 자리가 없었다. 나는 식기 건조대에서 컵을 집어 수돗물을 가득 따르고 묵은 책과 잡지로 덮인 복도를 되짚어갔다. 레이더가 터벅터벅 뒤따라왔다. 밖으로 나가 보니 사이렌 소리가 아까보다 요란하고 가깝게 들렸다. 보디치 씨는 한쪽 팔에 머리를 얹고 누워 있었다.

"괜찮으세요?"

그가 고개를 들어 땀에 젖은 얼굴과 다크서클이 생긴 초췌한 눈을 보여 주었다.

"내가 괜찮아 보이니?"

"아뇨, 하지만 이 약 드셔도 되는 건지 모르겠어요. 통에 적힌 유통기한이 2004년 8월이거든요."

"세 알 줘라."

"저기, 보디치 씨, 구급차가 올 때까지 기다려서 그 사람들한테……."

"그냥 줘. 나를 죽이지 못하는 건 나를 더 강하게 만들 뿐이니까. 누가 한 말인지 네가 알 리는 없겠지? 요즘은 학교에서 가르치는 게 아무것도 없으니."

"니체요. 『우상의 황혼』. 이번 학기에 세계사 수업을 들거든요."

"제법이네?"

그는 끙끙거리며 바지 주머니를 끝까지 뒤져 묵직한 열쇠 뭉치를 꺼냈다.

"저 문 좀 잠가 주겠니? 대가리가 네모난 은색 열쇠야. 앞문은 이미 잠겨 있어. 문 잠근 다음 열쇠를 다시 줘."

나는 은색 열쇠를 빼낸 다음 고리를 돌려 주었다. 그는 그걸 받아서 다시 끙끙거리며 주머니에 넣었다. 이제는 사이렌 소리가 바로 근처에서 들렸다. 구급대가 녹슨 빗장을 상대할 때 나보다는 운이 따라 주길 바랄 따름이었다. 그렇지 않으면 문을 쳐서 떼어 내는 수밖에 없었다. 나는 일어나려다가 개를 보았다. 녀석은 앞발 사이 땅바닥에 머리를 내려놓고 보디치 씨에게서 절대 눈을 돌리지 않았다.

"레이더는 어떻게 해요?"

그는 또다시 바보냐고 묻는 듯한 표정으로 나를 쳐다보았다.

"개구멍으로 들어갔다가 볼일을 보고 싶을 때 얼마든지 다시 나오면 돼."

어린애나 체구가 작은 성인도 그런 식으로 들락거리며 집 안을 둘러보고 뭔가를 슬쩍할 수 있겠다는 생각이 들었다.

"그렇죠. 하지만 밥은 누가 줘요?"

굳이 밝힐 필요는 없겠지만 보디치 씨의 첫인상은 별로였다. 그렇게 성질이 더럽고 투덜거렸으니 혼자 살 만도 하다는 생각이 들었다. 결혼했다면 아내 손에 죽임을 당하거나 버림을 받았을 것이다. 하지만 그가 늙어 가는 저먼 셰퍼드를 바라보았을 때 나는 그 눈빛에서 다른 것을 느낄 수 있었다. 사랑과 황망함이었다. 망연자실이라는 단어가 있지 않은가. 보디치 씨의 표정을 보면 그가 그 상태라는 것을 알 수 있었다. 극심한 고통으로 괴로워하던 그 순간 그의 관심사는 오로지 반려견뿐이었다.

"젠장. 젠장, 젠장, 젠장. 이 아이를 두고 갈 수는 없어. 빌어먹을 병원에 데리고 가야겠다."

사이렌 소리가 집 앞에 도착해 계속 이어졌다. 문들이 쾅 닫혔다.

"저 사람들이 허락하지 않을 거예요. 아저씨도 아실 테지만."

그는 입술을 꾹 다물었다.

"그럼 병원에 가지 않을 테다."

글쎄요, 그렇게는 안 될걸요? 나는 생각했다. 그러고 나서 또 다른 생각이 떠올랐는데 내가 한 생각 같지가 않았다. 내가 한 생각인 건 분명한데 그렇게 느껴지지 않았던 것이다. *우리 서로 계약을 맺었지? 고속도로에서 쓰레기 줍는 건 이제 됐어. 네가 계약 조건을 이행해야 하는 시점이 지금이야.*

누군가가 외쳤다.

"아무도 안 계십니까? 911이에요. 문 열어 주실 분 안 계신가요?"

"제가 열쇠를 가지고 왔다 갔다 하면서 저 아이 사료를 챙길게요. 어느 정도를……."

"아무도 안 계십니까? 대답하지 않으시면 문 따고 들어갑니다!"

"……얼마나 자주 주면 되는지 그것만 알려주세요."

보디치 씨는 이제 땀을 폭포수처럼 흘리고 있었고 다크서클이 좀 더 진해져서 무슨 멍 같았다.

"저 인간들이 뒷문 부수기 전에 열어 줘라."

그는 쉰 목소리로 거칠게 한숨을 토했다.

"빌어먹을, 엉망진창이네."

2

인도에 서 있는 남자와 여자는 **아카디아 카운티 병원 구급 센터**라고
적힌 점퍼를 입고 있었다. 옆에는 온갖 장비를 잔뜩 쌓아 놓은 바퀴
달린 침대가 있었다. 내 가방을 옆으로 치우고 남자가 빗장을 당기
려고 끙끙대고 있었다. 하지만 나처럼 아무 성과를 거두지 못했다.

"환자는 뒤에 계세요. 지나가다 도와 달라는 소리를 들었어요."

"잘했다. 그런데 이걸 풀 수가 없네. 좀 도와주겠니? 둘이서 같이
잡아당겨 보자."

나까지 빗장을 잡고 같이 당겼다. 마침내 빗장이 쑥 빠져나왔고
그 바람에 엄지손가락이 집혔다. 그때는 흥분 상태라 잘 몰랐는데,
그날 저녁 때 보니 손톱이 거의 시커멓게 변해 있었다.

그들은 바퀴 달린 침대로 키 큰 풀을 헤치고 그 위에 쌓인 장비를
이리저리 들썩이며 집의 옆면을 따라 이동했다. 절뚝절뚝 모서리를
돌아 나온 레이더가 위협적으로 으르렁거리려고 했다. 녀석으로서
는 최선을 다했겠지만 하도 진을 뺐다 보니 남은 기운이 별로 없었다.

"앉아, 레이더."

녀석은 고마워하는 듯 납작 엎드렸다. 그래도 응급 구조사들은 녀
석을 멀찌감치 피해서 갔다.

그들은 현관 앞 계단에 쓰러져 있는 보디치 씨를 보고 신속하게
장비를 내리기 시작했다. 여자 구조사가 그렇게 심각해 보이지는 않
는다는 둥, 통증을 완화할 수 있도록 약을 주겠다는 둥 하며 안심시
키는 말을 늘어놓았다.

"약 이미 드셨어요."

나는 말하고 주머니에서 엠피린 통을 꺼냈다. 남자 구조사가 그걸 들여다보더니 이렇게 말했다.

"맙소사, 완전 골동품이네. 약효가 오래전에 다했겠어. 시시, 디미롤. 20이면 되겠어요."

레이더가 다시 돌아와 시시를 향해 형식적으로 한 번 으르렁거리고는 끙끙대며 자기 주인 곁으로 갔다. 보디치 씨가 오므린 손으로 녀석의 정수리를 쓰다듬고 손을 치우자 레이더는 옆 계단에 쭈그리고 앉았다.

내가 말했다.

"그 아이가 아저씨를 살렸어요. 병원에 같이 갈 수는 없겠지만 굶지는 않을 거예요."

나는 은색 뒷문 열쇠를 들고 있었다. 보디치 씨는 열쇠를 쳐다보느라 시시가 주사를 놓는데도 모르는 눈치였다. 그가 다시 거친 한숨을 토했다.

"알겠다, 젠장. 무슨 선택의 여지가 있겠니. 사료는 식료품 저장실의 커다란 플라스틱 양동이 안에 있어. 문 뒤쪽에. 6시에 한 컵 주면 되고, 병원에서 오늘 중으로 보내 주지 않으면 내일 오전 6시에 다시 한 컵 부탁하마."

그는 남자 구조사를 보며 물었다.

"병원에서 오늘 중으로 보내 줄까요?"

"글쎄요, 모르겠네요. 그건 제 권한 밖의 일이라서요."

그는 혈압 측정용 커프를 풀고 있었다. 시시는 나를 보며 눈빛으로 이렇게 말했다. 응, 오늘 중으로 보내 주지 않을 테고 그건 시작에 불과할 거야.

"오늘 저녁 6시, 내일 오전 6시에 한 컵씩. 알겠어요."

"양동이에 사료가 얼마나 남아 있는지 모르겠네. 모자라면 펫 팬트리에서 사다 줘. 오리젠 리지널 레드 사료를 먹어. 고기와 간식은 금물이고. 니체를 아는 녀석이니 안 까먹고 외울 수 있겠지."

보디치 씨의 눈빛이 게슴츠레해지기 시작했다.

"안 까먹을게요."

남자 구조사가 혈압 측정용 커프에 공기를 주입했는데 어떤 결과가 나왔는지 몰라도 마음에 들지 않는 모양이었다.

"선생님을 침대로 옮길게요. 저는 크레이그고 이쪽은 시시예요."

내가 말했다.

"저는 찰리 리드예요. 이분은 보디치 씨고요. 성함은 모르겠네요."

"하워드다."

보디치 씨가 말했다. 구조사들이 그를 들어 올리려고 하자 그는 잠깐만 기다려 달라고 했다. 그는 레이더의 얼굴을 양옆으로 붙잡고는 녀석의 눈을 들여다보았다.

"말썽 부리지 말고 얌전히 있어야 해. 얼른 돌아올게."

레이더는 낑낑거리며 보디치 씨를 핥았다. 그의 뺨 위로 눈물이 한 줄기 흘러내렸다. 통증 때문이었을 수도 있지만 나는 그렇게 생각하지 않는다.

"부엌 밀가루 통 안에 돈이 있어."

이렇게 얘기하고 났을 때 보디치 씨의 눈빛이 잠깐 맑아졌고 입가에 힘이 들어갔다.

"아니다. 밀가루 통 안에는 아무것도 없어. 깜빡했네. 만약……."

"선생님. 이제 그만 저희가……."

시시가 운을 떼자 보디치 씨는 그녀를 홀끗 쳐다보며 잠깐만 조용히 해 달라고 했다. 그런 다음 다시 나를 돌아보았다.

"만약 사료가 부족하면 네 돈으로 일단 사 주길 바란다. 나중에 갚을게. 알겠니?"

"네, 알겠어요."

나는 그 말을 듣고 다른 사실도 알아차렸다. 지금 초강력 진통제에 취해 있을지 몰라도 보디치 씨는 오늘 저녁이나 내일 저녁에 집으로 돌아올 수 없다는 걸 알고 있었다.

"됐다, 그럼. 잘 부탁하마. 내게 남은 건 이 아이뿐이라."

그는 마지막으로 레이더를 한 번 쓰다듬고 귓등을 긁어 준 다음 응급 구조사들을 향해 고개를 끄덕였다. 그가 침대로 옮겨지는 동안 이를 다문 채 비명을 터뜨리자 레이더가 짖었다.

"애야."

"네?"

"여기저기 *기웃거리지* 마라."

나는 그 말에 대꾸할 가치조차 느끼지 못했다. 크레이그와 시시는 침대가 덜컹거리지 않도록 거의 들다시피 해서 집의 모서리를 돌았다. 나도 그쪽으로 건너가 잔디밭에 세워져 있는 높이 조절형 사다리와 지붕을 차례대로 보았다. 보디치 씨는 홈통을 치우고 있었던 모양이었다. 아니면 치우려고 했든지.

원래 자리로 돌아가 계단에 앉았다. 집 앞쪽에서 다시 사이렌이 울렸다. 처음에는 소리가 요란했지만 그 빌어먹을 다리를 향해 언덕을 내려가는 동안 희미해졌다. 레이더는 귀를 쫑긋 세우고 소리가 들리는 쪽을 쳐다보았다. 나는 조심스럽게 그 녀석을 쓰다듬어 보았

다. 물려고 하지도, 심지어 으르렁거리지도 않길래 다시 한번 쓰다
듬었다.

"이제 우리 둘만 남은 것 같네."

레이더는 주둥이를 내 신발 위에 얹었다.

"저 아저씨는 심지어 고맙다고도 하지 않았어. 진짜 밥맛이다."

하지만 사실 화가 나지는 않았다. 왜냐하면 상관없었다. 고맙다는
인사는 필요 없었다. 이렇게 해서 빚을 갚을 수 있었으니까.

3

나는 아빠에게 전화해 상황을 설명하고, 가방을 훔쳐 간 사람이
없기만을 바라며 집을 빙 돌아서 갔다. 가방은 무사할 뿐 아니라 응
급 구조사가 문 안쪽에다 떨구어 주기까지 했다. 아빠는 도울 일이
있느냐고 했다. 나는 없다고, 여기 남아서 공부를 좀 하다가 6시에
레이더에게 사료를 주고 집으로 가겠다고 했다. 아빠는 퇴근길에 중
국 음식을 포장해서 들고 갈 테니 집에서 보자고 했다. 나는 사랑한
다고 했고 아빠는 이하동문이라고 했다.

나는 가방에서 자전거 잠금장치를 꺼낸 뒤 자전거를 들어서 집 안
으로 옮길까 고민하다가 에라 모르겠다 하고는 그냥 문에 끼워서 자
물쇠만 채웠다. 그러고는 한 걸음 뒤로 물러났다가 하마터면 레이더
에 걸려서 넘어질 뻔했다. 레이더는 깨갱거리며 잽싸게 도망쳤다.

"미안, 레이더. 미안."

나는 무릎을 꿇고 손을 내밀었다. 레이더는 잠깐 뜸을 들이다가
다가와 손을 킁킁거리더니 살짝 핥았다. 쿠조는 무슨 개뿔.

레이더를 꽁무니에 매달고서 집 뒤편으로 돌아갔을 때 별채가 보였다. 나는 공구를 넣어 두는 창고인가 보다고 생각했다. 주차장이라고 하기에는 너무 작았다. 쓰러진 사다리를 그 안에 들여놓을까 잠깐 고민하다가 비도 오지 않을 것 같고 해서 그냥 두기로 했다. 나중에 알게 된 사실이지만 사다리를 들고 35미터 정도를 이동했다 한들 소용없을 뻔했다. 문에 커다란 맹꽁이자물쇠가 달려 있었는데 그 열쇠는 보디치 씨가 들고 갔으니 말이다.

나는 레이더와 함께 집 안으로 들어가, 돌리는 방식의 구닥다리 전등 스위치를 찾아서 불을 켜고 묵은 책과 잡지로 덮인 복도를 지나 부엌으로 갔다. 부엌 천장에 달린 우윳빛 유리등은 아빠가 좋아하는 옛날 TCM 영화 세트에서 보던 것과 비슷했다. 식탁에 깔린 체크무늬 방수포는 빛이 바랬지만 깨끗했다. 졸업식 가운을 입고 사각모를 쓴 미스터 칩스(영화와 동명 소설 「굿바이, 미스터 칩스」의 주인공. 소심한 교사다—옮긴이)가 어슬렁어슬렁 들어오는 장면이 그려질 것도 같았다. 아니면 바브라 스탠윅이 딕 파월(1950년대와 60년대에 방영된 「딕 파월의 제인 그레이 극장」이라는 서부극 시리즈에서 둘이 부부로 출연한 적이 있었다—옮긴이)에게 술 한잔하려던 참인데 마침 잘 왔다고 하는 장면이. 나는 식탁 앞에 앉았다. 레이더는 아래로 들어가 새침하게 끙 하는 소리를 내며 자리를 잡고 앉았다. 착하다고 칭찬하자 녀석은 꼬리로 바닥을 쳤다.

"걱정 마, 아저씨는 금방 퇴원하실 거야."

나는 이렇게 말하고 속으로 *아마*도, 라고 중얼거렸다.

책을 펼치고 수학 문제를 몇 개 풀다가 에어팟을 꽂고 다음 날 프랑스어 수업 숙제인 「리앙 뀐 푸아」라는 팝송을 들었다. 제목은 '한

번만이라도', 뭐 이런 뜻이었고 나는 정통 록을 좋아하는 편이라 취향은 아니었지만 들으면 들을수록 좋아지는 노래였다. 그러다 귓전에서 계속 맴도는 지경에 이르면 질색하게 되지만. 나는 그 노래를 처음부터 끝까지 3번 반복해서 듣고, 따라 부르기 시작했다. 수행이 따라 부르기였다.

"Je suis sûr que tu es celle que j'ai toujours attendue."

한 줄 부르고 무심코 식탁 아래로 눈길을 돌려 보니 레이더가 귀를 뒤로 눕히고 불쌍하게 여기는 건가 싶은 표정으로 나를 쳐다보고 있었다. 그걸 보고 웃음보가 터졌다.

"본업에 충실한 편이 좋겠지?"

꼬리가 바닥을 때렸다.

"나한테 너무 뭐라고 하지는 마, 숙제라 그런 거니까. 한 번 더 들을래? 싫다고? 나도 싫어."

스토브 왼쪽으로 조리대 위에 똑같이 생긴 통이 네 개 일렬로 놓여 있고, 각각 **설탕, 밀가루, 커피, 과자**라고 적혀 있었다. 배가 고파서 쓰러질 것 같았다. 내 집이었다면 냉장고 문을 열고 그 안에 든 것 절반을 먹어 치웠겠지만, 여기는 남의 집이었고 손목시계를 확인해 보니 앞으로 1시간은 있어야 집으로 돌아갈 수 있었다. 나는 과자 통안에 뭐가 있는지 알아보기로 마음먹었다. 그건 여기저기 기웃거리고 다니는 것에 해당하지 않을 것이었다. 피칸 쿠키와 초콜릿을 입힌 마시멜로가 통을 입구까지 꽉 채우고 있었다. 개를 봐주고 있으니 한 개 정도는 먹어도 되지 않을까 싶었다. 아니면 두 개. 아니면 네 개. 나는 그쯤에서 멈췄지만 쉽지 않았다. 쿠키가 정말 꿀맛이었다.

나는 밀가루 통을 보자 보디치 씨가 그 안에 돈이 있다고 했던 것이 떠올랐다. 하지만 잠시 후에 눈빛이 예리하게 달라지더니 말을 바꿨던 것도 떠올랐다. *아니다, 밀가루 통 안에는 아무것도 없어, 깜빡했네.* 하마터면 그 안을 슬쩍 훔쳐볼 뻔했다. 불과 얼마 전이었다면 그랬을 테지만 그 시절은 이제 과거의 한때였다. 나는 다시 식탁에 앉아서 세계사 책을 펼쳤다.

베르사유 조약과 독일의 배상을 다룬 어려운 부분을 끙끙대며 읽다가 다시 손목시계를 확인해 보니(싱크대 위에 시계가 있었지만 가지 않았다) 6시 15분 전이었다. 이 정도면 법적으로 아무 문제가 없을 거라는 결론을 내리고 레이더에게 사료를 주기로 했다.

냉장고 옆에 달린 문이 식료품 저장실 문이 아닐까 싶었는데 정답이었다. 훌륭한 식료품 저장실 특유의 냄새가 났다. 나는 대롱대롱 매달린 줄을 당겨 불을 켰을 때 레이더에게 사료를 주려고 했던 것을 잠시 까맣게 잊었다. 그 조그만 벽이 바닥에서부터 천장까지, 이쪽에서 저쪽까지 통조림과 건조식품으로 도배가 되어 있었다. 스팸과 베이크드 빈과 정어리와 솔틴 크래커와 캠벨 수프가 있었고, 포도주스와 크랜베리 주스, 젤리와 잼이 담긴 병, 채소 통조림이 수십 개, 어쩌면 수백 개였다. 보디치 씨는 지구의 종말에 대비하고 있었다.

레이더가 자기를 잊지 말라는 듯이 끙끙거렸다. 문 뒤편을 보니 녀석의 사료가 담긴 플라스틱 통이 있었다. 용량이 40리터에서 50리터 정도 되어 보이는 통인데 사료가 바닥을 간신히 덮고 있었다. 보디치 씨가 일주일 이상 입원해 있으면 새로 사야 할 것 같았다.

통 안에 계량컵이 들어 있었다. 나는 그 컵 가득 사료를 담아서 녀석의 이름이 적힌 그릇에 부어 주었다. 레이더는 꼬리를 좌우로 천천히 흔들며 열심히 달려들었다. 늙었어도 여전히 먹성이 좋았다.

좋은 현상이겠지.

나는 점퍼를 입었다.

"나 이제 갈게. 잘 지내고 내일 아침에 보자."

하지만 우리는 그보다 더 일찍 만났다.

4

나는 아빠와 함께 중국음식을 게걸스럽게 먹어치우며 그날 오후에 있었던 일을 좀 더 자세히 설명했다. 보디치 씨가 계단 위에 쓰러져 있었던 것에서부터 시작해 묵은 책과 잡지로 덮인 복도를 거쳐 지구 종말에 대비한 식료품 저장실로 마침표를 찍었다.

아빠가 말했다.

"저장 강박증 환자로군. 나도 여럿 봤지, 대개는 환자가 죽은 다음에. 하지만 그 집은 깨끗하더란 말이지?"

나는 고개를 끄덕였다.

"적어도 부엌은요. 없는 게 없고 모든 게 제자리에 있어요. 작은 화장실의 수납장 안에 있는 오래된 약통에는 먼지가 앉았지만 다른 데서는 한 톨도 보이지 않았어요."

"차는 없고."

"네. 그리고 공구 창고는 차를 주차할 수 있을 만큼 넓지가 않고요."

"식료품은 배달시키는 모양이로군. 아마존이겠지. 우익들이 2040년이면 세계 정부가 될 거라고 벌벌 떠는 곳 말이야. 그 돈이 어디서 나는지, 얼마나 남았는지 궁금하네."

나도 그게 궁금했다. 파산 직전까지 다다랐던 사람들에게는 그런 호기심이 정상적인 반응이지 않을까 싶다.

아빠가 식탁에서 일어났다.

"마저 끝내야 하는 서류가 있어서. 내가 저녁 사 가지고 왔으니까 네가 치워라."

나는 식탁을 치우고 기타로 블루스를 몇 곡 연습했다(E장조로 된 곡이라면 뭐든 칠 수 있었다). 보통은 손가락이 아플 때까지 연습하는데 그날 저녁에는 아니었다. 야마하 기타를 방 한쪽 구석에 내려놓고 아빠에게 다시 보디치 씨 집에 가서 레이더가 어쩌고 있는지 보고 오겠다고 했다. 혼자서 잘 지내고 있는지 계속 신경이 쓰였다. 개들은 혼자 있어도 상관없을지 모르겠지만 어쩌면 아닐 수도 있었다.

"그래, 다녀와. 그놈을 우리 집에 데리고 올 생각은 하지 말고."

"암컷이에요."

"알았어. 하지만 암컷이든 수컷이든 새벽 3시에 외로워진 개가 우는 소리는 듣고 싶지 않거든."

"데리고 오지 않을게요."

잠깐 고민하긴 했었다는 걸 알릴 필요는 없었다.

"그리고 노먼 베이츠한테 잡히지도 말고."

나는 놀란 표정으로 아빠를 쳐다봤다.

"왜? 내가 몰랐을 줄 알았니?"

아빠는 씩 웃었다.

"그 집은 너랑 네 친구들이 태어나기 한참 전부터 사이코 하우스라고 불렸어."

5

나는 아빠의 말을 듣고 웃었지만 파인과 시카모어가 만나는 모퉁이에 다다랐을 때는 웃을 수가 없었다. 그 집이 언덕 위에서 별빛을 가리며 거대한 몸집을 드러냈던 것이다. *엄마! 피가 너무 많이 나요!* 노먼 베이츠의 대사가 떠오르자 그 빌어먹을 영화를 본 게 후회됐다.

그나마 대문 빗장을 아까보다 쉽게 풀 수 있어서 다행이었다. 나는 휴대전화 손전등을 켜고 집을 따라 걸어갔다. 손전등으로 벽을 한 번 비췄다가 후회했다. 유리창이 먼지투성이였고 블라인드가 모두 내려져 있었다. 앞을 보지 못할 창문들이 어찌된 일인지 나를 보며 무단침입을 못마땅하게 여기는 것처럼 느껴졌다. 모서리를 돌아 뒤쪽 현관으로 걸음을 옮기려던 찰나 탁 하는 소리가 들렸다. 나는 놀라서 휴대전화를 떨어뜨렸다. 휴대전화가 떨어지며 움직이는 그림자를 비췄다. 비명을 지르지는 않았지만 불알이 오그라들었다. 그 그림자가 나를 향해 물결치자 그대로 얼어붙었고, 미처 몸을 돌려 도망칠 겨를도 없이 레이더가 낑낑대는 소리와 함께 바짓가랑이에 코를 대고 비비며 위로 점프하려 했다. 하지만 허리와 고관절이 안 좋아서 몇 번 달려들었다가 결국에는 실패했다. 좀 전의 탁 하는 소리가 개구멍 문이 닫히는 소리였던 모양이다.

나는 무릎을 꿇고 앉아서 레이더를 끌어안고 한 손으로는 머리를 쓰다듬고 다른 손으로는 목걸이 아래를 긁어 주었다. 녀석이 얼굴을 핥으며 몸을 바짝 들이대는 바람에 고꾸라져 넘어질 뻔했다.

"괜찮아. 혼자 있어서 무서웠지? 당연히 그랬겠지."

보디치 씨는 차도 없고 모든 식료품을 배달시키는데, 이 녀석이 가장 최근에 혼자 있어 본 게 언제였을까? 아주 오래전이었을 것이다.

"괜찮아. 걱정할 것 없어. 이제 들어가자."

나는 휴대전화를 줍고 오그라들었던 불알이 제자리를 찾을 때까지 잠깐 기다렸다가 뒷문으로 갔다. 레이더가 어찌나 바짝 붙어서 걸어오는지 녀석의 머리가 계속 무릎에 부딪쳤다. 앤디 첸은 옛날 옛적에 이 집 앞마당에서 괴물 개를 보았다고 했다. 하지만 그건 몇 년 전의 일이었다. 이 아이는 발소리가 들리자마자 나를 맞이하려고 총알같이 튀어나온 겁쟁이 할머니 개였다.

우리는 뒤쪽 현관 앞 계단을 올라갔다. 내가 문을 열고 스위치를 돌려 묵은 책과 잡지로 덮인 복도의 불을 켰다. 개구멍에 달린 문을 보니 양옆과 위쪽에 각각 3개의 조그만 빗장이 달려 있었다. 나는 레이더가 밖을 쏘다니지 않게 집에서 나갈 때 빗장을 잘 채워야겠다고 다짐했다. 뒷마당에도 앞마당처럼 울타리가 쳐져 있겠지만 확실하지가 않았고 현재로서는 레이더의 보호자가 나였다.

나는 부엌으로 들어가 레이더의 앞에 무릎을 꿇고 앉아서 얼굴 양옆을 쓰다듬어 주었다. 레이더는 귀를 쫑긋 세우고 나를 유심히 쳐다보았다.

"여기서 밤새 같이 있어 주지는 못하지만 불 하나 켜 놓고 갈게. 그리고 내일 아침에 다시 와서 밥 주고. 알았지?"

레이더는 낑낑대며 내 손을 핥더니 사료 그릇 앞으로 갔다. 안에 아무것도 없는 그 그릇을 몇 번 핥고는 나를 쳐다봤다. 원하는 게 뭔지 상당히 분명했다.

"아침까지 참아."

레이더는 주저앉아서 주둥이를 자기 앞발에 얹었다. 그러는 동안에도 시선은 내게 고정했다.

"흠……."

나는 **과자**라고 적혀 있는 통 앞으로 갔다. 보디치 씨가 고기와 간식을 먹이면 안 된다고 했지만 그게 고기 간식을 주지 말라는 뜻이었을지 모른다고 생각하기로 했다. 의미론은 정말 놀랍지 않은가? 개들이 초콜릿은 질색한다는 얘기를 어디에선가 듣거나 읽은 기억이 희미하게 나길래 피칸 쿠키를 하나 꺼내 한 귀퉁이를 잘라서 내밀었다. 레이더는 킁킁 냄새를 맡더니 조심스럽게 받아먹었다.

나는 이제 그만 가야 한다는 생각을 하며 몇 시간 전에 앉아서 공부했던 식탁에 다시 앉았다. 이 녀석은 어린애도 아니고 그냥 개였다. 혼자 있는 걸 싫어할지 몰라도 개수대 아래 싱크대에 들어가 표백제를 마시거나 그럴 일은 없었다.

전화기가 울렸다. 아빠였다.

"별일 없지?"

"네, 그런데 와 보길 잘했어요. 제가 개구멍 문을 열어 놨더라고요. 제 발소리를 듣고 이 녀석이 뛰쳐나왔어요."

움직이는 그림자를 봤을 때 샤워 커튼 안에서 재닛 리가 비명을 지르며 칼을 피하려고 했던 장면이 번쩍 떠올랐다는 얘기는 할 필요가 없었다.

"자책할 것 없다. 어떻게 모든 걸 챙길 수 있겠어. 금방 올 거지?"

"네."

나는 나를 쳐다보는 레이더를 보았다.

"아빠, 그런데 아무래도……."

"안 돼, 찰리. 내일 학교에 가야 하잖니. 그 녀석이 새끼 강아지도 아니고 밤새 혼자 지낸들 별일 없을 거야."

"그렇죠. 저도 알아요."

레이더가 자리에서 일어나는데, 그 과정을 보고 있기가 조금 괴로웠다. 뒷다리로 몸을 받칠 수 있게 되자 녀석은 거실인가 싶은 어두컴컴한 곳으로 사라졌다.

"조금만 더 있다 갈게요. 애가 워낙 귀여워서요."

"알았다."

전화를 끊었을 때 나지막이 삑삑거리는 소리가 들렸다. 레이더가 장난감을 입에 물고 돌아왔다. 원숭이인 것 같긴 했지만 하도 잘근잘근 씹어 놓아서 정확히 알 수가 없었다. 휴대전화를 손에 든 김에 그 장면을 사진으로 찍었다. 레이더는 장난감을 들고 와 의자 옆에 떨어뜨렸다. 그러고는 눈빛으로 내게 어떻게 해야 하는지 알렸다.

나는 그 장난감을 부엌 저편으로 살살 던졌다. 레이더는 절뚝절뚝 쫓아가서 입으로 물고는 몇 번 삑삑거려 누가 대장인지 알려 준 다음 다시 들고 와서 의자 옆에 털썩 떨어뜨렸다. 녀석이 젊었을 때, 지금보다 덩치가 크고 훨씬 날렵했을 때 그 가엾은 원숭이(또는 전임자)를 얼마나 전속력으로 쫓아갔을지 상상이 됐다. 그날 앤디를 향해 달려들었던 것과 비슷하지 않았을까? 이제 뛸 수 있는 날은 지났지만 그래도 이 녀석은 최선을 다하고 있었다. 녀석이 무슨 생각을 하는지 상상이 되는 것도 같았다. *내 실력이 얼마나 좋은지 알겠지? 가지 마, 밤새도록 이렇게 놀 수도 있어!*

그럴 수가 없는 것이, 나는 가야 했다. 아빠가 집으로 오라고 했고 여기 있으면 과연 잠을 얼마나 잘 수 있을까 싶었다. 삐걱거리고 끙끙대는 정체 모를 소리가 난무할 테고 뭐가 숨어 있을지 모르는 방들도 너무 많았고…….

레이더가 삑삑거리는 원숭이를 다시 물고 왔다.

"이제 그만. 푹 쉬어요, 공주님."

뒤쪽 현관을 향해 발걸음을 옮기려는데, 좋은 생각이 떠올랐다. 나는 레이더가 장난감을 물고 온 어두컴컴한 방 안으로 들어가 뭔가가(예를 들면 쭈글쭈글하게 미라가 된 노먼 베이츠의 엄마) 내 손을 덥석 잡는 일은 없길 바라며 더듬더듬 스위치를 찾았다. 스위치를 찾아서 위로 올리자 딸깍 하는 소리가 났다.

보디치 씨의 집 거실도 부엌처럼 케케묵긴 했지만 깔끔했다. 짙은 갈색 천을 씌운 소파가 있었지만 별로 쓰인 적은 없어 보였다. 그가 애용했던 곳은 구닥다리 래그 러그 한복판에 대충 놓여 있는 안락의자였던 것 같았다. 보디치 씨의 앙상한 정강이 때문에 움푹 들어간 자국이 있었다. 파란색 샴브레이 셔츠가 등받이에 걸쳐져 있었다. 의자 맞은편에 선사시대 유물로 보이는 텔레비전이 놓여 있었다. 꼭대기에 안테나라는 물건이 달린 텔레비전이었다. 나는 휴대전화로 사진을 찍었다. 그렇게 오래된 텔레비전의 작동 여부는 알 수 없었지만 포스트잇이 잔뜩 붙은 책이 양옆에 쌓여 있는 걸 보면 작동이 된다 한들 별로 쓰인 적이 없을 듯했다. 거실 저쪽 구석에는 반려견 장난감이 수북이 쌓인 고리버들 의자가 있었는데 보디치 씨가 자기 반려견을 얼마나 사랑하는지 한눈에 알 수 있었다. 레이더가 터벅터벅 거실을 가로질러 솜이 들어간 토끼 인형을 집더니 희망에 찬 표정을 지으며 내게 물고 왔다.

"안 돼. 하지만 이건 가능해. 여기서 너희 주인님 냄새가 날 거야."

나는 의자 등받이에 걸쳐진 셔츠를 집어서 레이더의 그릇 옆 부엌

바닥에 펼쳤다. 녀석은 냄새를 맡더니 그 위로 드러누웠다.

"그렇지. 내일 아침에 보자."

나는 뒷문 쪽으로 가려다 말고 솜이 들어간 원숭이 인형을 들고 왔다. 레이더는 인형을 한두 번 씹었다. 장단을 맞춰 주기 위해서였을 것이다. 나는 뒤로 몇 걸음 물러나 휴대전화로 다시 사진을 찍었다. 그런 다음 밖으로 나가며 잊지 않고 개구멍 문에 빗장을 질렀다. 레이더가 집 안에 똥을 싼다면 내가 치워야 했다.

집으로 걸어가며 낙엽 때문에 막혔을 게 분명한 홈통에 대해 생각했다. 잔디를 깎지 않은 앞마당도. 페인트칠도 시급했지만 그건 능력 밖의 일이었다. 그래도 지저분한 유리창이나 주저앉은 말뚝 울타리는 내 선에서 해결할 수 있었다. 야구 시즌이 코앞이라 시간이 없다는 게 문제였지만. 레이더도 마음에 걸렸다. 첫눈에 반한 사랑이었다. 내 쪽에서뿐만 아니라 어쩌면 그 녀석 쪽에서도 그럴지 몰랐다. 이런 말이 괴상망측하거나 진부하거나 양쪽 모두로 들린다 한들 어쩔 수 없다. 아빠에게도 얘기했다시피 레이더는 마음에 쏙 드는 녀석이었다.

나는 그날 밤에 잠자리에 들며 알람을 오전 5시로 맞췄다. 그런 다음 영어를 가르치는 네빌 선생님께 문자를 보내 1교시 수업을 빠지게 됐다고, 프리드랜더 선생님께 2교시 수업도 빠질지 모른다고 전해 달라고 했다. 문병을 가야 된다고 했다.

3장.

문병. 포기하는 자는
절대 이길 수 없는 법. 창고.

1

퉁틀 무렵의 이른 햇살이 비추자 사이코 하우스는 덜 사이코 같아 보이긴 했지만 수북하게 웃자란 풀에서 피어오르는 안개 때문에 으스스한 분위기를 풍겼다. 레이더는 기다리고 있었는지 내가 계단을 오르는 발소리를 듣자마자 빗장이 질러진 개구멍 문을 쿵쿵 두드리기 시작했다. 계단도 헐겁고 흐물흐물해 이러다간 사고가 또 한 번 나겠다는 생각이 들었다. 해야 할 일이 하나 더 늘었다.

나는 열쇠를 꽂으며 말했다.

"진정해요, 공주님. 그러다 어디 한 군데 삐끗하겠네."

문이 열리자마자 레이더는 관절염이야 어찌 되거나 말거나 펄쩍펄쩍 뛰고 내 다리에 앞발을 얹으며 애정 공세를 퍼부었다. 부엌으로 따라 들어온 레이더는 내가 사료통 바닥을 긁어서 마지막 한 컵을 듬뿍 뜨는 걸 꼬리를 흔들며 지켜보았다. 녀석이 사료를 먹는 동안 아빠에게 문자를 보내 점심시간이나 퇴근길에 펫 팬트리라는 곳에 들러 오리젠 리지널 레드라는 애완견 사료를 한 봉지 사다 줄 수 있느냐고 물었다. 또 돈은 드리겠다고, 나중에 보디치 씨에게 받기로 했다고 다시 문자를 보냈다. 그런 다음 고민 끝에 세 번째 문자를 보냈다. **큰 걸로 사는 게 좋겠어요.**

시간이 얼마 걸리지도 않았는데 레이더는 식사를 벌써 끝내고는 원숭이를 물고 와서 내 의자 옆에 떨어뜨리더니 트림을 했다.

"미안하다고 해야지."

원숭이를 가볍게 던졌다. 레이더는 깡충깡충 뛰어가 다시 물고 왔다. 내가 원숭이를 다시 던지고 레이더가 주우러 가는 동안 휴대전화에서 알림음이 울렸다. 아빠였다. **오케이.**

원숭이를 다시 던졌지만 레이더는 그걸 주우러 가지 않고 절뚝거리며 묵은 책과 잡지로 덮인 복도를 지나 밖으로 나갔다. 목줄이 있는지 알 수 없었기에 필요한 경우 집 안으로 꼬드길 때 쓰려고 피칸 쿠키를 다시 한 귀퉁이 떼어 냈다. 그거면 될 거라고 자신할 수 있었다. 레이더는 타고난 먹보였다.

알고 보니 녀석을 집 안으로 부르는 건 어려울 게 없었다. 레이더는 한곳에 쭈그리고 앉아 작은 걸 해결하고 자리를 옮겨서 큰 걸 해결한 뒤에 돌아왔다. 일단 어려운 코스를 앞에 둔 등산객처럼 계단을 쳐다보다가 중간까지 올라왔다. 거기 잠깐 앉아 있다가 나머지를 올라왔다. 녀석이 언제까지 혼자 계단을 오를 수 있을지 모르겠다는 생각이 들었다.

"이제 가야겠다. 나중에 또 보자, 공주님."

나는 집에서 개를 키운 적이 없었기 때문에 개들이 눈으로 얼마나 풍부한 표정을 지을 수 있는지 미처 몰랐다. 레이더는 가지 말라고 눈빛으로 애원하고 있었다. 나도 같이 있고 싶었지만 어느 시인도 말했다시피(로버트 프로스트가 「눈 내리는 저녁 숲가에 멈추어 서서」에서 말한 구절이다 — 옮긴이) 나에게는 지켜야 할 약속이 있었다. 나는 녀석을 몇 번 쓰다듬고 말썽 부리지 말고 얌전히 있으라고 했다. 인간의 1년이 개에게는 7년에 해당한다는 말을 어디에선가 읽은 기억이 났다. 물론 얼추 그렇다는 거겠지만 적어도 나이를 짐작하는 한 방편은 될 수 있었다. 그것이 시간이라는 측면에서 개에게는 어떤 의미가 될까? 내가 만일 6시에 다시 와서 레이더에게 사료를 준다면 내게는 약 12시간 뒤가 될 것이었다. 그러면 이 녀석에게는 84시간 뒤가 될까? 3일하고 반나절 뒤? 그렇다면 나를 보고 반가워서 어쩔 줄 몰라 하는 것도 무리는 아니었다. 게다가 분명히 보디치 씨를 보고 싶을 테다.

문을 잠그고 계단을 내려가 레이더가 볼일을 해결한 쪽을 바라보았다. 뒷마당 청소도 유익한 봉사 활동이 될 수 있었다. 보디치 씨가 청소를 직접 해 오지 않았다면 말이다. 풀이 그렇게 웃자라 있으니 알 수가 없었다. 그가 청소를 하지 않았다면 누군가가 대신 해야 했다.

네가 그 누군가야. 나는 자전거를 세워 놓은 곳으로 돌아가며 생각했다. 맞는 말이었지만 공교롭게도 나는 바쁜 몸이었다. 야구도 있거니와 연말에 하는 「하이 스쿨 뮤지컬」 오디션도 고민하던 중이었다. 3학년 퀸카 지나 파스카렐리와 「브레이킹 프리」를 열창하고 싶은 꿈이 있었다.

타탄 코트로 중무장한 여자가 자전거 옆에 서 있었다. 내가 알기로는 래글런드 부인인가 그랬다. 아니면 레이건 부인.

"네가 구급차를 불렀니?"

"네."

"상태가 어때? 보디치 씨 말이야."

"저도 잘 모르겠어요. 다리가 부러진 건 확실해요."

"흠, 오늘의 선행감이네. 아니면 올해의 선행감일 수도 있겠고. 그분과는 교류가 거의 없어서 살가운 이웃이라고 불 수는 없지만 악감정은 없어. 흉물스러운 이 집은 얘기가 다르지만. 너, 조지 리드의 아들이지?"

"네, 맞아요."

그녀는 손을 내밀었다.

"앨시어 리치랜드야."

나는 그녀와 악수했다.

"만나서 반갑습니다."

"개는 어쩌고 있어? 그 무서운 저먼 셰퍼드 말이야. 보디치 씨가 그놈을 아침 일찍 아니면 가끔은 해가 진 뒤에 데리고 나와서 산책을 시켰는데. 아이들이 집 안으로 들어간 뒤에."

그녀는 서글프게 주저앉은 말뚝 울타리를 가리켰다.

"저걸로는 그놈을 막을 수가 없을 테니까."

"암컷이고 제가 돌보고 있어요."

"정말 착하네. 물리는 일은 없길 바란다."

"이제는 많이 늙었어요. 사납지도 않고요."

"너한테야 그렇겠지. 우리 아빠가 입버릇처럼 하신 말씀이 있거든. '늙은 개가 갑절은 세게 문다'고. 그 쓰레기 같은 주간지 기자가 찾아와서 나더러 무슨 일이 있었느냐고 묻더라. 긴급 출동 전문 기자인 것 같았어. 경찰서, 소방서, 응급실, 뭐 그런 데를 담당하는."

그녀는 코를 훌쩍였다.

"네 또래로 보이던데."

"기억하고 있을게요."

나는 이렇게 대답했다. 왜 그래야 하는지는 모르겠지만.

"이제 그만 가야겠어요, 리치랜드 부인. 학교 수업 시작하기 전에 보디치 씨가 입원한 병원에 다녀오고 싶어서요."

그녀는 웃음을 터뜨렸다.

"아카디아 병원이면 9시가 지나야 면회가 가능해. 이렇게 일찍은 절대 들여보내 주지 않을 거야."

2

하지만 병원 측에서는 들여보내 주었다. 안내 데스크 직원은 수업이 있고 그 후에는 야구 연습이 있다는 말에는 꿈쩍하지 않았지만 내가 구급차를 부른 사람이라고 하자 올라가도 좋다고 했다.

"322호실이야. 엘리베이터는 오른쪽에 있고."

3층 복도를 절반쯤 갔을 때 한 간호사가 하워드 보디치 환자를 만나러 왔느냐고 물었다. 그렇다고 하고 상태가 어떠냐고 물었다.

"수술 하나 받으셨고 하나 더 남았어. 그것까지 끝나면 한참 동안 재활을 거치면서 물리 치료도 여러 번 받으셔야 할 거야. 물리 치료는 아마 멜리사 윌콕스가 맡게 될 테고. 다리가 심하게 부러진 데다 고관절도 많이 손상됐거든. 그래서 인공 관절 수술을 받으셔야 해. 안 그러면 아무리 열심히 물리 치료를 받아도 평생 보행 보조기나 휠체어 신세를 져야 해서."

"맙소사. 보디치 씨도 그걸 아세요?"

"접합 수술을 한 선생님이 지금 당장 아셔야 하는 부분을 알려 드릴 거야. 네가 구급차를 불렀니?"

"네."

"흠, 그럼 네가 그분의 생명의 은인일 수도 있겠다. 그런 쇼크 상태로 밤새 집 밖에 있었다면…."

간호사는 고개를 저었다.

"개가 은인이었어요. 제가 그분 개가 우는 소리를 들었거든요."

"그 개가 911에 연락한 건 아니잖아."

나는 연락은 내가 한 게 맞는다고 인정했다.

"그 환자를 만나고 싶으면 얼른 가 봐. 내가 방금 진통제를 투여해서 금방 잠이 드실 테니까. 다리와 고관절 골절은 둘째치고 심각한 저체중이야. 골다공증에 걸리기 십상이지. 15분 있으면 그분이 꿈나라로 떠날 거야."

3

보디치 씨의 다리는 1930년대 코미디 영화에서 곧바로 공수된 듯한 도르래 장치에 매달려 있었지만…… 얼굴에는 웃음기가 없었다. 나도 마찬가지였다. 그의 얼굴은 주름살이 더 깊어져서 거의 칼로 새긴 수준이었다. 눈 아래의 다크서클도 더 짙어졌다. 머리칼은 푸석푸석하니 횡했고 군데군데 섞인 빨간색이 빛바랜 듯이 보였다. 같은 방을 쓰는 환자가 있었던 것 같은데 중간에 초록색 커튼이 쳐져 있어서 얼굴은 보지 못했다. 보디치 씨가 나를 보고 침대에서 일어나 앉으려다 얼굴을 찡그리며 숨을 토했다.

"안녕. 이름이 뭐더라? 얘기해 줬는지 모르겠다만 기억이 나질 않네. 현재 상황을 감안했을 때 정상 참작이 될 것도 같다만."

나 같아도 기억을 하지 못했을 것 같기에 다시 한번(아니면 처음으로) 이름을 알려 주고 좀 어떠냐고 물었다.

"아주 엿 같지. 보면 알겠다만."

"속상하시겠어요."

"두말하면 입 아프지."

그러고는 애써 예의를 갖추며.

"고맙네, 리드 군. 병원에서 그러는데 자네가 내 생명의 은인일지 모른다더군. 지금 당장은 내 목숨이 그럴 만한 가치가 없는 것처럼 느껴지지만 부처가 그런 말을 했다지? '모든 건 변한다'고. 어떤 경우에는 좀 더 나은 쪽으로, 내 경험상 그런 경우는 드물지만."

나는 아빠와 응급 구조사와 리치랜드 부인에게 했던 말을 반복했다. 생명의 은인은 사실 그 개였다고, 그 녀석이 울부짖는 소리를 듣지 못했다면 자전거를 타고 그냥 지나쳤을 거라고 말이다.

"그 아이는 어쩌고 있어?"

"잘 있어요."

나는 침대 옆의 의자에 앉아서 원숭이를 가지고 노는 레이더 사진을 보여 주었다. 그는 사진들을 여러 번 왔다 갔다 하며 보았다(내가 방법을 알려 주어야 했다). 사진 덕분에 보디치 씨가 좀 더 건강해지지는 못했을지 몰라도 좀 더 행복해지기는 한 것 같았다. 간호사 말로는 *한참 동안 재활을 거쳐야* 된다고 하지 않았던가.

보디치 씨는 미소가 사라진 얼굴로 내게 전화기를 돌려주었다.

"이 빌어먹을 병실 신세를 얼마나 져야 하는지 아직 들은 바 없지만 바보도 아니고 제법 오래 있어야 한다는 것쯤은 알아. 그 아이를 안락사시키는 문제를 고민해 봐야 할지 모르겠다. 행복하게 잘 살았지만 이제는 고관절이⋯⋯."

"맙소사, 그러지 마세요."

나는 놀란 목소리로 말했다.

"제가 돌볼게요. 기꺼이."

보디치 씨가 나를 쳐다보았다. 처음으로 짜증이나 체념이 아닌 다른 표정을 짓고 있었다.

"그래 주겠니? 너를 믿고 맡겨도 될까?"

"네. 사료가 거의 떨어졌지만 아빠께서 그 오리젠인가 하는 걸 오늘 한 봉지 사다 주기로 하셨어요. 오전 6시, 오후 6시. 잘 챙길게요. 믿으셔도 돼요."

그는 나를 향해 손을 내밀었다. 손을 잡거나 적어도 한 번 토닥이려는 생각이었을 테고 나도 허락했을 테지만 보디치 씨가 중간에 손을 거두었다.

"그렇다니⋯⋯ 정말 고맙다."

"저는 그 아이가 좋아요. 그 아이도 저를 좋아하고요."

"그래? 다행이네. 그 아이가 못돼먹은 늙은이는 아니거든."

그의 눈빛이 점점 게슴츠레해지고 발음이 살짝 뭉개졌다. 간호사가 투여했다는 뭔지 모를 약의 약효가 발휘되기 시작했다.

"입질은 하지 않는데, 예전에는 동네 아이들을 기겁하게 했지. 그래서 고마웠어. 대부분 참견하기 좋아하는 애새끼들이었으니까. 거기다 시끄럽고. 그리고 도둑은? 걱정 접어도 됐지. 레이더가 짖는 소리를 들으면 다들 도망치기 바빴으니까. 하지만 지금은 늙어서."

보디치 씨는 한숨을 쉬었다가 기침을 하고는 움찔했다.

"늙은 게 그 아이 혼자도 아니고."

"제가 잘 돌볼게요. 언덕 아래에 있는 저희 집까지 산책도 시키고 하면서."

그래도 되겠는지 곰곰이 생각하는 동안 보디치 씨의 눈빛이 조금 날카로워졌다.

"레이더는 새끼일 때 데려온 뒤로 다른 집에는 가 본 적이 없었어. 그냥 내 집…… 마당……."

"리치랜드 부인께 들었는데, 아저씨가 데리고 산책도 하고 그러셨다면서요."

"리치랜드 부인이라면 그 길 건너편에 사는 참견대장 말이냐? 뭐, 그래, 맞아. 산책도 했었지. 레이더가 걷는 걸 피곤해하지 않았을 때. 이제는 멀리 데리고 나가면 겁이 나서. 파인가까지 갔는데 그 아이가 거기서 퍼져 버리면 어떻게 하니?"

그는 자기 몸을 내려다보았다.

"퍼져 버린 사람은 나야. 아무 데도 못 가게 된 사람은."

"너무 몰아붙이지 않고 살살 할게요."

보디치 씨는 긴장을 풀었다.

"나중에 정산하마…… 그 아이 사료비. 그리고 네가 들인 시간에 대해서도."

"그건 신경 쓰지 마세요."

"내가 퇴원할 때까지 잘 지내고 있어야 할 텐데. 내가 퇴원이나 할 수 있을지 모르겠다만."

"할 수 있으실 거예요, 보디치 씨."

"그 아이…… 사료를 챙길 거면…… 나를 하워드라고 불러 주는 게 좋겠다만."

나는 그럴 수 있을지 자신이 없었지만 그래도 알겠다고 했다.

"다른 사진 또 볼 수 있을까?"

"그럼요. 이제 그만 가 볼게요, 보…… 하워드 아저씨. 좀 쉬세요."

"그럴 수밖에 없겠어."

보디치 씨는 눈을 스르르 감았다가 다시 천천히 떴다.

"내 몸에 뭘 넣었는지 모르겠지만…… 후! 장난이 아니네."

보디치 씨의 눈이 다시 감겼다. 나는 자리에서 일어나 출입문을 향해 걸음을 옮겼다.

"잠깐. 네 이름이 뭐랬지?"

"찰리요."

"고맙다, 찰리. 나는 그 아이에게…… 다시 한번 기회를 주는 것도 괜찮지 않을까 생각했어. 나를 위해서가 아니라…… 나는 한 번으로 충분했으니까…… 사는 게 짐이 되거든. 너도 살 만큼 살면 이게 무슨 말인지 알게 될 거라고 본다만. 하지만 그 아이는…… 레이더 는…… 그러다 내가 나이를 먹어서 그 빌어먹을 사다리에서 떨어지는 바람에……."

"제가 사진 몇 장 더 찍어서 올게요."

"부탁한다."

내가 나가려고 몸을 돌렸을 때 보디치 씨가 다시 말을 꺼냈지만 나 들으라고 한 말은 아니었을 것이다.

"용감한 사람은 다른 사람을 돕지. 겁쟁이는 선물만 가져다주고 그만이지만."

그는 다시 말을 끊고 코를 골기 시작했다.

복도를 반쯤 갔을 때 좀 전에 대화를 나누었던 간호사가 부연 소변이 담긴 봉투인가 싶은 걸 들고 어느 병실에서 나왔다. 그녀는 나를 보더니 수건으로 봉투를 덮고 문병 잘했느냐고 물었다.

"네. 그런데 막판에서는 횡설수설하시더라고요."

그녀는 미소를 지었다.

"데메롤(마약성 진통제 ─ 옮긴이)을 맞으면 원래 그래. 얼른 가. 학교 가야지."

4

힐뷰 고등학교에 도착했을 즈음에는 2교시가 시작된 지 10분 뒤라 복도에 아무도 없었다. 나는 교무실에 가서 머리를 섬뜩한 파란색으로 물들인, 나이 많고 푸근한 실비어스 선생님께 지각 사유서를 받았다. 선생님은 나이가 아무리 못해도 75세는 돼서 일반적인 정년을 훌쩍 넘겼지만 여전히 예리하고 싹싹했다. 내가 생각하기에 10대들을 상대할 때는 싹싹함이 필수 조건이다.

"어제 네가 어떤 분의 생명을 구했다며?"

선생님이 서류에 서명하며 말했다.

"누구한테 들으셨어요?"

"새가 와서 알려 주던데. 쩍쩍쩍. 소문이라는 게 돌기 마련이잖니, 찰리."

나는 서류를 받아 들었다.

"사실은 제가 아니라 그분이 기르는 개가 구한 거예요. 그 아이가 우는 소리를 들었거든요."

아무도 내 말을 믿지 않으니 이렇게 설명하는 것도 지긋지긋했다. 이상했다. 다들 반려견의 영웅담을 좋아하지 않나?

"저는 그냥 911에 연락한 게 다예요."

"알았으니까 이제 얼른 교실로 뛰어가."

"그 전에 뭐 하나만 보여 드려도 돼요?"

"후딱 보여 줄 수 있는 거면."

나는 전화기를 꺼내 보디치 씨의 텔레비전 사진을 보여 주었다.

"위에 달린 게 안테나 맞죠?"

"우리는 이걸 토끼 귀라고 불렀지."

실비어스 선생님은 보디치 씨가 원숭이 장난감을 가지고 노는 레이더 사진을 보았을 때 지은 것과 비슷한 미소를 짓고 있었다.

"그러면 전파 수신이 더 잘 된다고 해서 끝을 은박지로 감싸고 그랬어. 그나저나 이 *텔레비전* 뭐니? 맙소사! 작동이 되긴 하니?"

"모르겠어요. 틀어 보진 않았어요."

"우리 가족이 맨 처음 산 텔레비전이 이렇게 생겼었어. 제니스 테이블 모델. 너무 무거워서 우리 아빠가 그걸 들고 그때 당시 살았던 아파트 계단을 오르다 허리가 나갔지. 그걸 1시간 단위로 끊어 가며 봤다는 거 아니겠니. 「애니 오클리」, 「와일드 빌 히코크」, 「캡틴 캥거루」, 「크루세이더 래빗」……. 머리가 아플 때까지! 한번은 고장이 나서 화면에 줄이 죽죽 그어진 적이 있었는데, 아빠의 연락을 받고 수리 기사가 관이 잔뜩 든 트렁크를 들고 왔지."

"관이요?"

"진공관. 그 옛날 전등처럼 주황색 빛을 내는 관이었어. 못 쓰게 된 진공관을 새 걸로 교체하니까 텔레비전이 다시 멀쩡해졌지."

선생님은 내 휴대전화로 찍은 사진을 다시 한번 보았다.

"이 텔레비전도 진공관이 오래전에 타 버렸을 거야."

"보디치 씨가 이베이나 크레이그스리스트에서 사 놓지 않았을까요? 요즘은 인터넷으로 뭐든 살 수 있잖아요. 돈만 있으면."

그런데 보디치 씨가 인터넷을 할 것 같지는 않았다.

실비어스 선생님은 내게 전화기를 돌려주었다.

"어서 나가 봐라, 찰리. 물리 수업이 기다리고 있잖니."

5

하크니스 감독님은 그날 오후 연습 시간에 실과 바늘처럼 나를 밀착 마크했다. 아니, 좀 더 정확히 말하면 똥을 본 파리처럼 밀착 마크했다. 내 플레이가 워낙 똥 같았기 때문이었다. 삼각 고깔 3개를 도는 풋워크 훈련을 했을 때도 계속 엉뚱한 방향으로 움직였고, 한 번은 양쪽으로 동시에 움직이려다 엉덩방아를 찧어서 박장대소를 유발했다. 더블 플레이 연습 때는 1루수를 보면서 넋을 놓는 바람에 2루수가 던진 공이 내가 이동했었어야 하는 지점을 쌩하니 지나 체육관 벽을 맞고 튀었다. 감독님이 1루 쪽으로 땅볼을 쳤을 때는 공을 향해 제대로 달려들기는 했지만 글러브를 내리지 않아서 공을(걷는 속도로 굴러온 평범한 땅볼이었다) 가랑이 사이로 흘렸다. 하지만 하크니스 감독님을 폭발시킨 마지막 결정타는 번트 연습이었다. 내가 3루 쪽으로 공을 보내지 못하고 계속 투수 플라이를 쳤던 것이다.

감독님은 야외용 의자를 박차고 일어나 나온 배를 흔들고, 목에

건 호루라기로 작지 않은 가슴 사이를 때리며 홈플레이트로 성큼성큼 걸어왔다.

"야이씨, 리드! 지금 할머니같이 움직이고 있잖아! 공 좀 그만 때려라! 방망이를 내리고 공이 와서 맞게 해야지. 몇 번을 가르쳐 줘야 하냐?"

그는 방망이를 잡고 팔꿈치로 나를 밀친 다음 그날 배팅볼 투수를 맡은 랜디 모건을 마주 보고 섰다.

"던져! 맥아리 없게 말고, 세게!"

랜디가 있는 힘껏 공을 던졌다. 감독님은 허리를 숙이고 완벽하게 번트를 댔다. 공이 3루선상을 따라서 딱 알맞게 굴렀다. 스티브 돔브로스키가 달려들어 공을 맨손으로 집으려다가 놓쳤다.

감독님이 나를 돌아보았다.

"자! 이렇게 하라고! 무슨 생각을 하고 있는지 모르겠다만 비워 내!"

나는 보디치 씨의 집에서 내가 오기만을 기다리고 있을 레이더 생각을 하고 있었다. 내게는 12시간이지만 그 아이에게는 3일 반나절일 수 있었다. 자기 혼자 남겨진 이유를 모를 텐데, 던져 주는 사람이 없으면 삑삑 소리 나는 원숭이 장난감을 가지고 놀 수 없었다. 집 안을 어지럽히지 않으려고 노력하고 있을까? 아니면…… 개구멍 문이 닫혀 있으니 이미 어딘가에 저질러 놨을까? 그렇다면 그게 자기 잘못이 아니라는 걸 모를 가능성이 컸다. 그리고 그 들쭉날쭉한 잔디밭과 주저앉은 말뚝 울타리도 머릿속을 어지럽히고 있었다.

하크니스 감독님이 방망이를 건넸다.

"이제 제대로 한 번 굴려 봐."

랜디는 투구 연습을 하지 않고 내가 곤경에서 벗어날 수 있게 그냥 배팅볼을 던졌다. 나는 허리를 숙이고…… 뜬공을 쳤다. 랜디는 연습용 마운드에서 내려올 필요도 없이 그 자리에서 공을 받았다.

"됐다. 하이파이브 하자."

감독님이 말했다. 체육관을 5바퀴 뛰라는 뜻이었다.

"싫어요."

체육관 안에서 들리던 재잘거림이 일제히 멎었다. 우리 쪽 절반뿐 아니라 여학생들이 배구 연습을 하던 저쪽 절반도 마찬가지였다. 모두들 여길 주시하고 있었다. 랜디는 미소를 감추려는 건지 글러브로 입을 가렸다.

감독님은 두툼한 엉덩이에 두 손을 얹었다.

"지금 뭐라 그랬냐?"

화가 나서 그런 게 아니었기 때문에 방망이를 던지지 않고 그냥 감독님에게 내밀었다. 그는 놀라서 멍하니 방망이를 건네받았다.

"싫다고요. 이제 연습 그만할게요."

나는 라커룸 쪽으로 걸음을 옮기기 시작했다.

"이리 와라, 리드!"

나는 고개를 젓지도 않고 계속 걸어가기만 했다.

"지금 당장 돌아와! 흥분을 가라앉힌 뒤에 오면 후회하게 될 거야!"

하지만 나는 흥분하지 않았다. 차분하고 침착했다. 속을 썩이던 수학 문제가 보기보다 어렵지 않다는 걸 알게 된 사람처럼 행복했다.

"야, 리드!"

감독님이 이제는 약간 당황한 목소리로 외쳤다. 내가 우리 팀에서 가장 잘 치는 타자라서 그랬을 수도 있고 다른 팀원들 앞에서 벌어진 반란이라 그랬을 수도 있다.

"돌아와! 승자는 중도 포기하지 않고 중도 포기자는 이기지 못한다!"

"그럼 저는 그냥 패배자 할게요."

나는 라커룸으로 계단을 내려가 옷을 갈아입었다. 힐뷰 고등학교에서의 내 야구 인생은 이렇게 끝났지만 아쉬웠는가 하면 아니었다. 팀원들의 기대를 저버린 건 조금 아쉬웠지만 감독님도 입버릇처럼 지적했다시피 팀(Team)이라는 단어 안에 나(I)는 없었다. 그들은 나 없이 팀을 꾸려 나가야 할 것이다. 나에게는 다른 볼일이 있었다.

6

나는 보디치 씨의 우편함에서 우편물을 꺼내고(개인적인 우편물은 없고 모두 평범한 홍보물이었다) 뒷문으로 들어갔다. 레이더는 몸이 안 좋은지 달려들지 못했다. 그래서 녀석의 앞발을 가볍게 잡고 일으켜 허리에 앞발을 얹고 나를 향해 치켜든 머리를 쓰다듬어 주었다. 내친김에 희끗희끗해진 주둥이도 몇 번 쓰다듬어 주었다. 레이더는 현관 앞 계단을 조심스럽게 내려가 볼일을 봤다. 다시 한번 예의 그 평가하는 눈빛으로 살핀 뒤에 계단을 올라왔다. 나는 녀석에게 잘했다고, 하크니스 감독님이 자랑스러워할 거라고 말했다.

빽빽거리는 원숭이를 몇 번 던져 주고 사진을 찍었다. 장난감 바구니에 빽빽거리는 다른 녀석들도 있었지만 누가 봐도 레이더는 원숭이를 제일 좋아했다.

쓰러진 사다리를 치우러 밖으로 나가자 레이더도 따라 나왔다. 나는 사다리를 창고까지 들고 갔지만 문에 달린 튼튼한 자물쇠를 보고 그냥 처마 아래에 기대어 세워 놓았다. 내가 그러는 동안 레이더가 으르렁거리기 시작했다. 자물쇠가 달린 문 6미터쯤 앞에서 귀를 뒤로 눕히고 주둥이를 찡그리며 몸을 웅크렸다.

"왜 그래? 스컹크나 마못이 안에 갇혔다 한들 어쩔 방법이……."

문 뒤에서 뭔가를 긁는 소리에 이어 재잘거리는 듯한 희한한 소리가 들리자 뒷덜미가 쭈뼛해졌다. 동물이 내는 소리가 아니었다. 지금까지 들어 본 적 없는 소리였다. 레이더는 짖다가 낑낑대다가 배를 바닥에 댄 채 뒷걸음질 쳤다. 나도 뒷걸음질 치고 싶었지만 주먹 옆면으로 문을 세게 두드리고 기다렸다. 레이더가 보인 반응이 아니었다면 착각했다고 여겼겠지만 어찌 됐든 내가 취할 수 있는 조치는 없었다. 문은 잠겼고 창문은 없었다.

나는 도발이라도 하려는 듯 문을 다시 한번 세게 두드렸다. 더는 아무 소리도 나지 않자 집 안으로 돌아갔다. 레이더가 끙끙대며 몸을 일으켜 뒤따라왔다. 내가 한 번 뒤를 돌아보니 그 아이도 뒤를 돌아보고 있었다.

7

잠깐 원숭이 장난감으로 레이더와 놀아 주었다. 레이더가 리놀륨 바닥에 주저앉으며 *이제 됐다*는 표정으로 쳐다보자 나는 아빠에게 전화해 야구를 때려치웠다고 전했다.

"알아. 하크니스 감독한테 이미 전화 받았거든. 분위기가 조금 과열되기는 했지만 네가 돌아와서 먼저 자기에게, 그다음에는 모든 팀원에게 사과하면 다시 받아 주겠다고 하더라. 네가 팀원들을 실망시켰다면서."

짜증이 나는 동시에 우스웠다.

"이게 무슨 우리 주 1등을 뽑는 결승전도 아니고 체육관에서 한 연습이었어요. 그리고 감독님이 왕재수처럼 굴었고요."

물론 나는 그의 그런 태도에 익숙해져 있었다. 우리 모두 그랬다. 하크니스 감독님은 왕재수의 대명사였다.

"그러니까 사과할 생각 없다는 거지?"

"정신 똑바로 차리지 않은 것에 대해서는 사과할 수 있어요. 딴생각하고 있었으니까. 보디치 씨. 그리고 레이더. 그리고 이 집. 아직은 버티고 있지만 쓰러지기 직전이거든요. 시간만 있으면 제가 할 수 있는 일이 많은데 이제 시간이 생겼어요."

아빠는 내가 한 말을 잠깐 동안 정리했다.

"네가 그걸 중요하게 생각하는 이유를 잘 모르겠다. 개를 보살피는 건 알겠어, 그건 인간으로서의 도리니까. 하지만 보디치 씨는 전혀 모르는 사람이잖니."

그 말에 내가 뭐라고 대답할 수 있을까? 하나님과 약속한 게 있다고? 아빠가 잔인하게 폭소를 터뜨리지는 않을지 몰라도(아마 그러지는 않을 것이다) 그건 어린애, 전도사, 케이블 뉴스를 보며 어떤 요술 쿠션을 사거나 다이어트만 하면 자기들의 병이 모두 나을 거라고 믿는 마약쟁이들이나 할 법한 생각이라고 얘기할 것이다. 가장 끔찍하게는 아빠가 몸부림치며 계속 술을 참고 있는 걸 내 덕으로 돌리려나 보다고 오해할 수도 있었다.

또 다른 이유도 있었으니 이건 내 개인적인 문제였다. 내 문제였다.

"찰리? 내 말 듣고 있니?"

"듣고 있어요. 그분이 다시 걸을 수 있을 때까지 제가 할 수 있는 일을 하고 싶다는 것 말고는 드릴 말씀이 없어요."

아빠는 한숨을 쉬었다.

"사과나무에서 떨어져 팔이 부러진 어린애가 아니라 노인이잖니. 두 번 다시 걷지 못할 수도 있어. 그 생각은 안 해 봤니?"

안 해 봤고 이제 와서 생각할 이유도 없어 보였다.

"아빠가 하는 그 프로그램에서는 그러잖아요. 오늘 당장의 일만 생각하라고."

아빠는 쿡쿡 웃었다.

"과거는 역사고 미래는 수수께끼라고도 하지."

"명언이네요, 아빠. 그럼 야구 문제는 이렇게 하기로 하는 거죠?"

"그래, 하지만 주를 대표하는 팀에서 활약했다고 하면 대입 원서가 풍성해질 거야. 그건 알지?"

"알아요."

"미식축구는? 그것도 때려치울 거냐?"

"아직은 아니에요."

적어도 미식축구에서는 하크니스 감독님을 상대할 일이 없었다.

"8월에 연습을 시작할 무렵이면 보디치 씨가 괜찮아지겠죠."

"아닐 수도 있고."

"그렇죠. 미래는 수수께끼니까요."

나는 시인했다.

"맞아. 네 엄마가 지피까지 걸어갔다 오겠다고 한 그날 저녁을 생각하면……."

아빠는 말끝을 흐렸다. 나도 뭐라고 하면 좋을지 생각이 나지 않았다.

"하나만 부탁하마. 「위클리 선」기자가 찾아와서 네 연락처를 알려 달라고 하더라. 네 연락처는 알려 주지 않고 그 기자의 연락처를 받아 놨어. 보디치 씨의 생명을 구한 걸로 인터뷰하고 싶대. 사회면, 뭐 그 비슷한 기사로."

"사실 제가 구한 게 아니라 레이더가……."

"그 기자한테 그렇게 얘기해도 돼. 하지만 만약 네가 지원하는 대학 측에서 야구를 그만둔 이유를 문제 삼는다면 그런 기사가……."

"알겠어요. 번호 알려 주세요."

아빠가 알려 준 번호를 연락처에 입력했다.

"저녁 집에서 먹을 거지?"

"레이더 사료 챙겨 주고 곧장 갈게요."

"그래. 사랑한다, 찰리."

나는 아빠에게 나도 사랑한다고 말했다. 진짜였다. 아빠는 훌륭한 사람이었다. 힘든 시기가 있었지만 이겨냈다. 모두가 그럴 수 있는 건 아니다.

8

나는 레이더에게 사료를 주고 내일 아침 일찍 오겠다고 얘기한 뒤에 창고로 걸어갔다. 점점 엄습해 오는 쌀쌀한 4월의 어스름에 감싸인, 그 창문 하나 없는 조그만 건물은 왠지 모르게 아주 꺼림칙했지만 그래도 애써 걸음을 옮겼다. 자물쇠가 달린 문 앞에 서서 귀를 기울였다. 뭔가를 긁는 소리는 들리지 않았다. SF 영화에 나오는 외계인들이 재잘거리는 듯한 희한한 소리도 들리지 않았다. 그러고 싶지 않았지만 억지로 주먹으로 문을 두드렸다. 두 번. 세게.

아무 반응이 없었다. 다행이었다.

자전거를 타고 시카모어 언덕을 질주해 내려갔다. 내 방 벽장 맨 위 선반에 글러브를 내동댕이친 다음 잠시 쳐다보다가 문을 닫았다. 야구는 훌륭한 스포츠다. 9회 초에 타석에 들어서 수비수 사이를 강타하는 기분, 원정 경기에서 대승을 거둔 뒤에 다 같이 왁자지껄 웃고 시끄럽게 떠들며 버스를 타고 돌아오는 기분은 아무도 모른다. 그러니까 뭐…… 아쉬운 마음이 없지는 않았지만 크지는 않았다. 부처가 했다는 그 말이 생각났다. 모든 건 변한다. 나는 그 세 단어 안에 많은 진리가, 아주 많은 진리가 담겨 있다는 결론을 내렸다.

나는 기자라는 사람에게 전화했다. 「위클리 선」은 수많은 광고 속에 지역 뉴스와 스포츠 기사가 몇 개 묻혀 있는 무료 배포 신문이었다. 지피 출입문 옆에도 **무료로 드립니다** 팻말과 함께 이 신문이 항상 쌓여 있었는데, 어떤 꾀돌이가 그 팻말을 **무료로 다 드립니다** 라고 고쳐 놓았다. 기자의 이름은 빌 해리먼이었다. 나는 그의 질문에 답을 하고 레이더에게 대부분의 공을 돌렸다. 해리먼 씨는 우리 둘의 사진을 찍어도 되겠느냐고 물었다.

"에, 글쎄요. 보디치 씨에게 허락을 받아야 하는데 그분이 병원에 계셔서요."

"내일이나 모레 그분께 여쭤봐 주겠니? 다음 주 신문에 실으려면 조만간 기사를 송고해야 해서."

"여쭤볼 수 있으면 그렇게 하겠지만 수술을 또 받으셔야 된다고 들었거든요. 그래서 문병이 안 될 수 있고 그분 허락 없이는 사진을 찍을 수 없어요."

보디치 씨가 내게 미친 듯이 화를 내는 사태만큼은 피하고 싶었는데, 그는 쉽게 흥분하는 성격이었다. 나는 나중에 그런 증상을 뭐라고 하는지 찾아보았다. *인간혐오증.*

"그래, 그래. 이쪽이 됐든 저쪽이 됐든 되도록 빨리 알려 주면 좋겠다. 저기, 작년 11월 터키 볼에서 스탠퍼드 프렙을 상대했을 때 터치다운으로 결승점을 기록한 선수가 너 아니었니?"

"맞아요, 하지만 「스포츠센터」가 선정한 톱 텐으로 소개될 만한 플레이는 아니었어요. 우리가 그쪽 팀 2야드 라인에 있어서 제가 그냥 욱여넣었을 뿐이에요."

그는 웃음을 터뜨렸다.

"겸손한 학생이로군! 마음에 든다. 연락 부탁할게, 찰리."

나는 알겠다는 말을 끝으로 전화를 끊고 1층으로 내려가 아빠와 텔레비전을 조금 보다가 공부를 했다. 레이더는 어쩌고 있을지 궁금했다. 새로운 일상에 슬슬 적응하고 있길 바랄 따름이었다. 부처가 했다는 그 말이 다시 생각났다. 의지 가지로 삼기에 좋은 말이었다.

4장.

보디치 씨 문병. 앤디 첸.
지하실. 다른 뉴스. 병원에서의 면담.

1

다음 날 아침 시카모어 1번지로 찾아갔을 때 레이더는 나를 격하게 환영했지만 전처럼 미친 듯이 반가워하지는 않았다. 새로운 체계에 점점 적응하고 있다는 증거일지 모른다는 생각이 들었다. 레이더는 아침 용변을 해결하고 아침을 게걸스럽게 먹어 치운 뒤에(아빠가 10킬로그램짜리 사료를 사다 주셨다) 원숭이를 가지고 놀고 싶어 했다. 레이더가 싫증을 낸 뒤에도 시간이 좀 남았길래 그 골동품 텔레비전이 작동하는지 알아보려고 거실로 들어갔다. 리모컨을 찾느라 잠깐 시간을 허비했다. 보디치 씨의 바보상자는 당연히 리모컨 이전 시대에 제작된 가정용 오락기기였다. 화면 아래에 큼지막한 다이얼이 2개 달려 있었다. 오른쪽에는 숫자가 적혀 있었는데(채널이 아니었을까) 나는 왼쪽 다이얼을 돌렸다.

텔레비전에서 난 웅웅거리는 소리는 창고에서 들린 소리만큼 심란하지는 않았지만 그래도 좀 걱정스럽기는 했다. 나는 텔레비전이

터지지는 않길 바라며 뒤로 물러났다. 잠시 후에 「투데이」 쇼가 꿈틀꿈틀 화면에 등장하기 시작했다. 매트 라우어와 서배나 거스리가 두어 명의 정치인들과 대화를 나누고 있었다. 화면은 4K가 아니었다. 심지어 1K도 아니었다. 그래도 대단했다. 나는 실비어스 선생님이 토끼 귀라고 불렀다던 안테나를 움직여 보았다. 한쪽으로 돌리자 화면이 (눈곱만큼) 나아졌다. 반대쪽으로 돌리자 「투데이」가 눈보라로 덮였다. 본체 뒤편을 들여다보았다. 열기(상당히 뜨끈뜨끈했다)를 내보내는 용도로 쓰이는 조그만 구멍들이 수북했고 주황색으로 달구어진 여러 개의 진공관이 그 사이로 보였다. 웅웅거리는 소리의 진원지가 진공관인 게 분명했다.

나는 텔레비전을 끄며 채널을 돌리고 싶을 때마다 자리에서 일어나야 하면 얼마나 짜증이 날까 생각했다. 레이더에게 이제 그만 학교에 가야 한다고 얘기했지만 그 전에 사진을 다시 한 장 찍어야 했다. 나는 그 아이에게 원숭이를 건넸다.

"그거 입에 물고 있어 줄래? 그러면 엄청 귀엽거든."

레이더는 기꺼이 내 부탁을 들어주었다.

2

야구 연습이 없으니 오후 느지막이 병원에 갈 수 있었다. 안내 데스크 직원에게 하워드 보디치 씨가 수술을 한 번 더 받아야 한다고 들었는데, 문병이 가능하냐고 물었다. 데스크 직원은 모니터로 뭔가를 확인하더니 올라가서 만나도 된다고 했다. 내가 엘리베이터가 있는 쪽으로 몸을 돌리려는데, 그녀가 잠깐만 기다리라고, 작성해야 하는 서류가 있다고 했다. '비상시에' 대비해 연락처를 기입하는 서류였다. 요청한 환자가 하워드 에이드리언 보디치였다. 찰스 리드(Reed)라고 내 이름이 적혀 있었다.

"네가 찰스 리드 맞지?"

"네, 그런데 성 철자가 틀렸어요."

나는 Reed를 지우고 정자로 Reade라고 적었다.

"저한테 연락하라고 하시던가요? 다른 사람이 없대요? 형제도요? 제가 이 나이에 중요한 결정을 내릴 수 있을까 싶거든요. 예를 들면……."

나는 뒷말을 잇고 싶지 않았고 데스크 직원도 내 말을 끝까지 들을 필요가 없었다.

"수술실 들어가기 전에 DNR(심폐소생술 포기 각서 — 옮긴이)에 서명하셨어. 이런 건 뭐 가져다 달라고 할 게 있을 때 필요한 서류야."

"DNR이 뭐예요?"

그녀는 설명해 주었다. 듣고 싶은 얘기는 아니었다. 그녀는 다른 친척이 없느냐는 내 물음에 답을 하지 않았다. 아마 그녀도 몰랐을 것이다. 어떻게 알 수 있겠는가? 나는 서류에 집 주소, 이메일 주소, 휴대전화 번호를 적었다. 그런 다음 하워드 에이드리언 보디치에 대해 모르는 게 두 트럭은 된다는 생각을 하며 병실로 올라갔다.

3

보디치 씨는 깨어 있었고 이제는 다리를 매달고 있지 않았지만 느릿느릿한 말투와 흐리멍덩한 눈빛으로 보았을 때 약 기운에 취해 있었다.

"또 왔구나."

와 줘서 고맙다, 찰리, 와는 거리가 있는 인사였다.

"또 왔어요."

나는 맞장구를 쳤다.

그는 미소를 지었다. 내가 보디치 씨에 대해 잘 몰랐더라면 좀 더 자주 웃으라고 했을 것이다.

"의자 하나 들고 와서 이게 어때 보이는지 얘기해 주겠니?"

그는 허리까지 담요를 덮고 있었다. 그가 그 담요를 젖히자 정강이에서부터 위 허벅지까지 그의 다리를 감싼 복잡한 철제 장치가 드러났다. 얇은 철심이 살 속에 꽂혔고 꽂힌 부분을 조그만 고무마개 비슷한 걸로 봉했는데, 피가 말라붙어서 여기가 시커멨다. 무릎에 붕대를 감아서 빵 덩어리처럼 커다래 보였다. 부채처럼 펼쳐진 이 얇은 철심들이 붕대를 뚫고 들어갔다.

그는 내 표정을 보더니 키득거렸다.

"종교 재판 때 쓰인 고문 기구 같지 않니? 이걸 외고정 장치라고 한다는구나."

"아파요?"

올해 최고로 꼽힐 만한 바보 같은 질문이었다. 이 철심들이 다리 뼈에 직통으로 꽂혀 있지 않은가.

"아프겠지만 다행히 이게 있어서."

보디치 씨가 왼손을 들어 보였다. 구닥다리 텔레비전에는 없는 리모컨 비슷하게 생긴 장치를 손에 쥐고 있었다.

"진통제 펌프야. 통증은 완화하되 해롱대지는 않을 정도로 투여한다는데, 내가 지금까지 엠피린보다 센 진통제는 써 본 적이 없어서 내가 지금 해롱대고 있지 않을까 싶다."

"그러신 것 같아요."

내가 말하자 이번에는 그가 키득거리는 정도가 아니라 껄껄대고 웃었다. 나도 같이 웃었다.

"아마 아프겠지."

보디치 씨는 멍 때문에 시커메서 보고 있기조차 괴로운 다리를 여러 개의 철제 링처럼 감싸고 있는 고정 장치를 건드렸다.

"오늘 아침에 이걸 달아 준 의사가 그러는데, 스탈린그라드 전투 때 러시아군이 이런 장치들을 발명했다고 하더라."

이제 그는 피 묻은 마개 바로 위쪽의 얇은 철심을 건드렸다.

"자전거 바퀴살로 뼈를 고정시키는 이런 철심을 만들었대."

"그걸 얼마 동안 끼고 있어야 한대요?"

"운이 좋아서 잘 나으면 6주. 운이 안 좋으면 3개월. 아마도 티타늄이 들어갔을 멋들어진 장치다만 이걸 떼어 낼 즈음 내 다리는 딱딱하게 굳어 있을 거야. 물리 치료로 그걸 풀 수 있지만 문제의 그 물리 치료가 '상당한 불편함이 수반된다'고 하더구나. 너는 니체가 누군지 아는 아이이니 그게 무슨 뜻인지 해석할 수 있겠지."

"열라 아플 거라는 뜻이겠죠."

나는 그가 또다시 폭소를 터뜨리길 기대했지만, 최소한 킬킬거리기라도 하길 기대했지만, 보디치 씨는 힘없이 미소를 짓고 진통제를 주입한다는 장치를 엄지손가락으로 두 번 클릭하고 그만이었다.

"네 말이 정답일 거다. 수술 도중에 운명하는 행운이 따라 줬더라면 그 상당한 불편함은 면할 수 있었을 텐데."

"진심은 아니시죠?"

그는 회끗회끗하고 숱이 많은 눈썹을 한데 모았다.

"내 진심이 뭔지 네가 판단하지 마라. 그건 나를 무시하고 너는 한심해지는 처사니까. 내가 지금 어떤 상황인지는 나도 알아."

그러고는 마지못한 듯.

"문병 와 줘서 고맙다. 레이더는 어떻게 지내니?"

"잘 지내요."

나는 새로 찍은 사진을 그에게 보여 주었다. 그는 레이더가 원숭이를 물고 앉아 있는 사진을 한참 쳐다보다가 휴대전화를 돌려주었다.

"사진을 전송해 드리고 싶어도 휴대전화가 없으시니 하나 출력해서 드릴까요?"

"그래 주면 정말 고맙겠다. 사료 챙겨 줘서 고마워. 그리고 그 아이에게 애정을 주는 것도 그렇고. 그 아이도 그게 얼마나 고마운 일인지 알 거야. 나도 알고."

"저는 레이더가 좋아요. 보디치 씨……."

"하워드라고 부르라니까."

"하워드, 그렇죠. 혹시 괜찮으시면 잔디를 깎아 드리고 싶은데요. 창고에 잔디 깎는 기계가 있나요?"

그는 경계하는 눈빛을 지으며 진통제 투입기를 침대에 내려놓았다.

"아니. 창고 안에는 아무것도 없다. 쓸모 있는 건 하나도 없어."

그럼 왜 잠가 놓으셨어요? 하지만 나는 이런 질문을 할 만큼 어리석지는 않았다.

"그럼 저희 집에서 쓰는 걸 들고 갈게요. 조금만 걸어가면 저희 집이거든요."

보디치 씨는 대처하기 너무 복잡한 문제라도 접한 듯 한숨을 쉬었다. 그가 처한 상황을 감안했을 때 정말 그런 것일 수도 있었다.

"왜 잔디를 깎겠다는 거냐? 돈 벌고 싶어서? 아르바이트 찾고 있니?"

"아뇨."

"그럼?"

"이유는 설명하고 싶지 않아요. 세상에는 공개하고 싶지 않은 얘기도 있지 않나요?"

첫째는 밀가루 통. 둘째는 창고.

그는 웃지는 않았지만 입술을 실룩거렸다.

"그건 그렇지. 중국식 사고 방식이니? 누군가의 생명을 구하면 끝까지 책임져야 한다는?"

"아뇨."

내가 책임지고 싶은 건 아빠의 생명이었다.

"그 얘기는 이제 그만하면 안 될까요? 제가 잔디도 깎고 앞쪽 울타리도 고칠게요. 그래도 된다고 하시면요."

그는 나를 한참 동안 쳐다보더니 조금 놀랄 만한 통찰력을 발휘했다.

"그러라고 하면 너에게 호의를 베푸는 셈이 되는 거냐?"

나는 미소를 지었다.

"네, 사실은요."

"그래, 좋다. 하지만 잔디 깎는 기계로는 그 쑥대밭을 한 번 덥석 무는 순간 고장 날 거야. 지하실에 공구가 몇 개 있거든. 대부분 고물이지만 큰 낫으로 풀을 어느 정도 베어 낸 다음 기계를 쓰면 될 거다, 녹을 닦고 날을 갈아서. 작업대 위에 숫돌이 있을 수도 있어. 레이더는 거기 계단 못 내려가게 해라. 가팔라서 넘어질 수 있거든."

"알겠어요. 사다리는요? 사다리는 어떻게 할까요?"

"그건 뒤쪽 베란다 아래에 넣으면 돼. 애초에 거기서 꺼내지 말았어야 하는데. 그랬으면 내가 여기 이렇게 누워 있을 일이 없었을 텐데. 빌어먹을 소식만 전하는 빌어먹을 의사들을 만날 일도 없었을 테고. 또 묻고 싶은 거 있니?"

"음…… 「위클리 선」이라는 신문 기자가 제 이야기를 신문에 소개하고 싶어 해요."

보디치 씨는 눈을 굴렸다.

"그 쓰레기 같은 신문 말이지? 그래서 허락할 거냐?"

"아빠께서 그랬으면 하세요. 대입 원서를 쓸 때 플러스가 될지 모른다고."

"듣고 보니 그렇긴 하네. 하지만…… 「뉴욕 크라임스」도 아니지 않니?"

"그 기자가 저랑 레이더를 같이 찍은 사진을 넣고 싶대요. 그래서 아저씨께 여쭤보겠다고 했는데, 아저씨는 싫어하실 수도 있겠다 싶었어요. 싫다고 하셔도 저는 상관없어요."

"주인을 구한 개. 그게 그 기자가 원하는 그림일까? 아니면 네가 원하는 그림이니?"

"저는 레이더의 공로를 인정해 줘야 한다고 생각할 뿐이에요. 그런데 그 아이가 자기 입으로 그걸 밝힐 수는 없으니까요."

보디치 씨는 고민했다.

"좋아, 하지만 그 기자를 집 안으로 들이는 건 싫다. 레이더하고 길에서 포즈를 취하도록 해. 그 기자한테는 대문에서 사진을 찍으라고 하고. 대문 *밖에서*."

그는 진통제 투입기를 집어서 두어 번 눌렀다. 그런 다음 내키지 않는 듯, 거의 걱정하는 투로 말했다.

"앞쪽 현관 옆 고리에 목줄이 걸려 있어. 한참 동안 써 본 적이 없긴 한데. 레이더가 언덕 길 산책을 좋아할 수도 있겠다만…… 목줄 꼭 채워라. 그 아이가 차에 치이기라도 하면 너를 절대 용서하지 않을 거다."

나는 알겠다고 했고 진심이었다. 보디치 씨에게는 형제도 없고 전처도 없고 유산을 물려줄 사람도 없었다. 그에게는 레이더뿐이었다.

"그리고 너무 멀리는 가지 말고. 예전에는 그 아이가 6, 7킬로미터도 걸었지만 그 시절은 끝났거든. 이제 그만 가 주겠니? 여기서 저녁이라고 부르는 쓰레기가 나올 때까지 좀 자야 할 것 같아서."

"그럴게요. 얼굴 봬서 좋았어요."

진심이었다. 나는 보디치 씨가 좋았다. 굳이 이유를 밝힐 필요는 없겠지만 그래도 밝히자면 내가 그를 좋아하는 이유는 그가 레이더를 사랑하고 나도 그렇기 때문이었다.

나는 자리에서 일어나 보디치 씨의 손을 토닥여 줄까 하다 관두기로 하고 문을 향해 걸음을 옮겼다. 그때 그가 말했다.

"아, 젠장. 하나 더 있는데 깜빡했네. 적어도 지금 당장 생각나는 건 하나뿐이긴 한데 내가 만약 월요일까지 퇴원하지 못하면, 아마도 그렇겠지만, 식료품이 배달될 거야."

"크로거스에서요?"

그는 또다시 바보냐고 묻는 듯한 표정으로 나를 보았다.

"틸러 앤드 선스에서."

나도 틸러가 어떤 데인지 알았지만 우리는 거기서 장을 보지 않았다. 거긴 이른바 '고급 슈퍼마켓'이었다. 그러니까 비싸다는 뜻이었다. 내가 5살인가 6살이었을 때 엄마가 거기서 생일케이크를 사 주었던 기억이 희미하게 났다. 아이싱이 레몬이었고 케이크 시트 사이에 크림이 발라져 있었다. 나는 그때 세상에서 그보다 맛있는 케이크는 없을 거라고 생각했다.

"대개는 아침에 배달이 되거든. 거기 연락해서 오후에 배달해 달라고 하고 네가 받아 줄 수 있겠니? 배달 품목은 그쪽에서 알아."

"알겠어요."

그는 이마에 손을 얹었다. 내가 병실 입구에 있었기 때문에 확실하지는 않았지만 그 손이 살짝 떨리는 것 같았다.

"그리고 결제를 해야 할 텐데. 그것도 해 줄 수 있겠니?"

"그럼요."

아빠에게 백지 수표를 달라고 해서 그 금액만큼 적어서 주면 될 것이었다.

"이후 정기 주문은 취소해 달라고 해 줘. 내가 연락할 때까지. 네가 지출한 금액 잘 적어 놓고."

보디치 씨는 주름살을 펴기라도 하려는 듯 손으로 얼굴을 천천히 쓸어내렸다.

"젠장, 남한테 의지하는 건 질색인데. 그 사다리에는 왜 올라갔을까? 나는 지금 바보가 되는 약을 맞고 있는 게 분명해."

"괜찮아지실 거예요."

나는 이렇게 말했지만, 엘리베이터까지 복도를 걸어가는 동안 사다리에 대해서 대화를 나누던 도중에 그가 한 말이 머릿속을 떠날 줄 몰랐다. *빌어먹을 소식만 전하는 빌어먹을 의사들.* 어쩌면 빌어먹을 다리가 나으려면 한참 걸릴 거라는 뜻에서 아니면 빌어먹을 물리 치료사를 집 안으로 불러야 할지 모른다는 뜻에서(덤으로 집을 염탐당할 수도 있다는 뜻에서) 그런 말을 했을 수도 있었다.

하지만 그건 아닐 것 같았다.

4

나는 빌 해리먼에게 연락해 아직도 생각이 있다면 나와 레이더의 사진을 찍어도 된다고 알렸다. 보디치 씨의 조건을 전하자 해리먼은 상관없다고 했다.

"그분은 은둔자 비슷한 것 같더라? 우리 회사 데이터베이스랑 「비컨」을 뒤져도 정보가 전혀 없더라고."

"저는 잘 모르겠어요. 토요일 오전 괜찮으세요?"

괜찮다고 하기에 10시에 만나기로 했다. 나는 자전거 페달은 설렁설렁 밟고 머리는 열심히 굴리며 집으로 갔다. 먼저 레이더. 앞쪽 현관에 목줄이 걸려 있다니 그 오래된 대저택 안으로 그 어느 때보다 깊숙이 들어가는 셈이었다. 생각해 보니 레이더의 목걸이에는 이름표가 달려 있지 않았다. 그렇다면 광견병이나 기타 등등이 없다는 증명서를 발급받지 않았다는 뜻일지 몰랐다. 레이더가 동물병원에 간 적이 있을까? 없을 것 같았다.

보디치 씨는 식료품을 배달시켰다니 상류층은 그런 식으로 먹고 마시는구나 하는 생각이 들었다. 틸러 앤드 선스는 확실히 돈 많은 사람들이 장을 보는, 상류층을 위한 가게였다. 그러자 아빠가 그랬던 것처럼, 보디치 씨가 은퇴하기 전에는 무슨 일을 했는지 궁금해졌다. 그는 교수인가 싶게 말투가 우아했지만, 전직 교사들은 "계단식 와인 창고"를 갖추었다고 광고하는 매장에서 장을 볼 만큼 형편이 좋을 것 같지는 않았다. 텔레비전은 골동품이고. 컴퓨터도 없고 (그렇다고 장담할 수 있었다) 휴대전화도 없고. 그리고 차도 없고. 나는 그의 중간 이름이 뭔지 알았지만 나이는 몰랐다.

나는 집에 도착하자 틸러에 전화해 배달 시간을 월요일 3시로 조정했다. 숙제를 보디치 씨 집에 들고 가서 할까 고민하고 있었을 때 앤디 첸이 기억도 나지 않을 만큼 오랜만에 우리 집 뒷문을 두드렸다. 어렸을 때는 앤디와 나와 버티 버드가 삼총사를 자칭하며 어디든 붙어 다녔지만 버티네 가족은 디어본으로 이사했고(나를 위해서는 잘된 일이었을지 모른다), 앤디는 인근 일리노이 대학교 분교에서 듣는 물리학 수업을 비롯해서 대학 선이수 수업을 몇 과목씩 듣는 똘똘이가 되었다. 그런가 하면 내가 하지 않는 두 종목의 스포츠에서 탁월한 기량을 뽐내는 운동선수이기도 했다. 그중 하나가 테니스였고 다른 하나가 하크니스 감독님이 이끄는 농구였으니 앤디가 찾아온 이유를 알 것 같았다.

"감독님이 그러는데 다시 와서 야구하래."

앤디는 먹을 게 있는지 냉장고를 체크한 다음 이렇게 말했다. 그가 선택한 건 우리가 먹다 남긴 쿵파오 치킨이었다.

"네가 팀원들의 사기를 꺾고 있다면서."

"어디서 죄책감을 유발하려고 그래? 그건 아니라고 본다."

"사과할 필요는 없대."

"할 생각도 없었어."

"감독님 지금 맛이 갔어. 나를 뭐라고 부르는지 알아? 황색 폭격기. '출동해, 황색 폭격기, 나가서 저 덩치를 막아.' 이런 식이야."

"그런 말을 들으면서 가만히 있다고?"

나는 경악한 동시에 호기심이 생겼다.

"감독님은 그게 칭찬인 줄 알아, 그래서 웃겨 죽겠어. 게다가 두 시즌만 버티면 힐뷰를 졸업하고 호프스타에서 뛰게 될 테니까. 1부 리그야 기다려라, 내가 간다. 전속력으로. 그때가 되면 황색 폭격기 신세도 졸업할 수 있을 테지. 네가 진짜로 그 노인네 목숨을 구했냐? 학교에서 애들이 그러던데."

"개가 구했어. 나는 그냥 911에 연락만 했고."

"그놈이 네 목을 물어뜯으려고 달려들지는 않았고?"

"응. 귀여운 암컷이야. 늙었고."

"내가 봤을 때는 늙지 않았어. 그날은 살기등등했다고. 그 집 안은 섬뜩하지 않아? 박제해 놓은 동물들 있고 그래? 고양이 벽시계에 달린 눈이 네 뒤를 따라다니고? 지하실에는 사슬톱이 있고? 애들 말로는 그 노인네가 연쇄 살인범일 수도 있다던데."

"연쇄 살인범 아니고 집 안이 섬뜩하지도 않아."

사실이었다. 섬뜩한 곳은 창고였다. 그 부스럭거리던 희한한 소리가 섬뜩했다. 레이더. 그 아이도 그 소리가 섬뜩하다는 걸 알았다.

"알았어. 나는 감독님 말씀 전했다. 먹을 거 더 없어? 쿠키라든지."

"없어."

쿠키는 보디치 씨의 집에 있었다. 틸러 앤드 선스에 샀을 게 분명한 초콜릿 마시멜로와 피칸 쿠키.

"알았어. 또 보자."

"또 보자, 황색 폭격기."

우리는 서로 쳐다보았고 폭소를 터뜨렸다. 순간 11살로 다시 돌아간 것 같았다.

5

토요일에 나는 레이더와 사진을 찍었다. 정말로 현관 옆에 목줄이 겨울용 외투와 함께 걸려 있었고 그 아래에는 고릿적 고무장화가 있었다. 나는 뭐가 있는지 궁금해서 외투 주머니를 뒤져 볼까 했다가 기웃거리지 말자고 마음을 다잡았다. 목줄에 여분의 목걸이가 달려 있었지만 등록증은 없었다. 시 정부의 관점에서 보자면 보디치 씨의 개는 관계 당국의 레이더를 요리조리 피해 가며(하, 하, 하) 지내고 있었다. 우리는 진입로를 걸어 내려가 빌 해리먼이 오길 기다렸다. 그는 약속 시간에 딱 맞춰서, 똥차가 된 머스탱을 몰고 이제 막 대학을 졸업한 사회 초년생처럼 등장했다.

그가 차를 세우고 내리자 레이더가 형식적으로 몇 번 으르렁거렸다. 내가 괜찮은 사람이라고 하자 레이더는 진정하고 녹슨 철문 사이로 코를 내밀어 그의 바짓단을 킁킁거렸다. 빌 해리먼이 악수하려고 철문 위로 손을 내밀자 레이더가 다시 으르렁거렸다.

"방어적이네."

"그런 모양이에요."

빌 해리먼은 예상과 다르게 큼지막한 카메라를 들고 오지 않았고 (내가 개혁 운동에 나선 신문 기자들을 다룬 터너의 고전영화를 봐서 그렇게 생각한 것 같다) 휴대전화로 우리 사진을 찍었다. 그는 두어 장 찍은 뒤에 레이더를 앉힐 수 있느냐고 물었다.

"레이더가 앉으면 그 옆에 한쪽 무릎을 꿇고 앉아 줘. 그러면 아주 근사한 그림이 되겠다. 남학생과 그의 반려견."

"얘는 제 반려견이 아니에요."

나는 이렇게 말했지만 속으로는 사실 내 반려견이라는 생각을 했다. 당분간은 말이다. 내 말을 들을지는 모르겠지만 레이더에게 앉으라고 해 보았다. 녀석은 마치 그 명령을 기다리고 있기라도 했던 것처럼 당장 시킨 대로 했다. 나는 그 옆에 한쪽 무릎을 꿇고 앉았다. 리치랜드 부인이 밖으로 나와서 손으로 햇빛을 가리며 구경하는 것이 보였다.

"팔로 그 아이를 감싸 안아 봐."

내가 해리먼의 말대로 하자 레이더가 뺨을 핥았다. 그러자 웃음보가 터졌다. 바로 그 사진이 「위클리 선」 다음 호에 실렸다. 나중에 밝혀졌다시피 거기만 실린 것도 아니었다.

"집 안은 어떤 분위기니?"

해리먼이 집을 가리키며 물었다.

나는 어깨를 으쓱했다.

"다른 집이랑 비슷하지 않을까 싶은데요. 평범해요."

묵은 책과 잡지로 덮인 복도와 부엌과 거실과 앞쪽 현관 근처밖에 보지 못했으니 잘은 모르지만.

"그럼 특이할 것 없다는 말이니? 보기에는 유령의 집 같거든."

나는 텔레비전이 스트리밍은커녕 케이블도 등장하기 이전 시대의 유물이라는 말을 하려고 입을 벌렸다가 다시 다물었다. 해리먼의 의도가 사진 찍기에서 인터뷰로 넘어갔다는 생각이 들었기 때문이었다. 아무튼 그는 인터뷰를 시도하려고 했다. 신참이다 보니 요령이 없어서 그렇지.

"네, 그냥 집이에요. 저 이제 그만 가 봐야겠어요."

"보디치 씨가 퇴원할 때까지 네가 이 개를 봐줄 거니?"

이번에는 내가 손을 내밀었다. 레이더는 으르렁거리지는 않았지만 그가 허튼수작을 부리지는 않는지 주시했다.

"사진 잘 나왔으면 좋겠네요. 가자, 레이더."

내가 집을 향해 걸음을 옮기다 말고 뒤를 돌아보니 해리먼이 리치랜드 부인과 대화하려고 길을 건너고 있었다. 그 부분에 대해서는 어쩔 도리가 없었기에 몸을 돌렸다. 레이더는 바로 뒤에서 나를 따라왔다. 조금 산책을 해서 그런지 녀석의 몸이 많이 풀렸다.

사다리를 뒤편 베란다 아래에 넣으면서 보니 눈 치우는 가래도 있고 전지가위도 있는데, 대문에 달린 빗장처럼 녹이 슬어서 빗장 못지않게 다루기가 힘들 것 같았다. 레이더가 계단 중간에서 나를 내려다보는 게 너무 귀여워서 사진을 또 한 장 찍을 수밖에 없었다. 나는 점점 레이더 바보가 되어 가고 있었다. 나도 그렇다는 걸 안다고 당당하게 선포할 수 있었다.

부엌 조리대 아래에 청소용품이 있었고 틸러 로고가 박힌 종이봉투가 깔끔하게 쌓여 있었다. 고무장갑도 있었다. 나는 고무장갑을 끼고 봉투 하나를 들고 똥 치우기에 나섰다. 엄청 많았다.

일요일에는 레이더에게 다시 목줄을 채우고 우리 집까지 언덕을 내려갔다. 레이더는 처음에는 천천히 움직였다. 관절염에 걸린 고관절 때문이기도 했고 집 밖으로 나서는 데 누가 봐도 익숙하지 않았기 때문이기도 했다. 나를 계속 흘끗거리며 불안함을 달래는 것을 보고 있으려니 가슴이 뭉클했다. 하지만 얼마 후부터는 좀 더 수

월하고 자신감 있게 움직이며 걸음을 멈추고서 전봇대를 킁킁거리거나 지나가던 개들이 보디치가 키우는 레이더가 왔다 갔다는 걸 알 수 있게 여기저기 쭈그리고 앉았다.

아빠가 집에 있었다. 레이더는 처음에는 뒤로 몸을 움츠리며 으르렁거렸지만 아빠가 손을 내밀자 다가가 킁킁거리며 냄새를 맡았다. 볼로냐 반 조각으로 협상은 타결됐다. 우리는 1시간 정도 있었다. 아빠는 사진 촬영에 대해서 물었고, 해리먼이 어떤 식으로 집에 대해 인터뷰를 시도했고 내가 어떤 식으로 차단했는지 전해 듣고서 웃음을 터뜨렸다.

"경험을 쌓으면 나아지겠지. 「위클리 선」은 첫발을 디딜 때 거쳐 가는 곳이니까."

그 무렵 레이더는 예전에 아빠가 술 취해서 곯아떨어졌을 때 애용했던 소파 옆에서 꾸벅꾸벅 졸고 있었다. 아빠는 허리를 숙여 녀석의 털을 헝클어뜨렸다.

"전성기 시절에는 진짜 *기관차* 같았겠다."

나는 앤디가 4, 5년 전에 맞닥뜨린 무시무시했던 짐승을 떠올리며 아빠의 말에 동의했다.

"관절염 때문에 먹는 약이 있는지 봐야겠네. 심장 사상충 약도 먹여야 할지 모르겠다."

"알아볼게요."

나는 풀어 놓았던 목줄을 다시 채웠다. 레이더가 고개를 들었다.

"이제 그만 가야겠어요."

"여기서 하룻밤 재우는 거 아니고? 아주 편하게 있는 것 같은데."

"아뇨, 데려다줘야 해요."

아빠가 이유를 물었다면 솔직히 대답했을 것이다. 그러면 하워드 보디치가 싫어할 것 같다고 말이다. 하지만 아빠는 묻지 않았다.

"그래, 그럼. 태워다 줄까?"

"아니에요. 천천히 가면 괜찮을 거예요."

정말 그랬다. 레이더는 언덕을 올라가는 동안 집 밖의 풀 냄새를 맡을 수 있어서 기뻐하는 눈치였다.

6

월요일 오후가 되자 틸러 앤드 선스라고 옆면에 (무려 금색으로) 적힌 조그맣고 깔끔한 초록색 밴이 집 앞에 등장했다. 운전자가 보디치 씨의 행방을 물었다. 알려 주자 그는 대문 위로 봉투를 건넸다. 보아하니 평소에도 그랬던 모양이었다. 나는 식료품 세 봉지에 105달러라는 데 경악하며, 아빠가 서명한 백지 수표에 금액을 적어서 그에게 주었다. 양갈비와 간 쇠고기가 있길래 냉동실에 넣었다. 그의 음식을 먹을 생각은 없지만(쿠키만 빼고) 썩게 내버려 둘 생각도 없었다.

식료품 정리를 끝내고는 지하실로 내려가 레이더가 따라 들어오지 않게 문을 닫았다. 연쇄 살인범 분위기를 풍기기는커녕 한참 동안 아무도 드나들지 않았는지 퀴퀴한 냄새가 나고 먼지투성이였다. 천장에는 길쭉한 형광등이 달려 있고 그중 하나는 반쯤 죽어서 깜빡거렸다. 바닥은 거칠거칠한 시멘트였다. 못에 공구들이 걸려 있는데, 큰 낫은 만화에서 늙은 사신이 들고 다니는 것처럼 생겼다.

지하실 중앙에 방수천으로 덮인 작업대가 있었다. 방수천을 들추어 보니 맞추다 만 직소 퍼즐이 있는데, 조각 개수가 어마어마했다.

(상자가 없어서 확인할 방법은 없지만) 로키 산맥을 등지고 있는 산 중턱 들판인 듯했다. 남은 퍼즐 조각들이 흩뿌려져 있는 작업대 한쪽 끝에 접이식 의자가 놓여 있었다. 좌석에 먼지가 앉은 건 보니 보디치씨는 한동안 퍼즐을 맞춘 적 없는 모양이었다. 어쩌면 포기했을 수도 있었다. 나라면 포기했을 것이다. 남은 부분이 거의 다 구름 한 점 없이 그저 파랗기만 한 하늘이었다. 내가 이 이야기를 쓸데없이 길게 늘어놓는 것일 수도 있지만…… 아닐 수도 있다. 그 퍼즐에는 왠지 모르게 서글픈 구석이 있었다. 그 당시에는 서글픈 이유를 말로 설명할 수 없었지만 나이가 든 지금은 할 수 있을 것 같다. 직소 퍼즐뿐 아니라 골동품 텔레비전, 묵은 책과 잡지로 덮인 복도도 마찬가지였다. 다 나이 먹은 남자의 외로운 취미 생활이건만 접이식 의자와 책과 잡지 위에 쌓인 먼지를 보면 그마저 서서히 축소되고 있음을 알 수 있었다. 지하실에서 꾸준히 쓰이고 있었던 것처럼 보이는 물건은 세탁기와 건조기뿐이었다.

나는 방수천으로 퍼즐을 다시 덮고 보일러와 온수기 사이 수납장을 들여다보았다. 서랍이 많은 구식 수납장이었다. 한 서랍에 나사가, 또 다른 서랍에는 펜치와 렌치가, 세 번째 서랍에는 고무줄로 묶은 영수증 더미가, 네 번째 서랍에는 끌과 숫돌일 수밖에 없는 물건이 들어 있었다. 나는 숫돌을 주머니에 챙기고 낫을 집어서 1층으로 올라갔다. 레이더가 내 위로 점프하려고 했지만 잘못해서 낫에 찔리는 일이 없게 멀찌감치 떨어져 있으라고 했다.

휴대전화 안테나가 4칸 뜨는 뒷마당으로 자리를 옮겼다. 내가 계단에 앉자 레이더도 옆에 따라 앉았다. 사파리를 열어서 숫돌로 날가는 법을 검색하고 동영상 두어 개를 본 다음 작업에 착수했다. 오래 지나지 않아 낮이 제법 예리해졌다.

나는 보디치 씨에게 보여 줄 사진을 찍었다. 자전거를 타고 병원에 가 보니 그가 자고 있었다. 늦은 오후 햇살을 맞으며 다시 자전거를 타고 돌아와 레이더에게 사료를 먹였다. 야구를 살짝 그리워했다.

음…… 살짝보다는 조금 더 그리워했을지도 모르겠다.

7

화요일 오후에 낫을 들고 앞마당과 뒷마당의 길게 자란 풀을 차례대로 베었다. 1시간쯤 지났을 때 벌게진 손을 보고 조심하지 않으면 조만간 물집이 생기겠다는 사실을 깨달았다. 레이더에게 목줄을 채워서 우리 집까지 걸어가 차고에서 아빠의 목장갑을 챙겼다. 시큰거리는 레이더의 고관절을 감안해 돌아가는 오르막길은 천천히 걸었다. 레이더가 꾸벅꾸벅 조는 동안 가장자리의 풀을 해치운 다음 레이더에게 사료를 주고 그날 일을 그쯤에서 정리했다. 아빠가 뒷마당 그릴에서 구워 준 햄버거 스테이크를 세 개 먹고 디저트로 체리 코블러(위에 밀가루 반죽이나 비스킷을 얹은 과일 파이 ─옮긴이)까지 먹었다.

아빠는 병원까지 나를 태워다 주고, 내가 보디치 씨를 만나는 동안 1층에서 보고서를 읽으며 기다렸다. 보디치 씨도 저녁 메뉴가 햄버거 스테이크에 마카로니 앤드 치즈였는데, 2시간 동안 낮잠을 하지 않으니 물론 그랬을 테지만 별로 먹지를 않았다. 그는 새로 찍은 레이더의 사진을 보고(그리고 낮 사진과 반쯤 깎인 앞마당 잔디 사진을 보고) 즐거워하는 척하려고 했지만 통증이 심하다는 것을 알 수 있었다. 진통제 투여 버튼을 연신 눌러 댔다. 그가 세 번째로 버튼을 누르자 퀴즈쇼 참가자가 오답을 말했을 때처럼 나지막한 버저 소리가 났다.

"망할. 앞으로 1시간 동안 못 쓰게 됐네. 내가 우울해져서 너한테 땍땍거리기 전에 이제 그만 가는 게 좋겠다, 찰리. 금요일에 다시 와라. 아니, 토요일에. 그때쯤이면 내가 좀 괜찮아지겠지."

"언제 퇴원할 수 있는지 아무 소식이 없어요?"

"일요일이라는 것 같던데. 어떤 여자가 들어와서는 자기랑 같이……."

그는 주삿바늘 때문에 손등에 멍이 생긴 큼지막한 두 손을 들어서 따옴표를 만들었다.

"'재활 방안'을 모색하자고 하길래 꺼지라고 했지. 물론 대놓고 그렇게 얘기한 건 아니고. 착한 환자로 지내려고 하는데 쉽지가 않네. 통증뿐만이 아니라……."

보디치 씨는 힘없이 동그라미를 그리고 두 팔을 다시 침대 커버 위로 내려놓았다.

"사람이 너무 많아서 적응이 안 되시죠?"

"이해하는구나. 이해하는 사람이 한 명이라도 있어서 다행이야. 그리고 너무 시끄럽기도 하고. 레이븐허거인가 뭔가하던 여자가 1층에 침대가 있느냐고 묻더라. 없지만 소파를 펼치면 돼. 침대로 쓴 지 오래되긴 했지만. 어쩌면…… 한 번도 없었을 수도 있겠다. 세일하길래 산 거거든."

"시트 어디 있는지 알려 주시면 침대로 만들어 놓을게요."

"시트 씌울 줄도 아니?"

아주 적극적으로 술을 마셨던 홀아비의 아들인데 뭔들 못할까. 나는 빨래도 돌리고 장도 볼 줄 알았다. 어렸을 때부터 쓸모 있는 동거인이었다.

"네."

"2층에 리넨 넣는 벽장이 있어. 거기 아직 안 올라가 봤니?"

나는 고개를 끄덕였다.

"음, 이번에 올라가 볼 좋은 기회가 되겠네. 내 침실 맞은편이야. 고맙다."

"별말씀을요. 그리고 그 여자분이 다시 찾아오면 제가 그 재활 방 안이라고 하세요."

나는 자리에서 일어났다.

"이제 그만 갈게요. 푹 쉬세요."

병실 입구 쪽으로 걸음을 옮기는데 중간에 그가 내 이름을 부르길 래 고개를 돌렸다.

"너처럼 훌륭한 선물은 오랜만에 처음이로구나."

그러고는 혼잣말에 가깝게 중얼거렸다.

"너를 믿어 봐야겠다. 선택의 여지도 없으니."

나는 아빠에게 그가 훌륭한 선물 어쩌고 한 부분은 얘기했지만 나 를 믿어 봐야겠다고 한 부분은 얘기하지 않았다. 본능적으로 감추었 던 것 같다. 아빠는 한쪽 팔로 나를 꼭 끌어안고 뺨에 입을 맞추며 내 가 자랑스럽다고 했다.

행복한 하루였다.

8

내키지 않았지만 목요일에 창고 문을 다시 두드려 보았다. 나는 그 조그만 건물이 정말 싫었다. 안에서 누가 마주 문을 두드리지는 않았다. 뭘 긁지도 않았다. 그 부스럭거리던 희한한 소리는 상상에 불과하다고 생각하고 싶었지만 그렇다면 레이더도 그런 걸 상상했다는 뜻이 될 텐데, 내가 알기로 개들은 상상력이라는 게 별로 풍부하지 않았다. 물론 레이더가 나에게 반응할 것일 수도 있었다. 또는, 솔직히 고백하자면 내 공포와 본능에 가까운 반감을 감지한 것일 수도 있었다.

금요일에 우리 집 잔디 깎는 기계를 터덜터덜 끌고 올라가 반쯤 길들인 마당을 정리하는 작업에 착수했다. 주말 즈음이면 제법 말쑥하게 다듬을 수 있을 것 같았다. 다음 일주일은 봄방학이니 시카모어 1번지에 많은 시간을 할애할 작정이었다. 유리창을 닦은 다음 말뚝 울타리를 다시 똑바로 세울 것이다. 달라진 집을 보면 보디치 씨도 기운이 날지 몰랐다.

파인가 쪽의 잔디를 깎고 있었을 때(레이더는 론 보이의 굉음을 싫어해서 집 안에 있었다) 주머니 안에서 휴대전화가 진동했다. 잔디 깎는 기계를 끄고 보니 화면에 **아카디아 병원**이라고 떠 있었다. 나는 철렁 내려앉는 심장을 달래며 전화를 받았다. 보디치 씨의 상태가 나빠졌다는 전화인 게 분명했다. 아니면 사망했다는 전화일 수도 있었다.

보디치 씨와 연관 있는 전화인 건 맞았지만 나쁜 소식은 아니었다. 레이븐스버거 부인이라는 여자가 보디치 씨의 '재활과 사후 관리'에 대해 의논하고 싶은데 내일 오전 9시에 병원으로 와 줄 수 있느냐고 했다. 갈 수 있다고 하자 그녀는 부모님이나 후견인과 같이 올 수 있느냐고 했다. 아마 가능할 거라고 말했다.

"신문에 실린 사진 봤어. 그분의 멋진 반려견하고 같이 찍은 거 말이야. 보디치 씨가 너희 둘에게 신세를 졌네."

나는 「위클리 선」 얘기인 줄 알았다. 아마도 그랬을 테지만 레이더와 내 사진은 다른 데에도 실렸다. 아니, 온 사방에 실렸다고 해야 할까?

금요일이라 평소처럼 늦게까지 일을 하고 퇴근한 아빠가 2면을 펼친 「시카고 트리뷴」을 들고 왔다. 1면 감은 못 되는 가벼운 단신을 모아서 소개하는 '다른 뉴스' 코너가 있는 면이었다. 레이더와 나를 소개한 기사의 헤드라인은 **모범견과 모범생**이었다. 「시카고 트리뷴」에 실린 내 사진을 보고 충격을 받지는 않았지만 놀라기는 했다. 반증이 많기는 해도 우리가 사는 세상은 상당히 좋은 곳이며 날마다 수천 명의 사람들이 수천 가지 좋은 일을 한다(어쩌면 수백만 명일지도 모른다). 학생이 사다리에서 떨어져 다리가 부러진 노인을 도운 일은 특별할 것 없었지만 사진이 대박이었다. 레이더는 나를 핥던 도중이었고, 나는 그 아이의 목을 한 팔로 감싸 안은 채 고개를 뒤로 젖히고 웃고 있었다. 그리고 감히 주장하건대 조금 잘생겨 보였다. 상상 속에 항상 등장하는 지나 파스카렐리가 그 사진을 봤을지 궁금해졌다.

"이거 봤니?"

아빠가 캡션을 톡톡 두드리며 물었다.

"AP. 연합 뉴스. 이 사진이 오늘 아마 동서남북으로 500에서 600개 신문에 실렸을 거야. 인터넷은 말할 것도 없고. 앤디 워홀이 결국에는 미국의 모든 국민이 15분 동안 유명해질 거라더니 너의 그 15분이 지금인 모양이다. 빙고스에 가서 자축할래?"

두말하면 잔소리였다. 나는 소갈비를 (2대) 뜯으며 아빠에게 내일 병원에 가서 레이븐스버거 부인이라는 직원과 얘기를 나누어야 하는데 같이 가 주실 수 있느냐고 물었다. 아빠는 물론이라고 했다.

9

우리는 레이븐스버거의 방에서 만났다. 그녀는 멜리사 윌콕스라는 젊은 여자와 함께 있었다. 키가 크고 몸이 탄탄하며 금발을 짧고 단정하게 하나로 묶은 여자였다. 그녀가 보디치 씨의 물리 치료를 맡게 될 예정이었다. 그녀는 잊어버리는 게 없도록 가끔 조그만 수첩을 들여다보며 대화를 주도했다. '약간의 상의 끝에' 일주일에 두 번씩 집으로 찾아가 가동 범위를 넓히고 다시 걸을 수 있게(처음에는 겨드랑이를 지지하는 철제 고리가 달린 캐나다 목발을 짚고, 그다음에는 보행보조기를 써 가며) 물리 치료를 진행하기로 보디치 씨와 합의를 보았다고 했다. '잘 낫고 있는지' 확인할 수 있게 그녀가 바이탈 사인도 측정하고 핀 케어도 체크할 거라고 했다.

"네가 그 핀을 케어해 줘야 해, 찰리."

그게 뭐냐고 묻자 멜리사는 다리에 박힌 철심을 정기적으로 소독해 주어야 한다는 뜻이라고 했다. 아프겠지만 감염돼 괴저가 생겼을 때의 통증에 비하면 아무것도 아니라고 했다.

"일주일에 네 번씩 가고 싶지만 그분이 싫다고 하셔서. 뭐는 되고, 뭐는 안 되는지 아주 분명하시더라."

누가 아니랍니까.

"처음에는 도움을 많이 받으셔야 할 텐데 찰리, 너한테 부탁할 거라고 하시더라."

"네가 곧 재활 방안이라면서."

레이븐스버거 부인이 끼어들었다. 내게 하는 말이었지만 어서 반박해 달라는 듯이 아빠를 쳐다보고 있었다.

아빠는 반박하지 않았다.

멜리사는 표지에 으르렁거리는 호랑이가 그려진 밝은 보라색 수첩을 다시 한 장 넘겼다.

"1층에 화장실이 있다며?"

"네."

정말 코딱지만 하다는 얘기는 굳이 하지 않았다. 어차피 집으로 파견 나온 첫날 알게 될 것이었다.

그녀는 고개를 끄덕였다.

"엄청 중요한 부분이야. 보디치 씨가 당분간 계단을 올라가지 못하실 테니까."

"하지만 나중에는 올라가실 수 있겠죠?"

"열심히 노력하시면 당연히 그럴 수 있지. 연세가 많긴 하지만(자기가 정확히 몇 살인지 모른대) 건강하시거든. 본인 주장에 따르면 담배도 술도 하지 않으시고, 체중도 많이 나가지 않으시고."

"대단하시네요."

아빠가 말했다.

"맞아요. 연세가 많은 분들에게는 비만이 큰 걱정거리거든요. 보디치 씨는 월요일에 퇴원 예정인데 그 전에 변기 양옆에 안전 바가 설치돼 있어야 해요. 이번 주말에 안전 바를 설치할 수 있겠니? 안 되겠으면 퇴원을 화요일로 늦출 거야."

"할 수 있어요."

당장 유튜브 영상을 폭풍 시청하는 내 모습이 그려졌다.

"밤에는 소변통을 쓰고 비상시에는 환자용 변기를 써야 하는데 괜찮겠니?"

나는 괜찮다고 했고 진심이었다. 지금까지 토사물을 치운 게 한두 번이 아니었다. 그에 비하면 환자용 변기에 받은 대변을 화장실로 들고 가는 게 오히려 나을지 몰랐다.

멜리사는 수첩을 덮었다.

"앞으로 신경 써야 할 게 수천 개야. 대부분 사소한 거긴 하지만. 이걸 보면 참고가 될 테니까 한번 읽어 봐."

그녀는 청바지 뒷주머니에서 조그만 책자를 하나 꺼냈다. 『마네킹을 위한 자택 요양 가이드』라고 불려도 될 법한 책자였다. 나는 읽어 보겠다고 하고 받아서 뒷주머니에 넣었다.

"내가 가서 직접 보면 뭐가 필요한지 알 수 있겠지. 오늘 오후에 잠깐 다녀올까 했더니 보디치 씨가 자기 없는 집에 들일 수는 없다고 하도 완강하게 말씀하셔서."

그렇다, 보디치 씨도 경우에 따라 아주 완강해질 수 있었다. 나는 그걸 일찌감치 알아차렸다.

"정말로 감당할 수 있겠니, 찰리?"

레이븐스버거 부인이 물었다. 이번에는 아빠의 표정을 먼저 살피지 않았다.

"네."

"처음 사나흘은 밤새 그분 곁을 지켜야 하는데도? 리어뷰라고 괜찮은 곳에 공실이 있는데 재활병원 얘기는 꺼내지도 못하게 하시더

라. 계속 집으로 퇴원하겠다고만 하시고."

"제가 같이 있어 드릴 수 있어요. 지금 방학이라 아무 문제 없어요."

말은 그렇게 했지만 지금까지 본 적도 없는 2층의 어느 방에서 잠을 자야 할지 모른다니 기분이 이상하긴 했다.

레이븐스버거 부인은 아빠를 돌아보았다.

"리드 씨께서는 이렇게 해도 괜찮으시겠어요?"

아빠가 뭐라고 대답할지 모르겠다고 생각하며 기다렸지만 아빠는 나를 실망시키지 않았다.

"당연히 조금 걱정이 되기는 합니다만 찰리는 책임감 있는 아이고 보디치 씨와 쌓인 정이 있는 모양이에요. 그리고 사실 그분 곁에 아무도 없으니까요."

나는 말했다.

"윌콕스 씨, 보디치 씨가 그 집에 대해서……"

그녀는 미소를 지었다.

"멜리사라고 불러줘. 앞으로 동료처럼 지낼 사이잖니."

보디치 씨를 하워드라고 부르는 것보다는 그녀를 멜리사라고 부르는 쪽이 더 수월했다. 그녀하고의 나이 차가 훨씬 적었다.

"그 집에 대해서 하신 말씀을 기분 나쁘게 생각하지는 말아 주세요. 뭘 훔치거나 그럴까 봐 걱정하시는 게 아니라 아저씨가, 음…… 뭐랄까……."

내가 뭐라고 말문을 맺으면 좋을지 몰라 하자 아빠가 대신 맺어 주었다.

"혼자 있는 걸 좋아하는 성격이라서요."

"맞아요. 그리고 짜증을 좀 부리시더라도 이해해 주셔야 해요. 왜냐하면······."

내가 덧붙였지만 멜리사는 왜냐하면 다음에 이어질 말을 기다리지 않았다.

"나라도 부러진 다리를 붙인답시고 외고정 장치를 달고 있으면 짜증이 나겠다. 진짜야."

"그분 보험 상황은 어떠신가요? 혹시 아십니까?"

아빠가 레이븐스버거 부인에게 물었다.

레이븐스버거 부인과 멜리사 윌콕스는 서로 흘끗 쳐다봤다. 레이븐스버거 부인이 말했다.

"환자분의 금전적인 부분을 함부로 세세하게 공개할 수는 없을 것 같지만 경리부에 따르면 자비로 부담하신다고 해요."

"아."

아빠는 그거면 모든 설명이 끝난다는 듯이 말했다. 하지만 표정을 보면 전혀 그렇지 않다는 것을 알 수 있었다. 아빠는 자리에서 일어나 레이븐스버거 부인과 악수했다. 나도 아빠를 따라했다.

멜리사가 눈부시게 하얀 운동화를 신고 미끄러지듯 우리를 복도까지 따라 나왔다.

"루이지애나주립대 나왔어요?"

내가 묻자 멜리사는 놀란 표정을 지었다.

"어떻게 알았어?"

"수첩 보고서요. 농구부예요?"

그녀는 미소를 지었다.

"그리고 배구부."

키를 봤을 때 스매싱이 장난 아닐 것 같았다.

5장.

쇼핑. 아빠의 파이프 담배.
보디치 씨의 전화. 밀가루 통.

1

철물점에 가서 안전 바 설치 세트를 장만하고 펫 팬트리로 건너갔다. 그 안의 동물병원은 예약 없이 갈 수 있었는데, 거기서 씹어 먹는 심장사상충 약과 레이더의 관절염에 좋은 카프로펜을 샀다. 원래 카프로펜은 처방전이 있어야 살 수 있지만 상황을 설명하자 병원 직원이 현금 결제를 조건으로 약을 주었다. 그녀 말로는 보디치 씨가 레이더에게 필요한 용품을 모두 거기서 구입하고 추가 요금을 지불해 배달을 시킨다고 했다. 안전 바 세트는 아빠가 신용카드로 결제했다. 약은 내가 내 돈으로 샀다. 마지막으로는 약국에 들러서 목이 긴 소변통과 환자용 변기, 철심을 관리할 때 쓸 소독약, 스프레이 타입의 대용량 유리창 청소 세제 2통을 샀다. 그것도 내가 계산했지만 이번에는 카드로 결제했다. 비자카드 한도는 250달러였지만 결제가 거부당할 거라는 걱정은 하지 않았다. 나는 돈을 아껴 쓰는 편이었다.

집으로 돌아오는 내내 이번에 맡기로 한 일에 대해 아빠가 일장 연설을 늘어놓을 거라고 생각했다. 사실 17살짜리가 맡기에는 상당히 막중한 임무였다. 그런데 아빠는 그러지 않았다. 라디오에서 나오는 클래식 록을 들으며 가끔 따라 부르기만 했다. 얼마 안 가 아빠가 뭐라고 하면 좋을지 고민하는 중이라는 사실을 알아차렸다.

보디치 씨의 집으로 걸어가자 레이더가 맞아 주었다. 싱크대에 약을 두고 화장실을 빼꼼 들여다보았다. 작아서 안전 바를 설치하기에 (그리고 보디치 씨가 그 안전 바를 쓰기에) 좋았지만 그건 내일 할 일이었다. 전에 지하실 세탁기 위 선반에 깨끗한 걸레가 쌓여 있던 걸 봤다. 나는 지하실로 내려가 걸레를 양손에 들고 왔다. 완연한 봄날이라 밖에서 울타리를 고칠까 했지만 보디치 씨가 퇴원하기 전까지 독한 세정제 냄새가 빠질 수 있게 유리창을 닦기로 마음먹었다. 그걸 핑계로 집 안을 둘러볼 수도 있었다.

그 집에는 부엌, 식료품 저장실, 거실처럼 보디치 씨의 실질적인 주거 공간들 말고도 천으로 덮인 길쭉한 식탁이 놓인 식당도 있었다. 의자는 없어서 상당히 횅뎅그렁해 보였다. 그런가 하면 도서실 혹은 서재, 아니면 이 둘을 합쳐 놓은 듯한 방도 있었다. 나는 천장이 새서 책이 일부 젖은 것을 보고 경악했다. 뒤쪽 복도에 아무렇게나 쌓아 놓은 책과 달리 여기에는 비싸 보이는 가죽 장정본들이 꽂혀 있었다. 디킨스, 키플링, 마크 트웨인 그리고 새커리라는 누군지 모를 작가의 전집이 있었다. 짬이 나면 책꽂이에서 책을 꺼내 바닥에 펼쳐 놓고 구제할 수 있을지 알아보기로 했다. 유튜브를 찾아보면 방법을 알려 주는 영상이 있을지 몰랐다. 나는 그해 봄에 유튜브를 많이 참고했다.

2층에는 방 3개, 리넨 벽장 그리고 좀 더 널찍한 화장실이 있었다. 보디치 씨의 방에는 책꽂이가 좀 더 있었고 그가 잠을 청했을 쪽 침대 옆에는 독서등이 있었다. 여기에 꽂힌 책들은 대부분 페이퍼백이었다. SF, 판타지 그리고 1940년대로까지 거슬러 올라가는 펄프 호러였다. 개중 일부는 제법 괜찮아 보이길래 별 문제가 없으면 몇 권 빌려 가기로 마음먹었다. 새커리는 어려울 듯했지만 『검은 옷을 입은 신부』는 딱 내 취향일 것 같았다. 뭐, 표지의 신부가 당당하게 검은 옷을 입고 있었지만 그리 무시무시하지는 않았다. 침대 옆 테이블에는 책이 2권 놓여 있었다. 레이 브래드버리의 『사악한 것이 온다』와 『융의 관점에서 본 판타지의 기원과 세상의 모체 안에서 판타지의 위치』라는 두툼한 하드커버였다. 표지에 별이 가득 담긴 깔때기가 그려져 있었다.

다른 방에는 침구를 깔았지만 그 위에 비닐을 씌워 놓은 침대가 있었다. 또 다른 방은 전혀 아무것도 없고 퀴퀴한 냄새가 났다. 내가 운동화가 아니라 딱딱한 신발을 신고 있었다면 방에서 발소리가 음산하게 울렸을 것이다.

좁은 계단을(영화 「사이코」에 나오는 계단 같다는 생각이 들었다) 올라가자 3층이 나왔다. 다락은 아닌데 다락처럼 쓰이고 있었다. 가구들이 3개의 방에 뒤죽박죽으로 쌓여 있었다. 식탁과 한 세트인 것 같은 근사한 의자도 6개 있었고, 빈방에서 옮겼을 침대 위에는 헤드보드가 세로로 놓여 있었다. 자전거 2대와(그중 하나는 바퀴 한 개가 빠진 상태였다) 묶은 잡지를 담고 먼지를 뒤집어 쓴 판지 상자도 있었다. 가장 작은 세 번째 방에는 유성 영화가 신문물이었을 시절의 유물로 보이는 목공구가 나무상자에 담겨 있었다. 상자 옆면에 A. B.라는 빛바랜

이니셜이 있었다. 안전 바를 설치할 때 쓸 수 있을까 싶어 드릴을 집어 봤지만 꼼짝도 하지 않았다. 그럴 만도 한 것이, 공구 상자가 놓인 쪽 지붕이 새서 드릴, 망치 2개, 톱, 한가운데에 흐릿한 노란색 기포가 생긴 수평기가 녹을 뒤집어썼다. 다음 겨울이 오기 전에, 또는 구조적인 손상이 오기 전에 비가 새는 지붕도 손을 봐야겠다는 생각이 들었다. 이미 망가졌을 수도 있지만.

3층 유리창부터 닦기 시작했다. 거기가 제일 부옜다. 아니, 제일 더러웠다. 양동이 물을 열심히 갈아야 했다. 물론 안쪽을 다 닦아도 겨우 절반을 끝낸 셈이었다. 점심을 먹으며 잠깐 숨을 돌리기로 하고 골동품 핫포인트에 깡통 칠리를 데웠다.

"그릇 핥아먹을래?"

내 말을 듣고 레이더는 커다란 갈색 눈으로 나를 올려다보았다.

"너만 입 다물면 나도 이르지 않을게."

그릇을 내려놓자 레이더는 그릇을 향해 달려들었다. 나는 다시 창문 닦기에 돌입했다. 일을 다 끝내고 보니 늦은 오후였다. 손가락이 벌겋게 불었고 하도 열심히 닦느라 팔에는 힘이 하나도 없었지만 윈덱스와 식초(유튜브에서 본 팁이었다)가 정말로 효과 만점이었다. 집 안이 빛으로 가득했다.

"마음에 드네. 우리 집까지 산책 다녀올래? 아빠가 뭐 하고 계시나 볼 겸?"

레이더는 좋다고 짖었다.

2

아빠는 앞 베란다에서 나를 기다리고 있었다. 담배 파이프가 담배 주머니와 함께 난간 위에 놓여 있었다. 그 말은 대화가 기다리고 있다는 뜻이었다. 그것도 진지한 대화가.

아빠가 궐련을 피우던 시절이 있었다. 내가 몇 살일 때 엄마가 아빠 생일에 담배 파이프를 선물했는지 기억은 나지 않는다. 셜록 홈즈의 파이프처럼 멋지지는 않았지만 비싸 보였다. 엄마가 그 발암 물질 좀 끊으라고 하면 아빠가 계속 알겠다고 했던 (중독자들이 그렇듯 애매하게) 기억이 난다. 파이프가 제 역할을 톡톡히 했다. 아빠는 궐련 개수를 줄이다, 엄마가 치킨을 사 오느라 그 빌어먹을 다리를 건너기 얼마 전에 완전히 끊었다.

나는 아빠가 시내 담배 가게에서 사 오는 스리 세일스 담뱃잎 냄새가 좋았지만 계속 담뱃불이 꺼졌기 때문에 냄새를 맡고 자시고 할 겨를도 없을 때가 많았다. 어쩌면 엄마가 의도한 작전 중 하나였을지 모르지만 물어볼 기회가 없었다. 파이프는 벽난로 위 파이프 걸이를 지키는 신세가 됐다. 엄마가 죽기 전까지는 그랬다. 그러다가 다시 밖으로 나왔다. 아빠가 술을 마시던 시절에 궐련을 다시 피우는 모습을 본 적은 없지만 밤에 옛날 영화를 볼 때 파이프는 항상 아빠의 곁을 지켰다. 아빠는 불을 켠 적도 심지어 담배통을 채운 적도 거의 없었지만. 그래도 담뱃대와 물부리를 모조리 잘근잘근 씹어 놓는 바람에 양쪽 다 갈아 끼워야 했다. 아빠는 AA 모임에 참석하기 시작했을 때 파이프를 들고 갔다. 그 모임은 금연이었기에 담뱃대를 씹었고 (린디 프랭클린에게 들은 바에 따르면) 가끔은 담배통을 거꾸로 뒤집어서 씹었다.

AA 모임에 참석하기 시작한 지 2년쯤 됐을 때 파이프는 벽난로 위 제자리로 돌아갔다. 한번은 내가 이유를 묻자 아빠는 이렇게 대답했다.

"술을 끊은 지 2년이 됐으니까 이제 치발기를 버릴 때도 됐지."

하지만 가끔 파이프가 밖으로 나올 때도 있었다. 아빠가 시카고의 사무실에서 여러 중개인들을 앞에 두고 프레젠테이션을 해야 할 때. 엄마의 기일에는 항상. 그리고 지금. 담뱃잎과 함께 나와 있었으니 이번은 아주 심각한 대화가 예정되어 있다는 뜻이었다.

레이더가 할머니처럼 칸마다 걸음을 멈추고 살펴 가며 현관 앞 계단을 올라갔다. 그러다 마침내 꼭대기에 다다르자 아빠가 녀석의 귓등을 긁어 주었다.

"누가 이렇게 착하지?"

레이더는 컹 하고 한 번 짖고 아빠의 흔들의자 옆에 엎드렸다.

"약 먹이기 시작했니?"

"아직이요. 사상충이랑 관절염 약을 저녁 사료에 몰래 섞어서 먹일 생각이에요."

"안전 바 키트를 안 들고 갔더라?"

"그건 내일 하려고요. 오늘 저녁에 설명서 읽을 거예요."

『마네킹을 위한 자택 요양 가이드』도.

"내일 드릴 좀 빌려도 돼요? 그 집에서 공구 상자를 찾긴 했는데, A. B.라는 이니셜이 적힌 걸 보면 그 아저씨의 아버지나 할아버지가 쓰던 거였나 봐요. 아무튼 안에 든 게 전부 녹이 슬었어요. 지붕이 새서."

"당연히 써도 되지."

아빠는 파이프 쪽으로 손을 내밀었다. 통에 이미 담뱃잎이 채워져 있었다. 그러고는 가슴 주머니에서 성냥을 꺼내 엄지손톱으로 불을 붙였다. 어렸을 때 볼 때마다 감탄한 기술이었는데 사실 아직까지도 감탄이 나왔다.

"같이 가서 도와줄까?"

"아니에요, 괜찮아요. 화장실이 하도 작아서 둘이 가면 거치적거리기만 할 거예요."

"하지만 진짜 이유는 따로 있지, 딸랑아?"

그 애칭으로 불린 게 얼마 만이었을까? 5년? 아빠는 이미 절반까지 타들어 간 성냥을 담배통 위로 들고 파이프를 빨기 시작했다. 아빠는 내 대답을 기다리고 있었지만 할 말이 없었다. 레이더가 고개를 들고 향긋한 담배 냄새를 쿵쿵 맡다가 주둥이를 다시 베란다 바닥에 내려놓았다. 상당히 만족한 표정이었다.

아빠는 성냥을 흔들어 껐다.

"그 집에 내가 보지 말았으면 하는 게 있는 건 아니지?"

그 집에 박제해 놓은 동물들이 많고 섬뜩한 고양이 벽시계에 달린 눈이 뒤를 따라다니느냐고 물었던 앤디가 생각났다.

"네, 그냥 평범한 집이에요. 다 쓰러져 가고 지붕에서 비가 새긴 하지만. 나중에는 그 지붕도 어떻게 좀 해야겠어요."

아빠는 고개를 끄덕이며 파이프를 뻐끔거렸다.

"내가 린디랑 이…… 상황에 대해서 얘기를 나눠 봤는데 말이다."

나는 그 말을 듣고 놀라지 않았다. 린디는 후원자였고 아빠는 신경 쓰이는 일이 있으면 후원자에게 얘기를 해야 했다.

"어쩌면 네가 돌봄 정신이 투철한 거 아닌지 모르겠다고 하더구

나. 내가 술을 마시던 시절부터. 하기야 네가 어린 나이에 나를 돌보던 시절이 있었지. 청소하고 설거지하고 아침 알아서 챙겨 먹고 때로는 저녁까지."

아빠는 말을 하다 말고 멈췄다.

"그 시절은 떠올리기도 힘들고 입에 담기는 더 힘들다만."

"그런 거 아니에요."

"그럼 뭐냐?"

내가 하나님에게 맹세한 게 있어서 거래 조건을 이행해야 한다는 말은 아직 하고 싶지 않았다. 달리 둘러댈 핑계가 있었다. 아빠가 이해할 만한 핑계였고 다행히 내 짐작이 맞았다.

"AA에서는 감사하는 마음을 계속 유지해야 한다고 그러잖아요."

아빠는 고개를 끄덕였다.

"감사할 줄 아는 알코올중독자는 술을 취하도록 마시지 않는다고들 하지."

"저는 아빠가 술을 끊어서 감사하거든요. 아빠한테 말은 잘 안 하지만 사실 그래요. 그러니까 제가 선행으로 그 빚을 갚고 싶은 거라고 생각해 주시면 안 될까요?"

아빠는 물고 있던 파이프를 빼고 한손으로 눈을 훔쳤다.

"알았다, 그렇게 하마. 그래도 언젠가는 그분을 만나고 싶구나. 왠지 그래야 할 것 같거든. 알겠니?"

나는 알겠다고 했다.

"사고의 충격에서 조금 회복하시면요."

아빠는 고개를 끄덕였다.

"좋아. 사랑한다, 아들."

"저도 사랑해요."

"네가 너무 무리하고 있다는 건 알고 있으면 좋겠다. 너도 알고 있지?"

나도 알고 있었고, 내가 어느 정도로 무리하고 있는지는 모르고 있다는 것도 알았다. 그래서 다행이었다. 안다면 자신이 없어질 수도 있었다.

"그 프로그램에서 얘기하는 또 다른 게 있잖아요. 오늘 당장의 일만 생각하기."

아빠는 고개를 끄덕였다.

"알았다. 하지만 봄방학은 금세 끝날 거야. 네가 그 집에 얼마나 많은 시간을 쏟아붓든 공부를 게을리하면 안 된다. 그건 내가 양보 못 해."

"알겠어요."

아빠는 파이프를 쳐다보았다.

"꺼졌네. 늘 그렇더라."

아빠는 파이프를 베란다 난간에 내려놓고 허리를 숙여서 레이더의 풍성한 목덜미 털을 긁어 주었다. 레이더는 고개를 들었다가 다시 떨구었다.

"정말 착한 아이야."

"맞아요."

"홀딱 빠졌구나?"

"뭐……. 네. 그런 것 같아요."

"목걸이는 했는데 이름표는 없으니 보디치 씨가 반려견 보유세를 내지 않았나 보다. 이 아이는 동물병원에 가 본 적도 없는 것 같아."

내가 보기에도 그랬다.

"광견병 주사도 맞은 적이 없고. 가장 중요하게는……."

아빠는 말을 멈추었다가 다시 이었다.

"궁금한 게 하나 있으니 고민해 보길 바란다. 아주 진지하게. 우리가 돈을 떼이게 될까? 식료품, 레이더 약, 안전 바에 쓴 돈을?"

"소변 통도 있죠."

"그렇게 될까? 네 생각은 어떤지 들어 보고 싶은데."

"아저씨는 적어 놓으면 나중에 정산하겠다고 하셨어요."

이건 끽해야 절반의 대답밖에 되지 않았다. 아마 아빠도 알았을 것이다. 나는 다시 한번 생각해 본 끝에 '아마'라는 단어를 뺐다.

"우리가 아저씨 때문에 난처해진 건 아니에요. 다 합해 봐야 200에서 300달러밖에 안 되니까요. 하지만 병원비…… 아카디아 병원 일주일 입원비가 얼마인지 아세요? 거기다 수술비에 이후 치료비까지 합하면요?"

나는 몰랐지만 아빠는 손해사정사였다.

"8만 달러. 최소한."

"우리가 그 비용을 뒤집어쓰게 될 일은 없는 거죠?"

"응, 그건 다 그분 몫이지. 어떤 보험을 들어 놨는지, 들어 놓은 보험은 있는지 모르겠다만. 린디한테 물어봤는데 오버랜드에 들어 놓은 건 없다고 하더라. 메디케어 대상자일 수도 있고. 그것도 아니면 아무도 모를 일이지."

아빠는 앉은 자리에서 자세를 바꿨다.

"그분에 대해 조금 알아봤거든. 내 말 듣고 네가 화를 내지는 않았으면 좋겠다만."

나는 화가 나지 않았고 놀랍지도 않았다. 사람들에 대해 알아보는 것이 아빠가 하는 일이었다. 그리고 나도 궁금했는가 하면 두말하면 잔소리였다.

"그런데요?"

"거의 아무 정보도 없었어. 요즘 같은 시대에 그게 가능한 얘기니?"

"그 아저씨는 컴퓨터도, 심지어 휴대전화도 없어요. 그러니까 페이스북이나 다른 SNS는 열외가 되죠."

컴퓨터가 있다 한들 보디치 씨는 페이스북을 경멸했을 거라는 생각이 들었다. 페이스북은 염탐용이지 않은가.

"네가 본 공구 상자에 이니셜이 적혀 있었다고 했지? A. B.라고."

"네."

"그럼 맞네. 언덕 꼭대기 그 집 부지가 6000제곱미터가 넘거든. 엄청 넓은 땅이지. 1920년에 에이드리언 보디치라는 사람이 그걸 매입했더라고."

"그분의 할아버지일까요?"

"아마도. 하지만 그분 나이를 감안했을 때 아버지일 수도 있어."

아빠는 난간에 두었던 담배 파이프를 집어 물부리를 한두 번 씹은 다음 다시 내려놓았다.

"그나저나 그분 몇 살이니? 자기도 모르지 않을까 싶은데."

"그럴 수도 있다고 봐요."

"아주 예전에, 그러니까 은둔 생활을 시작하기 전에는 한 50살쯤 되어 보였는데. 그때만 해도 내가 손을 흔들면 그분이 가끔 마주 흔들어 주고 그랬어."

"대화를 나눈 적은 없고요?"

"인사는 건넸을 테고 날씨가 유별난 날이면 거기에 대해서도 한마디 했을지 모른다만 스스럼없는 성격은 아니었어. 아무튼 그 정도면 대충 베트남으로 파병됐을 세대인데, 병적이 전혀 없단 말이지."

"그럼 군 복무를 하지 않으신 거네요."

"아마도. 내가 아직 오버랜드에서 근무하고 있었으면 좀 더 알아냈을 수도 있을지 모르지만 그게 아니라서. 게다가 린디한테는 부탁하고 싶지가 않았고."

"그렇군요."

"그래도 돈은 좀 있는 것 같아. 재산세는 공개 대상이라 조회해 봤더니 시카모어 1번지에 부과된 금액이 2012년 기준으로 22000달러가 조금 넘더라."

"해마다 그 금액을 납부하시는 거예요?"

"액수는 조금씩 달라지지. 중요한 건 그걸 납부하고 있다는 거고, 그분은 엄마랑 내가 여기 이사 왔을 때부터 거기 살고 있었거든. 너한테도 얘기한 것 같다만. 그 당시에는 세금을 지금보다 훨씬 덜 냈을 거야. 다른 것들처럼 재산세도 올랐을 테니까. 그래도 모두 합하면 수십 만 달러니 엄청난 거지. 은퇴하기 전에 직업이 뭐였을까?"

"모르겠어요. 저도 사실 얼마 전에 처음 만났고 그때 그분 상황이 워낙 엉망이었기 때문에 이른바 흉금을 털어놓고 얘기할 기회가 없었어요."

하지만 그럴 기회가 조만간 찾아올 예정이었다. 다만 그 시점에는 내가 몰랐을 뿐.

"나도 몰라. 찾아봤지만 알아낼 수가 없었어. 다시 한번 짚고 넘어가지만 요즘 같은 시대에 그게 가능한 얘기니? 문명을 등지는 사람들이 있다는 얘기는 들은 적 있다만 대개는 세상이 끝날 거라고 생각하고 알래스카 황야로 떠나는 광신도 집단 아니면 유나바머처럼 몬태나로 숨지."

"유나, 뭐요?"

"그 연쇄 폭탄 테러범 말이다. 본명은 테드 카진스키. 보디치 씨의 집에 폭탄 제조 장비가 나뒹굴고 있거나 그런 건 아니겠지?"

아빠는 농담하듯 눈썹을 꿈틀거리며 물었지만 나로서는 농담인지 확신할 수 없었다.

"제가 본 물건 중에서 제일 위험한 건 큰 낫이었어요. 아, 그리고 3층의 그 공구 상자에 녹슨 손도끼도 있었고요."

"사진은 없었니? 그분의 아버지나 어머니. 아니면 어렸을 때 사진이라도."

"아뇨. 제가 본 건 레이더 사진뿐이었어요. 거실 안락의자 옆 테이블에 놓여 있는 거요."

"흠."

아빠는 파이프를 집으려다 생각을 바꿨다.

"수중에 돈이 있다면 출처가 어떻게 되는지, 예전에는 직업이 뭐였는지 알 길이 없단 말이지. 집에서 일을 했겠지, 광장공포증이 있는 걸 보면. 광장공포증이 뭔가 하면……."

"뭔지 저도 알아요."

"원래부터 그런 성향이었는데 나이가 들면서 점점 심해지지 않았나 싶어."

"맞은편 집에 사는 아주머니에 따르면 아저씨가 예전에는 레이더를 데리고 밤에 산책도 하고 그랬대요."

자기 이름이 들리자 레이더가 귀를 쫑긋 세웠다.

"그 말을 듣고 좀 특이하다는 생각이 들긴 했어요. 대부분 낮에 개를 산책시키니까요. 하지만……."

"밤에는 길거리를 지나다니는 사람이 적지."

"맞아요. 아저씨는 분명 동네 사람을 만나면 인사하는 성격이 아니니까요."

"그리고 한 가지가 더 있어. 좀 희한한 부분이긴 하다만…… 그분 자체가 좀 희한하지 않니?"

나는 답을 생략하고 한 가지 더 있다는 게 뭔지 물었다.

"그분은 차가 있어. 어디 주차해 놨는지는 모르겠지만 있어. 인터넷에서 등록 기록을 찾았어. 1957년형 스튜드베이커야. 골동품으로 등록이 돼서 개별소비세 할인을 받고 있어. 재산세처럼 개별소비세를 해마다 납부하는데 훨씬 저렴해서 60달러 정도야."

"차가 있다면 운전면허증을 검색할 수 있잖아요, 아빠. 그걸 검색하면 아저씨가 몇 살인지 알 수 있겠네요."

아빠는 웃으며 고개를 저었다.

"훌륭한 접근이다만 일리노이 주에서는 하워드 보디치라는 이름으로 발급된 운전면허증이 없어. 그리고 면허증이 없어도 차는 살 수 있어. 그 차는 심지어 운행이 불가능할지도 몰라."

"운행도 안 되는 차 때문에 뭐 하러 세금까지 내요?"

"이렇게 물어보는 편이 더 낫지 않을까, 딸랑아? 운전도 못 하는데 뭐 하러 세금을 낼까?"

"에이드리언 보디치는요? 그 아버지인가 할아버지는 면허증이 있었을지 모르잖아요."

"그건 생각 못 했네. 내가 알아보마."

아빠는 말을 끊었다가 다시 이었다.

"정말 이 일을 하고 싶니?"

"네."

"그럼 이런 부분들에 대해서 그분께 여쭤봐라. 왜냐하면 내가 알아본 바로는 그분은 없는 사람이나 다름없거든."

나는 알겠다고 했고 그걸로 대화는 종료된 듯했다. 나는 창고(안에 아무것도 없을 텐데 문에 묵직한 자물쇠가 달린 그곳)에서 이상한 발소리가 들렸다는 얘기를 꺼낼까 하다가 관두기로 했다. 그 소리는 머릿속에서 점점 희미해져 갔고 나에게는 생각할 거리가 차고 넘쳤다.

3

이런 생각들을 하며 봄 방학 며칠 동안, 아니 봄 방학 내내 나의 거처가 될 손님방 침대에서 비닐 커버를 벗겼다. 침대에는 침구가 깔려 있었지만 시트에서 곰팡내가 났다. 그 시트를 벗기고 리넨 벽장에서 들고 온 새것을 씌웠다. 얼마나 새것인지는 알 수 없었지만 냄새가 그나마 괜찮았고 접이식 소파용 시트도 이불과 함께 갖추어져 있었다.

1층으로 내려갔다. 레이더가 계단 발치에서 나를 기다리고 있었다. 나는 보디치 씨의 안락의자에 침구를 떨어뜨렸다가 소파를 펼치려면 안락의자와 그 옆 조그만 테이블을 치워야 한다는 사실을 깨달았다. 테이블을 옮기자 서랍이 살짝 열렸다. 이리저리 흩어져 있는 동전과 크롬 칠이 대부분 벗겨졌을 정도로 오래된 하모니카와……카프로펜(반려견용 소염진통제 — 옮긴이) 약병이 보였다. 그걸 보고 기분이 좋아졌다. 보디치 씨가 늙어 가는 반려견의 질병에 무심하지 않았다는 뜻인 데다 펫 팬트리의 아주머니가 적극적으로 약을 권했던 이유도 확실히 알 수 있었다. 하지만 약이 잘 듣지 않고 있다는 뜻이었으니 속이 상했다.

나는 새로 산 약의 효과가 더 강력할 거라는 판단 아래 새로 산 약을 한 알 넣어서 레이더에게 사료를 주고 접이식 소파에 쓸 베개를 가지러 다시 2층으로 올라갔다. 레이더가 계단 발치에서 기다리고 있었다.

"맙소사, 그걸 벌써 다 먹은 거야?"

레이더는 꼬리로 바닥을 때리고 내가 지나갈 수 있을 만큼만 살짝 비켰다.

나는 베개를 조금 부풀린 다음 침대로 변신해 거실 한가운데 펼쳐진 접이식 소파 위에 놓았다. 아마 보디치 씨가 투덜거릴 테지만 내 생각에는 이 정도면 나쁘지 않았다. 외고정 장치에 박힌 철심 관리는 어려울 게 없어 보였지만 보디치 씨가 휠체어를 타고 올 텐데『마네킹을 위한 자택 요양 가이드』에 휠체어에서 침대로, 침대에서 휠체어로 사람을 옮기는 방법이 소개돼 있으면 좋겠다는 생각이 들었다.

또 뭐가 있을까, 또 뭐가 있을까?

손님방에서 나온 침구를 세탁기에 넣어야겠지만 그건 내일이나 심지어 일요일로 미뤄도 되는 일이었다. 전화기, 맞다. 보디치 씨의 바로 옆에 전화기가 있어야 했다. 이 집의 유선 전화기는 1970년대에 제작된 범죄 영화에 나올 법한 흰색 무선 전화기였다. 남자들은 모두 구레나룻을 기르고 여자들은 모두 사자 머리를 한, 그런 영화말이다. 작동이 되나 싶어 수화기를 들어 보니 발신음이 들렸다. 수화기를 충전기에 다시 내려놓으려는데 벨이 울렸다. 나는 놀라서 으악 비명을 지르며 수화기를 떨어뜨렸다. 레이더가 짖었다.

"괜찮아, 레이더."

나는 말하며 수화기를 집었다. 수신 버튼이 없었다. 우왕좌왕 버튼을 찾고 있었을 때 보디치 씨의 목소리가 멀리서 조그맣게 들렸다.

"여보세요? 내 말 들리니? 여보세요?"

그러니까 수신 버튼도 없고 발신 번호를 확인할 방법도 없는 것이었다. 이 정도로 오래된 전화기를 쓸 때는 운에 맡기는 수밖에 없었다.

"여보세요. 저 찰리예요, 보디치 씨."

"레이더가 왜 짖고 있어?"

"제가 비명을 지르면서 수화기를 떨어뜨렸거든요. 손에 들고 있었는데 벨이 울려서요."

"놀라서 그랬구나?"

그는 대답을 기다리지 않았다.

"레이더 저녁 먹을 시간이라 네가 있을지 모르겠다 생각했지. 레이더 사료 먹였지?"

"네. 세 입 만에 해치웠어요."

보디치 씨는 쉰 목소리로 웃음을 터뜨렸다.

"그 아이답네. 다리는 조금 휘청거릴지 몰라도 식욕은 여전하지."

"몸은 좀 어떠세요?"

"병원에서 진통제를 주는데도 다리가 죽도록 아파. 그런데도 오늘 침대 밖으로 끌어내더라. 외고정 장치를 질질 끌고 다니려니까 제이콥 말리(『크리스마스 캐럴』에서 주인공 스크루지의 예전 동업자. 죽은 뒤 온몸에 쇠사슬을 휘감고 스크루지를 찾아오는 것으로 그려진다―옮긴이)가 된 심정이야."

"'이게 내가 살아생전에 몸에 차고 다녔던 쇠사슬이라네.'"

보디치 씨는 쉰 목소리로 다시 웃음을 터뜨렸다. 약에 취해서 비몽사몽인 듯했다.

"책으로 읽었니 아니면 영화를 봤니?"

"영화요. 크리스마스이브 때마다 TCM에서요. 아빠랑 저는 TCM 영화를 많이 봐요."

"그게 뭔지는 모르겠다만."

당연히 그가 알 리 없었다. 이 집 텔레비전에 TCM 채널이 있을 리 없었다. 거기에 있는 건…… 실비어스 선생님이 뭐라고 했더라? 토끼 귀?

"너랑 연락이 닿아서 다행이다. 병원에서는 월요일 오후에 퇴원시켜 준다는데, 그 전에 너한테 할 얘기가 있거든. 내일 병원으로 와 줄 수 있겠니? 같은 병실 쓰는 환자가 휴게실에서 야구 경기 보는 동안 우리 둘이 오붓하게 대화를 나눌 수 있는데."

"그럼요. 아저씨가 쓰실 접이식 소파에 시트 깔아 놨고 2층에서 제가 쓸 침대에도 시트 깔아 놨고 또…….."

"잠깐만. 찰리……."

그는 한참 동안 침묵을 지키다 다시 말문을 열었다.

"잠자리를 준비하고 내 반려견에게 사료를 먹이는 것뿐 아니라 비밀을 지키는 것도 네가 할 수 있는 일에 포함이 될까?"

아빠가 술을 마시던 시절, 아빠가 잃어버린 시절에 대해 생각해 보았다. 나는 그때 종종 혼자 알아서 지내야 했고 화가 났다. 엄마가 그런 식으로 죽은 것에 대해서. 엄마의 잘못은 전혀 없었으니 바보 같은 일이었지만 엄마가 그 빌어먹을 다리에서 죽었을 때 나는 겨우 7살이었다. 나는 아빠를 사랑했지만 아빠에게도 화가 났다. 화가 난 아이들은 말썽을 일으키기 마련이고 나에게는 버티 버드라는 아주 유능한 조력자가 있었다. 버티와 나는 어느 정도 보이 스카우트 정신을 갖춘 앤디 첸과 같이 있을 때는 별문제 없었지만, 우리 둘만 있을 때는 상당히 어마어마한 꼴통짓을 저질렀다. 범법 행위도 더러 있었기 때문에 잡혔다면 된통 혼났을 텐데 한 번도 잡힌 적이 없었다. 그리고 아빠도 절대 알아차리지 못했다. 계획대로 된다면 아빠는 끝까지 알아차리지 못할 것이다. 버티와 내가 제일 싫어한 선생님의 자동차 앞 유리창에 개똥을 문지른 적이 있다고 아빠에게 고백할 이유가 없지 않은가. 여기서는 모든 걸 공개하기로 약속했지만 막상 공개하고 보니 민망해서 몸 둘 바를 모르겠다. 게다가 그보다 더 심한 짓을 저지른 적도 있었다.

"찰리? 전화 끊은 거 아니지?"

"네. 그리고 네, 비밀 잘 지킬 수 있어요. 아저씨가 사람을 죽여서 그 창고 안에 시신을 두었다, 그런 게 아닌 이상."

이번에는 보디치 씨가 잠잠해질 차례였지만 나는 전화 끊었느냐고 물을 필요가 없었다. 그의 거친 숨소리가 들렸다.

"그런 건 아니지만 엄청난 비밀이긴 하지. 내일 얘기하자. 너는 법 없이도 살 수 있는 성격인 것 같아서. 직감이 맞기만을 바랄 따름이다. 보면 알겠지. 내가 너랑 너희 아버님에게 진 빚이 얼마나 되니?"

"저희가 지금까지 쓴 돈이 얼마나 되느냐고요? 별로 많지 않아요. 대부분 식비고요. 전부 합해서 200에서 300달러쯤 될 거예요. 영수증 모아 뒀……."

"그리고 네가 투자하는 시간도 감안해야지. 나를 도울 작정이면 보수를 받아야 하지 않겠니? 일주일에 500달러면 어떨까?"

나는 깜짝 놀랐다.

"보디치 씨…… 하워드 아저씨…… 보수는 주지 않으셔도 돼요. 저는 기쁜 마음으로……."

"일꾼이 그 삯을 받는 것이 마땅하느니라. 누가복음 말씀이다. 일주일에 500달러, 일이 잘 풀리면 연말에 보너스. 괜찮지?"

그가 은퇴 전에 무슨 일을 했는지 몰라도 땅 파기는 아니었다. 그는 도널드 트럼프가 협상의 기술이라고 표현한 것의 달인이었다. 그러니까 반대 의견을 묵살하는 데 전문가였다는 말이다. 그리고 나도 거의 반발하지 않았다. 하나님에게 약속한 게 있긴 했지만, 내가 그 약속을 지키려고 하는 일에 보디치 씨가 대가를 지불하겠다고 하면 그걸 받지 않을 이유가 없어 보였다. 게다가 아빠가 항상 강조했다시피 대학 등록금도 생각해야 했다.

"찰리? 그럼 그러기로 하는 거다?"

"네, 일이 잘 풀리면요."

하지만 그가 결국 연쇄 살인범으로 밝혀지면 일주일에 500달러를 받고 입을 다물지는 않을 작정이었다. 최소 1000달러라면 모를까(농담이다).

"감사합니다. 저는 사실 아무것도……."

"나도 알아."

그가 내 말허리를 잘랐다. 하워드 보디치 씨는 말끊기의 대가였다.

"여러 가지로 너는 참 괜찮은 아이야. 아까도 얘기했다시피 법 없이도 살 수 있는 성격이야."

나는 그가 어느 날 학교를 땡땡이치고 친구 버드 맨과 내가 하이랜드 공원에서 주운 휴대전화로 스티븐스 초등학교에 폭탄을 설치했다는 장난 전화를 건 적 있다는 사실을 알게 되더라도 그렇게 생각할지 궁금해졌다. 버드가 낸 아이디어이긴 했지만 나도 동참했다.

"부엌에 밀가루 통이 있어. 너도 봤을지 모르겠다만."

본 정도를 넘어서 내 앞에서 그 밀가루 통을 운운한 적도 있었는데 잊어버린 모양이었다. 그 당시 워낙 통증이 심했으니. 그는 그 안에 돈이 들어 있다고 했다가 아무것도 없다고 말을 바꿨다. 깜빡했다면서.

"네."

"거기서 700달러를 꺼내 가. 첫 주 주급 500에 지금까지 쓴 비용으로 200."

"정말로……."

"응. 그리고 어마어마한 부탁을 하기 전에 너를 구워삶으려고 뇌물을 주는 건가 생각할 수도 있겠지만…… 그건 아니다. 용역비야, 찰리. 용역비. 그 부분에 대해서는 너희 아빠께 가감 없이 말씀드려도 된다. 앞으로 너와 의논하게 될지 모르는 문제는 그러면 안 되지만. 그게 엄청난 부탁이라는 건 나도 알아."

"범죄만 아니면 괜찮아요."

고쳐 말했다.

"못된 범죄만 아니면요."

"3시쯤 병원으로 와 줄 수 있겠니?"

"네."

"그럼 이만 끊어야겠다. 사다리의 유혹을 이기지 못한 멍청한 노인네를 대신해서 레이더를 한 번 토닥여 주기 바란다."

그는 전화를 끊었다. 나는 레이더의 머리를 여러 번 토닥이고 뒷덜미에서부터 꼬리까지 길게 두어 번 쓰다듬었다. 레이더는 배를 긁어 달라고 몸을 뒤집었다. 나는 기꺼이 요구에 응했다. 그런 다음 부엌으로 들어가 밀가루 통 뚜껑을 열었다.

안에 돈이 가득 들어 있었다. 위에 어지럽게 쌓인 지폐는 대부분 10달러와 20달러짜리였고 5달러와 1달러짜리도 간간이 보였다. 그 지폐들을 꺼내자 조리대에 제법 수북이 쌓였다. 그 낱장들 아래에 띠지로 묶인 50달러와 100달러짜리 지폐 뭉치가 있었다. 띠지에 보라색 잉크로 퍼스트 시티즌스 은행이라고 찍혀 있었다. 나는 그 지폐 뭉치도 밖으로 꺼냈다. 아주 단단히 욱여져 있어서 낑낑대며 꺼내야 했다. 10장씩 묶인 50달러 뭉치가 6개였다. 마찬가지로 10장씩 묶인 100달러 뭉치가 5개였다.

부엌으로 들어온 레이더가 자기 밥 그릇 옆에 앉아서 귀를 쫑긋 세우고 나를 쳐다보고 있었다.

"와 씨, 레이더. 이거 합하면 8000달러야, 그것도 조리대 위에 있는 돈은 빼고."

조리대 위에 쌓아 놓은 낱장으로 700달러를 챙기고 접어서 주머니에 넣자 불룩해졌다. 내가 지금까지 들고 다녔던 가장 큰 목돈보다 최소 10배는 많은 금액이었다. 나는 띠지로 묶인 지폐 더미를 다시 통에 넣기 시작하다가 중간에 멈췄다. 바닥에 조그맣고 불그스름한 알갱이가 3개 있었다. 화장실 수납장에서 본 적 있는 알갱이였다. 나는 통을 기울여 알갱이를 손바닥 위로 떨어뜨렸다. BB탄이라고 하기에는 너무 무거웠다. 내 생각이 맞는다면 보디치 씨의 수입원을 파악하는 데 결정적인 힌트가 될 수도 있을 것 같았다.

내가 보기에는 금인 것 같았다.

4

자전거를 타고 오지 않아서 집까지 언덕을 걸어 내려가야 했는데, 평소 같으면 10분에서 12분이면 됐을 거리를 그날 저녁에는 천천히 걸었다. 생각해야 하는 문제와 결정해야 하는 문제가 있었다. 나는 걷는 동안 계속 불룩한 주머니를 만지며 돈이 제대로 있는지 확인했다.

보디치 씨가 전화해 채용을 제안했다고 아빠에게 얘기할 생각이었다. 그간의 비용으로 200달러를, 내 주급으로 500달러를 받았다고 보여 줄 것이었다. 그중에서 400달러를 대학 학자금 통장에 넣고 (생각해보니 그 통장도 퍼스트 시티즌스 계좌였다), 보디치 씨 집에서 일하는 동안 매주 400달러씩 거기에 입금하겠다고…… 그 기간은 아마도 여름방학이 끝날 때까지, 최소한 8월에 미식축구 연습을 시작하기 전까지가 될 거라고. 관건은 그 밀가루 통에 들어 있던 현금의 액수를 말할지 여부였다. 그리고 금이라고 확실히 단정할 수는 없었지만, 황금 BB탄의 존재도.

집 안으로 들어갔을 무렵에는 결정을 내린 참이었다. 통에 든 8000달러와 BB탄이 아닌 BB탄의 존재는 나만 알고 있기로 했다. 적어도 다음 날 보디치 씨와 대화를 나누기 전까지는 그러기로 마음먹었다.

"왔니? 레이더는 별문제 없고?"

아빠가 거실에서 외쳤다.

"잘 지내고 있어요."

"다행이네. 스프라이트랑 의자 들고 와라. TCM에서 「이창」 한다."

나는 스프라이트를 챙겨 들고 안으로 들어가 텔레비전 소리를 죽였다.

"드릴 말씀이 있어요."

"제임스 스튜어트랑 그레이스 켈리보다 중요한 게 있어?"

"이거라면요?"

나는 주머니에서 돈뭉치를 꺼내 커피 테이블 위로 떨어뜨렸다.

놀라워하고 조심스러워하며 걱정할 줄 알았던 내 예상과 다르게 아빠는 호기심을 보이며 재밌어했다. 아빠는 보디치 씨가 부엌의 보관 용기에 돈을 감춘 것이 광장공포증 환자의 저장 본능과 맞아떨어진다고 보았다(나는 아빠에게 구닥다리 텔레비전과 오래된 부엌의 가전제품은 물론이고 묵은 책과 잡지로 덮인 복도에 대해서도 이야기한 적 있었다).

"그 안에 돈이 더 있더냐?"

"좀 더요."

거짓말은 아니었다.

아빠는 고개를 끄덕였다.

"다른 통도 들여다봤어? 설탕통 안에도 몇백 있을지 모르는데."

웃으면서 한 말이었다.

"아뇨."

아빠는 200달러를 받았다.

"우리가 실제로 쓴 비용보다는 많지만 앞으로 그분께 필요한 다른 용품이 생길지도 모르니까. 내가 그 400달러 입금해 줄까?"

"네."

"콜. 어떻게 보면 그분은 너를 저렴하게 쓰는 거야, 적어도 처음 일주일 동안은. 내가 알기로 입주 재택 요양보호사는 그보다 더 많이 받거든. 또 어떻게 보면 네가 배우면서 돈도 벌 수 있으니 좋은 기회지. 게다가 봄방학 며칠 동안만 거기서 먹고 자면 되는데 말이다."

아빠는 고개를 돌려서 나를 똑바로 쳐다보았다.

"그러기로 한 거 맞지?"

"맞아요."

"그래, 좋아. 보디치 씨가 꼬불쳐 놓은 돈의 출처를 알 수 없어서 조금 불안하긴 하지만 얼마든지 좋게 해석할 용의가 있어. 그분이 너를 믿어서 좋고, 네가 이 돈을 기꺼이 받아서 좋다. 너는 원래 돈을 안 받고 도와 드릴 생각이었지?"

"네. 맞아요."

"너는 착한 아이야, 찰리. 내가 무슨 복으로 너 같은 아들을 키우는지 모르겠다."

내가 감추고 있는 비밀(보디치 씨에 대해서뿐만 아니라 버티와 함께 저지른 몇 가지 꼴통짓)이 떠오르자 조금 부끄러워졌다.

나는 그날 밤에 침대에 누워서 문이 잠긴 보디치 씨의 그 창고 안에 금광이 있고 난쟁이들 여럿이 거기서 금을 캐고 있을지 모른다는 상상을 했다. 난쟁이들 이름은 졸음이와 심술이(『백설공주와 일곱 난쟁이』를 재해석한 애니메이션 「하이호! 일곱 난쟁이」의 난쟁이들 이름이다 — 옮긴이)와 기타 등등. 그러자 미소가 지어졌다. 그가 밝히려는 비밀이 창고 안에 뭐가 들었는지일지도 모른다는 생각이 들었지만 내 짐작은 틀렸다. 그 창고의 정체는 훨씬 나중에서야 밝혀졌다.

6장.

병문안. 금고. 스탠턴빌.
금을 향한 탐욕. 보디치 씨의 퇴원.

1

보디치 씨와 나는 같은 병실 환자가 가슴에 심장 모니터를 달고 3층 휴게실에서 화이트 삭스 대 타이거스 경기를 보는 동안 상당히 열심히 대화를 나누었다.

"그 친구는 심장에 문제가 있는데 고칠 수가 없대. 나는 그런 걱정할 필요가 없으니 다행이지 뭐냐. 그것 말고도 걱정거리가 차고 넘치는데."

보디치 씨는 팔걸이가 달린 목발을 짚고 낑낑대며 화장실까지 걸어갈 수 있다는 것을 보여 주었다. 누가 봐도 아파하는 것 같았고 소변을 보고 돌아온 다음에는 이마가 땀범벅이었지만 나는 희망을 느꼈다. 밤에는 길고 불길하게 생긴, 목이 달린 소변통을 써야 할지 몰라도 환자용 변기는 모면할 수 있을 것 같았다. 한밤중에 넘어져 다리가 다시 부러진다면 얘기가 달라지겠지만. 그가 성큼 한 발을 내디딜 때마다 앙상한 팔에 달린 근육이 부들부들 떨렸다. 보디치 씨는 안도의 한숨을 내쉬며 침대에 앉았다.

"저것 좀⋯⋯."

보디치 씨는 자기 다리를 감싼 쇠붙이를 가리켰다.

내가 외고정 장치가 달린 쪽 다리를 들어서 똑바로 펴 주자 그는 다시 한숨을 쉬고는 협탁 위 딕시 컵에 담긴 약을 두 알 달라고 했다. 나는 약과 함께 물병에 담긴 물을 조금 따라서 주었다. 보디치 씨가 약을 삼키자 울대뼈가 쭈글쭈글한 목 안에서 막대에 달린 원숭이처럼 까딱거렸다.

"병원 측에서 모르핀 펌프를 이걸로 바꿨어. 옥시콘틴으로. 얼른 끊지 않으면 중독된다고, 어쩌면 벌써 중독됐을 수도 있다면서. 지금으로선 괜찮은 선택 같아. 화장실까지 가는 길이 빌어먹을 마라톤처럼 느껴져서 그렇지."

나도 그렇게 느껴졌다. 그런데 그의 집 접이식 소파에서 화장실까지는 이보다 더 멀었다. 적어도 초반에는 환자용 변기를 써야 할지 몰랐다. 나는 화장실에 가서 수건에 물을 적시고 꼭 짰다. 내가 그의 위로 허리를 숙이자 보디치 씨가 몸을 뒤로 뺐다.

"어이, 어이! 지금 뭐 하는 거냐?"

"땀 닦아 드리려고요. 가만히 계세요."

우리 인간은 타인과의 관계에서 결정적인 전환점이 언제 찾아오는지 절대 알 수가 없다. 나도 이때가 보디치 씨와의 관계에서 결정적인 전환점이었다는 것을 나중에서야 알아차렸다. 그는 좀 더 버티다가 (살짝) 긴장을 풀고 내게 이마와 뺨을 맡겼다.

"꼭 빌어먹을 어린애가 된 기분이네."

"저를 돈 주고 쓰고 계시잖아요. 빌어먹을 돈값을 하게 해 주세요."

내 말을 듣고 보디치 씨는 조용히 웃었다. 간호사가 병실 안으로 고개를 들이밀고 필요한 것 있느냐고 물었다. 그는 없다고 대답했고 간호사가 사라지자 나더러 문을 닫아 달라고 했다.

"나는 지금 니를 믿어 달라고 너한테 부탁하려는 참이다. 적어도 내가 나 자신과 레이더를 지킬 수 있을 때까지. 그래 줄 수 있겠니, 찰리?"

"최선을 다할게요."

"그래, 너라면 최선을 다할 테지. 내가 부탁할 수 있는 건 거기까지고. 나도 선택의 여지가 있었다면 너한테 이런 부탁을 하지 않았을 거다. 레이븐스버거라는 여자가 나를 만나러 왔었어. 너도 그 여자 만난 적 있니?"

나는 만난 적 있다고 대답했다.

"이름 한 번 끝내주지 않니? 까마귀 고기로 만든 햄버거를 상상해 보니 섬뜩하지 뭐냐(영어로 '레이븐'이 까마귀라는 뜻이다—옮긴이)."

나는 그가 옥시콘틴에 취했다고 하지는 않겠지만 취하지 않았다고 하지도 않겠다. 보디치 씨는 183cm 정도 키에 몸무게는 68킬로그램이 나갈까 말까 할 정도로 비쩍 말랐으니 분홍색 진통제가 효과 만점일 수밖에 없었다.

"이른바 '병원비 정산 방안'에 대해 의논하려고 왔다더구나. 내가 지금까지 비용이 얼마나 되느냐고 물었더니 출력한 내역서를 줬어. 저기 저 서랍 안에 있는데……."

그는 서랍을 가리켰다.

"지금 당장은 신경 쓸 필요 없다. 그걸 보고 엄청 많다고 했더니 훌륭한 치료에는 비용이 엄청 많이 들기 마련이라고, 내가 최상의 치료를 받았다고 하더구나. 그러면서 그게 뭔지는 모르겠다만 혹시 정산 전문가와 상담이 필요하면 자기가 퇴원 전 혹은 후에 면담을 주선하겠대. 나는 그럴 필요 없을 것 같고 전액 납부할 수 있는데 할인을 받아야겠다고 했지. 결국 20퍼센트 할인받기로 합의를 보았는데, 할인받은 금액이 약 19000달러야."

나는 휘파람을 불었다. 보디치 씨는 씩 웃었다.

"25퍼센트 정도로 할인을 받으려고 했는데, 그 여자가 20퍼센트에서 조금도 양보하지 않더구나. 그게 업계 표준인가 봐. 병원도 사업체잖니. 병원이나 교도소나 운영 방식에 있어서는 별 차이가 없어. 교도소 운영에 드는 비용은 납세자들이 부담한다는 것만 다를 뿐."

그는 한 손으로 눈을 훔쳤다.

"돈을 다 낼 수도 있었지만 흥정하는 게 재미있었어. 그래 본 게 하도 오랜만이라. 오래전 창고 세일 이후로 처음이었지. 그때 책이며 묵은 잡지를 많이 샀는데. 나는 오래된 것들이 좋아. 내가 지금 횡설수설하고 있지? 맞네. 내가 하고 싶은 말은 이거다. 내 수중에 돈은 있지만 네가 있어야 그 돈으로 결제를 할 수 있다는 거."

"밀가루 통에 담긴 돈에 대해 말씀하시는 거라면……"

보디치 씨는 8000달러가 푼돈이라도 되는 듯 손을 저었다. 병원비에 비하면 푼돈이긴 했다.

"너한테 부탁하고 싶은 건 이거야."

보디치 씨는 설명을 시작했다. 설명이 끝나자 그가 자기가 한 말을 받아 적는 게 좋겠느냐고 물었다.

"받아 적어도 돼. 일을 마쳤을 때 폐기하기만 한다면."

"금고 비밀번호만 적으면 될 것 같아요. 팔에 적어 놓고 나중에 물로 셌을게요."

"그래 주겠니?"

"네."

그가 한 말이 진짜인지 확인하기 위해서라도 그래야 했다.

"좋아. 그럼 어떻게 하면 되는지 단계별로 얘기해 봐라."

나는 얘기한 뒤에 그의 협탁에서 펜을 집어서 여러 개의 숫자와 돌리는 횟수를 티셔츠로 가릴 수 있는 위 팔뚝에 적었다.

"고맙다. 하인리히 씨는 내일이 되어야 만날 수 있지만 준비는 오늘 저녁부터 시작해도 돼. 레이더한테 저녁 주면서."

나는 알았다고 하고, 작별 인사를 한 뒤 병실에서 나왔다. 아빠가 잘 쓰는 표현을 빌리자면 이건 '깜놀'할 일이었다. 엘리베이터를 타고 반쯤 내려갔을 때 뭔가 생각이 났다. 나는 병실로 다시 올라갔다.

"벌써 생각이 바뀌었니?"

그는 웃으며 물었지만 불안해하는 눈빛이었다.

"아뇨. 아저씨께서 하신 말씀 중에 여쭤보고 싶은 게 있어서요."

"뭔데?"

"선물 어쩌고 하셨던 거요. 용감한 사람은 돕지만 겁쟁이는 선물만 가져다주고 그만이라고 하셨던 거요."

"그런 말을 한 기억이 없는데."

"하셨어요. 그게 무슨 뜻인가요?"

"모르겠다. 약에 취해서 헛소리를 한 모양이네."

거짓말이었다. 나는 알코올중독자와 몇 년을 같이 살았기 때문에 상대방이 거짓말을 하면 단박에 알아차렸다.

144

2

자전거를 타고 시카모어 1번지로 돌아가는 동안 궁금해서 미칠 것 같았다고 해도 과언이 아니었다. 나는 뒷문을 열고 레이더의 격한 환영 인사를 받아들였다. 이제 뒷다리로 서서 쓰다듬어 달라고 할 수 있게 된 레이더를 보니 새 약이 효과 만점일지 모른다는 생각이 들었다. 나는 볼일을 볼 수 있게 레이더를 뒷마당으로 내보냈다. 얼른 마음에 드는 자리를 찾으라고 계속 텔레파시를 보냈다.

레이더가 다시 들어오자 나는 보디치 씨의 침실로 올라가 벽장 문을 열었다. 그 안에는 옷이 많았다. 대부분 플란넬 셔츠나 카고 팬츠처럼 편한 복장이었지만 양복도 두 벌 있었다. 하나는 검은색, 다른 하나는 회색이었고 둘 다 조지 래프트와 에드워드 G. 로빈슨이 「매일 새벽 나는 죽는다」와 같은 영화에서 입었음 직한 스타일로, 더블 버튼이고 어깨가 넓었다.

옷들을 헤치자 중간 크기이고 높이가 90센티미터쯤 되는 구식 위치맨 금고가 드러났다. 쭈그리고 앉아서 다이얼을 향해 손을 내미는데, 셔츠가 삐져나오는 바람에 드러난 허리춤 맨살에 뭔가 차가운 것이 닿았다. 비명을 지르며 돌아보니 레이더가 꼬리를 좌우로 흔들며 나를 맞았다. 차가운 것은 녀석의 코였다.

"공주님, 다시는 그러지 마."

레이더는 자기 하고픈 대로 하겠다고 말하는 듯이 씩 웃으며 바닥에 주저앉았다. 나는 다시 금고 쪽으로 고개를 돌렸다. 처음에는 다이얼을 잘못 돌렸지만 두 번째 시도 만에 문을 열었다.

맨 처음 보인 것은 금고의 하나뿐인 칸에 놓인 총이었다. 아빠가 며칠 동안 출장을 갔을 때나 일주일에 한 번씩 있는 회사 야유회에 참석했을 때 엄마에게 주었던 총보다 더 컸다. 그건 32구경으로 누가 봐도 여자용 총이었고 아빠가 그 총을 계속 가지고 있을 것 같았지만 확실하지는 않았다. 아빠의 알코올중독이 최악으로 치달았을 때 내가 온 집안을 뒤졌지만 찾지 못했다. 이건 좀 더 컸고 45구경 리볼버인 것 같았다. 보디치 씨가 가진 물건이 대부분 그렇듯 구닥다리 같아 보였다. 나는 조심스럽게 총을 집어서 탄창을 돌려 꺼냈다. 여섯 발 모두 장전이 되어 있었다. 탄창을 원래대로 돌려놓고 총을 금고 안에 다시 넣었다. 그에게 들은 이야기를 감안했을 때 총이 있을 법도 했다. 도난 경보기 쪽이 더 말이 되겠지만 보디치 씨는 시카모어 1번지에 경찰이 출동하는 것을 원치 않았다. 게다가 초창기에는 레이더가 도난 경보기로 손색이 없었다. 앤디 첸이 그 증인이었다.

금고 바닥에 보디치 씨가 말한 물건이 있었다. 배낭으로 덮인 큼지막한 양철 양동이였다. 배낭을 걷고 양동이 안을 들여다보니 BB탄처럼 생긴 황금 알갱이가 거의 가득 담겨 있었다.

양동이에는 두 줄로 손잡이가 달려 있었다. 나는 그걸 잡고 양동이를 들었다. 쭈그려 앉은 자세로 간신히 들어 올릴 수 있었다. 안에 들어 있는 금의 무게가 15킬로그램, 어쩌면 20킬로그램도 넘을 것 같았다. 나는 바닥에 주저앉아서 레이더를 돌아보았다.

"와 씨. 이거 열라 거금인데?"

레이더는 꼬리로 바닥을 쳤다.

3

그날 저녁 레이더에게 사료를 준 뒤에 2층으로 올라가 제대로 본 게 맞는지 확인하는 차원에서 금이 담긴 양동이를 다시 한번 살폈다. 집으로 돌아가자 아빠가 퇴원하는 보디치 씨를 맞이할 준비가 됐느냐고 물었다. 나는 준비는 됐지만 그 전에 처리해야 하는 일이 있다고 말했다.

"아빠 드릴 써도 되는 거 맞죠? 그리고 그 전동식 스크루드라이버도요."

"당연하지. 나도 돕고 싶은 마음이 굴뚝같다만 9시에 미팅이 있어서. 전에 얘기했던 그 아파트 화재건 말이야. 방화일 가능성도 제기됐거든."

"저 혼자로 충분할 거예요."

"그래야 할 텐데. 너 괜찮니?"

"네. 왜요?"

"어째 평소하고 달라 보여서. 내일을 생각하면 불안하니?"

"조금요."

거짓말은 아니었다.

금고에서 뭘 보았는지 아빠에게 얘기하고 싶은 충동을 조금이라도 느꼈는가 하면 그건 아니었다. 우선 보디치 씨가 비밀 엄수를 신신당부했다. 보디치 씨의 주장에 따르면 "그 금은 일반적인 관점에서 보았을 때" 훔친 게 아니라고 했다. 나는 그게 무슨 뜻이냐고 물었고 그는 그걸 찾는 사람이 이 세상에 아무도 없다는 뜻이라고 대답하고 끝이었다. 나는 좀 더 자세히 알기 전까지 보디치 씨의 말을 고스란히 믿을 용의가 있었다.

그리고 이유가 한 가지 더 있었다. 나는 17살이었고 이렇게 짜릿한 사건은 내 평생 처음이었다. 아직까지는. 그래서 나는 끝까지 가 보고 싶었다.

4

월요일 날이 밝자 아침 일찍 자전거를 타고 보디치 씨의 집에 가서 레이더에게 사료를 주었다. 레이더는 내가 안전 바를 설치하는 모습을 심각하게 지켜보았다. 변기로 이미 그 손바닥만 한 화장실이 꽉 찼기 때문에 안전 바를 설치하면 그 위로 걸터앉기가 더욱 비좁겠지만 내가 보기에는 잘된 일이었다. 보디치 씨가 투덜거릴 것이 불 보듯 뻔했지만 여간해서는 넘어질 일이 없었다. 심지어 소변을 볼 때 바를 잡을 수도 있는 것도 플러스 요소 같았다. 내가 잡고 흔들어도 안전 바는 끄떡없었다.

"어때, 레이더? 이 정도면 됐을까?"

레이더는 꼬리로 바닥을 때렸다.

보디치 씨는 이렇게 말했다.

"금 무게는 화장실에 있는 체중계로 재면 돼. 정확하지는 않지만 부엌 저울로 재려면 한세월이 걸리거든. 내가 해 봐서 알아. 배낭에 담아서 무게를 잰 다음 들고 가도록 해. 좀 넉넉하게 담아서. 하인리히가 좀 더 정확한 저울로 직접 무게를 잴 거야. 디-지-털 저울로 말이다."

그는 우스꽝스러운 동시에 잘난 척하는 것처럼 들리도록 한 음절

씩 끊어서 발음했다.

"현금이 필요할 때 어떻게 그걸 들고 하인리히 씨를 찾아가세요?"

스탠턴빌까지는 약 11킬로미터 거리였다.

"유버 타고 가지. 돈은 하인리히가 내고."

나는 어떻게 한다는 건지 이해하지 못했다가 잠시 후에 알아차렸다(차량 호출 서비스 우버를 유버라고 말한 것이다 — 옮긴이).

"왜 그렇게 웃니, 찰리?"

"아무것도 아니에요. 밤에 이런 거래를 하세요?"

그는 고개를 끄덕였다.

"대개는 10시쯤에. 동네 사람들이 대부분 자러 들어갔을 시각이거든. 특히 길 건너편에 사는 리치랜드 부인. 워낙 참견대장이라."

"전에도 그렇게 말씀하셨죠."

"다시 한번 짚고 넘어갈 만하지."

나도 비슷한 인상을 받았다.

"하인리히가 야밤에 거래하는 상대가 나 말고도 또 있겠지만 네가 내일 아침 9시 반에서 10시 사이에 찾아갈 수 있게 가게 문을 닫겠다고 했어. 이 정도 규모의 거래는 처음이지만 괜찮을 거야. 지금까지 허튼수작 부린 적 없었으니까. 하지만 금고에 총이 있으니 만일의 경우에 대비하고 싶으면 그걸 들고 가도 돼."

나는 그 총을 들고 갈 생각은 전혀 없었다. 총을 소지하면 능력이 생긴 것처럼 느껴지는 사람들도 있다는 걸 알지만 나는 그런 부류가 아니다. 총을 건드리기만 해도 소름이 끼쳤다. 만약 누군가가 내게 조만간 총을 들고 다니게 될 거라고 했다면 나는 그 사람에게 미친 거 아니냐고 했을 것이다.

식료품 저장실에서 국자를 찾아 들고 올라갔다. 팔에 적었던 비밀 번호는 암호를 걸어 놓은 휴대전화의 메모장으로 옮긴 뒤에 지웠지만 메모장을 확인할 필요도 없었다. 첫 번째 시도에 금고 문이 열렸다. 나는 양동이를 덮었던 배낭을 치우자 나타난 그 많은 금을 보며 감탄했다. 유혹을 이기지 못한 나머지 손목까지 그 속에 담고 황금 알갱이를 손가락으로 헤집기도 했다. 한 번. 두 번. 세 번. 왠지 모르게 최면 효과가 있었다. 나는 생각을 비우려는 듯 머리를 젓고 황금 알갱이를 푸기 시작했다.

맨 처음 배낭 무게를 쟀을 때는 1.3킬로그램이 조금 넘었다. 조금 더 추가하자 2.2킬로그램이 됐다. 막판에 바늘이 3킬로그램을 조금 넘기자 이만하면 됐다는 결론을 내렸다. 하인리히 씨의 디-지-털 저울에 얹었을 때 약속한 2.7킬로그램을 넘길 경우, 남은 건 다시 들고 오면 될 것이었다. 또 보디치 씨가 퇴원하기 전에 해치워야 하는 집안일이 남아 있었다. 밤중에 필요한 것이 있을 때 울릴 수 있게 데스크 벨을 하나 사야겠다고 머릿속에 새겼다. 『마네킹을 위한 자택 요양 가이드』에서는 인터콤이나 베이비 모니터를 추천했지만 보디치 씨는 좀 더 고전적인 것을 좋아하지 않을까 싶었다.

나는 그에게 금 2.7킬로그램을 돈으로 바꾸면 얼마냐고 물었지만, 내가 얼마를 짊어지고 자전거로 스탠턴빌까지 11킬로미터를 조금 넘는 거리를 가야 하는지(대부분 시골길이었다) 알고 싶기도 하고 모르고 싶기도 했다. 보디치 씨는 텍사스의 골드 프라이스 그룹에 마지막으로 조회했을 때 시세가 0.45킬로그램당 약 15000달러였다고 했다.

"하지만 그 친구는 14000달러에 매입할 수 있어. 그 금액으로 합의했거든. 그러면 합이 84000달러인데 그 친구는 74000달러짜리 수표를 써서 줄 거야. 그러면 나는 병원비를 처리하고 현금을 약간 남길 수 있고 그 친구는 적지 않은 이문을 남기는 셈이 되지."

적지 않다는 건 순화한 표현이었다. 보디치 씨가 텍사스의 골드 프라이스 그룹에 마지막으로 조회한 때가 언제였는지 모르겠지만 2013년 4월 말 시세에 비하면 한참 낮았다. 내가 일요일 밤에 침대에 눕기 전에 노트북으로 알아본 바로는 28그램에 1200달러가 훨씬 넘었으니 0.45킬로그램에 약 20000달러인 셈이었다. 취리히의 금 거래소로 들고 가면 2.7킬로그램을 넘기고 약 115000달러를 받을 수 있었으니 이 하인리히라는 작자의 순이익이 40000달러였다. 그리고 금은 매입하는 측에서 처분하기 힘들다는 이유로 할인을 요구할 수 있는 다이아몬드와 달랐다. 이 알갱이에는 아무 표시도 없고 이름이 새겨져 있지도 않으니 녹여서 조그만 금괴를 만들거나 보석으로 가공할 수도 있었다.

나는 병원으로 전화해 금을 너무 싸게 팔고 있다고 보디치 씨에게 알릴까 하다가 관두기로 했다. 이유는 아주 단순했다. 그가 상관하지 않을 것 같았기 때문이었다. 어느 정도 이해가 되는 부분이었다. 해적선에나 있음 직한 보물 양동이에서 2.7킬로그램을 퍼내도 금이 아직 많이 남아 있었다. (보디치 씨는 절대 말로 표현하지 않았지만) 내 임무는 거래를 완수하고 오는 길에 강도를 당하지 않는 것이었다. 그야말로 막중한 책임이었고 나는 그의 믿음에 부응할 작정이었다.

나는 배낭 버클을 채우고 떨어진 알갱이가 없는지 벽장 금고와 화장실 체중계 사이 바닥을 훑었다. 없었다. (행운을 비는 차원에서) 레이더를 한 번 제대로 쓰다듬어 주고, 115000달러가 담긴 낡아 떨어진 배낭을 짊어지고 길을 나섰다.

버티 버드가 이걸 보았다면 '쩐냄새가 오진다'고 했을 것이다.

5

스탠턴빌의 도심은 허접한 가게, 술집, 하루종일 조식을 판매하고 맛없는 커피를 무한 리필해 주는 식당으로 이루어진 한 개짜리 도로였다. 폐업 후 문에 판자를 덧대고 매물 또는 임대 팻말을 내건 가게가 여럿이었다. 아빠에게 들은 설명에 따르면 예전에 스탠턴빌은 엘진이나 네이퍼빌이나 졸리엣이나 시카고까지 나가기 귀찮을 때 가서 쇼핑하기 좋은, 작지만 잘 나가는 마을이었다. 그러다 1970년대에 스탠턴빌 몰이 생겼다. 이곳은 그냥 쇼핑몰이 아니라 상영관이 12개나 되는 복합 영화관, 어린이 놀이공원, 암벽 등반용 인공 벽, 플라이어스라는 점핑 클럽, 방 탈출 카페를 갖추었고 인형 탈을 쓴 직원들이 돌아다니는 초대형 쇼핑몰이었다. 그 으리으리한 상업시설이 자리 잡은 곳은 스탠턴빌 북쪽이었다. 도심의 대부분이 이 시설에 고사당했고, 그러고도 남은 부분은 남쪽의 고속도로 출구에 생긴 월마트와 샘스 클럽에 의해 고사당했다.

나는 자전거를 타고 고속도로를 피해 농장과 옥수수밭을 지나는 2차로짜리 74-A 국도를 선택했다. 거름과 자라나는 생명체의 냄새가 났다. 상쾌한 봄날 아침이었고 다른 때 같으면 즐거운 자전거 라이딩이 됐겠지만 짊어진 돈 덩어리에 자꾸 신경이 쓰였다. 콩나무를 타고 하늘로 올라간 잭을 떠올렸던 기억이 난다.

스탠튼의 도심에 도착하고 보니 9시 15분이었다. 조금 일찍 도착한 셈이라 식당에서 콜라를 사다가 조그맣고 지저분한 광장의 벤치에 앉아서 한 모금씩 마셨다. 그 광장에는 물 없이 쓰레기로 들어찬 분수대가 있었고 이름을 들어 본 적 없는 사람의 동상이 새똥을 뒤집어쓰고 서 있었다. 나는 나중에 스탠턴빌보다 더 황량한 곳에서 그 광장과 마른 분수대를 떠올렸다.

그날 아침에 크리스토퍼 폴리가 거기 있었는지는 잘 모르겠다. 폴리는 모습을 드러내겠다고 마음을 먹기 전까지는 배경 속으로 사라질 수 있는 사람이었다. 식당에서 베이컨과 달걀을 먹고 있었을 수도 있다. 버스 정거장에 있었거나 스탠턴빌 전당포에 진열된 기타와 시디 플레이어를 구경하는 척했을 수도 있다. 아니면 아무 데도 없었을 수도 있다. 아무튼 앞면에 빨간색 동그라미가 달린 복고풍 화이트 삭스 야구 모자를 쓴 사람을 본 기억은 없다. 폴리가 그 모자를 안 쓰고 있었을 수도 있지만 나는 그 개자식이 그 모자 없이 등장한 것을 본 적이 없었다.

10시 20분 전이 되자 나는 반쯤 남은 종이컵을 가까운 쓰레기통에 버리고 메인가를 따라 천천히 페달을 밟았다. 상업 지구라고 할 만한 곳이 4블록밖에 되지 않았다. 네 번째 블록의 거의 끝에, **아름다운 스탠턴빌을 찾아와 주셔서 감사합니다**라고 적힌 팻말에서 엎어지면 코 닿을 곳에 **엑설런트 보석, 매매 & 매입 환영**이 있었다. 죽어 가는 이 도시의 다른 가게들처럼 여기도 허름하고 다 쓰러져 가는 분위기였다. 먼지 낀 쇼윈도에는 아무것도 없었다. 조그만 플라스틱으로 만든 **영업 종료** 팻말이 문에 걸려 있었다.

초인종이 있었다. 나는 그 초인종을 눌렀다. 아무 응답이 없었다. 나는 등에 짊어진 배낭을 잔뜩 의식하며 다시 초인종을 눌렀다. 유리창에 코를 박고서 오므린 손으로 얼굴 양옆을 덮어 햇빛을 차단했다. 후줄근한 깔개와 빈 진열용 케이스가 몇 개 보였다. 나 아니면 보디치 씨가 착각을 했나 보다는 생각이 들기 시작했을 때 트위드 모자를 쓰고 버튼 업 스웨터에 헐렁한 바지를 입은 단신의 남자가 절뚝거리며 중앙 통로를 걸어왔다. 영국 탐정 드라마에 나오는 정원사처럼 생긴 남자였다. 그는 나를 빤히 쳐다보더니 절뚝거리며 다시 안으로 들어가 구식 금전 등록기 옆에 달린 버튼을 눌렀다. 윙 하는 소리와 함께 문이 열렸다. 나는 문을 밀치고 먼지와 더딘 쇠퇴의 냄새를 풍기는 안으로 들어갔다.

"더 안으로 들어와라, 안으로 들어와."

남자가 말했다.

나는 그 자리에서 움직이지 않았다.

"하인리히 씨 맞으세요?"

"그게 아니면 누구겠니?"

"저기, 운전면허증 좀 볼 수 있을까요?"

그는 미간을 찌푸리고서 나를 쳐다보더니 웃음을 터뜨렸다.

"노인네가 꼼꼼한 아이를 보냈구먼. 다행이야."

그는 뒷주머니에서 너덜너덜한 지갑을 꺼내 운전면허증이 보이도록 펼쳤다. 나는 그가 지갑을 탁 하고 닫기 전에 이름이 빌헬름이라는 것을 보았다.

"됐니?"

"네. 감사합니다."

"안으로 들어와라. 슈넬('어서'라는 뜻의 독일어 — 옮긴이)."

그는 내 쪽에서 보지 못하도록 가리고서 키패드의 숫자를 눌러 뒷방 문을 열었다. 나는 그를 따라 안으로 들어갔다. 쇼윈도에는 없는 시계, 로켓, 브로치, 반지, 펜던트, 체인 들이 이 방 선반에 가득했다. 루비와 에메랄드들이 반짝거렸다. 나는 다이아몬드가 잔뜩 박힌 조그만 왕관을 가리키며 물었다.

"이거 다 진짜예요?"

"야, 야(영어의 '예스'에 해당하는 독일어 — 옮긴이), 진짜야. 하지만 너는 뭘 사러 온 게 아니라 팔러 온 거 아니니? 나는 운전면허증 보여 달라고 하지 않은 거 알지?"

"다행이에요. 왜냐하면 저는 면허증이 없거든요."

"나는 네가 누군지 알아. 신문에서 사진 봤거든."

"「위클리 선」이요?"

"「USA 투데이」. 너는 이제 전국적인 유명인사야, 찰스 리드 군. 적어도 이번 주에는. 보디치 영감님의 목숨을 구했으니 말이지."

그를 구한 은인은 반려견이었다고 굳이 바로잡지 않았다. 이제는 그것도 지긋지긋했고 얼른 볼일을 처리하고 여기서 나가고 싶은 마음뿐이었다. 금붙이며 보석이 너무 많아서 조금 당황스러웠다. 휑뎅그렁한 전면의 쇼윈도와 비교가 되면서 더욱 그랬다. 콩나무를 타고 올라간 잭이 아니라 『보물섬』의 짐 호킨스가 된 느낌이 들기 시작했기 때문에 총을 들고 오지 않은 것이 후회될 지경이었다. 하인리히는 작고 땅딸막해서 위험한 인물처럼 보이지 않았지만 롱 존 실버(『보물섬』에 등장하는 악역. 설정상으로는 해적이다 — 옮긴이) 같은 공범이 어딘가에 숨어 있다면 어쩔 건가? 전혀 근거 없는 피해망상은 아니었다. 보디치 씨도 하인리히와 오래전부터 거래했지만 이 정도 규모는 처음이라고 하지 않았던가.

"들고 온 거 보자."

그가 말했다. 『보물섬』 같은 어린이 모험 소설이었다면 그가 손을 비비며 침을 흘리는 탐욕의 상징으로 그려졌겠지만, 실질적으로는 사무적이고 심지어 살짝 심드렁한 말투였다. 하지만 나는 그 말투를 믿지 않았고 그도 믿지 않았다.

나는 계산대에 배낭을 내려놓았다. 바로 옆에 저울이 있었고 진짜로 디-지-털이었다. 지퍼를 열고 덮개를 활짝 펼쳤다. 안을 들여다본 그의 표정이 달라졌다. 입가에 힘이 들어갔고 눈이 잠깐 동그래졌다.

"*마인 고트*(영어의 '마이 갓'에 해당하는 독일어 ─ 옮긴이). 자전거를 타고 이걸 들고 오다니."

저울에는 여물통처럼 생긴 투명 아크릴이 체인에 매달려 있었다. 하인리히는 황금 알갱이를 조금씩 집어서 저울 숫자가 0.9킬로그램이 될 때까지 여물통에 담았다. 그걸 플라스틱 통에 넣어서 한쪽 옆으로 치워놓고 다시 0.9킬로그램을 쟀다. 그가 마지막으로 0.9킬로그램을 재서 통에 마저 부은 뒤에도 배낭 밑바닥의 접힌 곳에 황금 알갱이가 실개천처럼 남아 있었다. 보디치 씨가 시킨 대로 조금 넉넉히 들고 온 덕분이었다.

하인리히가 배낭 안을 들여다보며 말했다.

"*하인*(놀라거나 당황스러울 때 내뱉는 독일어 감탄사 ─ 옮긴이), 0.1킬로그램 정도 남은 것 같네? 나한테 팔면 3000달러 줄게, 현금으로. 보디치 씨 모르게. 팁이라고 생각해."

팁이 아니라 나를 쥐고 흔들 약점이 되겠지. 그래도 고맙다고 인사하고 배낭을 닫았다.

"수표 주실 거죠?"

"응."

그는 영감님 스웨터 주머니에서 접어 놓은 수표를 꺼냈다. PNC 시카고 은행 벨몬트 거리 지점에서 하워드 보디치 앞으로 발행한 74000달러짜리 수표였다. 빌헬름 하인리히의 서명 반대편의 메모 란에 교부 송달이라고 적혀 있었다. 별문제 없어 보였다. 나는 수표 를 지갑에 챙기고 지갑을 왼쪽 앞주머니에 넣었다.

"그분은 시대의 흐름을 거부하는 고집 센 영감님이지. 예전에, 이 보다 훨씬 적은 금액을 거래했을 때는 주로 현금으로 드렸어. 두 번 은 수표를 끊어 드렸고. 내가 '인터넷 뱅킹이라고 못 들어 보셨어 요?' 하고 물었을 때 그분이 뭐라고 대답했는지 아니?"

나는 고개를 저었지만 알 것 같았다.

"못 들어 봤고 듣고 싶지도 않다고 했지. 그런데 이번에 사고를 당 해서 난생처음으로 이렇게 *츠비센 게언*, 그러니까 사절을 보내다니. 그분에게는 믿고 그런 일을 맡길 사람이 한 명도 없을 거라고 생각 했는데 네가 등장했지 뭐냐. 자전거를 타고 다니는 남자아이가."

"이제 그 아이는 퇴장합니다."

나는 아직 비어 있는 매장과 연결된 문 앞으로 걸어갔다. 나중에 그가 쇼윈도에 물건을 진열할지 안 할지는 알 수 없는 일이었다. 문 이 잠겨 있을지도 모른다고 생각했지만 열려 있었다. 햇빛을 볼 수 있는 곳으로 나서자 기분이 좋아졌다. 그래도 묵은 먼지 냄새는 불 쾌했다. 꼭 지하실 같았다.

"그분이 컴퓨터가 뭔지는 아니?"

하인리히가 나를 따라 나와 등 뒤로 뒷방 문을 닫으며 물었다.

"알 리가 없겠지."

나는 보디치 씨가 뭘 알고 뭘 모르는지를 두고 대화를 나눌 생각이 없었기에 만나서 반가웠다고 인사만 건넸다. 하지만 그건 진심이 아니었다. 다행히 내 자전거는 도난당하지 않았다. 그날 아침에 다른 데 정신이 팔리는 바람에 자전거 자물쇠를 깜빡했던 것이다.

하인리히가 내 팔꿈치를 잡았다. 나는 고개를 돌렸고 그가 숨기고 있던 롱 존 실버를 마침내 목격할 수 있었다. 한쪽 어깨에 앵무새만 앉아 있으면 완벽했다. 실버에 따르면 그의 앵무새는 사악한 인간들을 악마 못지않게 많이 목격했다고 했다. 짐작건대 빌헬름 하인리히도 사악한 인간들을 볼 만큼 보았을 텐데, 나는 17살이었고 전혀 알 수 없는 상황에 깊숙이 연루돼 있었다. 그러니까 무서워서 죽을 지경이었다.

"그분이 금을 얼마나 가지고 있니?"

하인리히가 걸걸한 목소리로 나지막이 물었다. 그가 그때까지 어쩌다 한 번씩 내뱉은 독일어는 가식적으로 느껴졌는데, 이번에는 정말 독일인 같았다. 그것도 별로 질이 좋지 않은 독일인 같았다.

"어디에 얼마나 보관하고 있는지 얘기해 봐. 보답은 톡톡히 하마."

"이제 그만 갈게요."

나는 이렇게 말하고 출발했다.

내가 남은 황금 알갱이를 배낭에 짊어지고 자전거에 올라타 점점 멀어져 가는 동안 크리스토퍼 폴리가 지켜보고 있었을까? 나는 먼지를 뒤집어쓴 가게 문에 달린 **영업 종료** 팻말 위로 보이는 하인리히의 창백하고 투실투실한 얼굴을 어깨 너머로 흘끗거리고 있었으니 그가 그랬더라도 몰랐을 것이다. 착각일지 몰라도 그가 계속 탐욕스러운 표정을 짓고 있는 것 같았다. 게다가 나는 그의 심정을 이해했다. 그 양동이 안에 손을 푹 집어넣고 황금 알갱이를 헤집었을 때가 생각났다. 이건 단순한 탐욕이 아니라 금을 향한 탐욕이었다.

소설 속의 해적들이 그렇듯.

6

그날 오후 4시 무렵, 옆면에 **아카디아 외래병동**이라고 적힌 승합차가 길가에 멈추어 섰다. 나는 목줄을 채운 레이더와 함께 인도에서 기다렸다. 녹을 없애고 새로 기름칠을 해 놓은 대문은 열려 있었다. 잡역부가 승합차에서 내려 뒷문을 열었다. 보디치 씨가 외고정 장치로 감싼 다리를 앞으로 내밀고서 휠체어에 앉아 있고 멜리사 윌콕이 그 뒤에 서 있었다. 그녀가 휠체어 고정장치를 해제하고 앞으로 밀고 나오며 손바닥의 볼록한 부분으로 버튼을 눌렀다. 발판과 휠체어가 내려오기 시작하자 심장이 철렁 내려앉았다. 나는 전화기, 소변통, 심지어 데스크 벨까지 챙겨 놓았다. 하인리히에게 받은 수표는 지갑 속에 안전하게 들어 있었다. 모두 완벽했다. 그런데 집 앞쪽에도 뒤쪽에도 휠체어 경사로가 없었다. 내가 바보가 된 기분이 들었지만 한참 동안 그런 기분 속에서 허우적거릴 필요는 그나마 없었다. 레이더가 그러도록 내버려 두지 않았다. 녀석은 보디치 씨를 보자마자 그에게로 달려들었다. 그 순간만큼은 고관절 관절염을 앓는 기미가 전혀 보이지 않았다. 내가 늦지 않게 목줄을 당긴 덕분에 레이더의 앞발이 내려오던 승강기에 눌려 으스러지는 사태를 막을 수 있었지만 그 충격이 팔을 타고 전해졌다.

왁! 왁! 왁!

예전에 앤디를 공포로 몰아넣었던 그 대형견의 우렁찬 포효가 아니라 너무나도 애처롭고 인간적인 울부짖음이라 가슴이 아팠다. 거기에는 이런 뜻이 담겨 있었다. *돌아오셨군요! 정말 다행이에요, 영영 못 보는 줄 알았는데!*

보디치 씨가 두 팔을 벌리자 레이더는 앞으로 내민 그의 다리를 앞발로 딛고 그에게로 점프했다. 그는 움찔했다가 웃음을 터뜨리며 레이더의 머리를 감싸 안았다.

"그래, 공주님. 내가 왔어."

보디치 씨가 그렇게 다정한 목소리를 낼 수 있다니 듣고도 믿기지가 않았다. 하지만 진짜였다. 그 뚝한 노인네가 다정하게 속삭이고 있었다. 그의 눈에는 눈물이 고여 있었다. 레이더는 커다란 꼬리를 좌우로 흔들며 조그맣게 기뻐하는 소리를 냈다.

"그래, 그래, 알았어. 나도 보고 싶었어. 그런데 이제 그만 내려와, 너 때문에 죽겠다."

레이더는 다시 내려와 네 발로 섰고, 멜리사가 이리저리 부딪히고 기우뚱해 가며 휠체어를 미는 동안 그 옆에서 따라 걸었다.

"경사로가 없어요. 죄송해요, 죄송해요. 제가 하나 만들게요. 인터넷에서 만드는 법 찾아보면 돼요, 인터넷에는 없는 게 없으니까. 다른 건 전부 그럭저럭 준비가 된 것 같은데……."

나는 계속 횡설수설했다. 멈출 수가 없었다.

"경사로 설치는 사람을 불러서 맡기면 되니까 호들갑 좀 그만 떨어라."

보디치 씨가 내 말허리를 잘랐다.

"모든 걸 네가 처리할 필요는 없어. 비서의 특권이 업무 분담 아니냐. 그리고 서두를 필요도 없어. 너도 알다시피 내가 외출을 자주 하지도 않으니까. 그 일은 잘 처리했니?"

"네. 오늘 아침에요."

"잘했다."

멜리사가 물었다.

"둘이서 휠체어를 들어서 계단으로 옮길 수 있겠죠? 힘센 장정들이니까. 어때요, 허비?"

잡역부가 말했다.

"당연하죠. 그렇지, 친구?"

나는 물론이라고 답하고 한쪽을 맡았다. 레이더는 끙끙대며 계단을 올라가다가 뒷다리가 말을 듣지 않자 중간에 한 번 쉬며 한숨을 돌린 다음 다시 힘을 내 남은 계단을 올라갔다. 그러고는 꼬리로 바닥을 때리며 우리를 내려다보았다.

멜리사가 말했다.

"그리고 저 길을 계속 쓰려면 어떻게 좀 해야겠다. 어렸을 때 살았던 테네시의 흙길보다 더 심하네."

"어이, 준비됐니?"

허비가 물었다.

우리는 휠체어를 들어서 앞 베란다로 옮겼다. 나는 보디치 씨의 열쇠뭉치를 더듬더듬 뒤진 끝에 앞문 열쇠를 찾았다.

"어? 너 혹시 신문에 사진 실린 개 아니니?"

잡역부가 물었다.

나는 한숨을 쉬었다.

"맞아요. 저랑 레이더랑 저 대문 앞에서 찍은 사진이에요."

"아니, 아니, 작년에. 네가 터키 볼에서 터치다운으로 결승점을 기록했잖아. 경기 끝나기 5초 전에."

그는 보이지 않는 미식축구 공을 잡고 머리 위로 손을 들어서 내 포즈를 흉내 냈다. 그가 최근에 찍은 사진이 아니라 그 사진을 기억하고 있다는 데 기분이 좋아졌다. 이유는 모르겠지만 아무튼 그랬다.

다 같이 거실로 들어갔다. 나는 멜리사 윌콕스가 접이식 소파를 살피는 동안 그 어느 때보다 초조한 마음을 달래며 기다렸다.

"훌륭하네. 이 소파 말이야. 조금 낮긴 하지만 있는 걸로 어찌어찌 해 봐야지. 베개 받침 같은 걸로 저분 다리를 받치면 좋겠다. 이불은 누가 깔았니?"

"제가요."

나는 그녀의 놀란 표정에도 기분이 좋아졌다.

"내가 준 책자 읽어 봤어?"

"네. 철심 소독하는 데 쓸 소독약도 사다 놨고……."

그녀는 고개를 저었다.

"식염수면 충분해. 따뜻한 소금물. 이제 저분을 한번 옮겨 볼까?"

"이봐들. 나도 대화에 좀 끼워 주면 안 될까? 없는 사람 취급하지 말고."

보디치 씨가 말했다.

"알겠어요. 하지만 선생님께 할 얘기가 아니라서요."

멜리사가 웃으며 말했다.

"음, 잘 모르겠어요."

나는 대답했다.

멜리사가 말했다.

"보디치 씨. 이제 선생님께 여쭐게요. 찰리가 시운전을 거행해도 될까요?"

보디치 씨는 옆에 최대한 붙어서 앉아 있는 레이더를 쳐다봤다.

"공주님, 어떻게 생각하니? 이 아이를 믿어도 될까?"

레이더가 한 번 짖었다.

"레이더가 된다고 하니까 믿어 볼게. 떨어뜨리지는 마라. 이 다리가 지금 악을 쓰고 있거든."

나는 휠체어를 침대 옆쪽으로 밀고 가서 브레이크를 걸고 그에게 성한 쪽 다리로 설 수 있겠느냐고 물었다. 그는 몸을 반쯤 일으켜 다친 쪽 다리를 받치고 있던 받침대의 잠금장치를 풀고 아래로 내릴 수 있게 했다. 그는 끙끙댔지만 살짝 휘청거리긴 해도 끝까지 주저앉지 않고 버텼다.

"엉덩이가 침대 쪽을 향하게 몸을 돌리되 제가 앉으시라고 할 때까지 그냥 서 계세요."

내가 말하자 멜리사는 잘하고 있다는 듯이 고개를 끄덕였다.

보디치 씨는 내가 시킨 대로 했다. 나는 휠체어를 옆으로 치웠다.

"목발이 없으면 이 자세로 오래 못 버텨."

그의 빰과 이마에 땀이 맺히기 시작했다.

나는 쭈그리고 앉아서 외고정 장치를 잡았다.

"이제 앉으셔도 돼요."

그는 그냥 앉는 게 아니라 털썩 주저앉았다. 안도의 한숨을 내쉬며. 그러고는 편하게 누웠다. 내가 그의 다리를 침대 위에 올려놓아 주는 것으로 첫 번째 이동이 마무리됐다. 나는 보디치 씨보다는 덜 했지만 그래도 진땀을 흘렸다. 긴장이 돼서 그랬던 게 컸다. 투수가 던진 공을 받는 것보다 훨씬 엄청난 일이었다.

멜리사가 말했다.

"잘했어. 일으킬 때는 끌어안도록 해. 보디치 씨의 가슴 위로 손깍지를 끼고 겨드랑이를……."

"겨드랑이를 버팀대 삼으라는 말씀이죠? 책자에서 봤어요."

"나는 숙제 잘하는 애가 좋더라. 목발을 항상 가까이 두는 거 잊지 마. 특히 침대에서 일어나실 때. 좀 어떠세요, 보디치 씨?"

"5킬로그램짜리 봉지에 똥을 5.5킬로그램 담은 느낌이야. 약 먹을 시간 안 됐나?"

"퇴원하기 직전에 드셨잖아요. 6시에 다시 드실 수 있어요."

"6시라니 너무 한참 남았는데. 그때까지 버틸 수 있게 퍼코셋 한 알만 주면 안 될까?"

"저 그거 없어요."

멜리사는 이렇게 대답하고 이번에는 나를 향해 말했다.

"점점 실력이 늘 거야. 다리가 낫고 가동 범위가 늘어나면 보디치 씨도 그렇게 될 테고. 잠깐 밖에 나가서 얘기 좀 할까?"

"내 뒷말 하려고? 무슨 얘기를 하려는 건지 모르겠지만 그 아이가 나한테 관장제를 쓸 일은 없어."

보디치 씨가 외쳤다.

"우와."

허비는 감탄하며 손으로 무릎을 짚고 허리를 숙여서 텔레비전을 관찰했다.

"이렇게 오래된 텔레비전은 처음이네. 이거 작동은 되나요?"

7

늦은 오후 햇살은 눈이 부셨다. 긴 겨울과 추운 봄을 보내고 난 뒤라 따뜻한 햇살이 황홀하게 느껴졌다. 멜리사는 나를 외래환자용 승합차로 데려가 허리를 숙이고 널찍한 센터 콘솔을 열더니 그 안에서 비닐봉지를 꺼내 좌석 위에 내려놓았다.

"목발은 뒤에 있어. 이건 보디치 씨 약이랑 아르니카 젤 2개. 정확한 복용량을 적은 종이도 안에 들어 있어, 알겠지?"

그녀는 약병을 꺼내 하나씩 보여 주었다.

"이건 항생제. 이건 비타민, 4종류야. 이건 린파자 처방전. 다 떨어지면 센트리 빌리지 편의점에서 사 오도록 해. 이건 변비약. 좌약은 없지만 필요한 경우 어떻게 쓰면 되는지 미리 알아 놓도록 해. 보디치 씨는 좋아하지 않을 거다만."

"아저씨가 좋아하는 게 별로 없긴 하죠. 레이더 말고는."

"너도 있지. 보디치 씨는 너를 좋아해, 찰리. 너더러 믿음직하다고 하더라. 네가 제때 등장해 자기 목숨을 구해 줬기 때문에 그렇게 말씀하시는 게 아니길 바랄 따름이야. 왜냐하면 이게 있거든."

가장 큰 병 가득 20밀리그램짜리 옥시콘틴이 들어 있었다. 멜리사는 엄숙한 표정으로 나를 보았다.

"이건 못된 약이야, 찰리. 중독성이 엄청 강하거든. 그리고 네 친구분이 겪고 있는 통증에 엄청 효과가 좋은 약이기도 하지. 그 통증은 8개월에서 1년 동안 지속될 거야. 다른 문제들을 감안했을 때 더 길어질 수도 있고."

"다른 문제들이라뇨?"

그녀는 고개를 저었다.

"그건 내가 얘기할 수 있는 부분이 아니야. 너는 그냥 정해진 스케줄에 따라 약을 드리고 보디치 씨가 더 달라고 해도 못 들은 척하기만 하면 돼. 물리 치료를 받기 전에는 약을 더 드실 수도 있는데, 그게 아무리 아파도 물리 치료를 때려치우지 않는 일차적인, 어쩌면 가장 큰 이유가 되긴 할 거야. 그리고 물리 치료가 진짜 아프긴 해. 그러니까 보디치 씨가 꺼낼 수 없는 곳에 이걸 보관해야 해. 생각나는 데 있니?"

"네. 적어도 아저씨가 계단을 오르내리지 못하는 동안에는 쓸 만한 곳이 있어요."

내가 생각한 곳은 금고였다.

"그럼 3주 동안은 안심이네. 보디치 씨가 물리 치료를 예정대로 잘 받는다면 한 달이 될 수도 있고. 보디치 씨가 계단을 올라갈 수 있게 되면 다른 데로 옮겨야 해. 그리고 보디치 씨만 신경 쓴다고 되는 것도 아니야. 중독자들한테는 이게 천금과도 같거든."

나는 웃음을 터뜨렸다. 어쩔 수가 없었다.

"왜? 뭐가 그렇게 웃겨?"

"아무것도 아니에요. 안전한 데 둘게요. 아저씨가 더 달라고 해도 무시하고요."

그녀는 나를 유심히 들여다보았다.

"너는 어떨까, 찰리? 원래는 이걸 미성년자 손에 맡기면 안 되거든. 이 약을 처방한 의사는 성인 간병인이 관리하는 줄 알았을 거야. 그러니까 내가 난처해질 수도 있는데. 네가 이 약에 취해 보고 싶은 유혹을 느낄 가능성도 있을까?"

나는 아빠와, 알코올이 아빠에게 어떤 영향을 미쳤는지를 떠올렸다. 한때는 훔친 쇼핑 카트에 모든 소지품을 싣고 고속도로 다리 아래에서 잠을 청하게 될 거라고 믿었던 것도.

나는 대용량 옥시콘틴을 받아서 다른 약병이 들어 있는 비닐봉지 안에 다시 넣었다. 그런 다음 그녀의 손을 잡고 눈을 똑바로 쳐다봤다.

"염려 붙들어 매세요."

8

설명이 좀 더 이어졌다. 나는 보디치 씨와 단둘이 남겨지는 것이 불안했기 때문에 필요 이상으로 질질 끌었다. 무슨 일이 벌어졌는데 그 빌어먹을 1970년대 전화기가 먹통이 되면 어쩐다?

그럼 네가 쓰는 21세기 휴대전화로 911에 연락하면 되지. 그가 뒤쪽 계단에 쓰러져 있는 걸 발견했을 때 그랬던 것처럼. 하지만 아저씨가 심장마비를 일으키면 어쩐다? 내가 심폐소생술에 대해 아는 거라고는 텔레비전에서 배운 것뿐인데, 그의 심장이 멈춘다면 유튜브 동영상을 검색할 겨를이 없을 것이었다. 앞으로 해야 할 숙제가 보였다.

나는 그들이 차를 타고 멀어지는 것을 지켜보다 안으로 돌아갔다. 보디치 씨는 한 팔로 눈을 덮고 누워 있었다. 레이더는 빠릿빠릿하게 침대 옆에 앉아 있었다. 이제 우리 셋만 남았다.

"괜찮으세요?"

보디치 씨는 팔을 내리고 고개를 돌려 나를 쳐다봤다. 표정이 쓸쓸했다.

"나 지금 엄청난 구렁텅이에 빠졌어, 찰리. 빠져나올 수 있을지 잘 모르겠다."

"빠져나올 수 있을 거예요."

내 생각보다 좀 더 자신 있게 들리길 바랐다.

"뭐 좀 드실래요?"

"진통제를 먹고 싶네."

"그건 안……."

그는 한 손을 들었다.

"안 된다는 건 나도 알아. 그리고 달라고 구걸함으로써 내 품위를 손상시키고 너를 모욕하는 행위는 할 생각이 없고. 절대로. 적어도 나는 그러길 바란다."

그는 레이더의 머리를 쓰다듬고 또 쓰다듬었다. 레이더는 그에게 시선을 고정한 채 꼬리를 천천히 좌우로 움직이며 그 자리에 꼼짝 않고 앉아 있었다.

"수표하고 펜 좀 주렴."

나는 받침대로 쓸 하드커버 책과 함께 수표와 펜을 건넸다. 그는 정자로 '입금 전용'이라 쓰고 서명했다.

"그거 내일 은행에 들고 가서 나 대신 입금해 줄 수 있겠니?"

"그럼요. 퍼스트 시티즌스로 가면 되죠?"

"맞아. 그게 입금돼야 내가 병원비를 수표로 결제할 수 있거든."

그가 수표를 건네자 나는 받아서 지갑에 넣었다. 그는 눈을 감았다가 다시 떠서 천장을 물끄러미 올려다보았다. 그의 손은 레이더의 머리를 절대 떠날 줄 몰랐다.

"너무 피곤하다. 그리고 통증도 끊일 줄 모르고. 빌어먹을 커피 타임도 없어."

"배는 안 고프세요?"

"식욕이 없어. 그래도 병원에서는 먹어야 된다고 하더라만. 솔틴 크래커에 정어리 통조림이나 먹을까 봐."

내 느낌상으로는 끔찍한 조합이었지만 그래도 얼음물과 함께 가져다 주었다. 그는 얼음물 반 잔을 단숨에 들이켰다. 그러고는 정어리(머리도 없고 기름기 때문에 번들거렸다…… 으윅)를 먹기 전에 정말 오늘 밤에 자고 갈 생각이냐고 물었다.

"오늘 밤뿐 아니라 이번 주 내내요."

"고맙구나. 전에는 혼자 지내도 상관없었는데 이제는 상황이 달라져서. 사다리에서 떨어진 덕분에 내가 뭘 배웠는지 아니? 아니, 뭘 다시 배웠는지 아니?"

나는 고개를 저었다.

"공포. 나는 늙었고 망가졌어."

그는 자기 연민 없이, 사실을 기술하듯 담담히 이렇게 말했다.

"집에 가서 아직까지 별문제 없다고 너희 아버님을 안심시키는 게 좋지 않을까? 저녁도 좀 먹고. 그런 다음 다시 와서 레이더 사료 주고 내 그 빌어먹을 약도 챙겨 주면 될 것 같다만. 병원에서 중독될 거라더니 금세 그 말이 맞는 걸로 입증이 됐어."

"듣고 보니 그러면 되겠네요."

나는 말을 멈추었다가 다시 이었다.

"보디치 씨…… 아니, 하워드 아저씨…… 저희 아빠를 모시고 와서 아저씨를 만나게 해 드리고 싶은데요. 아저씨가 다치기 전에도 사교적인 성격이 아니었다는 건 알지만……."

"이해한다. 너희 아버님도 확인을 하고 싶으시겠지, 왜 아니겠니. 하지만 오늘 저녁에는 안 되겠다, 찰리. 내일도 그렇고. 수요일이면 어떨까? 그때쯤이면 나도 좀 괜찮아질지 모르니까."

"좋아요. 그리고 하나 더요."

나는 포스트잇에 내 휴대전화 번호를 적어서 그의 침대 옆 조그만 테이블에 붙였다. 조만간 도포제와 거즈 패드와 (옥시콘틴을 제외한) 약병으로 뒤덮이게 될 테이블이었다.

"데스크 벨은 제가 2층에 있을 때……."

"아주 빅토리아 시대풍이구나."

"하지만 제가 집을 비웠을 때 필요한 일이 생기면 핸드폰으로 연락하세요. 제가 학교에 있는 시간에도요. 실비어스 선생님께 말씀드려 놓을게요."

"알았다. 어서 다녀와, 아빠를 안심시켜 드려야지. 하지만 늦지 않게 와라. 안 그러면 내가 일어나서 진통제를 찾으러 다닐지 몰라."

그는 눈을 감았다.

"그건 현명하지 못한 선택이에요."

보디치 씨는 눈을 감은 채로 대꾸했다.

"세상은 그런 선택들로 가득하지."

9

월요일은 아빠가 밀린 일을 처리하는 날이라 6시 반, 어떨 때는 7시가 되어서야 퇴근을 하기 때문에 아빠가 집에 없을 것 같았는데, 내 짐작이 맞기는 했다. 아빠는 보디치 씨의 대문 앞에서 나를 기다리고 있었다.

"일찍 퇴근했다. 네가 걱정돼서."

내가 대문 밖으로 나가자 아빠가 말했다.

"뭐 하러 그러셨……."

아빠는 한 팔로 내 어깨를 감싸고 꼭 끌어안았다.

"그래서 어쩔 테냐? 언덕을 반쯤 올라왔을 때 네가 나와서 어떤 아가씨랑 얘기를 나누는 게 보이길래 손을 흔들었는데 네가 쳐다보지도 않더라. 그 아가씨가 하는 얘기를 정말 열심히 듣는 눈치였어."

"그때부터 여기서 기다리신 거예요?"

"대문을 두드릴까 고민도 했지만 이런 상황에서는 내가 흡혈귀나 다름없겠다는 생각이 들더라. 초대받지 않은 이상 들어가면 안 되지."

"수요일에 오세요. 아저씨랑 얘기 끝냈어요."

"좋아. 저녁때?"

"한 7시쯤에요. 아저씨가 6시에 진통제를 먹거든요."

우리는 언덕을 걸어 내려가기 시작했다. 아빠는 내 어깨를 감싸 안은 팔을 풀지 않았다. 상관없었다. 나는 아빠에게 보디치 씨를 오랫동안 혼자 내버려 두고 싶지 않다고, 그래서 저녁 같이 못 먹겠다고 말했다. 소지품 몇 가지만 챙겨 들고 가서(칫솔이 퍼뜩 생각났다) 그의 식료품 저장실에서 뭐라도 찾아먹겠다고 했다(정어리 통조림은 말고).

"그럴 거 없어. 저지 마이크스에서 서브 샌드위치 사왔거든. 그거 들고 가서 먹어라."

"아싸!"

"그분은 좀 어떠니?"

"통증이 심한가 봐요. 진통제를 드시고 좀 주무실 수 있으면 좋겠는데. 밤 12시에 추가로 드시거든요."

"옥시콘틴?"

"네."

"그분 손이 닿지 않는 네 뒤라. 어디에 뒀는지 절대 비밀로 하고."

이건 아까도 들었던 조언이지만 적어도 아빠는 나도 그 약을 먹고 싶어지지는 않겠느냐고 묻진 않았다.

나는 집에 가서 이삼 일치 옷가지와 나이트호크 휴대용 공유기를 배낭에 챙겼다. 내 휴대전화도 훌륭했지만 나이트호크를 쓰면 와이 파이가 끝내주게 잘 잡혔다. 여기에 칫솔과 2년 전부터 쓰기 시작한 면도기를 추가했다. 그 해에 몇몇 친구들은 수염을 까칠하게 길렀지만(그게 유행이었다) 나는 깨끗하게 면도한 얼굴이 좋았다. 깜빡한 게 있더라도 내일 다시 오면 그만이었기에 후닥닥 챙겼다. 비가 새는 넓고 오래된 집에 노견과 단둘이 있을 보디치 씨를 생각하니 마음이 급하기도 했다.

나갈 준비를 마치자 아빠가 나를 다시 한번 안아 주고는 어깨를 잡고 멀찍이서 바라보았다.

"이야, 우리 아들이 이렇게 막중한 임무를 맡다니. 네가 자랑스럽다, 찰리. 네 엄마도 봤더라면 얼마나 좋았을까. 네 엄마도 자랑스러워했을 텐데."

"저 조금 무서워요."

아빠는 고개를 끄덕였다.

"네가 무섭지 않다고 하면 오히려 걱정이 됐을 거야. 무슨 일이 생기거든 나한테 연락하면 된다는 걸 잊지 마라."

"알았어요."

"전에는 네가 대학생이 될 날을 손꼽아 기다렸는데 이제는 아니야. 네가 없으면 이 집이 휑하게 느껴질 것 같아서 말이지."

"400미터만 가면 제가 있는 곳이 나오는데요."

나는 말은 이렇게 했지만 목이 멨다.

"알아. 알아. 얼른 가라, 딸랑아. 가서 네 할 일을 해."

아빠는 침을 삼켰다. 뭔가가 아빠의 목구멍에서 걸렸다.

"이왕 하려거든 잘하고."

7장.

첫날밤. 그럼 이제 잭에 대해 알게 되었겠네.
그냥 나무꾼. 물리 치료. 아빠의 방문.
린파자. 보디치 씨가 약속을 하다.

1

나는 보디치 씨에게 그의 의자에 앉아도 되느냐고 물었고 그는 당연히 된다고 했다. 나는 샌드위치 반쪽을 권했지만 그가 괜찮다고 하자 내심 안도의 한숨을 내쉬었다. 저지 마이크스의 서브 샌드위치는 양보할 수 없는 맛이었다.

"약 먹고 수프 한 그릇 먹어 볼까? 치킨 누들 수프로. 먹을 수 있겠는지 어디 한번 보자."

나는 뉴스 보겠느냐고 물었다. 그는 고개를 저었다.

"네가 보고 싶으면 틀어도 되지만 나는 굳이 챙겨 보지 않아. 이름만 바뀔 뿐 개소리라는 사실은 변함이 없거든."

"아직까지 작동이 된다니 놀라워요. 진공관이 나가지 않아요?"

"당연히 나가지. 손전등 건전지가 닳듯. 아니면 트랜지스터라디오배터리가 닳듯."

나는 트랜지스터라디오가 뭔지 몰랐지만 묻지 않았다.

"그럼 새 걸로 교체하면 돼."

"진공관을 어디서 살 수 있어요?"

"나는 뉴저지에 있는 리트로핏이라는 회사에서 사는데, 공급이 줄다 보니 해마다 가격이 비싸지고 있어."

"그래도 아저씨는 얼마든지 감당할 수 있잖아요."

그는 한숨을 쉬었다.

"그 금 말이냐? 너도 궁금하겠지. 당연하지, 누군들 안 그렇겠니. 아무한테도 얘기 안 했니? 아빠. 아니면 믿을 수 있는 학교 선생님."

"저는 비밀 잘 지켜요. 말씀드렸잖아요."

"알았다, 발끈하지는 말고. 나로서는 짚고 넘어가는 수밖에 없었어. 나중에 얘기하자. 오늘 밤은 아니고. 오늘 밤에는 아무 얘기도 할 수 없을 것 같아서."

"나중에 해도 돼요. 하지만 텔레비전 진공관은…… 어떤 식으로 구입을 하세요? 집에 인터넷도 없는데?"

그는 눈을 부라렸다.

"대문 앞의 우편함은 장식으로 세워 놓은 줄 아니? 아니면 크리스마스 때 호랑가시나무를 걸어 놓으려고?"

그러니까 일반 우편으로 구입한다는 뜻이었다. 요즘도 일반 우편으로 거래를 하는 사람들이 있다니 놀랄 노자였다. 나는 텔레비전을 그냥 새로 사면 되는데 그러지 않는 이유를 물으려다가 생각을 바꿨다. 이유를 알 것 같았다. 그는 묵은 것을 좋아하는 사람이었다.

거실 시계의 시침이 느릿느릿 6시를 향해 가는 동안 그가 원하는 만큼 약을 주고 싶다는 생각이 들었다. 마침내 6시가 됐다. 나는 2층으로 올라가 약을 2알 챙기고 물과 함께 건넸다. 그는 내 손에서 약을 낚아채다시피 했다. 거실이 쌀쌀했는데도 이마에 땀이 맺혀 있었다.

"이제 레이더한테 사료 줄게요."

"그런 다음 레이더를 데리고 뒷마당으로 나가 줘. 그 아이는 금세 볼일을 끝내겠지만 좀 더 있다가 들어오고. 저 소변통 좀, 찰리. 내가 안 보는 데서 그 빌어먹을 물건을 쓰고 싶은데, 이 나이가 되면 시동이 걸리기까지 시간이 좀 걸리거든."

2

내가 집 안으로 돌아와 소변통을 치웠을 무렵에는 약효가 발휘되고 있었다. 보디치 씨는 유대인식 페니실린이라며 치킨 수프를 달라고 했다. 국물을 마시고 국수는 숟가락으로 떠먹었다. 내가 그릇을 씻고 다시 거실로 들어가 보니 그는 잠이 들어 있었다. 그럴 만도 했다. 지옥과도 같은 하루를 보내지 않은가. 내가 2층 그의 방으로 올라가 『검은 옷을 입은 신부』를 찾아 들고 신나게 읽고 있었을 8시, 그가 일어났다.

"텔레비전 켜서 그 노래 프로그램 나오는 데 있는지 찾아보지 않을래? 레이더하고 나는 가끔 그거 보거든."

나는 몇 개 안 되는 채널을 이리저리 돌리며 「더 보이스」가 나오는 데를 찾았지만 하도 지직거려서 화면이 거의 보이지 않았다. 나는 화면이 최대한 깨끗해질 때까지 토끼 귀를 만지고 몇 명의 참가자들이 기량을 뽐내는 것을 같이 보았다. 대부분 실력이 아주 훌륭했다. 컨트리 하는 남자가 마음에 든다고 얘기하려고 고개를 돌려 보니 보디치 씨는 꿈 나라를 헤매고 있었다.

3

데스크 벨을 조그만 테이블 위에 두고 2층으로 올라갔다. 중간에 한 번 뒤를 돌아보니 레이더가 계단 발치에 앉아 있었다. 내려다보는 나와 눈이 마주치자 녀석은 몸을 돌려서 보디치 씨의 곁으로 돌아갔고 그날뿐 아니라 매일 밤 그 자리를 지켰다. 보디치 씨는 계단을 다시 쓸 수 있게 된 이후에도 그 접이식 소파에서 잠을 청했다. 그즈음에는 레이더가 계단을 오르내리기 힘들어졌기 때문이었다.

내 방도 나쁘지는 않았지만 한 개 있는 스탠딩 스탠드가 천장에 섬뜩한 그림자를 드리웠고, 예상했다시피 집 안 마디마디에서 삐걱거리는 소리가 났다. 바람이 불면 단골 교향곡이 되지 않을까 싶었다. 나는 공유기를 꽂고 인터넷에 접속했다. 그 묵직한 황금 알갱이를 짊어지고 갔던 것과, 그러는 도중에 엄마가 읽어 주셨던 『리틀 골든 북』의 한 이야기를 떠올렸던 기억이 났다. 나는 그냥 시간을 때우려는 거라고 속으로 중얼거렸지만 이제 와 돌이켜 보면 정말 그랬을까 싶다. 우리 인간들은 자신이 어디로 향하는지 모른다고 생각하지만 사실은 알고 있을 때도 더러 있는 것 같다.

휴대전화로 찾은 『잭과 콩나무』는 판본이 최소 7개였고 나는 그 7개를 스탠드 불빛에 비춰 가며 읽었다. 내일 노트북을 들고 와야겠다고 다짐했지만 지금 당장은 휴대전화로 만족해야 했다. 나는 당연히 그 이야기를 알고 있었다. 『골디락스』와 『빨간 두건』처럼 『잭과 콩나무』도 아이들을 이쪽에서 저쪽으로 실어나르는 문화의 강물의 일부였다. 엄마에게 그 이야기를 듣고 얼마 후에 만화영화로도 본 것 같지만 확실하지는 않다. 위키피디아에 소개된 원작은 내가 기억하는 것보다 훨씬 잔인했다. 일단 원작에서는 잭이 엄마와 단둘이 사는 이유가 아빠가 여러 차례 난동을 부린 거인에게 죽임을 당했기 때문이었다.

여러분도 그 이야기를 알 것이다. 잭과 엄마는 무일푼이다. 그들에게 있는 거라고는 젖소뿐이다. 엄마는 잭에게 그걸 시장으로 끌고 가서 팔되 최소 금화 5개는 받아 오라고 한다(이 이야기에서는 황금 알갱이가 아니라 금화다). 잭은 읍내로 가던 길에 만난 말주변 좋은 행상의 꼬드김에 넘어가 요술 콩 5알과 젖소를 맞바꾼다. 그의 엄마는 노발대발하며 콩을 창밖으로 던진다. 이 콩이 하룻밤 새 구름을 헤치고 요술 콩나무로 자란다. 구름 위에는 거인이 아내와 함께 사는 거대한 성이 있다(그 성이 어떻게 구름 위에 떠 있는지에 대해서는 어떤 판본에서도 자세히 설명하지 않는다).

잭은 일단 금으로 된 물건을 훔친다. 금화, 황금알을 낳는 거위, 소리를 질러 거인을 깨우는 황금 하프. 하지만 거인도 훔친 물건이었으니 엄밀히 따지면 도둑질이 아니다. 나는 거인의 그 유명한 대사 "피, 파이, 포, 펌, 영국인의 피 냄새가 나는구나."의 출처가 『리어왕』이라는 사실을 알게 됐다. 거기서 에드거라는 인물이 이렇게 말한다. "젊은 기사 롤랜드가 캄캄한 탑에 도착했을 때에도 그가 한 말은 여전히 파이, 포, 펌, 영국인의 피 냄새가 나는군." 그리고 만화영화나 『리틀 골든 북』에서 본 기억이 없는 대목. 거인의 침실에 어린 아이들의 뼈가 흩뿌려져 있었다는 것. 거인의 이름을 보았을 때 나는 심오하고 불길한 한기를 느꼈다.

고그마고그.

4

　나는 11시에 스탠딩 스탠드 불을 끄고 12시 15분 전에 휴대전화 알람이 울릴 때까지 잠깐 졸았다. 옥시콘틴을 아직 금고에 보관하지는 않았고, 내가 들고 온 몇 벌 안 되는 옷과 함께 서랍장에 넣어 두었다. 나는 옥시콘틴 2알을 챙겨 들고 1층으로 내려갔다. 레이더가 어둠 속에서 으르렁거리며 일어나 앉았다.

　"쉿."

　보디치 씨가 말하자 레이더는 잠잠해졌다. 나는 스탠드를 켰다. 그는 똑바로 누워서 천장을 올려다보고 있었다.

　"딱 시간 맞춰서 왔구나. 다행이야. 저 벨을 누르고 싶지는 않았거든."

　"잠 좀 주무셨어요?"

　"조금. 그 빌어먹을 것을 삼키면 다시 잘 수 있을지 모르지. 어쩌면 동이 틀 때까지."

　나는 그에게 약을 건넸다. 그는 팔꿈치를 딛고 몸을 일으켜 약을 먹고 내게 물 잔을 건네고 다시 똑바로 누웠다.

　"벌써부터 괜찮아지고 있어. 심리적인 효과겠지만."

　"더 필요하신 건 없어요?"

　"응. 다시 들어가서 자라. 자라나는 청소년은 잠을 자야지."

　"저는 이제 성장을 거의 멈춘 것 같아요."

　적어도 내가 바라기로는 그랬다. 나는 키가 193센티미터에 몸무게는 100킬로그램이었다. 여기서 더 자라면…….

　"고그마고그가 될 거예요."

　무심결에 그 말이 내 입에 튀어나왔다.

폭소를 예상한 내 짐작과 다르게 그는 미소조차 짓지 않았다.

"동화를 열심히 공부하고 있었던 모양이로구나?"

나는 어깨를 으쓱했다.

"스탠턴빌까지 금을 들고 가는 동안 요술 콩과 콩나무 생각이 나더라고요."

"그럼 이제 잭에 대해 알게 되었겠네."

"아마도요."

"성경에서는 고그와 마고그가 세상을 두고 서로 전쟁을 벌이는 두 나라라고 하지.(성경에는 '곡'과 '마곡'이라고 되어 있다 ― 옮긴이) 그건 알고 있었니?"

"아뇨."

"요한계시록에 나오는 말이야. 그 두 개를 합쳤으니 진짜 괴물일 수밖에. 가까이하지 않는 편이 최선인 괴물. 이제 불 꺼라, 찰리. 우리 둘 다 잠을 좀 자야 해. 너도 자고 어쩌면 나도 자고. 통증에서 잠깐 벗어날 수 있으면 좋겠는데."

나는 레이더를 한 번 토닥여 주고 불을 껐다. 계단 쪽으로 걸음을 옮기다 말고 뒤를 돌아보았다.

"보디치 씨?"

"하워드라니까. 연습 좀 해야겠다. 네가 무슨 염병할 집사도 아니잖니."

나는 집사 비슷하지 않나 하는 생각이 들었지만 이 늦은 시각에 그걸 두고 옥신각신하고 싶지는 않았다.

"하워드 아저씨, 그러게요. 은퇴하기 전에 어떤 일을 하셨어요?"

그는 쿡쿡 웃었다. 거칠기는 하지만 불쾌하지는 않은 웃음소리였다.

"파트타임 측량사 겸 파트타임 벌목업자. 그러니까 그냥 나무꾼이 었다는 말이야. 동화에 숱하게 등장하는. 이제 그만 가서 자라, 찰리."

나는 침대 속으로 들어가 6시까지 잤다. 이번에는 진통제뿐 아니라 모든 약을 먹어야 하는 시각이었다. 이번에도 보디치 씨는 깨어서 천장을 올려다보고 있었다. 나는 그에게 잠을 좀 잤느냐고 물었다. 그는 잤다고 했다. 내가 그 말을 믿었는지는 잘 모르겠다.

5

아침 메뉴는 '나님'이 만든 스크램블드에그였다. 보디치 씨는 안락의자와 한 세트인 두툼한 쿠션에 장치가 설치된 다리를 얹고 접이식 소파 끝에 걸터앉았다. 그는 이번에도 소변통을 쓰는 동안 나가 있어 달라고 했다. 내가 다시 들어가 보니 그는 목발을 짚고 일어나 전면의 창밖을 내다보고 있었다.

"제가 올 때까지 기다려서 부축을 받으셨어야죠."

보디치 씨는 쯧 하고 혀를 찼다.

"저 말뚝 울타리를 고쳤구나."

"레이더가 도와줬어요."

"그랬겠지. 훨씬 낫네. 이제 침대로 돌아갈 수 있게 도와주겠니? 전처럼 다리를 잡아 줘야 해."

나는 그를 침대에 눕혔다. 레이더를 데리고 파인가 산책에 나섰다. 새로 산 약이 효과가 있는지 레이더는 여러 전봇대와 한두 군데 소화전에 보디치의 집에 사는 레이더라고 마킹을 해 가며 제법 먼

거리를 걸었다. 그러고 난 다음에 나는 보디치 씨의 수표를 들고 은행에 갔다. 집에 가서(아빠는 오래전에 출근하고 없었다) 옷 몇 벌과 노트북을 챙겼다. 점심 메뉴는 보디치 씨는 다시 정어리 통조림과 솔틴 크래커, 나는 핫도그였다. 냉동식품을 데워 먹으면 딱 좋을 텐데(나는 스투퍼스 제품을 좋아한다) 보디치 씨 집에 전자레인지가 없었다. 나는 틸러 앤드 선즈에서 배달된 고기를 조금 꺼내서 해동했다. 우리 둘이서 깡통 수프와 정어리 통조림으로 연명할 게 아니면 내가 조만간 유튜브 영상으로 요리를 배우는 것도 한 방법이었다. 정오가 되자 보디치 씨에게 약을 주었다. 멜리사 윌콕스가 부탁한 대로 그녀에게 확인 전화를 했다. 보디치 씨가 몇 번 자리에서 일어났고 무엇을 먹었으며 배변은 원활한지 보고하기로 되어 있었다. 절대 아니라는 마지막 항목의 답을 듣고 그녀는 놀라지 않았다. 옥시콘틴이 변비 유발제로 악명이 높다고 했다. 점심 식사를 마친 뒤에 나는 봉투 하나를 그의 우편함에 넣고 깃발을 세웠다. 봉투 안에는 아카디아 병원으로 보내는 그의 당좌수표가 들어 있었다. 내가 직접 들고 갈 수도 있었지만 보디치 씨가 하인리히에게 받은 수표에 이상이 없는지 먼저 확인하고 싶어 했다.

내가 여기에 이런 이야기를 시시콜콜 늘어놓는 이유는 흥미진진한 부분이 있어서라기보다 그해 봄부터 여름이 거의 끝날 때까지 이런 루틴이 계속 이어졌기 때문이다. 어떤 면에서는 그때가 좋은 시절이었다. 나는 필요 있고 쓸모 있는 인간이 된 기분을 느꼈다. 그 어느 때보다 더 내 자신이 마음에 들었다. 그 끝이 끔찍했던 게 문제였을 뿐.

6

봄방학이 이어지던 어느 수요일 오후에 멜리사가 첫 PT를 위해 보디치 씨의 집으로 찾아왔다. 멜리사는 PT가 물리 치료(Physical Therapy)의 줄임말이라고 했고 보디치 씨는 통증과 고문(Pain and Torture)의 줄임말이라고 했다. 그는 옥시콘틴을 추가로 복용하는 건 좋아했지만 다친 쪽 다리를 계속 펴고 드는 건 싫어했다. 나는 물리 치료 시간에는 거의 대부분 부엌에 있었다. 그가 많이 쓰는 깜찍한 단어로는 *씨발, 니미럴, 좆같네, 그만해*가 있었다. 그는 그중에서도 *그만해*를 자주 썼고 그 뒤에 가끔 *야 이 썩을 것아*를 추가했지만 멜리사는 눈 하나 꿈쩍하지 않았다.

물리 치료가 끝나자(20분이었지만 그에게는 훨씬 길게 느껴졌을 것이다) 멜리사가 나를 불렀다. 나는 3층에서 의자를 추가로 두어 개 가져다 놓았다(식탁과 한 세트인 등받이가 곧은 의자는 피했다. 내가 보기에 그건 고문 도구였다). 보디치 씨가 그중 한 의자에 앉아 있었다. 멜리사가 들고 온 큼지막한 메모리폼 쿠션에 다친 쪽 발목이 놓여 있었다. 안락의자 쿠션이 메모리폼 쿠션보다 낮았기 때문에 아직 붕대를 풀지 않은 그의 무릎이 살짝 구부려졌다.

멜리사가 외쳤다.

"저것 좀 봐! 벌써 5도 구부러졌어. 이건 기쁜 정도가 아니라 놀라울 지경이야!"

보디치 씨는 툴툴거렸다.

"오지게 아프네. 침대에 다시 눕고 싶어."

멜리사는 태어나서 지금까지 그렇게 재밌는 말은 처음 들어 본다는 듯이 깔깔대고 웃었다.

"5분만 더 있다가 목발을 짚고 일어나세요. 찰리가 도와 드릴 거예요."

그는 5분 동안 버틴 뒤에 끙끙거리며 일어나 목발로 겨드랑이를 받쳤다. 그러고는 침대 쪽으로 몸을 돌리다 한쪽을 놓쳤다. 목발이 요란한 소리와 함께 바닥으로 떨어졌고 레이더가 짖었다. 내가 타이밍 좋게 그를 붙잡아 몸을 마저 돌릴 수 있게 거들었다. 내가 한 팔로 보디치 씨를 감싸고 그 역시 한 팔로 나를 감싸느라 우리는 잠깐 한데 뒤엉켰고 나는 빠르게 두근거리는 그의 심장을 느낄 수 있었다. 머릿속에 퍼뜩 떠오른 단어는 '빠르게'가 아니라 '격하게'였다.

부축을 받으며 침대로 이동하는 도중에 다리가 5도보다 훨씬 더 구부러지자 그는 아파서 비명을 질렀다. 레이더가 귀를 뒤로 눕히고 짖으며 당장 벌떡 일어났다.

"괜찮아, 공주님. 앉아 있어."

보디치 씨가 숨을 헉헉대며 말했다.

레이더는 배를 바닥에 대고 앉았지만 그에게서 눈을 떼지 않았다. 멜리사가 물을 한 잔 건넸다.

"열심히 하셨으니까 오늘 저녁에는 특별히 5시에 진통제를 드세요. 저는 금요일에 다시 올게요. 아프다는 거 저도 알아요, 하워드 씨. 인대가 뻣뻣하게 굳어서. 하지만 결국에는 말을 들을 거예요. 계속하시면."

"망할."

그는 이렇게 내뱉어 놓고 마지못한 듯 덧붙였다.

"알았어."

"찰리, 배웅 부탁해."

나는 그녀의 장비가 담긴 큼지막한 더플 백을 들고 따라 나갔다. 그녀가 타고 온 깜찍한 혼다 시빅이 대문 앞에 주차돼 있었다. 해치백을 열고 더플백을 넣는데, 길 건너편에서 또다시 손차양을 하고 무슨 일인지 유심히 살피고 있는 리치랜드 부인이 내 눈에 들어왔다. 부인은 나와 눈이 마주치자 손가락을 꼼지락거렸다.

"아저씨가 정말로 좋아지실까요?"

나는 물었다.

"응. 무릎 구부려지는 거 봤지? 아무나 그렇게 되는 게 아니거든. 전에도 그런 경우를 본 적 있지만 대개 훨씬 젊은 환자들이었어."

그녀는 잠깐 곰곰이 생각하다가 고개를 끄덕였다.

"점점 호전되실 거야. 적어도 어느 정도까지는."

"그게 무슨 말씀이세요?"

그녀는 운전석 문을 열었다.

"그 영감님 진짜 어지간히 땍땍거리시지?"

"사교성이 좋진 않으시죠."

나는 그녀가 내 질문에 대답하지 않았다는 것을 완벽하게 인식하고 있었다.

멜리사는 또다시 깔깔대고 웃었다. 봄 햇살을 맞으며 그렇게 웃는 그녀가 얼마나 예뻐 보였는지 모른다.

"누가 아니라니. 그 말이 딱이네. 금요일에 다시 올게. 날짜는 다르지만 루틴은 같을 거야."

"린파자가 뭐예요? 아저씨가 드시는 다른 약은 뭔지 아는데 그건 몰라서요. 어떨 때 먹는 약이에요?"

멜리사의 미소가 희미해졌다.

"그건 말할 수 없어. 보안 사항이라."

멜리사는 운전석에 올라탔다.

"하지만 인터넷으로 찾아봐. 인터넷에는 없는 게 없으니까."

그녀는 차를 타고 떠났다.

7

그날 저녁. 7시에 아빠가 대문을 열고(내가 귀찮아서 빗장을 지르지 않
았다) 내가 앉아 있는 앞 베란다로 걸어왔다. 나는 물리 치료가 끝난
뒤에 보디치 씨에게 오늘 아빠와 만나기로 한 약속을 미루는 게 좋
겠느냐고 물었다. 그러길 바라는 마음도 없지 않았는데, 그는 잠깐
고민하더니 고개를 저었다.

"그냥 정한 대로 하자. 너희 아버님 불안하시지 않게. 내가 어린애
를 밝히는 성범죄자는 아닌지 확인하고 싶으실 것 아니냐."

나는 아무 대꾸도 하지 않았지만 보디치 씨는 지금 두 종류의 스
포츠를 섭렵한 193센티미터짜리 쑥맥은커녕 커브 스카우트 단원에
게도 손을 댈 수 없는 상황이었다.

"안녕, 찰리."

"오셨어요, 아빠."

나는 아빠와 서로 끌어안았다.

아빠는 6개들이 콜라를 들고 있었다.

"그분이 이걸 드실지 모르겠네. 나는 12살 때 다리가 부러졌을 때
이걸 아무리 들이켜도 성에 안 차더라만."

"들어가서 직접 여쭤보세요."

보디치 씨는 3층에서 가져다 놓은 의자에 앉아 있었다. 진작 나더러 버튼업 셔츠와 빗을 가져다 달라고 했다. 외고정 장치 때문에 불룩 튀어나온 잠옷 바지만 빼면 제법 번듯해 보였다. 나는 보디치 씨가 아빠를 너무 뚱하게 대할까 봐 불안했지만 기우였다. 약효가 발휘된 덕분이기도 했지만 그가 사회성이 아예 없지는 않았다. 녹이 슬긴 했어도 없진 않았다. 그런 건 자전거 타기와 비슷한 게 아닐까 싶다.

"리드 씨. 예전에 오다가다 본 적은 있지만 이렇게 정식으로 만나게 돼서 반갑습니다."

보디치 씨는 힘줄이 튀어나온 큼지막한 손을 내밀었다.

"일어나지 못해서 미안합니다."

아빠는 그 손을 마주 잡았다.

"별말씀을요. 조지라고 편히 불러 주세요."

"그러지요. 나는 하워드라고 불러 줘요. 그렇게 부르도록 선생의 아드님을 설득하느라 어지간히 애를 먹기는 했습니다만. 아드님이 내게 얼마나 잘해 주는지 몰라요. 개수작을 쏙 뺀 보이 스카우트라고 할까요, 이런 표현이 실례일지 모르겠습니다만."

"실례는요. 저도 이 아이가 자랑스럽습니다. 몸은 좀 어떠신가요?"

"나아지고 있어요. 고문의 여왕 말로는 그렇다네요."

"물리 치료사요?"

"남들은 그렇게 부릅디다."

"공주님은 여기 있네요. 저희가 구면이에요."

아빠는 허리를 숙여 레이더를 크게 쓰다듬었다.

"그렇다고 들었습니다. 그나저나 제가 잘못 본 거 아니라면 그거 코카콜라인가요?"

"제대로 보셨습니다. 얼음 넣어서 드릴까요? 미지근해진 것 같아서요."

"그래 주시면 감사하겠습니다. 거기에 럼을 한 바퀴 둘러서 더 찡하게 마시던 시절도 있었는데 말이죠."

나는 살짝 긴장했지만 아빠는 웃음을 터뜨렸다.

"그러게 말입니다."

"찰리? 찬장 제일 위 칸에 있는 길쭉한 잔 3개 꺼내서 얼음 가득 채워 가지고 들고 와 줄래?"

"네."

"물로 좀 헹구는 게 좋을 거다. 안 쓴 지 꽤 됐거든."

나는 두 분의 대화를 들으며 천천히 잔을 헹구고 보디치 씨의 구식 틀에서 얼음을 꺼냈다. 보디치 씨는 아빠에게 아내와 사별한 데 위로의 말을 전하며 예전에 시카모어에서 엄마와 대화를 몇 번 나눈 적이 있었는데("내가 지금보다 자주 외출하던 시절에요.") 아주 좋은 분인 것 같았다고 했다.

"그 빌어먹을 다리를 진작 포장했어야 하는데. 그랬으면 그분이 돌아가시지는 않으셨을 텐데. 아니 왜 시 정부를 고소하지 않으셨어요?"

술 마시느라 바빠서 그럴 정신이 없었겠지. 내 해묵은 분노가 많이 옅어지기는 했지만 완전히 사라진 건 아니었다. 공포와 상실은 잔재를 남긴다.

8

나는 해가 진 다음에서야 아빠를 대문까지 배웅했다. 보디치 씨는 내 부축을 아주 조금만 받아 가며 침대에 누웠고 아빠는 그러는 내 내 지켜보았다.

인도에 다다르자 아빠가 말했다.

"생각했던 거랑 다르시네. 전혀 달라. 떽떽거리고 성질도 고약할 줄 알았더니."

"그러실 수도 있어요. 아빠 앞에서는…… 이럴 때 쓰는 말이 있는데."

아빠가 대신 답해 주었다.

"분발했다 이거지? 너를 좋아하니까 내 환심을 사고 싶어서. 그분이 어떤 눈빛으로 너를 대하는지 봤다. 그분이 널 소중하게 여기시더라. 네가 잘해야겠어."

"우선은 넘어지지 않게, 그것부터요."

아빠는 나를 끌어안고 뺨에 입을 맞추고는 왔던 길로 언덕을 내려갔다. 나는 아빠가 가로등 불빛 속으로 번번이 등장했다가 다시 사라지는 것을 지켜보았다. 나는 여전히 잃어버린 세월을 떠올리며 아빠를 원망할 때가 있었다. 그건 내게도 잃어버린 세월이기 때문이었다. 하지만 아빠가 다시 돌아와서 기쁜 마음이 훨씬 컸다.

"별일 없이 끝난 거 맞지?"

내가 다시 안으로 들어가자 보디치 씨가 물었다.

"잘 끝났어요."

"이제 남은 저녁 시간을 어떻게 보내면 좋을까, 찰리?"

"제가 생각해 놓은 게 있거든요. 잠시만요."

나는 노트북에 「더 보이스」 2편을 다운받아 놓았다. 우리 둘 다 볼 수 있게 그의 침대 옆 테이블에 노트북을 설치했다.

"아이고, 깜짝이야. 무슨 화면이 이렇게 쌩쌩해?"

그가 탄성을 터뜨렸다.

"그러니까요. 괜찮죠? 광고도 없고."

우리는 한 편을 같이 보았다. 나는 다음 편도 이어서 볼 생각이 있었지만 시작되자마자 5분 만에 그가 잠이 들었다. 나는 노트북을 들고 2층으로 올라가 린파자에 대해서 찾아보았다.

9

금요일에 나는 멜리사의 장비가 담긴 더플 백을 들고 다시 시빅까지 배웅했다. 해치백을 닫고 그녀를 돌아보았다.

"린파자가 어떤 약인지 찾아봤어요."

"그럴 줄 알았어."

"네 가지 병에 쓰이던데요. 아저씨가 유방암이나 난소암은 아닐 테고 그럼 뭐예요? 전립선이에요 아니면 다른 거예요?"

나는 췌장이 아니길 하느님에게 빌었다. 우리 할아버지가 췌장암 진단을 받고 6개월도 안 돼서 돌아가셨다.

"보안 사항이야, 찰리. 말하면 안 돼."

하지만 그녀의 표정은 다르게 얘기하고 있었다.

"왜 그래요, 멜리사. 당신은 의사가 아니잖아요. 그리고 당신도 다른 사람한테서 들었고요."

"그야 나는 하워드 씨와 치료를 진행해야 하기 때문이지. 그러려

190

면 전체적인 그림을 알아야 하니까."

"나 비밀 잘 지켜요. 그렇다는 거 이미 알잖아요, 안 그래요?"

아직 미성년자인 내게 초강력 진통제를 맡긴 것을 두고 한 말이었다. 그녀는 한숨을 쉬었다.

"전립선암이야. 하워드 씨를 진찰한 정형외과 에이브럼스 선생님이 엑스레이에서 봤대. 많이 진행됐지만 다른 데로 전이되지는 않았어. 린파자를 복용하면 종양이 자라는 속도를 늦출 수 있어. 크기를 줄일 수 있을지도 모르고."

"약을 좀 더 드셔야 하는 거 아니에요? 화학 요법이나 방사능 치료를 받거나?"

리치랜드 부인이 다시 나와 있었다. 그녀가 손가락을 꼼지락거리자 우리도 똑같이 화답했다.

멜리사는 머뭇거렸지만 여기까지 얘기가 나온 마당에 중간에 끊는 건 의미가 없다고 결론을 내린 듯했다.

"아카디아 병원 종양학과장 패터슨 선생님께 진찰을 받았어. 선생님이 선택지를 나열했지만 보디치 씨가 린파자를 제외한 모든 치료를 거부한 거야."

"왜요?"

"그건 네가 직접 물어봐. 하지만 물어보더라도 나랑 이런 대화 나눴다고 하지는 말고. 그랬다고 내가 병원에서 잘리진 않겠지만 그럴수도 있는 사안이거든. 그리고 보디치 씨의 선택을 지지하는 의사들도 많을 거야. 노인들의 경우 전립선암의 진행 속도가 느리거든. 린파자를 복용하면 앞으로 여러 해 동안 거뜬하실 수도 있어."

10

그날 저녁에 우리는 「더 보이스」를 또 한 편 보았다. 프로그램이 끝나자 보디치 씨가 끙끙대며 목발을 짚었다.

"오늘 저녁은 기념비적인 시간이 되겠다, 찰리. 내가 똥을 싸려고 하거든."

"폭죽 준비해 놨어요."

"그런 농담은 나중에 개그 무대에서나 써먹어라."

내가 따라나서자 그는 고개를 돌리고 쏘아붙였다.

"가서 그 뭐시기나 보고 있어라, 제발. 내가 넘어지면 그때 가서 일으켜 줘도 되잖아."

나는 거실로 돌아갔다. 조그만 화장실 문이 닫히는 소리가 들렸다. 기다렸다. 5분이 지났다. 10분이 지났다. 원숭이를 던져 주었지만 레이더는 몇 번 만에 쫓아가지 않고 깔개 위에 몸을 웅크리고 누웠다. 결국 나는 부엌 앞쪽으로 가서 그에게 괜찮으냐고 물었다.

그가 큰 소리로 외쳤다.

"응. 하지만 다이너마이트라도 쓸 수 있으면 좋겠다. 빌어먹을 옥시콘틴 같으니라고."

마침내 변기 물 내리는 소리가 들렸고 나왔을 때 그는 땀범벅이었지만 웃고 있었다.

"이글호 착륙 완료(닐 암스트롱이 달에 착륙했을 때 한 말이다 — 옮긴이). 주님, 감사합니다."

나는 보디치 씨를 부축해 침대에 눕히고 기분이 좋은 틈을 타서 린파자 약통을 내밀었다.

"이 약에 대해 찾아봤는데 훨씬 더 많은 치료가 가능한 것 같던데요."

"그런가요, 리드 선생님?"

하지만 보디치 씨가 입가에 희미한 미소를 머금고 있었기에 용기를 내서 좀 더 캐묻기로 했다.

"요즘은 암을 치료할 수 있는 방법이 많잖아요. 그런데 아저씨는 왜 그걸 안 쓰겠다는 건지 모르겠어요."

"이유는 아주 간단해. 내가 아프다는 건 알지? 그 빌어먹을 변비 유발제 없이는 잠을 자지 못한다는 것도. 내가 멜리사한테 소리 지르는 것도 들었을 테고. 아주 훌륭한 아가씨인데 말이지. 지금까지는 용케 참고 있지만, 언제 내 입에서 쌍욕이 튀어나올지 몰라. 그런데 이 위에 메슥거림, 구토, 경련을 더할 이유가 뭐가 있겠니?"

나는 대답을 하려고 했지만 그가 한쪽 팔꿈치를 딛고 몸을 일으켜 쉿 하는 소리를 냈다.

"이유가 하나 더 있어. 너 같은 젊은이는 이해하지 못할 이유. 나는 살 만큼 살았어. 완전히는 아니지만 거의. 사는 것도 지긋지긋해지거든. 너는 안 믿을지 모르겠고 나도……."

보디치 씨는 말을 잠깐 멈추었다가 다시 이었다.

"……나도 젊었을 때는 안 믿었지만 진짜야."

보디치 씨는 다시 누워 더듬더듬 레이더를 찾아서 쓰다듬었다.

"하지만 이 아이를 두고 떠나고 싶지 않았거든. 우리 둘은 친구니까. 하지만 이제는 걱정 없다. 내가 먼저 죽으면 네가 이 아이를 거두어 줄 테니까. 그렇지?"

"네, 그럼요."

"물리 치료로 말할 것 같으면……."

그의 미소가 좀 더 커졌다.

"오늘 10도 구부렸고 저 고무 밴드로 발목을 풀기 시작했어. 열심히 할 거야, 침대에서 죽고 싶진 않거든. 특히 이 빌어먹을 접이식 소파에서는."

11

금의 출처(그건 일종의 금기 사항이었다)에 대해서는 서로 언급하지 않았지만, 일요일에 문득 생각해 보니 짚고 넘어가야 하는 문제가 하나 있었다. 학기가 시작돼도 내가 오전과 저녁 약은 챙길 수 있지만 정오에 먹는 약은 어떻게 하면 좋을까?

"월요일, 수요일, 금요일에는 멜리사가 물리 치료를 하러 와서 줘도 되긴 하지만 그러면 시간 상 운동 전에 약효가 안 돌 텐데요. 화요일이랑 목요일에는 어쩌죠?"

"리치랜드 부인한테 와서 달라고 할게. 온 김에 집 구경도 하고 좋잖니? 사진을 찍어서 페이스북이나 트위터에 올릴 수도 있겠고."

"하. 하. 하."

"정오에 먹는 약뿐만 아니라 자정에 먹는 약도 걱정이지."

"그건 제가 와서……."

"안 된다, 찰리. 이제는 너도 집으로 돌아가야지. 아빠가 보고 싶어 하실 거야."

"제가 바로 옆에 있는걸요!"

"그렇지. 그런데 네 방은 비어 있고. 퇴근하고 와도 같이 저녁 먹을 사람 하나 없고. 혼자 사는 남자들은 가끔 위험한 생각을 시작할 수도 있거든. 내가 알아. 아침에 내 상태 확인하고 레이더 사료 주러 올 때 정오 약을 주고, 저녁에 집으로 갈 때 자정 약을 주면 되겠네."

"그러면 안 되니까 그렇죠!"

그는 고개를 끄덕였다.

"내가 널 속이면 그렇겠지. 그러고 싶은 유혹이 느껴질 거야, 나는 이미 그 빌어먹을 약에 중독됐거든. 하지만 약속하마."

그는 양쪽 팔꿈치를 딛고 몸을 일으켜 나를 똑바로 쳐다봤다.

"약속을 어기는 순간 너한테 고백하고 약을 완전히 끊겠다고. 타이레놀로 바꾸겠다고. 그렇게 약속하고 지키마. 그러면 되지 않겠니?"

나는 곰곰이 생각한 끝에 알겠다고 했다. 그는 손을 내밀었다. 우리는 서로 악수했다. 그날 저녁에 나는 내 노트북에 저장된 영화와 텔레비전 프로그램 보는 법을 가르쳐 주었다. 20밀리그램짜리 옥시콘틴 2알을 작은 접시에 담아서 그의 침대 옆 테이블에 놓았다. 배낭을 짊어지고 휴대전화를 들어 보였다.

"필요한 일이 생기면 연락하세요. 낮이든 밤이든."

"낮이든 밤이든."

그는 합의했다.

레이더가 문 앞까지 나를 따라 나왔다. 나는 허리를 숙여서 레이더를 쓰다듬고 끌어안았다. 레이더는 내 뺨을 핥았다. 잠시 후에 나는 집으로 향했다.

12

그는 약속을 어기지 않았다. 단 한 번도.

8장

지나간 과거. 금이 황홀한 이유. 늙은 개.
신문에 실린 뉴스. 체포.

1

처음에는 내가 일주일에 3번 스펀지로 보디치 씨를 닦아 주었다. 그 좁은 1층 화장실에는 샤워기가 없었다. 그는 내게 몸을 맡겼지만 은밀한 부분은 자기가 닦겠다고 했다(내 입장에서는 어느 쪽이든 상관없었다). 나는 보디치 씨의 앙상한 가슴과 그보다 더 앙상한 등을 씻겼고, 그가 그 비좁은 화장실로 천천히 걸어가다 안타까운 사고를 저지른 뒤에는 앙상한 엉덩이도 씻겨 준 적이 한 번 있었다. 보디치 씨가 그때 온갖 험한 욕설을 퍼부은 이유는 화가 나서였기도 하지만 당황한(그래서 쏙쓸해진) 탓도 있었다.

그가 다시 잠옷 바지를 걸쳤을 때 나는 말했다.

"신경 쓰실 것 없어요. 레이더가 뒷마당에 싸 놓은 똥도 제가 항상 치우는걸요."

보디치 씨는 특유의 바보냐고 묻는 듯한 표정으로 나를 바라보았다.

"그거랑 이거는 다르지. 레이더는 개잖니. 그 아이는 그냥 내버려 두면 에펠탑 앞 잔디밭에다가 똥을 쌀 수도 있어."

나는 그 말이 조금 재밌게 들렸다.

"에펠탑 앞에 잔디밭이 있어요?"

이제 그는 특유의 눈알 부라리기에 돌입했다.

"난들 알겠니. 예를 들면 그렇다는 거지. 콜라 좀 갖다 주련?"

"네."

나는 아빠가 그날 6개들이 세트를 사온 이후로 보디치 씨가 마실 콜라를 항상 구비해 놓고 있었다.

콜라를 들고 가 보니 그가 침대에서 일어나 레이더를 옆에 두고 예전의 그 안락의자에 앉아 있었다.

"찰리, 뭐 하나만 묻자. 네가 내게 베푸는 이 모든 친절 말이다……."

"덕분에 매주 거금의 수표를 받을 수 있어서 감사하게 생각해요. 그 돈을 받을 자격이 있는지는 잘 모르겠지만요."

"돈을 안 받고도 할 생각이었다며. 병원에서 그랬잖니. 나는 그 말을 믿는다. 그렇다면 너는 지금 성인으로 추대되려고 기를 쓰고 있는 거냐 아니면 뭔가에 대해 속죄를 하고 있는 거냐?"

예리한 질문이었다. 나는 기도가, 하나님과 한 거래가 생각났지만 스티븐스 초등학교에 폭탄을 설치했다고 장난 전화를 걸었던 것도 생각났다. 버티는 그때까지 저지른 장난 중에 그보다 더 재밌는 건 없었다고 생각했지만, 그날 저녁에 술에 취한 아빠가 다른 방에서 코를 고는 와중에 내 머릿속을 오간 생각은 우리 때문에 많은 사람들이 공포에 시달렸을 것이고 대부분은 어린아이였다는 것뿐이었다.

내가 이런 생각들을 하는 동안 보디치 씨는 계속 나를 유심히 바라보았다.

"속죄로군. 뭐에 대한 속죄인지 궁금하다만."

"아저씨는 제게 훌륭한 일거리를 주셨죠. 감사하게 생각해요. 저는 아저씨가 퉁할 때도 좋아요. 솔직히 그럴 때는 좀 더 힘들어지긴 하지만. 다른 건 전부 과거예요. 다리 밑을 흐르는 강물처럼."

그는 잠깐 고민하더니 아직까지도 기억나는 말을 남겼다. 스티븐스 초등학교에 다니던 시절에 엄마가 다리 위에서 죽었기 때문일 수도, 아니면 그 말이 아직까지도 나에게는 의미심장하게 느껴졌기 때문일 수도 있다.

"시간이 강물이지. 인생은 흐르는 강물 위에 서 있는 다리고."

2

시간이 흘렀다. 보디치 씨가 물리 치료를 받는 동안 계속 욕을 하고 가끔 비명을 지르며 레이더를 너무 심하게 자극했기 때문에 물리 치료가 시작되기 전에 레이더를 밖으로 내보내야 했다. 관절 운동에는 고통이, 그것도 엄청난 고통이 수반됐지만 5월이 되자 보디치 씨는 무릎을 18도 구부릴 수 있게 됐고 6월이 되자 그 각도가 거의 50도에 육박했다. 멜리사가 목발을 짚고 계단을 올라가는 법을(더욱 중요하게는 데굴데굴 구르지 않고 계단을 내려오는 법도) 가르치기 시작했기에 나는 옥시콘틴을 3층으로 옮겼다. 꼭대기에 까마귀 조각상이 달려 있어서 볼 때마다 오싹해지는, 먼지를 뒤집어쓴 오래된 새장 안에 숨겼다. 보디치 씨는 목발을 짚고 좀 더 수월하게 움직일 수 있게 됐고 스

편지 목욕(그의 표현에 따르면 '창녀식 목욕')을 혼자 하기 시작했다. 화장실로 가는 길에 사고가 다시는 벌어지지 않아서 나에게는 그의 엉덩이를 닦는 기회가 두 번 다시 주어지지 않았다. 우리는 「웨스트 사이드 스토리」에서부터 「그림자 없는 저격자」(우리 둘 다 아주 좋아한 작품이다)에 이르기까지 온갖 옛날 영화를 노트북으로 보았다. 보디치 씨는 텔레비전을 살까 싶다는 얘기를 꺼냈고 내가 보기에는 그것이 다시 삶에 의욕이 생겼다는 확실한 증거였지만, 그러기 위해서는 케이블이나 위성 안테나를 설치해야 한다고 하자 생각을 바꿨다(삶의 의욕이 그 정도로까지 충만하지는 않았던 것이다). 나는 매일 아침 6시에 보디치 씨를 찾아갔고 미식축구 연습이나 경기가 없으면 (복도에서 마주칠 때마다 하크니스 감독님이 나를 째려봤다) 대개 오후 3시쯤에 다시 시카모어 1번지에 갈 수 있었다. 나는 집안일을 했다. 주로 청소였는데 싫지 않았다. 2, 3층은 욕 나오게 더러웠고 둘 중에서도 3층이 더 심했다. 내가 홈통을 청소해 보겠다고 했더니 보디치 씨는 정신병자 대하듯 나를 빤히 쳐다보더니 사람을 부르라고 했다. 이렇게 해서 센트리 홈 리페어가 출동했다. 홈통 청소가 만족스러운 수준으로 끝나자 (보디치 씨는 외고정 장치 위로 잠옷 바지를 나풀거리며 구부정하게 목발을 짚고 뒤쪽 현관에서 지켜보았다) 그는 그 업체에 연락해 지붕 수리도 맡기라고 했다. 견적을 받은 보디치 씨는 깎아 보라고 지시를 내렸다("불쌍한 영감님 수법을 써 봐."라고 했다). 나는 흥정에 돌입해 20퍼센트 할인을 받아 냈다. 그 수리업체 직원들이 앞쪽 현관에 경사로도 설치해 주었고(보디치 씨도 레이더도 한 번도 쓰지 않았다. 레이더는 그 경사로를 무서워했다) 대문에서 현관까지 미친 듯이 기우뚱하게 놓인 포석도 손봐 주겠다고 했다. 나는 사양하고 직접 했다. 휘고 쪼개진 앞뒤 현관 앞 계단도 (유튜브에서 찾은 여러 영상의 도움을 받아 가며) 교체했다. 시카모어 언덕에서는 봄부터 여름까지 청소와 수리로 바쁜 날들이 이어졌다. 구경거리가 많이 생겼으니 리치랜드 부인은 열심히 구경했다. 7월 초에 보디치 씨는 외고정 장치를 제거하느라 다시 병원을 찾았다. 멜리사가 가장 낙관적으로 전망한 것보다 몇 주 앞당겨진 일정이었다. 그녀가 얼마나 뿌듯한지 모른다며 끌어안자 이 영감님은 이번만큼은 당황스러워서 할 말을 잃었다. 아빠가 일요일 오후에 놀러 오면(내가 눈치를 준 것이 아니라 보디치 씨가 초대했다) 셋이서 같이 진 러미 카드 게임을 했는데, 대개 보디치 씨가 이겼다. 주중에는 내가 그에게 요깃거리를 차려 주고 집으로 내려가 아빠와 저녁을 먹은 다음 다시 보디치 씨의 집으로 가서 몇 개 안 되는 그릇을 씻고 레이더를 산책시키고 영화를 같이 봤다. 가끔 팝콘을 먹기도 했다. 외고정 장치를 풀자 철심 소독은 할 필요가 없게 됐지만 그래도 철심이 박혔던 구멍은 계속 깨끗하게 관리했다. 빨간색의 큼지막한 고무 밴드로 그의 발목을 운동시키고 다리 구부리는 동작을 계속 시켰다.

대개 즐거운 날들이었지만 모든 게 좋지는 않았다. 레이더는 산책을 나갔다가 절뚝거리며 집 쪽으로 돌아서기까지 걷는 거리가 점점 짧아졌다. 현관 계단을 오르기 점점 힘들어했다. 한번은 보디치 씨가 레이더를 안아서 옮기는 나를 보고 그러지 말라고 했다.

"레이더가 혼자서 못하게 될 때까지 그러지 마."

보디치 씨가 소변을 보고 난 뒤에 변기에 점점이 핏방울이 묻어 있을 때도 있었다. 소변을 보는 데 걸리는 시간도 점점 길어졌다.

"야 이 쓸모없는 것아, 물 좀 빼자."

한번은 닫힌 문 너머에서 그가 이렇게 말하는 소리가 들린 적도 있었다.

린파자의 역할이 뭔지 몰라도 영 신통치가 않았다. 내가 다시 걸어 보겠다고 그렇게 열심히 애를 쓰면서 '정말 심각한 문제'(내 딴에는 돌려서 말한 거였다)는 방치하는 이유가 뭐냐고 물으며 설득해 보려고 했지만, 그는 신경 끄라고 했다. 결국 그의 목숨을 앗아 간 건 암이 아니었다. 심장마비였다.

좀 더 정확히 따지면 그게 아니라 그 빌어먹을 창고였지만.

3

아마도 6월이었던 것 같은데, 내가 빙빙 돌려 가며 금 얘기를 다시 꺼낸 적이 있었다. 병원비를 내느라 나를 통해 그렇게 어마어마한 거래를 했는데, 다리를 저는 그 왜소한 독일인 때문에 불안하지 않으냐고 물었다.

"그 친구는 걱정할 필요 없어. 그 뒷방에서 일을 수도 없이 처리하는데, 내가 알기로 사법 당국의 레이더에 걸린 적이 한 번도 없거든. 국세청도 마찬가지고, 내가 보기에는 오히려 그쪽이 더 가능성이 높은데."

"그가 제삼자에게 얘기를 흘릴지 모른다는 걱정은 안 하세요? 아니, 그가 훔친 다이아몬드를 팔려는 사람들, 절도범이나 그런 사람들과 거래를 하면서 비밀을 철저하게 유지하고 있을지는 몰라도 황금 알갱이 2.7킬로그램은 전혀 차원이 다른 문제잖아요."

그는 콧방귀를 뀌었다.

"나를 통해 얻는 짭짤한 수익을 포기해 가면서? 그건 바보짓이고 윌리 하인리히는 바보짓을 저지를 인간이 아니야."

우리는 부엌에서 길쭉한 유리잔에 담긴(그리고 파인가 쪽 벽면을 따라서 자란 민트 가지를 꽂은) 콜라를 마시고 있었다. 보디치 씨는 자기 쪽 테이블에서 나를 예리하게 쳐다보았다.

"네가 얘기하고 싶은 주제는 하인리히가 아닌 것 같은데. 궁금한 건 금이랑 그 금의 출처 아니니?"

나는 아무 대답도 하지 않았지만 틀린 말은 아니었다.

"뭐 하나만 묻자, 찰리. 가끔 거기 올라가 보니?"

그는 천장을 가리켰다.

"가서 들여다보니? 그러니까, 확인하니? 그렇지, 맞지?"

나는 얼굴을 붉혔다.

"음……."

"걱정 마라, 나무라지 않을 테니. 내 입장에서는 그 양동이에 담긴 것이 너트나 볼트와 다를 바 없지만 나는 늙었으니까. 그렇다고 해서 그 유혹을 이해하지 못하는 건 아니지만. 그 안에 손을 넣고 그러니?"

나는 거짓말을 할까 고민했지만 그래 봐야 무의미한 짓이었다. 그는 알아차릴 것이었다.

"네."

그는 왼쪽 눈은 가늘게 뜨고 숱이 많은 오른쪽 눈썹은 위로 치켜뜨는, 그 예리한 표정으로 계속 나를 쳐다보았다. 하지만 미소를 머금고 있긴 했다.

"그 양동이 안에 손을 쑤셔 놓고 손가락 사이로 그 알갱이들을 흘려보내고 그러면서?"

"네."

이제는 내 뺨이 화끈거렸다. 한 번도 아니라 여러 번 그랬다.

"금이 황홀한 이유는 금전적인 가치와는 별개지. 너도 알 거라고 본다만."

"네."

"논의상 하인리히가 자기 가게에서 조금만 걸어가면 나오는 그 구역질 나는 조그만 술집에서 술에 취해 엉뚱한 사람에게 너무 많은 걸 얘기했다 치자. 나는 그 다리를 저는 노인네가 취하도록 술을 마실 리 없다는 데, 어쩌면 술을 아예 입에 대지도 않을 거라는 데 이 집과 부지를 걸 수도 있지만 말이다. 그리고 그 엉뚱한 사람이 혼자서 아니면 공범과 함께 어느 날 저녁에 네가 나갈 때까지 기다렸다가 이 집에 들이닥쳐서 금을 내놓으라고 했다 치자. 내 총은 2층에 있지. 내 반려견은 한때는 무시무시했지만……."

그는 옆에서 꾸벅꾸벅 졸고 있는 레이더를 쓰다듬었다.

"……이제는 나보다 더 늙어 버렸고. 그럼 내가 어떻게 해야겠니?"

"그럼…… 금을 그들에게 넘겨야겠죠?"

"맞아. 그들의 행운을 빌지는 않겠지만, 금은 넘기겠지."

그 말을 듣고 나는 물었다.

"그 금은 어디서 난 거예요, 하워드 아저씨?"

"때가 되면 알려 줄지 모르겠다만 아직 마음을 정하지 못했어. 왜냐하면 금은 그저 황홀하기만 한 게 아니라 위험하기도 하거든. 그리고 그 금의 출처도 위험하고. 냉장고에서 양갈비를 본 것 같은데. 그리고 코울슬로 있지? 틸러에서 파는 코울슬로가 세상에서 제일 맛있거든. 너도 먹어 봐야 해."

그러니까 이것으로 얘기는 끝났다는 말이었다.

4

7월 말의 어느 날 저녁에 파인가를 산책하고 돌아왔을 때 레이더가 뒤쪽 계단을 올라가지 못했다. 두 번 시도해 보다가 발치에 그대로 주저앉아서 숨을 헐떡이며 나를 쳐다봤다.

"뭐하니. 안아서 옮겨 줘."

보디치 씨가 말했다. 그가 밖으로 나와서 한쪽 목발을 딛고 서 있었다. 다른 쪽 목발은 거의 은퇴한 거나 다름없었다. 확인차 쳐다보자 그는 고개를 끄덕였다.

"이제 그럴 때가 됐어."

일으켜 세우자 레이더는 이를 드러내며 깽깽거렸다. 나는 시큰거리는 부위를 건드리지 않도록 조심해 가며 한쪽 팔을 레이더의 엉덩이 아래로 넣어서 안고 계단을 올라갔다. 힘들지 않았다. 레이더는 야윈 데다 주둥이가 거의 새하얘졌고 눈에 막이 생기기 시작했다. 내가 부엌 바닥에 조심스럽게 내려놓자 처음에는 뒷다리가 버티지 못했다. 하지만 레이더는 단단히 마음을 먹고(그러는 게 눈에 보였다) 절뚝절뚝 아주 천천히 식료품 저장실 옆 깔개로 걸어가 피곤에 전, 바람 빠지는 소리와 함께 그 위로 털썩 주저앉았다.

"동물병원에 데려가야겠어요."

보디치 씨는 고개를 저었다.

"그러면 레이더가 겁에 질릴 거야. 쓸데없이 그런 고생 시키고 싶지 않다."

"하지만……"

그가 온화하게 말했다. 너무나 그답지 않은 말투에 *내가* 다 겁이 났다.

"동물병원에 데려간들 아무 도움이 안 돼. 레이더는 이제 살날이 얼마 남지 않았어. 우선 레이더는 좀 쉬어야 하고 나는 생각을 좀 해야겠다."

"아니, 무슨 생각을요!"

"뭐가 최선일지에 대해서. 이제 너는 그만 집에 가라. 가서 저녁 먹고 오늘 밤에는 다시 오지 마. 내일 아침에 보자."

"*아저씨* 저녁은 어쩌고요?"

"정어리 통조림이랑 크래커 먹으면 돼. 가라, 이제."

그러고는 그는 아까 했던 말을 반복했다.

"생각을 좀 해야겠어."

나는 집에 갔지만 저녁은 먹는 둥 마는 둥했다. 식욕이 없었다.

5

이후로 레이더는 아침과 저녁을 남겼고, 뒤쪽 계단을 올라가야 할 때는 내가 안아 주었지만(내려가는 건 아직 혼자 할 수 있었다) 가끔 집 안을 더럽히기 시작했다. 동물병원에 데려간들 아무 도움이 되지 않는다는 보디치 씨의 판단이 옳다는 건 나도 알았지만…… 막판에는 도움이 될지 몰랐다. 누가 봐도 레이더는 고통스러워하고 있었다. 계속 잠만 잤고, 그 안에서 자기를 물어뜯으며 괴롭히는 뭔지 모를 것을 없애기라도 하려는 듯 가끔 깽깽거리며 자기 엉덩이를 덥석거렸다. 이제 내게 맡겨진 환자가 둘로 늘었다. 한쪽은 점점 나아지고 있었고 다른 쪽은 점점 안 좋아지고 있었다.

월요일이었던 8월 5일에 나는 미식축구 연습 일정을 알리는 몽고메리 코치님의 이메일을 받았다. 나는 답장을 보내기에 앞서, 마지막 해에 선수로 뛰지 않겠다고 아빠에게 먼저 알리는 예의를 갖췄다. 아빠는 실망한 기색이 역력했지만 (아쉽기는 나도 마찬가지였다) 알겠다고 했다. 전날 보디치 씨의 집에서 진 러미 카드 게임을 하며 레이더의 상태를 보았기 때문이었다.

　"해야 할 일이 아직 많이 남아 있거든요. 엉망진창인 3층도 어떻게 좀 하고 싶고, 하워드 아저씨가 지하실까지 내려가도 되겠다 싶으면, 거기 맞추다 만 직소 퍼즐이 있어요. 아저씨는 그 퍼즐이 있다는 걸 까맣게 잊어버린 눈치예요. 아, 그리고 아저씨한테 제 노트북 쓰는 법을 가르쳐 드려야 인터넷 서핑도 하고 영화도 볼 수 있을 테고 그뿐 아니라⋯⋯."

　"됐다, 딸랑아. 실은 그 개 때문이잖아. 안 그래?"

　뒤쪽 계단을 올라올 때 내가 레이더를 안아서 옮기는 것과 집 안을 더럽혔을 때 레이더가 짓는 민망한 표정이 떠오르자 아무 대답도 할 수가 없었다.

　"나도 어렸을 때 코커스패니얼을 키웠어. 이름이 페니였는데, 착한 개가 나이를 먹으면 보고 있기가 괴롭지. 그 녀석들이 마지막 순간에 다다르면⋯⋯."

　아빠는 고개를 저었다.

　"가슴이 찢어지고."

　그거였다. 바로 그거였다.

　3학년 때 미식축구를 그만둔다는 데 화를 낸 사람은 아빠가 아니라 보디치 씨였다. 그는 마치 곰처럼 화를 냈다.

"너 미쳤니?"

그는 거의 고함을 지르다시피 했다. 깊게 주름이 파인 뺨이 시뻘게졌다.

"돌았냐고? 너는 그 팀의 스타플레이어가 될 텐데! 대학교에 가서도 선수로 뛰고 장학금을 받을 수도 있을지 모르는데!"

"제가 뛰는 걸 한 번도 본 적 없으시잖아요."

"쓰레기 같긴 해도「위클리 선」스포츠면을 보거든. 너희가 작년에 그 빌어먹을 터키 볼에서 우승했잖아!"

"저희는 그 경기에서 터치다운을 4번 했어요. 저는 막판에 한 번 한 게 전부고요."

그는 언성을 낮췄다.

"네 경기를 보고 싶단 말이다."

그 말에 나는 할 말을 잃었다. 사고를 당하기 전부터 자발적으로 은둔 생활을 하던 사람이 그런 말을 하다니 엄청난 사건이었다.

나는 마침내 이렇게 대답했다.

"보면 되죠. 저랑 같이 가서 봐요. 아저씨가 핫도그를 사세요. 저는 콜라를 살게요."

"안 돼, 안 돼. 내가 네 보스다, 젠장. 네게 봉급을 주는 내가 허락하지 않겠어. 나 때문에 네가 고등학교의 마지막 미식축구 시즌을 놓치게 둘 수는 없어."

지금까지 그 앞에서 드러내지 않았을 뿐 나도 성깔이 없지 않았다. 그날 내가 성깔을 부렸다. 그에게 쏘아붙였다고 보면 될 것이다.

"아저씨 때문이 아니에요, 왜 아저씨 생각만 하세요? *저 아이는 어쩌고요?*"

내가 레이더를 가리키자 녀석은 고개를 들고 불안한 투로 낑낑거렸다.

"레이더가 오줌을 싸고 똥을 쌀 수 있게 아저씨가 안아서 뒤쪽 계단을 오르내릴 거예요? 잘 걷지도 못하면서?"

그는 깜짝 놀란 표정을 지었다.

"그야…… 집 안에서 해결하면 되지…… 내가 여기저기 신문지를 펴 놓으면……."

"레이더는 그러면 싫어할 거예요, 아저씨도 아시잖아요. 저 아이가 반려견에 불과할지 몰라도 존엄이라는 게 있잖아요. 그리고 이번이 저 아이의 마지막 여름이라면, 마지막 가을이라면……."

사랑하는 개를 키워 본 적 없는 사람이라면 황당하다고 느낄지 모르겠지만 나는 눈물이 고이는 것을 느낄 수 있었다.

"……저 아이가 죽어 가는데 저는 연습장에서 빌어먹을 태클 더미나 상대하고 싶지 않아요! 학교는 어쩔 수 없으니 가야 하지만 그 외시간에는 여기 있고 싶어요. 그게 싫으시면 절 자르세요."

보디치 씨는 손깍지를 끼고 아무 말도 하지 않았다. 그러다 나를 돌아보았을 때 입술을 거의 보이지 않을 지경으로 꽉 다물고 있었고, 순간 나는 이렇게 잘리려나 보다는 생각이 들었다. 하지만 잠시 후에 그가 이렇게 말했다.

"왕진을 오겠다는 수의사가 있을까? 돈만 많이 준다면 내 개가 등록이 되지 않았대도 상관하지 않을 수의사가?"

나는 참았던 숨을 토했다.

"제가 찾아볼까요?"

6

내가 찾은 사람은 수의사가 아니라 수의사 보조였고 아이 셋을 혼자 키우는 싱글맘이었다. 앤디 첸이 중간에서 소개해 주었다. 그녀는 집으로 와서 레이더를 검진하고, 보디치 씨에게 아직 임상 실험 단계에 있지만 카프로펜보다 훨씬 낫고 훨씬 강력한 약을 주었다.

"분명하게 짚고 넘어가고 싶은 게 있는데, 이 약을 먹이면 저 아이의 삶의 질은 개선되겠지만 수명은 짧아질 수도 있어요."

그녀는 이쯤에서 말을 잠깐 멈추었다가 다시 이었다.

"분명 짧아질 거예요. 저 아이가 죽으면 나를 찾아와서 그런 얘기는 들은 적 없다고 하지 마세요."

"어느 정도 기간 동안 효과를 볼 수 있을까요?"

내가 물었다.

"효과가 전혀 없을 수도 있어. 얘기했다시피 아직 임상 실험 단계라. 내 수중에 이 약이 있는 이유도 페트리 선생님이 임상 실험을 마치고 남은 거라서 그래. 사족을 달자면 페트리 선생님은 그 실험으로 한 몫 단단히 챙겼지. 나는 아예 구경도 하지 못했지만. 효과가 있으면 레이더는 한 달 동안 편안하게 지낼 수 있을 거야. 어쩌면 두 달까지도 가능할지 모르지만 석 달은 아닐 거라고 봐. 다시 강아지로 돌아간 것처럼은 안 되겠지만 그래도 지금보다는 괜찮아질 거야. 그러다 어느 날……."

그녀는 어깨를 으쓱하고는 쭈그리고 앉아서 레이더의 앙상한 옆구리를 쓰다듬었다. 레이더는 꼬리로 바닥을 쳤다.

"그러다 어느 날 눈을 감겠지. 할로윈 때까지 버티면 엄청 놀라운 일이 될 테고."

나는 뭐라고 하면 좋을지 알 수 없었지만 보디치 씨는 알았고 레이더는 그의 개였다.

"좋아요."

그가 그 때 덧붙인 말을 당시에는 이해하지 못했지만 지금은 이해한다.

"그 정도면 충분해요. 아마도."

그 여자가 (200달러를 챙겨 들고) 떠나자 보디치 씨는 목발을 짚고 서서 자기 개를 쓰다듬었다. 나를 돌아보았을 때 그는 삐딱한 미소를 짓고 있었다.

"우리가 불법 반려견 약을 밀매했다고 체포될 일은 없겠지?"

"설마요."

그보다는 누가 금의 존재를 알아차리는 쪽이 훨씬 더 골치 아파질 것이었다.

"아저씨께서 결단을 내려서 다행이에요. 저라면 갈팡질팡했을 텐데."

"선택의 여지가 없었잖니."

그는 계속 레이더를 목에서부터 꼬리까지 길게 쓰다듬었다.

"내가 보기에는 막판 6개월 동안 고생하느니 한두 달 행복하게 지내는 편이 나으니까. 약이 효과가 있으면 말이다."

약은 효과가 있었다. 레이더는 다시 밥그릇을 싹 비우기 시작했고 계단을 올라올 수 있게 됐다(가끔 내 도움을 살짝 받긴 했지만). 무엇보다 저녁이면 원숭이를 쫓아가서 삑삑 소리 내는 놀이를 몇 번 할 수 있었다. 그래도 그 아이가 보디치 씨보다 오래 살 줄은 몰랐다.

7

이후로 시인과 음악가들이 '중간 휴지'라고 부르는 시점이 찾아왔다. 레이더는…… 음, 호전됐다고 할 수는 없었지만, 보디치 씨가 사다리에서 떨어졌던 날에 마주쳤던 모습과 좀 더 가까워졌다(아침에는 여전히 깔개에서 몸을 일으켜 밥그릇까지 걸어가느라 힘들어했지만). 반면에 보디치 씨는 호전됐다. 옥시콘틴을 줄이고, 8월부터 쓰던 팔걸이 달린 목발 대신 지하실 구석에서 찾은 지팡이를 짚고 다녔다. 거기서 다시 직소 퍼즐을 맞추기 시작했다. 나는 학교에 다녔고 아빠와 시간을 보냈으며 그보다 많은 시간을 시카모어 1번지에 할애했다. 헤지호그스 미식축구 팀은 0대3으로 시즌을 시작했고 예전의 팀원들은 더 이상 내게 말을 걸지 않았다. 짜증 나는 일이었지만 신경 쓸 게 워낙 많아서 우울해할 겨를이 없었다. 아, 그리고 나는 여러 번, 대개는 보디치 씨가 접이식 소파(레이더의 옆을 지키려고 계속 그 소파를 쓰고 있었다)에서 낮잠을 자고 있을 때 금고 문을 열고 금 양동이에 손을 쑤셔 넣었다. 항상 그 묵직함에 놀라워하며 실개천처럼 그 알갱이들을 손가락 사이로 흘려보내면서 말이다. 그럴 때면 보디치 씨가 말한 금이 황홀한 이유에 대해 생각했다. 묵상을 했다고 볼 수도 있을 것이다. 이제 멜리사 윌콕스는 일주일에 두 번씩만 왔고 보디치 씨의 경과에 놀라워했다. 그녀는 종양과 패터슨 선생님이 만나고 싶어 한다고 전했지만, 보디치 씨는 몸 상태가 멀쩡하다며 거부했다. 내가 그 말을 곧이곧대로 받아들인 이유는 그 말을 믿었다기보다 믿고 싶었기 때문이었다. 환자들만 현실을 부인하지 않는다는 것을 이제는 알겠다.

잠잠한 시간. 중간 휴지. 그러다 온갖 일들이 거의 동시에 벌어졌다. 그중에 좋은 일은 없었다.

8

나는 시간표상 점심 전에 비는 시간이 한 시간 있었고, 대개는 그 시간에 도서관에서 숙제를 하거나 보디치 씨에게 빌린 대중소설을 읽었다. 9월 말의 그 날에는 잔인하기 이를 데 없는, 댄 J. 말로의 『게임의 이름은 죽음』이라는 책을 정신없이 읽고 있었다. 12시 15분 전이 되자 클라이맥스는 저녁 독서 시간을 위해 남겨 두기로 하고 아무거나 손에 집히는 대로 신문을 펼쳤다. 도서관에 컴퓨터가 있었지만 신문사 홈페이지들은 전부 유료였다. 게다가 나는 종이 신문으로 뉴스를 읽는다는 발상이 마음에 들었다. 복고적인 매력이 있었다.

「뉴욕 타임스」나 「시카고 트리뷴」을 집어 들었다면 그 소식을 전혀 모르고 지나갔을 테지만, 맨 위에 놓인 신문이 「엘진 데일리 헤럴드」였다. 1면의 헤드라인은 오바마가 시리아에 군사 개입을 하려고 한다는 것과 워싱턴에서 벌어진 총기 난사로 13명이 사망했다는 소식이었다. 나는 그 기사들을 대충 훑어보고 시계를 확인한 뒤(점심시간까지 10분 남았다) 만화 코너로 가려고 신문을 넘겼다. 하지만 나는 만화 코너까지 가지 못했다. 2면 지역 뉴스난에 실린 기사가 나를 멈춰 세웠다. 그야말로 뚝 멈춰 세웠다.

스탠턴빌의 보석가게에서 살인사건 발생

어젯밤 늦은 시각, 스탠턴빌에서 장기간 거주한 자영업자가 본인의 가게 엑설런트 주얼러스에서 시신으로 발견됐다. 영업 종료 팻말이 걸려 있는데 문이 열려 있다는 신고 전화를 받고 출동한 제임스 코치웡클 순경이 뒷방에서 빌헬름 하인리히의 시신을 발견했다. 뒷방도 문이 열려 있었다. 강도 살인이냐는 질문에 스탠턴빌 경찰서장 윌리엄 야들리는 '아직 수사 중이지만 별 이견 없이 그렇게 결론 내릴 수 있을 것 같다'고 답변했다. 몸싸움을 벌이는 소리나 총성을 들은 사람이 있느냐는 질문에는 야들리 서장도 일리노이 주 경찰서의 이즈리얼 버처 형사도 답변하지 않고, 스탠턴빌의 메인가 서쪽 끝 상점가는 마을 외곽에 쇼핑몰이 등장한 이후로 대부분 공실이었다고 했다. 엑설런트 주얼러스가 아주 이례적인 경우였다. 야들리와 버처는 '신속한 해결'을 약속했다.

점심시간을 알리는 종이 울렸지만 나는 그 자리에 그대로 앉아서 보디치 씨에게 전화했다. 그는 평소처럼 전화를 받았다.

"텔레마케터면 내 집 번호는 명단에서 빼 줘요."

"저예요, 하워드 아저씨. 하인리히 씨가 살해당했대요."

한참 정적이 흐른 뒤에.

"그걸 네가 어찌 아니?"

나는 주변을 둘러보았다. 도서관은 취식 금지라 나 말고는 아무도 없었기에 그에게 신문 기사를 읽어 주었다. 시간이 오래 걸리지도 않았다.

기사를 다 읽자 보디치 씨가 말했다.

"망할. 이제 금을 어디서 거래하지? 거의 25년 동안 그자를 믿고 했는데."

연민이라고는 눈곱만큼도 찾아볼 수 없었다. 심지어 놀라는 기미조차 없었다. 적어도 내가 느끼기에는 그랬다.

"제가 인터넷으로 찾아볼⋯⋯."

"조심스럽게! 신중하게!"

"당연하죠. 신중에 신중을 기할게요. 하지만 여기서 중요한 부분을 놓치고 계신 것 같은데요. 아저씨와 거래를 하고 나서, 거액의 거래를 하고 나서 그 사람이 죽었어요. 누가 그에게서 아저씨의 이름을 알아냈다면⋯⋯ 그를 고문하거나 심지어 죽이지 않겠다고 하고서 그랬다면⋯⋯."

"이 집에 굴러다니던 고릿적 페이퍼백 소설을 너무 많이 읽었구나. 찰리, 네가 나를 대신해서 금 2.7킬로그램을 들고 갔던 건 지난 4월이야."

"중세 시대만큼 오래 된 건 아니잖아요."

그는 들은 척도 하지 않았다.

"피해자를 비난하고 싶지는 않지만 그 처진 궁둥이 같은 마을을 떠나지 않은 게 화근이지. 내가 그와 마지막으로 직접 거래를 한 게 사다리에서 떨어지기 한 넉 달 전이었는데, 그때 내가 그랬어. '윌리, 여기 정리하고 쇼핑몰로 가게를 옮기지 않으면 강도를 당할 거야.' 누군가가 내 예상대로 했고 그 와중에 그를 살해했어. 그뿐이다."

"그래도 아저씨 총을 1층으로 옮겼으면 좋겠어요."

"그래야 네 마음이 편할 것 같으면 그렇게 해라. 학교 끝나고 올 거냐?"

"아뇨, 스탠턴빌에 가서 단서가 있는지 찾아보려고요."

"젊은 친구들이 웃자고 하는 얘기는 유치하고 재미도 없단 말이지."

보디치 씨는 이렇게 말하고 전화를 끊었다.

내가 식당으로 갔을 때는 점심 줄이 엄청 길었고, 어떤 꿀꿀이죽이 준비돼 있는지 몰라도 다 식었을 게 뻔했다. 그래도 상관없었다. 나는 금 생각을 하고 있었다. 보디치 씨는 그의 나이가 되면 그 양동이에 담긴 것이 쇳덩어리와 다를 게 없다고 했다. 그럴지 모르지만 내가 보기에 그는 거짓말을 하고 있거나 속마음을 숨기고 있었다.

그렇지 않다면 금을 그렇게 많이 가지고 있을 이유가 없었다.

9

그날은 수요일이었다. 나는 돈을 내고 엘진 신문을 온라인으로 구독하기 시작했는데, 금요일에는 지역 뉴스란 1면에 다시 기사가 실렸다. **스탠턴빌 보석가게 강도 살인 사건의 범인 체포되다.** 체포된 사람은 '일정한 거주지가 없는' 44세의 벤저민 드와이어였다. 일정한 거주지가 없다니 노숙자라는 뜻인 듯했다. 드와이어가 '상당한 금액의' 다이아몬드 반지를 들고 온 것을 보고 스탠턴빌 전당포 주인이 경찰에 연락했다. 경찰서로 이송됐을 때 그의 수중에서 에메랄드가 박힌 팔찌도 발견됐다. 일정한 거주지도 없는 사람이 가지고 있기에는 다소 미심쩍은 물건이었다.

"봐라. 내 말이 맞지?"

내가 기사를 보여 주자 보디치 씨는 이렇게 말했다.

"바보 같은 작자가 바보 같은 범행을 저질렀고 바보 같이 자기 장물을 처분하려다 체포됐잖니. 이걸로는 그럴듯한 미스터리 소설도 못 쓰지 않겠어? 시간 때우기용 페이퍼백조차도."

"그러게요."

"그래도 계속 찜찜한 표정이네."

우리는 부엌에서 레이더가 저녁을 먹는 것을 지켜보고 있었다.

"콜라를 마시면 해결될 거야."

그가 자리에서 일어나 거의 절뚝거리지도 않으며 냉장고 앞으로 걸어갔다.

나는 콜라를 받아들었지만 찜찜한 기분이 해소되지 않았다.

"그 가게 뒷방에는 보석이 그득했어요. 심지어 다이아몬드가 박힌 왕관도 있었어요. 공주가 무도회가 쓰고 갈 법한 그런 왕관이요."

보디치 씨는 어깨를 으쓱했다. 그가 보기에 이건 해결된 사건, 다 끝난 일이었다.

"너 지금 편집증 환자처럼 굴고 있어, 찰리. 진짜 골치 아픈 문제는 내 수중에 남은 금을 처분할 방법을 찾는 거야. 거기에 집중해라. 하지만……."

"신중하게요, 알아요."

"신중이 용기의 태반이라고 하잖니."

그는 철학자처럼 고개를 끄덕였다.

"그게 이 일이랑 무슨 상관인데요?"

"전혀 아무 상관 없지."

보디치 씨는 씩 웃었다.

"그냥 그렇게 말하고 싶었을 뿐이야."

10

그날 저녁에 나는 트위터에 접속해 벤저민 드와이어를 찾아보았다. 아일랜드 작곡가에 대한 트윗만 잔뜩 나오길래 검색어를 드와이어 살인 용의자로 바꿨다. 그러자 대여섯 개가 걸려들었다. 그중 하나는 윌리엄 야들리 스탠턴빌 경찰서장이 신속한 체포를 자축하며 올린 트윗이었다. 또 다른 트윗은 'Punkette44'라는 아이디가 올린 것이었고 트위터 상의 수많은 사람들이 그렇듯 그녀 역시 생각이 깊고 인정이 넘쳤다. **나는 스탠턴빌에서 어린 시절을 보냈기에 거기가 얼마나 엿 같은지 안다. 드와이어라는 그 사람이 거기서 누굴 죽였다면 세상을 위해 좋은 일을 한 거다.**

하지만 내 이목을 집중시킨 것은 'BullGuy19'가 쓴 트윗이었다. **벤지 드와이어가 살인 용의자라고? 웃기고 있네. 그 인간은 1000년 전부터 그 쓰레기 마을을 얼쩡거렸다. 이마에 마을의 바보라고 문신이 새겨져 있을 텐데.**

나는 다음 날 그걸 보디치 씨에게 보여주며 BullGuy19의 말이 맞는다면 벤지 드와이어는 완벽한 희생양이 되는 거 아니겠느냐고 물어보기로 마음먹었다. 하지만 공교롭게도 그럴 기회가 없었다.

9장.

창고에 있는 것. 위험한 곳.
911. 지갑. 즐거운 대화.

1

이제는 아침 6시에 가서 레이더의 밥을 챙길 필요가 없었다. 보디치 씨가 직접 할 수 있었다. 하지만 일찍 일어나는 데 익숙해졌기에 대개 7시 15분쯤 자전거를 타고 언덕을 올라가 레이더를 데리고 나와서 볼일을 보게 했다. 오늘은 토요일이니 그러고 난 다음 파인가를 잠깐 산책할까 싶었다. 레이더는 전신주에 남겨진 메시지를 읽는 것을 (그리고 자기 메시지도 몇 개 남기는 것을) 좋아했다. 하지만 그날에는 산책을 하지 못했다.

찾아가 보니 보디치 씨가 식탁에서 오트밀을 먹으며 두께가 시멘트 블록에 버금가는 제임스 미치너의 책을 읽고 있었다. 나는 오렌지 주스를 꺼내며 그에게 잘 잤느냐고 물었다.

"어찌어찌 무사히 보냈지."

그는 책에 시선을 고정한 채 말했다. 하워드 보디치는 별로 아침형 인간이 아니었다. 두말하면 잔소리지만 저녁형 인간도 아니었다.

그런가 하면 오후형 인간도 아니었다.

"컵 쓰고 나면 물로 씻어라."

"항상 그러고 있어요."

그는 툴툴거리며 『텍사스』라는 제목의 그 시멘트 블록을 한 장 넘겼다. 나는 남은 주스를 꿀꺽꿀꺽 마저 마시고 레이더를 불렀다. 레이더는 거의 절뚝거리지도 않고 부엌으로 들어왔다.

"나가서 걸을까? 우리 레이더, 나가서 걷고 싶어요?"

나는 물었다.

"나 원 참. 혀 짧은 소리 좀 그만 내라. 걔 나이가 인간으로 치면 98살이야."

레이더가 문 앞에 있었다. 문을 열어 주자 녀석은 조심스럽게 뒤 계단을 내려갔다. 따라 내려가다가 파인가로 산책을 나가려면 목줄이 있어야 한다는 걸 생각해 냈다. 게다가 주스 마신 잔을 씻지도 않았다. 내가 잔을 씻고 못에 목줄이 걸어 둔 앞쪽 현관으로 걸어가는데, 레이더가 거칠고 빠르고 아주, 아주 시끄럽게 짖기 시작했다. 다람쥐가 보인다고 짖는 것과는 전혀 다른 소리였다.

보디치 씨가 읽던 책을 탁 닫았다.

"쟤가 도대체 왜 저러지? 가서 한번 봐라."

전에도 그 소리를 들은 적이 있었기에 레이더가 왜 그러는지 알 것 같았다. 이건 침입자가 있다는 경보였다. 레이더는 이번에도 전 보다 훨씬 짧아지고 개똥도 거의 없어진 뒷마당 잔디 위에 납작 엎 드리고 있었다. 귀를 뒤로 눕히고 주둥이를 일그러뜨려 이빨을 드러 내며 창고를 마주 보고 있었다. 짖을 때마다 입에서 게거품이 튀었 다. 나는 달려가 목걸이를 잡고 뒤로 당겼다. 레이더는 물러나지 않으려 했지만 문이 잠긴 창고 쪽으로 다가가려고 하지도 않았다. 레이더의 짖는 소리가 빗발치듯 계속 이어졌지만 그 와중에도 뭔가를 긁는 듯한 그 섬뜩한 소리가 들렸다. 이번에는 소리가 전보다 더 컸고 문이 살짝 움직이는 것이 보였다. 심장 박동이 시각적으로 구현된 것 같았다. 뭔가가 빠져나오려고 애를 쓰고 있었다.

"레이더!"

보디치 씨가 베란다에서 외쳤다.

"이리 와, 얼른!"

레이더는 들은 척도 하지 않고 계속 짖었다. 안에 있는 뭔가가 쿵 하는 소리가 들릴 정도로 세게 문을 쳤다. 그리고 섬뜩하고 가냘픈 울음소리가 들렸다. 고양이 울음소리와 비슷하지만 그보다 더 높았다. 칠판에 대고 분필을 긋는 소리 같아서 팔에 소름이 우두두 돋았다.

나는 창고가 보이지 않도록 레이더 앞을 가로막고 뒤로 한두 걸음 물러나게 하려고 그 아이 쪽으로 다가갔다. 레이더는 흥분한 눈빛으로 눈을 희번덕거리고 있어서 순간 이러다 물릴지도 모르겠다는 생각이 들었다.

하지만 레이더는 나를 물지 않았다. 다시 쿵 하는 소리와 뭔가를 긁는 소리에 이어 그 끔찍한 고음의 우는 소리가 들렸다. 레이더는 더는 못 참겠다 싶었는지 몸을 돌려서 전혀 절뚝거리는 기미 없이 베란다로 도망쳤다. 끙끙대며 계단을 올라가 보디치 씨의 발치에 몸을 웅크리고는 계속 짖었다.

"찰리! 거기서 비켜라!"

"안에서 뭔가가 빠져나오려고 하고 있어요. 덩치가 큰 것 같아요."

"이리 와! 이쪽으로!"

다시 쿵 하는 소리와 뭔가를 긁는 소리가 들렸다. 나는 터져 나오려는 비명을 막으려는 사람처럼 한 손으로 입을 가렸다. 손이 언제 거기로 움직였는지 모를 일이었다.

"찰리!"

레이더처럼 나도 달렸다. 창고를 보지 못하게 된 순간 문이 뜯겨 나오면서 어떤 끔찍한 것이 무시무시한 울음소리와 함께 뒤뚱거리며 잽싸게 나를 쫓아올 것 같은 생각이 들었다.

보디치 씨는 그 보기 싫은 버뮤다 반바지에 짤짤이라고 부르는 낡은 슬리퍼를 신고 있었다. 철심이 꽂혔던 자리의 흉터가 핏기 없는 피부 때문에 시뻘겋게 보였다.

"안으로 들어가! 안으로!"

"하지만……."

"걱정할 것 없다, 문이 버텨 줄 테니까. 하지만 이건 내가 처리해야지."

나는 계단을 달려 올라갔고, 그가 혼잣말처럼 뭐라고 나지막이 중얼거렸는지 놓치지 않고 들을 수 있었다.

"저 새끼가 널빤지랑 블록을 치웠네. 큰 놈인 모양이야."

"아저씨가 병원에 계셨을 때도 저런 소리가 났었어요, 저만큼 크지는 않았지만."

그는 나를 부엌으로 밀어 넣고는 따라 들어오려다 발치에 웅크리고 있던 레이더에 발이 걸렸다. 하마터면 넘어질 뻔했지만 문설주를 붙잡았다.

"여기 가만히 있어라. 내가 처리하마."

그는 뒷문을 세게 닫고 절뚝거리고 비틀비틀 발을 질질 끌며 거실

로 갔다. 레이더가 꼬리를 내린 채 따라갔다. 그가 투덜거리며 끙끙
대다 아파서 욕을 하는 소리가 들렸다. 다시 부엌으로 돌아왔을 때
그는 내가 1층에 두라고 했던 총을 들고 있었다. 그런데 총만 들고
온 게 아니었다. 그 총은 가죽 권총집에 꽂혀 있고, 권총집은 은색 징
이 박힌 가죽 벨트에 달려 있었다. 「OK 목장의 결투」에나 어울릴 소
품이었다. 그는 권총집에 꽂힌 리볼버가 오른쪽 골반 바로 아래에
오도록 벨트를 허리에 찼다. 생가죽으로 된 끈이 면 반바지 위로 대
롱거렸다. 우스꽝스럽게 보였어야 하는데 그렇지가 않았다.

"여기 있어라."

"보디치 씨, 어쩌려고…… 그건……."

"여기 있으라고, 빌어먹을!"

보디치 씨는 내 팔을 아플 정도로 세게 붙잡았다. 숨을 빠르게 헐
떡거리고 있었다.

"레이더랑 같이 여기 있어. 진심이다."

그는 밖으로 나가서 등 뒤로 문을 쾅 닫고 게걸음으로 계단을 내
려갔다. 레이더가 머리로 내 다리를 밀며 낑낑거렸다. 나는 멍하니
그 아이를 쓰다듬으며 유리창 밖을 내다보았다. 보디치 씨는 창고
까지 반쯤 갔을 때 왼쪽 주머니에서 열쇠 뭉치를 꺼냈다. 그중 하나
를 골라 들고 다시 걸음을 옮겼다. 그는 그 열쇠를 커다란 자물쇠에
꽂고 45구경 리볼버를 꺼냈다. 그러고는 열쇠를 돌리고 문을 열어
서 총으로 살짝 아래를 겨누었다. 나는 뭔가가 아니면 누군가가 그
를 향해 달려들지 않을까 생각했지만 그런 일은 벌어지지 않았다.
어떤 움직임이 보이기는 했다. 뭔지 모를 까맣고 홀쭉한 것이 보였
다가 사라졌다. 보디치 씨는 창고 안으로 들어가 문을 닫았다. 아주

한참 동안 아무 일도 벌어지지 않는 것처럼 느껴졌지만 실제로는 기껏해야 5초밖에 안 됐을 것이다. 그런 뒤에 총성이 2번 들렸다. 창고 벽이 엄청 두꺼운지 그 밀폐된 공간에서는 귀가 먹먹했을 텐데 내가 있는 자리에서는 대가리를 펠트지로 감싼 대형 망치로 때리는 듯한 소리가 둔탁하고 밋밋하게 들렸다.

5초보다 훨씬 긴 시간 동안, 5분에 가까운 시간 동안 아무 일도 벌어지지 않았다. 나를 그 자리에 붙들어 놓은 것은 보디치 씨의 단호했던 말투와 "여기 있으라고, 빌어먹을!"이라고 했을 때 그가 지었던 험악한 표정뿐이었다. 하지만 마침내 그걸로는 부족한 순간이 찾아왔다. 그에게 무슨 일인가 벌어진 게 분명하다는 생각이 들었다. 내가 부엌문을 열고 뒤 베란다로 발을 내디뎠을 때 창고 문이 열리면서 보디치 씨가 나왔다. 레이더가 관절염에 걸린 개가 맞나 싶게 쌩하니 내 옆을 지나 마당을 가로지르며 달려가는 동안 그는 문을 닫고 자물쇠를 채웠다. 그래서 다행이었던 것이, 레이더가 달려들었을 때 그가 그거나마 붙잡을 수 있었다.

"앉아, 레이더, 앉아!"

레이더는 납작 엎드려서 미친 듯이 꼬리를 흔들었다. 보디치 씨는 창고로 갔을 때보다 훨씬 느린 속도로, 다친 쪽 다리를 심하게 절뚝거리며 뒤 베란다로 올라왔다. 상처 한 곳이 벌어져 검붉은 핏방울이 스며 나왔다. 그걸 보자 나는 하인리히 씨의 뒷방에서 보았던 루비가 생각났다. 이제 보니 짤짤이 슬리퍼 한 짝이 없었다.

"좀 도와주겠니, 찰리? 망할, 다리에 불이 난 것 같네."

나는 그의 팔을 내 목에 두르고 뼈만 앙상한 손목을 잡고 거의 들다시피 해서 계단을 지나 집 안으로 옮겼다.

"침대로. 누워야겠다. 숨이 차서 안 되겠어."

그를 거실로 데려가(발을 질질 끌며 갔기 때문에 남은 한쪽 짤짤이도 중간에 없어졌다) 접이식 소파에 눕혔다.

"맙소사, 하워드 아저씨, 그거 뭐였어요? 총으로 뭘 쏘신 거……."

"식료품 저장실. 맨 위 칸. 웨슨 식용유 뒤에. 위스키. 이만큼."

그는 엄지손가락과 집게손가락을 살짝 벌렸다. 손가락을 떨고 있었다. 전부터 그의 안색이 창백하다고 생각하고 있었는데, 뺨에서 붉은 기가 사라지자 눈만 살아 있는 시체 같았다.

나는 식료품 저장실에 들어가 그가 말한 자리에서 제임슨 위스키 술병을 찾았다. 내 키가 이렇게 큰데도 까치발을 해야 손이 닿았다. 그 술병은 먼지를 뒤집어썼고 마신 흔적이 거의 없었다. 나는 겁에 질려서 극심한 공포로 거의 제정신이 아니었음에도 뚜껑을 여는 순간 풍긴 냄새에 인사불성으로 소파에 널브러져 있거나 변기를 붙잡고 구역질을 하던 아빠가 기억났다. 위스키 냄새는 진과 다르지만…… 그래도 그랬다. 모든 술 냄새는 내게 슬픔과 상실을 의미한다.

주스 잔에 위스키를 조금 따랐다. 보디치 씨는 그걸 단숨에 들이켜고 콜록거렸지만 뺨에 혈색이 살짝 돌아왔다. 그는 요란한 권총 벨트의 버클을 풀었다.

"이 망할 것 좀 치워 주라."

내가 권총집을 잡고 당기자 벨트가 딸려 왔다. 버클에 허리가 쓸렸는지 보디치 씨가 나지막이 욕을 했다.

"이걸 어떻게 할까요?"

"침대 아래에 넣어 둬."

"이 벨트는 어디서 났어요?"

나는 분명 본 적 없는 벨트였다.

"너는 알 것 없다. 시키는 대로 하기나 해. 그 전에 재장전부터 하고."

벨트에 박힌 징 사이에 총알을 끼우는 고리가 있었다. 나는 리볼버 탄창을 돌려 비어 있는 약실 2개를 채우고 총을 총집에 집어넣고 침대 아래에 넣었다. 마치 꿈을 꾸는 느낌이었다.

"아까 그거 뭐예요? 그 창고 안에 있었던 거요."

"나중에 얘기해 주마. 오늘은 말고. 걱정할 건 없어. 이거 받아라."

그는 내게 열쇠 뭉치를 건넸다.

"저기 저 선반에 넣어 줘. 옥시콘틴 2알만 가져다 주겠니? 그거 먹고 자야겠다."

나는 약을 가져다 주었다. 그가 독한 위스키를 마신 뒤에 독한 약을 먹는 것이 어째 불안했지만 겨우 한 모금이었으니 괜찮지 않을까 싶었다.

"거긴 들어가지 마. 나중이면 모를까, 지금은 생각조차 하지 마."

"금의 출처가 거기예요?"

"일일 드라마 대사 같겠지만 얘기하자면 복잡해. 지금은 찰리, 너한테 얘기할 수 없다. 그리고 아무한테도 얘기하면 안 된다. *아무한테도*. 말이 새어 나갔다가는…… 상상도 못 할 결과가 벌어질 거야. 그러니까 약속해라."

"약속할게요."

"그래. 이제 그만 가라, 이 노인네 잠 좀 자게."

2

레이더는 원래 언덕 아래의 우리 집까지 나를 따라나서는 것을 좋아했지만 그 토요일에는 보디치 씨 곁을 떠나려 하지 않았다. 나는 혼자 가서 원더 브레드로 간식계의 지존인 데빌드 햄 샌드위치를 만들어 먹었다. 아빠는 오전 9시에 AA 모임에 참석하고 이후에 린디와 술을 끊은 다른 친구들과 볼링을 칠 거라고 메모를 남겼다. 다행이었다. 나는 무슨 일이 있어도 보디치 씨에게 한 약속을 지켰겠지만 (말이 새어 나갔다가는 상상도 못 할 결과가 벌어질 거라지 않은가) 아빠가 내 얼굴을 보았다면 수상한 낌새를 알아차렸을 것이다. 아빠는 술을 끊은 뒤로 그런 데 아주 예민해졌다. 원래는 그래서 좋았지만 그날만큼은 그렇지 않았다.

1번지로 돌아가 보니 보디치 씨는 계속 자고 있었다. 혈색이 아까보다 좋아졌지만 숨소리가 거칠었다. 다리가 부러진 채 계단 중간쯤에 쓰러져 있었을 때 내던 숨소리였다. 어째 마음에 들지 않았다.

저녁이 되자 거칠었던 숨소리가 가라앉았다. 나는 옛날식으로 핫 포인트에 올려놓고 흔들어 팝콘을 만들었다. 둘이서 그걸 먹으며 내 노트북으로 「허드」를 봤다. 보디치 씨가 고른 작품이었고 나는 들어본 적 없었지만 상당히 좋았다. 흑백이었는데도 괜찮았다. 중간에 카메라가 폴 뉴먼을 클로즈업으로 잡았을 때 보디치 씨가 일시 정지를 눌러 달라고 했다.

"세상에서 이보다 더 잘생긴 남자는 없지 않을까? 찰리, 네 생각은 어떠냐?"

나는 그렇게 생각할 수도 있겠다고 대답했다.

토요일 밤에는 그 집에서 잤다. 일요일이 되자 보디치 씨의 상태가 훨씬 괜찮아진 것 같길래 아빠와 함께 사우스 엘진 댐으로 낚시를 하러 갔다. 아무것도 잡지 못했지만 아빠와 함께 그윽한 9월의 햇살을 쪼일 수 있어서 좋았다.

돌아오는 길에 아빠가 물었다.

"말이 너무 없네, 찰리? 무슨 고민거리 있니?"

"그 늙은 개 때문에요."

일말의 진실이 섞여 있긴 했지만 그래도 거짓말이었다.

"오늘 오후에 집으로 데리고 와."

아빠는 말했고 나도 그러려고 했지만 레이더가 보디치 씨 옆에서 꿈쩍하려 들지 않았다.

"오늘은 네 침대에서 자라. 나랑 이 늙은 친구는 아무 일 없을 테니까."

보디치 씨가 말했다.

"목이 쉬셨네요. 어디 편찮으신 거 아니에요?"

"아니야. 거의 하루종일 말을 해서 그래."

"누구한테요?"

"나 혼자서. 가라, 찰리야."

"알겠어요. 하지만 필요한 일 생기면 전화하세요."

"알았어, 알았어."

"약속하세요. 어제는 제가 약속했으니까 오늘은 아저씨가 약속하세요."

"약속할게, 이런 염병할. 이제 그만 꺼져 주겠니?"

3

    일요일에 레이더는 아침에 볼일을 본 뒤에 계단을 올라오지 못했고 사료도 반이나 남겼다. 저녁에는 아예 입을 대지도 않았다.

"그냥 좀 쉬고 싶은가 보지."

보디치 씨는 이렇게 말했지만 자신 없는 말투였다.

"그 약을 두 배로 먹여 보자."

"정말 그래도 된다고 생각하세요?"

그는 나를 보며 황량한 미소를 지었다.

"이제 와서 그런들 안 될 건 뭐겠니?"

    나는 그날 밤에 내 침대에서 잤고 월요일에 레이더는 조금 괜찮아진 것처럼 보였다. 하지만 보디치 씨는 토요일의 대가를 치렀다. 화장실을 오갈 때 다시 목발을 짚기 시작했다. 나는 학교를 빼먹고 그의 곁을 지키고 싶었지만 그가 용납하지 않았다. 그날 저녁에는 보디치 씨도 상태가 괜찮아진 것처럼 보였고 그 역시 차츰 나아지고 있다고 말했다. 나는 그 말을 믿었다.

    바보처럼.

4

    화요일 오전 10시에 나는 화학 2 수업을 듣고 있었다. 우리는 4인 1조로 나뉘어서 고무 앞치마를 입고 고무장갑을 끼고 아세톤의 끓는점을 측정하고 있었다. 웅얼웅얼거리는 소리 말고는 교실이 조용했기 때문에 뒷주머니에 넣어 둔 휴대전화 벨소리가 아주 요란하게 느껴졌다. 애컬리 선생님이 못마땅한 표정으로 나를 쳐다봤다.

"무음으로 해 놓으라고 몇 번을 얘기해야……."

휴대전화를 꺼내 보니 화면에 보디치라고 적혀 있었다. 나는 장갑을 벗고 애컬리 선생님이 뭐라고 하건 말건 전화를 받으며 교실에서 나왔다. 보디치 씨가 힘들어하면서도 침착한 목소리로 말했다.

"심장마비가 온 것 같다, 찰리. 사실 확실해."

"911에……."

"거기가 아니라 *너한테* 전화했으니까 아무 말 말고 잘 들어. 변호사가 있어. 엘진에 사무실이 있는 리안 브래덕. 지갑이 있어. 침대 아래에. 필요한 다른 모든 것도 침대 아래에 있다. 알겠니? *침대 아래를 봐.* 레이더를 부탁한다. 그리고 모든 걸 알게 되거든……."

그는 헉 하고 숨을 토했다.

"염병할, 아파 죽겠네! 용광로에 빠진 쇳덩어리가 된 느낌이야! 모든 걸 알게 되거든 레이더를 어떻게 할지 네가 결정해 주기 바란다."

그 말을 끝으로 그는 전화를 끊었다.

내가 911에 연락하는 동안 화학 실험실 문이 열렸다. 애컬리 선생님이 나와서 나더러 도대체 뭐하는 짓이냐고 물었다. 나는 저리 가라고 손을 흔들었다. 911 접수원이 무슨 일로 전화했느냐고 물었다. 애컬리 선생님이 입을 떡 벌리고 쳐다보는 가운데, 나는 접수원에게 상황을 설명하고 주소를 알려 주었다. 앞치마를 벗어서 바닥에 떨어뜨렸다. 그런 다음 문을 향해 달렸다.

5

평생 자전거로 그렇게 빨리 달린 적은 처음이었다. 선 채로 페달을 밟으며 좌우를 살피지도 않고 길을 건넜다. 클랙슨 소리와 타이어가 끼이익거리는 소리에 이어 누군가가 고함을 질렀다. "앞 좀 보고 다녀라, 이 바보 새끼야!"

내가 아무리 빨리 달렸어도 구급차를 이기지는 못했다. 넘어지지 않도록 한 발로 인도를 딛고 미끄러지듯 파인과 시카모어가 만나는 모퉁이를 돌았을 때 경광등을 번쩍이고 사이렌을 울리며 이제 막 출발하는 구급차가 보였다. 나는 뒤로 돌아갔다. 부엌 문을 채 열지도 못했을 때 레이더가 개구멍으로 총알처럼 빠져나와 나를 덮쳤다. 나는 레이더가 점프하느라 안 그래도 약한 골반에 부담을 주지 않도록 무릎을 꿇고 앉았다. 레이더는 애처롭게 낑낑거리며 내 얼굴을 핥았다. 안 좋은 일이 벌어졌다는 걸 그 아이도 알았던 것이다.

레이더와 같이 안으로 들어갔다. 커피 잔이 식탁 위에 엎질러졌고 보디치 씨가 늘 앉았던 의자(우습게도 우리는 각자 지정석을 고집했다)가 뒤집혀 있었다. 스토브가 켜져 있어서 건드릴 수 없을 만큼 뜨거워진 구식 퍼컬레이터에서 탄내가 났다. 화학 실험실 같은 냄새가 났다고 할까. 망치가 보디치 씨의 가슴을 강타한다. 그가 커피를 쏟는다. 전화기는 거실에 있다. 보디치 씨는 의자를 쓰러뜨려 가며 자리에서 일어나고, 한 번 비틀거렸다가 벽에 걸린 달력을 붙잡고 정신을 가다듬으며 거실로 간다.

그 구닥다리 전화기가 침대 위에 있었다. 파파베린이라고 적힌 포장지도 그 위에서 나뒹굴고 있었다. 그를 이송하기 전에 응급 구조

요원들이 그 약을 투여한 모양이었다. 나는 헝클어진 접이식 소파 위에 앉아서 레이더를 쓰다듬고 귓등을 긁어 주었다. 그러면 레이더는 항상 차분해지는 것 같았다.

"별일 없을 거야, 레이더. 두고 봐, 별일 없을 거야."

하지만 나는 그렇지 않을 경우에 대비해 침대 아래를 들여다보았다. 보디치 씨에 따르면 필요한 *다른 모든 것*이 거기 있을 거라고 했다. 권총집이 달린 징 박힌 벨트와 그 안에 담긴 총이 있었다. 열쇠 뭉치와 한 번도 본 적 없는 지갑도 있었다. 3층 플라스틱 우유 상자 위에 놓여 있는 것을 본 적이 있는 구식 카세트 녹음기도. 녹음기 안에 라디오 카세트테이프가 들어 있었다. 뭔가를 듣고 있었거나 녹음하고 있었다는 뜻이었다. 나는 녹음 쪽에 돈을 걸 수 있었다.

열쇠 뭉치를 한쪽 주머니에, 지갑을 다른 쪽 주머니에 넣었다. 지갑은 가방에 넣고 싶었지만 가방이 학교에 있었다. 나머지 물건은 2층으로 들고 가 금고 안에 넣었다. 문을 닫고 다이얼을 돌리기 전에 한쪽 무릎을 꿇고 앉아 황금 양동이 속에 손목까지 담갔다. 황금 알갱이를 손가락 사이로 흘려보내며 보디치 씨가 죽으면 이건 어떻게 되는 건지 궁금해했다.

레이더가 계단 발치에서 낑낑대며 짖고 있었다. 나는 내려가 접이식 소파에 앉아서 아빠에게 전화했다. 무슨 일이 벌어졌는지 알렸다. 아빠는 아저씨 상태가 어떠냐고 물었다.

"모르겠어요. 못 봤어요. 이제 병원에 가 보려고요."

그 빌어먹을 다리를 중간쯤 건넜을 때 전화 벨이 울렸다. 나는 지프 마트 주차장 안으로 들어가 전화를 받았다. 멜리사 윌콕스였고 울고 있었다.

"병원으로 이송되는 도중에 돌아가셨어, 찰리. 소생시키려고 모든 방법을 동원했지만 심근 경색이 너무 심하게 왔대. 속상하다. 너무 속상하다."

나는 나도 속상하다고 말했다. 지프 마트 쇼윈도를 바라보았다. 똑같은 팻말이 걸려 있었다. 수북이 쌓인 그 가게의 프라이드치킨이 **아메리카 넘버원**이라는 팻말이었다. 눈물이 나서 그 단어가 흐릿해졌다. 지피 부인이 나를 보고 밖으로 나왔다.

"잘 지내고 있지, 촐리?"

"아뇨. 잘 못 지내고 있어요."

이제는 병원에 갈 이유가 없었다. 나는 페달을 밟아서 다리를 되짚어갔고 시카모어 언덕까지 자전거를 끌고 올라갔다. 기운이 없어서 그 가파른 언덕길은커녕 평지에서도 자전거를 탈 수가 없었다. 우리 집 앞에서 걸음을 멈췄지만 거긴 아빠가 퇴근할 때까지 빈집이었다. 하지만 나를 필요로 하는 개는 있었다. 이제 그 아이가 정말로 내 개가 됐지 싶었다.

6

나는 보디치 씨의 집으로 다시 들어가 얼마 동안 레이더를 쓰다듬었다. 그러면서 눈물을 흘렸다. 충격 때문이기도 했지만 친구가 있던 자리에 구멍이 생겼다는 깨달음이 점점 자리를 잡아 가고 있기 때문이기도 했다. 그렇게 쓰다듬다 보니 레이더뿐 아니라 나까지 진정이 됐는지 생각이라는 것을 할 수 있게 됐다. 나는 멜리사에게 전화해 부검이 실시될 예정이냐고 물었다. 그녀는 고독사가 아닌 데다 사인이 분명하니 아닐 거라고 했다.

"검시관이 사망 증명서를 작성할 텐데 그러려면 신분증이 필요할 거야. 혹시 그분 지갑을 가지고 있니?"

내가 지갑을 하나 가지고 있긴 했다. 보디치 씨가 뒷주머니에 넣어 가지고 다니던 지갑은 아니었다. 그건 갈색이었는데, 내가 침대 아래에서 찾은 건 검은색이었다. 하지만 멜리사에게 그 얘기는 하지 않았다. 그냥 가지고 있다고만 했다. 그녀는 병원 측에서 그가 어떤 분인지 알고 있으니 서두를 필요는 없다고 했다.

나는 과연 그가 어떤 분인지 알고 있을까 하는 생각이 들기 시작했다.

인터넷에서 리안 브래덕의 연락처를 검색해 전화를 걸었다. 통화는 짧게 끝났다. 브래덕이 말하길 보디치 씨는 살날이 얼마 남지 않았다고 생각했기에 신변을 모두 정리해 놓았다고 했다.

"덜 익은 바나나를 사 놓을 생각이 없다고 하시더구나. 재밌는 표현이라고 생각했지."

나는 생각했다. 암 때문이었겠지. 암으로 죽을 거라 생각하고 신변을 모두 정리해 놓았겠지. 심장마비일 줄은 모르고.

"보디치 씨가 사무실로 찾아가셨나요?"

"응. 이달 초에."

그러니까 내가 학교에 가 있는 동안 다녀왔다는 뜻이었다. 그런데도 내게는 비밀로 했다.

"유버를 타고 가셨겠네요."

"뭐라고?"

"아무것도 아니에요. 보디치 씨의 물리 치료를 맡았던 멜리사 말로는 검시관이랬나? 그분이 사망 증명서를 작성하려면 신분증이 필요하다고 하던데요."

"맞아, 맞아, 형식상이긴 하지만. 신분증을 들고 병원 안내 데스크로 찾아가면 거기서 복사를 할 거다. 운전면허증이 아직 있으면 그걸로. 유효 기간이 지난 것도 괜찮을 거야, 아마도. 사진만 있으면 되니까. 서두를 필요는 없다. 신분증이 없어도 병원 측에서 시신을 장례식장으로 옮길 테니까. 어느 장례식장으로 옮기면 좋을지 너는 아마 모르겠……."

"크로스랜드요."

엄마 장례를 치른 곳이었다.

"바로 여기 센트리에 있는 장례식장이에요."

"그래, 그래. 비용은 내가 처리하마. 보디치 씨가 그런 안타까운 결말에 대비해서 나한테 돈을 예치해 놓으셨거든. 어떤 식으로 장례를 치를 예정인지 알려 주기 바란다. 그건 너희 부모님께서 맡아서 해 주실 수도 있겠고. 이후에 만났으면 한다만, 리드 군."

"저를요? 왜요?"

"만나서 얘기할게. 즐거운 대화가 될 거야."

7

나는 레이더의 사료와 밥그릇과 약을 챙겼다. 레이더를 그 집에 두고 가면 어디로 갔을지 모르는 주인을 계속 기다릴 텐데, 그럴 수는 없었다. 레이더에게 목줄을 채우고 언덕을 내려갔다. 레이더는 천천히, 하지만 꾸준히 걸었고 우리 집 계단을 아무 문제 없이 올라갔다. 레이더는 이제 우리 집을 잘 알았기에 물그릇 앞으로 직행했다. 그런 다음 자기 깔개에 누워서 잠을 청했다.

낮 12시 직후에 아빠가 퇴근했다. 내 표정에서 뭘 읽었는지 모르겠지만 아빠는 얼굴을 보자마자 나를 힘껏 끌어안았다. 나는 다시 울음을 터뜨렸다. 이번에는 정말 폭포처럼 눈물을 쏟았다. 아빠가 어린애 대하듯 뒤통수를 감싸고 나를 가만히 흔들자 더 심하게 목 놓아 울었다.

마침내 눈물이 그치자 아빠가 배고프냐고 물었다. 내가 고프다고 하자 아빠는 달걀 6개에 양파와 피망을 몇 줌 넣어서 스크램블드에그를 만들었다. 나는 그걸 같이 먹으며 아빠에게 무슨 일이 있었는지 설명했지만 권총, 창고에서 들린 소리, 금고에 있는 황금 양동이 등 많은 부분은 비밀로 했다. 그리고 열쇠 뭉치도 보여 주지 않았다. 조만간 털어놓을 테고 그러면 아빠는 그런 얘기를 왜 하지 않았느냐며 난리를 부리겠지만 그 카세트테이프를 듣기 전까지 황당한 부분들은 나만의 비밀로 간직하고 싶었다.

지갑은 보여 주었다. 그 안에 내가 한 번도 본 적 없는 5달러짜리 지폐가 여러 장 들어 있었다. 아빠는 은태환권이라며 별로 희귀하지는 않지만 보디치 씨의 집에 있는 텔레비전과 핫포인트 스토브만큼 복고풍이기는 하다고 말했다. 신분증도 3개 있었다. 하워드 A. 보디치 앞으로 발급된 사회보장카드, 코팅된 전미 벌목업자 협회 회원증 그리고 운전 면허증이었다.

나는 전미 벌목업자 협회 회원증에 첨부된 사진을 넋 놓고 들여다보았다. 사진 속의 보디치 씨는 약 35세, 누가 봐도 40세 이하였다. 숱이 많은 새빨간 고수머리를 깔끔하게 빗어 넘겨 반듯한 이마를 드러냈고 내가 한 번도 본 적 없는 시건방진 함박웃음을 짓고 있었다. 그의 미소는 여러 번, 함박웃음도 한두 번 본 적 있었지만 이렇게 활짝 웃는 얼굴은 처음이었다. 체크무늬 플란넬 셔츠를 입고 있어서 정말 숲을 좋아하는 사람 같아 보였다.

그냥 나무꾼이었다는 말이야. 동화에 숱하게 등장하는. 그가 얼마 전에 한 말이 생각났다.

"이거 진짜, 진짜 훌륭하다."

나는 회원증을 보다 말고 고개를 들었다.

"뭐가요?"

"이거."

아빠가 내게 운전면허증을 건넸다. 그 사진 속의 보디치 씨는 60세쯤 되어 보였다. 빨간 머리가 여전히 풍성했지만 숱이 줄었고 흰머리를 상대로 이길 수 없는 싸움을 진행 중이었다. 이름 아래에 적힌 바로는 1996년까지 유효하다고 되어 있었지만 우리는 속아 넘어가지 않았다. 아빠가 인터넷으로 검색을 마쳤다. 보디치 씨는 (어딘가에) 차를 가지고 있었지만 일리노이 주에서 정식으로 운전 면허증을 발급받은 적이 없었고 그 대체품이 이것이었다. 내가 보기에는 아무래도 하인리히 씨를 통해 운전 면허증을 위조하지 않았을까 싶었다.

"이유가 뭘까요? 왜 그러셨을까요?"

"이유야 많겠지만 신분증이 없으면 제대로 된 사망 증명서를 발급받을 수 없다는 걸 알았을 거야."

아빠는 짜증을 내는 것이 아니라 감탄하는 표정으로 고개를 저었다.

"이게 장례 보험이었던 셈이다, 찰리."

"그럼 어떻게 하는 게 좋을까요?"

"그냥 받아들여야지. 그분에게 비밀이 있었다는 건 분명하지만 아칸소에서 은행을 털거나 내슈빌의 술집에서 총기 난사를 한 적은 없었을 거라고 본다. 너에게 잘해 주었고 자기 반려견에게 잘해 주었으니 나로서는 그걸로 충분해. 소소한 비밀들은 그분과 함께 땅속에 묻혀야 하지 않을까? 변호사가 그 비밀에 대해 알고 있다면 얘기가 달라지겠지만. 네 생각은 다르니?"

"아뇨."

나는 그에게 비밀이 있었던 건 맞지만 소소하지 않다는 생각을 하고 있었다. 엄청난 액수의 황금을 어떻게 소소하다고 할 수 있을까. 그리고 그의 창고에도 뭔가가 있었다. 그의 총에 맞아서 없어졌을 수도 있지만.

8

하워드 에이드리언 보디치는 딱 이틀 뒤인 2013년 9월 26일 목요일에 편히 잠들었다. 장례식은 크로스랜드 장례식장에서 치러졌고, 장지는 우리 엄마의 안식처이기도 한 센트리스 레스트 공동묘지였다. 아빠가 부탁한 대로 앨리스 파커 목사님이 종파를 초월한 장례식을 집전했다. 그녀는 우리 엄마의 장례식을 집전한 목사님이기도 했다. 앨리스 목사님은 짧게 끝냈지만 그래도 나는 이런저런 생각을 할 시간이 많았다. 금에 대해서 생각했지만 그보다는 창고에 대해 생각한 시간이 더 많았다. 보디치 씨가 그 안에 있던 뭔가를 총으로 쏘았고 그날 흥분한 것 때문에 목숨을 잃었다. 며칠의 간격이 있기는 했지만 나는 그것이 사인이었다고 확신했다.

장례식장과 장지를 지킨 조문객은 조지 리드, 찰스 리드, 멜리사 윌콕스, 앨시어 리치랜드 부인, 변호사 리안 브래덕 그리고 레이더였다. 레이더는 장례식 내내 잠을 자다가 무덤가에서 딱 한 번 소리를 냈다. 하관식이 진행되는 동안 길게 한 번 울었다. 개가 그랬다니 가슴이 뭉클한 동시에 믿기지 않을 테지만 진짜로 그랬다.

멜리사는 나를 안아 주고 뺨에 입을 맞췄다. 얘기할 상대가 필요하면 자기에게 전화하라길래 알겠다고 했다.

나는 아빠와 변호사와 함께 주차장 쪽으로 발길을 돌렸다. 레이더가 내 옆에서 천천히 걸었다. 브래덕이 타고 온 링컨이 우리가 타고 온 변변찮은 쉐보레 커프리스 옆에 세워져 있었다. 이파리가 노랗게 물들어 가는 오크 나무 그늘 아래에 놓인 벤치가 그 근처에 있었다. 브래덕이 물었다.

"저기 잠깐 앉았다 갈까? 너에게 긴히 할 얘기가 있는데."

"잠깐만요. 계속 걸으세요."

나는 리치랜드 부인을 주시하고 있었다. 그녀가 시카모어에서 항상 그랬던 것처럼 한 손을 들어 햇빛을 가리고 우리 쪽을 돌아보았던 것이다. 그녀는 우리가 차를 세워 둔 곳으로 걸어가는 것을(또는 그렇게 보이는 것을) 확인한 다음에야 자기 차에 올라타 출발했다.

"이제 앉았다 가도 돼요."

"아까 그 아주머니가 호기심이 많은 성격인가 보구나. 보디치 씨와 아는 사이였니?"

"아뇨. 하지만 보디치 씨가 그 아주머니더러 참견대장이라고 했는데, 그 말이 맞았어요."

우리는 벤치에 앉았다. 브래덕 씨가 서류가방을 무릎에 얹고 걸쇠를 풀었다.

"즐거운 대화가 될 거라고 했는데, 내 얘기를 들으면 너도 내 말이 맞았다는 걸 인정하게 될 거야."

그는 서류 파일을 꺼내 거기서 금색 클립을 꽂은 얇은 종이 묶음을 끄집어냈다. 그중 한 장의 맨 위에 **유언장**이라고 적혀 있었다.

아빠가 폭소를 터뜨렸다.

"맙소사, 그분이 찰리한테 뭔가를 남기신 모양이죠?"

브래덕이 말했다.

"아뇨. 뭔가가 아니라 전 *재산*을 남기셨습니다."

나는 맨 처음 생각난, 별로 점잖다고 볼 수 없는 말을 그대로 내뱉었다.

"에이, 구라 치지 마세요!"

브래덕은 웃으며 고개를 저었다.

"우리 변호사들끼리 하는 말로 눌룸 *카카스 스타툼*, 즉 구라가 아닌 상황이야. 보디치 씨가 네 앞으로 그 집과 부지를 남겼어. 아무리 못해도 수십만 달러에 달하는 상당히 넓은 땅이지. 센트리스 레스트의 부동산 시세를 감안하면 백만 달러에 가까운 액수일 거다. 집 안의 가재도구도 전부 네 것이야. 현재 카펜터스빌에 보관 중인 차량도. 그리고 두말하면 잔소리지만 반려견도."

그는 허리를 숙여서 레이더를 쓰다듬었다. 레이더는 잠깐 고개를 들었다가 다시 앞발 위로 내려놓았다.

"이거 진짜 정말인가요?"

아빠가 물었다.

"변호사가 거짓말을 할 리 있겠습니까."

브래덕은 이렇게 말해 놓고 곰곰이 생각한 뒤에 다시 덧붙였다.

"적어도 이런 문제에 있어서는요."

"이의를 제기할 피붙이도 없고요?"

"검인을 하다 보면 밝혀지겠습니다만, 보디치 씨 말로는 한 명도 없다고 했어요."

"그럼…… 그럼 제가 그 집에 드나들어도 되는 건가요? 왜냐하면 저기 제 물건들이 있거든요. 대부분 옷이지만 그것 말고도……."

시카모어 1번지에 또 뭐가 있는지 생각이 나지 않았다. 그달 초의 어느 날, 내가 학교에서 수업을 듣고 있는 동안 보디치 씨가 한 일만 머릿속을 맴돌 따름이었다. 내가 역사 쪽지 시험을 보거나 체육관에서 농구를 하는 동안 그가 내 인생을 바꾸어 놓았을 수도 있었다. 그때 내 머릿속에 떠오른 것은 금도 창고도 총도 카세트테이프도 아니었다. 이제 (또는 조만간) 내가 시카모어 언덕 꼭대기의 집 주인이 되었다는 사실이었다. 그것도 4월의 어느 쌀쌀했던 날 오후에 아이들 사이에서는 사이코 하우스라고 불렸던 집의 뒷마당에서 레이더가 청승맞게 우는 소리를 들었다는 이유만으로.

그동안 변호사의 설명이 계속 이어지고 있었다. 나는 다시 한번 얘기해 달라고 해야 했다.

"당연히 드나들어도 된다고. 어차피 네 집이잖니, 하나도 남김없이. 유언 검인이 끝나면 말이다."

그는 유언장을 다시 서류 파일에 넣고 파일을 다시 서류 가방에 넣고 걸쇠를 잠그고는 벤치에서 일어났다. 그러고는 주머니에서 명함을 꺼내 아빠에게 건넸다. 그 뒤 (백만 달러에 가까운) 수십만 달러의 유산 수령인이 아빠가 아니라는 사실이 생각났는지 내게도 명함을 주었다.

"궁금한 거 있으면 전화해. 물론 나도 수시로 연락하겠지만. 조속한 처리를 요청하겠지만 검인에 길게는 6개월까지 걸릴 수도 있어. 축하한다."

아빠와 나는 그와 악수하고 그가 링컨 쪽으로 걸어가는 것을 지켜보았다. 아빠는 원래 욕을 쓰지 않았지만 (소금 병을 집어 달라고 할 때조차 빌어먹을이라는 단어를 남발했던 보디치 씨와는 달랐다) 충격으로 그 벤치에 꼼짝없이 앉아 있는 동안 예외를 만들었다.

"이런 썅."

"그러게요."

나는 말했다.

9

집으로 돌아갔을 때 아빠가 냉장고에서 콜라를 2개 꺼냈다. 우리는 캔끼리 서로 부딪쳤다.

"기분이 어떠냐, 찰리?"

"모르겠어요. 아직 실감이 나지 않아요."

"은행에 잔고도 있을까 아니면 병원비를 내느라 빈털터리가 됐을까?"

"모르겠어요."

하지만 나는 알고 있었다. 시티즌스 계좌의 잔고는 몇천 달러가 전부일지 몰라도 2층에 황금 양동이가 있었고 창고에도 금이 더 있을지 몰랐다. 그 안에 또 뭐가 있을지 아무도 모를 일이었지만.

"사실 별로 상관이 없긴 해. 그 집과 땅이 금싸라기니까."

"금싸라기, 그러게요."

"검인이 끝나면 네 대학교 학비는 해결이 되겠네. 40킬로그램짜리 짐을 내려놓은 기분이다."

아빠는 입술을 오므리고 후우우 하는 소리를 내며 길게 한숨을 토했다.

"그 집을 팔면 그렇겠죠."

아빠가 묘한 눈빛으로 나를 쳐다봤다.

"그 집을 팔지 않겠다는 거냐? 노먼 베이츠가 돼서 사이코 하우스에서 살게?"

"이제는 귀신이 나오는 집 같지 않잖아요, 아빠."

"그럼. 그럼. 네가 제대로 단장을 했지."

"아직 갈 길이 멀어요. 겨울이 되기 전에 전체적으로 페인트칠을 다시 하고 싶었거든요."

아빠는 고개를 모로 꼬고 이마를 살짝 찡그린 채 계속 그 묘한 눈빛으로 나를 보았다.

"돈이 되는 건 땅이야, 집이 아니라."

나는 시카모어 1번지를 철거한다는 생각만 해도 끔찍하다고, 그 안에 담긴 비밀 때문이 아니라 보디치 씨의 수많은 흔적이 여전히 살아 있기 때문에 그렇다고 반박하고 싶었지만 하지 않았다. 그럴 필요가 없었다. 유언 검인이 끝나거나 금을 돈으로 바꿀 방법이 생기기 전에는 페인트칠을 하는 데 쓸 돈도 없었다. 나는 남은 콜라를 마저 마셨다.

"그 집에서 옷을 가져오고 싶은데 레이더는 두고 가도 돼요?"

"그럼. 앞으로 레이더는 이 집에서 지내야겠지? 그러니까…… 그때까지 말이다."

아빠는 어깨를 으쓱했다.

"네. 그때까지요."

10

맨 처음 내 눈에 띈 부분은 대문이 열려 있다는 것이었다. 내가 기억하기로는 닫은 것 같았지만 확실하지는 않았다. 나는 뒤로 돌아가 계단을 올라가다가 두 번째 칸에서 멈추었다. 부엌 문이 열려 있었는데 그건 닫았다고 자신할 수 있었다. 닫고 잠그기까지 했다고 말이다. 계단을 마저 올라가서 확인해 보니 내가 잠근 게 맞았다. 문설주에서 일부 떨어져 나온 브래킷 주변으로 나무가시들이 삐죽삐죽 고개를 내밀고 있었다. 그걸 부순 인간이 아직 안에 있을 것 같지는 않았다. 나는 그날 들어 두 번째로 너무 놀라서 사고 회로가 멈춰버렸다. 레이더를 집에 두고 와서 다행이라고 생각했던 것만 기억이 난다. 레이더는 안 그래도 늙고 기운이 없어서 더 이상의 자극을 감당할 수 없었다.

10장.

난장판. 리치랜드 부인. 부고를 노리는 절도범. 테이프에 녹음된 이야기. 창고 안. 다시 테이프에 녹음된 이야기.

1

모든 찬장 문이 열려 있고 온갖 냄비와 프라이팬이 부엌 바닥에 어지럽게 흩뿌려져 있었다. 핫포인트는 벽에서 뜯겨져 나왔고 오븐 문이 열려 있었다. 설탕, 밀가루, 커피, 쿠키 통에 담겨 있던 것들이 싱크대 위에 쏟아져 있었지만 돈이 들어 있었던 통에는 이제 돈이 없었다. 맨 처음 떠오른 제대로 된 생각은 '도둑놈이 그건 못 들고 갔네.'였다. 내가 이미 오래전에 (몇 개 있던 황금 알갱이와 함께) 금고로 옮겼기 때문이었다. 거실로 들어가 보니 접이식 소파(보디치 씨가 1층 침대 생활을 졸업했으니 다시 소파로 쓰이고 있었다가)가 뒤집혔고 쿠션이 난도질당했다. 보디치 씨의 지정석이었던 안락의자도 마찬가지였다. 솜이 온 사방에 나뒹굴었다.

2층은 더 심각했다. 옷이 내가 썼던 방의 사방에 흩뿌려져 있었기 때문에 서랍장을 열어서 챙길 필요가 없었다. 베개가 난도질당했고 매트리스도 마찬가지였다. 안방도 똑같았는데, 그 방은 벽지까지 찢겨져 길쭉하게 너덜거렸다. 벽장 문이 열려 있고 옷들이 바닥에 쌓여 있어서(바지 주머니를 모두 뒤집어 놓았다) 금고가 훤히 보였다. 손잡이 접합부가 긁힌 자국투성이었고 다이얼은 더 심했지만 절도범의 공격에도 금고는 꿋꿋하게 버텼다. 나는 확인하는 차원에서 다이얼을 돌려 문을 열었다. 없어진 것은 아무것도 없었다. 문을 닫고 다이얼을 돌린 다음 1층으로 내려갔다. 보디치 씨가 잠을 청했던 소파에 앉아 그해 들어 세 번째로 911에 연락했다. 그런 다음 아빠에게 연락했다.

2

생각해 보니 아빠가 오기 전에, 그리고 무엇보다 경찰이 들이닥치기 전에 해야 하는 일이 하나 더 있었다. 그러니까 계속 거짓말을 할 작정이라면, 거짓말을 들키지 않으려면 말이다. 나는 그 일을 처리하고 밖으로 나가서 기다렸다. 아빠가 차를 몰고 언덕을 올라와 길가에 차를 댔다. 다행히 레이더는 데려오지 않았다. 최근 들어 생긴 변화 때문에 안 그래도 스트레스를 받고 있을 텐데 난장판이 된 집을 보면 더 심한 스트레스를 받을 것이 분명했다.

아빠는 1층을 이리저리 돌아다니며 피해 규모를 살폈다. 나는 부엌에서 냄비와 프라이팬을 치웠다. 부엌으로 돌아온 아빠가 스토브를 다시 벽에 붙이는 일을 거들었다.

"맙소사. 찰리야, 이게 어떻게 된 영문이냐?"

나는 나도 모르겠다고 대답했지만 사실은 알았다. 범인이 누군지만 모를 따름이었다.

"경찰이 올 때까지 여기서 기다려 주실래요, 아빠? 저는 잠깐 길 건너편 집에 다녀올게요. 리치랜드 부인이 집에 있더라고요, 차를 봤어요. 부인과 이야기를 나눠 보고 싶어요."

"그 참견대장?"

"네."

"그런 일은 경찰에게 맡겨야 하는 거 아니냐?"

"부인이 뭔가 본 게 있다고 하면 부인을 만나 보라고 경찰에 알리려고요."

"부인도 우리랑 같이 장례식에 참석했으니 그랬을 것 같지는 않다만."

"그래도 이야기를 나눠 보고 싶어요. 그 전에 부인이 뭔가를 봤을 수도 있잖아요."

"사전 답사 나온 범인들을?"

"그럴 수도 있고요."

대문을 두드릴 필요가 없었다. 부인이 평소처럼 진입로 입구에 나와 있었다.

"안녕, 찰리. 별일 없는 거지? 너희 아빠가 엄청 다급해 보이던데. 그리고 개는 어디 있니?"

"저희 집에요. 아주머니, 저희가 장례를 치르는 동안 누군가가 보디치 씨의 집에 들어가서 집 안을 헤집어 놓았어요."

"어머나, 진짜?"

그녀는 가슴에 손을 얹었다.

"전에 수상한 사람 본 적 있으세요? 이삼 일 전에요. 우리 동네에서 본 적 없는 사람을요."

그녀는 곰곰이 생각했다.

"글쎄다, 그런 적 없는 것 같은데. 늘 보이던 택배 기사들이 전부였어. 페덱스, UPS, 그리고 휴스턴스네 집 잔디밭을 관리하는 사람, 그 일은 수입이 제법 짭짤한 모양이야. 그리고 조그만 트럭 몰고 다니는 집배원. 피해가 얼마나 심각한데? 도둑맞은 거 있니?"

"아직은 잘 모르겠어요. 경찰관이 아주머니를 찾아와서⋯⋯."

"나를 찾아올지 모른다고? 아유! 그럼 당연히 만나야지! 하지만 우리가 장례를 치르는 동안 벌어진 일이라면⋯⋯."

"네, 알아요. 아무튼 감사해요."

나는 이만 가려고 몸을 돌렸다.

"잡지 구독 신청을 받으러 다닌 땅딸막하고 특이하게 생긴 남자가 있긴 했어. 하지만 그건 보디치 씨가 죽기 전이었는데."

나는 몸을 다시 돌렸다.

"진짜요?"

"응. 너는 그때 학교에 있었을 거야. 옛날에 집배원들이 들고 다니던 그런 가방을 들고 있었어. 위에 **전미 구독 써비스**인가 하는 스티커가 붙어 있었고 안에 샘플이 담겨 있는 거. 「타임」, 「뉴스위크」, 「보그」 기타 등등. 나는 구독 안 한다고, 필요한 건 뭐든 인터넷으로 읽는다고 했지. 그게 훨씬 간편하지 않니? 그리고 종이 쓰레기도 생기지 않으니까 환경친화적이기도 하고."

나는 인터넷 구독의 환경적인 장점에 대해서는 관심이 없었다.

"그 사람이 다른 집도 찾아다녔나요?"

이 질문의 답을 아는 사람이 있다면 그녀일 것 같은 예감이 들었다.

"여러 집 찾아갔지. 보디치 씨 집도 찾아갔지만 그 영감님이 나와 보지 않았던 것 같아. 몸이 영 안 좋으셨는지. 아니면…… 그분이 워낙에 누가 찾아오는 걸 질색하지 않았니? 네가 친구가 되어 드려서 다행이야. 그분이 떠나셨다니 정말 슬프다. 반려동물이 죽으면 무지개다리를 건넜다고 하잖니. 난 그 표현 좋더라, 그치?"

"네, 아주 멋진 표현이에요."

사실 나는 싫어했다.

"보디치 씨가 키우던 반려견도 조만간 무지개다리를 건너게 생겼더라. 어찌나 야위고 주둥이 주변이 하얘졌는지 안쓰러울 지경이야. 네가 그놈을 키울 거니?"

"레이더요? 그럼요."

나는 굳이 레이더가 암컷이라는 얘기는 하지 않았다.

"그 잡지 외판원은 어떻게 생겼어요?"

"아, 땅딸막하고 특이하게 생겼고 걸음걸이도 말투도 특이했어. 꼭 어린애처럼 폴짝거렸고 내가 잡지 안 보겠다고 하니까 영국인이라도 되는 것처럼 오호, 이러더라고. 억양을 들어 보면 너나 나처럼 미국인인 게 분명했는데. 그 사람이 자물쇠를 부수고 들어갔을까? 위험해 보이지는 않았는데. 그냥 땅딸막하고 특이하게 생겼고 말투가 특이했을 뿐이야. 툭하면 하, 하라고 했고."

"하, 하라고요?"

"응. 실제로 웃지는 않고 그냥 하, 하라고 했어. '사모님, 매대에서 사시는 것보다 70퍼센트 저렴하게 드립니다, 하, 하.' 이렇게. 그리고 남자치고 키가 작았어. 나랑 비슷했으니까. 그 사람이 범인일까?"

"아마 아니겠죠."

"화이트 삭스 야구모자를 쓰고 있었던 건 기억이 나. 그리고 코듀로이 바지를 입었고. 모자 앞면에 빨간색 동그라미가 있었어."

3

나는 당장이라도 구석구석 대청소를 시작하고 싶었지만 아빠가 경찰이 올 때까지 기다려야 한다고 했다.

"현장을 기록으로 남기고 싶어 할 수도 있거든."

경찰은 10분 정도 후에 순찰차와 위장 세단을 타고 등장했다. 세단을 몰고 온 사람은 백발이었고 뱃살이 어마어마했다. 그는 글리슨 형사라고 자기 신원을 밝힌 뒤에 제복을 입은 두 사람은 위트마크와 쿠퍼 순경이라고 소개했다. 위트마크는 캠코더를 들고 있었다. 쿠퍼는 도시락처럼 생긴 조그만 케이스를 들고 있었는데, 그 안에 증거 수집 장비가 담겨져 있지 않을까 싶었다.

글리슨 형사는 바지를 추키느라 체크무늬 캐주얼 재킷을 때때로 날개처럼 펄럭여 가며 누가 봐도 심드렁하게 피해 규모를 살폈다. 내가 보기에는 금시계나 낚싯대를 선물로 받으며 은퇴할 날이 일이 년밖에 남지 않은 듯했다. 그때까지 시간을 때우는 중이었다.

그는 위트마크에게 거실을 촬영하게 하고 쿠퍼를 2층으로 보냈다. 우리에게 몇 가지 질문을 하고(현장을 발견한 사람은 나인데도 아빠를 붙잡고 물었다) 조그만 수첩에 답변을 받아 적었다. 그런 다음 수첩을 탁 닫아서 캐주얼 재킷 안주머니에 넣고 바지를 추켰다.

"부고를 노리는 절도범이네요. 지금까지 골백번도 더 봤어요."

"그게 뭔데요?"

나는 물었다. 흘끗 쳐다보니 아빠는 아는 눈치였다. 어쩌면 이 집 안에 들어와 둘러본 순간부터 알아차렸을 수도 있었다.

"그분의 부고가 신문에 실린 게 언제였죠?"

"어제요. 돌아가신 직후에 물리 치료사가 신문 부고 서식을 받아 왔길래 제가 빈칸을 채울 수 있게 도왔어요."

글리슨은 고개를 끄덕였다.

"맞네, 맞아. 골백번도 더 봤어. 이 악귀들은 신문을 보고 장례식이 언제 열리는지, 언제 집이 비는지 알아내서 몰래 들어와 값나가 보이는 걸 싹 쓸어 가지. 둘러보고 뭐가 없어졌는지 적어서 경찰서로 들고 올래?"

"지문은요?"

아빠가 물었다.

글리슨은 어깨를 으쓱했다.

"아마 장갑을 꼈을 겁니다. 요즘은 다들 경찰 드라마를 보니까요, 범죄자들은 더하고요. 이런 사건 같은 경우에는 대개……."

"부서장님! 안방에 금고가 있습니다."

2층에서 쿠퍼가 외쳤다.

"그래? 음, 이제 얘기가 재밌어지는군."

우리는 글리슨을 앞장세우고 2층으로 올라갔다. 그는 난간을 붙잡고 몸을 끌어올리는 식으로 천천히 올라갔고 꼭대기에 다다르자 시뻘게진 얼굴로 헉헉거렸다. 그런 다음 바지를 추키고 보디치 씨의 안방으로 들어가 허리를 숙이고 금고를 쳐다봤다.

"아. 누가 열어 보려다 실패했군."

그건 나라도 알 수 있는 사실이었다.

경찰서에 상주하는 카메라맨인가 싶은 위트마크가 들어와 캠코더로 현장을 촬영하기 시작했다.

"가루를 뿌려 볼까요, 부서장님?"

쿠퍼는 이미 조그만 도시락상자를 열고 있었다.

"이쯤에서 운이 따라 줄 수도 있겠네요. 범인이 억지로 열 수 없게
됐을 때 장갑을 벗고 다이얼을 돌려 보려고 했을 수도 있으니까요."

형사가 (나는 이 대목에 '머뭇거리며'라는 단어를 넣겠다) 우리에게 말했다.

쿠퍼가 검은색 가루를 금고 앞면에 뿌렸다. 더러는 들러붙었지만
대개는 바닥으로 한들한들 떨어졌다. 치워야 하는 것만 추가됐다.
쿠퍼는 결과를 확인하고 글리슨이 볼 수 있게 옆으로 비켜섰다.

"깨끗하네."

그는 말하고 허리를 펴며 일어나 그 어느 때보다 격하게 바지를
추켰다. 당연히 깨끗할 수밖에 없었다. 내가 911에 연락한 뒤에 닦았
으니까. 범인이 지문을 남겼을 수도 있지만 내 것도 남았으니 닦아
내는 수밖에 없었다.

"혹시 번호 모르시죠?"

이번에도 우리 아빠에게 던진 질문이었다.

"저는 이 방에 들어온 것도 오늘이 처음이에요. 찰리한테 물어보
세요. 그 아이가 영감님의 간병인이었으니까요."

간병인이라니. 정확한 표현이었지만 그래도 우스꽝스럽게 들렸
다. 아마 성인에게나 쓰였던 단어라 그렇게 느껴졌나 보다.

"전혀 모르겠어요."

나는 말했다.

"흠."

글리슨은 다시 허리를 숙이고 금고를 쳐다보았지만 금세 흥미를

잃었는지 곧바로 몸을 일으켰다.

"누군지 몰라도 유산을 상속받은 사람은 자물쇠 따 주는 업자를 불러야겠네요. 그 업자로도 안 되면 폭탄을 쓰는 금고털이에게 맡겨 야겠고요. 스테이트빌의 교도소에 수감된 두어 명을 아는데."

그는 폭소를 터뜨렸다.

"별것 없겠죠. 묵은 서류나 커프스링크라면 모를까. 알 카포네가 남긴 금고를 두고 엄청난 소동이 벌어졌던 거 기억하시죠? 제랄도 리베라가 그 때문에 바보 됐던 거. 뭐. 경찰서로 오셔서 상세한 보고 서를 작성해 주시기 바랍니다, 리드 씨."

글리슨은 다시 아빠를 보면서 말했다. 나는 여자들이 폭발하는 이 유를 가끔 완벽하게 이해할 수 있었다.

4

그날 밤 나는 우리 집 1층에 있는 조그만 손님방에서 잠을 청했다. 그곳은 엄마가 살아 있었을 때 홈 오피스와 바느질 방으로 썼던 곳 이었고, 아빠가 술독에 빠져 지내던 시절 동안 무슨 박물관처럼 그 상태 그대로 남아 있었다. 아빠는 술을 끊은 지 6개월쯤 됐을 무렵 그 방을 침실로 개조했다(나도 거들었다). 가끔 린디가 거기서 자고 갔 고 아빠와 도움을 주고받는, 새롭게 금주를 다짐한 친구들이 두어 번 자고 간 적도 있었다. AA의 역할이 그런 거였다. 나는 레이더가 계단을 오르내릴 필요가 없게 보디치 씨의 장례를 치르고 그의 집에 도둑이 든 날 밤에 그 방 침대에 누웠다. 내가 담요를 깔아 주자 레이 더는 코와 꼬리가 맞닿도록 몸을 웅크리고 당장 잠이 들었다. 나는 한참 동안 잠을 이루지 못했다. 그 방 침대가 193센티미터짜리 남자가 쓰기에는 너무 짧기도 했거니와 생각할 것들이 많았다.

나는 불을 끄기 전에 전미 구독 써비스를 검색해보았다. 그런 회사가 있긴 했지만 상호가 '써비스'가 아니라 '서비스'였다. 물론 한 끗 차이고 리치랜드 부인이 잘못 봤을 수도 있지만, 내가 검색해서 찾은 회사는 100퍼센트 온라인으로 운영되는 통합 서비스업체였다. 외판원이 집집마다 찾아다니지 않았다. 그 남자가 사전 답사 나온, 부고를 노리는 절도범일 가능성에 대해서도 곰곰이 따져 보았지만 말이 안 되는 것이 샘플이 담긴 가방을 들고 보디치 씨가 죽기 전에 이 일대를 돌아다녔지 않은가.

그 잡지 외판원이 하인리히 씨를 살해한 범인이라는 생각이 들었다. 그런데 하인리히가 어떤 식으로 살해당했더라? 신문 기사에서는 이 부분에 대해 언급이 없었다. 오호와 하, 하를 남발하는 땅딸막한 남자가 그를 살해하기 전에 고문을 했을 수도 있을까? 금을 쌓아 놓고 있는 사람의 이름을 대라고?

나는 오른쪽에서 왼쪽으로 돌아 누웠다. 발이 삐져나오자 톱 시트와 이불로 다시 덮었다.

어쩌면 고문을 할 필요가 없었을지도 몰랐다. 오호 선생이 하인리히에게 그자의 이름을 대면 살려 주겠다고 했을지 몰랐다.

나는 왼쪽에서 다시 오른쪽으로 돌아 누웠다. 다시 이불을 펄럭였다. 레이더가 고개를 들고 코를 킁킁거리다가 다시 잠이 들었다.

또 다른 질문. 글리슨 형사가 리치랜드 부인을 만나 보았을까? 그랬다면 보디치 씨가 죽기 전부터 표적으로 지목됐다는 결론을 도출해냈을까? 아니면 그 땅딸막한 남자가 이 동네를 사전 답사하며 알

맞은 표적을 찾아다녔나 보다고 생각했을까? 어쩌면 그는 그 땅딸
막한 남자가 평범한 외판원이라고 생각했을지 몰랐다. 리치랜드 부
인을 찾아가 보기나 했을지 모르겠지만.

가장 중요한 질문. 오호 하, 하 선생이 아직까지도 금을 찾고 있다
면 다시 등장할까?

오른쪽에서 왼쪽으로. 왼쪽에서 오른쪽으로. 이불을 들썩들썩.

도중에 보디치 씨가 남긴 테이프를 얼른 들어 보는 편이 낫겠다는
생각이 들었고 그러자 마침내 잠을 청할 수 있었다. 폴짝거리며 걷
는 그 땅딸막한 남자에게 목이 졸리는 꿈을 꾸고 다음 날 아침에 일
어나 보니 내가 시트와 이불을 목까지 올려서 덮고 있었다.

5

실비어스 선생님이 내 얼굴을 잊어버리지 않게 금요일에는 학교
에 갔지만 토요일에는 아빠에게 1번지로 가서 청소를 시작하겠다고
했다. 아빠는 도와주겠다고 했다.

"아뇨, 괜찮아요. 레이더랑 같이 집에 계세요. 느긋하게 휴일을 즐
기세요."

"그래도 되겠니? 그 집에 얽힌 추억이 많을 텐데."

"안심하세요."

"그래, 그럼. 하지만 우울해지면 연락해라. 멘붕 와도 연락하고."

"네."

"그분이 금고 비밀번호를 알려 주지 않았다니 유감이네. 그 안에
뭐가 들었는지 알아보려면 사람을 불러서 문을 따야겠어. 다음 주에

출근하면 알아보마. 감옥에 갇히지 않은 금고 털이범을 아는 사람이 있을 거야."

"진짜요?"

"보험 손해사정사는 온갖 수상한 사람들과 연줄이 있거든. 글리슨의 말마따나 소득세 신고서나(보디치 씨가 소득세를 신고한 적이 있을지 의심스럽긴 하다만) 커프스링크 몇 개 말고는 아무것도 없겠지만 그래도 그분의 정체를 설명하는 물건이 들어 있을지 모르잖니."

나는 총과 녹음기를 떠올렸다.

"음, 희망을 걸고 계세요. 레이더 간식 너무 많이 먹이지 마시고요."

"레이더 약 들고 와라."

"들고 왔어요. 부엌 싱크대에 있어요."

"잘했네. 필요한 일 생기면 연락해. 달려갈 테니까."

아빠는 좋은 분이었다. 술을 끊은 뒤로 더욱 그랬다. 앞에서도 얘기한 적 있지만 다시 한번 강조해도 된다.

6

말뚝 울타리에 노란색 폴리스 라인 테이프가 둘러져 있었다. 글리슨과 두 순경이 떠나자 (허접하나마) 수사가 종결됐지만 뒷문 잠금장치를 수리할 때까지 그 테이프는 그냥 두는 편이 나을 것 같았다.

나는 집 뒤편으로 돌아갔지만 안으로 들어가기 전에 창고 앞으로 가서 섰다. 안에서 아무 소리도 들리지 않았다. 뭔가를 긁는 소리도, 쿵 하는 소리도, 이상한 고양이 울음소리도. 그래, 들릴 리 없지. 그 소리를 내던 게 뭐였는지 몰라도 아저씨 손에 죽었으니까. 탕, 탕, 총알 두 방에 꼴까닥했잖아. 나는 열쇠뭉치를 꺼내 맞는 열쇠를 찾아 볼까 하다가 다시 주머니에 넣었다. 먼저 녹음테이프를 들어 보아야 했다. 보디치 씨가 옥시콘틴에 취해서 「언덕 위의 집」이나 「2인용 자전거」 노래를 녹음한 거라면 내 꼴이 우스워지겠지만, 그럴 가능성은 없어 보였다. 그는 필요한 모든 것이 침대 아래에 있다고 했고 침대 아래에 녹음기가 있었다.

금고 문을 열고 녹음기를 꺼냈다. 평범한 검은색 카세트 플레이어였고 텔레비전처럼 오래되지는 않았지만 새것은 절대 아니었다. 이후로 과학 기술이 진일보했다. 나는 부엌으로 내려가 식탁에 플레이어를 놓고 재생 버튼을 눌렀다. 아무 소리도 나지 않았다. 테이프가 쉭쉭거리며 돌아가는 소리만 들릴 따름이었다. 글리슨이 얘기한 알 카포네의 금고처럼 별것 아닌가 보다는 의구심이 고개를 들기 시작했을 때 나는 보디치 씨가 테이프를 되감아 놓지 않아서 그런 거라는 사실을 깨달았다. 녹음을 하던 도중에 심장마비가 찾아왔을 가능성이 아주 컸다. 그 생각이 들자 조금 섬뜩해졌다. 그는 이렇게 외쳤다. *아파 죽겠네! 용광로에 빠진 쇳덩어리가 된 느낌이야!*

나는 뒤로 감기 버튼을 눌렀다. 테이프가 한참 동안 돌아갔다. 마침내 딸깍 하고 멈추자 다시 재생 버튼을 눌렀다. 몇 초 동안 정적이 이어지다 쾅 하는 묵직한 소리에 이어 내가 너무나도 잘 아는 거친 숨소리가 들렸다.

나는 도입부에서 이 이야기를 글로 쓸 수 있겠다는 확신이 있지만 아무도 믿지 않을 거라는 확신도 있다고 말한 바 있다. 이제부터 믿기지 않는 이야기가 시작된다.

7

아버님께서 내 뒷조사를 하셨니, 찰리? 하셨겠지, 나라도 너희 아버님 입장이라면 그랬을 거다. 너희 아버님은 직업이 그렇다 보니 얼마든지 할 방법도 있었고. 만약 뒷조사를 했다면 에이드리언 보디치라는 사람이 1920년에 이 집의 부지를 매입했다는 걸 알아내셨겠지. 너희 아버님은 그 사람이 내 아버지거나 아니면 할아버지일 가능성이 더 크다고 생각하셨겠지만, 아버지도 할아버지도 아니야. 나다. 내가 1894년에 태어난 에이드리언 하워드 보디치야. 그러니까 내 나이가 약 120살이라는 말이지. 이 집은 1922년에 완공됐다. 아니면 1923년이었을 수도 있는데 기억이 가물가물하네. 그리고 창고. 당연히 창고도 빼먹으면 안 되지. 그건 심지어 집보다도 먼저 지어졌어. 내 손으로 직접 지었고.

네가 아는 하워드 보디치는 반려견과 단둘이서…… 레이디도 빼먹으면 안 되지…… 집 안에 틀어박혀 지내길 좋아하는 사람이지. 하지만 남들이 내 아버지인 줄 아는 에이드리언 보디치는 엄청난 방랑자였어. 여기 이 센트리스 레스트의 시카모어 1번지가 본거지였지만 이 집에 있는 시간 못지않게 비우는 시간이 많았던. 돌아올 때마다 매번 달라진 마을의 모습이 일련의 스냅 사진처럼 나를 맞았고, 그러면 놀랍기도 하고 조금 실망스럽기도 했지. 미국이 여러 면에서 엉뚱한 방향으로 변해 가는 것 같았거든. 그건 지금도 마찬가지겠다만 하나 마나 한 얘기겠지.

내가 에이드리언 보디치로 마지막으로 이 집에 돌아온 때가 1969년이었다. 1972년에 78세가 됐을 때 존 매킨이라는 간병인을 고용했지. 나보다 나이가 많았고 훌륭하고 믿음직한 친구였지. 관청에 남은 기록을 찾아보면 이름이 나올 거다. 그와 마지막 여행을 떠났어. 남들은 이집트인 줄 알았지만 다른 곳이었고, 그로부터 3년 뒤인 1975년에 40살쯤 된 아들 하워드 보디치로 컴백했단다. 하워드는 남편과 별거 중인 엄마와 거의 한평생 외국에서 살았다고 되어 있었지. 나는 그 설정이 마음에 들더구나. 이혼이나 사별보다 별거가 어째 좀 더 현실적이잖니. 게다가 운치 있는 멋진 단어이기도 하고. 에이드리언 보디치는 이집트에서 죽은 것으로 처리됐고 내가 집을 물려받아서 살기로 했지. 소유권에 대해서는 논란의 여지가 없었어. 내가 나한테 물려준다는 유언장을 남겼으니까. 끝내주지 않니?

나머지 이야기를 들려주기 전에 이쯤에서 카세트를 멈추고 창고로 나가 보기 바란다. 문을 열 수 있잖니? 내 열쇠가 있으니까. 문을 열어 보기 바란다. 그 안에 위험한 건 없어. 널빤지를 원래 있던 자리에 돌려 놓고 블록을 그 위에 다시 쌓았거든. 망할, 얼마나 무거웠는지 모른다! 하지만 불안하면 내 총을 들고 가라. 그리고 부엌 찬장에 있는 손전등도. 창고에 전등이 달려 있긴 하지만 그래도 손전등이 필요할 거야. 두고 보면 알아. 거기 뭐가 있는지 가서 봐. 네가 맨 처음에 들은 그 소리의 주인공은 대부분, 어쩌면 전부 사라졌겠지만 내 총에 맞은 녀석의 잔재는 남아 있을 게다. 대부분은. 영국 사람들이 쓰는 표현을 빌자면 휘딱 보고 와서 나머지 부분을 듣도록 해. 얼른. 나를 믿어 주기 바란다, 찰리. 내가 의지할 수 있는 사람은 너뿐이야.

8

나는 정지 버튼을 누르고 잠깐 그 자리에 가만히 앉아 있었다. 그가 제정신이 아니었던 게 분명하지만 그렇게 *보인* 적이 한 번도 없기는 했다. 그는 심지어 막판에도, 내게 전화해 심장마비가 왔다고 했을 때조차 정신이 또렷했다. 그 창고에 뭔가 있긴 했다. 그것만큼은 분명했다. 내가 소리를 들었고 레이더도 들었고 보디치 씨가 가서 총으로 쏘았다. 하지만 120살이라고? 그 나이까지 살 수 있는 사람은 1000만 명 중에 한 명 있을까 말까 했고 40세로 돌아와 아들 행세를 할 수 있는 사람은 있을 수 없었다. 그런 건 가상의 이야기 속에서나 가능한 일이었다.

"아니면 동화."

나는 이렇게 중얼거려 놓고, 너무 긴장해 있었던(너무 충격을 받았던) 터라 내 목소리에 놀라서 움찔했다.

나를 믿어 주기 바란다, 찰리. 내가 의지할 수 있는 사람은 너뿐이야.

자리에서 일어났지만 몸과 정신이 따로 노는 느낌이었다. 그보다 더 정확한 표현이 없었다. 나는 2층으로 올라가 금고 문을 열고 보디치 씨의 45구경을 꺼냈다. 총은 여전히 총집에 들어 있었고 총집은 여전히 징이 달린 벨트에 달려 있었다. 벨트를 차고 한쪽 무릎 위로 끈을 묶었다. 그러는 동안 내면의 나는 카우보이 놀이를 하는 어린애가 된 것처럼 황당해했다. 외면의 나는 그 묵직함을 느낄 수 있다는 데, 6발 모두 장전이 되어 있다는 데 기뻐했다.

손전등도 D건전지가 6개 들어가는, 길쭉하고 쓸 만한 녀석이었다. 불이 잘 들어오는지 한번 켜 보고는 나가서 창고 쪽으로 뒷마당을 가로질렀다. *조만간 잔디를 또 깎아야겠네.* 심장이 빠르게 쿵쾅거렸다. 별로 더운 날도 아니었는데, 땀이 뺨과 목을 타고 흘러내리는 게 느껴졌다.

주머니에서 열쇠 뭉치를 꺼내다 떨어뜨렸다. 그걸 주우려고 허리를 숙였다가 머리를 창고 문에 부딪혔다. 열쇠 뭉치를 집어서 이리저리 뒤적였다. 그중에 머리가 둥그스름하고 필기체로 스튜드베이커라고 새겨진 열쇠가 있었다. 앞문과 뒷문 열쇠는 알았다. 조그만 열쇠는 자물쇠 달린 상자인지 은행의 안전 금고인지를 여는 용도였다. 창고 문에 달린 은색의 큼지막한 예일 맹꽁이자물쇠와 한 쌍인 예일 열쇠가 있었다. 나는 열쇠를 자물쇠에 꽂고 주먹으로 문을 두드렸다.

"어이!"

나는 소리를 지르되 조그맣게 질렀다. 리치랜드 부인에게 내 소리가 들리는 사태만큼은 피하고 싶었다.

"어이, 거기 누구 있으면 돌아가! 나 총 들고 있어!"

아무 대꾸도 들리지 않았지만 계속 손전등을 들고 그 자리에 서 있었다. 공포 때문에 옴짝달싹할 수가 없었다. 무엇에 대한 공포였을까? 미지의 대상, 세상에서 제일 무서운 것이 그것이었다.

똥 싸기 싫으면 그만 일어나라, 찰리. 이렇게 말하는 보디치 씨의 목소리가 들리는 것 같았다.

나는 억지로 열쇠를 돌렸다. 자물쇠 고리가 튀어나왔다. 나는 자물쇠를 꺼내고 걸쇠를 푼 다음 그 위에 자물쇠를 걸었다. 산들바람이 내 머리칼을 헝클어뜨렸다. 문을 열었다. 경첩이 끼이익거렸다. 안은 어두컴컴했다. 바깥세상의 빛은 들어왔다가도 그냥 죽어 버리는 느낌이었다. 테이프에 녹음된 바로는 전등이 있다고 했지만 창고와 연결된 전선이 전혀 보이지 않았다. 문 오른쪽을 손전등으로 비춰 보니 스위치가 있었다. 그 스위치를 켜자 양쪽에 하나씩 높다랗게 달린 배터리식 전등에 불이 들어왔다. 학교나 극장에서 정전됐을 때 쓰는 비상용 전등 비슷했다. 거기서 나지막이 웅웅거리는 소리가 났다.

바닥에는 널빤지가 깔려 있었다. 안쪽 좌측 모서리에 나란히 놓인

3개의 널빤지 끝에는 콘크리트 블록이 놓여 있었다. 오른쪽으로 손전등을 돌렸을 때 눈앞에 펼쳐진 너무나 끔찍한 뜻밖의 광경을 처음에는 이해하지 못했다. 몸을 돌려서 도망치고 싶었지만 움직일 수가 없었다. 내 머릿속 한 구석에서는(그 처음 몇 초 동안 마비되지 않고 제대로 돌아갔던 부분에서는) 섬뜩한 장난일 거라는, 고무와 철사로 만든 공포 영화의 소품일 거라는 생각이 들었다. 총알이 내가 쳐다보고 있는 그것을 뚫고 벽을 관통해서 생긴 구멍으로 동전만 한 빛이 보였다.

그것은 어떤 벌레였지만 크기가 다 자란 고양이와 거의 비슷했다. 수많은 다리를 천장으로 뻗고 죽어 있었다. 다리는 무릎처럼 중간이 구부러졌고 굵은 털이 박혀 있었다. 검은 눈알이 초점 없이 앞을 응시했다. 보디치 씨가 쏜 총알 하나가 복부를 관통해 뭔지 모를 희끄무레한 내장이 찢어진 배 주변에 섬뜩한 푸딩처럼 고여 있었다. 옅은 안개가 그 내장에서 한들한들 피어올랐고, 산들바람이 또 한 차례 나를(손이 전등 스위치에 들러붙기라도 한 것처럼 여전히 문 앞에서 얼어붙은 상태였다) 지나서 불자 그것의 머리와, 그것의 등껍질로 덮이지 않은 공간에서도 안개가 피어오르기 시작했다. 앞을 응시하던 눈알이 안으로 떨어져 나를 노려보는 듯한 빈 구멍만 남았다. 나는 그것이 부활하려는 줄 알고 조그맣게 비명을 터뜨렸다. 하지만 아니었다. 그것은 이보다 더 완전할 수 없게 죽어서 분해되는 중이었고 외부에서 공기가 유입되자 그 과정이 가속화됐을 뿐이었다.

나는 왼손에 손전등을 들고 죽은 벌레의 시체에 시선을 고정한 채 억지로 안으로 들어갔다. 오른손에 총이 들려 있었다. 그걸 꺼낸 기억도 없는데.

영국 사람들이 쓰는 표현을 빌자면 휘딱 보고 와서.

대충 보고 오라는 뜻인 것 같았다. 문가에 딱 붙어 있고 싶었지만 억지로 걸음을 옮겼다. 외면의 내가 그랬다. 휘딱 보고 가려고. 내면의 나는 공포와 충격과 경악으로 그야말로 횡설수설하고 있었다. 위에 콘크리트 블록이 놓인 널빤지 쪽으로 다가갔다. 중간에 뭔가가 발에 차이길래 손전등을 비추었다가 으윅 하고 비명을 질렀다. 벌레다리 또는 그 잔재였다. 털과 무릎처럼 구부러진 부분을 보면 알 수 있었다. 세게 차지도 않았고 운동화를 신고 있었는데도 두 동강이 났다. 예전에 소리를 들었던 그 녀석의 잔재인 것 같았다. 이 안에서 죽어서 이 다리 하나 남긴 것이었다.

자, 찰리, 다리 한쪽 먹어라! 닭다리를 건네는 아빠의 목소리가 들리는 것 같았다. *아메리카 넘버원이야!*

나는 웩웩대며 손바닥의 불룩한 부분으로 입을 막고 구역질이 가라앉을 때까지 기다렸다. 죽은 벌레에서 지독한 악취가 풍겼다면 구역질을 참지 못했겠지만 분해 과정상 그런 단계가 지났는지 냄새가 거의 나지 않았다.

널빤지와 콘크리트 블록은 지름이 150센티미터쯤 되어 보이는 구멍을 덮고 있었다. 수도가 설치되기 전에 썼던 우물의 흔적인가 싶었지만, 두 널빤지 사이로 손전등을 비춰 보니 아래로 뱅글뱅글 이어지는 짧은 돌계단이 있었다. 어둠 속 깊은 곳에서 종종거리는 소리와 나지막이 치르륵거리는 소리가 들렸다. 언뜻 포착된 움직임에 나는 그대로 얼어붙었다. 벌레들이 더 있었다. 그것도…… 살아 있는 벌레들이. 녀석들이 내 불빛과 반대편으로 물러나고 있었고 순간 나는 그 녀석들의 정체를 알 것 같았다. 바퀴벌레였다. 덩치는 초대형이었지만 불빛이 비치면 바퀴벌레들이 원래 그렇듯 반대편으로 미친 듯이 도망치고 있었다.

보디치 씨가 어딘지 (또는 뭔지) 모를 곳과 연결된 구멍을 막아 놨지만, 그답지 않게 대충 처리했든지 벌레들이 오랜 세월에 걸쳐 널빤지를 옆으로 치웠든지 둘 중 하나였다. 1920년부터 그래 온 걸까? 아빠가 이 말을 들으면 폭소를 터뜨리겠지만 그야 크기가 고양이만 한 죽은 바퀴벌레를 본 적 없으니 그럴 수밖에.

나는 한쪽 무릎을 꿇고 앉아서 널빤지 사이로 손전등을 비췄다. 거대한 바퀴벌레들이 있었을지 몰라도 사라지고 보이지 않았다. 나선형 계단만 아래로, 아래로 이어지고 있을 따름이었다. 잠시 후에 어떤 생각 하나가 퍼뜩 떠올랐다. 처음에는 터무니없는 생각 같았지만 다시 따져 보니 그렇지 않았다. 나는 지금 보디치 씨의 콩나무를 보고 있었다. 이건 위가 아니라 아래로 이어졌지만 그 끝에 황금이 있는 건 마찬가지였다.

확신할 수 있었다.

9

나는 천천히 돌아 나와 배터리식 전등을 끄고, 벽을 배경으로 누워 있는 그 흉측한 벌레를 향해 마지막으로 손전등을 비췄다. 수증기가 아까보다 더 많이 피어올랐고 시큼한 페퍼민트 같은 냄새도 났다. 외부 공기에 타격을 입고 있는 것이었다.

문을 닫고 자물쇠를 채우고 다시 집으로 들어갔다. 손전등은 찬장에, 총은 금고에 도로 넣었다. 황금 양동이가 보였지만 오늘은 그 안에 손을 묻고 싶은 생각이 들지 않았다. 바닥까지 손을 집어넣었는데 털이 박힌 벌레 다리 조각이 만져지면 어쩔 건가.

계단까지 갔을 때 다리에서 힘이 풀리는 바람에 우당탕 굴러떨어지지 않게 계단 기둥을 붙잡아야 했다. 계단 맨 꼭대기 칸에 앉아서 몸을 부들부들 떨었다. 1, 2분 정도 지나자 정신을 차리고 보디치 씨처럼 난간을 잡아가며 내려갈 수 있었다. 식탁 앞에 털썩 주저앉아 카세트 플레이어를 쳐다 보았다. 테이프를 꺼내 갈색 필름을 풀어서 쓰레기통에 던져 버리고 싶은 마음도 있었다. 하지만 나는 그러지 않았다. 그럴 수가 없었다.

나를 믿어 주기 바란다, 찰리. 내가 의지할 수 있는 사람은 너뿐이야.

나는 재생 버튼을 눌렀다. 순간 보디치 씨가 바로 옆에서 내가 얼마나 겁에 질렸는지, 얼마나 놀랐는지 보고 달래 주려는 것처럼 느껴졌다. 그 커다란 벌레의 눈이 안으로 떨어져 빈 구멍이 나를 빤히 쳐다보는 것 같았던 기억에서 끄집어내어 주려고 하는 것처럼 느껴졌다. 그리고 효과가 있었다, 적어도 잠깐 동안은.

10

그 녀석들은 그냥 바퀴벌레일 뿐이고 위험하지도 않아. 환한 불빛이 보이면 도망치거든. 내가 쏴서 죽인 녀석을 보고 네가 비명을 지르며 도망치지 않았다면, (그리고 내가 아는 너라면 그러지 않았을 거라고 본다만) 널빤지 사이로 우물과 그 아래로 내려가는 계단을 봤을 테지. 가끔 바퀴벌레들이 몇 마리 올라올 때도 있는데, 날이 따뜻해질 때만 그래. 이유는 모르겠다. 여기 공기가 그 녀석들에게는 치명적인데 말이지. 널빤지 아래에 갇혀 있어도 부패가 시작되는데 널빤지를 그렇게 두드려. 본

능적인 자살 충동일까? 누가 알 수 있겠니. 내가 지난 이삼 년 동안 우물을 덮는 뚜껑에 신경을 안 쓰는 바람에, 지난 몇 년 동안 여러 가지 일에 신경을 안 쓰는 바람에…… 두어 마리가 위로 올라왔지. 네가 봄에 들은 소리를 낸 녀석은 자기 혼자 죽어서 다리 한 짝과 더듬이 한 개만 남았더구나. 다른 녀석은…… 뭐, 너도 알 테지. 하지만 위험하지는 않아. 물지는 않거든.

나는 헨리 커트너라는 작가가 쓴 옛날 펄프 호러 소설 제목을 따서 그곳을 세상의 우물이라고 부른다만, 사실 내가 그걸 발견한 건 아니야. 그 안으로 떨어졌다면 모를까.

이게 다 무슨 소리인지 이제부터 최대한 자세히 들려주마.

에이드리언 보디치 시절의 나는 로드아일랜드에서 태어났고, 수학에 재능이 있고 책 읽기를 좋아했지만 너도 알다시피 학교를 좋아하지 않았고 새아빠도 좋아하지 않았다. 그자는 무슨 문제가 생길 때마다 나를 때렸는데, 심각한 술꾼이라 몇 달 이상 한 직장에 있질 못했으니 툭하면 문제가 생길 수밖에 없었지. 나는 17살 때 집에서 뛰쳐나와 북쪽의 메인으로 도망쳤다. 건장한 청년이었으니 멀리 아루스투크 카운티까지 일을 하러 다니는 벌목 작업반에 합류할 수 있었지. 그때가 아마 1911년이었을 거야. 아문센이 남극을 탐험한 해. 내가 그냥 나무꾼이었다고 했던 거 기억하지? 진짜였어.

6년 동안 그 일을 하다가 1917년이 됐을 때 군인 하나가 우리 야영지로 찾아와서 몸 성한 남자들은 아일랜드 폴스 우체국에 가서 입대 신청을 해야 된다고 하더구나. 나이가 어린 축에 속하는 친구들 몇 명이 트럭에 줄줄이 몸을 실었어. 나도 그중 한 명이었지만 나는 프랑스의 어딘지 모를 곳에서 군수품으로 소모될 생각은 없었다. 나 말고도 전장에서 피를 흘릴 사람은 많을 테니 신청서를 작성하려고 줄을 선 친구들에게 작별을 고하고 서부로 향하는 화물 열차에 올라탔지. 나는 이 마

을에서 멀지 않은 제인스빌이라는 곳으로 흘러 들어가 어느 벌목 작업
반과 계약을 맺었다. 그 계약이 끝나자 일을 찾아서 아카디아 카운티가
된 센트리 카운티까지 오게 되었고. 우리가 사는 여기 이 카운티로 말
이다.

벌목 일이 별로 많지 않길래 와이오밍이나 몬태나로 건너가 볼까 고민
하던 시점이었어. 그랬다면 내 인생은 아주 많이 달라졌겠지. 정상적인
나이에 수명을 다했을 테고 너하고는 만날 일이 없었겠지. 하지만 지금
은 산림 보호 구역으로 지정된 버핑턴에서 **측량사 구함**이라고 적힌 포
스터를 보았지 뭐냐. 그리고 그 아래에 나를 지목한 것처럼 느껴지는
문구가 있었지. **지도와 숲 관련 지식이 풍부해야 함.**

나는 관청으로 찾아갔고 지도를 보며 위도, 경도, 등고선, 기타 등등을
읽어 보인 끝에 취직할 수 있었다. 똥통에 빠졌다가 장미를 입에 물고
올라온 심정이었다고 할까. 이후로 나는 날이면 날마다 우라질 숲속을
헤치며 나무껍질에 표시를 새기고, 지도를 만들고, 수없이 많은 오래된
숲길을 기입했지. 해가 지면 나를 받아 주는 집이 있으면 거기서 묵고
아니면 별빛 아래에서 야영을 하고. 얼마나 장관이었는지 몰라. 며칠
동안 사람 코빼기도 보지 못할 때도 있었어. 누구에게나 맞는 일은 아
니었지만 내게는 딱 맞았지.

그러다 1919년 가을의 어느 날 내가 시카모어 언덕을 헤집고 다녔을 때
였어. 시카모어 언덕이 그 당시에는 센트리 숲이라 불렸고, 센트리스 레
스트는 지금 이 자리에 있었지만 사실상 조그만 마을에 불과했고, 시
카모어는 리틀 럼플 강에서 끝이 났지. 다리, 그러니까 첫 번째 다리가
설치되려면 최소 15년은 더 있어야 했고. 네가 자란 동네는 2차 세계대
전이 끝나고 참전 군인들이 귀향하기 전까지는 존재하지도 않았지.

나는 그때 지금은 내 집 뒷마당이 된 숲속에서 관목과 덤불을 헤치며
앞쪽 어딘가에 있어야 하는 흙길을 찾고 있었어. 그런데 읍내에 젊은

266

남자가 술 한잔할 만한 곳이 있을까, 오로지 그 생각을 하고 있다가 아래로 떨어졌지 뭐냐. 방금 전까지만 해도 햇빛을 맞으며 걷고 있었는데 눈 깜빡할 새 세상의 우물 속으로 빠진 거다.

널빤지 사이로 손전등을 비춰 보았다면 너도 알겠지만 내가 죽지 않은 게 요행이었지. 난간도 없고 계단이 지하 깊숙한 곳까지 뱅글뱅글 이어지거든. 약 5킬로미터까지. 벽은 다듬은 돌을 쌓아서 만들어졌다는 거 알아차렸니? 아주 오래됐어. 얼마나 오래됐는지 아무도 모를 거다. 돌덩이가 일부 떨어져서 바닥에 쌓여 있었지. 나는 안으로 떨어졌을 때 손을 뻗어서 돌덩이가 떨어져서 생긴 구멍을 붙잡았다. 폭이 7, 8센티미터밖에 안 됐지만 손가락을 욱여넣기에는 충분했지. 둥그스름한 벽에 대고 위로 몸을 끌어올리면서 눈부신 햇살과 파란 하늘을 올려다보는데, 심장은 1분에 200번씩 벌떡거리는 것 같고 여기가 뭔가 싶더라. 돌계단이 아래로 이어지고 다듬은 돌로 벽을 쌓은 곳이 평범한 우물일 수는 없었거든.

숨 가빴던 게 가라앉았을 때, 하마터면 시커먼 구멍 속으로 떨어져 죽을 뻔했으니 숨이 제대로 쉬어졌겠니. 아무튼 그랬던 게 가라앉았을 때 허리에 차고 있던 전기 손전등을 꺼내 아래를 비춰 보았지. 아무것도 보이지 않았지만 바스락거리는 소리가 들렸으니 아래에 살아 움직이는 뭔가가 있다는 뜻이었어. 불안하지는 않았어. 숲속이 안전한 곳은 아니라 허리춤에 총집을 차고 거기에 권총을 넣고 다녔거든. 그 당시에는 곰이 많기는 했지만 진짜 걱정거리는 짐승이 아니라 사람, 특히 밀주업자들이었는데, 그 구멍 안에 밀주업자가 있을 것 같지는 않았으니까. 뭐가 있는지는 알 수 없었지만 내가 워낙 호기심이 많은 성격이라 알아보기로 마음을 먹었지.

계단 위로 떨어지는 바람에 비뚤어진 배낭을 정리하고 계단을 내려갔다. 아래로, 아래로, 빙글빙글. 세상의 우물은 깊이가 5킬로미터고 높이가 각기 다른 185개의 돌계단으로 이루어져 있지. 그 끝에는 옆면이 돌로 덮인 터널이 있어. 아니, 통로라고 하는 편이 나으려나? 찰리, 네가 고개를 숙이지 않고 똑바로 걸어도 거의 네 키만큼 더 남을 정도로 천장이 높거든.

계단 발치 쪽은 바닥이 흙이었지만 조금 걸어가 보니 돌로 바뀌더구나. 이제는 거기가 약 400미터쯤 되는 지점이라는 걸 알고 있지만. 거기에서부터 바스락거리는 소리는 점점 더 커졌지. 꼭 종이나 낙엽이 산들바람에 날리는 소리 같았어. 잠시 후에 그 소리가 머리 위에서 들리더구나. 손전등을 들어서 보니 빌어먹을, 이게 가능할까 싶을 만큼 커다란 박쥐들로 천장이 뒤덮여 있지 뭐냐. 날개를 펼치면 폭이 터키 콘도르 못지않겠더라고. 불빛에 녀석들의 부스럭거리는 소리가 더 심해지길래 얼른 다시 발 사이를 비추도록 손전등을 돌렸다. 녀석들이 온 사방으로 날아오르는 사태는 피하고 싶었거든. 녀석들의 날개로 덮여 숨 막혀 죽는 상상만 해도 우리 엄마 표현에 따르면 식겁할 노릇이었으니까. 나는 뱀이나 다른 벌레들은 대부분 괜찮지만 박쥐는 전부터 무서웠어. 인간이라면 누구나 공포를 느끼는 대상이 하나씩 있지 않니?

계속 걸음을 옮겨서 최소 1.5킬로미터쯤 더 갔을 때 손전등이 깜빡거리기 시작하더구나. 그 당시에는 듀라셀 건전지가 없었거든! 천장에 박쥐들이 잔뜩 매달려 있을 때도 있었고 없을 때도 있었어. 어둠 속에 덩그러니 남겨지기 전에 돌아가기로 마음을 먹었을 때 앞에서 깜빡이는 햇빛이 보이는 것 같더라. 손전등을 끄고 보니 정말 햇빛이지 뭐냐.

그 끝이 어디일지 궁금해하며 그쪽으로 다가갔지. 리틀 럼플 북쪽 강변이 아닐까 싶었어. 확신할 수는 없었지만 느낌상 남쪽으로 가고 있는 것 같았거든. 그런데 내가 그 햇빛이 비치는 곳으로 걸음을 옮겨 근처까지 갔을 때 어떤 현상이 벌어졌다. 설명을 아주 완벽하게 하지는 못하겠지만 네가 말하자면 내가 갔던 길을 따라가 보기로 마음먹을 수도 있으니 노력해 보마. 현기증과 비슷했지만 그 정도 수준이 아니었어. 내가 유령으로 바뀌어서 내 몸을 내려다보면 투명해져 있을 것 같았다고 할까. 나의 실체가 사라졌고, 우리 인간은 무게가 있는 척, 세상에 맡아 놓은 자리가 있는 척 지구 위에서 살아가는 유령에 불과하다는 생각이 들었던 기억이 난다.

그런 현상은 한 5초 정도 이어졌던 것 같다. 실체가 없어진 느낌이었지만 그래도 계속 걸었지. 잠시 후에 그런 느낌은 사라지고 어떤 터널 입구가 나왔고…… 다시 100미터 정도 걸어가 보니 리틀 럼플 강둑이 아니라 언덕 비탈이 나오더구나. 발아래로 빨간색의 근사한 꽃밭이 펼쳐졌지. 양귀비가 아니었을까 싶다만 계피향이 났어. 이런 생각이 들더구나. '누가 나를 위해서 레드 카펫을 깔아 놨네!' 그 사이로 오솔길이 나 있었고 그 끝의 큰길가에 오두막집에 가까운 조그만 집이 있는데 굴뚝에서 연기가 피어오르고 있었지. 큰길 저 끝, 머나먼 지평선 위로는 대도시의 첨탑이 보였고.

오솔길은 아주 오랫동안 방치되어 있기라도 했던 듯 아주 희미했어. 그 길을 걸어가는데, 토끼 한 마리가 깡충깡충 내 앞을 지나가더구나. 지상의 토끼보다 덩치가 두 배 큰 녀석이 그렇게 깡충깡충 풀숲과 꽃밭 사이로 들어갔지. 나는…….

거기서 잠깐 정적이 이어졌지만 보디치 씨의 숨소리가 들렸다. 그 어느 때보다 거칠고 힘겹게 느껴졌다. 잠시 후에 그가 다시 얘기를 시작했다.

이게 90분짜리 테이프다, 찰리. 3달러짜리 우표처럼 폐기되기 전에 한 박스 사 놓은 걸 3층 잡동사니 사이에서 찾았다. 내 얘기로 테이프 4개,

아니면 5개, 아니면 한 박스를 모조리 채울 수도 있어. 시간만 있으면 그 다른 세상에서 경험한 수많은 모험담을 모두 들려주고 싶다만 그럴 시간이 없을 것 같네. 창고에서 사격 연습을 한 뒤로 컨디션이 영 아니거든. 왼쪽 목에서부터 왼쪽 팔을 거쳐 팔꿈치까지 아파. 그 증상이 가끔 희미해질 때도 있지만 가슴에서 느껴지는 묵직함은 그렇지가 않지. 나는 이 모든 게 뭘 의미하는지 안다. 내 안에서 천둥 번개가 만들어지고 있다는 뜻인데, 조만간 터질 것 같아. 내게는 후회하는 일들이 많다. 예전에 내가 네 앞에서 용감한 사람은 돕지만 겁쟁이는 선물만 가져다주고 그만이라고 한 적이 있는데, 기억하니? 나는 선물을 가져다주었지만 그건 다 끔찍한 변화가 들이닥칠 때 도울 수 있을 만큼 용감하지 않다는 걸 알기 때문이었어. 그러기엔 내 나이가 너무 많다고 속으로 중얼거리며 금을 챙겨서 도망쳤지. 허둥지둥 콩나무를 내려온 잭처럼. 잭이야 어린애였다지만 나는 정신을 차렸어야 하는데.

만약 밤이면 하늘에 달이 2개 뜨고 지구의 천문학자들이 아는 별자리라고는 하나도 없는 그 세상을 찾아가 볼 작정이라면 알아야 할 게 몇 개 있으니 내 말 잘 들어라.

이 세상의 공기는 그 세상의 생물들에게 치명적이고 박쥐만 예외인 것 같다. 실험 삼아 토끼를 데리고 온 적이 있었는데, 금세 죽어 버리더구나. 하지만 그쪽 공기가 우리에게는 치명적이지 않아. 오히려 기운을 북돋우지.

도시는 예전에는 으리으리했지만 지금은 아주 위험한 곳이 되었어, 특히 밤이면. 거기 들어가거든 낮에만 돌아다니고 성문을 통과한 뒤에는 절대 소리를 내지 마. 언뜻 보기에는 버려진 도시 같겠지만 그렇지 않아. 그곳을 다스리는 자는 위험하고 무시무시하고 그 아래에 숨겨져 있는 비밀은 더 무시무시하거든. 예전에 숲속 나무에 표시를 새겼던 것처럼 왕궁 뒤편 광장으로 가는 길에 표시를 해 놨어. A.B.라고 내 본명 이니설로. 그걸 따라가되 아무 소리도 내지 않으면 안전할 거다. 그러지 않으면 죽을 때까지 그 끔찍한 도시에서 길을 잃고 헤매게 될 테고. 경험자로서 하는 말이야. 나도 표시가 없었다면 거기서 빠져나오지 못하고 죽었든지 아니면 정신병에 걸렸을 거다. 한때는 으리으리하고 아름다웠던 곳이 이제는 저주와 질병에서 벗어나지 못하는 칙칙한 곳이 되어 버렸어.

다시 정적이 흘렀다. 이제는 아까보다 숨소리가 더 거칠어졌고 이야기를 재개했을 때는 목소리가 어찌나 쉬었던지 거의 그의 목소리 같지 않을 정도였다. 그가 이걸 녹음하고 있었을 때 나는 학교에서 화학 수업을 들으러 이동 중이었거나 이미 수업을 시작해 아세톤의 끓는점을 측정하고 있었을 것 같다는 확신에 가까운 예감이 들었다.

레이더는 새끼 시절이었을 때 나와 함께 거길 갔다. 겁이라고는 전혀 없이 우물 계단을 껑충껑충 뛰어 내려갔지. 앉으라고 명령하면 그 아이가 납작 엎드리는 건 너도 알지? 쉿 이라고 하거나 조용히 라고 하면 조용히 할 줄도 알아. 나는 그날 레이더에게 조용히 하라는 명령을 내리고 박쥐 떼로 덮인 천장 밑을 가만히 지나갔지. 레이더는 내가 경계선으로 여기게 된 지점을 딱히 불편해하는 기미 없이 통과했고, 빨간 꽃밭을 보더니 즐거워하면서 깡충깡충 뛰어다니고 그 안에서 뒹굴었지. 그리고 오두막집에 사는 노파를 좋아했어. 생김새가 그렇다 보니 이쪽 세상의 인간들은 대부분 그 노파를 보면 혐오스러워하며 고개를 돌릴 텐데 개들은 천성을 알아보고 외면은 상관하지 않는 모양이야. 너무 낭만적인 발상인가? 그럴지도 모르지만 내가 보기에는…….
그만. 횡설수설하면 안 되지. 그럴 시간도 없는데.

네가 레이더를 거기 데려가기로 마음먹을 수도 있다고 본다. 너 혼자 먼저 휙딱 둘러보고 나서 데려가든 처음부터 그냥 바로 데려가든. 그 아이에게 남은 시간이 점점 줄어들고 있으니까. 새 약을 먹고 있으니 그 계단을 다시 내려갈 수 있을지 몰라. 내려갈 수 있다면 거기 공기가 그 아이에게는 활력소가 될 거다. 적어도 내가 생각하기에는.

예전 그 도시에서는 경기가 열렸고 그 경기를 보러온 수천 명이 내가 얘기한 그 광장에 모여서 왕궁의 일부분인…… 부속 건물이라고 볼 수도 있는 경기장에 입장하려고 기다렸었지. 이 왕궁 근처에 지름이 3미터는 되는 거대한 해시계가 있어. 소설에 나오는 회전목마처럼 돌아가는. 브래드버리 소설 말이다. 그 작가는 분명…… 아니다, 알 것 없다. 대신 이걸 알아 둬라. 그 해시계가 내 장수의 비결이고 나는 대가를 치렀다는 걸. 너는 그 유혹에 넘어가면 절대 안 되지만 레이더를 거기에 태울 작정이면…….

아, 안 돼. 시작되려는 모양이네. 망할!

나는 부여잡은 두 손을 식탁 위에 올려놓고 앉아서, 빙글빙글 돌아가는 필름을 지켜보았다. 카세트 플레이어의 창 너머로 내가 다시 감기 시작했던 부분이 가까워지고 있다는 것을 알 수 있었다.

찰리야, 이 땅에서 벌어지는 수많은 끔찍한 사건의 근원인 그곳으로 너를 보내기는 싫고 너에게 가라고 할 생각도 없다만, 해시계가 거기 있고 금도 거기 있어. 표시를 따라가면 거기가 나올 거야. A.B.를 기억해라.

네게 이 집과 땅을 유산으로 남겼지만 그건 선물이 아니야. 짐이지. 해마다 땅값이 오르고 세금이 오를 거다. 나는 수용권(국가나 자치단체가 공공의 이익을 위해 개인의 재산 소유권과 기타 권리를 법률이 정한 일련의 절차에 따라 소유자의 동의 없이 강제적으로 취득 또는 사용할 수 있는 권한 ― 옮긴이)이라는 조세청보다 끔찍한, 더 끔찍한 법적인 횡포를 두려워하며 살아 왔고 나는…… 너는…… 우리는…….

그는 이제 숨을 헐떡였고 침을 힘겹게 삼키고 또 삼키는 소리가 테이프에 선명하게 녹음됐다. 내 손톱이 손바닥을 파고드는 것을 느낄 수 있었다. 그는 처절하게 애를 쓰며 다시 말문을 열었다.

잘 들어라, 찰리야! 이렇게 가까운 데 다른 세상이 있다는 걸 사람들이 알게 되면 어떤 일이 벌어질지 상상할 수 있겠니? 돌계단 185개와 길이가 1.5킬로미터 정도밖에 안 되는 통로만 지나면 그 세상으로 갈 수 있다는 걸 사람들이 알게 되면. 이 땅의 자원이 거의 고갈된 상황에서 착취할 수 있는 새로운 세상이 있다는 걸 정부에서 알게 되면. 그들이 플라이트 킬러를, 아니면 그곳에서 섬기는 무시무시한 신의 긴 잠을 깨우는 것을 두려워할까? 어떤 끔찍한 결과가 초래될지 이해할 수 있을까? 하지만 너는…… 방법이 있으면…… 너는…….

덜거덕거리고 쿵 하는 소리가 들렸다. 숨을 헐떡거리는 소리도 들렸다. 그가 다시 말문을 열었을 때 목소리가 들리기는 했지만 아까보다 훨씬 희미했다. 그가 마이크가 내장된 녹음기를 내려놓은 것이었다.

지금 심장마비가 왔다, 찰리…… 너도 알지…… 내가 전화를 했으니까…… 변호사가 있어. 엘진에 사무실이 있는 리안 브래덕. 지갑이 있어. 침대 아래에. 필요한 다른 모든 것도 침대 아래에…….

마지막으로 쿵 하는 소리와 함께 정적이 이어졌다. 그가 일부러 껐든지 손을 허우적거리다 정지 버튼을 때렸든지 둘 중 하나였다. 다행이었다. 그가 마지막으로 고통스러워하는 소리를 듣지 않아도 돼서.

나는 눈을 감고 그 자리에 앉아 있었다. 시간이 얼마나 지났는지는 알 수 없었다. 1분일 수도, 3분일 수도 있었다. 깜빡하고 손을 아래로 뻗으며 레이더를 쓰다듬으면 늘 그랬던 것처럼 위안을 얻을 수 있을 거라고 생각했던 기억이 난다. 하지만 레이더는 없었다. 레이더는 언덕 아래에 있었다. 멀쩡한 뒷마당에 구멍이 뚫려 있지도, 다른 세상과 연결된 어이없는 우물도 없는 멀쩡한 집에.

이제 어떻게 해야 할까? 도대체 어떻게 해야 할까?

나는 먼저 카세트테이프를 꺼내 주머니에 넣었다. 어쩌면 그 테이프가 이 세상에서 가장 위험한 물건일 수도 있었다. 하지만 다들 이건 심장마비를 일으킨 노인의 헛소리인 줄 알 것이다. 당연히 아무도 안 믿을 것이다. 그래도 만에 하나…….

나는 후들거리는 다리를 딛고 일어나 뒷문으로 갔다. 보디치 씨가, 지금보다 훨씬 젊었던 시절의 보디치 씨가 세상의 우물 위에 지어 놓은 창고를 내다보았다. 한참 동안 내다보았다. 만에 하나 누군가가 그 안으로 들어간다면…….

맙소사.

나는 집으로 갔다.

11장.

그날 밤. 학교 땡땡이. 단합대회를 떠난 아빠.
세상의 우물. 다른 세상. 노파. 기분 나쁜 깜짝 손님.

1

"너 괜찮니, 찰리?"

나는 고개를 들었다. 정신없이 책을 읽던 중이었다. 보디치 씨의 집 부엌에서 들은 테이프의 내용을 머릿속에서 지울 방법이 없을 줄 알았는데, 내 방 벽장 위 선반의 묵은 티셔츠 더미 아래에 숨겨져 있던 이 책이 효과 만점이었다. 보디치 씨의 침실에서 들고 온 책인데 안에 고유의 세계가 구축되어 있었다. 레이더는 어쩌다 한 번씩 조그맣게 코를 골며 내 옆에서 자고 있었다.

"에?"

"괜찮으냐고. 저녁은 거의 손도 대지 않고 저녁 내내 딴생각을 하는 것 같길래. 보디치 씨 생각이 나서 그러니?"

"음, 네."

그건 사실이었다. 아빠가 짐작하는 그런 식이 아니었을 뿐.

"보디치 씨가 보고 싶은가 보구나."

"네, 많이요."

나는 손을 뻗어 레이더의 목을 쓰다듬었다. 이제는 내 반려견이었다. 내 반려견, 내 책임이었다.

"괜찮아. 당연히 그렇겠지. 그런데 다음 주면 괜찮아질까?"

"그럼요. 왜요?"

아빠는 짜증을 누르며 한숨을 쉬었다. 내가 생각하기에는 아빠들만 쉴 수 있는 한숨이었다.

"단합 대회. 얘기했잖니. 다른 일로 정신이 없었던 모양이네. 화요일 아침에 출발해서 북쪽에 있는 숲에서 나흘 동안 멋진 시간을 보내고 올 예정이야. 오버랜드 단합 대회인데, 린디가 초대장을 얻어 주었어. 법적 책임 관련 세미나는 그냥 괜찮은 수준일 테지만 부당 청구 감별법 세미나는 대박이지. 특히 이제 막 걸음마를 시작하는 회사 입장에서는."

"그러니까 아빠 회사 같은 곳 말이죠."

"맞아. 그리고 유대감 쌓기 훈련도 있고."

아빠는 눈을 부라렸다.

"술도 마실까요?"

"많이들 마실 거야. 나는 아니겠지만. 너 혼자 지내도 괜찮겠니?"

"그럼요."

보디치 씨의 주장에 따르면 잠자는 신이 다스린다는 아주 위험한 도시에서 길을 잃는다면 얘기가 달라지겠지만.

내가 거기로 간다면 얘기가 달라지겠지만.

"괜찮죠. 무슨 일 생기면 전화할게요."

"웃고 있네? 무슨 재밌는 거라도 생각났니?"

"그냥 제가 10살이 아니라는 생각이 들어서요."

실은 세상의 우물 속에서 휴대전화가 터질까 하는 생각에 웃음이
난 거였다. 통신사에서 거기에까지 기지국을 세우지는 않았을 것이다.

"내가 도울 일은 없고?"

아빠한테 말씀드려.

"네. 없어요. 유대감 쌓기 훈련이 뭐예요?"

"뭔지 보여 줄게. 일어나 봐."

아빠가 먼저 자리에서 일어났다.

"이제 내 뒤에 서라."

나는 의자에 책을 내려놓고 아빠의 뒤로 가서 섰다.

"팀원들을 믿어야 해. 나는 1인 회사라 팀원이 있는 건 아니지만
훌륭한 동료는 될 수 있지. 같이 나무를 타는데……."

"*나무요?* 아빠가 나무를 탄다고요?"

"오버랜드 단합 대회 때 숱하게 탔어. 술이 덜 깬 채로 탄 적도 있
고. 정찰꾼이랑 같이. 전부 탈 거야, 윌리 디건만 빼고. 그 사람은 인
공 심박조율기를 달았으니까."

"맙소사, 아빠."

"그리고 이것도 하지."

아빠가 허리춤에서 헐렁하게 깍지를 끼고 사전 경고도 없이 뒤로
쓰러졌다. 나는 운동을 때려치웠지만 반사 신경에는 아무 문제가 없
었다. 아빠를 무난히 받고 얼굴을 거꾸로 내려다보니 눈을 감고 웃
고 있었다. 나는 아빠의 그 미소가 좋았다. 내가 들어 올리자 아빠는
다시 일어섰다. 레이더가 우리를 쳐다보고 있다가 왈, 짖고는 다시
고개를 바닥으로 내려놓았다.

"뒤에 누가 있든(아마 놈 리처즈일 거다만) 믿어야 하는데 나는 찰리, 너를 더 믿는다. 우리는 유대감이 쌓인 사이니까."

"멋진데요, 아빠? 하지만 나무에서 떨어지지는 마세요. 어디 올라갔다가 떨어진 사람 뒷바라지는 한 번으로 충분하니까. 이제 책 읽어도 돼요?"

"그래라."

아빠는 의자에서 책을 집어 표지를 보았다.

"보디치 씨 책이니?"

"네."

"나도 이 책을 너만 할 때 읽었지. 더 어렸을 때였을 수도 있고. 황당한 카니발단이 이 일리노이 주를 찾아오는 내용으로 기억한다만."

"쿠거와 다크의 그림자 쇼요."

"기억이 나는 건 앞을 보지 못하는 점쟁이뿐이네. 섬뜩했는데."

"맞아요, 더스트 위치가 완전 섬뜩하긴 하죠."

"너는 책 읽어라, 나는 텔레비전 보면서 뇌를 썩힐 테니. 나중에 악몽은 꾸지 말고."

잠이나 잘 수 있을지 모르겠네요.

2

레이더는 새 약 덕분에 계단을 올라갈 수 있게 됐겠지만 나는 그냥 1층의 조그만 손님방으로 들어갔다. 이제 우리 집에 완벽하게 적응한 레이더가 터벅터벅 따라왔다. 나는 사각팬티만 입고 베개를 하나 더 얹어 머리를 받치고서 계속 책을 읽었다. 테이프에서 보디치 씨는 왕궁 뒤편 광장에 거대한 해시계가 있고, 브래드버리의 소설에 등장하는 회전목마처럼 돌아가는 그것이 장수의 비결이라고 했다. 해시계를 통해 아들을 사칭할 수 있을 만큼 젊어진 몸으로 센트리스 레스트로 돌아올 수 있었다고 말이다. 『사악한 것이 온다』에서 회전목마는 앞으로 돌리면 거기 탄 사람이 나이를 먹었고 뒤로 돌리면 젊어졌다. 그리고 보디치 씨가 뭔가 말을 하려다 만 게 있었다. 그 작가는 분명…… *아니다, 알 것 없다.*

레이 브래드버리가 그 다른 세상의 해시계를 보고 회전목마를 착안했다고 얘기하려던 거였을까? 회전목마를 타면 나이를 먹거나 젊어진다니 어처구니없는 발상이었지만 미국의 저명한 작가가 그곳에 다녀왔다는 건 그보다 더 어처구니없는 발상이었다. 그렇지 않은가. 브래드버리가 어렸을 때 워키건에 살기는 했고 센트리스 레스트에서 거기까지는 110킬로미터도 되지 않았다. 위키피디아에서 브래드버리를 검색해 보니 그가 아주 어린 나이에 다른 세상을 다녀온 게 아닌 이상 우연의 일치라고 확신할 수 있었다. 다른 세상이라는 것이 있다는 전제 아래 그런 거고, 아무튼 내 나이였을 때 그는 로스앤젤레스에서 살았다.

그 작가는 분명…… 아니다, 알 것 없다.

나는 어디까지 읽었는지 표시하고 책을 바닥에 내려놓았다. 주인공 윌과 짐은 온갖 사건에도 살아남겠지만 예전의 그 순진했던 모습으로 돌아가지는 못할 것이다. 어린아이들은 끔찍한 일을 맞닥뜨리면 안 된다. 경험자로서 하는 말이다.

나는 일어나 바지를 입었다.

"가자, 레이더. 나가서 잔디밭에 물 주자."

레이더는 전혀 절뚝이지 않고 흔쾌히 따라나섰다. 날이 바뀌면 다시 다리를 절겠지만 조금 몸을 움직이고 나면 보행 능력이 좋아졌다. 적어도 지금까지는 그랬다. 수의사 보조의 말이 맞는다면 이것도 조만간 끝날 것이다. 그녀는 레이더가 할로윈 때까지 버티면 엄청 놀라운 일이 될 거라고 했는데, 할로윈까지 5주밖에 남지 않았다. 사실 5주도 안 남았다.

레이더는 킁킁거리며 잔디밭을 돌아다녔다. 나는 하늘을 쳐다보며 오리온자리와 북두칠성을 찾았다. 고전적인 레퍼토리였다. 보디치 씨에 따르면 그 다른 세상에는 달이 2개고 지구상의 그 어떤 천문학자들도 본 적 없는 별자리가 펼쳐진다고 했다.

말도 안 되는 얘기지, 모두 다.

하지만 우물이 있었다. 계단도 있었다. 그리고 그 끔찍한 벌레도 있었다. 내가 그것들을 전부 보았다.

레이더가 특유의 우아한 분위기로 궁둥이를 내렸다가 간식을 받아먹으려고 내 쪽으로 왔다. 본즈 반 개를 주고 다시 집 안으로 앞장섰다. 나는 늦게까지 책을 읽었고 아빠는 자러 들어갔다. 나도 잠자리에 들어야 할 시각이었다. 보디치 씨의 반려견(이제는 내 반려견이었다)은 한숨과 함께 털썩 주저앉으며 방귀를 뀌었다. 방귀라고 해야 실은 삑 하는 소리에 불과했다. 나는 불을 끄고 어둠 속을 올려다보았다.

아빠한테 전부 말씀드려. 아빠한테 창고를 보여 드려. 보디치 씨가 쏴서 죽은 벌레가 일부분이나마 아직 남아 있을 테고 없어졌더라도 우물은 있을 거 아냐. 너무 부담스럽지? 그러니까 짐을 나눠.

아빠는 비밀을 유지할 수 있을까? 내가 아빠를 많이 사랑하기는 했지만 그 점에 있어서는 믿을 수가 없었다. 아빠는 비밀을 유지하지 못할 것이다. AA에는 수천 개의 슬로건과 모토가 있고 그중에 '우리는 비밀의 무게만큼 아프다'가 있다. 아빠가 린디에게 털어놓을 수도 있지 않을까? 아니면 믿음직한 동료에게. 아니면 아빠의 형제인 밥 삼촌에게.

문득 6학년인가 7학년 때 수업 시간에 배웠던 문구가 생각났다. 그린필드 선생님이 미국사 시간에 가르쳐준 벤저민 프랭클린의 명언이었다. 세 사람이 비밀을 지킬 수도 있다, 그중에서 둘이 죽으면.

이렇게 가까운 데 다른 세상이 있다는 걸 사람들이 알게 되면 어떤 일이 벌어질지 상상할 수 있겠니?

보디치 씨의 물음에 대한 답을 알 것 같았다. 그곳이 점령당할 것이다. 히피 지향적인 우리 역사 선생님의 표현을 빌자면 흡수될 것이다. 시카모어 1번지는 정부의 1급 기밀 시설이 될 것이다. 잘은 모르겠지만 동네 전체에 소개령이 내려질 것이다. 그런 뒤에 착취가 시작될 테고 보디치 씨의 예언이 맞는다면 끔찍한 결과가 초래될 수 있었다.

나는 한참 만에 잠이 들었지만 깨어 보니 침대 아래에서 뭔가가 움직이고 있는 꿈을 꾸었다. 꿈속에서는 그렇듯이 나는 뭐가 움직이고 있는지 알았다. 거대한 바퀴벌레였다. 그것도 무는 바퀴벌레였다. 나는 새벽에 깼을 때 이게 꿈이 아니라고 확신했다. 하지만 그런 바퀴벌레가 있다면 레이더가 짖었을 텐데 녀석은 뭔지 모를 꿈을 꾸느라 나지막이 끙끙대며 단잠을 자고 있었다.

3

일요일이 되자 나는 그 전날 하려고 했던 일을 하려고 보디치 씨의 집을 찾아갔다. 대청소를 시작하기로 한 것이다. 물론 손을 댈 수 없는 부분들도 있었다. 찢긴 쿠션과 난도질당한 벽지는 나중으로 미뤄야 했다. 그 밖에도 할 일이 차고 넘쳤지만 그걸 두 번에 나눠서 처리해야 했다. 처음에 레이더를 데리고 가는 실수를 저질렀기 때문이었다.

레이더는 1층을 이 방, 저 방 돌아다니며 보디치 씨를 찾았다. 난장판을 보고 흥분한 것 같지는 않았지만 소파를 향해 미친 듯이 짖다가 바보냐고 묻는 표정으로 나를 쳐다보길 반복했다. 어디가 잘못됐는지 안 보이냐는 식이었다. 자기 주인이 쓰던 침대가 없어졌다는 것이었다.

나는 부엌으로 레이더를 데려가 앉으라고 했지만 녀석은 말을 듣지 않고 계속 거실 쪽만 쳐다봤다. 제일 좋아하는 치킨 너겟을 간식으로 줘도 바닥에 떨어뜨렸다. 집에 다시 데려가 아빠에게 맡기는 수밖에 없겠다는 생각이 들었지만 레이더는 목줄을 보더니 (심하게 절뚝거리며) 거실을 지나 2층으로 도망쳤다. 찾으러 나서 보니 녀석이 보디치 씨의 침실에 들어가 옷걸이에서 떨어져 쌓인 옷을 침대 삼아 벽장 앞에 웅크리고 앉아 있었다. 거기 있으면 괜찮아하는 것 같아 보이길래 그냥 두고 다시 1층으로 내려가 최대한 열심히 정리를 했다.

11시쯤 됐을 때 레이더가 발톱을 달가닥거리며 계단을 내려오는 소리가 들렸다. 녀석을 보고 있자니 가슴이 아팠다. 레이더는 다리를 절지는 앉았지만 고개를 숙이고 꼬리를 내리고 천천히 움직였다.

말하지 않아도 알겠는 표정으로 나를 처다보았다. *그분 어디 있어?*

"가자, 공주님. 여기서 탈출시켜 줄게."

이번에는 레이더가 목줄을 보고도 반항하지 않았다.

4

오후에는 2, 3층을 치웠다. 화이트 삭스 야구모자를 쓰고 코듀로이 바지를 입은 땅딸막한 남자가(내가 짐작하기로는 그가 범인이었다) 3층은 건드리지 않았다. 적어도 내가 보기에는 그랬다. 그는 2층에, 그리고 금고를 찾은 뒤에는 금고에 집중했을 것이다. 장례식이 몇 시부터 몇 시까지인지 알았으니 시간도 계속 체크했을 것이다.

내 옷을 챙겨서 집으로 들고 가려고 계단 초입에 쌓아 놓았다. 그런 다음 보디치 씨의 침실로 들어가 (뒤집혔던) 침대를 바로 놓고 (주머니를 넣어 가며) 그의 옷을 다시 걸고 베개 솜을 주웠다. 고인을 모독한 거나 다름없는 오호 하, 하 선생에게 화가 났지만 내가 버티 버드와 함께 저질렀던 한심한 작태들이 떠오르는 건 어쩔 수 없었다. 차앞 유리창에 개똥 문대기, 우편함에 폭죽 넣기, 가득 찬 쓰레기통 뒤집기, 그레이스 감리교회 현관에 스프레이 페인트로 **예수님은 딸딸이 전문가**라고 적기. 들킨 적은 없었지만 들킨 거나 다름없었다. 하, 하 선생이 남긴 난장판을 보며 치를 떨었을 때 나는 나의 정체를 깨달았다. 그 당시의 나는 말투와 걸음걸이가 특이했다는 땅딸막한 남자와 다를 게 없었다. 어떤 면에서는 더 나빴다. 땅딸막한 남자에게는 적어도 동기가 있었다. 그는 금을 찾고 있었다. 버드와 나는 그냥 난장을 치고 다니는 악질이었다.

물론 버드와 내가 사람을 죽인 적은 없었다. 그런데 내 짐작이 맞는다면 하, 하 선생은 사람을 죽인 적이 있었다.

침실 책꽂이 하나가 쓰러져 있었다. 나는 책꽂이를 세우고 책들을 다시 꽂기 시작했다. 학술서처럼 생긴 두꺼운 책이 맨 아래에 깔려 있었다. 내가 지금 읽고 있는 브래드버리 소설과 함께 그의 침대 옆 테이블에 놓여 있었던 책이었다. 그 책을 집어서 표지를 보았다. 별이 가득 담긴 깔때기였다. 『판타지의 기원과 세상의 모체 안에서 판타지의 위치』. 제목 한번 길고 복잡하기도 하지. 거기에 '융의 관점에서 본'까지 추가되다니. 잭과 콩나무를 다룬 대목이 있을까 싶어 색인을 뒤졌다. 있었다. 그 부분을 읽어 보려다 그냥 대충 훑어보고 넘겼다. 내가 싫어하는 잘난 척 학술서의 모든 면모를 갖추고 있다. 잘 쓰이지 않는 긴 단어, 암호와도 같은 문장 구조. 내가 지적으로 게으른 탓이겠지만 아닐 수도 있었다.

내가 이해한 바에 따르면 그 장의 저자는 콩나무 이야기에 실은 2가지 버전이 있다고 했다. 잔인한 오리지널과, 엄마의 승인을 거친 『리틀 골든 북』과 장편 만화를 통해 아이들이 접하는 순화된 버전. 잔인한 오리지널은 2개의 신화적인 흐름으로 이분화됐다. 그중에서도 어두운 흐름은 (잭이 콩나무를 찍어서 넘어뜨리고 거인이 박살나는 대목에서 그렇듯) 약탈과 살인의 쾌감과 연결됐다. 밝은 흐름은 작가가 '비트겐슈타인적인 종교관의 인식론'이라고 표현한 것과 연결된다는데, 그게 무슨 뜻인지 아는 사람은 나보다 훌륭한 사람이다.

나는 책을 꽂고 밖으로 나왔다가 다시 들어가 표지를 확인했다. 안은 꾸역꾸역 이어지는 산문과 쉴 틈을 주지 않는 중복문들로 가득했지만 표지는 조금 시적이었고 윌리엄 카를로스 윌리엄스가 빨간색 손수레를 주제로 쓴 시처럼 나름대로 완벽했다. 별이 가득 담긴 깔때기.

5

월요일이 되자 나는 오랜 친구 실비어스 선생님을 교무실로 찾아가 한 학기에 한 번씩 하는 지역 사회 봉사 활동을 화요일에 해도 되느냐고 물었다. 선생님은 책상 위로 몸을 기울이고는 은밀한 목소리로 나지막이 물었다.

"너 혹시 수업 땡땡이치려고 그러는 거니? 그냥, 봉사 활동을 하려면 최소 일주일 전에 신청서를 제출하는 게 원칙이라 묻는 거야. 필수는 아니지만 강력한 권고 사항이거든."

"아뇨, 진짜예요."

나는 대답하고 진지하게 선생님과 눈을 맞췄다. 버티 버드에게 배운 기술로, 거짓말을 할 때 쓰면 잘 먹혔다.

"시내 가게를 돌아다니면서 입양 캠페인을 홍보하려고요."

"입양 캠페인?"

실비어스 선생님은 자기도 모르게 궁금해하는 표정을 지었다.

"아, 원래는 고속도로 입양이라는 캠페인이고 키 클럽이라는 단체에서 같이 진행했었는데 거기서 좀 더 확대하고 싶어서요. 가게 사장님들께 공원 입양 캠페인(우리 시에 공원이 6개인 거 아시죠?), 지하도 입양 캠페인(지하도마다 어찌나 더러운지 부끄러울 지경이에요)에 관심을 가져 달라고 말씀드리는 거예요. 가능하면 공터 입양 캠페인까지……."

"알겠다."

선생님은 서류를 하나 집어서 그 위에 뭐라고 끼적였다.

"이거 들고 가서 모든 선생님께 사인 받아 와."

그러고는 교무실을 나서려는 내게 말했다.

"찰리, 그래도 땡땡이의 냄새가 난다. 아주 심하게 나."

지역 사회 봉사 활동 계획 자체가 거짓말은 아니었지만 학교를 하루 빼먹어야 하는 건 아니었다. 나는 5교시에 도서관에 가서 청년 상공 회의소 책자를 보고 시내 가게 명단을 확보해 인사말과 입양 캠페인 종류만 바꿔 가며 이메일을 쫙 돌렸다. 30분 만에 끝나서 수업 끝 종이 울리기까지 20분이 남았다. 나는 다시 데스크로 찾아가 노먼 선생님께 『그림 동화』가 있느냐고 물었다. 선생님은 종이책은 없다며 뒷면에 힐뷰 고등학교 자산이라고 라벨이 붙은 킨들과 함께 책을 다운받을 수 있게 1회용 비밀번호를 알려 주었다.

동화를 읽지는 않고 목차를 확인하고 머리말을 대충 훑어보았다. 신기하게도(하지만 놀랍지는 않았다) 내가 어렸을 때 읽었던 거의 모든 동화의 어두운 버전이 따로 있었다. 『골디락스와 곰 세 마리』는 원래 1500년대부터 구전되던 이야기였고 거기에는 골디락스라는 여자아이가 등장하지 않았다. 곰들의 집에 침입해 그야말로 모든 가재도구를 부수고 킬킬대며 창밖으로 빠져나가 숲속으로 도망친 못된 노파가 주인공이었다. 『럼펠스틸트스킨』은 이보다 더 끔찍했다. 희미하게 기억하기로는 짚으로 금실을 자아야 하는 처녀가 그의 이름을 알아맞히자 난쟁이 럼펠스틸트스킨이 씩씩대며 떠나는 내용이었다. 그런데 1857년에 출간된 『그림 동화』에서는 그가 한쪽 발을 땅속에 박고 다른 쪽 발을 잡아서 자기 몸을 찢었다. 「쏘우」 시리즈에 넣어도 손색이 없을 만한 공포물이었다.

6교시는 '미국의 오늘'이라는 1학기짜리 수업이었다. 내 귀에는 메이슨식 선생님의 설명이 들리지 않았다. 가상의 세계에 대해 생각하느라 여념이 없었다. 예컨대 『사악한 것이 온다』의 회전목마가 어떤 식으로 그 다른 세상의 해시계와 비슷할까? 보디치 씨는 *내 장수의 비결*이라고 했다. 잭은 거인에게서 금을 훔쳤다. 보디치 씨도 금을 훔쳤는데…… 누구에게서 훔쳤을까? 아니면 무엇에게서 훔쳤을까? 거인? 고그마고그라고 불리는, 어느 대중소설 속의 악마?

생각이 이쪽으로 향하자 도처에서 유사한 부분이 보였다. 우리 엄마는 리틀 럼플 강을 가로지르는 다리 위에서 목숨을 잃었다. 그리고 말투가 이상했던 땅딸막한 남자는 또 어떤가. 동화 속에서 럼펠스틸트스킨이 그렇다고 되어 있지 않던가. 그리고 나만 해도 그랬다. (잭과 같은) 어린 주인공이 환상의 나라로 모험을 떠나는 가상의 이야기가 얼마나 많던가. 여자아이가 회오리바람에 휩쓸려 캔자스에서 마법사와 난쟁이들이 사는 나라로 공간 이동을 하는 『오즈의 마법사』만 해도 그랬다. 나는 도로시가 아니고 레이더는 토토가 아니었지만…….

"찰스, 너 거기서 졸고 있니? 아니면 내 감미로운 목소리 때문에 최면에 걸렸나? 그 목소리에 취했나?"

아이들이 웃음을 터뜨렸지만 감미롭다는 게 무슨 뜻인지 대부분 모를 것이었다.

"아뇨, 듣고 있어요."

"그럼 필랜도 캐스틸과 앨턴 스털링이 경찰의 총에 맞아 사망한 사건을 어떻게 생각하는지 소중한 의견을 들을 수 있을까?"

"개떡 같은 사건이었죠."

계속 혼자만의 생각에 잠겨 있느라 이런 말이 그냥 튀어나왔다.

메이슨식 선생님은 특유의 옅은 미소로 내게 자비를 베풀었다.

"그래, 개떡 같은 사건이었지. 그럼 이제 홀가분하게 비몽사몽의 세계로 다시 돌아가기 바란다."

선생님은 수업을 계속했다. 나는 수업에 집중하려고 했지만 실비어스 선생님이 한 말이 생각났다. *피, 파이, 포, 펌, 영국인의 피 냄새가 나는구나,* 가 아니라 *그래도 땡땡이의 냄새가 난다. 아주 심하게 나,* 라고 했던 것이 말이다.

분명 우연의 일치겠지만(예전에 아빠도 파란 차를 사면 도처에서 파란 차만 보인다고 한 적이 있었다) 창고에서 본 게 있으니 반신반의할 수밖에 없었다. 그리고 또 하나. 이게 판타지 소설이라면 작가는 내가 '다른 세상'이라고 지칭하기 시작한 그곳을 주인공이 탐험할 수 있도록 방법을 고안할 것이다. 예를 들면 보호자가 며칠 동안 단합 대회에 참석할 수밖에 없는 상황을 만들어 어린 주인공이 대답할 수 없는 질문을 받지 않아도 되게 한 다음 다른 세상으로 건너갈 수 있게 할 것이다.

우연의 일치. 수업 끝 종이 울리고 아이들이 문을 향해 돌진하는 동안 나는 이런 생각을 했다. *파란 차 신드롬.*

다만 거대한 바퀴벌레는 파란 차가 아니었고 어둠 속으로 구불구불 이어지는 그 계단도 마찬가지였다.

내가 지역 사회 봉사 활동 신청서에 사인을 받으러 가자 메이슨식 선생님은 옅은 미소를 지었다.

"개떡 같은 사건이란 말이지?"

"죄송합니다."

"사실 틀린 말도 아니야."

나는 교실 밖으로 빠져나와 사물함 쪽으로 걸음을 옮겼다.

"찰리?"

스키니 진과 셸 톱을 제법 근사하게 입은 아네타 프리먼이었다. 파란 눈에 금발을 어깨까지 기른 아네타는 괜찮은 백인도 있음을 보여 주는 산증인이었다. 작년에, 내가 지금보다 열심히 운동에 매진했고 터키 볼에서의 활약으로 조금 유명세를 탔을 때 아네타의 집 지하에 있는 가족실에서 몇 번 같이 공부를 한 적 있었다. 공부도 하긴 했지만 그보다는 주물럭주물럭을 더 열심히 했다.

"안녕, 아니. 오랜만이네."

"오늘 저녁에 우리 집으로 올래? 「햄릿」 시험 공부 같이 하자."

그 파란 눈이 내 갈색 눈을 그윽하게 쳐다보고 있었다.

"그러면 좋겠지만 아빠가 회사 일 비슷한 걸로 내일 떠나서 이번 주말까지 안 계실 거라 집에 있어야 할 것 같아."

"아. 쩝. 그렇구나."

아네타는 책 두 권을 가슴에 대고 가만히 끌어안았다.

"수요일 저녁은 되는데. 너도 그때 시간 괜찮을지 모르겠지만."

그녀의 얼굴이 환해졌다.

"아주 괜찮아."

아네타는 내 손을 잡아서 자기 허리 위에 올려놓았다.

"나는 폴로니어스 퀴즈를 낼 테니까 너는 내가 포틴브라스를 제대로 이해하고 있는지 체크하면 되겠다."

그녀는 내 뺨에 쪽 입을 맞추고는 엉덩이를 뭐랄까, 황홀하게 흔

들며 멀어졌다. 도서관에서 나온 이래 처음으로 현실 세계와 가상의
세계 간의 평행선이 잊혔다. 내 머릿속에는 온통 아네타 프리먼뿐이
었다.

6

아빠는 여행 가방을 들고 '숲으로 떠납니다' 복장(코듀로이 바지, 플
란넬 셔츠, 시카고 베어스 모자)을 갖춰 입고 화요일 아침 일찍 떠났다.
한쪽 어깨에는 판초를 걸쳤다.

"비가 온다는 예보가 있어서. 그럼 나무 타기가 취소될 테지. 그래
도 전혀 아쉽지 않겠다만."

"칵테일 파티 때는 소다수 마시기예요."

아빠는 씩 웃었다.

"라임 한 조각도 넣어서. 걱정 마라, 아들. 린디도 같이 갈 테고 나
는 린디하고 딱 붙어 다닐 거니까. 네 반려견 잘 챙겨. 다시 다리를
절더라."

"알아요."

아빠는 한 팔로 나를 후딱 감싸 안고 턱에 입을 맞췄다. 아빠가 후
진으로 진입로를 빠져나가려고 할 때 나는 멈추라고 수신호를 보내
고 운전석 쪽으로 달려갔다. 아빠가 창문을 내렸다.

"내가 뭐 깜빡한 거 있니?"

"아뇨. 제가 깜빡한 게 있어서요."

나는 안으로 허리를 숙여 아빠의 목을 끌어안고 뺨에 입을 맞췄다.
아빠는 얼떨떨한 미소를 지었다.

"이게 뭐냐?"

"그냥 사랑한다고요. 그뿐이에요."

"이하 동문이다, 찰리."

아빠는 내 뺨을 토닥이고 대로로 빠져나가 그 빌어먹을 다리를 향해 달렸다. 나는 시야에서 사라질 때까지 아빠를 지켜보았다.

그때 나는 내심 뭔가를 알고 있었던 것 같다.

7

레이더를 뒷마당으로 내보냈다. 4000제곱미터가 넘는 보디치 씨의 마당에 비하면 우리 마당은 별거 아니지만 그래도 레이더가 다리를 풀기에는 충분했다. 마침내 레이더의 다리가 풀렸지만 남은 시간이 점점 줄어들고 있다는 걸 알 수 있었다. 그 아이를 위해 뭔가 조치를 취할 작정이면 조만간 실천에 옮겨야 했다. 우리는 다시 안으로 들어갔다. 나는 어제 저녁 먹다 남긴 미트로프 안에 약을 하나 더 섞어서 몇 숟가락 주었다. 레이더는 게걸스럽게 해치우고 일찌감치 자기 공간으로 찜한 거실 깔개 위에 웅크리고 누웠다. 나는 귓등을 긁어 주었다. 그러면 레이더는 항상 눈을 감고 씩 웃었다.

"뭐 좀 알아볼 게 있어서 다녀올 테니까 얌전히 있어. 최대한 빨리 올게, 알았지? 집 안에다 똥 싸지 말고 어쩔 수 없는 상황이면 청소하기 쉬운 데 싸."

레이더는 꼬리로 깔개를 두어 번 철퍼덕 때렸다. 그걸로 충분했다. 나는 자전거를 타고 1번지로 올라가며 걸음걸이와 말투가 특이하고 특이하게 생긴 땅딸막한 남자가 보이는지 주시했다. 그런 남자는커녕 리치랜드 부인조차 보이지 않았다.

나는 안으로 들어가 2층으로 올라가 금고 문을 열고 권총 벨트를 허리에 찼다. 멋진 징과 가죽 끈에도 불구하고 총잡이가 된 것 같은 기분은 들지 않았다. 겁에 질린 어린애가 된 기분이었다. 내가 만약 그 나선형 계단에서 발을 헛디뎌 추락하면 얼마나 지난 뒤에 발견이 될까? 영영 거기서 썩을 가능성이 컸다. 만에 하나 발견이 된다면 나 말고 또 무엇이 만천하에 드러나게 될까? 보디치 씨가 테이프에 녹음한 바에 따르면 그가 내게 남기는 건 선물이 아니라 짐이라고 했다. 그때는 그게 무슨 말인지 잘 이해하지 못했는데, 부엌 찬장에서 손전등을 꺼내 청바지 뒷주머니에 넣는 순간 완벽하게 이해할 수 있었다. 나는 창고로 나가며 그 계단을 내려갔을 때 다른 세상과 연결된 통로가 아니라 돌 더미와 더러운 거품이 뜬 지하수 웅덩이가 보였으면 좋겠다는 생각을 했다.

그리고 거대한 바퀴벌레도 싫어. 나를 물거나 말거나 바퀴벌레는 사양이야.

창고 안으로 들어가 손전등으로 이리저리 비춰 보니 보디치 씨가 쏜 총에 맞은 바퀴벌레가 쪼그라들어 짙은 회색의 끈적끈적한 덩어리가 되었다. 손전등 불빛을 그 위로 비췄을 때 등에 남아 있던 등딱지가 스르르 떨어져 나오는 것을 보고 나는 펄쩍 뛰었다.

배터리식 전등을 켜고 우물을 덮고 있는 널빤지와 콘크리트 블록 쪽으로 다가가 손전등으로 15센티미터짜리 틈새를 비췄다. 어둠 속으로 구불구불 이어지는 계단 말고는 아무것도 보이지 않았다. 아무것도 움직이지 않았다. 종종거리는 소리도 들리지 않았다. 그래도 위로가 되지는 않았다. 수십 개, 어쩌면 수백 개의 싸구려 공포 영화에서 들은 대사가 생각났다. 불길해. 너무 조용해.

정신 차려. 조용하면 좋은 거지. 나는 속으로 중얼거렸지만 돌 구덩이를 들여다보고 있자니 그 생각은 힘을 잃었다.

너무 오래 망설이면 다시 여기까지 오는 데 두 배는 더 시간이 걸릴 것이었다. 그래서 나는 손전등을 뒷주머니에 꽂고 콘크리트 블록을 들어서 옮겼다. 널빤지를 옆으로 치웠다. 그런 다음 세 번째 계단에 발을 얹고 우물 입구에 걸터앉았다. 두근거리는 심장이 (조금) 가라앉길 기다린 다음 거길 딛고 일어나며 계단이 생각보다 넓다고 속으로 중얼거렸지만 사실 그렇지는 않았다. 팔로 이마에서 땀을 훔치며 아무 일 없을 거라고 속으로 중얼거렸다. 그 말을 믿지는 않았다.

그래도 계단을 내려가기 시작했다.

8

높이가 각기 다른 185개의 돌계단으로 이루어져 있지. 보디치 씨는 이렇게 말했고 나는 내려가며 계단 개수를 셌다. 둥그스름한 돌벽에 등을 단단히 붙이고 아래를 쳐다보며 아주 천천히 움직였다. 돌이 거칠고 축축했다. 손전등으로 계속 발을 비췄다. *높이가 각기 다른.* 발을 헛디디고 싶지 않았다. 그러면 끝장이었다.

90번째 계단에 도착했을 때, 아직 절반도 내려가지 못했을 때 아래에서 부스럭거리는 소리가 들렸다. 그쪽으로 손전등을 돌릴까 고민하다가 그러지 않기로 했다. 거대한 박쥐 떼가 놀라서 사방으로 날아오르면 내가 떨어질 수도 있었다.

훌륭한 논리였지만 공포의 힘이 더 강력했다. 벽에서 등을 살짝 떼고 손전등으로 구불구불 이어지는 계단을 비춰 보니 뭔가 시커먼 것이 스무 계단쯤 아래에 웅크리고 있었다. 그 초대형 바퀴벌레라는 것을 내 쪽에서 불빛으로 확인한 순간 녀석은 쪼르르 어둠 속으로 도망쳤다.

나는 심호흡을 몇 번 하며 괜찮다고 중얼거리고, 그 말을 믿지 않으면서 다시 걸음을 옮겼다. 아주 천천히 내려갔기 때문에 바닥까지 가는 데 9분에서 10분이 걸렸다. 체감상으로는 그보다 더 걸린 것 같았다. 가끔 위를 올려다보아도 동그랗게 보이는 배터리식 전등 불빛이 점점 작아지는 것이 딱히 위안이 되지는 않았다. 나는 땅속 깊숙이 들어와 있었고 점점 깊숙이 들어가는 중이었다.

185개로 이루어진 계단의 맨 밑에 도착했다. 바닥은 보디치 씨가 얘기했던 것처럼 단단히 다져진 흙이었고 벽에서 떨어진 돌덩어리가 몇 개 있었다. 아마 맨 꼭대기에 박혀 있던 돌들이 서리가 꼈다 녹는 과정에서 헐거워졌다가 이후에 압력이 가해지자 떨어져 나왔을 것이다. 보디치 씨는 돌이 빠진 구멍을 부여잡고 목숨을 부지할 수 있었다. 떨어진 돌 더미에 검은색의 뭔지 모를 것이 길게 묻어 있었다. 바퀴벌레 똥인 것 같았다.

통로가 있었다. 나는 돌 더미를 넘어 그 안으로 들어갔다. 보디치 씨의 말이 맞았다. 천장이 워낙 높아서 고개를 숙여야 하나 고민할 필요도 없었다. 이제는 앞에서 부스럭거리는 소리가 좀 더 크게 들렸다. 보디치 씨가 경고했던 그 박쥐 떼가 천장에 매달려 있는 모양이었다. 나도 때로는 광견병과 같은 세균을 옮기는 박쥐라는 존재가 마음에 들지는 않았지만 보디치 씨처럼 끔찍하게 싫지는 않았다. 그 소리가 들리는 곳으로 다가가는데, 무엇보다도 호기심이 발동했다.

그 짧고 둥그스름한 계단(게다가 높이가 각기 다른)을 내려오는 동안에는 조마조마했지만 이제 단단한 땅을 디딜 수 있어서 한결 나았다. 물론 수천 톤의 바위와 흙이 머리 위에 있었지만 오래전부터 이 자리를 지켜 온 통로가 하필이면 이때 무너져 나를 생매장할 것 같지는 않았다. 생매장당할 염려도 없었다. 천장이 말 그대로 주저앉으면 나는 즉사할 것이었다.

아이, 신나라.

신이 나지는 않았지만 공포가 흥분으로 대체됐다. 적어도 흥분으로 덮였다. 보디치 씨가 한 말이 진짜라면 멀지 않은 곳에서 또 다른 세상이 나를 기다리고 있었다. 여기까지 왔으니 두 눈으로 확인하고 싶었다. 금은 이제 안중에도 없었다.

흙바닥이 돌로 바뀌었다. 정확히 말하면 19세기 런던이 배경인 TCM 영화에서처럼 자갈로 바뀌었다. 이제 부스럭거리는 소리가 머리 바로 위에서 들리기에 손전등을 껐다. 칠흑 같은 어둠이 덮이자 다시금 공포가 엄습했지만 박쥐 장막 속에 놓이고 싶지는 않았다. 잘은 모르겠지만 녀석들이 흡혈 박쥐일 수도 있었다. 일리노이 주에서 그럴 가능성이 낮기는 했지만…… 엄밀히 말하면 여기가 일리노이 주는 아니지 않은가?

보디치 씨가 '*최소 1.5킬로미터쯤 더 갔을 때*'라고 했기에 걸음 수를 세기 시작했지만 중간에 잊어버렸다. 적어도 다시 켰을 때 손전등이 꺼질 염려는 없었다. 안에 든 건전지가 새것이었다. 머리 위에서 나지막이 들리는 퍼드덕거리는 소리에 계속 귀를 기울이며 햇빛이 보이길 기다렸다. 박쥐들이 정말 터키 콘도르만 할까? 알고 싶지 않았다.

마침내 빛이 보였다. 보디치 씨가 얘기했던 것처럼 환한 빛이 불똥처럼 반짝거렸다. 계속 걸어가자 불똥이 작은 동그라미로 바뀌었다. 눈을 감을 때마다 잔상이 남을 정도로 환한 동그라미였다. 보디치 씨가 얘기했던 현기증에 대해 까맣게 잊고 있다가 그 증상이 덮치자 어떤 느낌인지 정확하게 이해할 수 있었다.

10살 즈음에 버티 버드와 함께 숨을 빠르게 몰아쉰 뒤에 서로 세게 끌어안는 바보 같은 실험을 벌인 적이 있었다. 버티의 친구가 주장했던 것처럼 그러면 기절하는지 알아보기 위해서였다. 우리 둘 다 기절은 하지 않았지만 머리가 빙글빙글 돌아서 슬로 모션으로 주저앉았다. 지금 기분이 그때와 비슷했다. 계속 걸음을 옮겼지만 내가 내 몸 위에 떠서 까딱까딱 따라가는 헬륨 풍선이 된 느낌이었고 끈이 끊어지면 그냥 둥실둥실 날아가 버릴 것만 같았다.

잠시 후에 그 느낌은 보디치 씨가 이야기했던 것처럼 사라졌다. 경계선이 있다고 하더니 거기가 경계선인 모양이었다. 나는 센트리스 레스트를 뒤로 하고 떠났다. 일리노이도. 미국도. 나는 이제 다른 세상에 있었다.

입구에 다다르자 천장이 이제는 흙이었고 얇은 뿌리가 덩굴처럼 매달려 있었다. 나는 고개를 숙이고 늘어진 덩굴을 지나 경사가 진 언덕 비탈로 나섰다. 하늘은 잿빛이지만 벌판은 새빨간 색이었다. 양귀비가, 시야가 닿는 저 끝까지 화려한 이불처럼 좌우로 펼쳐져 있었다. 양귀비 사이로 난 오솔길이 큰길까지 연결됐다. 큰길 저편으로 양귀비 밭이 1.5킬로미터 정도 이어지다가 울창한 숲이 등장했다. 그걸 보자 내가 사는 근교에 예전에 있었던 숲이 생각났다. 오솔길은 희미했지만 큰길은 그렇지 않았다. 흙길이기는 해도 넓었고 사람들이 지나다니면서 자연스럽게 생긴 길이 아니라 만들어진 도로였다. 오솔길이 큰길과 만나는 곳에, 석조 굴뚝에서 연기가 피어나는 조그맣고 아담한 오두막집이 있었다. 빨랫줄에 옷이 아닌 다른 것들이 널려 있는데, 뭔지는 알 수가 없었다.

머나먼 지평선으로 시선을 옮기자 대도시의 스카이라인이 보였다. 가장 높은 탑이 유리로 만들어지기라도 한 듯 햇빛이 아지랑이처럼 반사됐다. 초록색 유리였다. 나는 『오즈의 마법사』를 책으로도 읽고 영화로도 봤다. 에메랄드 시티쯤이야 한 눈에 알 수 있었다.

9

큰길과 오두막으로 향하는 오솔길은 800미터 정도 됐다. 나는 도중에 두 번 걸음을 멈추고 한 번은 언덕 비탈에 난 구멍을 돌아보았고(덩굴이 매달려 있으니 꼭 동굴 입구 같다) 또 한 번은 휴대전화를 확인했다. **통화권 이탈**이라는 메시지가 뜰 줄 알았더니 심지어 그것조차 없었다. 휴대전화가 아예 작동되지 않았다. 서진으로 쓰면 모를까, 여기에서는 아무 쓸모가 없는 직사각형의 시커먼 유리에 불과했다.

유리 같은 첨탑을 보고 넋을 잃거나 놀란 기억은 없다. 나는 오감으로 입수되는 정보를 의심하지 않았다. 머리 위로 낮게 드리워진 잿빛 하늘을 보니 머지않아 비가 내릴 모양이었다. 좁은 오솔길을 걸어가는 동안 자라나는 식물들이 바지에 부딪히며 흐느끼는 소리를 냈다. 언덕을 내려가자 이 도시의 건물들이 대부분 시야에서 사라졌다. 가장 높은 첨탑 3개만 남았다. 거기까지 거리가 얼마나 될지

가늠해 보고 싶었지만 알 수 없었다. 50킬로미터 정도 될까? 아니면 60킬로미터?

코코아와 바닐라와 체리가 섞인 듯한 양귀비 냄새가 더할 나위 없이 좋았다. 어렸을 때 엄마의 머리칼에 얼굴을 묻고 맡았던 체취 이후로 이보다 더 기분 좋은 향이 내 코를 간질인 적은 없었다. 확실했다. 비가 내리지 않았으면 좋겠다는 생각이 들었지만 젖는 게 싫어서는 아니었다. 비가 오면 그 향이 더 진동할 테고 그러면 내가 쓰러질 수도 있기 때문이었다. (과장법인 건 맞지만 엄청난 과장은 아니었다.) 작건 크건 토끼는 보이지 않았지만 풀밭과 꽃밭 속에서 뛰어다니는 소리는 들렸고 한 번은 아주 잠깐 동안 길쭉한 귀가 보였다. 귀뚜라미 울음소리도 들렸다. 그 녀석들도 바퀴벌레와 박쥐처럼 크기가 어마어마할지 궁금해졌다.

나는 나무 벽에 초가지붕이 얹힌 오두막집 뒤편에 가까워졌을 때 나를 맞이한 풍경에 어안이 벙벙해져서 걸음을 멈췄다. 오두막집 뒤편과 양옆을 열십자로 가로지른 빨랫줄에 신발이 널려 있었다. 나막신, 캔버스 운동화, 샌들, 슬리퍼였다. 은색 버클이 달린 스웨이드 부츠 한 짝이 걸려 있는 빨랫줄은 부츠 무게 때문에 아래로 늘어졌다. 동화에 나오는 7리그 부츠(『장화 신은 고양이』에 나오는, 한걸음에 7리그씩 간다는 부츠. 7리그는 약 33킬로미터다 — 옮긴이)일까? 내가 보기에는 그런 것 같았다. 앞으로 다가가 만져 보았다. 버터처럼 부드럽고 새틴처럼 반질반질했다. *외출용이네. 장화 신은 고양이 용이기도 하고. 다른 한 짝은 어디 있을까?*

내 생각을 듣기라도 한 것처럼 오두막 뒷문이 열리더니 한 여자가 다른 한 짝을 들고 나왔다. 하얀 구름으로 덮인 날의 은은한 햇빛을 받고 버클이 반짝거렸다. 내가 여자라는 걸 알아차린 이유는 분홍색 원피스에 빨간색 신발을 신고 있는 데다 풍만한 가슴이 불룩하게 솟았기 때문이었지만, 피부는 청회색이고 얼굴은 흉한 기형이었다. 마치 성질 고약한 신이 숯으로 그려져 있던 그녀의 이목구비를 손으로 문질러 거의 아무것도 남지 않을 때까지 지워 버린 것처럼 보일 정도였다. 눈은 단춧구멍이었고 콧구멍도 마찬가지였다. 입은 입술 없는 초승달이었다. 그녀가 내게 말을 걸었지만 뭐라는지 알아들을 수가 없었다. 성대도 얼굴처럼 지워져 버린 것 같았다. 하지만 입술 없는 초승달은 누가 봐도 미소를 짓고 있었고 그녀를 전혀 무서워할 필요가 없을 듯한 예감 혹은 *분위기*가 느껴졌다.

"*나자, 어자! 애지? 언?*"

그녀가 빨랫줄에 걸린 부츠를 건드렸다.

"네, 부츠 멋져요. 제 말 알아들으실 수 있어요?"

그녀는 고개를 끄덕이고 나도 익히 아는 동작을 했다. 엄지와 집게손가락으로 동그라미를 만들었다. 전 세계 거의 어디에서든 오케이를 의미하는 동작이었다(바보 천치들이 백인 최고라는 뜻으로 쓰는 드문 경우도 있긴 하지만). 그녀는 다시 *나자*와 *어자*를 몇 번 반복하고 내 테니스화를 가리켰다.

"네?"

그녀는 스프링이 없는 구식 나무집게 2개로 빨랫줄에 걸려 있던 부츠를 낚아 챘다. 한손에 그 부츠를 들고 다른 손으로 내 테니스화를 가리켰다. 그런 다음 다시 부츠를 가리켰다.

맞바꾸겠느냐고 묻는 것 같았다.

"솔깃하지만 제 사이즈가 아닌 것 같아요."

그녀는 어깨를 으쓱하고 부츠를 양쪽 모두 빨랫줄에 널었다. 다른 신발들(이슬람의 칼리프가 신음 직한, 발끝이 위로 올라간 초록색 새틴 슬리퍼도 한 짝 있었다)이 멈칫멈칫 불어오는 산들바람에 까딱거리며 돌아갔다. 거의 지워진 거나 다름없는 얼굴을 보고 있으려니 살짝 현기증이 났다. 이목구비를 상상해 보려고 계속 애를 써 보았다. 보일 것만도 같았다.

그녀는 내 앞으로 다가와 단춧구멍 같은 콧구멍을 내 셔츠에 대고 킁킁거리며 냄새를 맡았다. 그러더니 두 손을 어깨 높이로 들어서 허공을 긁었다.

"무슨 뜻인지 모르겠어요."

그녀가 깡충 뛰고 어떤 소리를 내자 킁킁대며 냄새를 맡았던 것에 더해지면서 뜻이 분명해졌다.

"레이더 말씀이세요?"

그녀는 점점 성겨지는 갈색 머리가 흩날릴 정도로 힘차게 고개를 끄덕였다. 그러고는 얼얼얼 이런 소리를 냈는데, 왈왈왈과 가장 비슷하게 낼 수 있는 게 그 정도가 아닐까 싶었다.

"우리 집에서 지내고 있어요."

그녀는 고개를 끄덕이고 한 손을 심장 위쪽 가슴에 얹었다.

"사랑한다고요? 저도 레이더 사랑해요. 그 아이를 마지막으로 보신 게 언제였어요?"

신발 아주머니는 하늘을 쳐다보며 곰곰이 따져보는 것 같더니 어깨를 으쓱했다.

"오 전."

"오래전이라고 하신 거라면 분명 맞을 거예요. 레이더가 지금은

늙었거든요. 요즘은 잘 뛰지도 못해요. 하지만 보디치 씨는…… 그
분 아세요? 레이더를 아니까 보디치 씨도 분명 아시겠지만."

그녀가 아까처럼 힘차게 고개를 젓고 남은 입꼬리를 위로 들어 미
소를 지었다. 이가 몇 개밖에 없었지만 회색 피부와 대조적일 만큼
새하얬다.

"*에리얀.*"

"에이드리언이요? 에이드리언 보디치?"

그녀는 목이 뻐끗할 정도로 열심히 고개를 끄덕였다.

"하지만 그분이 얼마나 오래전에 여기 왔었는지는 모르시죠?"

그녀는 하늘을 올려다보았다가 고개를 끄덕였다.

"그때는 레이더가 어렸어요?"

"*강-지.*"

"강아지였다고요?"

그녀는 다시 고개를 끄덕였다.

그녀는 내 팔을 잡고 모서리 너머로 끌고 갔다. (신발들이 대롱대롱
매달린 다른 빨랫줄을 지날 때에는 목이 졸리지 않게 고개를 숙여야 했다.) 이쪽
에 뭘 심을 작정인지 흙을 헤집고 갈퀴질을 해놓았다. 그리고 길쭉
한 나무 손잡이 쪽으로 기대어 놓은, 다 쓰러져 가는 조그만 리어카
도 있었다. 안에 마대 자루 2개가 실려 있는데, 초록색의 뭔가가 위
로 고개를 내밀고 있었다. 그녀가 무릎을 꿇고 앉더니 나에게도 같
이 앉으라고 손짓했다.

우리는 그렇게 서로 마주 보고 앉았다. 그녀가 한 손가락으로 아
주 천천히, 머뭇거려가며 흙바닥 위에 글씨를 썼다. 그다음 철자가
뭔지 기억을 더듬느라 그랬는지 한두 번 중간에 멈췄다가 다시 끼적

였다.

게 잔 시나

그러고는 한참 있다가 추가했다.

?

나는 골똘히 쳐다보다가 고개를 저었다. 여자는 네 발로 엎드리고서 특유의 짖는 소리를 냈다. 그제야 알아차렸다.
"네, 아주 잘 살고 있어요. 하지만 아까도 얘기했던 것처럼 이제는 늙었어요. 그래서 별로…… 별로 몸이 안 좋아요."
그러자 물 밀듯 밀려들었다. 레이더와 보디치 씨뿐만 아니라 그 모든 것이. 짐처럼 짊어져야 하는 선물. 분해되어 가던 바퀴벌레와 하인리히 씨를 살해한 범인이 헤집어 놓았을 가능성이 큰 시카모어 1번지. 신발을 모아서 열십자로 맨 빨랫줄에 너는, 이목구비가 거의 다 지워지다시피 한 여자와 흙바닥에 무릎을 꿇고 앉아 있는 이 황당한 상황. 하지만 그중에서도 레이더가 가장 컸다. 아침이나 낮잠을 자고 일어났을 때 몸을 일으키기 힘들어했던 것. 가끔 사료에 입을 대지도 않고 *먹어야 하는 거 알지만 못 먹겠다*는 눈빛으로 나를 쳐다봤던 것. 눈물이 났다.
신발 아주머니는 한 팔로 내 어깨를 감싸고 자기 쪽으로 끌어당겼다.
"*게안아.*"

그러고는 잠시 후에 끙끙대며 아주 분명하게 말했다.

"괜찮아."

나도 그녀를 마주 끌어안았다. 그녀에게서 희미하지만 좋은 냄새가 났다. 생각해 보니 양귀비 냄새였다. 내가 꺼이꺼이 흐느끼는 동안 그녀는 나를 안고 등을 토닥여 주었다. 내가 그 품에서 벗어났을때 그녀는 울고 있지는 않았지만(어쩌면 울 줄 모르는 것일 수도 있었다) 입꼬리가 위가 아니라 아래를 향하고 있었다. 나는 소매로 얼굴을 훔치고 보디치 씨에게 글을 배웠는지 전부터 알고 있었는지 물었다.

그녀는 회색 엄지손가락을 검지와 중지 근처로 가져가 서로 붙이다시피 했다.

"보디치 씨에게 조금 배웠다고요?"

그녀는 고개를 끄덕이고는 흙 위에 다시 썼다.

친구

"아저씨는 제 친구이기도 했어요. 이제는 돌아가셨지만."

그녀가 고개를 한쪽으로 갸우뚱하자 서로 들러붙은 가는 머리칼이 원피스 어깨 위로 쏟아졌다.

"죽었다고요."

그녀는 단춧구멍처럼 생긴 눈을 가렸다. 그렇게 진심을 담아서 슬퍼하는 표정은 내 평생 본 적이 없었다. 잠시 후에 그녀는 나를 다시 안아 주었다가 손을 풀고, 바로 옆 빨랫줄에 걸린 신발을 가리키며 고개를 저었다.

나는 맞장구쳤다.

"맞아요. 아저씨는 신발 필요 없어요. 이제는요."

그녀는 손을 자기 입 쪽으로 가져가 조금 보기 싫게 씹는 흉내를 냈다. 그러고는 오두막집을 가리켰다.

"뭐 좀 먹겠느냐고 물으시는 거라면 감사하지만 지금은 안 돼요. 돌아가야 하거든요. 다음에 다시 올게요. 조만간. 가능하면 레이더를 데려오려고요. 보디치 씨가 죽기 전에, 레이더를 도로 젊어지게 할 방법이 있다고 하셨거든요. 황당하게 들릴 줄 알지만 아저씨 말로는 효과가 있다고 했어요. 커다란 해시계. 저기요."

나는 도시 쪽을 가리켰다.

그녀는 단춧구멍처럼 생긴 눈을 살짝 크게 뜨고 입을 거의 O에 가깝게 벌렸다. 회색 뺨에 자기 손을 갖다 대 여자가 비명을 지르는 그 유명한 그림 비슷한 포즈를 취했다. 그녀는 다시 땅바닥 위로 허리를 숙여서 써 놓은 글을 지웠다. 이번에는 아까보다 빠르게, 맞는 철자로 적은 걸 보면 자주 쓰는 단어인 모양이었다.

위험해

"알아요. 조심할게요."

그녀는 이지러진 손가락을 반쯤 지워지다시피 한 입에 대고 쉿 하는 제스처를 취했다.

"네. 저기서는 소리를 내면 안 되죠? 아저씨한테 그 얘기도 들었어요. 아주머니, 성함이 어떻게 되세요? 말씀해 주실 수 있어요?"

그녀는 조급하게 고개를 젓고 자기 입을 가리켰다.

"분명하게 발음하기 어려우시다고요?"

그녀는 고개를 끄덕이고 땅바닥에 적었다.

디리. 그녀는 이 이름을 쳐다보다가 고개를 젓고는 지운 뒤에 다시 썼다. **도라.**

나는 디리가 별명이냐고 물었다. 아니, 그렇게 묻고 싶었지만 별명이라는 단어가 입에서 떨어지지 않았다. 잊어버린 게 아니라 그냥 말을 할 수가 없었다. 나는 결국 포기하고 이렇게 물었다.

"보디치 씨가 아주머니를 도라 대신에 애정을 담아서 디리라고 불렀어요?"

그녀는 고개를 끄덕이고 손을 털며 일어났다. 나도 따라 일어났다.

"만나서 정말 반가웠어요, 도라 아주머니."

나는 그녀를 디리라고 불러도 될 만큼 잘 아는지 자신이 없었지만, 보디치 씨가 왜 그렇게 불렀는지는 알 수 있었다. 그녀는 마음이 따뜻했다.

그녀는 고개를 끄덕인 다음 내 가슴과 자기 가슴을 차례대로 토닥였다. 우리는 한마음이라는 표현이지 않았을까? 친구라는. 초승달처럼 생긴 입꼬리가 다시 위로 올라갔고 그녀는 빨간 신발을 신은 채 깡충깡충 뛰었다. 관절이 아프기 전에 레이더가 그렇게 깡충깡충 뛰었던 모양이다.

"네, 가능하면 레이더 데려올게요. 그 아이가 감당할 수 있을 것 같으면요. 그리고 가능하면 해시계가 있는 데로 데려가고요."

무슨 수로 그럴 수 있을지는 전혀 알 수 없었지만.

그녀는 나를 가리킨 다음 두 손바닥을 아래로 해서 앞으로 들고 가만히 토닥였다. 잘은 모르겠지만 *조심하라는* 뜻인 것 같았다.

"그럴게요. 따뜻하게 대해 주셔서 감사했어요, 도라 아주머니."

나는 오솔길 쪽으로 몸을 돌렸지만 그녀가 내 셔츠를 잡고 자신이 사는 조그만 거처의 뒷문 쪽으로 당겼다.

"지금은 안 되는……."

그녀는 뭐 먹고 갈 시간 없다는 걸 안다고 고개를 끄덕이면서도 계속 셔츠를 잡아당겼다. 뒷문 앞으로 갔을 때 그녀는 위를 가리켰다. 도라의 손이 닿지 않는 위치의 상인방에 뭔가가 새겨져 있었다. 그의 이니셜이었다. A.B. 그의 *원래* 이니셜이었다.

어떤 생각 하나가 내 머릿속에 퍼뜩 떠올랐다. 별명이라는 단어를 말할 수 없는 데서 비롯된 생각이었다. 나는 이니셜을 가리키며 말했다.

"저거……."

내 머릿속에 떠오른 단어는 *대박*이었다. 이보다 더 유치할 수 없는 말이었지만 테스트용으로는 제격이었다.

그 단어가 입에서 떨어지질 않았다. 아무리 애를 써도 말을 할 수가 없었다.

도라가 나를 쳐다보고 있었다.

"멋지네요. 멋져요."

나는 말했다.

10

나는 언덕을 올라가고 대롱대롱 매달린 덩굴 아래를 지나서 통로를 되짚어갔다. 현기증이, *꿈같은* 느낌이 왔다가 사라졌다. 박쥐들이 머리 위에서 부스럭거렸지만 나는 방금 겪은 일을 골똘히 생각하느라 그 소리에 별로 신경을 쓰지 않았고, 얼마나 더 가야 하는지 본 답시고 손전등을 켜는 바보 같은 실수를 저질렀다. 박쥐들이 일제히는 아닐지 몰라도 두어 마리가 날아올랐고 그 녀석들이 손전등 불빛에 비쳐 보였다. 과연 거대했다. *어마어마*했다. 나는 녀석들이 내 쪽으로 날아오면 막으려고 한 손을 내밀고서 어둠 속을 계속 걸었지만 괜한 걱정이었다. 거대한 바퀴벌레들도 있었을지 몰라도 소리는 들리지 않았다.

나는 *별명*이라는 단어를 말할 수 없었다. *대박*이라는 단어도 말할 수 없었다. *꼴값*이라거나 *아닥*이라거나 *오바 개쩐다*, 라고는 말할 수 있을까? 아닐 것이었다. 그게 어떤 의미인지는 몰라도 아닐 거라고 장담할 수는 있었다. 나는 도라가 영어를 알아듣기 때문에 내 말을 알아듣는다고 생각했지만…… 내가 *그 세상*의 언어를 썼기 때문에 알아들은 거라면 얘기가 어떻게 되는 걸까? *별명*이나 *대박* 같은 단어가 존재하지 않는 세상의 언어를 쓴 거라면?

자갈길이 끝나고 흙길이 시작되자 안심하고 손전등을 다시 켜도 될 것 같았지만 그래도 불빛을 계속 바닥에 고정했다. 보디치 씨는 자갈길이 끝나고 계단이 시작되는 곳까지 400미터라고 했다. 심지어 재 보기까지 했다고 주장했다. 나는 이번에는 숫자를 잊어버리지 않았고 150까지 셌을 때 계단이 보였다. 까마득한 위, 우물 입구에서 그가 설치한 배터리식 전등 불빛이 보였다.

나는 내려갔을 때보다 좀 더 자신 있게 계단을 올라갔지만 그래도 오른쪽 어깨를 벽에서 떼지 않았다. 무사히 빠져나와 허리를 숙이고 두 번째 널빤지로 우물 입구를 덮으려 했을 때 동그랗고 아주 단단한 무언가가 뒤통수에 닿는 것이 느껴졌다. 나는 그대로 얼어붙었다.

"맞아. 얌전히 있으면 아무 문제 없을 거야. 언제 움직여도 되는지 알려 줄게."

그 노래를 부르는 듯한 명랑한 목소리가 이렇게 묻는 광경이 아주 쉽게 상상이 됐다. *내가 짚으로 금실을 자아 주면 너는 뭘 줄 거니?*(럼펠스틸트스킨이 농부의 딸에게 묻는 말이다―옮긴이)

"너를 쏘고 싶진 않다, 꼬맹아. 그리고 내가 여길 찾아온 목적을 달성하면 쏘지 않을 거야."

그는 그러고는 웃는 게 아니라 책을 읽듯 이렇게 덧붙였다.

"하, 하."

12장.

크리스토퍼 폴리. 쏟아진 금.
질이 좋지 않은 아이. 준비.

1

그 순간 내가 어떤 기분을 느꼈는지는 기억이 나지 않는다. 하지만 무슨 생각을 했는지는 기억이 난다. *럼펠스틸트스킨이 내 뒤통수에 대고 총을 겨누고 있네.*

"저 아래에 뭐가 있지?"

"네?"

"못 들은 척하지 말고. 저 구멍 안에 한참 들어가 있길래 죽었나 보다는 생각이 들던 참이었어. 그러니까 저 아래에 뭐가 있냐고."

이제 또 다른 생각이 떠올랐다. *이자는 모르는군. 아무도 알 수가 없지.*

"양수기요."

맨 처음 떠오른 단어가 그거였다.

"양수기? 양수기? 저 아래에 그게 있다고, 하, 하?"

"네. 그게 없으면 비가 오면 뒷마당이 물바다가 되거든요. 그 물이

도로에까지 넘치고요."

머리가 빠르게 돌아가기 시작했다.

"그게 오래돼서 체크하고 왔어요. 상수도사업소 같은 데 연락해서 점검을 받아야 하는지……."

"뻥치시네. 하, 하. 솔직히 말해 봐, 뭐가 있는지. 저 아래에 금이 있니?"

"아뇨. 그냥 양수기뿐이에요."

"고개 돌리지 마라, 꼬맹아. 그럼 후회하게 될 거야. 아주 많이. 펌프 체크하러 내려가면서 그 큰 총을 들고 갔다고, 하, 하?"

"쥐요."

입 안이 바짝 말랐다.

"쥐가 있을지 모른다는 생각이 들었어요."

"뻥치시네. 개뻥을 쳐. 저기 저건 뭐냐? 저것도 양수기냐? 움직이지 말고 눈만 오른쪽으로 돌려."

눈을 돌려 보니 보디치 씨가 쏴서 죽인 거대한 바퀴벌레의 시체가 있었다. 다 썩어서 얼마 남지는 않았다.

빈약한 설명도 이제는 바닥을 드러냈기 때문에 나는 모르겠다고 대답했다. 내가 럼펠스틸트스킨으로 간주하게 된 남자는 신경 쓰지 않았다. 그의 관심사는 오로지 전리품이었다.

"됐고, 이제 그 노인네 금고나 보자. 양수기는 나중에 체크하고. 집 안으로 들어가라, 꼬맹아. 가는 길에 무슨 소리라도 하나 내면 머리를 날려 버릴 거야. 하지만 그 전에 권총 풀어서 바닥에 떨어뜨려 줬으면 좋겠다, 파트너. 하, 하."

나는 허리를 숙여서 묶어 놓은 끈을 풀려고 했다. 그러자 총구가 다시 내 머리를 세게 눌렀다.

"내가 허리를 숙여도 된다고 했나? 그런 기억은 없는데. 그냥 벨트를 풀어."

나는 벨트를 풀었다. 총집이 내 무릎에 맞고 뒤집혔다. 총이 삐져나와 창고 바닥으로 떨어졌다.

"이제 다시 차도 돼. 벨트 멋지네, 하, 하."

(앞으로는 하, 하라는 추임새를 자제하겠다. 그가 무슨 구두점이라도 되는 것처럼 워낙 시도 때도 없이 남발했다. 유난히 럼펠스틸트스킨 같았을 때만, 그러니까 섬뜩했을 때만 넣도록 하겠다.)

"이제 몸을 돌려."

내가 몸을 돌리자 그도 따라서 돌았다. 우리는 마치 오르골 인형 같았다.

"천천히 가라, 꼬맹아. 천천히."

나는 창고 밖으로 나섰다. 그도 나를 따라 걸어 나왔다. 다른 세상에서는 날이 흐렸는데 이곳은 화창했다. 우리 그림자가 보였다. 그의 그림자는 한 팔을 뻗어서 한 손에 총을 쥐고 있었다. 내 머릿속 기어가 1단에서 2단으로 바뀌었지만 3단으로 넘어가려면 아직 멀었다. 나는 제대로 기습 공격을 당했다.

우리는 뒤쪽 계단을 올라갔다. 내가 문을 열었고 둘이서 같이 부엌으로 들어갔다. 수시로 이 집을 드나들면서 마지막으로 발을 들이는 날이 이렇게 빨리 올 줄은 상상도 하지 못했다고 생각했던 기억이 난다. 그가 나를 죽일 게 뻔하지 않은가.

하지만 그럴 수는 없었다. 그의 손에 죽을 수는 없었다. 다른 세상과 연결된 우물의 존재가 외부로 알려지는 광경이 그려지자 그의 손에 죽을 수는 없다는 생각이 들었다. 시 경찰이나 주 경찰 특수 기동대나 육군이 신발 아주머니의 조그만 마당에 들이닥쳐 열십자로 맨 빨랫줄을 무너뜨려 신발을 흙바닥에 나뒹굴게 하고, 아주머니를 겁박하는 광경이 그려지자 그의 손에 죽을 수는 없다는 생각이 들었다. 그들이 버려진 도시로 진군해 잠들어 있던 뭔지 모를 것을 깨우는 광경이 그려지자 그의 손에 죽을 수는 없다는 생각이 들었다. 그런데 방법이 없었다. 내 꼴이 우스워지고 말았다.

하, 하.

2

우리는 2층으로 올라갔다. 내가 앞장섰고 럼펠섭틸트섭킨이 뒤따라왔다. 중간쯤 올라갔을 때 뒤로 몸을 날려 그를 계단 맨 끝까지 굴러떨어지게 할까 하는 생각이 퍼뜩 떠올랐지만 실천에 옮기지는 않았다. 성공을 거둘 수 있을지 몰라도 그렇지 않을 경우 내가 목숨을 잃을 소지가 다분했다. 레이더를 데려왔다면 자기 나이는 아랑곳하지 않고 럼펠에게 달려들어 벌써 죽은 목숨이 됐을 것이다.

"침실로, 꼬맹아. 금고가 있는 거기."

나는 보디치 씨의 침실로 들어갔다.

"아저씨가 하인리히 씨를 죽였죠?"

"뭐? 살다 살다 그렇게 황당한 소리는 또 처음 듣네. 범인이 잡혔잖아."

나는 더 이상 따져 묻지 않았다. 나도 알았고 그도 알았고 그는 내가 안다는 걸 알았다. 내가 아는 다른 것들도 있었다. 첫째는 내가 금고 비밀번호를 모른다고 계속 잡아떼면 그의 손에 목숨을 잃는다는 것이었다. 둘째는 첫째의 연장선상에 있었다.

"벽장 열어라, 꼬맹아."

나는 벽장 문을 열었다. 빈 총집이 내 허벅지를 때렸다. 뭐 이런 총잡이가 다 있을까.

"이제 금고 열어라."

"금고 열면 저를 죽일 거잖아요."

그가 이 자명한 진실을 곱씹는 동안 잠깐 정적이 흘렀다. 잠시 후에 그가 말했다.

"아니, 안 죽일 거야. 그냥 묶어 놓기만 할게, 하, 하."

'하, 하'라는 말이 지금 상황에 딱 맞았다. 그가 무슨 수로 그럴 수 있겠는가? 리치랜드 부인은 그를 가리켜 땅딸막해서 키가 자기와 비슷하다고 했는데, 그렇다면 약 163센티미터라는 뜻이었다. 내 키가 30센티미터는 더 컸고 요즘 잡일과 자전거 타기를 열심히 한 덕분에 운동선수처럼 체격이 좋았다. 엄호해 주는 공범이 없으면 나를 묶어 놓을 재간이 없었다.

"그래요? 진짜요?"

나는 일부러 떨리는 목소리를 냈다. 솔직히 연기할 필요도 없었다.

"그래! 그러니까 이제 금고 열어!"

"약속하는 거죠?"

"약속한다, 이놈아. 이제 금고 열어. 안 그러면 종아리에 총알 박아버린다? 그럼 두 번 다시 탱고를 추지 못할 거야, 하, 하."

"알았어요. 죽이지 않겠다고 진짜로 진심으로 약속하면 열게요."

"이럴 때 법정에서는 이미 질문과 답변이 끝났다고 하지? 금고 열어!"

내가 살아야 하는 이유는 여럿이었지만 그 명랑한 목소리가 생을 마감하기 직전에 듣는 마지막 소리일 수는 없다는 것도 그중 하나였다. 그럴 수는 없었다.

"알았어요."

나는 금고 앞에 무릎을 꿇었다. *저 인간은 나를 죽일 거야. 저 인간의 손에 죽을 수는 없어. 저 인간의 손에 죽지 않을 거야.*

레이더를 생각해서라도.

신발 아주머니를 생각해서라도.

그리고 다른 사람이 없어서 내게 짐을 맡긴 보디치 씨를 생각해서라도.

나는 점점 평정심을 되찾았다.

"금이 엄청 많아요. 그게 다 어디서 난 건지 모르겠지만 대박이에요. 아저씨는 그걸로 몇 년 동안 생활비를 충당했어요."

"얘기 그만하고 금고 열어!"

그는 이렇게 외쳐 놓고 어쩔 수가 없는지 이렇게 물었다.

"얼마나 많은데?"

"어우, 글쎄요. 한 100만 달러어치는 되는 것 같던데. 양동이에 들어 있는데 무거워서 들지도 못하거든요."

어떻게 하면 전세를 역전할 수 있을지 뾰족한 수가 없었다. 정면 대결이라면 승산이 있을지 몰랐지만, 총구가 내 뒤통수에서 3센티미터도 안 되는 곳을 겨누고 있는 상황에서는 아니었다. 하지만 나는 선택한 운동 종목에서 대표 선수 수준에 도달한 이후에는 시합 때가 되면 머리를 끄고 몸에 맡기는 법을 터득했다. 지금이 그래야 하는 순간이었다. 달리 선택지가 없었다. 미식축구에서 지고 있을 때, 특히 수백 명이 야유를 퍼부어 대는 원정 경기에서 나는 가끔 상대팀 쿼터백을 노려보며 저놈은 못돼 처먹은 쓰레기라고, 그냥 이기는 정도가 아니라 코를 아주 납작하게 만들고야 말겠다고 자기 주문을 걸곤 했다. 그가 멋진 플레이 후에 잘난 체하는 밥맛이 아닌 이상 효과가 크지 않았지만, 이 인간을 상대로는 효과 만점이었다. 워낙 잘난 체하는 말투라 미워하는 데 아무 문제가 없었다.

"그만 미적대, 이놈아 이놈아 이놈아. 앞으로 계속 똑바로 걷고 싶으면 얼른 금고 열어."

그게 아니라 앞으로 다시는 걸을 일이 없겠지.

나는 다이얼을 이쪽으로 돌렸다가…… 다시 저쪽으로 돌렸다가…… 다시 이쪽으로 돌렸다. 숫자 세 개를 입력했으니 한 개 남았다. 위험을 무릅쓰고 어깨 너머를 흘끗 돌아보니 족제비에 가까운 좁은 얼굴이 화이트 삭스 야구모자를 쓰고 있었다. 꼭대기가 높고 삭스의 O 자리에 빨간 동그라미가 그려진 복고풍 모자였다.

"저도 좀 가질 수 있어요?"

그는 킥킥거리며 조그맣게 웃었다. 나쁜 놈.

"열어! 나 그만 쳐다보고 얼른!"

나는 마지막으로 다이얼을 돌리고 손잡이를 당겼다. 내 어깨 뒤에서 쳐다보는 그를 볼 수는 없었지만 냄새는 맡을 수 있었다. 오랫동안 씻지 않은 사람의 피부에 거의 들러붙다시피 하는, 시큼한 땀 냄새가 났다.

금고 문이 홱 열렸다. 나는 망설이지 않았다. 망설이는 자에게 기회는 없다. 양동이 가장자리를 잡고 쫙 벌린 내 무릎 사이로 쏟았다. 황금 알갱이들이 온 사방으로 홍수처럼 쏟아졌다. 나는 그와 동시에 벽장 안으로 몸을 날렸다. 그가 방아쇠를 당겼고 소음이 중간 크기 폭죽 정도밖에 되지 않았다. 총알이 내 어깨와 귀 사이로 날아가는 것이 느껴졌다. 총알이 관통하자 보디치 씨의 구식 양복 재킷 단이 실룩거렸다.

보디치 씨는 신발이 많았다. 도라가 보았다면 부러워했을 것이다. 나는 투박한 앵클 부츠를 집어서 몸을 옆으로 굴리며 부츠를 던졌다. 그는 고개를 숙였다. 나는 나머지 한 짝도 던졌다. 그는 다시 고개를 숙였지만 부츠에 가슴을 맞았다. 뒷걸음질을 치다가 아직까지 바닥을 구르고 있던 황금 알갱이를 밟는 바람에 휘청거렸다. 그는 다리를 벌리고 대차게 넘어졌지만 총은 떨어뜨리지 않았다. 총은 보디치 씨의 45구경 리볼버보다 훨씬 작았다. 그래서 총성이 크지 않았던 모양이다.

나는 일어서려 하지 않고 쭈그려 앉은 채 점프했다. 굴러다니는 황금 알갱이 위를 슈퍼맨처럼 날아서 그를 덮쳤다. 나는 덩치가 크고 그는 작았다. 그에게서 훅 하는 소리와 함께 공기가 빠져나왔다. 그의 눈이 튀어나왔다. 벌건 입술이 침으로 번들거렸다.

"저리…… 비켜!"

그가 끙끙대며 숨 막힌 목소리로 속삭였다.

웃기시네. 나는 총을 쥐고 있는 손을 잡았다가 놓쳤다가 그가 그 손을 내 얼굴 쪽으로 돌리기 전에 다시 잡았다. 총이 다시 발사됐다. 총알이 어디로 날아갔는지 알 수 없었지만 내 몸에 박히지 않았으니 상관없었다. 땀 때문에 그의 손목이 미끄러워서 온 힘을 실어서 쥐고 비틀었다. 뚝 하는 소리가 났다. 그가 높고 날카로운 비명을 터뜨렸다. 그의 손에서 총이 떨어졌다. 나는 그 총을 주워서 그를 겨누었다.

그는 그 높고 날카로운 비명을 다시 한번 지르며 총알을 막기라도 하려는 듯 다치지 않은 쪽 손으로 자기 얼굴을 가렸다. 다른 쪽 손은 부러져서 벌써부터 붓기 시작한 손목에 그저 매달려 있었다.

"안 돼! 쏘지 마! *제발*!"

이번에는 그 빌어먹을 하, 하를 한 번도 쓰지 않았다.

3

지금쯤 여러분은 찰리 리드라는 남자아이에 대해 상당히 좋은 인상을 받았을 것이다. 청소년 모험 소설에 나옴 직한 주인공. 나는 술을 마시는 아빠 곁을 지키며 토사물을 치웠고, 아빠의 병이 고쳐지길 (무릎 꿇고!) 기도했고, 실제로 기도의 응답을 받았다. 홈통을 치우려다 사다리에서 떨어진 노인을 구했다. 그의 병문안을 다녔고 퇴원한 후에는 집에서 돌봤다. 그 노인의 충견과 사랑에 빠졌고, 그 충견의 사랑을 받게 되었다. 45구경을 차고 어두컴컴한 (게다가 거대한 야생 동물들이 사는) 통로를 용감하게 지나서 다른 세상으로 건너가 신발을 모으는 기형적인 얼굴의 노파와 친구가 됐다. 황금 알갱이를 온 사방으로 쏘는 영리한 수법으로 하인리히 살인범을 넘어뜨리고 힘으로 압도했다. 아니, 게다가 두 종목의 스포츠에서 대표 선수로 활약한 전적까지! 여기에 키가 크고 힘이 세며 여드름 하나 없으니 완벽하지 않은가?

하지만 나는 우편함에 폭죽을 넣어서 누군가의 소중한 우편물을 폭파시켰다. 다우디 선생님의 차 앞 유리창에 개똥을 발랐고, 버티와 지나가다 문이 열려 있는 것을 보고 켄드릭 부인의 낡은 포드 왜

건의 열쇠 꽂는 구멍에 물풀을 짜 넣었다. 비석을 밀어서 쓰러뜨렸다. 가게에서 물건을 훔쳤다. 이 모든 탐험에 버티 버드가 함께 했고, 폭탄을 설치했다는 협박 전화를 건 사람은 버티였지만 나도 말리지 않았다. 너무 얼굴이 화끈거려서 공개할 수 없는 다른 장난들도 많았다. 그저 울음을 터뜨리며 바지에 실례를 할 정도로 어린아이들에게 심하게 겁을 준 적이 있다고만 하겠다.

한마디로 질이 좋지 않은 아이였다.

나는 지저분한 코듀로이 바지에 나이키 바람막이를 입고, 떡진 머리가 족제비처럼 생긴 좁은 얼굴의 이마 위로 쏟아진, 이 땅딸막한 남자에게 머리끝까지 화가 났다. 화가 난 이유는 (두말하면 잔소리지만) 그가 금을 손에 넣으면 나를 죽일 생각이기 때문이었다. 이미 한 번 살인을 저지른 전적이 있는데 두 번은 못 할 이유가 뭘까? 그리고 그가 나를 죽였다면 수사 과정에서 경찰(아마 클리슨 형사와 용감무쌍한 파트너 위트마크와 쿠퍼 순경이겠지)들이 창고로 들어가, 찰스 맥지 리드 살인 사건쯤은 하찮게 보이는 다른 어떤 것을 발견할 것이기 때문이었다. 그리고 내가 화가 났던 가장 큰 이유는(여러분은 믿지 못할지 모르겠지만 맹세코 진짜다) 이 땅딸막한 남자의 등장으로 인해 일이 꼬여 버렸기 때문이었다. 이 남자를 경찰에 넘겨야 할까? 그러면 금의 존재가 들통날 테고 그러면 수십억 개의 질문이 야기될 것이다. 내가 금을 다 주워서 금고 안에 다시 넣는다 해도 하하 선생이 경찰에 폭로할 것이다. 재판정에서 정상 참작을 받기 위해. 아니면 그저 앙갚음 차원에서.

문제의 해결책은 분명했다. 그가 죽으면 누구에게도 아무 말도 하지 못할 것 아닌가. 리치랜드 부인의 귀가 눈보다 어둡다면 (그리고 두 번의 총성이 그리 크지도 않았다) 경찰이 출동할 일도 없었다. 나에게는 심지어 시신을 숨길 곳도 있었다.

그렇지 않은가.

4

그는 계속 손으로 얼굴을 가리고 있었지만 벌린 손가락 사이로 눈이 보였다. 벌겋게 충혈된 파란 눈에 눈물이 고이기 시작했다. 내가 무슨 생각을 하고 있는지 표정을 보고 알아차린 것이었다.

"안 돼. 부탁이야. 날 보내 줘. 아니면 차라리 경찰을 불러. 주, 주, 죽이지만 말아 줘!"

"아까 당신은 날 죽이려고 해 놓고?"

"아니야! 하늘에 대고, 우리 엄마의 무덤에 대고 맹세하는데 *너를* 죽일 생각은 없었어!"

"이름이 뭐야?"

"데릭! 데릭 셰퍼드!"

나는 총으로 그의 얼굴을 후려쳤다. 그럴 생각은 없었다거나 정신을 차려 보니 내가 그러고 있더라고 하면 거짓말이 될 것이다. 나는 제대로 알고 일을 저질렀고 기분이 좋았다. 그의 코에서 피가 뿜어져 나왔다. 입가에서도 천천히 피가 흘렀다.

"새끼야, 내가「그레이 아나토미」를 모르는 줄 알아? 이름이 뭐야?"

"저스틴 타운스."

나는 다시 한 대 때렸다. 그는 뒤로 물러나려고 했지만 아무 소용없었다. 내가 달리기는 특별히 빠르지 않지만 반사 신경은 멀쩡했다. 이번에는 코피로 그친 게 아니라 코가 부러졌을 것이다. 그는 비명을 질렀지만…… 고음으로 속삭이는 듯이 질렀다.

"내가 저스틴 타운스 얼도 모를 거라고 생각하는 모양이네? 우리집에 그 가수 앨범까지 한 장 있는데 말이지. 한 번 더 기회를 줄게, 씹새야. 머리에 총알 박히기 싫으면 제대로 말해."

"폴리."

그가 말했다. 코가 부었고 얼굴 옆면도 부어서 심한 감기 환자 같은 목소리가 났다.

"크리스 폴리."

"지갑 내 쪽으로 던져."

"지갑은 없……."

그는 내가 손을 뒤로 빼는 것을 보고 다치지 않은 쪽 손을 다시 내밀었다. 나는 그 손에 대해서 세워 놓은 계획이 있었다. 그걸 공개하면 나에 대한 평가 점수가 깎일지 모르지만 어쩔 수 없는 상황이었다는 것을 이해해 주기 바란다. 나는 다시 럼펠스틸트스킨을 떠올리고 있었다. 이 개자식의 다리를 땅 속에 박아서 둘로 찢을 수는 없겠지만 도망치게 만들 수는 있을지 몰랐다. 진저브레드 맨처럼, 하, 하.

"알았어, 알았어!"

그는 일어나 코듀로이 바지 뒷주머니에 손을 넣었다. 그 바지는 그냥 더러운 정도가 아니라 꼬질꼬질했다. 바람막이 재킷은 소매가 찢어지고 소맷단이 우툴두툴했다. 이 인간의 거처가 어딘지 몰라도 힐튼 호텔은 아닐 것이다. 지갑은 너덜너덜하고 긁힌 자국투성이었다. 안을 들추어 찬찬히 들여다보니 10달러짜리 지폐 한 장과 크리스토퍼 폴리 앞으로 발급된 운전면허증이 있었다. 그의 젊은 시절,

얼굴이 온전했을 때 사진이 박혀 있었다. 나는 지갑을 다시 탁 닫아서 내 지갑과 함께 바지 뒷주머니에 넣었다.

"보니까 면허증이 2008년으로 만료됐던데. 갱신해야겠어. 앞으로도 오래 살고 싶으면 말이지."

"못······."

그는 말문을 열었다가 입을 꾹 다물었다.

"갱신 못 한다고? 취소된 모양이지? 음주운전으로? 아니면 징역 사느라? 감방에 간 적 있지? 하인리히 씨의 가게를 털고 그를 죽이기까지 오랜 시간이 걸린 게 그 때문이었나? 스테이트빌에 갇혀 있느라?"

"거긴 아니야."

"그럼?"

그는 침묵으로 일관했고 나는 캐묻지 않기로 했다. 보디치 씨의 표현을 빌자면 별로 상관없는 사안이었다.

"금에 대해서는 어떻게 알았어?"

"그 독일 놈 가게에서 봤지. 카운티 교도소에 들어가기 전에."

금의 출처는 어떻게 알았고 드와이어라는 부랑자는 어떤 식으로 함정에 빠뜨렸는지 물어볼 수도 있었겠지만 물어보지 않아도 알 것 같았다.

"날 보내 줘. 다시는 귀찮게 하지 않을게."

"맞아, 다시는 귀찮게 하지 못하겠지. 왜냐하면 감방에 갈 테니까, 그것도 이번에는 카운티 교도소가 아닌 다른 곳에. 내가 경찰을 부를 거야. 그럼 너는 살인범으로 끌려갈 텐데, 그때도 하, 하거릴 수 있는지 두고 보자고."

"그럼 꼬지를 테다! 여기 금이 있다고! 그럼 너는 한 개도 못 가지게 될걸?"

뭐, 유언장에 따르면 모두 내 것이었지만 그는 모르는 사실이었다.

"그러네. 알려 줘서 고마워. 어쩔 수 없이 너를 양수기 있는 데다 가둬야겠어. 네가 쪼끄매서 다행이야. 덕분에 허리는 안 아프겠어."

나는 총을 들었다. 공갈이었다고 볼 수도 있겠지만 잘 모르겠다. 나는 그가 보디치 씨의 집을 헤집어 놓은 것도, 거길 더럽혀 놓은 것도 싫었다. 그리고 앞에서도 얘기했다시피 그를 죽이면 모든 게 간단해질 것이었다.

그는 비명을 지르지는 않고(아마 그럴 만한 여유가 없었을 것이다) 끙끙대기만 했다. 그의 바지 사타구니가 시커메졌다. 나는 총을 살짝…… 내렸다.

"내가 당신을 살려 주겠다고 하면 말이지, 폴리 씨. 살려 주는 정도가 아니라 어느 노래 가사처럼 갈 길 가도록 놓아 준다면. 어때, 귀가 솔깃하시나?"

"응! 응! 날 보내 주면 다시는 귀찮게 하지 않을게!"

진짜 럼펠스틸트스킨처럼 말하네.

"여기까지는 어떻게 왔지? 걸어왔나? 디어본 거리까지 버스를 타고 와서?"

그의 지갑에 10달러짜리 지폐 한 장뿐이었으니 유버를 타고 왔을 것 같지는 않았다. 그가 하인리치 씨의 뒷방까지 깨끗하게 쓸어 갔을지 몰라도(드와이어에게 슬쩍 넘긴 물건을 보면 그랬을 가능성이 컸다) 아직 한 개도 팔아 치우지 못한 모양이었다. 어쩌면 방법을 모를 수도 있었다. 그가 간교할지 몰라도 영리하지는 않을 수는 있었다. 아니면 연줄이 없을 수도 있었다.

"숲을 지나서 왔어."

그는 다치지 않은 쪽 손으로 보디치 씨의 부지 뒤편 그린벨트 쪽을 가리켰다. 100년 전 이 일대를 뒤덮었던 센트리 숲에서 유일하게 남은 부분이었다.

나는 그의 지저분한 바지와 찢어진 점퍼를 다시 뜯어보았다. 리치랜드 부인은 땅딸막한 남자의 코듀로이가 지저분했다고 증언하지 않았다. 워낙 눈썰미가 예리한 사람이라 놓쳤을 리가 없는데, 부인이 이자를 본 것이 며칠 전이었다. 아무래도 그는 숲을 지나서 온 게 아니라 그 안에서 살고 있었던 게 아니었을까 싶었다. 보디치 씨의 뒷마당 울타리 근처에 어디서 주워온 방수천으로 만든 피신처가 있을지 몰랐다. 그 안에 이 자의 몇 개 안 되는 소지품이 있을 테고, 하인리히 씨의 가게에서 들고 나온 장물은 동화에 나오는 해적들이 그랬던 것처럼 근처 어딘가에 묻어 놨을 것이다. 동화에 나오는 해적들은 금화와 은화를 궤짝에 담았겠지만 폴리의 약탈품은 **전미 구독 써비스** 스티커가 붙은 가방에 담겨 있을 가능성이 컸다.

내 짐작이 맞는다면 그의 야영지는 찰스 리드라는 아이를 감시할 수 있을 만큼 가까운 데 있을 것이다. 그는 하인리히의 가게에서 보고 내 얼굴을 알았을 것이다. 어쩌면 내가 스탠턴빌로 가는 길에 봤을 수도 있었다. 집 안을 뒤져도 열 수 없는 금고 말고는 아무것도 건지지 못하자 금을 찾으러 올 거라는 판단 아래 나를 기다렸을 것이다. *자기라면 그랬을 테니까.*

"일어나. 1층으로 내려갈 거야. 또 넘어지기 싫으면 황금 총알 조심하고."

"몇 개 가져가면 안 될까? 몇 개만? 나 지금 땡전 한 푼 없다고!"

"가져가서 뭐 하게? 그걸로 맥도널드에서 점심 사 먹게?"

"카이에 아는 사람이 있어. 제값은 안 쳐 주겠지만……"

"3개 가져가."

"5개는 안 될까?"

그는 금고 문이 열리면 나를 죽이려고 했던 사람답지 않게 어색하게 미소를 짓는다.

"4개."

그는 허리를 숙이고 다치지 않은 쪽 손으로 잽싸게 알갱이를 주워서 바지 주머니에 넣었다.

"5개잖아. 1개 꺼내."

그는 성난 눈빛으로 나를 내려 보더니(럼펠스틸트스킨의 눈빛이었다) 1개를 떨어뜨렸다. 바닥에 떨어진 알갱이는 데구르르 굴러갔다.

"이제 보니 못된 녀석일세."

"숲속의 성 크리스토퍼에게 그런 평가를 받다니 부끄러워서 몸 둘 바를 모르겠네."

그는 입꼬리를 들고 누런 이를 드러냈다.

"지랄하시네."

나는 22구경 자동 권총인 것 같아 보이는 그의 총을 들었다.

"총을 든 사람한테 지랄하신다고 하면 되겠어? 현명하지 못한 판단인데, 하, 하. 이제 1층으로 내려가."

그는 부러진 손목을 가슴에 대고 다치지 않은 쪽 손으로 황금 알갱이를 움켜쥔 채 방 밖으로 나갔다. 나도 뒤따라갔다. 우리는 거실을 지나 부엌으로 들어갔다. 그가 문 앞에서 걸음을 멈췄다.

"계속 가. 뒷마당 저쪽까지."

그는 눈을 휘둥그레 뜨고 입술을 떨며 나를 돌아보았다.

"날 죽여서 그 구멍 속에 넣으려는 거지!"

"그럴 거면 금을 왜 줬겠어?"

"도로 가져갈 거잖아! 다시 가져가고 나는 그 구, 구, 구멍 속에 넣으려는 거잖아!"

그는 다시 울음을 터뜨렸다.

나는 고개를 저었다.

"마당에 울타리가 있고 당신은 손목이 부러졌잖아. 그래서 건너갈 수 있게 도와주려는 거야."

"내가 알아서 할게! 안 도와줘도 돼!"

"걸어."

그는 울면서 걸었다. 뒤통수에 총을 맞을 거라고 확신했다. 이번에도 *자기라면* 그렇게 했을 것이기 때문이었다. 그는 열린 창고 문을 지날 때까지 자기 목숨이 붙어 있는 걸 확인하고 나서야 울음을 그쳤다. 울타리 앞에 다다랐다. 높이가 약 5미터라 레이더가 지금보다 어렸을 때 뛰어서 넘어가지 못하게 막을 수 있었다.

"다시는 보지 말자."

"볼 일 없을 거야."

"절대."

"볼 일 없을 거야, 약속해."

"그럼 합의하는 뜻에서 악수."

나는 손을 내밀었다.

그는 내 손을 잡았다. 내가 앞에서도 얘기했던 것처럼 그가 간교

할지 몰라도 그렇게 영리하지는 않았다. 내가 그의 손을 비틀자 쩍하고 뼈가 부러지는 소리가 났다. 그는 비명을 지르고 두 손을 가슴에 갖다 대며 무릎을 꿇었다. 나는 영화 속의 악당처럼 바지 뒷주머니에 22구경을 넣고 허리를 숙여서 그를 잡고 들었다. 그는 체중이 65킬로그램이 될까 말까 했고 그 무렵 나는 아드레날린이 그야말로 귀에서 뿜어져 나올 만큼 흥분한 상태였다. 나는 그를 울타리 너머로 던졌다. 그는 낙엽과 부러진 나뭇가지들이 쌓인 곳 위에 똑바로 떨어져 헐떡거리며 조그맣게 흐느꼈다. 두 손은 쓸모없이 축 늘어졌다. 나는 마을의 최신 소식에 열을 내는 동화 속 세탁부처럼 울타리 너머로 몸을 내밀었다.

"잘 가라, 폴리. 멀리 도망가서 다시는 돌아오지 마."

"너, 내 손목을 부러뜨렸어! 내 손목을, 이 쓰펄……."

"죽이지 않은 게 다행인 줄 알아!"

나는 고함을 질렀다.

"죽이고 싶은 걸 간신히 참았어. 다시 만나면 죽여 버릴 거야! 그러니까 얼른 가! 아직 기회가 있을 때!"

그는 파란 눈을 동그랗게 뜨고 콧물과 눈물범벅으로 퉁퉁 부은 얼굴을 들어 나를 마지막으로 한 번 더 쳐다봤다. 그런 다음 몸을 돌려서 부러진 손목을 가슴에 대고, 센트리 숲의 유일한 잔재인 초라한 이차림 속으로 비척비척 사라졌다. 나는 그를 지켜보며 일말의 죄책감도 느끼지 않았다.

나는 역시 질이 좋지 않은 아이였다.

그가 다시 찾아올까? 양쪽 손목이 부러졌으니 그러지 않을 것이다. 친구나 공범에게 말할까? 폴리에게 공범이나 친구가 있을 것 같지는 않았다. 경찰서를 찾아갈까? 내가 하인리히에 대해 아는 정보를 감안했을 때 그건 터무니없는 가정이었다. 그리고 그건 차치하더라도 차마 피도 눈물도 없이 그를 죽일 수가 없었다.

나는 다시 안으로 들어가 황금 알갱이를 주웠다. 온 사방에 흩어져 있어서 폴리를 상대한 시간보다 그걸 줍는 데 들인 시간이 훨씬 길었다. 주운 금을 텅 빈 벨트와 총집과 함께 금고에 넣고 그 집에서 나왔다. 허리춤에 꽂은 총이 보이지 않게 셔츠를 꺼내서 덮었지만 그래도 리치랜드 부인이 그 예리한 눈 위로 손차양을 하고 자기 집 앞에 서 있지 않아서 다행이었다.

5

다리가 떨려서 언덕길을 천천히 걸어 내려갔다. 젠장, *심장도 떨렸다.* 우리 집 앞 계단을 올라가는데 정신을 차리고 보니 배가 고팠다. 그야말로 쓰러질 지경이었다.

레이더가 기다리고 있다가 나를 맞았지만 기대했던 것처럼 그렇게 격한 반응을 보이지는 않았다. 그냥 반갑게 꼬리를 흔들고 몇 번 깡충깡충 뛰고 허벅지에 대고 머리를 한 번 비빈 다음 자기 자리로 돌아갔다. 문득 생각해 보니 내가 격한 반응을 기대했던 이유는 한참 동안 나갔다 온 것 같았기 때문이었다. 하지만 실제로는 3시간도 안 됐다. 그 시간 동안 많은 일들이, 인생을 바꿀 만한 일들이 벌어졌다.『크리스마스 캐럴』에서 스크루지가 했던 말이 생각났다. *이 모든 게 유령들이 하룻밤 새 벌인 일이야.*

냉장고에 먹다 남긴 미트로프가 있기에 케첩을 듬뿍 친 두툼한 샌드위치를 2개 만들었다. 오늘 하루가 이제 시작이니 배를 든든히 채워야 했다. 내일 준비해야 할 것들이 많았다. 나는 학교에 가지 않을 예정이었고 아빠는 단합대회에서 돌아왔을 때 빈집을 맞닥뜨릴 가능성이 컸다(거의 100퍼센트였다). 나는 보디치 씨가 얘기한 해시계를 찾아갈 생각이었다. 이제는 그 시계가 거기 있다는 것을 더는 의심하지 않았고, 그것으로 지금 거실 깔개에서 꾸벅꾸벅 졸고 있는 늙은 저먼 셰퍼드의 시간을 돌릴 수 있다는 것도 더는 의심하지 않았다. 그 구불구불한 계단을 레이더와 함께 내려갈 수 있을지에 대해서는 자신이 없었고, 그 도시까지 60(아니면 80 아니면 100)킬로미터를 무슨 수로 갈 수 있을지는 전혀 알 수가 없었다. 하지만 한 가지 분명한 게 있었다. 더는 기다릴 여유가 없다는 것이었다.

6

나는 샌드위치를 먹으면서 곰곰이 생각했다. 레이더와 함께 사라지려면 보디치 씨의 집이 아니라 다른 데 간 것처럼 거짓으로 흔적을 남겨야 했다. 나가서 차고로 가는 동안 좋은 생각이 떠올랐다. 그렇게 하면 될 것 같았다. 아니, 되어야 했다.

외바퀴 손수레를 꺼내려다 뜻밖의 보너스를 발견했다. 선반에 흔히들 석회라고 부르는 산화칼슘이 있었다. 아빠가 이걸 사다 놓은 이유가 뭐였을까? 그렇다. 바퀴벌레 때문이었다. 우리 집 지하실과 차고에 바퀴벌레가 있었다. 나는 산화칼슘 봉지를 손수레에 싣고 집 안으로 들어가 레이더에게 목줄을 보여 주었다.

"언덕 꼭대기에 데려다주면 말 잘 들을 거야?"

레이더는 눈빛으로 대답했다. 나는 목줄을 채우고 같이 시카모어 1번지를 향해 출발했다. 나는 손수레를 밀었고 레이더는 그 옆에서 같이 걸었다. 리치랜드 부인이 다시 자기 초소를 지키고 있었다. 나는 부인이 아까 무슨 일로 그렇게 시끄러웠느냐고 물어볼까 봐 조마조마했지만 그녀는 그 집에 또 일을 하러 가느냐고 묻고 그만이었다. 나는 그렇다고 대답했다.

"너 참 착하다. 유언 집행인이 그 집을 매물로 내놓겠지? 그 사람이 너한테 보수를 줄 수도 있겠지만 나라면 기대하지 않겠어. 변호사들이 어지간히 짠돌이라야지. 주인이 바뀌더라도 헐지 않으면 좋겠다, 지금은 훨씬 근사해졌는데. 그 집을 누가 물려받았는지 아니?"

나는 모른다고 대답했다.

"혹시 호가를 알게 되면 나한테 알려 줘. 우리가 살까도 생각 중이거든."

우리라면 부인의 남편이 있다는 말인데. 이럴 수가.

나는 그러겠다고 대답하고(그러기는 개뿔) 레이더의 목줄을 손목에 감고 손수레를 밀며 집 뒤편으로 갔다. 이 늙은 친구는 잘 걷고 있었지만 언덕 꼭대기까지는 별로 먼 길이 아니었다. 버려진 도시까지는 수십 킬로미터였다. 그 정도 거리는 절대 감당할 수 없을 것이다.

레이더가 이번에는 전보다 차분했지만 내가 목줄을 풀어 주자마자 거실의 소파 베드로 직행해 이 끝에서부터 저 끝까지 킁킁거리고 그 옆에 주저앉았다. 나는 물을 한 그릇 주고, 산화칼슘 봉지를 들고 창고로 갔다. 바퀴벌레의 잔해 위에 그걸 뿌리고 분해 속도가 전력 질주 수준으로 바뀌는 것을 놀라워하며 지켜보았다. 쉭쉭거리고 부글거리는 소리가 났다. 잔해에서 수증기가 피어오르더니 금세 끈적끈적한 석회물만 남았다.

　리볼버를 챙겨서 집 안으로 들어가 금고에 넣었다. 구석으로 굴러 간 황금 알갱이가 두어 개 보이길래 다른 알갱이들과 함께 양동이에 넣었다. 그러고 1층으로 내려가 보니 레이더가 세상모르게 잠들어 있었다.

　그래. 잘 수 있을 때 푹 자 둬. 내일은 바쁜 하루가 될 테니까.

　이미 오늘 하루는 나에게 충분히 바빴고, 그래서 좋았다. 다른 세 상에 대한 생각이 끊이지는 않았지만(오솔길 양옆을 수놓은 빨간 양귀 비, 얼굴이 거의 다 지워졌다시피 한 신발 아주머니, 도시의 유리 같은 첨탑) 바 쁜 덕분에 크리스토퍼 폴리와의 아슬아슬했던 상황에 대해 뒤늦게 반응하지 않고 있는 것일 수도 있었다. 정말이지 아슬아슬했지 않은 가. 그것도 아주.

　그 쥐방울은 금을 찾으러 왔을 때 부엌 사이 복도에 쌓인 책과 잡 지는 건드리지 않았다. 나도 책은 건드리지 않았지만 잡지는 노끈으 로 간편하게 묶어서 1시간 동안 손수레로 실어 날랐다. 몇 권은 바퀴 벌레 잔해 위에 두었지만, 대부분은 우물 근처에 쌓아 놓았다. 다음 번에 내려갈 때(레이더와 같이 내려갈 때)는 널빤지 위에 잡지를 쌓아서 구멍을 완전히 가릴 작정이었다.

　일이 다 끝나자 안으로 들어가 레이더를 깨웠다. 식료품 저장실에 있는 간식을 주고 같이 집으로 걸어갔다. 내일은 장난감 원숭이를 들고 가야겠다고 다짐했다. 목적지에 도착하면 레이더가 그 장난감 을 가지고 놀고 싶어 할 수도 있었다. 그러니까 계단을 내려가다가 발을 헛디뎌서 나까지 같이 떨어지지 않으면.

　그 계단을 끝까지 내려가면.

집에 도착하자 폴리의 22구경 자동권총과 지갑과 다른 것들을 배낭에 넣고(별건 없었고 내일 보디치 씨의 식료품 저장실에서 추가할 작정이었다) 앉아서 아빠에게 편지를 썼다. 최대한 뒤로 미루고 싶었지만 그럴 만한 상황이 아니었다. 이건 쓰기 힘든 편지였다.

아빠께.

아빠가 오시면 집에 아무도 없겠네요. 저는 노견의 건강과 활력을 되찾아 주는 놀라운 실력자가 있다고 해서 그분을 만나러 시카고로 떠났어요. 이분의 존재는 전부터 인터넷을 통해 알고 있었는데, 아빠가 '사이비 민간요법'에 대해 어떻게 생각하는지 알기 때문에 지금까지 말씀 안 드렸어요. 어쩌면 진짜 사이비일지 모르지만 유산 덕분에 750달러쯤은 너끈히 감당할 수 있게 됐잖아요. 걱정 마시라고 하지는 않을게요. 걱정할 게 없다 하더라도 아빠는 걱정하실 걸 아니까요. 다만 이거 하나는 말씀드릴게요. 술로 걱정을 해소하려고 하지는 마시라고. 돌아왔는데 아빠가 다시 술을 마시고 계시면 저는 정말 억장이 무너질 거예요. 전화는 하지 마세요, 전화기 꺼 놓을 거니까. (제가 가는 곳에서는 전화기를 꺼나 그나 마찬가지거든요.) 잘 다녀올게요. 계획대로 잘 되면 전혀 새로워진 반려견과 함께요!

믿어 주세요, 아빠. 저 아무것도 모르면서 이러는 거 아니에요.

사랑해요.

샬리 드림

뭐, 내 말이 맞기만을 바랄 따름이었다.

나는 편지를 봉투에 넣고 앞면에 **아빠께** 라고 써서 식탁 위에 두었다. 그런 다음 노트북을 켜고 dsilvius@hillviewhigh.edu로 이메일을 보냈다. 비슷한 내용이었다. 내가 이메일을 쓰는 동안 S 선생님이 옆에 있었다면 땡땡이의 냄새가 아주 심하게 난다고 했을 것이다. 나는 목요일 오후에 선생님의 교무실 컴퓨터로 발송되도록 예약 시간을 설정했다. 무단 결석이 이틀이면 괜찮을지 몰라도 사흘은 안될지 몰랐다. 아빠가 단합 대회를 최대한 즐길 수 있게 시간적인 여유를 주려는 것이 나의 목적이었다. S 선생님이 내 이메일을 보고 아빠에게 연락하지 않으면 좋겠지만 아마도 연락을 할 테고 그때쯤이면 아빠는 돌아오는 길일 것이다. 나의 진짜 목적은 최대한 많은 사람들에게 시카고에 간다고 알리는 것이었다.

그 목적을 달성하기 위해 경찰서에 전화해 글리슨 형사가 있느냐고 물었다. 그가 전화를 받자 나는 시카모어 1번지 불법 침입 수사에 진전이 있느냐고 물었다.

"보디치 씨의 개를 데리고 내일 시카고로 떠날 예정이라 오늘 여쭤보는 거예요. 늙은 개를 기적적으로 치료하는 전문가가 거기 있다고 해서요."

글리슨은 새로운 정보가 없다고 했다. 예상했던 바였다. 그 집에 불법 침입한 범인은 내가 직접 처리했다⋯⋯. 내 희망 사항일지도 모르지만. 글리슨은 행운을 바란다고 했다. 나는 그의 응원을 마음에 담았다.

7

그날 저녁에는 레이더의 사료에 새 약을 세 알 더 섞었다. 내일 세

알 더 먹일 작정이었다. 병에 남은 약이 많지 않았지만 걱정할 필요
는 없을 것이었다. 나는 그 약의 정체를 정확히 알지는 못했지만 개
의 속도에 맞춰져 있다는 것까지는 짐작했다. 레이더의 기운을 북돋
는 동시에 수명을 줄이고 있었다. 나는 속으로 중얼거렸다. 레이더
를 계단 아래까지 무사히 데리고 가기만 하면…… 뭐, 그다음은 어
떻게 될지 알 수 없긴 했다.

　전화기가 다시 제대로 작동되고 있었고 (시간을 맞추느라 애를 먹긴 했
다만) 7시에 벨이 울렸다. 화면에 **아빠**라고 떴다. 나는 텔레비전을 켜
고 볼륨을 조금 높인 다음 전화를 받았다.

　"찰리, 나다. 별일 없지?"

　"없어요. 나무 타셨어요?"

　아빠는 웃음을 터뜨렸다.

　"아니, 여기 비가 와서. 대신 으쌰으쌰 팀워크를 다지고 있어. 나사
빠진 보험 설계사들이라고 할까. 뭐 보고 있어?"

　"「스포츠센터」요."

　"개는 잘 있고?"

　"레이더요?"

　깔개에 누워 있던 레이더가 고개를 들었다.

　"잘 있어요."

　"밥도 계속 잘 먹고?"

　"저녁 싹 비우고 그릇까지 핥았어요."

　"다행이다."

　우리는 조금 더 대화를 나누었다. 내가 연기를 잘했는지 아빠가 안
심하는 것처럼 느껴졌다. 그래서 다행스러운 동시에 부끄러워졌다.

"내일 저녁에 전화할까?"

"아뇨, 밖에서 친구 녀석들이랑 햄버거 먹으면서 미니 골프 칠지 몰라요."

"여자애들도 있고?"

"뭐…… 있을 수도 있고요. 무슨 일 생기면 전화할게요. 집에 불이 났다거나 하면요."

"오케이. 잘 자라, 딸랑아."

"아빠도요."

내가 앉아 있는 자리에서 식탁 위에 놓인 편지가 보였다. 아빠에게 거짓말을 하기는 싫었지만 내가 생각하기에는 선택의 여지가 없었다. 이건 이례적인 상황이었다.

나는 텔레비전을 끄고 기억이 닿지 않는 먼 옛날 이후 처음으로 8시에 잘 준비를 했다. 하지만 일찍 일어나야 했다. *매도 먼저 맞는 게 낫지.* 엄마는 이렇게 말했다. 가끔 사진을 보지 않으면 엄마의 얼굴이 가물가물할 때도 있는데, 엄마가 했던 말들은 전부 기억이 났다. 머리는 희한한 기관이다.

문을 잠갔지만 폴리가 무서워서 그런 건 아니었다. 그는 아마 내가 어디 사는지 알겠지만 양쪽 손목이 부러졌고 나에게는 그의 총이 있었다. 게다가 폴리에게는 돈과 신분증이 없었다. 짐작건대 그는 지금 황금 알갱이 4개를 돈으로 바꾸려고 차를 얻어 타고 '카이'라는 데로 가고 있을 것 같았다. 그걸 팔 수 있다 하더라도 제값의 20퍼센트 이상은 받지 못하겠지만 나로서는 상관없었다. 대박이었다. 그에게 미안해지거나 죄책감이 느껴지려고 할 때마다 폴리가 내 뒤통수에 총을 대고 돌아보면 후회하게 될 거라고 했던 것을 떠올렸다. 그래도 폴리를 죽이지 않은 건 다행이었다. 그나마.

이를 닦으며 거울에 비친 내 모습을 유심히 관찰했다. 그렇게 많은 일이 벌어졌는데 전과 다를 게 없어 보이다니 놀라운 일이었다. 입을 헹구고 고개를 돌려 보니 레이더가 화장실 문 앞에 앉아 있었다. 나는 허리를 숙이고 레이더의 얼굴 양옆의 털을 헝클어뜨렸다.

"내일 나랑 같이 어디 갈래?"

레이더는 꼬리로 바닥을 때리고 손님방으로 들어가 침대 발치에 엎드렸다. 나는 아침 5시에 제대로 맞춰져 있는지 알람을 거듭 확인하고 불을 껐다. 롤러코스터 같은 하루를 보냈기에 잠이 들려면 시간이 걸릴 줄 알았더니 거의 눕자마자 졸음이 쏟아지기 시작했다.

내가 정말 개의 기준에서 봤을 때 이미 살 만큼 산 노견을 위해 목숨을 걸고 아빠와 학교가 기겁할 만한 문제를 일으키려는 건지 자문해 보았다. 답은 '그렇다'였지만 그게 다가 아니었다. 그 경이로움, 신비로움 때문이었다. 내가 다름 아닌 또 다른 세상을 발견했다. 초록색 탑이 있는 도시를 두 눈으로 목격했다. 그 심장부에 커튼 뒤에 숨어서 말을 하는 사기꾼이 아니라 고그마고그라는 끔찍한 괴물이 있다는 것만 다를 뿐 그곳이 정말로 오즈의 나라인지 확인하고 싶었다. 해시계를 찾아내 실제로 보디치 씨가 얘기한 그런 효과가 있는지 알아보고 싶었다. 그리고 여러분은 기억해야 한다. 이때 나는 17살이었다. 모험심과 어리석은 선택이 극에 달할 나이 아닌가.

하지만 그렇다, 가장 큰 이유는 개였다. 나는 레이더를 사랑했고 떠나보내고 싶지 않았다.

나는 옆으로 몸을 돌려서 잠을 청했다.

13장.

앤디에게 전화를. 레이더,
결심하다. 스튜. 구거르.

1

　레이더는 컴컴한 새벽에 일어난다는 데 놀란 눈치였지만 기꺼이 (약 세 알이 추가된) 아침을 먹고 1번지로 언덕을 올라갔다. 리치랜드 부인의 집은 어두컴컴했다. 나는 금고가 있는 2층으로 올라가 45구 경을 허리에 차고 끈을 맸다. 폴리의 22구경 자동권총은 배낭에 넣 어서 들고 왔으니 이로써 나는 명실상부한 쌍권총의 사나이가 된 셈 이었다. 식료품 저장실에 빈 스파게티 소스 병이 있었다. 병 두 개에 오리젠 건식 사료를 담고 뚜껑을 단단히 덮은 다음 행주로 감싸 배 낭에 들고 온 티셔츠와 속옷(여행을 갈 때는 반드시 속옷을 챙기라는 것도 엄마가 수시로 하신 말씀이었다) 아래에 넣었다. 여기에 킹 오스카 정어 리 통조림 한 타(이 맛을 알게 됐다), 크래커 한 상자, 피칸 쿠키 몇 개 (계속 먹어서 얼마 남지 않았다), 퍼키 저키 육포 한 줌을 추가했다. 그리 고 냉장고에 남아 있던 콜라 2개까지. 전처럼 길쭉한 손전등을 바지 뒷주머니에 넣을 수 있게 지갑도 배낭으로 옮겼다.

길면 왕복 200킬로미터까지 될 수 있는 여행길을 나서는 것치고 준비물이 너무 단출하다고 볼 수도 있겠지만 내 배낭이 그 정도 크기였고 신발 아주머니가 식사를 대접하겠다고 했었다. 어쩌면 아주머니가 비상식량도 보태 줄 수 있을지 몰랐다. 예상이 빗나가면 먹을거리를 찾아다녀야 할 텐데 그럴 상상을 하면 불안과 흥분이 동시에 밀려왔다.

가장 걱정이 되는 부분은 창고 자물쇠였다. 창고 문을 자물쇠로 잠글 수만 있다면 아무도 신경 쓰지 않을 것이었다. 그러지 못하면 누군가 열어 볼 수 있었다. 묵은 잡지로 우물 입구를 덮은 것은 아주 허접한 위장에 불과했다. 나는 이런 애거서 크리스티 스타일의 난제를 해결하지 못한 채 잠이 들었지만 눈을 떴을 때 훌륭한 해결책이 생각났다. 창고를 밖에서 잠글 수 있을 뿐 아니라 내가 기적적인 치료법을 찾아서 레이더를 시카고로 데려갔다고 증언할 사람도 확보할 수 있는 묘책이었다.

해답은 바로 앤디 첸이었다.

나는 7시까지 기다려 전화를 걸었다. 그때쯤이면 일어나서 학교 갈 준비를 하고 있지 않을까 싶었는데 신호가 4번 가도록 받지 않는 걸 보니 음성사서함으로 넘어가려는 모양이었다. 뭐라고 메시지를 남길까 고민하고 있었을 때 그가 짜증이 섞인 목소리로 살짝 숨을 헐떡이며 전화를 받았다.

"뭐야, 리드? 나 지금 샤워 하다 말고 나오느라 온 사방에 물을 뚝뚝 흘리고 있어."

나는 고음의 가성으로 대답했다.

"우. 황색 폭격기가 알몸이란 말이지."

"그걸 농담이라고 하냐, 이 망할 인종차별주의자야? 뭔데?"

"긴히 부탁할 게 있어서."

"무슨 부탁인데?"

이제 그의 말투가 진지해졌다.

"저기, 나 지금 시외 하이볼에 있거든. 너 하이볼이 어딘지 알지?"

모를 수가 없었다. 하이볼은 센트리에서 가장 다양한 비디오 게임을 갖춘 화물차 휴게소였다. 우리는 면허가 있는 친구가 모는 차를 끼어 타고 가서, 마침 그런 친구가 없으면 버스를 타고 가서 돈이 떨어지거나 쫓겨날 때까지 비디오 게임을 하곤 했었다.

"거긴 무슨 일로? 오늘 학교 가는 날이잖아."

"내가 반려견이 생겼어. 어렸을 때 너를 식겁하게 했던 그 개 기억하지? 몸이 좋지 않은데 시카고에 노견을 치료하는 사람이 있다고 해서. 젊음을 되찾아 준대."

"사기야."

앤디는 딱 잘라 말했다.

"그럴 수밖에 없지. 정신 차려라, 찰스. 개는 나이를 먹으면 늙을 수밖에 없고 그걸로 이야기 끝……."

"입 다물고 내 얘기 좀 들어줄래? 30달러를 주면 나랑 레이더를 거기까지 태워다 주겠다는 사람이 있는데……."

"30달러……."

"지금 얼른 가지 않으면 그 사람이 혼자 출발해 버릴 거거든. 너한테 문을 좀 잠가 달라고 하려고."

"지금 너희 집 문 잠그는 걸 깜빡……."

"아니, 아니, 보디치 씨 집! 내가 깜빡했어!"

"하이볼까지는 뭘 타고……."

"네가 계속 그렇게 나불거리면 내가 그 차를 얻어 타고 가지 못해! 그 집 문 좀 잠가 주라, 알겠지? 식탁에 열쇠 두고 왔어."

그러고는 생각났다는 듯이.

"그리고 뒷마당에 있는 창고도. 문에 자물쇠가 달려 있을 거야."

"학교까지 버스가 아니라 자전거를 타고 가야겠네. 부탁 들어주면 얼마 줄 건데?"

"앤디, 제발 좀!"

"농담이야, 리드. 너더러 한번 빨아 달라고 하지도 않을게. 하지만 누가 물어보면……."

"물어보는 사람 없을 거야. 있으면 사실대로 얘기해, 나 시키고 갔다고. 네가 시끄러운 일에 휘말리는 건 싫어. 그냥 나 대신 문만 잠가 줘. 그리고 창고도. 열쇠는 돌아와서 받을게."

"응, 그거야 할 수 있지. 하룻밤 자고 오는 거야 아니면……."

"아마도. 어쩌면 이틀 밤 자고 올 수도 있고. 이제 그만 끊어야겠다. 고마워, 앤디. 이 은혜 잊지 않을게."

나는 전화를 끊고 배낭을 메고 목줄을 집었다. 보디치 씨의 열쇠를 식탁에 놓고 레이더에게 목줄을 채웠다. 계단 발치에서 걸음을 멈추고 잔디밭 너머로 창고를 내다보았다. 레이더에게 목줄을 채우고 그 좁고 구불구불한(게다가 높이도 각기 다른) 계단을 내려가겠다고? 우리 둘 모두에게 좋지 않은 선택이었다.

아직 엎질러진 물은 아니었다. 앤디에게 다시 전화해 막판에 생각이 바뀌었다고 아니면 있지도 않은 운전자가 나를 두고 가 버렸다고 하면 그만이었다. 레이더와 함께 집으로 돌아가 식탁 위에 놓고 온 편지는 찢어 버리고 실비어스 선생님께 보내려던 메일은 전송 취소하면 그만이었다. 앤디 말이 맞았다. 개는 나이를 먹으면 늙을 수밖에 없고 그걸로 얘기 끝이었다. 그렇다고 해서 내가 다른 세상을 탐험할 수 없는 건 아니었다. 기다리면 됐다.

레이더가 죽을 때까지.

나는 레이더의 목줄을 풀고 창고를 향해 걸음을 옮겼다. 반쯤 갔을 때 뒤를 돌아보았다. 레이더는 그 자리에 가만히 앉아 있었다. 레이더를 부르고 싶은 마음이 굴뚝 같았지만 꾹 참았다. 계속 걸음을 옮겼다. 창고 문 앞에 다다랐을 때 다시 뒤를 돌아보았다. 레이더가 계속 뒤 계단 발치에 앉아 있었다. 지금까지 거친 모든 준비 과정이, 특히 밖에서 창고 문을 잠글 수 있는 기발한 방법을 생각해 낸 것까지 물거품으로 돌아가게 생겼다는 데 속이 쓰렸지만 레이더를 거기 그렇게 앉혀 놓고 떠날 수는 없었다.

내가 다시 돌아가려던 찰나, 레이더가 일어나더니 주춤주춤 뒷마당을 가로질러 내가 서 있는 열린 창고 문 앞까지 왔다. 킁킁 냄새를 맡으며 머뭇거렸다. 나는 배터리식 전등을 켜지 않았다. 레이더의 후각이면 불을 켤 필요가 없었다. 레이더는 내가 거대한 바퀴발레의 잔재 위에 쌓아놓은 잡지 더미를 보고 그 단련된 코를 빠르게 벌름거렸다. 그러다 그 아이의 시선이 우물을 덮고 있는 널빤지 쪽으로 옮아갔을 때 놀라운 현상이 벌어졌다. 레이더가 터벅터벅 우물 앞으로 다가가더니 신나서 조그맣게 낑낑대는 소리를 내며 널빤지를 앞발로 긁기 시작한 것이다.

기억하는 거야. 다시 가고 싶어 하는 걸 보면 그때 기억이 좋았던 모양이네.

나는 맹꽁이자물쇠를 걸쇠에 매달고, 틈새로 햇빛이 들어와 우물까지 가는 길이 보일 만큼만 남겨 놓고 문을 닫았다.

"레이더, 이제 조용히 해야 해. 쉿."

낑낑대는 소리는 멎었지만 앞발로 널빤지를 긁는 건 계속됐다. 내려가고 싶어서 안달하는 레이더를 보니 지하 통로가 끝나는 곳에서 펼쳐질 세상에 대한 불안이 조금 가라앉았다. 사실 불안해할 이유도 없었다. 양귀비 꽃밭은 예뻤고 향기는 그보다 더 훌륭했다. 신발 아주머니도 걱정할 필요가 없었다. 나를 따뜻하게 맞아 주었고 내가 감정적으로 무너졌을 때 달래 주었으니 다시 만나고 싶었다.

아주머니도 레이더를 다시 만나고 싶어 하고…… 내가 보기에는 레이더도 아주머니를 다시 만나고 싶어 하는 것 같아.

"앉아."

레이더는 나를 쳐다보았지만 꼼짝하지 않았다. 널빤지 사이로 어둠 속을 빤히 들여다보다가 나를 쳐다보았다가 다시 널빤지를 응시했다. 개들은 하고 싶은 말을 전달하는 고유의 방식이 있는데, 이번에는 메시지가 아주 분명했다. *얼른 가자, 찰리.*

"레이더, *앉아.*"

레이더는 아주 떨떠름하게 바닥에 엎드렸지만 내가 일렬로 놓은 널빤지를 치워 V자로 만들자마자 일어나 강아지처럼 쌩하니 계단을 달려 내려갔다. 레이더의 뒤통수와 꼬리 근처 등허리에는 드문드문 흰색 털이 있었다. 그게 내 눈앞에 보이는가 싶더니 곧바로 사라졌다.

레이더를 데리고 무슨 수로 계단을 내려갈까 걱정했던 것이 우스워지는 순간이었다. 영어를 가르치는 네빌 선생님이 입버릇처럼 했던 말이 생각났다. *아이러니는 혈액 건강에 좋지.* (영어로 irony가 철분을

뜻하는 iron과 철자가 비슷한 데서 착안한 말장난이다 — 옮긴이)

2

나는 이리 오라고 레이더를 부르려다 끔찍한 실수를 저지를 뻔했다는 것을 깨달았다. 어차피 레이더도 한 귀로 듣고 한 귀로 흘렸을 테지만, 그러지 않았다면 그 좁은 계단에서 몸을 돌리려다 떨어져 죽었을 가능성이 컸다. 나로서는 그 아이가 어둠 속에서 발을 헛디뎌 추락하지 않기만을, 그리고 짖지 않기만을 바라는 수밖에 없었다. 레이더가 짖으면 숨어 있던 점보 사이즈 바퀴벌레들이 우르르 몰려올 테고 역시 점보 사이즈인 박쥐들도 놀라서 날아다닐 것이었다.

어쨌거나 그 사태에 대비해 내가 할 수 있는 건 아무것도 없었다. 계획대로 강행하는 수밖에 없었다. 나는 상반신만 남을 때까지 계단을 내려가 V자 모양을 유지하며 양쪽 옆으로 가까이 널빤지를 움직였다. 그 위로 잡지 더미를 쌓아 우물 입구를 막았다. 그러는 내내 쿵하는 소리와 단말마의 비명이 들릴까 싶어 귀를 기울였다. 떨어져 즉사하지 않는다면 단단히 다져진 흙바닥 위에서 조금씩 죽어 가며 *수없이* 비명을 지를 수도 있었다. 내 이 근사한 계획 덕분에.

나는 땀을 뻘뻘 흘려 가며 널빤지를 당겼다. 점점 좁혀 오는 잡지의 벽 사이로 낑낑대며 팔을 뻗어 한 묶음을 더 붙잡았다. 집 근처 강가로 빨래하러 가는 부족 아낙네처럼 그걸 머리에 얹고 천천히 허리를 숙였다. 그 마지막 묶음이 내가 빠져나온 구멍을 덮었다. 살짝 삐딱하게 놓이기는 했지만 그 정도로 만족해야 했다. 앤디가 문을 잠그기 전에 창고를 대충 훑어보더라도 별문제 없어야 했다. 이로써

342

창고에서 어떻게 다시 빠져나갈 것인가의 문제가 남았지만 그건 나중에 생각할 문제였다.

나는 다시금 둥그스름한 벽에 어깨를 딱 붙이고 손전등으로 발치를 비춰 가며 계단을 내려가기 시작했다. 짐 때문에 속도가 더뎠다. 이번에도 숫자를 셌고 100에 다다르자 남은 계단을 손전등으로 비췄다. 개의 눈동자에 불빛이 반사되면서 2개의 섬뜩한 동그라미가 나를 맞았다. 다 내려간 레이더는 무사했고 통로를 내달리는 대신 나를 기다리고 있었다. 나는 어마어마한 안도감을 느꼈다. 최대한 빨리 계단을 내려갔지만 그리 빠르지는 않았다. 다리가 부러져 쓰러지는 사태는 피하고 싶었다. 나는 한쪽 무릎을 꿇고 앉아 레이더를 끌어안았다. 평소에 레이더는 기꺼이 몸을 맡기는 편이지만 이번에는 거의 당장 뒤로 물러나 통로 쪽으로 몸을 돌렸다.

"알았어, 하지만 야생 동물들 놀래지 마. 쉿."

레이더가 앞장섰다. 달리지는 않았지만 빠르게 걸었고 조금도 절름거리지 않았다. 아직은 그랬다. 기적의 알약의 정체가 무엇이고, 효과가 좋은 만큼 어떤 부작용이 있는지 다시금 궁금해졌다. *세상에 공짜는 없다*는 것이 아빠가 애용하는 격언이었다.

중간 지대로 간주되는 지점에 다다르자 나는 박쥐 떼를 자극할 수도 있는 위험을 무릅쓰고 반응을 살피기 위해 손전등을 들어 레이더를 비췄다. 레이더는 아무 반응도 보이지 않았고, 내가 처음 한 번 겪고 나면 그걸로 끝인 건지 궁금해하던 찰나 예전의 그 현기증이 나를 관통했다. 이번에도 유체를 이탈한 느낌이었다. 그 느낌은 찾아왔을 때처럼 순식간에 사라졌고, 곧바로 통로가 끝나고 언덕 비탈이 시작되는 곳에서 반짝이는 빛이 보였다.

나는 레이더를 따라잡았다. 대롱대롱 매달린 덩굴을 헤치고 나가 양귀비를 내려다보았다. *레드 카펫이다. 레드 카펫.*

우리는 다른 세상에 도착했다.

3

레이더는 고개를 앞으로 내밀고 귀를 뒤로 젖히고 코를 실룩이며 잠깐 동안 꼼짝 않고 서 있었다. 그러다 총총걸음으로 오솔길을 걷기 시작했다. 이제는 낼 수 있는 최대 속도가 그 정도였다. 내가 생각하기에는 그랬다. 내가 언덕을 반쯤 내려갔을 때 도라가 한 손에 슬리퍼 두 짝을 들고 조그만 오두막집에서 나왔다. 레이더는 내 앞 3미터쯤을 걷고 있었다. 도라가 우리를 보고(그보다는 누가 두 발이 아니라 네 발로 오고 있는지 보았다고 해야겠다) 슬리퍼를 떨어뜨렸다. 그러고는 털썩 무릎을 꿇고 두 팔을 벌렸다. 레이더는 기쁘게 짖으며 전속력으로 달려갔다. 막판에 조금 속도를 늦췄지만 (늙은 뒷다리가 그랬다고 해야겠다) 그래도 아주 많이는 아니었다. 그대로 들이받힌 도라는 펄럭이는 치맛자락 사이로 밝은 초록색 양말을 보이며 뒤로 벌러덩 넘어졌다. 레이더가 다리를 벌리고 올라앉아 짖으며 그녀의 얼굴을 핥았다. 꼬리를 미친 듯이 흔들었다.

나도 달리기 시작했다. 짐이 잔뜩 담긴 배낭이 위아래로 흔들리며 내 등을 때렸다. 머리를 숙이고 신발들이 대롱대롱 매달린 빨랫줄을 지나 레이더의 목걸이를 잡았다.

"그만해, 이 녀석아! 내려와!"

하지만 당장은 그럴 가능성이 없었다. 도라가 레이더의 목을 두 팔로 감싼 채 자기 가슴에 대고 꼭 끌어안고 있었던 것이다. 나를 그렇게 안아 주었던 것처럼. 예전처럼 빨간 신발을 신은 두 발이(여기에 초록색 양말을 신었으니 크리스마스 분위기였다) 위아래로 버둥거리며 행복한 춤을 췄다. 그녀가 일어나 앉았을 때 보니 그 칙칙한 두 뺨에 아주, 아주 희미하게나마 화색이 돌았고 끈적끈적한 액체가(눈물 삼아 흘릴 수 있는 것이 이게 전부였다) 속눈썹 없는 단춧구멍 눈에서 흘러나오고 있었다.

"*레이이이!*"

그녀가 외치며 내 개를 다시 끌어안았다. 레이더는 꼬리를 좌우로 흔들며 열심히 그녀의 목을 핥았다.

"레이이이, 레이이이, *레이이이이!*"

"둘이 서로 구면인가 보네요."

내가 말했다.

4

나는 들고 간 식량을 축낼 필요가 없었다. 그녀가 점심을, 그것도 상다리가 부러지게 차려 주었다. 평생 그렇게 맛있는 스튜는 처음이었다. 듬뿍 담긴 고기와 감자가 맛있는 그레이비 안에서 헤엄쳤다. 이게 인육일 수도 있겠다는 생각이 머릿속을 스치고 지나갔지만(공포 영화나 뭐 그런 데서 기인했을 것이다) 황당한 발상이었다. 이 아주머니는 좋은 분이었다. 유쾌한 표정이나 다정한 눈빛을 보지 않아도 알 수 있었다. 선한 기운이 뿜어져 나왔다. 그걸 믿지 않는다 하더라도 그녀가 레이더를 어떤 식으로 맞이했는지를 보면 알 수 있었다. 그리고 두말하면 잔소리지만 레이더가 그녀에게 어떤 식으로 달려들었는지도. 나도 그녀를 일으켜 세웠을 때 포옹을 받았지만 그 정도로 격하게는 아니었다.

나는 도라의 뺨에 입을 맞췄다. 그래도 전혀 이상할 것 없게 느껴졌다. 그녀는 내 등을 토닥이고 안으로 끌고 갔다. 오두막집은 널찍한 방 하나짜리였고 따끈따끈했다. 벽난로에 불을 때지는 않았지만 스토브가 열일하고 있었고 납작한 철판에 놓인 스튜 냄비가 부글거렸다. 그런 걸 열판이라고 하는 걸로 아는데, 틀렸을 수도 있다. 방 한가운데에 놓인 나무 테이블 중앙에는 양귀비 꽃병이 있었다. 도라가 수제품으로 보이는 흰색 그릇 2개와 나무 숟가락 2개를 세팅했다. 그러고는 내게 앉으라고 손짓했다.

레이더는 털을 그슬리지 않는 한도 안에서 최대한 가까이 스토브 앞에 웅크리고 엎드렸다. 도라가 찬장에서 그릇 하나를 다시 꺼내 조리대에 달린 펌프로 물을 가득 채웠다. 그걸 레이더 앞에 놓아 주자 레이더는 열심히 할짝거렸다. 하지만 바닥에서 엉덩이를 들지 않았다. 조짐이 좋지 않았다. 여태껏 내가 운동량을 조절하고 있었는데, 예전 친구의 집을 보았을 때는 세상 그 무엇도 그 아이를 막을 수 없었다. (배낭 속에 담아 온) 목줄을 했다면 목줄이 내 손에서 휙 빠져나갔을 것이다.

도라는 찻주전자를 올려놓고 스튜를 뜬 다음 부산하게 다시 스토브 앞으로 갔다. 찬장에서 그릇처럼 살짝 울퉁불퉁한 머그와 유리병을 꺼내 여기에서 숟가락으로 찻잎을 떴다. 정신을 몽롱하게 만드는 것이 아니라 그냥 일반적인 차이기만을 바랄 따름이었다. 나는 이미 정신이 몽롱했다. *내가 사는 세상 아래에 이 세상이 있다는 생각이*

계속 머릿속을 맴돌았다. 내 발로 직접 여기까지 내려왔으니 그 생각을 쉽게 떨쳐 버릴 수가 없었다. 그런데 여기에도 위에 하늘이 있었다. 마치 이상한 나라의 찰리가 된 심정이라, 오두막집 전면에 달린 둥근 창문 밖을 내다보았을 때 모자 장수가 춤을 추며 길을 걸어가고 있다 한들 (어쩌면 웃는 얼굴의 체셔 고양이를 어깨에 얹고) 놀라지 않을 것 같았다. 아니, *지금보다 더* 놀라지는 않을 것 같았다.

이 상황이 아무리 이상해도 내 허기에는 아무 영향도 미치지 않았다. 너무 긴장돼서 아침을 건너뛴 게 화근이었다. 그래도 나는 그녀가 머그를 들고 올 때까지 기다렸다가 자리에 앉았다. 물론 일상적인 예의를 갖춘 것이었지만 그녀가 기도 비슷한 것을 할 수도 있겠다는 생각이 들었기 때문이기도 했다. *저희 앞에 놓인 음식을 축복해 주시옵소서*의 웅얼웅얼 버전이라고 할까. 하지만 그녀는 그냥 숟가락을 들었고 내게도 먹으라고 손짓했다. 나는 고깃덩어리를 건져 그녀에게 보여 주며 눈썹을 치켜들었다.

그녀는 초승달 모양의 입술 꼬리를 위로 올려 특유의 미소를 지었다. 손가락 두 개를 머리 위로 들고 앉은 채 살짝 깡충거렸다.

"토끼예요?"

그녀는 고개를 끄덕이고 귀에 거슬리는 꾸르륵거리는 소리를 냈다. 나는 그것이 웃음소리라는 것을, 아니면 웃으려 하는 소리라는 것을 깨닫고 시각 장애인이나 두 번 다시 걷지 못할 휠체어 장애인을 보았을 때처럼 슬퍼졌다. 그런 사람들은 대부분 동정을 바라지 않는다. 자신의 장애를 감당하고 남을 도우며 훌륭한 인생을 산다. 그들은 용감하다. 나도 그렇다는 걸 안다. 하지만 어딘가가 고장 난 그런 불공평한 상황을 감수해야 하다니, 내 몸은 모든 면에서 아주

양호하기 때문일지 몰라도 감당하기 어려울 것 같았다. 예전에 같은 초등학교에 다녔던 조지나 위맥이 생각났다. 그 아이는 한쪽 뺨에 딸기색의 큼지막한 모반이 있었다. 앙증맞고 명랑하고 아주 똑똑해서 대부분의 친구들이 그 아이에게 상냥하게 대했다. 버티 버드는 도시락을 바꿔 먹곤 했다. 나중에 사회에서 인정을 받고 살아가겠지만, 매일 거울을 볼 때마다 얼굴의 그 모반을 맞닥뜨려야 하는 걸 생각하면 안쓰러웠다. 그 아이의 잘못이 아니지 않은가. 아름답고 자유로워야 할 웃음소리가 심술 맞게 으르렁거리는 소리처럼 들리는 것도 도라의 잘못이 아니었다.

그녀는 강조하듯 마지막으로 한 번 깡충거리고 나를 보며 손가락을 빙글빙글 돌렸다. 먹어, 먹어.

레이더가 끙끙대며 몸을 일으키려 했고 마침내 뒷다리가 버텨 주자 도라에게로 다가갔다. 그녀는 *내가 넋을 놓고 있었네,* 라고 얘기하는 듯 회색 손등으로 자기 회색 이마를 찰싹 때렸다. 그녀는 다른 그릇을 꺼내 고기와 그레이비를 담았다. 몇 가닥 있지도 않은 눈썹을 치켜들고 나를 쳐다보았다.

나는 고개를 끄덕이며 미소를 지었다.

"신발의 집에서는 다들 먹어야죠."

도라는 초승달을 뒤집은 모양의 미소를 지으며 그릇을 바닥에 내려놓았다. 레이더는 꼬리를 흔들며 바삐 달려들었다.

나는 스튜를 먹으며 방의 나머지 절반을 자세히 살폈다. 아담한 신발 아주머니에게 딱 맞는, 깔끔하게 정리된 침대가 있었다. 그쪽 절반은 대부분의 공간이 작업실이었다. 그게 아니라 다친 신발의 재활 치료실이라고 해야 할까? 수많은 신발들은 뒤축이 뭉개졌거나 밑창이 떨어져 부러진 턱처럼 입을 벌리고 있거나 밑창이나 발가락에 구멍이 뚫린 채였다. 가죽 워크부츠는 원래 주인보다 발이 큰 사람이 물려받아서 신었는지, 뒤축이 세로로 찢어져 있었다. 푸른빛이 도는 보라색 실크 부티의 삐뚜름한 상처는 짙은 파란색 실로 꿰매놓았다. 도라에게 있는 실 중에서 가장 비슷한 색이 그거였나 보다는 생각이 들었다. 지저분한 신발도 있었고, 작업대 위에 놓인 신발들은 닦아서 조그만 철제 단지에 담긴 것으로 광을 내는 과정 중에 있었다. 그게 다 어디서 났는지 궁금했지만, 작업실이 있는 공간에서 가장 눈에 잘 띄는 자리를 차지하고 있는 물건의 정체가 더 궁금했다.

나는 내 그릇을, 레이더는 자기 그릇을 비웠다. 도라가 양쪽 그릇을 들고 눈썹을 추켜세우며 다시 물었다.

"네, 고맙습니다. 레이더는 조금만 주세요. 많이 먹으면 하루 종일 잠만 잘 거예요."

도라는 깍지 낀 손을 옆얼굴에 대고 눈을 감았다. 그런 다음 레이더를 가리켰다.

"쟈대."

"자대요?"

도라는 고개를 젓고 팬터마임을 다시 했다.

"쟈대!"

"자야 된다고요?"

신발 아주머니는 고개를 끄덕이고 레이더가 아까까지 엎드려 있던 스토브 옆을 가리켰다.

"전에 거기서 잤어요? 보디치 씨가 데려왔을 때?"

도라는 다시 고개를 끄덕이고 한쪽 무릎을 꿇고 앉아서 레이더의 머리를 토닥였다. 레이더는(내 착각일 수도 있지만 아닐 것이다) 흠모하는 눈빛으로 그녀를 올려다보았다.

우리는 두 번째 스튜 그릇도 깨끗이 비웠다. 나는 잘 먹었다고 인사했다. 레이더는 눈으로 인사했다. 도라가 그릇을 치우는 동안 나는 일어나 신발 병원에서 내 시선을 독차지한 물건을 보러 갔다. 발판을 밟아서 돌리는 방식의 구식 재봉틀이었다. 검은색 케이스에 희미해진 금박으로 SINGER라고 적혀 있었다.

"이거, 보디치 씨가 가져다준 거예요?"

그녀는 고개를 끄덕이고 자기 가슴을 토닥이고 고개를 숙였다. 다시 고개를 들었을 때 보니 그녀의 눈가가 촉촉했다.

"아저씨가 잘해 주셨네요."

그녀는 고개를 끄덕였다.

"아주머니도 아저씨한테 잘해 주셨고요. 레이더한테도요."

그녀는 끙끙대며 알아들을 수 있는 한 단어를 내뱉었다.

"응."

"신발이 정말 많네요. 이게 다 어디서 난 거예요? 그리고 이걸로 뭐 하세요?"

그녀는 어떤 식으로 대답하면 좋을지 모르는 눈치였고 이번에는 제스처도 도움이 되지 않았다. 잠시 후에 그녀가 얼굴을 환히 빛내며 작업실로 갔다. 거기에는 그녀의 옷이 담겨 있을 옷장이 있었고, 집의 절반을 차지하는 주방보다 찬장이 훨씬 많았다. 다양한 구두 수선 장비를 그 안에 보관하는 모양이었다. 그녀가 허리를 숙여 아래 칸에서 조그만 칠판을 꺼냈다. 학교는 교실 한 칸이고 책상에 잉크병이 놓여 있던 시절에 어린아이가 썼음 직한 칠판이었다. 그녀는 좀 저 깊숙한 곳을 뒤져 몽당 분필을 찾아냈다. 작업대 위에서 작업 중이던 신발 몇 개를 옆으로 밀치고 천천히 글을 적어서 칠판을 들어 보였다. *구거르 만나.*

"무슨 뜻인지 모르겠어요."

그녀는 한숨을 쉬고 글씨를 지우더니 작업대 쪽으로 오라고 내게 손짓했다. 나는 그녀가 조그만 상자를 그리고 그 앞에 2개의 선을 나란히 그리는 것을 어깨 너머로 지켜보았다. 그녀는 상자를 두드리고 오두막 안을 향해 한쪽 팔을 휘휘 돌린 다음 다시 상자를 두드렸다.

"이 집이에요?"

그녀는 고개를 끄덕이고 2개의 평행선을 가리킨 다음 앞문 왼쪽에 달린 둥근 창을 가리켰다.

"길."

"웅."

그녀는 나를 보며 손가락을 한 개 들고(잘 들어) 평행선을 좀 더 늘렸다. 그런 다음 상자를 한 개 더 그렸다. 그 위에 다시 *구거르 만나,* 라고 썼다.

"구거르."

"웅."

그녀는 자기 입을 토닥인 다음 손가락을 한데 모아 악어가 입을 딱딱 부딪치는 것처럼 빠르게 움직였다. 내가 너무나 잘 아는 제스처였다.

"말하다!"

"웅."

그녀는 무슨 뜻인지 모를 구거르라는 단어를 두드렸다. 그런 다음 내 어깨를 붙잡았다. 신발 고치는 일을 한 덕분에 손힘이 좋았고 회색 손끝이 굳은살로 딱딱했다. 그녀는 나를 돌려 앞문 쪽으로 걸어가게 했다. 앞문에 다다르자 그녀는 나를 가리키고 두 손가락으로 걷는 흉내를 낸 다음 오른쪽을 가리켰다.

"가서 구거르를 만나라고요?"

그녀는 고개를 끄덕였다.

"제 개는 쉬어야 하는데요. 몸이 좋지 않아서요."

그녀는 레이더를 가리킨 뒤 자는 흉내를 냈다.

나는 얼마나 걸어가야 하느냐고 물어볼까 했지만 그녀가 그런 질문에 답을 줄 수 있을까 싶었다. 예 아니면 아니요로 대답할 수 있게 물어봐야 했다.

"거기 멀어요?"

고개를 저었다.

"그 구거르는 말을 할 줄 알아요?"

이 말에 그녀는 재밌어하는 표정을 지었지만 그래도 고개를 끄덕였다.

"구거르? 굿 걸이라는 뜻이에요?"

그녀는 초승달 미소를 지었다. 어깨를 으쓱했다. 고개를 끄덕였다가 곧바로 가로저었다.

"제가 여기 길을 잘 모르는데. 해가 지기 전에 돌아올 수 있을까요?"

세차게 끄덕끄덕.

"레이더는 아주머니가 데리고 계실 거죠?"

"응."

나는 생각 끝에 한번 도전해 보기로 했다. 구거르가 말을 할 줄 안다면 답을 몇 개 들을 수 있을 것이었다. 도라에 대해, 이 도시에 대해. 어쩌면 구거르는 레이더의 젊음을 되찾아 준다는 해시계에 대해서도 알지 몰랐다. 나는 1시간 정도 걸어가 보다가 구거르의 집을 찾지 못하면 발길을 돌리기로 마음먹었다.

나는 문을 열려고 했다(손잡이 대신 구식 걸쇠가 달려 있었다). 그녀가 내 팔꿈치를 잡고 한 손가락을 들어 보였다. *잠깐만.* 그녀는 후다닥 신발 수선 코너로 돌아가 작업대에 달린 서랍에서 뭔가를 꺼내더니 얼른 내 쪽으로 다시 돌아왔다. 손바닥보다 작은 가죽 쪼가리 3개를 들고 있었다. 초록색으로 염색한 신발 밑창 같았다. 그녀가 내게 그걸 주머니에 넣으라고 손짓했다.

"이걸 뭐에 쓰게요?"

그녀는 눈살을 찌푸렸다가 웃으며 손바닥을 위로 들어 보였다. 너무 복잡한 모양이었다. 그녀는 내 배낭끈을 건드리며 묻는 눈빛으로 나를 보았다. 나는 에라 모르겠다, 하고 배낭을 벗었다. 그걸 문 옆에 내려놓고 쭈그리고 앉아서 뚜껑을 열고 지갑을 바지 뒷주머니에 넣었다. 신분증을 보여 달라는 사람이 있을지 모른다는 황당한 생각이라도 하는 듯이. 그러는 동안 레이더를 보며 내가 자기를 도라에게 맡기고 간다는 것을 어떻게 받아들이고 있을지 궁금해했다. 내가 일어나 문을 열자 레이더는 고개를 들었다가 다시 내려놓았다. 거기서 꾸벅꾸벅 조는 데 만족한다는 뜻이었다. 왜 아닐까. 따뜻한 음식으로 배는 부르고 친구와 함께 있지 않은가.

오솔길 끝에는 넓은 흙길(큰길이었다)이 있고 좌우에 양귀비가 피어 있었다. 다른 꽃들도 있었지만 죽어 가고 있거나 이미 죽었다. 나는 뒤를 돌아보았다. 문 위에 도라가 신은 것과 비슷한 새빨간 색의 큼지막한 나무 신발이 달려 있었다. 저게 간판일 수밖에 없겠다는 생각이 들었다. 그녀가 웃는 얼굴로 그 아래에 서서, 내가 막판에 어느 쪽으로 가야 하는지 잊어버릴까 봐 걱정이라도 하는 듯이 오른쪽을 가리키고 있었다. 꼭 엄마들이나 함 직한 행동이라 나도 모르게 씩 웃음이 나왔다.

"제 이름은 찰리 리드예요. 그리고 말씀드렸는지 모르겠지만 저희 점심 먹여 주셔서 감사했어요. 아주머니를 만나서 기뻐요."

그녀는 고개를 끄덕이고 나를 가리킨 다음 자기 심장 위쪽을 토닥였다. 그건 통역이 필요 없었다.

"저 뭐 하나 더 물어봐도 돼요?"

그녀는 고개를 끄덕였다.

"제가 지금 여기 말을 하고 있나요? 그렇죠, 맞죠?"

그녀는 웃음을 터뜨리고 어깨를 으쓱했다. 무슨 말인지 못 알아들었거나 그녀도 모르는 문제였거나 어느 쪽이 됐든 상관없는 거였다.

"오케이. 알겠어요."

"옥에이."

그녀는 안으로 들어가 문을 닫았다.

오솔길 입구에 일부 식당이 밖에 설치하는 메뉴 비슷한 팻말이 있었다. 내가 가야 하는 오른쪽 면이 공란이었다. 왼쪽 면에는 누가 봐도 명백한 영어로 4줄짜리 시가 적혀 있었다.

망가진 신발을 주세요
이 길을 따라가면 새 신발이 있을 테니
나를 믿어 주시면

당신의 여행길에 행운이 따를 거예요.

나는 다 읽고 난 뒤에도 한참 동안 서서 이 시를 들여다보았다. 그녀가 수선할 신발을 어디서 구하는지 알 것도 같았지만 그래서 한참 들여다본 게 아니었다. 내가 *아는* 글씨체라서였다. 장 볼 목록과 내가 시카모어 1번지의 우편함에 넣은 수많은 봉투에서 본 글씨체였다. 얼마나 오래전인지 알 길 없는 시점에 보디치 씨가 그 간판을 만들어 준 것이었다.

5

배낭이 없으니 걷기가 수월해서 좋았다. 좌우를 두리번거려도 레이더가 보이지 않는 건 아쉬웠지만 그 아이가 도라와 함께 안전하게 있다고 확신할 수 있었다. 휴대전화가 먹통이 됐으니 시간을 계속 체크할 수 없었고 하늘이 계속 우중충했기 때문에 해를 보고 대충 짐작할 수도 없었다. 해가 떠 있긴 했지만 구름에 가려진 희미한 동그라미였다. 나는 그 옛날 개척자의 방법에 따라 시간과 거리를 표시하기로 했다. '눈대중'으로 서너 번 목표 구간을 정하고 거기까지 갔는데도 구거르의 코빼기도 보이지 않으면 돌아가기로 말이다.

나는 걸어가며 시가 적힌 간판에 대해 생각했다. 식당 메뉴판이라면 오가는 사람들이 모두 볼 수 있게 양쪽에 적었을 것이다. 그런데 이 간판은 한쪽 면에만 시가 적혀 있었으니 내가 찾으러 나선 집 쪽으로만 일방통행이 이루어지고 있다는 뜻이었다. 왜 그런지 이유는 알 수 없었지만 구거르에게 들을 수 있을 것이었다. 그런 위인이 실제로 존재한다면 말이다.

세 번째 목표 구간이 끝나는 지점에 다다랐을 때 오르막길이 시작되면서 혹처럼 솟은 나무다리로 이어졌고(다리 아래 시냇물은 말랐다) 끼루룩거리는 소리가 들렸다. 새소리였다. 다리 꼭짓점에 다다르자 오른쪽으로 집이 보였다. 큰길 왼편은 양귀비가 끊겼다. 숲이 길 바로 옆까지 들이닥쳤다. 그 집은 신발 아주머니의 오두막보다 훨씬 커서 TCM 서부극에 나오는 목장 주인집 같았고 큰 별채가 2개, 작은 별채가 1개 있었다. 가장 큰 별채는 축사일 수밖에 없었다. 여긴 농장이었다. 그 뒤편으로 넓은 텃밭에서 여러 작물들이 깔끔하게 줄지어 자라고 있었다. 내가 전문가가 아니라 그것들이 다 뭔지는 알 수 없었지만 옥수수는 보고 알았다. 별채들이 모두 오래됐고 신발 아주머니의 피부처럼 회색이었지만 아주 튼튼해 보였다.

끼루룩거리는 소리의 진원지는 못해도 열두어 마리는 되어 보이는 거위였다. 거위 떼가 파란 원피스에 흰색 앞치마를 두른 여자를 에워싸고 있었다. 그녀는 한손으로 앞치마를 들고 다른 손으로 사료를 한 줌씩 뿌리고 있었다. 거위들이 날개를 요란하게 푸드덕거리며 탐욕스럽게 그 사료를 쫓아다녔다. 그 근처에서는 비쩍 말랐고 늙어 보이는 백마가 양철 구유에 담긴 여물을 먹고 있었다. *비절 내종*이라는 단어가 머릿속에 떠올랐지만 *비절 내종*의 정확한 뜻을 몰랐으니 내 짐작이 맞는지 알 수가 없었다(말의 다리에 있는 비절이라는 관절이 부어오르는 일종의 관절염이다 — 옮긴이). 말 머리 위에 나비 한 마리가 앉아 있었는데 평범한 크기라 안심이 됐다. 내가 다가가자 나비는 날아가 버렸다.

그녀는 나를 곁눈으로 보았는지 고개를 들었고, 거위들이 더 달라고 끼루룩거리며 옆에서 몸싸움을 벌이고 날갯짓을 해도 위로 든 앞치마 주머니에 손을 넣은 채 꼼짝하지 않았다.

나도 똑같이 얼어붙었다. 이제는 도라가 무슨 말을 하려고 했는지 알아차렸기 때문이다. 구거르는 다름 아닌 구스 걸이었다(구스가 영어로 거위라는 뜻이다 ─ 옮긴이). 하지만 내가 얼어붙은 데에는 또 다른 이유가 있었다. 그녀의 머리칼은 풍성하고 짙은 금발이었고 좀 더 밝은색 금발이 희끗희끗하게 섞여 있었다. 그 머리칼이 어깨에 닿았다. 눈은 동그랗게 파래서 반쯤 지워진 도라의 실눈과 180도 달랐다. 뺨은 불그스레했다. 젊었고 그냥 예쁜 정도가 아니라 눈부시게 아름다웠다. 동화에나 나옴 직한 그 미모에 흠이 하나 있다면 코와 턱 사이에 심한 상처가 오래전에 아문 듯 울퉁불퉁하고 하얀 일직선의 흉터가 있다는 것이었다. 그 흉터의 오른쪽 끝에 아직 피지 않은 조그만 장미꽃 같은, 10센트 동전 크기의 붉은 반점이 있었다.

그 구스 걸은 입이 없었다.

6

내가 다가가자 그녀는 한 별채 쪽으로 한 발짝 뒷걸음질 쳤다. 일꾼들 숙소인지, 피부가 회색인 남자 둘이 나오는데 한 명은 쇠스랑을 들고 있었다. 나는 내가 낯선 사람일 뿐 아니라 무기까지 들고 있다는 사실을 떠올리며 걸음을 멈추었다. 나는 양쪽 빈손을 들었다.

"걱정 말아요. 해칠 마음 없어요. 도라가 보내서 왔어요."

구스 걸은 몇 초 더 꼼짝 않고 서서 고민했다. 그러다 앞치마 주머니에서 손을 꺼내 옥수수와 곡식을 좀 더 뿌렸다. 다른 쪽 손으로는 먼저 농장 일꾼들에게 다시 들어가라고 손짓한 다음 앞으로 오라고 내게 손을 까딱였다. 나는 계속 손을 든 채 천천히 다가갔다. 거위 3마리가 날개를 퍼덕이고 끼루룩거리며 내 쪽으로 왔다가 손에 아무것도 없는 걸 보고는 얼른 다시 여자 쪽으로 돌아갔다. 백마는 두리번거리다 다시 점심을 먹었다. 흐릿한 태양이 이제 큰길 저편의 숲 쪽으로 이동하고 있었으니 저녁일 수도 있었다.

구스 걸은 잠깐 놀란 것을 끝으로 겉보기에는 태연하게 계속 거위들에게 모이를 주었다. 나는 무슨 얘기를 꺼내면 좋을지 몰라서 마당 가장자리에 그냥 서 있었다. 레이더의 새 친구에게 골탕을 먹은 게 분명하다는 생각이 들었다. 내가 구거르는 말을 할 줄 아느냐고 물었을 때 도라는 고개를 끄덕였지만 그런가 하면 웃고 있었다. 입이 없는 젊은 여자에게 답을 들으라며 어린애를 보내다니 장난도 너무 심한 장난이었다.

"나는 여기 사람 아니에요."

나는 이런 바보 같은 말을 했다. 내 설명이 없어도 그녀가 한눈에 알아차렸을 텐데. 그냥, 그녀가 너무 아름다웠다. 어떻게 보면 입이어야 했을 흉터와 그 옆의 반점 때문에 한층 더 아름다웠다. 이상하게 들리겠지만, 심지어 변태처럼 들리겠지만 진짜 그랬다.

"나는…… *아야*."

거위 한 마리가 내 발목을 쪼았다.

이 소리를 듣고 그녀는 재밌어했다. 앞치마 주머니에서 마지막 모이를 꺼내 조그맣게 주먹을 쥐고는 내 쪽으로 내밀었다. 내가 손을 벌리자 그녀가 밀과 빻은 옥수수를 섞은 듯이 보이는 것을 내 손바닥에 조금 봉긋하게 부었다. 다른 쪽 손으로 내 손을 움직이지 않게 붙잡았는데, 그녀의 손가락이 닿자 약한 전기 충격 같은 것이 느껴졌다. 나는 그녀에게 홀딱 반하고 말았다. 젊은 남자라면 누구라도 그랬을 것이다.

"내가 여길 찾아온 이유는 키우는 개가 나이를 먹었는데, 내 친구 말이 저 도시 안에……."

나는 그쪽을 가리켰다.

"……그 아이의 나이를 거꾸로 먹게 할 방법이 있다고 해서요. 그래서 한번 시도해 보기로 했어요. 궁금한 게 1000개쯤 되지만 보아하니 당신에게…… 음…… 답을 들을 수 있을 것 같지는 않고……."

나는 수렁 속으로 더 깊이 빠져들고 싶지 않았기에 그쯤에서 하던 얘기를 멈추고 거위 모이를 뿌렸다. 뺨이 화끈거렸다.

그녀는 이 말에도 재밌어했다. 잡고 있던 앞치마를 내리고 털었다. 거위들은 그 주변으로 모여들어 남은 부스러기를 먹고는 꽥꽥 수다를 떨며 축사 쪽으로 이동했다. 구스 걸이 두 팔을 머리 위로 들자 원피스가 당겨지며 탐스러운 가슴이 도드라졌다. (그렇다, 내 시선이 거기에 닿았다. 그래서 어쩌란 말인가.) 그녀가 손뼉을 두 번 쳤다.

늙은 백마가 고개를 들고 그녀를 향해 느릿느릿 다가왔다. 이제 보니 알록달록한 유리 조각과 리본을 섞어서 갈기를 땋아 놓았다. 그런 식으로 치장을 한 것을 보니 암말인 모양이었다. 다음 순간 나는 내 짐작이 맞았다고 확신할 수 있었다. 말이 여자 목소리로 이야기를 시작했던 것이다.

"네 질문에 대답해 줄게. 도라가 보냈다고 하고, 우리 주인님이 네가 지금 차고 있는, 그 예쁜 파란 돌이 박힌 벨트를 알거든."

그 백마는 벨트나 총집 안에 들어 있는 45구경에 조금도 관심을 보인 적이 없었다. 큰길과 그 길 건너편의 나무들만 쳐다보고 있었다. 징이 박힌 벨트를 보고 있었던 쪽은 구스 걸이었다. 잠시 후에 그녀는 그 반짝이는 파란색 눈을 들어 다시 나를 쳐다보았다.

"너, 에이드리언이 보내서 왔니?"

그 목소리가 들리는 곳은 백마 아니면 적어도 그 근처였지만 이제 보니 그녀의 목과 한때 입술이 있었던 곳 주변 근육이 움직이고 있었다.

"복화술을 할 줄 아는군요!"

나는 불쑥 내뱉었다.

그녀는 눈으로 웃으며 내 손을 잡았다. 또다시 온몸이 찌릿했다.

"가자."

구스 걸은 농장 저편으로 나를 데려갔다.

14장.

리아와 팔라다. 그분을 도와주세요.
큰길에서의 만남. 늑대. 2개의 달.

1

우리가 대화를 나눈 시간은 1시간에 불과했고 그마저도 얘기를 한 쪽은 대부분 나였지만, 그 정도면 그녀가 평범한 시골 소녀는 아니라고 확신하기에 충분했다. 시골 소녀는 똑똑하거나 예쁘거나 눈이 부시도록 아름다울 수 없다는, 속물적인 발언처럼 들릴 수도 있겠지만 그런 뜻에서 한 말은 아니다. 우리가 사는 이 동그랗고 위대한 세상에도 복화술을 할 줄 아는 시골 소녀가 어딘가에 분명 있을 것이다. 이 경우는 거기에 뭔가가 더해졌다. 그녀에게는 뭔지 모를 자신감이 있었다. 농장 일꾼들뿐 아니라 다른 사람들까지 자기 마음대로 부리는 데 익숙한 *분위기*를 풍겼다. 그리고 내가 갑작스럽게 등장하는 바람에 처음에 주춤거렸을 때 말고는 절대 두려워하는 기미를 내비치지 않았다.

나는 그 1시간 만에 그녀에게 홀딱 반해 버렸다고 고백하지 않아도 여러분은 이미 알아차렸을 것이다. 이런 이야기는 그런 식으로 흘러가는 게 정석이지 않은가. 다만 차이가 있다면 이건 내게 단순한 이야기가 아니라 목숨이 달린 문제였다. 자기보다 나이가 많을 뿐 아니라 입에 키스를 할 수도 없는 여자를 사랑하게 된 것도 찰리 리드의 팔자였다. 나는 입이 있었던 자리의 흉터에 얼마든지 키스할 용의가 있었으니 내 상태가 얼마나 심각했는지 드러나는 대목이었다. 그리고 또 한 가지 내가 알아차린 사실이 있다면 그녀는 입이 있거나 말거나 나 같은 아이에게는 과분한 상대라는 것이었다. 그녀는 단순히 거위들에게 모이를 주는 소녀가 아니었다. 그보다 훨씬 엄청난 존재였다.

게다가 아리따운 아가씨가 사랑의 포로가 된 로미오와 백마를 통해 대화를 나누어야 한다면 그것이 얼마나 로맨틱할 수 있을까.

하지만 우리의 대화는 그런 식으로 이루어졌다.

2

텃밭 옆에 정자가 있었다. 우리는 안으로 들어가 조그만 원형 테이블에 앉았다. 나는 일꾼 두어 명이 옥수수밭에서 나와 뭐가 잔뜩 든 광주리를 들고 축사로 가는 걸 보고 여기는 10월 초가 아니라 여름인가 보다 했다. 백마는 근처에서 풀을 뜯었다. 얼굴이 심하게 기형이고 회색인 여자가 쟁반을 들고 와서 내려놓았다. 그 위에 천 냅킨 2개, 유리잔 1개와 피처 2개가 담겨 있는데, 피처가 하나는 크고 다른 하나는 식당에서 하프 앤드 하프 용으로 쓰는 작은 사이즈였다. 큰 피처에는 레모네이드처럼 보이는 것이 담겨 있었다. 작은 피처에는 퓌레로 만든 스쿼시인가 싶은 노란색 곤죽이 들어 있었다.

구스 걸이 큰 피처에 담긴 것을 따라서 마시라고 손짓했다. 나는 그녀가 시키는 대로 했다. 내게는 그걸 마실 수 있는 입이 있다는 것이 조금 당황스러웠다.

"맛있네요."

진짜였다. 달달한 맛과 톡 쏘는 맛의 비율이 딱 맞았다.

회색 여자는 계속 구스 걸의 어깨 뒤에 서 있었다. 그녀가 조그만 피처에 담긴 노란색 곤죽을 가리켰다.

구스 걸은 고개를 끄덕였지만 콧구멍을 벌름거리며 한숨을 쉬고 입 대신 자리 잡은 흉터를 아래로 살짝 내렸다. 쟁반을 들고 온 여자가 원피스 주머니에서 자기 피부색과 같은 회색의 유리관을 꺼냈다. 여자가 그 관을 곤죽에 꽂으려고 허리를 숙였지만 구스 걸이 받아서 테이블 위에 올려놓았다. 쟁반을 들고 온 여자를 올려다보며 고개를 끄덕이고 나마스테라고 인사하듯 합장했다. 여자는 마주 고개를 끄덕이고 자리를 비켰다.

여자가 사라지자 구스 걸은 손뼉을 쳐서 백마를 불렀다. 백마가 다가와 풀을 계속 씹으며 난간을 넘어 우리 둘 사이로 고개를 내밀었다.

"나는 팔라다야."

백마는 말했지만 복화술사의 무릎 위에 놓인 인형처럼 입을 움직이지 않고 계속 풀을 씹었다. 구스 걸이 왜 계속 복화술을 고집하는지 이유를 알 수가 없었다.

"내 주인님은 리아."

나중에 도라 덕분에 정확한 철자를 알게 됐지만 그때 들었을 때는 「스타워즈」의 주인공과 같은 레아인 줄 알았다. 그때까지 벌어진 모든 일을 감안했을 때 그 이름이 충분히 그럴 법하게 느껴졌다. 나는 이미 럼펠스틸트스킨과 비슷한 인물과, 신발 속은 아니지만 신발 간판 아래에서 사는 할머니를 만났다. 그리고 나조차도 콩나무를 타고 올라간 잭과 비슷했고 「스타워즈」도 끝내주는 특수 효과가 있다는 것만 다를 뿐 한편의 동화이지 않은가.

"둘 다 만나서 반가워요."

그날 내가 겪은 수많은 희한했던 일들 중에서도 (아직 희한한 일들이 추가로 기다리고 있었다) 여러 면에서 그것이 가장 희한했다. 아니, 가장 비현실적이었다고 해야 할까. 나는 누굴 쳐다보며 말을 해야 할지 알 수가 없겠기에 결국에는 테니스 경기 관람객처럼 고개를 좌우로 왔다 갔다 계속 돌려야 했다.

"에이드리언이 너를 보냈니?"

"네. 하지만 내가 아는 한은 아저씨 이름이 하워드였어요. 에이드리언은…… 예전 이름이에요. 아저씨를 만난 지 얼마나 됐어요?"

리아는 눈썹을 한데 모으고 곰곰이 생각했다. 심지어 찡그린 얼굴마저 예뻤다(앞으로는 이런 발언을 자제하려고 노력하겠지만 아마도 힘들 것이다). 잠시 후에 그녀가 고개를 들었다. 팔라다가 말했다.

"나는 그때 지금보다 훨씬 젊었어. 에이드리언도 젊었고. 개를 데려왔는데 새끼 강아지나 다름없어서 온 사방을 깡충깡충 뛰어다녔지. 이름이 특이했는데."

"레이더."

"맞아."

리아는 고개를 끄덕였다. 백마는 이 모든 것에 관심 없는 표정으로 계속 풀만 씹었다.

"에이드리언이 죽었니? 네가 여기 와 있고 그의 벨트와 무기를 차고 있는 걸 보면 그런 모양인데."

"네."

"그럼 해시계를 다시 돌리지 않기로 했나 보구나? 잘 생각했네."

"맞아요. 그러기로 하셨어요."

나는 레모네이드를 좀 더 마시고 잔을 내려놓은 다음 몸을 앞으로 숙였다.

"제가 여기에 온 이유는 레이더 때문이에요. 나이를 많이 먹어서 이 해시계라는 데로 데려가면……."

나는 곰곰이 생각하다 『로건의 탈출』이라는 또 다른 SF 소설을 떠올렸다.

"젊음을 되찾을 수 있을까 싶어서요. 궁금한 게 있는데……."

"네 사연을 들려줘. 그걸 듣고 나서 네 질문에 대답하는 편이 좋을지 어떨지 결정할게."

이쯤에서 잠시 멈추고 따지고 들자면, 내가 팔라다를 통해 리아에게 얻은 정보도 있었지만 그녀가 내게서 얻어 간 정보가 훨씬 많았다. 그녀는 자기 뜻을 관철하는 데 익숙한 사람 특유의 태도가 있었지만…… 그것이 악의적이거나 위협적이지는 않았다. 세상에는 항상 상냥하고 예의가 바르게 처신해야 한다고 생각하는, 그럴 필요가 없을 때일수록 2배로 열심히 그래야 한다고 생각하는, 잘 보고 배운 사람들이 있다. 상냥하게 처신하는지 여부에 상관없이 대개는 원하는 것을 손에 넣지만.

나는 해가 지기 전에 도라의 집으로 돌아가고 싶었기 때문에 (밤이 되면 그 숲에서 뭐가 나올지 전혀 알 수가 없었다) 임무에 충실했다. 그녀에게 어쩌다 보디치 씨를 만나 그의 간호를 맡으면서 친구가 됐는지 설명했다. 금에 대해 이야기하며, 지금 당장은 그걸로 충분하지만 이쪽 세상과 연결된 우물의 보안을 유지하려면 나중에는 좀 더 필요할지 모른다고, 내 쪽 세상 사람들이 그 우물을 알면 악용할지 모른다고 했다. 하인리히 씨가 죽었으니 그 금을 돈으로 바꿀 방법을 찾아야 한다는 얘기는 굳이 덧붙이지 않았다.

"왜냐하면 앞으로도 계속 세금을 내야 할 텐데 액수가 상당히 많거든요. 세금이 뭔지 알아요?"

"응, 당연하지."

"하지만 지금 당장은 레이더가 걱정이에요. 해시계는 도시 안에 있죠, 맞죠?"

"응. 거기 가고 싶으면 절대 아무 소리도 내지 말고 에이드리언이 남긴 표시를 따라가야 해. 그리고 밤에는 절대, *절대* 가면 안 되고. 너는 온전한 인간이니까."

"온전한 인간이요?"

리아는 테이블 너머로 손을 내밀어 내 이마와 한쪽 뺨과 코와 입을 건드렸다. 그녀의 손길은 가벼웠고 스치듯 건드린 것에 불과했지만 아까보다 더 짜릿한 충격이 내 몸을 관통했다.

"온전하다고. 회색도 아니고. *망가지지도* 않았고."

"왜 그렇게 된 거예요? 혹시 고그……."

이번에는 그녀의 손길이 가볍지 않았다. 손바닥으로 입을 세게 쳐 입술이 이와 부딪치게 했다. 리아는 고개를 저었다.

"그의 이름은 절대 말하면 안 돼, 깨어나는 시점을 앞당기고 싶지 않으면."

그녀는 한 손을 자기 목에 얹고 손가락으로 오른쪽 턱을 건드렸다.

"피곤한가 보네요. 말을 하려면 힘이 드는 거죠?"

리아는 고개를 끄덕였다.

"그만 갈게요. 남은 이야기는 내일 해요."

나는 일어서려고 했지만 그녀가 그냥 있으라고 손짓했다. 그 명령에는 의심의 여지가 없었다. 한 손가락을 들었으니 레이더도 알아들었을 제스처였다. 앉아.

그녀는 유리관을 노란색 곤죽에 꽂은 다음 오른쪽 집게손가락을 붉은 반점 쪽으로 들었다. 그 아름다운 얼굴에서 유일한 흠이 그 반점이었다. 이제 보니 그 손가락만 빼고 나머지는 모두 손톱이 짧았다. 그녀는 그 손톱을 보이지 않을 때까지 반점 안에 넣었다가 뺐다. 살이 벌어지면서 가는 핏줄기가 턱까지 흘러내렸다. 그녀는 손톱으로 만든 구멍에 유리관을 꽂고 뺨을 홀쭉하게 만들어 가며 자양분이 되는 뭔지 모를 것을 빨아 마셨다. 조그만 피처에 담긴 노란색 곤죽이 반쯤 사라졌다. 내 기준으로는 한 모금의 양이었지만, 그녀의 목구멍은 한 번이 아니라 여러 번 꿀떡거렸다. 비주얼만큼이나 맛도 고약한지 켁켁거리며 그걸 삼켰다. 그녀는 목구멍이었다면 기관 절개라고 했을 그곳에서 빨대를 꺼냈다. 구멍은 당장 사라졌지만 반점은 아까보다 더 성난 것처럼 보였다. 그녀의 미모를 향해 저주를 퍼붓는 것도 같았다.

"그거면 충분해요?"

나는 경악한 목소리로 물었다. 어쩔 수가 없었다.

"거의 마시지 못했잖아요!"

그녀는 피곤한 표정으로 고개를 끄덕였다.

"구멍을 만들려면 아프고, 오랫동안 똑같은 것들만 먹다 보니 맛도 없어. 어떨 땐 차라리 굶고 싶지만 그러면 어떤 지역에 있는 사람들 좋은 일만 하는 거라."

그녀는 왼쪽으로 고개를 기울였다. 내가 걸어온 방향이자 도시가 있는 방향이었다.

"유감이에요. 제가 도울 방법이 있으면⋯⋯."

그녀는 이해한다는 뜻에서 고개를 끄덕이고(당연히 사람들은 그녀를 위해 뭐든 하려고 할 것이다. 1등으로 하겠다고 서로 싸울 것이다) 다시 나마스테 제스처를 했다. 그런 다음 냅킨을 집어서 핏줄기를 닦았다. 나는 여러 저주에 대해 들은 적 있지만(동화는 저주들로 넘쳐나지 않는가) 눈앞에서 본 건 이번이 처음이었다.

"그가 남긴 표시를 따라가. 길을 잃으면 안 돼. 그럼 밤의 병사들에게 잡혀갈 거야. 레이더까지."

그 이름은 어려운지 *레이어*라고 발음하는 것을 듣고 나는 그 아이를 보고 좋아서 어쩔 줄 몰라 했던 도라를 떠올렸다.

"해시계는 왕궁 뒤편의 스타디움 광장에 있어. 잽싸게, 조용히 움직이면 네 목적을 달성할 수 있을 거야. 네가 말한 그 금은 안에 있어. 그건 들고 나오기가 훨씬 위험하지."

"리아, 혹시 예전에 그 왕궁에서 살았어요?"

"아주 오래전에."

"그럼⋯⋯."

답이 뻔해 보였지만 그래도 묻지 않을 수가 없었다.

"그럼 공주님이에요?"

그녀는 고개를 숙였다.

"이분은 공주님이었어."

리아는 팔라다를 통해 자신을 3인칭으로 지칭했다.

"그중에서도 막내. 위로 언니가 넷, 오빠가 둘 있었거든. 그러니까 왕자님이라고 해야 할까? 언니들은 죽었어. 드루실라, 엘레나, 조이린, 나랑 이름이 같은 팔라다. 로버트도 죽었어. 이분이 으스러진 그 가없은 몸을 직접 목격했지. 이분에게 늘 잘해 주었던 엘든도 죽었고. 엄마, 아빠도 돌아가셨어. 남은 가족이 거의 없지."

나는 아무 말도 하지 못하고 이 엄청난 비극의 강도를 애써 이해해 보려고 했다. 나는 엄마를 여읜 것만으로도 충분히 충격적이었는데.

"우리 주인님의 삼촌을 만나 봐. 시프런트 로드 근처의 벽돌집에서 살거든. 그분을 찾아가면 더 자세한 이야기를 들을 수 있을 거야. 우리 주인님은 이제 너무 피곤하시대. 너더러 잘 가라고, 무사히 돌아갈 수 있길 바라신대. 오늘 밤은 꼭 도라네 집에 있으라고 하시고."

나는 자리에서 일어났다. 얼룩 같은 태양이 이제 거의 나무에 다다랐다.

"주인님께서 잘 됐으면 좋겠대. 만약 네가 바라는 대로 에이드리언의 개가 젊음을 되찾으면 여기로 데려와 달래. 예전처럼 춤추고 달리는 걸 보고 싶다고."

"그럴게요. 그런데 뭐 하나만 더 물어봐도 될까요?"

리아는 힘없이 고개를 끄덕이고 한쪽 손을 들었다. *물어봐, 하지만 간단하게.*

나는 주머니에서 조그만 가죽 신발을 꺼내 리아에게 보여 주고 (바보로 전락한 느낌이 살짝 들었지만) 전혀 아무 관심도 드러내지 않는 팔라다에게도 보여 주었다.

"도라한테 받았는데 이걸로 뭘 어쩌라는 건지 모르겠어서요."

리아는 눈으로 웃으며 팔라다의 코를 쓰다듬었다.

"도라네 집으로 돌아가는 길에 여행객을 만날 수도 있어. 그들이 맨발이면 망가졌거나 닳아 떨어진 신발을 수선해 달라고 도라에게 맡기고 왔다는 뜻이야. 맨발인 여행객이 보이거든 그걸 교환권 삼아 줘. 이 길을 따라가다 보면……."

그녀는 도시에서 반대편 길을 가리켰다.

"……도라의 남동생이 하는 조그만 가게가 나오거든. 여행객이 그 교환권을 들고 가면 그 남동생이 새 신발을 줘."

나는 곰곰이 생각했다.

"도라는 망가진 신발을 수선하죠."

리아는 고개를 끄덕였다.

"그녀에게 신발을 맡긴 사람들은 남동생이 하는 가게를 찾아가고요."

리아는 고개를 끄덕였다.

"제가 레이더의 젊음을 되찾아 주고 싶어 하는 것처럼 망가진 신발의 수선이 끝나면 도라가 남동생 가게로 그걸 들고 가요?"

리아는 고개를 끄덕였다.

"그럼 남동생이 그 신발을 팔아요?"

리아는 고개를 저었다.

"왜요? 가게는 원래 이익을 남기는 곳이잖아요."

팔라다가 말했다.

"살다 보면 이익이 전부가 아니거든. 우리 주인님은 이제 기운이 다해서 쉬어야 해."

리아가 내 손을 잡고 꼭 쥐었다. 그때 내 기분이 어땠는지는 이 자리에서 밝힐 필요도 없을 것이다.

리아가 손을 놓고 손뼉을 한 번 쳤다. 팔라다가 어슬렁어슬렁 걸음을 옮겼다. 회색 일꾼 하나가 헛간에서 나와 팔라다의 옆구리를 가볍게 때렸다. 팔라다는 회색 남자를 옆에 거느리고 흔쾌히 헛간 쪽으로 걸어갔다.

"갈게요. 그리고 고마웠어요."

리아는 나마스테 제스처를 한 다음 고개를 숙이고 앞치마 위로 깍지 낀 손을 올려놓았다. 하녀(어쩌면 왕궁 생활을 같이 했던 시녀일 수도 있었다)가 회색의 긴 원피스로 바닥을 쓸어 가며 나를 큰길까지 배웅했다.

"당신은 말을 할 수 있어요?"

"조금요. 아파요."

그녀는 먼지를 먹은 사람처럼 꺽꺽거리는 목소리로 이렇게 말했다. 큰길에 다다랐다. 나는 걸어온 방향을 가리켰다.

"저분 삼촌이 사는 벽돌집까지는 거리가 얼마나 돼요? 알아요?"

그녀는 기형으로 생긴 회색 손가락을 하나 들어 보였다.

"하루 걸려요?"

하녀는 고개를 끄덕였다. 알고 보니 여기에서 가장 흔하게 쓰이는 커뮤니케이션 방식이 고개로 대답을 대신하는 것이었다. 그러니까 복화술을 터득하지 못한 사람들의 경우에는 말이다.

삼촌을 만나러 가려면 하루. 거기까지 약 30킬로미터라고 가정했을 때 도시까지 가려면 하루나 어쩌면 이틀 더 걸릴 수 있었다. 심지어 사흘이 될 수도 있었다. 왕복으로 계산하면 우물과 연결된 지하 통로로 돌아가기까지 도합 엿새가 걸린다는 뜻이었고 그것도 중간에 아무 일이 없을 때 기준이었다. 그 무렵이면 아빠가 집으로 돌아와 내 실종 신고를 해 놓았을 것이다.

심란해진 아빠가 술을 입에 댈 수도 있었다. 나는 지금 아빠의 금주를 걸고 개 한 마리의 목숨을 구하려 하고 있었고…… 마법의 해시계가 존재한다 한들 늙은 저먼 셰퍼드에게도 과연 효과가 있을지 아무도 모를 일이었다. 이제 와 생각해 보니(여러분은 그걸 이제 알았느냐고 하겠지만) 내가 지금 시도하려는 일은 황당한 것을 넘어 이기적인 행동이었다. 지금 돌아가면 아무에게도 들통나지 않을 수 있었다. 앤디가 창고 문을 잠갔다면 부숴야겠지만 내 힘이면 가능할 것 같았다. 나로 말할 것 같으면 힐뷰 미식축구부에서 태클링 더미로 몸을 날려 30에서 60센티미터 밀치는 정도가 아니라 아예 쓰러뜨릴 수 있었던 몇 안 되는 선수 중 한 명이었다. 그리고 이유가 또 하나 있었으니 집이 그리웠다. 떠나온 지 몇 시간밖에 되지 않았지만 흑백이 아닌 것이라고는 넓은 양귀비 들판밖에 없는 이 쓸쓸하고 우중충한 땅에서의 하루가 저물어 가자…… 집이 그리워졌다.

나는 레이더를 데리고 돌아가기로 결심했다. 선택지를 재고해 보기로 했다. 내가 1주 정도 심지어 2주 정도 동안 안 보이더라도 아무도 걱정하지 않을, 좀 더 나은 방도를 찾아보는 것이다. 어떤 방도가 있을지 모르겠고 결국에는 레이더가 죽을 때까지 미적거릴 속셈이라는 것을 마음속 깊숙한 곳(우리가 자기 자신에게조차 감추고 싶은 비밀을 넣어두는 그 조그맣고 어두컴컴한 벽장)에서는 알고 있었지만 그래도 돌아갈 작정이었다.

하지만 그때 회색 하녀가 팔꿈치를 잡았다. 이목구비가 거의 사라진 얼굴로 겁을 먹은 표정을 짓고 있었지만 그럼에도 불구하고 단단하게 붙잡았다. 그녀가 나를 끌어당기더니 까치발을 하고 그 고통스럽게 껄껄대는 목소리로 내게 속삭였다.

"그분을 도와주세요."

3

나는 저무는 하늘을 거의 의식하지도 못한 채 천천히 도라의 신발
집으로 돌아갔다. 리아(그때까지도 레아인 줄 알았다)가 입이 있던 자리
옆에 난 흉터를 어떤 식으로 벌렸는지 계속 생각이 났다. 피가 났고
분명 아팠을 테지만 뭔가를 갈아서 만든 그 곤죽을 먹어야 목숨을
부지할 수 있었으니 어쩔 수 없었다.

그녀가 옥수수나 샐러리나 도라가 끓인 맛있는 토끼 스튜를 마지
막으로 먹어 본 게 언제였을까? 레이더가 강아지 시절에 지금보다
훨씬 젊었던 팔라다 주변을 뛰어다녔을 때도 입이 없었을까? 극도
의 영양실조에도 불구하고 미모를 유지하고 있다는 것은 일종의 잔
인한 농담일까? 그녀는 끊임없는 허기에도 불구하고 쌩쌩하고 건강
해 보이는 저주를 받았을까?

그분을 도와주세요.

그럴 방법이 있을까? 동화라면 있을 것이다. 내가 5살도 안 됐을
때 엄마가 읽어 주셨던 라푼젤 이야기가 생각났다. 결말 때문에 기
억이 생생했다. 사랑으로 역전이 된 잔혹사. 라푼젤을 구한 왕자에
게 눈이 머는 벌을 내린 사악한 마녀. 장애물을 피하느라 손을 내밀
고 어두컴컴한 숲속을 헤매던 그 가엾은 왕자의 모습이 선명하게 기
억이 났다. 결국 그는 라푼젤과 재회하고 그녀의 눈물로 다시 광명
을 찾았다. 내가 리아의 입을 되찾아 줄 방법이 있을까? 그 위에 대

고 눈물을 흘리는 걸로는 안 되겠지만 내가 할 수 있는 뭔가가 있을지 몰랐다. 이곳은 거꾸로 돌아가는 커다란 해시계 위에 올라타면 나이를 거꾸로 먹을 수 있는 세상이니 뭐든 가능할지 몰랐다.

게다가 신체 건강한 10대 남자아이 중에 아리따운 아가씨를 돕는 영웅 역할을 마다할 아이가 어디 있을까. 그리고 아빠가 다시 술을 입에 댈 가능성에 대해서라면 린디가 예전에 한 말이 있었다. "너희 아빠가 술을 끊은 건 네 덕분이 아니야. 왜냐하면 자기 스스로 끊은 거니까. 마찬가지로 너희 아빠가 다시 술을 마시기 시작하더라도 네 탓이 아니다. 자기 스스로 시작한 거니까."

신발을 내려다보며 이런 생각에 빠져 있었을 때 끼이익 하는 바퀴 소리가 들렸다. 고개를 들어 보니 금방이라도 무너질 것 같은 조그만 짐마차가 내 쪽으로 다가오고 있는데, 그 마차를 끄는 말이 어찌나 늙었는지 팔라다는 건강과 젊음의 화신으로 보일 정도였다. 꾸러미 몇 개가 실렸고 가장 큰 꾸러미 위에 닭 한 마리가 쭈그리고 앉아 있었다. 젊은 남자와 여자가 그 옆에서 *터벅터벅* 걷고 있었다. 그들도 회색이었지만 리아의 농장 일꾼과 하녀만큼 회색은 아니었다. 그 슬레이트 같은 색이 병의 징조라면 이들은 아직 초기였는데…… 물론 리아는 입만 없을 뿐 회색인 부분은 전혀 없었다. 그건 별개의 미스터리였다.

젊은 남자가 고삐를 당겨 말을 세웠다. 그들 커플은 공포와 희망이 뒤섞인 표정으로 나를 바라보았다. 그들에게는 이목구비가 대부분 남아 있었기 때문에 표정을 쉽게 읽을 수 있었다. 여자는 눈꼬리가 위로 올라가기 시작했지만 도라처럼 실눈이 되려면 아직 멀었다. 남자 쪽은 그보다 상태가 심했다. 코가 녹아 내리고 있는 것처럼 보이지 않았다면 잘생겼을 수도 있는 얼굴이었다.

남자가 말했다.

"허. 만나서 반갑다고 인사해도 되는 거 맞나? 아니라면 아무거나 들고 가. 너는 무기가 있고 나는 없는 데다가 또 너무 피곤하고 슬퍼서 싸울 기운조차 없으니까."

"저 도둑 아니에요. 두 분과 똑같은 여행객이에요."

여자는 먼지를 뒤집어썼지만 멀쩡해 보이는, 발목이 짧은 레이스 업 부츠를 신고 있었다. 남자는 지저분한 맨발이었다.

"개를 기르는 아주머니가 우리더러 가다 보면 만날 거라고 한 사람이 너니?"

"아마 그럴 거예요."

"교환권 있어? 그 아주머니 말로는 네가 교환권을 가지고 있을 거라던데. 왜냐하면 내가 신고 다니던 부츠를 그분께 드렸거든. 아버지한테 물려받은 건데 너덜너덜해져서."

"우리를 해치지 않을 거지?"

젊은 여자가 물었다. 그런데 할머니 목소리였다. 도라처럼 으르렁거리지는 않았지만 비슷했다.

여기 사람들은 저주에 걸렸구나. 모두 다. 그리고 천천히 진행되는 저주야. 어쩌면 최악이라고 할 수 있는.

"네."

나는 가죽으로 된 조그만 신발 모양의 교환권을 주머니에서 꺼내 젊은 남자에게 주었다. 그는 받아서 자기 주머니에 넣었다.

"그걸 보여 주면 이이가 신발을 받을 수 있을까?"

여자가 걸걸한 목소리로 물었다.

나는 보험업계 종사자의 아들답게 신중하게 대답했다.

"제가 알기로는 그래요."

"얼른 가야겠다."

그녀의 남편(인지는 모르겠지만 아무튼)이 말했다. 그는 목소리가 여자보다 조금 괜찮았지만 내가 사는 세상에서 이 남자에게 텔레비전 아나운서나 오디오북 낭독을 맡길 일은 없었다.

"고맙다."

도로 반대편의 숲속에서 짐승이 길게 우는 소리가 들렸다. 음이 점점 높아져 거의 비명에 가까울 정도가 됐다. 그 끔찍한 소리에 여자가 남자에게로 몸을 움츠렸다.

남자가 다시 말했다.

"얼른 가야겠다. 늑대 소리가 들리네."

"어디서 주무실 거예요?"

"개를 기르는 아주머니가 칠판에다 집이랑 축사처럼 보이는 것을 그려서 보여 주었어. 너는 거기 본 적 있니?"

"네. 거기 가면 받아줄 거예요. 하지만 얼른 가세요. 저도 그럴게요. 해가 진 뒤에 나다녔다가는……."

내가 생각한 단어는 '험한 꼴'이었지만 그 단어를 쓸 수가 없었다.

"안 좋은 일이 생길 수도 있으니까요."

맞는 말이었다. 늑대들이 등장해도 이들 커플에게는 벽돌집은커녕 나뭇가지나 하다못해 짚으로 만든 집조차 없었다. 그들은 이 땅의 나그네였다. 친구가 적어도 한 명은 있는 나와는 달랐다.

"얼른 가세요. 새 신발은 내일 받을 수 있을 거예요. 가게가 있다고 들었거든요. 그…… 교환권을 보여 주면 사장님이 신발을 줄 거예요. 저기, 뭐 하나만 물어봐도 돼요?"

그들은 기다렸다.

"여긴 어디예요? 이름이 뭐예요?"

그들은 나사 풀린 사람(이런 표현도 어쩌면 쓸 수 없을지 몰랐다) 대하듯 나를 쳐다보다가 잠시 후에 남자가 대답했다.

"티스 엠피스."

"고맙습니다."

그들은 제 갈 길을 갔다. 나도 내 갈 길로 나서 거의 조깅하는 수준이 될 때까지 걷는 속도를 높였다. 더는 울음소리가 들리지 않았지만 도라의 오두막집 유리창을 밝힌 따뜻한 불빛이 보였을 즈음에는 황혼의 어둠이 시시각각으로 짙어지고 있었다. 도라는 계단 발치에도 등불을 놓아 두었다.

어둠 속에서 그림자 하나가 다가오자 나는 보디치 씨의 45구경 쪽으로 손을 갖다 댔다. 그림자가 점점 형태를 갖추더니 레이더가 되었다. 나는 레이더가 아픈 뒷다리를 무리해 점프하지 않도록 한쪽 무릎을 꿇고 앉았다. 레이더는 누가 봐도 점프할 준비를 하고 있었다. 나는 녀석의 목을 끌어안고 머리를 당겨 내 가슴에 갖다 댔다.

"어이, 공주님. 말 잘 듣고 있었어?"

엉덩이가 시계추처럼 좌우로 흔들릴 정도로 이렇게 열심히 꼬리를 흔들어 대는데, 방법이 있는데도 죽도록 내버려 둘 작정을 했다니. 안 될 말이었다.

그분을 도와주세요. 리아의 하녀는 이렇게 말했고, 나는 어두워져 가는 그 길 위에서 늙은 개와 구스 걸 공주, 모두를 돕기로 결심했다.

그럴 수만 있다면.

레이더가 나에게서 떨어져 나와 양귀비 꽃밭이 있는 쪽으로 가더니 쭈그리고 앉았다.

"좋은 생각이다."

나는 바지 지퍼를 내렸다. 리볼버 개머리판에 한쪽 손을 계속 올려놓은 채 볼일을 보았다.

4

도라가 벽난로 근처에 내 잠자리를 준비해 놓았다. 알록달록한 나비 무늬 커버를 씌운 베개까지 있었다. 고맙다고 인사하자 그녀는 한쪽 다리를 뒤로 빼고 무릎을 구부리며 인사했다. 나는 (도로시가 오즈의 나라에 신고 갔던 것과 비슷한) 빨간 신발이 노란색 컨버스 운동화로 바뀐 걸 보고 놀라워했다.

"그 운동화, 보디치 씨가 준 거예요?"

그녀는 고개를 끄덕이고 특유의 미소를 지으며 신발을 내려다보았다.

"제일 좋은 날 신는 신발이에요?"

그럴 수밖에 없는 것이, 상자에서 막 꺼낸 것처럼 아주 깨끗했다.

그녀는 고개를 끄덕이고 나를 가리킨 다음 운동화를 가리켰다. *너를 위해 신은 거야.*

"고마워요, 도라."

그녀는 눈썹이 녹아서 이마 속으로 파고드는 것처럼 보였지만 얼마 남지 않은 그 눈썹을 위로 들며 내가 걸어온 쪽을 가리켰다.

"*봤어?*"

"무슨 소린지 모르겠어요."

그녀는 작업실에서 조그만 칠판을 들고 왔다. 젊은 남녀에게 집과 헛간의 위치를 보여 주느라 그렸을 네모를 지우고 큼지막한 대문자로 또박또박 적었다. **리아.** 그녀는 고민하다가 그 옆에 물음표를 덧붙였다.

"네. 구스 걸 말이죠? 봤어요. 오늘 밤에 재워 주셔서 감사해요. 내일 날이 밝으면 떠날게요."

그녀는 자기 심장 위쪽 가슴을 토닥이고 레이더와 나를 차례대로 가리킨 다음 두 손을 들어 감싸는 제스처를 했다. *내 집이 너희들 집이야.*

5

이번에는 거칠거칠한 빵 덩이를 곁들여서 스튜를 먹었다. 거칠거칠해도 맛은 있었다. 촛불을 켜고 식사를 했고 레이더도 같이 먹었다. 나는 레이더에게 밥그릇을 주기 전에 배낭에서 약병을 꺼내 그레이비 안에 약을 2알 넣었다. 그랬다가 앞으로 가야 할 거리를 감안해 하나 더 넣었다. 약을 먹일 때마다 아랫돌을 빼서 윗돌을 괴는 셈이라는 생각을 하지 않을 수가 없었다.

도라가 약을 가리키며 고개를 갸우뚱했다.

"레이더를 돕는 약이에요. 갈 길이 먼데 예전에 비해 기운이 없어서요. 레이더는 자기가 팔팔한 줄 아는데 아니에요. 약이 다 떨어지면……."

도로 저편에서 다시 뒤로 길게 이어지는 울음소리가 들렸다. 그 뒤를 이어서 두 번째, 세 번째 울음소리가 들렸다. 비명에 가까울 정도로 점점 높아지는 그 소리가 어찌나 크게 들리던지 나는 이를 악물고 싶어졌다. 레이더는 고개를 들었지만 짖지는 않고 가슴 속 깊은 데서 희미하게 으르렁거리고는 그만이었다.

"늑대네요."

도라는 고개를 끄덕이고 가슴 위로 팔짱을 껴서 자기 어깨를 부여잡았다. 요란하게 몸을 떨었다.

동참하는 늑대들의 숫자가 점점 더 늘었다. 녀석들이 밤새 계속 울부짖으면 별로 쉬지도 못하고 길을 나서게 될 것 같았다. 도라가 정말로 내 생각을 읽었는지 아니면 그냥 그렇게 보인 건지 모르겠지만, 자리에서 일어나 동그란 유리창 앞으로 오라고 손짓했다. 그러고는 하늘을 가리켰다. 그녀는 키가 작아서 괜찮았지만 나는 허리를 숙여야 하늘을 올려다볼 수 있었다. 그때 나를 맞이한 광경은 전율의 연속이었던 그날의 나에게 또 한 차례 전율을 선사했다.

구름 사이로 길쭉한 틈이 생겼다. 하늘이라는 강물 위로 2개의 달이 떠 있는데, 한 개가 다른 한 개보다 컸다. 그 둘이 빈 공간을 가르고 질주하는 것처럼 보였다. 큰 달은 정말 컸다. 망원경이 없어도 그 유구한 세월을 자랑하는 표면상의 분화구와 계곡과 협곡이 보였다. 당장이라도 머리 위로 떨어질 것 같았다. 잠시 후에 틈이 닫혔다. 늑대들의 울부짖음이 당장 그쳤다. 마치 울음소리가 거대한 확성기를 통해 방송되고 있었는데, 누가 플러그를 뽑아 버린 것 같았다.

"매일 밤마다 저래요?"

도라는 고개를 젓고 손바닥을 펼쳤다가 구름을 가리켰다. 그녀는 제스처와 쓸 줄 아는 몇 개 안 되는 단어로 자기 생각을 전달하는 데

선수였지만 그것만큼은 무슨 뜻인지 알아차릴 수가 없었다.

6

그 오두막집에서 앞으로든 뒤로든 집 밖으로 연결되지 않은 문은 딱 하나뿐이었는데, 낮았고 도라 크기였다. 그녀는 단출한 저녁상을 치운 뒤에 (내가 도우려고 했지만 내쫓겼다) 이 문 안으로 들어갔다가 5분 뒤에 맨발까지 내려오는 잠옷을 입고 몇 가닥 남지 않은 머리를 스카프로 덮고 다시 나왔다. 운동화는 한손에 들고 나와서 침대 머리 맡 선반에 조심스럽게(경건하게) 올려놓았다. 거기에 다른 뭔가가 있길래 나는 좀 더 가까이서 봐도 되느냐고 물었다. 그녀는 내게 넘겨주기 싫은 티를 내며 들어서 보여 주었다. 보디치 씨가 레이더인 게 분명한 강아지를 안고 있는 사진이 담긴 조그만 액자였다. 도라는 그 액자를 끌어안고 토닥인 다음 운동화 옆에 다시 놓았다.

그녀가 조그만 문과 나를 차례대로 가리켰다. 나는 칫솔을 들고 그 안으로 들어갔다. 책과 옛날 영화에서 말고는 야외 화장실을 본 적이 별로 없지만, 많이 보았다 한들 이보다 깨끗한 곳은 없었을 것 같았다. 양철 세숫대야에 깨끗한 물이 담겨 있고 변기에는 나무 뚜껑이 닫혀 있었다. 벽에 달린 꽃병에 담긴 양귀비에서 달콤한 체리 향이 풍겼다. 인간의 배설물 냄새는 나지 않았다. 전혀.

나는 손과 얼굴을 씻고 역시 나비가 수놓아진 조그만 수건으로 닦았다. 물을 적시지 않은 칫솔로 이를 닦았다. 이러느라 걸린 시간이 길어봐야 5분이었을 텐데, 나와 보니 도라가 조그만 자기 침대에서 세상모르게 잠들어 있었다. 레이더도 그 옆에서 자고 있었다.

나는 담요를 두툼하게 쌓아서 임시로 만든 내 잠자리에 누웠다. 그 위로 깔끔하게 접혀 있는 담요가 이불이었다. 벽난로의 잉걸불이 따뜻했기 때문에 아직은 이불을 덮을 필요가 없었다. 커졌다 작아지길 반복하는 불씨에는 최면 효과가 있었다. 늑대들은 자극하는 달빛이 없으니 잠잠해졌지만 처마를 감싸고 불던 산들바람이 갑자기 돌풍으로 바뀌며 가끔 나지막한 울음소리를 낼 때가 있어서 내 세상으로부터 얼마나 멀리 떨어져 왔는지 계속 실감이 났다. 물론 짧은 언덕 비탈을 거쳐 터널 속에 묻혀 있는 통로를 1.5킬로미터쯤 걸어가고 우물 꼭대기까지 185개의 나선형 계단을 올라가기만 하면 그곳으로 돌아갈 수 있었지만 그게 진정한 척도는 아니었다. 여긴 다른 세상이었다. 1개가 아니라 2개의 달이 하늘을 질주하는 엠피스였다. 나는 깔때기에 별이 가득 담겨 있었던 책 표지를 떠올리며 생각했다.

별이 아니라 이야기야. 그 깔때기를 통과해서 거의 고스란히 우리 세상으로 쏟아진, 셀 수 없이 많은 이야기.

그러자 3학년 때 종례를 마칠 때마다 여러분, 오늘은 무엇을 배웠나요, 라고 물었던 윌콕슨 담임 선생님이 생각났다.

나는 무엇을 배웠을까? 여긴 저주라는 이름의 마술이 작동하는 곳이라는 것. 여기 사는 사람들은 일종의 진행성 질환을 앓고 있다는 것. 보디치 씨가 만들어 준 도라의 간판에 버려진 도시를 바라보는 쪽에만 시구가 적혀 있는 이유를 이제는 알 것 같았다. 사람들이 그쪽 방향에서 오기 때문이었다. 얼마나 되는지 모르겠지만 간판의 한쪽 면은 빈 칸인 걸 보면 돌아오는 사람은 거의 없는 모양이었다. 구름으로 가려진 얼룩 같은 태양이 지던 쪽이 서쪽이라면 내가 만난 젊은 남자와 여자는(그뿐 아니라 도라와 남동생이 운영하는 신발 교환 프로그램 참여자는 모두 다) 북쪽에서 걸어오고 있었다. 북쪽의 무엇으로부터 피난길에 오른 걸까? 굽이치는 저주? 그 도시에서 나오는 일종의 방사능? 정보가 부족해 어설픈 결론조차 내릴 수 없었지만 그래도 마음이 불편할 수밖에 없었다. 내가 레이더와 함께 가야 하는 곳이 그쪽이었다. 내 피부도 회색으로 변하기 시작할까? 내 목소리도 도라나 리아의 시녀처럼 으르렁거리는 듯한 저음으로 바뀔까? 보디치 씨는 피부에도 목소리에도 아무 문제가 없었지만 그가 마지막으로 왔을 때는 엠피스의 이 일대가 괜찮았을지 몰랐다.

그랬을 수도 있고 아니었을 수도 있었다. 내 몸에서 변화가 생기기 시작하면 되돌아오면 그만이지 않을까 싶었다.

그분을 도와주세요.

회색 하녀가 내게 속삭인 말이었다. 레이더를 도울 방법은 알 것 같았지만 입이 없는 공주님은 어떤 식으로 도울 수 있을까? 동화라면 왕자님이 그 방법을 알아낼 것이다. 눈을 뜨게 하는 신비로운 효능이 있는 것으로 밝혀진 라푼젤의 눈물처럼 기발한 한편, 화자가 요술을 부려서라도 해피 엔딩으로 끝내 주길 바라는 독자들을 만족시킬 만한 방법일 것이다. 아무튼 나는 왕자님이 아니라 다른 세상으로 이동하는 통로를 발견한 고등학생에 불과했기에 전혀 알 수가 없었다.

벽난로 불씨가 굴뚝을 타고 회오리바람이 불어오면 커졌다가 바람이 멎으면 잦아드는 나름의 요술을 부리고 있었다. 그걸 보고 있으려니 눈꺼풀이 점점 무거워졌다. 나는 잠이 들었고 중간에 레이더가 자리를 옮겨서 내 옆에 누웠다. 아침이 되자 벽난로 불씨는 꺼졌지만 레이더가 누워 있는 쪽 옆구리는 따뜻했다.

15장.

도라와의 작별. 피난민. 피터킨. 우디.

1

아침은 스크램블드에그(크기로 보건대 거위 알이었다)와 새로 지핀 불에 구운 빵이었다. 버터는 없었지만 끝내주는 딸기잼이 있었다. 아침 식사가 끝나고 배낭을 단단히 챙겨서 짊어졌다. 레이더의 목에 목줄을 맸다. 레이더가 초대형 토끼를 쫓아 숲속에 들어갔다가 「왕좌의 게임」에 나올 법한 이리와 맞닥뜨리는 사태는 피하고 싶었다.

"또 올게요."

나는 실제 속마음보다 더 자신만만한 목소리로 도라에게 말했다. 하마터면 *그때는 레이더가 다시 젊어져 있을 거예요,* 라고 덧붙일 뻔했지만 그랬다가는 재수 옴 붙을 수도 있다는 생각이 들었다. 게다가 아무리 여기가 엠피스라 해도 회춘이라는 요술이 말처럼 그렇게 쉽겠냐는 의구심이 여전히 남아 있었다.

"리아의 삼촌이 개털 알레르기나 그런 게 없다면 오늘 밤에는 그댁에서 신세를 질 수 있을 것 같지만 해가 떨어지기 전에 도착했으면 해서요."

(그러지 않으려고 해도) 늑대라는 단어가 자꾸만 생각났다.

도라는 고개를 끄덕였지만 내 팔꿈치를 잡고 뒷문 밖으로 데리고 나갔다. 마당을 열십자로 가로지르는 빨랫줄은 여전했지만 아침 이슬(방사능에 오염되지는 않았길 바랄 따름이었다)을 맞고 젖지 않도록 신발과 슬리퍼와 부츠는 모두 안에 들여놓았다. 오두막집 옆면을 돌아가 보니 전에 보았던 조그만 리어카가 있었다. 초록색 나뭇잎이 고개를 내밀고 있던 부대 자루 대신 마대로 싸서 노끈으로 묶은 꾸러미가 있었다. 도라가 그걸 가리킨 다음 내 입을 가리켰다. 자기 입 앞으로 손을 들고 부분적으로 녹은 손가락을 벌렸다 오므렸다 하며 씹는 흉내를 냈다. 천재가 아니라도 그녀가 무슨 말을 하려는 건지 알 수 있었을 것이다.

"으악, 안 돼요! 아주머니 음식도 리어카도 받을 수 없어요. 수선한 신발을 남동생 가게로 들고 갈 때 저기다 싣고 가는 거 아니에요?"

그녀는 레이더를 가리키고 절뚝이며 리어카 쪽으로 갔다가 내 쪽으로 돌아왔다. 그런 다음 남쪽을(내 방향 감각이 맞는다면 남쪽이었다) 가리키며 손가락으로 걷는 흉내를 냈다. 첫 번째 부분은 이해하기 쉬웠다. 레이더를 위해 리어카를 빌려주는 것이니 절뚝거리기 시작하면 거기 태우라는 뜻이었다. 그리고 신발은 다른 사람이(아마도 남동생 아닐까 싶었다) 가지러 올 거라고 얘기하는 것 같았다.

도라는 리어카를 가리키고 나서 회색의 조그만 주먹으로 내 가슴을 가볍게 3번 때렸다. *끌고 가.*

나는 그녀의 뜻을 이해했다. 내게는 챙겨야 하는 노견이 있었고 갈 길이 멀었다. 하지만 이미 받은 게 많은데 거기다 더 추가하고 싶지는 않았다.

"진짜 그래도 되겠어요?"

그녀는 고개를 끄덕였다. 잠시 후에 그녀가 안아 달라고 두 팔을 벌리자 나는 기쁘게 안아 주었다. 그녀는 무릎을 꿇고 앉아서 레이더를 끌어안았다. 그러고는 잠시 후에 다시 일어나 큰길과 열십자로 달린 빨랫줄과 자기 자신을 차례대로 가리켰다.

얼른 가. 나도 일해야 해.

나도 양쪽 엄지손가락을 들어 보이는 제스처를 하고 리어카 앞으로 가서 그녀가 싸 놓은 비상식량 옆에 배낭을 던졌다. 지금까지 이 집에서 먹은 것으로 미루어 짐작했을 때 보디치 씨의 정어리 통조림보다는 훨씬 맛있는 음식이 들어 있을 것이었다. 나는 길쭉한 손잡이를 잡았다. 이쪽 세상의 발사 나무(모형 물체를 만드는 데 쓰이는 가벼운 열대 아메리카산 나무 — 옮긴이)에 해당하는 것으로 만들었는지 다행스럽게도 무게가 거의 느껴지지 않았다. 정확히 뭘로 만들었는지는 모르겠지만. 게다가 바퀴에 기름칠이 잘 되어 있어서 젊은 커플이 끌고 가던 짐마차의 바퀴처럼 삐걱거리지 않았다. 내가 7살 때 밀고 다녔던 빨간색의 조그만 왜건만큼이나 다루기가 쉽게 느껴졌다.

나는 리어카를 잡고 방향을 돌려서 고개를 숙여 가며 빨랫줄 아래를 지나 큰길 쪽으로 걸어갔다. 레이더가 터벅터벅 옆에서 따라왔다. 나는 이제 시티 로드라고 생각하게 된 (어디에도 노란 벽돌이 없었기 때문에 노란 벽돌길이라는 이름은 탈락됐다) (『오즈의 마법사』에서 에메랄드 시티로 가는 길의 이름이 노란 벽돌길이다 — 옮긴이) 길에 다다랐을 때 뒤를 돌아보았다. 도라가 가슴 위로 손깍지를 끼고 오두막집 옆쪽에 서 있었다. 나와 시선이 만나자 그녀는 깍지 낀 손을 입 쪽으로 들어서 나를 향해 벌렸다.

나는 리어카 손잡이를 놓고 도라를 따라 한 다음 다시 걸음을 옮겼다. 내가 엠피스에서 얻은 교훈이 있다면 이것이다. 선한 사람들은 암울한 시기에 더 밝게 빛난다는 것.

나는 생각했다. *그녀도 돕자. 도라도 돕자.*

2

우리는 옛날이야기에 나오는 표현처럼 언덕을 넘고 계곡을 지났다. 귀뚜라미들이 울고 새들이 노래를 불렀다. 왼쪽의 양귀비 밭이 가끔 경작지로 바뀌었고, 거기서 일하는 회색의 남자와 여자들이 보였지만 숫자가 많지는 않았다. 내가 손을 흔들어도 큼지막한 밀짚모자를 쓴 여자 한 명 말고는 아무도 마주 손을 흔들어 주지 않았다. 방치된 휴경지도 있었다. 자라나는 초록색 식물 사이로 잡초가 솟았고 양귀비들이 환한 스카프처럼 곳곳을 덮었다. 결국에는 양귀비밭이 되고 말겠다는 생각이 들었다.

오른쪽으로는 숲이 계속 이어졌다. 농가가 몇 개 있었지만 대부분 빈집이었다. 덩치가 작은 개만 한 토끼들이 두 번 오솔길을 깡충깡충 가로질렀다. 레이더가 재밌어하는 눈빛으로 토끼들을 쳐다보기만 할 뿐 쫓아갈 기미는 전혀 보이지 않길래 목줄을 풀어서 리어카에 던져 넣었다.

"나를 실망시키지 마, 공주님."

1시간 정도 지났을 때 걸음을 멈추고 도라가 싸준 큼지막한 비상식량 꾸러미를 풀었다. 다른 여러 가지 맛있는 것들 가운데 당밀 쿠

키가 있었다. 초콜릿이 들어 있지 않은 거라 레이더에게 한 개 주었
더니 호전적으로 달려들었다. 깨끗한 행주로 감싼 길쭉한 유리병도
3개 있었다. 2개는 물이고 1개는 차 같았다. 나는 물을 조금 마시고
레이더에게도 주었다. 내 친구는 사기 컵도 같이 싸 주었다. 레이더
는 열심히 할짝거리며 마셨다.

다시 짐을 챙기는데, 내 쪽으로 터벅터벅 걸어오는 세 사람이 보
였다. 남자 둘은 이제 막 회색으로 변하기 시작했지만 그 사이에서
걷고 있는 여자는 한여름의 먹구름처럼 새까맸다. 여자의 한쪽 눈이
관자놀이까지 쭉 찢어져서 보고 있기가 끔찍했다. 홍채만 사파이어
조각처럼 파랗게 반짝일 뿐, 나머지는 회색 살덩이 속에 묻혀 있었
다. 여자는 지저분한 원피스를 입고 있는데, 배가 불룩한 것을 보면
만삭인 모양이었다. 한 남자는 양쪽에 버클이 달린 부츠를 신고 있
었다. 내가 맨 처음 여기 왔을 때 도라의 뒷마당 빨랫줄에 걸려 있던
부츠가 생각났다. 다른 남자는 샌들을 신고 있었다. 여자는 맨발이
었고 피곤해 보였다.

그들은 길가에 앉아 있는 레이더를 보고 걸음을 멈췄다.

내가 큰소리로 외쳤다.

"걱정 마세요. 물지 않아요."

그들은 천천히 다가오다가 다시 걸음을 멈췄다. 이번에는 총집에
들어 있는 총을 쳐다보길래 나는 손바닥을 펼쳐서 들어 보였다. 그
들은 다시 걸음을 옮겼지만 레이더에서 나에게로, 나에게서 레이더
에게로 다시 시선을 옮겨가며 멀찌감치 떨어져 길 왼쪽을 고집했다.

"세 분을 해칠 생각은 전혀 없어요."

남자들은 비쩍 말랐고 피곤해 보였다. 여자는 그야말로 기진맥진

했다.

"잠깐만요."

그들이 내 말을 못 알아들었을 경우에 대비해 멈춤 지시를 내리는 경찰관처럼 한 손을 들었다.

"드릴 말씀이 있어요."

그들은 걸음을 멈췄다. 무척 슬퍼 보이는 3인조였다. 가까이서 보니 남자들의 입꼬리가 올라가기 시작한 것을 알 수 있었다. 조만간 도라의 입처럼 좀처럼 움직이지 않는 초승달이 될 것이었다. 내가 주머니에 손을 넣자 그들은 여자를 사이에 두고 몸을 웅크렸고 여자는 들고 있던 꾸러미를 가슴에 꼭 끌어안았다. 나는 조그만 가죽 신발을 꺼내 그녀에게 내밀었다.

"받아 주세요. 네?"

그녀는 머뭇머뭇 손을 내밀다가 내게 붙잡힐까 봐 걱정이라도 하는 것처럼 그 교환권을 홱 낚아챘다. 그 와중에 그녀가 안고 있던 꾸러미에서 담요가 벗겨지며 1살에서 1살 반쯤 되어 보이는 죽은 아이가 드러났다. 내 엄마가 묻힌 관 뚜껑처럼 칙칙한 회색이었다. 이 딱한 여자는 조만간 그 아이를 대신할 둘째를 낳게 될 테지만 그 아이도 죽을지 몰랐다. 여자가 출산 도중에 아니면 아이보다 먼저 죽을 수도 있지만.

"제 말 알아들을 수 있으세요?"

"알아듣는다."

부츠를 신은 남자가 말했다. 목소리가 거칠었지만 그것 말고는 충분히 정상적이었다.

"우리에게 원하는 게 목숨이 아니면 뭔가, 나그네? 우리는 그것 말고는 가진 게 아무것도 없는데."

맞는 말이었다. 그들은 당연히 목숨 말고는 가진 게 아무것도 없었다. 이것이 어떤 인간이 저지른 짓이라면 또는 어떤 인간이 유발한 짓이라면 그는 지옥에 떨어져 마땅했다. 그중에서도 가장 깊은 구덩이로.

"제가 갈 길이 구만리고 개는 늙어서 리어카나 비상식량을 드릴 수는 없어요. 하지만 앞으로 5⋯⋯."

5킬로미터 정도라고 말하고 싶었지만 그 단어를 쓸 수가 없었다. 나는 다시 고쳐 말했다.

"점심때까지 걸어가면 빨간 신발이 그려진 간판이 보일 거예요. 거기 사는 아주머니가 세 분을 쉬었다 가게 하고 먹을 것과 마실 것을 주실 거예요."

이게 확실한 약속은 아니었고(아빠는 텔레비전을 보다가 특효약 광고가 나오면 이른바 '애매한 표현'을 지적하곤 했다) 도라가 오두막집 앞을 지나가는 모든 피난민에게 먹을 것과 마실 것을 제공할 수 없다는 건 나도 알았다. 하지만 이 여자의 상태와 그녀가 안고 있는 꾸러미의 끔찍한 정체를 알게 되면 이들을 도울 수밖에 없을 것이다. 한편 샌들을 신은 남자는 조그만 가죽 신발을 뜯어보다가 뭐에 쓰는 거냐고 물었다.

"아까 제가 얘기한 그 아주머니 집을 지나서 계속 걸어가다 보면 가게가 나오거든요. 거기서 그 교환권을 보여 주면 신발을 줘요."

이번에는 부츠를 신은 남자가 물었다.

"거기 묘지도 있니? 우리 아들 묻어 줘야 하는데."

"모르겠어요. 저도 여기 사는 사람이 아니라서요. 빨간 신발이 그려진 간판 집이나 거기서 좀 더 가면 나오는 구스 걸의 농장에 물어 보세요. 아주머니, 상심이 크셨겠어요."

"착한 아이였어. 우리 탬은 착한 아이였지. 태어날 때만 해도 멀쩡 했고 쌩쌩했는데 회색 물이 들기 시작하는 바람에. 어서 가, 우리도 우리 갈 길을 갈게."

그녀는 죽은 아이를 내려다보며 말했다.

"잠깐만요."

나는 배낭을 열고 안을 뒤져 킹 오스카 정어리 통조림 2개를 꺼내 그들에게 내밀었다. 그들은 통조림을 피해 몸을 움츠렸다.

"아뇨, 그러실 것 없어요. 먹을 거예요. 정어리. 조그만 생선이요. 위에 달린 고리를 잡아당기면 먹을 수 있어요. 이거요."

나는 고리를 톡톡 두드렸다.

두 남자는 서로 쳐다보며 고개를 저었다. 그들은 따개 고리가 달 린 깡통에 손도 대지 않으려 했고, 여자는 오가는 대화에 완전히 신 경을 끊은 눈치였다.

샌들을 신은 남자가 말했다.

"우리는 이제 그만 가야겠네. 그런데 젊은이, 자네 지금 엉뚱한 방 향으로 가고 있어."

"저는 이쪽으로 가야 해요."

그는 내 눈을 똑바로 쳐다보며 말했다.

"그쪽으로 가면 죽음이야."

그들은 먼지를 일으키며 시티 로드를 터벅터벅 걸어갔다. 여자는 그 끔찍한 짐을 계속 안고 있었다. 왜 남자들이 대신 들어 주지 않는 걸까? 나는 아직 어렸지만 정답을 알 것 같았다. 그 아이는 그녀의 아이, 그녀의 탬이었으니 힘닿는 데까지 그녀가 안고 가야 했다.

3

　남은 쿠키를 권하지 않다니 생각이 짧은 인간이 된 것 같았다. 리어카를 내주지 않다니 이기적인 인간이 된 것 같았다. 하지만 그것도 레이더가 뒤처지기 전의 얘기였다.

　혼자만의 생각에 너무 깊이 빠져 있느라 그걸 알아차리지 못했다. 그런데 놀랍게 느껴질지 몰라도(아닐 수도 있다) 샌들 신은 남자가 헤어지면서 했던 말과는 별 상관없는 생각들이었다. 도시가 있는 방향으로 가다가는 죽을 수도 있다는 사실은 별로 놀랄 일이 아니었다. 보디치 씨, 도라 그리고 리아가 각자 여러 방식으로 분명히 경고했다. 하지만 나이가 어리다 보면 자기만은 예외일 거라고, 자기만은 역경을 헤치고 월계관을 손에 넣을 수 있다고 믿기 쉽다. 이러니저러니 해도 터키 볼에서 터치다운을 성공시켜 경기를 승리로 이끈 사람이 누구였던가. 크리스토퍼 폴리를 무장 해제시킨 사람이 누구였던가. 나는 빠르게 반응하고 적절하게 주의를 기울이면 대부분의 장애물을 극복할 수 있다고 생각할 만한 나이였다.

　나는 사람들과 대화할 때 쓰는 언어에 대해 생각하고 있었다. 내가 들은 것이 일상적인 미국식 영어는 아니었지만 고어도 아니었다. *그대*라고 부르거나 *청컨대 복을 내려 주소서*, 이러지는 않았다. 모든 호빗과 요정과 마법사들이 국회의원 같았던 아이맥스 판타지 영화에서 들은 영국식 영어도 아니었다. 살짝 현대화된 동화에서 접할 수 있음 직한 영어였다.

그런가 하면 나도 이상했다.

나는 그들에게 갈 길이 구만리고 개는 늙어서 리어카를 줄 수가 없다고 했다. 여기가 센트리였다면 나는 *갈 길이 멀어서*, 라고 했을 것이다. 나는 앞에 *신발 간판이 걸린 조그만 집*이 아니라 "빨간 신발이 그려진 간판"이라고 했다. 그리고 임신부를 고향에서와는 다르게 아줌마가 아니라 아주머니라고 불렀는데, 아주머니라는 단어가 이보다 더 자연스럽게 나올 수가 없었다. 나는 별이 가득 담긴 깔때기를 다시 떠올렸다. 이제는 내가 그 별들 중 하나라는 생각이 들었다.

내가 이야기의 일부분이 되어 가고 있다는 생각이 들었다.

그러다 레이더를 찾아보니 없어서 화들짝 놀랐다. 리어카 손잡이를 바닥에 내려놓고 뒤를 돌아보았다. 레이더가 20미터쯤 뒤에서 혀를 옆으로 들어뜨리고 최대한 빠르게 절뚝거리며 따라오고 있었다.

"맙소사, 공주님, 미안!"

나는 시큰거리는 뒷다리를 피해서 깍지 낀 손을 배 아래로 넣고 레이더를 안아서 리어카까지 옮겼다. 컵에 물을 따른 다음 기울여 실컷 마시게 하고 귓등을 긁어 주었다.

"왜 아무 말도 하지 않았어?"

음, 뭐. 이게 그런 장르의 동화는 아니었다.

4

우리는 언덕을 넘고 계곡을 지나서, 계곡을 지나고 언덕을 넘어서 계속 걸었다. 피난민이 계속 보였다. 일부는 몸을 움츠리고 피했지만, 같이 걸어오던 남자 둘이 걸음을 멈추더니 까치발을 하고서 안에 뭐가 있는지 리어카를 들여다본 적이 있었다. 레이더가 그들을 향해 으르렁거렸지만 털은 듬성듬성 빠졌고 주둥이는 하얗게 물들었으니 별 위협이 되지 못했을 것이다. 하지만 내 허리춤에 달린 총은 얘기가 달렸다. 그들은 신발을 신고 있었기에 나는 마지막 남은 교환권을 주지 않았다. 맨발이었어도 그들에게 도라의 집을 알려 주지 않았을 것 같다. 식량을 나눠 주지도 않았다. 너무 배가 고프면 들판을 뒤져서 먹을거리를 찾으면 될 일이었다.

"시프런트로 가는 길이라면 발길을 돌려라. 회색이 거기에도 들이닥쳤어."

"그렇군요……."

정보라는 단어를 쓰고 싶은데, 그 단어를 쓸 수가 없었다.

"알려 주셔서 감사합니다."

나는 리어카 손잡이를 잡았지만 그들이 계속 걸어가고 있는지 지켜본 뒤에 출발했다.

정오 무렵 우리는 도로가 진창길로 변한 구렁텅이에 도착했다. 나는 바퀴가 빠지지 않게 허리를 숙이고 리어카를 끄는 속도를 높여서 그곳을 통과했다. 레이더를 실었는데도 리어카가 별로 무거워지지 않았다는 것은 인정하고 싶지 않을 정도로 시사하는 바가 컸다.

다시 마른 땅이 나오자 캐버너 공원의 오크나무처럼 생긴 나무 그늘에 리어카를 댔다. 도라가 넣어 준 꾸러미에 튀긴 토끼 고기가 있길래 레이더와 똑같이 나눠 먹었다. 음…… 적어도 그렇게 하려고 노력은 했다. 레이더는 두 덩이를 먹었지만 세 번째 덩이는 앞발 사이에 떨어뜨리고 미안해하는 눈빛으로 나를 쳐다봤다. 그늘에 들어가 있어도 레이더의 눈에 다시 점점 막이 끼고 있는 게 보였다. 레이더도 이 세계를 휩쓸고 있는 뭔지 모를 병(회색 병)에 걸렸나 하는 생각이 머릿속을 스치고 지나갔지만 아닐 거라고 믿기로 했다. 오로지 나이 때문이었다. 녀석에게 시간이 얼마나 남았는지는 알 수 없었지만 길지 않을 것 같았다.

우리가 고기를 먹는 동안 초대형 토끼들이 몇 마리 더 느릿느릿 길을 건넜다. 그리고 잠시 후에는 내가 그때까지 봤던 귀뚜라미보다 2배 정도 더 큰 귀뚜라미 한 쌍이 뒷다리를 딛고 잽싸게 폴짝폴짝 뛰어 왔다. 얼마나 높이 점프하는지 놀라울 정도였다. 매 한 마리가(이번에는 일반적인 크기였다) 위에서 급습해 그중 한 마리를 잡으려고 했지만, 그 귀뚜라미는 교묘하게 피해 숲 가장자리의 풀과 잡초 사이로 사라졌다. 레이더는 야생의 활극을 재밌어하며 지켜 보았지만 추격전을 벌이기는커녕 일어서려고도 하지 않았다.

나는 차를 조금 마셨다. 달달하니 맛있었다. 몇 모금 마시고 자제해야 했다. 언제 또 차를 구할 수 있을지 아무도 모를 일이었다.

"가자, 공주님. 그 삼촌네 댁에 가야지. 저 숲 근처에서 야영하는 건 별로 내키지 않는다."

나는 레이더를 안아 올리다 말고 멈췄다. 오크나무에 희미해진 빨간색 페인트로 두 글자가 적혀 있었다. A.B. 보디치 씨가 전에 이 길을 지난 적 있다는 걸 알고 났더니 기분이 좋아졌다. 마치 그의 흔적이 남아 있는 것 같았다.

5

오후 중반. 날이 따뜻해서 땀이 뻘뻘 났다. 한동안 피난민을 만나지 못했지만 오르막길(길기는 하지만 언덕이라고 하기에는 경사가 너무 완만했다)이 시작되는 지점에 다다랐을 때 뒤에서 부스럭거리는 소리가 들렸다. 레이더는 리어카 앞쪽으로 이동해 앞발을 앞으로 모으고 귀를 쫑긋 세운 채 앉아 있었다. 나는 걸음을 멈추고, 앞에서 희미하게 들리는 명랑한 웃음소리인가 싶은 소리를 귀에 담았다. 다시 걸음을 옮겼다가 꼭대기에 다다르기 직전에 걸음을 멈추고 귀를 기울였다.

"어땠어, 달링? 간지러웠어?"

달링과 간지러웠어, 에서 갈라지는 높고 낭랑한 목소리였다. 그것만 빼고는 묘하게 어디에선가 들어 본 목소리였고 잠시 후에 나는 이유를 깨달았다. 크리스토퍼 폴리의 목소리와 비슷했던 것이다. 그럴 리 없다는 걸 아는데 분명 그랬다.

나는 다시 걸음을 옮겼고 오르막길 저편의 내리막길이 보이는 위치에 다다르자마자 걸음을 멈췄다. 나는 이쪽 세상에서 희한한 광경을 몇 번 보았지만 그중에서도 이번이 최고였다. 어린애가 흙바닥에 앉아서 한 손으로 귀뚜라미의 양쪽 뒷다리를 한데 감싸 쥐고 있었던 것이다. 지금까지 본 것 중에서 가장 큰 귀뚜라미였고 검은색이 아니라 빨간색이었다. 아이의 다른 쪽 손에는 짧은 날이 달렸고 금이 간 자루는 끈으로 동여맨 단검이 쥐어져 있었다.

"기분 좋아, 허니?"

귀뚜라미는 앞으로 몸을 던졌지만 두 다리가 붙들려 있었으니 아이가 쉽게 귀뚜라미를 다시 잡아당길 수 있었다.

"그럼 이번에는……."

레이더가 짖었다. 아이가 거대한 귀뚜라미의 뒷다리를 꼭 잡은 채 고개를 돌렸다. 이제 보니 어린애가 아니라 난쟁이였다. 그것도 나

이가 많은 난쟁이였다. 덩어리로 뭉쳐진 백발이 뺨을 덮었다. 얼굴
은 쪼글쪼글했고 입가의 주름이 어찌나 깊은지 리아가 쓸 수도 있
는(그러니까 그 백마가 말을 할 수 있는 것처럼 구는 연극을 포기한다면) 복화
술사의 인형 같았다. 얼굴은 뭉개지지 않았지만 피부는 찰흙 색이었
다. 그리고 여전히 폴리를 연상시키는 이유는 체구가 작기도 했지만
그보다는 그 교활한 표정 때문이었다. 그가 지금 저지르고 있는 짓
에 그 교활한 표정이 더해지자 다리를 저는 나이 많은 보석상을 살
해하는 장면이 쉽게 그려졌다.

"넌 누구야?"

무서워하는 기미는 없었다. 내가 어느 정도 거리를 두고 하늘을
등지고 있었기 때문에 그가 아직 총을 보지 못했다.

"지금 뭐 하는 거야?"

"이 녀석을 내가 잡았어. 빨랐지만 피터킨, 이 몸이 더 빨랐지. 이
녀석이 고통을 느끼는지 알아보는 중이야. 나는 확실히 느끼거든."

그가 귀뚜라미를 다시 찔렀다. 이번에는 두 등딱지가 만나는 사이
였다. 빨간색 귀뚜라미는 피를 흘리며 버둥거렸다. 나는 리어카를
끌고서 내려가기 시작했다. 레이더가 다시 한번 짖었다. 다리로 리
어카의 앞쪽 바닥을 디디고 계속 서 있었다.

"꼬맹아, 그 개 잘 붙들어라. 나라면 그러겠어. 근처로 오면 내가
목을 따 버릴 거거든."

나는 리어카 손잡이를 내려놓고 총집에 넣어 둔 보디치 씨의 45구
경을 처음으로 꺼냈다.

"내 목도 내 개의 목도 따지 못해. 귀뚜라미 그만 괴롭히고 놓아줘."

피터킨이라는 난쟁이는 섬뜩해하기보다 어리둥절해하는 눈빛으

로 총을 물끄러미 쳐다보았다.

"내가 왜? 재미라고는 거의 남아 있지 않은 이 세상에서 재미 좀 보겠다는 건데."

"걔를 고문하고 있잖아."

피터킨은 재밌어하는 표정을 지었다.

"고문이라고? 고문? 이 바보야, 이놈은 그냥 벌래야. 벌래한테 무슨 고문을 한다는 거야! 그리고 그러거나 말거나 무슨 상관인데?"

상관이 있었다. 그가 귀뚜라미의 유일한 탈출 수단인 뒷다리를 붙잡고 칼로 찌르고 또 찌르는 광경은 혐오스럽게 잔인했다.

"두 번 얘기하지 않는다."

그는 웃음을 터뜨렸다. 심지어 그 웃음소리마저 하, 하라는 추임새를 넣는 폴리와 조금 비슷하게 들렸다.

"벌래 때문에 나를 쏘겠다고? 그게 무슨……."

나는 총구를 위로 들어서 왼쪽을 겨누고 방아쇠를 당겼다. 보디치 씨의 창고 안에서보다 총성이 훨씬 크게 들렸다. 레이더가 짖었다. 난쟁이는 놀라서 움찔하며 귀뚜라미를 놓았다. 귀뚜라미는 풀숲 속으로 폴짝폴짝 사라졌지만 갈지자로 움직였다. 이 빌어먹을 난쟁이 때문에 다리를 절게 된 것이다. 벌래에 불과할지 몰라도 그렇다고 이 피터킨 같은 짓을 저질러도 되는 건 아니었다. 그리고 내가 지금까지 빨간색 귀뚜라미를 몇 마리나 보았는가 하면 이 한 마리뿐이었다. 하얀 사슴처럼 희귀종일지 몰랐다.

난쟁이는 일어나 밝은 초록색 반바지의 엉덩이를 털었다. 대표곡을 연주하려는 피아니스트처럼 지저분하게 뭉친 백발을 뒤로 휙 넘겼다. 피부가 납빛이거나 말거나 쌩쌩해 보였다. 말하자면 귀뚜라미처럼 쌩쌩해 보였다. 그가 「아메리칸 아이돌」에 출연할 일은 없겠지만, 내가 지난 24시간 동안 만난 대부분의 사람들보다 목소리가 컸고 이목구비가 모두 멀쩡했다. 키가 작고 ("땅딸보라고 부르면 안 돼, 질색하거든." 예전에 아빠가 이렇게 말한 적이 있었다.) 안색이 엿 같아서 오테즐라 알약 비슷했지만 그것 말고는 상당히 멀쩡했다.

"이제 보니 짜증을 잘 부리는 녀석이로군."

그가 혐오와 (바라건대) 공포가 눈곱만큼 깃든 눈빛으로 나를 보며 말했다.

"그럼 이제 너는 네 갈 길 가고 나는 내 갈 길 가자꾸나."

"그거 좋은 생각이지만 헤어지기 전에 한 가지 물어보고 싶은 게 있는데. 다른 사람들은 얼굴이 점점 추해지는데 네 얼굴은 왜 그럭저럭 정상이지?"

피터킨이 포스터 모델은 아니었고 누가 들어도 예의 없다고 볼 수 있는 질문이었지만, 초우량 귀뚜라미를 고문하는 사람이 아니면 어느 누구에게 예의 없게 굴 수 있겠는가.

"너는 신을 믿는지 모르겠다만, 신들이 나한테는 이미 골탕을 먹였기 때문이겠지. 너처럼 덩치 큰 인간이 나처럼 머리끝에서 발끝까지 스무 몇 뼘도 안 되는 작은 인간의 심정을 어찌 알겠니?"

AA에서 쓰는 표현을 빌자면 동정심을 구걸하는 동냥 그릇을 들고 있는 사람처럼 징징거리는 말투였다.

나는 엄지손가락과 집게손가락을 서로 마주 대고 비볐다.

"이거 보이지? 나 지금 세상에서 제일 작은 바이올린으로 「너를 생각하니 내 심장에서 보라색 오줌이 나오네」(전혀 동정이 되지 않는다고 할 때 쓰는 표현이다 — 옮긴이)를 연주하고 있어."

이제 보니 오줌이라는 단어는 전혀 아무 문제 없이 쓸 수 있었다. 그는 미간을 찌푸렸다.

"뭐?"

"못 알아들었으면 됐어. 농담한 거야. 너를 웃기려고."

"할 얘기 끝났으면 나는 이제 갈게."

"그래. 하지만 그 칼을 멀리 던지고 가 주면 나도 그렇고 내 개도 그렇고 안심이 되겠는데."

"너는 온전한 인간이라 나보다 낫다고 생각하는군. 그러다 붙잡히면 어떻게 되는지 두고 보라지."

"누구한테 붙잡힌다는 거야?"

"밤의 병사들."

"그들이 누구고 나 같은 사람들에게 어떻게 하는데?"

피터킨은 비웃었다.

"알 것 없어. 네가 그들을 상대로 싸울 수 있으면 좋겠다만 과연 그럴 수 있을까 싶다. 넌 겉으로는 강해 보일지 몰라도 마음은 약한 것 같거든. 몸부림칠 필요 없이 사는 사람들은 그렇지. 굶어 본 적도 별로 없겠지, 젊은 양반?"

"그 칼 아직도 들고 있네, 피터킨 씨. 얼른 치워. 안 그러면 내가 억지로 멀리 던지게 할 수도 있어."

난쟁이가 허리춤에 칼을 쑤셔 넣는 것을 보며 나는 어디 한 군데 찔리길 바랐다. 깊게 찔릴수록 좋았다. 못된 생각이었지만 잠시 후에 그보다 더 못된 생각이 떠올랐다. 폴리에게 그랬던 것처럼 빨간색 귀뚜라미의 다리를 붙잡고 있었던 그 손의 손목을 내가 분지르면 어떨까? 일종의 현장 체험 삼아. *이런 느낌이거든.* 진지하게 고민한 건 아니라고 얘기하고 싶지만 진지한 고민이었던 것 같다. 피터킨이 레이더의 목을 조르고 칼로 찌르는 광경이 너무나 쉽게 연상이 됐다. 콕, 콕, 콕. 전성기 시절의 레이더한테는 감히 엄두도 내지 못했겠지만 레이더의 전성기는 이미 오래전에 지났다.

하지만 나는 그를 그냥 놓아주었다. 그는 오르막길 꼭대기를 넘어가기 전에 뒤를 한 번 돌아보았다. *만나서 반가웠다, 젊은 나그네야,* 하는 눈빛이 아니었다. *자다가 내 눈에 띄지 않길 기도해라,* 하는 눈빛이었다.

피터킨은 다른 피난민들과 같은 방향으로 가고 있었으니 다시 마주칠 일은 없었지만 그가 사라지고 얼마 지나지도 않았을 때 그 칼을 빼앗았어야 했다는 생각이 내 머릿속을 스치고 지나갔다.

6

늦은 오후로 접어들자 쓰이고 있는 듯한 경작지와 농장은 더 이상 보이지 않았다. 피난민도 마찬가지였지만, 어느 폐가의 잡초 무성한 앞마당에 가재도구가 가득 담긴 리어카가 있고 굴뚝에서 가느다란 연기가 피어오르는 것이 보인 적은 있었다. 늑대들 울음소리가 들리기 전에 안전한 곳에 숨기로 작정한 사람들인가 보다 싶었다. 나도 리아의 삼촌 집에 조만간 도착하지 못하면 안전한 곳에 숨는 것이 현명한 선택이었다. 보디치 씨의 리볼버와 폴리의 22구경 권총이 있었지만 늑대들은 원래 떼로 몰려다니는 데다 잘은 몰라도 여기 늑대들은 덩치가 큰 사슴에 육박할 수 있었다. 게다가 팔과 어깨와 허리에서 점점 힘이 빠졌다. 리어카는 가벼웠고 속도를 높여서 지나야 하는 구렁텅이도 더는 없었지만 도라의 집에서 출발한 이후로 한참 동안 그걸 끌었던 것이다.

보디치 씨의 이니셜(원래 이니셜인 A.B.)을 세 번 더 보았다. 두 번은 큰길 위로 가지를 드리운 나무 위에서, 한 번은 지면을 뚫고 나온 거대한 바윗돌 위에서였다. 그 무렵 얼룩 같던 태양은 나무 뒤로 저물었고 그림자가 대지를 삼키고 있었다. 한동안 민가가 보이지 않아서 이러다 길바닥에서 어둠을 맞이하는 건 아닌지 걱정이 되기 시작했다. 그런 사태는 정말 피하고 싶었다. 2학년 때 학교에서 시를 16구절 이상 암송하는 숙제가 주어진 적이 있었다. 데빈스 선생님이 그중에서 고르라며 스무몇 개의 시를 나누어 주었다. 나는 「노수부의 노래」라는 작품을 선택했는데, 그때 외운 구절이 지금과 너무 딱 맞아떨어진다는 생각이 들자 이제 와서 그날의 선택이 후회스러워졌다. *그때 내 심정은 인적이 드문 길에서 공포와 두려움을 달래며 걷다가, 한 번 뒤돌아보고 계속 걷지만, 다시는 돌아보지 못하는 사람과도 같았소…….*

"*왜냐하면 그는 알기 때문이오, 무시무시한 귀신이 바로 뒤에서 쫓아오고 있음을.*"

나는 큰소리로 나머지 부분을 읊었다. 리어카 손잡이를 내려놓고 어깨를 돌리며 바위에 적힌 **A.B.**를 보았다. 여기에 심혈을 기울였겠구나 싶은 것이, 글자 크기가 90센티미터는 됐다.

"레이더, 무시무시한 귀신이 뒤에서 쫓아오면 네가 짖어서 알려 줄 거지?"

레이더는 리어카에서 세상모르게 자고 있었다. 무시무시한 귀신이 등장했을 때 아무 도움도 바랄 수 없었다.

목이 너무 말라서 물을 한 모금 마실까 고민하다가 참기로 했다. 햇빛이 아직 남아 있을 때 조금이라도 더 이동하고 싶었다. 나는 손잡이를 잡고 걸음을 옮기며 이쯤 되면 장작 헛간이라도 감지덕지하겠다는 생각을 했다.

바위를 둥그스름하게 돌아나가자 점점 짙어지는 땅거미를 향해 직선 도로가 이어졌다. 그리고 앞쪽으로 1.5킬로미터가 될까 말까 한 곳에 불을 밝힌 집이 한 채 있었다. 가까이 다가가자 집 앞 기둥에 달린 랜턴이 시야에 들어왔다. 그 뒤편으로 50미터에서 60미터쯤 되는 곳에서 갈림길이 시작되는데, 그 집은…… 동화에 나오는 성실한 막내 돼지의 집처럼 실제로 벽돌집이었다.

포석이 깔린 오솔길이 현관문까지 이어졌지만 그 전에 잠깐 걸음을 멈추고, 가까이서 들여다볼 수 없을 만큼 눈부시게 하얀 빛을 내뿜고 있는 랜턴을 살폈다. 보디치 씨의 지하실에서 본 적 있는 랜턴이라 바닥을 확인하지 않아도 미국의 아무 철물점에서라도 살 수 있는 콜맨 제품이라는 걸 알 수 있었다. 그 랜턴도 도라의 재봉틀처럼 보디치 씨가 선물한 게 아닐까 싶었다. 그가 한 말도 있지 않은가. *겁쟁이는 선물만 가져다주고 그만이지만.*

현관문 한복판에 도금된 주먹 모양의 노커가 달려 있었다. 내가 리어카 손잡이를 내려놓자 레이더가 기울어진 바닥을 허우적허우적 내려오는 소리가 들렸다. 내가 노커 쪽으로 손을 내밀었을 때 문이 열렸다. 키가 나와 비슷하지만 거의 수척하다 싶을 정도로 비쩍 마른 남자가 등장했다. 이글거리는 벽난로를 등지고 있었기 때문에 이목구비는 보이지 않았고, 어깨에 앉아 있는 고양이와 벗어진 정수리를 감싸고 위로 솟아 있는 거즈처럼 얇은 백발만 보였다. 그가 말문을 열자 또다시 내가 동화책 속으로 들어와 등장인물로 변신한 게 아닌가 생각할 수밖에 없는 상황이 벌어졌다.

"어서 오너라, 젊은 왕자야. 기다리고 있었다. 환영한다. 들어오려무나."

7

나는 레이더의 목줄을 리어카에 두고 왔다는 사실을 깨달았다.

"아, 어르신, 가서 개 목줄을 들고 와야겠어요. 고양이들한테 어떤 반응을 보일지 모르겠어서요."

"괜찮을 게야. 하지만 비상식량을 챙겨 왔으면 들고 오너라. 아침까지 무사히 지키고 싶으면."

나는 가서 도라가 준 비상식량 꾸러미와 내 배낭을 들고 왔다. 만일의 경우에 대비해 목줄도 챙겼다. 그 집 주인은 옆으로 비켜서며 살짝 고개를 숙였다.

"들어가자, 레이더. 하지만 얌전히 있어야 해. 너를 믿으마."

레이더는 원목바닥에 래그 러그가 깔린 깔끔한 거실로 나를 따라 들어왔다. 벽난로 가에 안락의자가 2개 있었다. 그중 한 의자의 팔걸이에 펼쳐진 책이 놓여 있었다. 근처 책꽂이에도 책이 몇 권 더 있었다. 입구 반대편에는 선박의 조리실처럼 생긴 좁고 작은 부엌이 있었다. 식탁에 빵, 치즈, 식힌 닭고기, 크랜베리 잼이라고 자신할 수 있는 것이 차려져 있었다. 그리고 사기 주전자도 있었다. 배 속에서 천둥소리가 났다.

남자는 웃음을 터뜨렸다.

"소리가 요란하구나. 젊은 세대를 잘 섬겨야 한다는 속담이 있지. 그 뒤에 '그것도 몇 번이고 반복해서'라는 단어를 덧붙여야 할지 모르겠다만."

두 사람 몫의 식기가 준비되어 있고 의자 옆 바닥에 그릇이 놓여 있었다. 레이더가 벌써부터 요란하게 그릇을 할딱이고 있었다.

"제가 오는 걸 아셨군요. 어떻게 아셨어요?"

"우리가 언급을 피하는 그 이름을 알고 있지?"

나는 고개를 끄덕였다. 내가 발을 들여놓게 된 이런 장르의 이야기에서는 악마를 깨우지 않도록 절대 입 밖에 내면 안 되는 이름이 종종 있기 마련이다.

"우리가 그자에게 모든 것을 빼앗기지는 않았거든. 내 조카딸아이가 네게 말을 할 수 있는 것을 보았지?"

"백마를 통해서요."

"팔라다, 그렇지. 리아는 내게도 연락을 한다네, 비록 어쩌다 한 번뿐이기는 하지만. 의사 전달이 항상 원활하지는 않아. 생각으로 의사를 전하는 것은 말로 하는 것보다 더 기력이 많이 소모되는 일이라. 논의할 부분들이 많지만 먼저 식사부터 하도록 하지. 자."

텔레파시를 말하는 거로군. 그럴 수밖에 없겠지. 그녀가 전화를 하거나 문자를 보냈을 리는 없으니까.

"저를 왜 젊은 왕자라고 부르세요?"

그는 어깨를 으쓱했다. 어깨에 앉아 있던 고양이가 까닥거렸다.

"익숙한 호칭이라서. 그뿐이야. 아주 옛날식이지. 언젠가는 진짜 왕자가 찾아올 수도 있겠지만 목소리를 들어보니 자네는 아니로군. 너무 어려."

그는 미소를 지으며 조리실 쪽으로 몸을 돌렸다. 장작불 빛이 그의 얼굴을 처음으로 완전하게 비췄지만 나는 그가 한 손을 내밀고 장애물이 있는지 더듬으며 걸어가는 것을 보고 이미 알아차렸던 것 같다. 그는 앞을 보지 못했다.

8

그가 자리에 앉자 고양이가 바닥으로 뛰어내렸다. 털이 풍성했고 스모키 브라운 색이었다. 고양이가 레이더에게 다가가자 나는 레이더가 달려들면 목걸이를 잡을 준비를 했다. 하지만 레이더는 고개를 숙여 고양이의 코를 킁킁대다가 엎드리고 앉았다. 고양이는 열병식을 거행하는 장교처럼 (그러다 복장이 불량하다는 판단을 내린 장교처럼) 그 앞을 왔다 갔다 하다가 으스대며 거실로 갔다. 팔걸이에 책이 놓인 의자 위로 점프해 몸을 웅크렸다.

"제 이름은 찰스 리드예요. 찰리요. 리아가 제 이름도 얘기하던가요?"

"아니, 이건 그런 식으로 이루어지는 게 아니야. 그보다는 직감에 가깝지. 만나서 반갑네, 찰리 왕자."

이제 그의 얼굴에 불빛이 비추자 눈이 리아의 입처럼 사라져 그 자리에 오래전에 아문 흉터만 남아 있는 것을 볼 수 있었다.

"내 이름은 스티븐 우드리일세. 예전에는 작위가 있었지만(사실 섭정 황태자였지) 요즘은 없고. 괜찮으면 우디라고 불러 주기 바라네. 우리가 숲 근처에서 살고 있으니까. 안 그런가? 나하고 캐트리오나 말이지."

"고양이 말씀이세요?"

"맞아. 그리고 자네 개는 이름이…… 레이마였던가? 분명 그 비슷했는데 기억이 나지 않는군."

"레이더요. 보디치 씨가 키우던 개예요. 보디치 씨는 돌아가셨고요."

"아, 안타까운 소식이로군."

그는 진심으로 안타까워했지만 놀라워하지는 않았다.

"어르신은 보디치 씨하고는 얼마나 잘 아는 사이셨나요?"

"그냥 우디라고 불러 주게. 우리 둘은 함께 즐거운 시간을 보낸 적이 있지. 자네하고 나도 그럴 수 있으면 하네만. 하지만 그 전에 뭐 좀 먹어야지. 오늘 먼 길을 왔을 텐데."

"먼저 뭐 하나만 여쭤봐도 될까요?"

그가 함박웃음을 짓자 만면에 실개천 같은 주름살이 생겼다.

"나이를 알고 싶은 거라면 사실 나도 기억을 하지 못한다네. 어떨 때는 세상이 아직 젊었을 때도 나는 나이가 많았던 것 같을 정도야."

"그게 아니라 제가 책을 봤거든요. 그래서 궁금했어요…… 그러니까……."

"앞을 보지 못하는데 어떻게 책을 읽느냐고? 가서 보도록 해. 그나저나 다리를 먹겠나, 가슴살을 먹겠나?"

"가슴살로 주세요."

그는 음식을 각자의 접시에 덜기 시작했다. 어둠 속에서 오래전부터 그래 왔는지 동작에 거침이 없었다. 나는 일어나 그의 의자로 갔다. 캐트리오나가 영리한 초록색 눈으로 나를 올려다보았다. 책은 낡았고 보름달을 배경으로 날아다니는 박쥐들이 표지였다. 코넬 울리치의 『블랙 에인절』이었다. 보디치 씨의 침실에 쌓여 있던 책일 수도 있었다. 하지만 집어서 우디가 읽던 부분을 들여다보니 글은 없고 한데 뭉쳐진 점만 있었다. 나는 책을 다시 내려놓고 식탁으로 돌아갔다.

"점자로 읽으시는군요."

나는 이렇게 말하며 생각했다. *점자도 책에 적힌 문장을 바꿔야 하지. 번역을 해야 해. 따지고 보면 희한하다니까?*

"그렇다네. 에이드리언이 교본을 들고 와서 글자를 가르쳐 주었어. 글자를 배운 다음에는 독학했고. 그 친구가 가끔 다른 점자로 된 책을 들고 와 주었다네. 그 친구는 공상 소설을 좋아했지. 내가 자네를 기다리면서 읽고 있었던 그 책 같은 장르를. 여기와는 전혀 다른 세상에서 사는 위험한 남자와 곤궁에 처한 아가씨 이야기."

그는 고개를 젓더니 소설이 경박한 것을 넘어 비정상적인 취미생활이라도 되는 듯이 웃음을 터뜨렸다. 벽난로 바로 앞이라 뺨이 발그스레했고 거기에서 회색의 기미는 전혀 보이지 않았다. 그는 온전하지만 또 그렇지 않았다. 그의 조카딸도 마찬가지였다. 그는 눈이 없어서 볼 수가 없었고 그녀는 입이 없어서 말을 할 수가 없었다. 빈약한 영양분을 보충할 때 손톱으로 벌리는 구멍만 있을 따름이었다. 이야말로 곤궁에 처한 아가씨이지 않은가.

"와서 앉게."

나는 식탁 앞으로 갔다. 밖에서 늑대 한 마리가 울부짖는 걸 듣자 하니 달이(2개의 달이) 뜬 모양이었다. 하지만 우리는 이 벽돌집에 있으니 안전했다. 늑대가 굴뚝을 타고 내려오더라도 장작불에 털북숭이 궁둥이가 익을 것이다.

"제게는 여기 이 세상이 전부 소설 같아요."

"여기서 한참 동안 지내다 보면 자네 세상이 가공의 현실처럼 느껴질 걸세. 이제 들게나."

9

음식은 맛있었다. 나는 한 그릇, 거기서 또 한 그릇 추가했다. 조금 양심의 가책이 느껴졌지만 긴 하루였고 나는 리어커를 30에서 35킬로미터 정도 끌고 왔다. 우디는 거의 먹지 않았다. 다리 한 조각과 크랜베리 잼이 전부였다. 나는 그걸 보고 더욱 가책을 느꼈다. 엄마가 앤디 첸의 집에서 열린 파자마 파티에 데려다주었을 때 앤디의 엄마에게 내가 밑빠진 독이라 그냥 내버려 두면 이 집을 거덜 낼 수도 있다고 했던 것이 생각났다. 나는 우디에게 어디에서 보급품을 구하느냐고 물었다.

"시프런트에서. 거기 가면 우리 같은 사람들을…… 아니 우리 같은 사람들의 예전을 아직까지 기억하고 성의를 표시하는 사람들이 아직 있거든. 이제는 회색 물이 거기까지 번져서 사람들이 떠나고 있지. 자네도 오는 길에 몇 명 만났을 테지만."

"맞아요."

나는 대답하고 피터킨에 대해 말했다.

"빨간색 귀뚜라미였다고? 전해 내려오는 전설에 따르면…… 아닐세. 그걸 중단시켰다니 다행이로군. 어쩌면 자네가 진짜 왕자일 수도 있겠어. 금발에 눈은 파란색인가?"

그는 짓궂게 물었다.

"아뇨. 둘 다 갈색이에요."

"그렇다면. 왕자도 아니고 그 왕자는 절대 아니로군."

"그 왕자가 누군데요?"

"그것도 전해 내려오는 전설이라네. 여긴 이야기와 전설로 이루어진 세상일세, 자네 세상처럼. 식량으로 말할 것 같으면…… 예전에는 시프런트 사람들에게 내가 먹을 수 있는 것보다 많이 받았지, 대개는 고기보다 생선이었지만. 거기 이름상 당연하달 수밖에. 회색이 거기까지 번지는 데에는 오랜 시간이 걸렸다네. 얼마나 오래 걸렸는지는 모르겠지만. 사람이 항상 어둠 속에 있다 보면 날짜가 구분이 안 되거든."

그는 덤덤하게 사실을 진술하듯 말했다.

"시프런트가 잠깐 동안이나마 그런 신세를 면한 이유는 바람이 그칠 날 없는 좁은 반도라서가 아닐까 싶지만 정확한 이유는 아무도 알 수가 없지. 찰리, 자네가 작년에 왔더라면 킹스 로드에서 수많은 사람들을 만났을 텐데. 이제는 피난민의 물결이 점점 잦아들고 있거든."

"킹스 로드? 그 길 이름이 킹스 로드인가요?"

"그렇다네. 하지만 분기점을 지나면 킹덤 로드가 되지. 왼쪽 갈림길을 선택하면 시프런트 로드로 가게 되고."

"그 사람들은 어디로 가는 건가요? 도라의 집과 리아의 농장과 도라의 남동생이 하는 가게를 지나면요."

우디는 놀란 표정을 지었다.

"그 친구가 아직도 그 가게를 하고 있나? 놀랍군그래. 거기서 뭘 팔고 있으려나?"

"저도 모르겠어요. 사람들한테 망가진 신발을 받고 새 신발을 준다는 것만 알아요."

우디는 즐거워하며 폭소를 터뜨렸다.

"도라와 제임스! 예전 그대로구먼! 자네 질문에 대답을 하자면 나도 모른다네. 분명 그들도 모를 거야. 그냥 가는 거지. 멀리, 멀리, 멀리."

잠잠해졌던 늑대들이 다시 울부짖기 시작했다. 수십 마리는 되는 것 같았고 나는 우디의 벽돌집에 도착해서 정말 다행이라는 생각이 들었다. 레이더가 낑낑거렸다. 나는 녀석의 머리를 쓰다듬어 주었다.

"달이 떴나 보네요."

"에이드리언이 말하길 자네가 사는 그 가상의 왕국에는 달이 하나밖에 없다던데. 코넬 울리치 씨의 책에 나오는 한 등장인물의 대사를 빌리자면 '황당할세.' 케이크 한 조각 먹겠나, 찰리? 조금 퍽퍽해졌을 수도 있네만."

"케이크 좋죠. 제가 들고 올까요?"

"아니야. 여기서 지낸 세월이 하도 오래됐다 보니 동선이 아주 훤해. 식료품 저장실 선반에 있다네. 가만히 앉아 있게. 후딱 다녀올 테니."

그가 케이크를 들고 오는 동안 나는 피처에 담긴 레모네이드를 좀 더 따라 마셨다. 엠피스 사람들은 레모네이드를 좋아하는 모양이었다. 그는 내 몫으로 큼지막한 초콜릿 케이크 한 덩어리를, 자기 몫으로는 얇은 한 조각을 들고 왔다. 우리 학교 급식 때 먹는 케이크가 변변찮게 느껴질 정도의 크기였다. 가장자리가 조금 굳었을 뿐 그리 퍽퍽하지도 않았다.

늑대들이 갑자기 잠잠해지자 볼륨 다이얼을 11까지 돌려놓은 앰프의 플러그를 누군가가 뽑은 것 같다는 생각이 다시금 들었다. 문득 이 세상 사람은 어느 누구도 「이것이 스파이널 탭이다」나 다른 영화에서 쓰인 그 관용어의 뜻을 알아차리지 못하겠다는 생각이 들었다(스파이널 탭이라는 가상의 헤비메탈 밴드의 활동을 담은 이 영화에 볼륨 다이얼이 0부터 10까지인 일반적인 앰프와 다르게 0부터 11까지인 앰프가 등장하는데, 이후에 '볼륨을 11까지 돌린다'는 것이 '갈 데까지 간다'는 뜻으로 쓰이는 관용어가 되었다 — 옮긴이).

"다시 구름으로 덮였나 보네요. 구름이 사라지기도 하죠?"

그는 천천히 고개를 저었다.

"그가 등장한 이후로는 사라지지 않아. 비는 내리지만 해가 비치는 경우는 거의 없다네, 찰리 왕자."

"예수님이 곡할 노릇이네요."

우디는 또다시 함박웃음을 지었다.

"예수님도 왕자님이지. 평화의 왕자. 에이드리언이 가져다준 점자 성경에 따르면 그렇다던데. 이제 포만감이 느껴지나? 그게 무슨 뜻인가 하면……."

"무슨 뜻인지 알아요. 그리고 네."

그는 자리에서 일어났다.

"그럼 벽난로 앞으로 자리를 옮길까? 할 얘기가 있으니."

나는 그를 따라 조그만 응접실에 놓인 2개의 의자 앞으로 갔다. 레이더도 따라왔다. 우디는 더듬더듬 캐트리오나를 찾다가 손끝에 닿자 들어서 올렸다. 캐트리오나는 모피 숄처럼 그의 손위에 널브러져 있다가 그가 바닥에 내려놓자 내 반려견을 도도하게 한 번 흘끗 쳐다보고는 못마땅한 듯 꼬리를 한 번 튀기고 어슬렁어슬렁 멀어졌다. 내가 아까 내 몫의 닭고기를 조금 주었을 때도 레이더는 조금밖에 먹지 않았고 지금은 장작불의 비밀이라도 해석하려는 것처럼 그곳만 응시하고 있었다. 나는 이제 시프런트 주민들마저 피난 행렬에 합류해 버렸으니 앞으로 식량을 어디서 구할 작정이냐고 우디에게 물어볼까 하다가 그만두기로 했다. 자기도 모르겠다는 대답을 들을까 봐 겁이 났다.

"저녁 잘 먹었습니다."

그는 손사래를 쳤다.

"제가 여긴 어쩐 일로 찾아왔는지 궁금하시겠어요."

"전혀."

그는 아래로 손을 내밀어 레이더의 등을 쓰다듬었다. 그러다 잠시 후에 예전에는 눈이었을 흉터를 내 쪽으로 돌렸다.

"자네 개는 죽을 날이 얼마 남지 않았어. 자네가 여길 찾은 목적을 달성하려면 지체할 시간이 없네."

10

나는 배는 부르고 늑대들은 잠깐 잠잠해진 가운데 안전한 벽돌집에서 장작불을 쬐며 긴장을 풀고 있었다. 만족감을 만끽하고 있었다. 하지만 레이더가 죽을 날이 얼마 남지 않았다는 그의 말을 듣고 똑바로 일어나 앉았다.

"그건 아니에요. 나이가 많고 고관절에 염증이 생겼지만 그렇다고……."

나는 레이더가 할로윈 때까지 버티면 엄청 놀라운 일이 될 거라고 했던 수의사 보조의 말이 떠오르자 말문이 막혔다.

"내 비록 눈은 멀었지만 다른 감각은 늙은이치고 상당히 쌩쌩하거든."

그의 다정한 목소리 때문에 더 끔찍하게 느껴졌다.

"사실 귀 같은 경우에는 점점 더 예리해지고 있지. 왕궁에서는 말과 개를 키웠고 내가 왕년에는 노상 그 녀석들과 함께 시간을 보내며 끔찍이 보살핀 전적이 있어. 그래서 그 녀석들이 생의 마지막 바퀴를 돌고 있으면 어떤 소리를 내는지 알지. 들어 봐! 눈을 감고 들어 봐!"

나는 그가 시키는 대로 했다. 벽난로에서 가끔 장작불이 탁탁거리는 소리가 들렸다. 어디에선가 시계가 째깍거렸다. 밖에서는 바람이 거세어졌다. 레이더의 소리도 들렸다. 숨을 들이쉴 때마다 쌕쌕거리고 내쉴 때마다 꾸르륵댔다.

"이 아이를 해시계에 올려놓으려고 여기 온 거지?"

"네. 그리고 금 때문이기도 하고요. 엽총 탄알처럼 생긴 조그만 황금 알갱이요. 아직은 필요 없지만 보디치 씨가 그러는데 나중에……."

"금에 대해서는 신경 끄고 있게. 해시계가 있는 곳으로 가서…… 그걸 돌리는 것만으로도…… 자네처럼 젊은 왕자가 수행하기에는 충분히 어려운 임무니까. 해나를 각오해야 하거든. 보디치 때는 없던 존재지. 조심하고 또 운이 따라 주면 그녀를 무사히 통과할 수 있을지 모르지만…… 이런 일에 운을 무시할 수는 없지. 그리고 금의 경우에는……."

그는 고개를 저었다.

"그보다 더 위험한 일이야. 아직은 필요가 없다니 다행이로군."

해나. 그 이름은 나중으로 미루어 놓았다. 지금 당장은 물어보고 싶은 다른 게 있었다.

"왜 어르신은 멀쩡하세요? 그러니까, 앞을 볼 수 없는 것만 빼고요."

나는 이 말을 내뱉자마자 다시 주워 담고 싶어졌다.

"죄송해요. 말이 이상하게 나왔어요."

그는 미소를 지었다.

"사과할 것 없네. 나는 눈이 머는 것과 회색으로 물드는 것, 둘 중에서 하나를 고르라면 언제든 눈이 머는 쪽을 선택할 걸세. 이제는 상당히 익숙해졌어. 에이드리언 덕분에 읽을 이야기책도 생겼고. 회색 병은 더딘 죽음이야. 점점 숨을 쉬기가 힘들어지거든. 얼굴은 쓸모없는 살덩이에 삼켜지고 몸이 점점 오므라들지."

그는 한 손을 들어 주먹을 쥐었다.

"이렇게."

"도라도 그렇게 될까요?"

그는 고개를 끄덕였지만 그럴 필요도 없었다. 그건 어린애나 함직한 질문이었다.

"앞으로 얼마나 남았을까요?"

우디는 고개를 저었다.

"아무도 몰라. 속도가 더디고 저마다 다르지만 가차 없지. 그래서 끔찍한 걸세."

"떠나면 어떻게 되는데요? 다른 사람들이 가는 거기로 가면요."

"도라는 떠날 것 같지도 않고 그래 봐야 소용도 없을 걸세. 일단 시작되면 피할 방법이 없거든. 소모성 질환처럼. 에이드리언이 그걸로 죽었나?"

나는 암을 얘기하는 건가 보다 짐작했다.

"아뇨. 심장마비였어요."

"아. 잠깐 괴로워하다가 죽었겠군. 회색 병보다는 낫지. 그리고 자네 질문에 답을 하자면 예전에…… 에이드리언이 그런 이야기를 한 적이 있어, 자기가 사는 세상에서는 수많은 이야기가 그런 식으로 시작된다고."

"네. 맞아요. 그리고 제가 여기서 본 것들이 그 이야기들과 비슷해요."

"자네가 사는 세상의 것들도 그렇겠지. 모든 게 이야기라네, 찰스 왕자."

늑대들이 울부짖기 시작했다. 우디는 점자책을 손끝으로 더듬다가 책을 덮고 의자 옆의 조그만 테이블에 올려놓았다. 나중에 어디까지 읽었는지 무슨 수로 알아낼 수 있을지 궁금해졌다. 캐트리오나가 돌아와 그의 무릎 위로 뛰어올라 가서 가르랑거리기 시작했다.

"예전에는 자네가 지금 가려고 하는 엠피스라는 나라와 릴리마르라는 도시에 수천 년의 역사를 자랑하는 왕족이 있었다네. 그들은 대부분(모두 다는 아니지만 대부분) 현명하게 나라를 잘 다스렸지. 하지만 끔찍한 시기가 찾아왔고 그들은 거의 다 죽임을 당했어. 학살을 당했지."

"리아에게 살짝 들었어요. 팔라다를 통해서요. 자기 엄마와 아빠가 돌아가셨다던데, 두 분이 왕과 왕비셨던 거죠? 리아가 자기가 공주라고 했거든요. 그중에서도 막내였다고."

그는 미소를 지었다.

"그래, 맞아. 막내였지. 그 아이가 자기 언니들이 살해당했다는 얘기를 하던가?"

"네."

"자기 오빠들은?"

"그들도 죽임을 당했다고 했어요."

그는 한숨을 쉬고 자기 고양이를 쓰다듬으며 장작불을 쳐다보았다. 그 온기는 느낄 수 있을 테고 불빛도 조금은 볼 수 있을지 궁금해졌다. 태양을 마주하고 눈을 감으면 빛이 전달돼서 빨간색이 보이는 것처럼 말이다. 그는 무슨 말을 하려는 듯 입을 벌렸다가 다물고 고개를 살짝 저었다. 늑대 울음소리가 아주 가까이서 들리다…… 끊겼다. 너무 갑작스럽게 끊겨서 섬뜩했다.

"숙청이었지. 그게 무슨 뜻인지 아나?"

"네."

"하지만 몇 명은 살아남았다네. 우리는 그 도시에서 탈출했지만 해나는 거기 남았어. 왜냐하면 자기 나라에서 머나면 북쪽으로 추방당한 상태였거든. 성문을 무사히 빠져나온 사람이 여덟 명이었지. 아홉 명이 될 수도 있었지만 내 조카 알로이시어스는……."

우디는 고개를 다시 한번 저었다.

"우리 여덟 명은 그 도시에서 죽지 않고 탈출했고 태생 덕분에 회색으로 물드는 운명을 피했지만 다른 저주가 우리를 따라왔지. 어떤 저주인지 알겠나?"

알 것 같았다.

"각자 감각을 하나씩 잃으셨나요?"

"맞아. 리아는 먹을 수 있긴 하지만 그러자면 고통이 따르지. 자네도 봤을지 모르겠지만."

나는 그가 볼 수 없었지만 그래도 고개를 끄덕였다.

"그 아이는 뭘 먹어도 맛을 거의 느끼지 못하고 자네도 보았다시피 팔라다를 통하지 않고서는 말을 하지도 못하지. 그 아이는 그러면 그가 듣더라도 알아차리지 못할 거라고 확신하는데, 글쎄. 어쩌면 그 아이 생각이 맞을 수도 있지. 어쩌면 그가 재밌어할 수도 있고."

"그러면……"

나는 말을 하다 말고 멈췄다.

우디가 내 셔츠를 잡고 당겼다. 나는 그에게로 몸을 숙였다. 그는 내 귀에 입술을 대고 속삭였다. 나는 고그마고그라는 단어를 예상했지만 그가 한 말은 그게 아니었다. 그가 한 말은 플라이트 킬러였다.

11

"그는 암살범을 보내 우리를 죽일 수도 있지만 보내지 않아. 남은 우리들을 살려 두고 있는데, 사는 것 자체가 충분한 벌이거든. 아까 얘기했던 것처럼 알로이시어스는 그 도시에서 빠져나오지 못했다네. 엘런, 워너 그리고 그레타는 스스로 목숨을 끊었고, 욜랜더는 아직 살아 있지만 미치광이로 떠돌이 생활을 하고 있다네. 나처럼 앞을 보지 못하기에 낯선 사람들의 친절에 기대어서. 나는 그녀가 찾아오면 식사를 대접하고 그녀가 늘어놓는 횡설수설에 장단을 맞춰 주지. 이들은 조카고 사촌이야…… 가까운 혈육. 여기까지 이해가 되나?"

"네."

어느 정도 이해가 됐다.

"버턴은 은둔자로 숲속 깊은 데서 살고 있다네. 서로 맞붙여 봐야 아무것도 느껴지지 않는 두 손을 모으고 엠피스의 구원을 위해 기도하며. 그는 피를 보지 않는 한 다쳐도 느끼지 못해. 뭘 먹어도 배가 찼는지 비었는지 알지 못하고."

"맙소사."

나는 말했다. 앞을 보지 못하는 것이 최악인 줄 알았더니 그게 아니었다.

"늑대들도 버턴은 건드리지 않는다네. 적어도 예전에는 그랬어. 그가 여기 온 지도 2년쯤 됐는데, 역시 죽었을 수 있지. 몇 명 안 되는 우리는 편자공의 짐마차를 타고 탈출했는데, 그땐 눈이 멀지 않았던 내가 자리를 지키고 서서 공포로 미쳐 날뛰는 여섯 마리의 말 위로 채찍을 휘둘렀지. 같이 탈출한 혈육이 사촌 클로디아, 조카 알로이시어스와 리아였어. 우리는 바람처럼 달렸다네, 찰리. 쇠를 씌운 바퀴가 자갈에 부딪치며 불똥이 튀었고 럼파 다리 상단에서부터는 허공으로 3미터 떠서 내려왔지. 도중에 마차가 뒤집히거나 부서질 줄 알았는데 워낙 튼튼하게 만들어진 덕분에 버텨 주더군. 해나가 뒤에서 폭풍처럼 포효하며 점점 거리를 좁혀 오는 소리가 들렸지. 아직까지도 그 포효가 귓전에 생생해. 내가 채찍질을 하자 말들은 악귀에게 쫓기고 있기라도 한 것처럼 달렸는데⋯⋯ 사실 그런 셈이었지. 성문에 다다르기 직전에 알로이시어스가 뒤를 돌아보자 해나가 머리를 때려서 날려 버렸다네. 나는 전방에 시선을 고정하고 있었기 때문에 보지 못했지만 클로디아는 보았지. 리아는 다행히 보지 못했어. 담요로 몸을 둘둘 말고 있었거든. 해나가 그다음으로 휘두른 손에 마차 뒷면이 날아갔지. 그녀의 입 냄새가 느껴졌고 그 냄새는 아직까지도 기억에 생생하다네. 썩은 생선과 고기 그리고 땀 냄새. 우리는 아슬아슬하게 성문을 통과했지. 우리가 빠져나간 걸 보고 그녀가 포효를 하는데, 증오와 좌절이 섞여 있던 그 소리! 그래, 아직까지도 내 귓전에 생생하게 남아 있다네."

그는 말을 멈추고 입을 닦았다. 손을 떨고 있었다. 나는 「허트 로커」 같은 영화에서 말고는 외상 후 스트레스 장애를 본 적이 없었는데 이제 그걸 눈앞에서 목격하고 있었다. 그 끔찍한 일이 벌어진 지 얼마나 됐는지 몰라도 그에게는 여전한 현실이었고 여전히 생생했다. 나는 그에게 그 당시 기억을 떠올리고 말하게 하는 원흉이 되고 싶지 않았지만 내 앞에 어떤 상황이 기다리고 있는지 알아야 했다.

"찰리, 내 식료품 저장실에 가보면 냉장식품 칸에 블랙베리 와인이 한 병 있을 걸세. 괜찮으면 그거 조그만 잔에 한 잔만 따라 주겠나? 자네도 마시고 싶으면 한 잔 마시고."

나는 와인 병을 찾아서 그에게 한 잔 따라 주었다. 나는 아빠 때문에 술에 경계심이 있는 데다가 한 잔 마시고 싶었다 한들 발효된 블랙베리 냄새가 하도 지독해서 모든 유혹이 싹 사라졌다. 대신 레모네이드를 좀 더 따랐다.

그는 두 모금 만에 벌컥벌컥 잔을 거의 비우고 한숨을 쉬었다.

"이제 좀 살겠네. 워낙 슬프고 괴로운 기억이라. 밤이 점점 깊어지고 있고 자네도 피곤할 테니 이제 자네가 친구를 살리고 싶으면 어떻게 해야 하는지, 그 부분에 대해서 이야기를 하도록 하겠네. 자네가 아직도 강행할 생각이 있다면 말이지."

"있습니다."

"개를 위해 자네 목숨과 정신 건강을 걸겠다?"

"보디치 씨가 남긴 게 이 아이뿐이라서요."

나는 머뭇거리다 나머지 이유를 마저 밝혔다.

"그리고 그 아이를 사랑하고요."

"그래. 사랑이라면 나도 이해하지. 이제 어떻게 해야 하는지 들려줄 테니 잘 듣게. 여기서 하루 동안 더 걸어가면 내 사촌 클로디아의 집이 나올 걸세. 빠른 걸음으로 걸으면 말이지. 그 집이 나오면……."

나는 내 목숨이 달린 일이라도 되는 것처럼 열심히 귀를 기울였
다. 밖에서 울부짖는 늑대 소리를 들어보면 정말 목숨이 달린 일일
지도 몰랐다.

12

우디의 화장실은 야외에 있었고 그의 방에서 거기까지 널빤지가
짧게 깔려 있었다. 내가 랜턴(콜맨 제품이 아니라 구식이었다)을 들고 그
통로를 걸어가는데 뭔가가 쿵 하고 세게 벽을 들이받는 소리가 들렸
다. 뭔지 몰라도 배가 고팠던 모양이었다. 이를 닦고 볼일을 보았다.
레이더가 아침까지 오줌을 참을 수 있기만을 바랐다. 날이 밝기 전
에는 절대 밖으로 데리고 나갈 수가 없었다.

이 집에는 방이 하나 더 있었기 때문에 벽난로 앞 바닥에서 잠을
청할 필요가 없었다. 그 방의 조그만 침대에는 도라의 작품일 수밖
에 없는, 나비가 수놓아진 프릴 달린 침대보가 씌워져 있었고 벽은
분홍색이었다. 우디가 말하길 리아와 클로디아가 가끔 쓰던 방인데,
리아는 한참 동안 쓴 적이 없다고 했다.

"여기, 두 사람 예전 모습."

그는 이렇게 말하고 조심스럽게 손을 내밀어 선반에 놓인 타원형
의 금박 액자를 꺼냈다. 10대 소녀와 젊은 여자의 사진이었다. 둘 다
눈이 부시게 아름다웠다. 둘이 서로 끌어안고 분수대 앞에 서 있었
다. 예쁜 드레스를 입고 정성스럽게 단장한 머리 위에 레이스를 살
짝 둘렀다. 리아에게는 미소를 지을 수 있는 입이 남아 있었고 둘 다
정말이지 왕족다웠다.

나는 소녀를 가리켰다.

"이게 리아예요? 그러니까…… 그 이전이요?"

"그렇다네."

우디는 아까처럼 조심스럽게 사진을 다시 제자리에 올려놓았다.

"그 이전. 도시를 탈출하고 얼마 되지 않았을 때 우리에게 이런 증상이 나타나기 시작했지. 철저하고 악질적인 복수극이랄까. 둘 다 정말 예뻤는데, 그렇지 않나?"

"그러네요."

나는 미소를 짓고 있는 소녀를 계속 쳐다보며 앞을 못 보게 된 우디보다 리아에게 내려진 저주가 2배 더 끔찍하다는 생각을 했다.

"누구의 복수극인가요?"

그는 고개를 저었다.

"그 이야기는 하고 싶지 않네. 그 사진을 다시 볼 수 있기만을 바랄 뿐. 하지만 소망은 미모와 같아서…… 헛된 것이지. 푹 쉬게, 찰리. 내일 해가 지기 전에 클로디아의 집에 도착하려면 일찍 출발해야 할 거야. 클로디아가 자네에게 좀 더 자세한 이야기를 들려줄지도 몰라. 그리고 한밤중에 깨더라도, 아니면 한밤중에 자네 개가 깨우더라도 *집 밖으로 나가지 말게*. 무슨 일이 있어도."

"반드시 명심할게요."

"좋아. 만나서 반가웠네, 젊은 왕자. 사람들 말마따나 에이드리언의 친구는 내 친구이기도 하지."

그는 자신만만하게 방 밖으로 걸어 나갔지만 한 손을 내밀고 있었다. 암흑 속에서 지낸 세월이 워낙 오래 됐다 보니 제2의 천성이 됐을 것이다. 몇 년이나 됐을지 궁금해졌다. 고그마고그가 등장해 그의 가족을 대량 숙청한 지 얼마나 됐을까? 리아가 입으로 뭘 먹는 것이 당연시됐고 미소를 지을 수 있었던 시절로부터 얼마나 지났을까? 이 세상의 1년은 우리의 1년과 같을까?

스티븐 우드리의 애칭 우디는……「토이 스토리」에서 카우보이였다. 그건 그냥 우연의 일치일 수도 있지만 늑대와 벽돌집은 우연의 일치가 아닌 것 같았다. 그리고 그가 럼파 다리에 대해 한 이야기가 있었다. 우리 엄마는 리틀 럼플 강을 건너는 다리 위에서 돌아가셨고 나는 럼펠스틸트스킨을 닮은 남자에게 하마터면 목숨을 잃을 뻔했다. 그것들도 우연의 일치일까?

레이더가 내 침대 옆에서 자고 있었다. 우디에게 숨소리에 대해 듣고 났더니 이제는 쌕쌕거리고 꾸르륵대는 그 소리를 듣지 않을 재간이 없었다. 나는 그 소리와 간헐적으로 들리는 늑대 울부짖는 소리 때문에 잠을 설칠 거라고 생각했다. 하지만 리어카를 끌고 먼 길을 걸은 날이었기에 오래 버티지 못했다. 나는 다음 날 새벽에 우디가 내 어깨를 흔들며 깨울 때까지 꿈도 꾸지 않았다.

"일어나게, 찰리. 아침 차려 놨어. 아침 먹자마자 출발해야지."

13

스크램블드에그가 수북이 쌓인 그릇과, 훈제 소시지가 그 비슷하게 수북이 쌓인 그릇이 있었다. 우디가 조금, 레이더가 조금 먹었고 나머지는 내가 처리했다.

"자네 짐은 도라의 리어카에 실어 놨고 그 집에 도착했을 때 내 사촌에게 보여 줄 물건을 하나 추가했네. 그걸 보면 자네가 내가 보낸 사람이라는 걸 알 수 있게."

"그분은 직감이 발달하지 않으신 모양이네요?"

그는 미소를 지었다.

"발달한 편이고 나도 최선을 다해서 손을 썼지만 그런 수단에 의존하는 건 현명한 판단이 못 되니까. 나중에 임무를 완수하고 자네가 사는 가상의 세계로 돌아갈 수 있게 됐을 때 필요할지 모르는 물건일세."

"뭔데요?"

"배낭 안을 보면 알 거야."

그는 웃으며 손을 내밀어 내 양쪽 어깨를 붙잡았다.

"찰리, 자네가 그 왕자는 아닐지 몰라도 용감한 아이인 것만은 분명해."

"언젠간 나의 왕자님이 오시겠죠."

나는 노래처럼 흥얼거렸다.

그는 미소를 지었다. 다시 온 얼굴 위로 주름살이 번졌다.

"에이드리언도 불렀던 노래로군. 무슨 만화 영화 주제가라고 하던데."

"「백설 공주와 일곱 난쟁이」요."

우디는 고개를 끄덕였다.

"실제 이야기는 훨씬 잔혹하다고 했지."

원래 다 그렇지 않은가요?

"여러 가지로 감사했어요. 건강 잘 챙기세요. 캐트리오나도 잘 챙기시고요."

"우리는 서로 챙기는 사이지. 내가 얘기한 거 잘 기억하고 있겠지?"

"네, 그런 것 같아요."

"가장 중요한 건 뭐라고?"

"보디치 씨가 남긴 표시를 따라갈 것, 소리를 내지 말 것, 해가 떨어지기 전에 그 도시에서 탈출할 것. 밤의 병사들이 있으니."

"내가 그들에 대해서 한 얘기를 믿나? 믿어야 해. 안 그러면 해시계를 찾지 못했을 때 좀 더 있고 싶은 유혹을 느낄 수도 있거든."

"해나는 거인이고 밤의 병사들은 언데드라고 하셨죠?"

"그래. 하지만 그 말을 믿느냐 말이지."

나는 초대형 바퀴벌레와 토끼를 떠올렸다. 크기가 거의 캐트리오나만 했던 빨간색 귀뚜라미를 떠올렸다. 이목구비가 점점 없어져 가는 도라와 입이 있었던 자리에 흉터만 남은 리아를 떠올렸다.

"네. 전부 믿어요."

"다행이로군. 내가 배낭에 넣은 걸 클로디아에게 보여 주는 것 잊지 말고."

나는 레이더를 리어카에 싣고 배낭을 열어 보았다. 또다시 흐린 날의 햇빛을 받고 은은하게 반짝이는 도금된 주먹이 맨 위에 놓여 있었다. 벽돌집 현관문을 돌아보니 노커가 보이지 않았다. 나는 그걸 집어 들었다가 무게에 깜짝 놀랐다.

"맙소사, 우디! 이거 순금이에요?"

"맞아. 해시계를 지나서 금고로 침입하고 싶은 유혹이 느껴지거든 에이드리언이 마지막으로 여길 찾았을 때 들고 간 것에 이것까지 추가됐다는 걸 잊지 말기 바라네. 잘 가시게, 찰리 왕자. 에이드리언의 무기를 쓸 일이 없길 바라지만 써야 하는 상황이 되면 망설이지 말길."

16장.

킹덤 로드. 클로디아. 지시사항.
노이즈메이커. 군주.

1

레이더와 함께 갈림길이 시작되는 지점에 다다라 보니 표지판에 킹덤 로드는 오른쪽이라고 표시가 되어 있었다. 시프런트 로드를 가리키는 표지판은 헐거워져서 지하에 있는 길이라도 되는 듯 바닥을 가리키고 있었다. 레이더가 쉰 목소리로 짖길래 돌아보니 시프런트 방향에서 어떤 남자와 소년이 걸어오고 있었다. 남자는 지저분한 붕대를 감은 왼발로 몇 걸음마다 땅바닥을 스칠락 말락 해 가며 목발을 짚고 폴짝폴짝 걸어왔다. 그런 상태로 얼마나 더 갈 수 있을까 싶었다. 아이도 별반 도움이 되지 못할 것이었다. 체구가 작았고 두 사람의 소지품이 담긴 마대 자루를 이 손에서 저 손으로 바꿔 들었다가 가끔 바닥에 끌며 걸었다. 그들은 갈림길이 시작되는 지점에서 걸음을 멈추고, 표지판을 지나 오른쪽으로 향해 가는 나를 지켜보았다.

소년이 외쳤다.

"그쪽으로 가면 안 돼요! 거긴 악마가 사는 도시로 가는 길이에요!"

아이는 회색이었지만 옆에 있는 남자만큼 심하지는 않았다. 그 둘은 아빠와 아들이었을 수도 있지만 남자의 이목구비가 흐릿해지고 눈꼬리가 올라가기 시작했기 때문에 닮았는지 어쩐지 확인할 길이 없었다.

남자가 아이의 어깨를 철썩 때렸다. 아이가 붙잡아 주었기 망정이지 하마터면 그러다 대자로 넘어질 뻔했다.

"그냥 내버려 둬, 그냥 내버려 두라고."

그의 목소리를 알아들을 수는 있었지만 성대를 휴지로 감싸기라도 한 것처럼 둔탁하게 들렸다. 그도 도라처럼 우물우물 웅얼거리게 될 날이 머지 않았겠다는 생각이 들었다.

그가 점점 넓어지는 두 길 사이의 간격을 넘어 내게 큰 소리로 외쳤다. 그러느라 괴로운지 인상을 쓰자 점점 뭉개져 가던 얼굴이 한층 더 흉측해졌지만 그래도 그는 할 말을 참지 못했다.

"이봐, 온전한 청년! 그쪽 어머니는 누구 앞에서 궁둥이를 흔들었길래 얼굴이 멀쩡한 거야?"

나는 그게 무슨 뜻인지 전혀 알 길이 없었기에 대꾸를 하지 않았다. 레이더가 다시 한번 힘없이 짖었다.

"저거 개예요, 아빠? 길들인 늑대 아니고요?"

남자는 대답 대신 아이의 어깨를 다시 한번 후려쳤다. 그러고는 나를 보고 비웃으며 손으로 나도 100퍼센트 이해하는 제스처를 취했다. 세계가 바뀌어도 달라지지 않는 게 있는 모양이었다. 나도 미국식으로 맞받아치고 싶었지만 참았다. 문제의 장애인이 자기 아들을 후려치고 내 엄마를 모욕하더라도 장애인을 디스하는 건 쓰레기 같은 짓이었다.

그가 둔탁한 목소리로 외쳤다.

"두 다리로 걸을 수 있어서 좋겠어, 온전한 청년! 오늘이 그쪽의 마지막 날이 되길!"

좋은 사람들과의 만남이 여행의 묘미이기도 하지. 나는 계속 걸음을 옮겼다. 그들은 이내 시야에서 사라졌다.

2

킹덤 로드를 독차지하고 걷다 보니 생각할 시간도, 의문을 제기할 시간도 많았다.

온전한 인간이라는 것만 해도 그랬다. 그들의 정체는 뭘까? 누구일까? 물론 나도 그중 한 명이었지만 온전한 인간들의 명부라는 게 있다면 나는 엠피스 출신이 아니었으니 이름 옆에 별표가 달려 있을 것이었다(이 세계에서 이 일대는 엠피스라고 불렸다. 우디가 설명하길 거인 해나는 크래치라는 데서 왔다고 했다). 우디가 온전한 인간들은 회색 병에 걸리지 않으니 내 경우에는 몸이 회색으로 변하거나 이목구비가 지워질 일은 없다고 안심시켜 줘서 고마웠다. 그날 아침에 식사를 하면서 나온 얘기였고, 그는 나더러 갈 길이 멀어서 일찍 나서야 한다며 더 이상 자세한 설명은 피했다. 내가 플라이트 킬러에 대해서 물었을 때도 그는 인상을 쓰고 고개를 저으며 자기 사촌 클로디아에게 더 자세한 이야기를 들을 수 있을 거라는 말만 반복했다. 나로서는 그걸로 만족하는 수밖에 없었다. 하지만 목발을 짚은 남자가 한 말은 시사하는 바가 있었다. *그쪽 어머니는 누구 앞에서 궁둥이를 흔들었길래 얼굴이 멀쩡한 거야?*

그리고 달라질 줄 모르는 회색 하늘도 궁금했다. 적어도 낮 동안은 계속 회색이지만 밤이 되면 가끔 구름이 걷히면서 그 사이로 달빛이 비칠 때가 있었다. 그러면 늑대들이 활동하기 시작했다. 달이 한 개도 아니고 2개가 서로 쫓고 쫓았으니 여기가 도대체 어디일까 하는 생각이 들었다. 나는 SF를 읽을 만큼 읽었기 때문에 평행세계와 다중현실이라는 개념을 알았지만, 유체 이탈하는 것처럼 느껴지는 지하의 그 통로를 지나는 순간 전혀 다른 차원으로 이동하는 게 아닐까 싶었다. 달이 2개였으니 여기가 머나먼 은하계의 어떤 행성일지 모른다는 가설에도 어느 정도 일리가 있었지만 이들은 외계 생명체가 아니라 인간이었다.

보디치 씨의 침대 옆 테이블에서 보았던, 별이 가득 담긴 깔때기가 표지로 쓰인 그 책이 생각났다. 내가 그 표지가 의미하는 세상의 모체 속으로 들어온 거라면 어떻게 되는 걸까? (비상식량과 레이더의 약과 폴리의 총과 함께 그 책도 챙겼더라면 얼마나 좋았을까.) 아주 어렸을 때 엄마, 아빠와 함께 보았던 「끝없는 이야기」라는 영화가 떠올랐다. 엠피스가 집단 상상으로 탄생된 그 영화 속의 판타지아와 같다면? 이 또한 융의 개념일까? 융의 철자도 모르는 내가 무슨 수로 알 수 있을까?

이런 것들에 대해 궁금해하는 와중에도 계속 떠오르는 건 좀 더 현실적인 고민이었다. 아빠에 대한 고민이었다. 아빠는 내가 사라진 걸 알아차렸을까? 아직 모를 수도 있지만 (그런 격언도 있다시피 모르는 게 약이다) 우디처럼 아빠도 직감을 느낄 수 있을지 몰랐다. 아이가 생기면 직감이 발달한다고 했다. 아빠는 전화를 걸었다가 내가 받지 않자 문자를 보냈을 것이다. 학교 일로 너무 바빠서 답이 없나 보다고 생각할 수도 있지만 그런 착각이 오래갈 수 없는 것이, 아빠도 알

다시피 나는 부재중 전화가 있으면 최대한 빨리 답을 하는 편이었다.

아빠에게 걱정을 안기는 건 싫었지만 어쩔 방법이 없었다. 나는 이미 결단을 내렸다. 게다가 솔직히 고백하자면 여기 있어서 좋았다. 즐거운 시간을 보내고 있다고 할 수는 없었지만 좋았다. 나는 수천 가지 질문의 해답을 찾고 싶었다. 다음 언덕과 모퉁이를 넘으면 뭐가 있는지 보고 싶었다. 남자아이가 악마가 사는 도시라고 했던 그곳을 두 눈으로 확인하고 싶었다. 해나와 밤의 병사들과 플라이트 킬러라고 불리는 인간인지 뭔지 모를 것도. 그리고 무엇보다 고그마고그가 무서웠지만 기대가 되기도 했다. 그리고 레이더 생각을 하지 않을 수 없었다. 그 아이에게 두 번째 기회를 선물할 수 있다면 시도해 보는 수밖에 없었다.

나는 양쪽 옆이 숲으로 막힌 곳에서 잠시 숨을 돌리며 점심을 먹기로 했다. 야생 동물은 한 마리도 보이지 않았지만 그늘이 많았다.

"뭐 좀 먹을래, 레이더?"

그날 아침에 레이더의 사료에 약을 넣지 않았기 때문에 뭐라도 좀 먹어 주길 바랐다. 나는 배낭에서 정어리 통조림을 꺼내 따고 냄새를 맡을 수 있게 레이더 쪽으로 통조림을 기울였다. 레이더는 코를 들었지만 일어나지는 않았다. 눈에서 나오는 그 끈적끈적한 분비물이 더 심해진 것을 알 수 있었다.

"얼른 오세요, 공주님. 너 이거 좋아하잖아."

경사진 리어카를 서너 걸음 내려왔을 때 레이더의 뒷다리에서 힘이 풀렸다. 레이더는 옆으로 주르륵 미끄러지며 아파서 외마디 비명을 질렀다. 땅바닥을 옆구리로 들이받고는 숨을 헐떡이며 고개를 들고 나를 올려다보았다. 얼굴 옆면이 흙범벅이었다. 그 모습에 가슴이 미어졌다. 녀석은 일어나려고 했지만 일어나지 못했다.

온전한 인간들도 회색인 인간들도 심지어 아빠마저 더는 생각나지 않았다. 그 모든 게 머릿속에서 지워졌다. 나는 먼지를 털어 내고 레이더를 안아서 도로와 우람한 나무 사이의 좁은 풀밭으로 옮겼다. 녀석을 거기 눕히고 머리를 쓰다듬어 준 다음 뒷다리를 살폈다. 양쪽 다 부러진 것 같지는 않았지만 내가 위쪽을 건드리자 녀석은 깽깽거리며 으르렁거렸다. 나를 물려고 그러는 게 아니라 아파서 그런거였다. 만져 본 바로는 별 이상이 없는 것 같았지만 엑스레이를 찍어 보면 관절이 퉁퉁 붓고 염증이 생겼을 거라고 장담할 수 있었다.

레이더는 물을 좀 마시고 정어리를 한두 덩어리 먹었지만…… 나를 안심시키느라 그런 거 같았다. 나도 입맛이 뚝 떨어졌지만 도라가 싸 준 토끼 고기 튀김과 쿠키 두어 개를 먹었다. 엔진에 연료를 공급해야 했다. 레이더를 조심스럽게 안아서 리어카로 다시 옮기는데 거친 숨소리가 들렸고 갈비뼈가 하나하나 만져졌다. 우디는 레이더에게 살날이 얼마 남지 않았다고 했다. 맞는 말이었지만 도라의 리어카에서 죽게 하려고 여기까지 레이더를 데려온 건 아니었다. 나는 손잡이를 잡고 다시 출발했다. 달리지는 않고(그랬다가는 방전될 것이었다) 빠른 속도로 걸었다.

"버텨 줘. 내일이면 상황이 나아질 수도 있으니까 나를 위해서 버텨 줘, 공주님."

레이더가 꼬리를 흔들자 꼬리가 리어카 바닥을 때리는 소리가 들렸다.

3

리어카를 끌고 킹덤 로드를 걷는 동안 하늘이 점점 어두워졌지만 비는 내리지 않았다. 그래서 다행이었다. 내 몸은 젖어도 상관없지만 레이더는 비를 맞으면 상태가 나빠질 텐데 덮어 줄 만한 게 아무것도 없었다. 게다가 폭우 때문에 길이 진창으로 바뀌면 리어카를 끌고 가기가 힘들어지거나 심지어 불가능해질 수도 있었다.

레이더가 바닥으로 떨어진 지 네댓 시간쯤 지났을 때 나는 가파른 언덕 꼭대기에서 잠깐 리어카를 멈췄다. 숨을 돌리기 위해서이기도 했지만 그보다는 단순히 경치를 감상하기 위해서였다. 저 멀리까지 대지가 이어지고 처음으로 도시의 탑들이 선명하게 보였다. 날이 흐려서 탑들이 동석(회색이나 짙은 녹색의 매끈매끈한 돌 ― 옮긴이)처럼 칙칙한 올리브색으로 보였다. 우뚝한 회색 성벽이 내 시야가 닿는 끝까지 양쪽으로 이어졌다. 아직은 거리가 있어서 정확한 높이를 알 수 없었지만 한가운데 달린 거대한 성문이 보이는 것만도 같았다. *저 문이 잠겨 있으면 진짜 엿되는데.* 나는 이런 생각이 들었다.

우디의 집에서 여기까지는 길이 구불구불했는데, 여기에서 도시의 성문까지는 일직선이었다. 몇 킬로미터 앞에서부터 숲이 뒤로 물러나기 시작했고 잡초로 덮인 벌판에서 버려진 리어카와 쟁기인가 싶은 것들이 보였다. 또 다른 것도 보였다. 어떤 교통 수단이 내 쪽으로 다가오고 있다는 것이었다. 나는 시력이 좋았지만 아직 거리가 멀어서 그게 뭔지 정체를 파악할 수는 없었다. 보디치 씨의 45구경 개머리판을 만졌다. 제대로 있는지 확인하기 위해서라기보다 마음의 안정을 찾기 위해서였다.

"레이더? 별일 없지?"

어깨 너머로 돌아보니 레이더가 리어카 앞쪽에서 나를 마주 보고 있었다. 다행이었다. 나는 손잡이를 잡고 다시 걷기 시작했다. 손바닥에 물집이 잔뜩 잡히기 시작해서 목장갑을 구할 수 있으면 여한이 없을 것 같았다. 젠장, 엄지장갑이라도 감지덕지였다. 그래도 당분간은 내리막길이었다.

2, 3킬로미터 정도 더 갔을 때(평지에 가까워지자 탑들이 우뚝한 성벽 뒤로 숨었다.) 나는 다시 걸음을 멈췄다. 이제 보니 어떤 사람이 대형 세발자전거를 타고 내 쪽으로 다가오고 있는 것 같았다. 우리 둘 사이의 간격이 점점 좁혀지자 자전거에 앉아 있는 사람이 여자이고 제법 빠른 속도로 달려오고 있다는 것을 알 수 있었다. 입고 있는 까만색 원피스가 사방으로 나풀거려서 「오즈의 마법사」가 다시 떠올랐다. 그중에서도 알미라 걸치(「오즈의 마법사」에서 도로시의 옆집에 사는 노처녀—옮긴이)가 잔뜩 찌푸린 캔자스의 하늘을 배경으로 자전거를 타고 등장해 자기를 문 토토를 데려가 안락사시키려고 하는 도입부의 흑백 장면이 연상됐다. 심지어 다가오는 세발자전거의 뒷자리에 나무 바구니까지 달려 있었다. 미스 걸치의 자전거 뒤편에 달려 있던 토토 크기의 바구니보다는 훨씬 컸지만.

"걱정 마, 레이더. 저 여자가 너를 어딘가로 데려가는 일은 없을 거야."

그녀가 바로 앞까지 다가오자 나는 걸음을 멈추고 욱신거리는 손을 쥐었다 폈다 했다. 내가 생각하는 그 인물이라면 친절하게 대할 준비를 하는 한편, 엠피스에 사는 사악한 마녀라면 나와 내 반려견을 방어할 준비를 했다.

여자가 세발자전거 바퀴를 뒤로 돌려 흙먼지를 사방으로 날리며 멈추어 섰다. 펄럭이던 치맛자락이 풀썩 내려앉았다. 치마 아래에 까만색의 튼튼한 레깅스를 입고 까만색의 큼지막한 부츠를 신고 있었다. 그녀에게는 도라의 새 신발이 필요가 없었다. 자전거를 타고 오느라 얼굴이 발그스레했고 회색의 기미가 전혀 보이지 않았다. 누가 물으면 40대 아니면 50대인 것 같다고 하겠지만 어림짐작이었다. 엠피스에서의 시간은 우리와 다르다. 노화도 마찬가지다.

"클로디아죠, 맞죠? 잠깐만요, 보여 드릴 게 있어요."

나는 배낭을 열고 황금 노커를 꺼냈다. 그녀는 보는 둥 마는 둥하며 고개만 끄덕이고는 핸들 위로 몸을 내밀었다. 손에 아주 탐나는 가죽 장갑을 끼고 있었다.

"나는 클로디아야! 그거 보여 주지 않아도 돼, 네가 온다는 꿈을 꿨으니까!"

그녀는 자기 관자놀이를 톡톡 두드리며 빽 하고 웃음을 터뜨렸다.

"꿈은 믿을 게 못 되지만 오늘 아침에 스냅을 봤거든! 비 아니면 친구가 온다는 신호지!"

그녀의 목소리는 찌렁찌렁 울리기만 하는 게 아니라 옛날 SF 영화에 나오는 사악한 컴퓨터처럼 높낮이가 없었다. 그녀는 사족이나 다름없는 설명을 덧붙였다.

"나는 소리를 듣지 못해!"

그녀는 고개를 돌렸다. 머리를 높게 틀어 올렸기 때문에 귀가 있으면 보였겠지만 보이지 않았다. 리아의 입이나 우디의 눈처럼 그 자리에는 흉터뿐이었다.

4

클로디아는 치맛자락을 추키고 자전거에서 내려 레이더를 살피려고 성큼성큼 리어카 앞으로 다가갔다. 가는 길에 내가 차고 있는 45구경 개머리판을 톡톡 두드렸다.

"보디치 거네! 기억나! 이 아이도 기억 나고!"

클로디아가 몸을 쓰다듬고 정말 좋아하는 방식으로 귀를 긁어 주자 레이더는 고개를 들었다. 클로디아는 물릴까 봐 조금도 겁이 나지 않는지 몸을 바짝 숙이고서 킁킁 냄새를 맡았다. 레이더는 그녀의 뺨을 핥았다.

클로디아는 나를 돌아보았다.

"애가 많이 아프네!"

나는 고개를 끄덕였다. 아니라고 할 도리가 없었다.

"그래도 우리가 계속 살려 놓으면 되지! 얘가 뭐 좀 먹으려나?"

나는 조금이라는 뜻에서 손을 좌우로 흔들었다.

"구화할 줄 아세요?"

나는 내 입을 토닥인 다음 그녀의 입을 가리켰다.

그녀는 쩌렁쩌렁한 목소리로 대답했다.

"별로 못 배웠어! 연습할 상대가 없어서! 얘한테 쇠고기 수프 먹이자! 그건 분명히 먹을 거야! 후딱 데려가자! 내 바구니에 태울까? 그럼 더 빨리 갈 수 있을 텐데!"

바구니에 태우면 레이더의 뒷다리가 아플 것 같다고 설명할 방법이 없었기에 나는 그냥 고개를 저었다.

"알았어, 하지만 후딱 따라와! 금방 종이 세 번 울릴 거거든! 그러면 일과

종료야! 빌어먹을 늑대들이 득시글거려, 알지!"

그녀는 큼지막한 자전거의 방향을 빙 돌린 다음 낑낑대며 올라탔다. 안장 높이가 최소 150센티미터였다. 클로디아가 페달을 천천히 밟았다. 나란히 갈 수 있을 만큼 길이 넓었기 때문에 레이더와 나는 그녀의 뒤에서 날리는 흙먼지를 피할 수 있었다.

그녀가 높낮이 없는 목소리로 외쳤다.

"6.5킬로미터야! 열심히 끌어, 젊은이! 내 장갑을 주고 싶은데 손이 너무 크네! 집에 도착하면 잘 듣는 약 발라 줄게! 내가 직접 만든 건데 효과가 끝내줘! 진짜 아프겠다!"

5

클로디아의 집에 거의 다다랐을 무렵에는 날이 점점 어두워지고 있었고 나는 기진맥진했다. 이틀 동안 도라의 리어카를 끌어 봤더니 미식축구 연습은 어린애 장난처럼 느껴졌다. 2, 3킬로미터쯤 떨어져 보이는 곳에서부터 근교라고 할 수 있는 것이 시작되는데, 사실 근교라는 단어는 어울리지 않았다. 도라가 사는 곳과 비슷한 오두막집으로 이루어져 있었지만 지붕들이 내려앉았다. 집들이 처음에는 조그만 마당이나 텃밭을 사이를 두고 띄엄띄엄 보이다가 성벽과 가까워지자 다닥다닥 이어졌다. 굴뚝이 달려 있었지만 연기가 피어오르는 굴뚝은 없었다. 도로와 골목길 여기저기에서 잡초가 싹트기 시작했다. 어떤 교통수단이(뭔지는 알 수 없었다) 대로 한가운데 서 있었다. 처음에는 화물을 옮기는 길쭉한 트럭인가 했다. 가까이 다가가서 보니 버스일 수도 있겠다는 생각이 들었다. 나는 그 차를 가리켰다.

클로디아가 쩌렁쩌렁하게 외쳤다.

"트램이야! 오래전부터 저기 저렇게 있었어! 힘내! 똥꼬에 힘을 줘!"

그건 생전 처음 듣는 응원이었다. 앤디 첸을 다시 만날 수 있다면 알려 주어야겠다는 생각이 들었다.

"거의 다 왔어!"

도시와 우리가 서 있는 지점 사이의 어느 먼 곳에서 일정한 간격을 두고 엄숙하게 종이 3번 울렸다. 뎅, 뎅, 뎅. 클로디아는 레이더가 귀를 쫑긋 세우고 소리가 들리는 쪽으로 고개를 돌리는 것을 보았다.

"종이 3번 울렸니?"

나는 고개를 끄덕였다.

"예전에는 종이 3번 울리면 일 그만하고 집에 가서 저녁 먹으라는 뜻이었어! 이제는 할 일도 없고 있다 한들 할 사람이 없는데도 종이 계속 울려! 내가 귀는 먹었어도 소리를 이로 느낄 수는 있거든, 폭풍이 칠 때는 특히 심하게!"

클로디아의 집은 덤불로 덮였고 더러운 거품이 떠 있는 연못 앞쪽의 잡초밭에 있었다. 어디에선가 주운 널빤지와 양철 조각으로 둥그스름하게 만든 집이었다. 어찌나 엉성해 보이던지 아기 돼지와 늑대 이야기를 다시금 떠올리지 않을 수가 없었다. 우디의 집은 벽돌집이었다면 클로디아의 집은 나뭇가지로 만든 집이었다. 짚으로 만든 집에서 살던 왕족이 있었을지 모르지만 잡아먹힌 지 오래이지 않을까 싶었다.

그 앞에 도착해 보니 죽은 늑대 서너 마리가 집 앞에 쓰러져 있고, 한 마리가 더 잡초 사이로 앞발을 내밀고 옆으로 누워 있었다. 그 녀석은 잘 보이지 않았지만 집 앞에 쓰러진 녀석들은 이미 많이 부패

돼서 남은 털가죽 사이로 흉곽이 삐져나왔다. 배고픈 까마귀들이 쪼아서 먹었는지 눈동자는 없었다. 밟아서 다져진 흙길로 접어들어 현관문까지 가는 동안 눈구멍만 나를 응시하는 느낌이었다. 다행히 곤충들의 세계와 달라서 늑대들의 몸집이 거대하지는 않았지만 제법 크긴 했다. 아니, 살아 있었을 때는 제법 컸을 것 같았다. 죽으면 극심한 다이어트에 돌입하는 건 모든 생명체의 숙명이지 않을까 싶다.

자전거에서 내리며 클로디아가 말했다.

"여건이 되면 쏴서 죽여! 대개는 멀리 쫓아내고! 냄새가 희미해지면 이씨부럴 것들을 몇 마리 더 쏴서 죽이지!"

왕족치고 입이 험하네. 나는 이런 생각이 들었다.

나는 리어카 손잡이를 내려놓고 그녀의 어깨를 두드린 다음 총집에서 보디치 씨의 리볼버를 꺼냈다. 묻는 의미에서 눈썹을 추어올렸다. 의미 전달이 될지 자신이 없었는데, 그녀는 알아들었다. 그녀가 활짝 웃자 이가 몇 군데 빠진 자리가 드러났다.

"아니, 아니, 그런 거는 없어! 석궁을 쓰지!"

그녀는 활을 드는 흉내를 냈다.

"내가 직접 만들었어! 그리고 그보다 훨씬 좋은 다른 무기도 있고! 저기저 아이가 강아지였던 시절에 에이드리언이 가져다 준 거!"

그녀는 문 앞으로 다가가 건장한 어깨로 밀어서 열었다. 나는 레이더를 리어카에서 내려 일으켜 세워 보려고 했다. 레이더는 일어나서 걸을 수 있었지만 돌계단이 등장하자 그 앞에서 걸음을 멈추고 도와 달라는 듯이 나를 쳐다보았다. 나는 레이더를 안아서 안으로 옮겼다. 집에는 둥그스름하고 널찍한 방이 하나 있었고 다홍색과 금색 실로 생기를 불어 넣은 파란색 벨벳 커튼 뒤에 작은 방이 숨어 있는 듯했다. 난로, 손바닥만 한 부엌, 공구가 흩뿌려진 작업대가 있었다. 작업대 위에는 완성 단계가 각기 다른 화살과 완성된 화살을 대여섯 개 담고 있는 고리버들 바구니가 있었다. 그녀가 기다란 성냥을 꺼내 2개의 등잔에 불을 붙이자 화살촉이 반짝거렸다. 나는 화살하나를 집어서 화살촉을 좀 더 자세히 들여다보았다. 금이었다. 그리고 뾰족했다. 집게손가락 끝으로 건드리자 당장 핏방울이 맺혔다.

"어이, 어이, 자해를 하려는 건 아니겠지?"

클로디아가 내 셔츠를 잡고 안쪽이 양철로 된 개수대 앞으로 끌고 갔다. 위에 수동 펌프가 달려 있었다. 그녀가 손잡이를 위아래로 몇 번 세게 움직여 물을 끌어 올리고 피가 나는 내 손가락을 얼음장처럼 차가운 물 아래에 갖다 댔다.

"그럴 것까지는……."

나는 뭐라고 말을 하려다 말고 그녀에게 그냥 몸을 맡겼다. 마침내 야단법석이 끝나자 놀랍게도 그녀가 상처 위에 입을 맞췄다.

"앉아! 쉬어! 저녁은 좀 있다 먹자! 이 녀석을 치료하고 그런 다음 네 손을 치료해야겠다!"

그녀는 난로 위에 주전자를 올려놓았다. 김이 날 정도는 아니고 따뜻해질 정도로 물이 끓자 개수대 아래에서 대야를 꺼내 물을 가득 채웠다. 한 선반의 어느 그릇에서 냄새가 고약한 뭔가를 꺼내 대야에 넣었다. 선반은 이런저런 물건들로 가득했다. 통에 담긴 것도 있고 무명천 같은 걸로 싸서 노끈으로 묶어 놓은 것도 있었지만 대부분 유리병에 담겨 있었다. 석궁은 벨벳 커튼 오른쪽 벽에 걸려 있는데, 장난이 아니었다. 전반적으로 이 집은 개척지의 보금자리를 닮았고 클로디아는 왕족이 아니라 정력적인 개척지 주민 같았다.

그녀는 냄새가 코를 찌르는 액체에 천을 담갔다가 짜서 들고, 미심쩍은 표정을 짓고 있는 레이더 옆에 쭈그리고 앉았다. 그 천을 시큰거리는 윗다리에 대고 가만히 눌렀다. 그러고는 희한하게 웅얼거렸는데, 아무래도 노래를 부른 게 아니었나 싶다. 그녀의 말소리는 우리 학교 스피커에서 들리는 방송처럼 시끄럽고 한 가지 음뿐이었지만 이번에 내는 소리는 위아래로 오르락내리락했다. 나는 레이더가 낑낑대며 도망치거나 심지어 그녀를 물 수도 있겠다고 생각했지만 아니었다. 녀석은 거칠거칠한 나무 바닥에 고개를 내려놓고 만족스러운 한숨을 내쉬었다.

클로디아가 레이더의 몸 아래로 손을 집어넣었다.

"아가, 몸 뒤집어 줘! 저쪽도 해야 하니까!"

레이더는 몸을 뒤집지 않고 그냥 벌러덩 드러누웠다. 클로디아는 천을 다시 적셔서 다른 쪽 뒷다리에 얹었다. 다 끝나자 천을 양철 개수대에 던지고 다른 천을 2개 더 꺼냈다. 그걸 적셔서 물기를 짜고는 나를 돌아보았다.

"손 내밀어, 젊은 왕자! 꿈속에서 우디가 너를 그렇게 부르던데!"

나는 왕자가 아니라 평범한 찰리라고 설명을 시도해 봐야 소용이 없다는 걸 알았기에 그냥 손을 내밀었다. 그녀는 내 손을 따뜻하고 축축한 천으로 감쌌다. 약 냄새가 코를 찔렀지만 통증은 당장 가라앉았다. 나는 그 느낌을 말로 표현할 수 없었지만 그녀가 내 표정을 읽었다.

"효과가 허벌나게 좋지! 할머니한테 만드는 법을 배웠어! 아까 그 트램이 울럼까지 운행되고 그 종소리를 듣는 사람들이 있던 시절에! 버드나무 껍질이 들어가지만 그건 시작에 불과하지! 시작에 불과하다고! 아가, 계속

그렇게 엎어 놓고 있어, 나는 참참이 좀 차릴게! 배고프겠다!"

6

메뉴는 스테이크와 껍질 콩이었고 디저트는 사과와 복숭아로 만든 코블러 비슷한 것이었다. 나는 엠피스에서 공짜 음식(참참이)을 배불리 먹고 있었고 클로디아는 내 접시가 비어 있게 내버려 두지 않았다. 레이더는 기름이 방울방울 떠 있는 쇠고기 수프를 한 국자 받았다. 그릇을 깨끗이 핥고 자기 턱도 깨끗이 핥은 다음 더 달라고 클로디아를 쳐다봤다.

"안 돼, 안 돼, 안 돼!"

클로디아는 우렁차게 외치며 허리를 숙여서 레이더가 좋아하는 방식으로 귓등을 긁어 주었다.

"요년아, 더 먹으면 당장 뒤로 질질 흘려서 먹은 보람이 하나도 없어져! 하지만 이건 괜찮겠지!"

식탁에 갈색 빵이 한 덩이 있었다. 그녀는 노동으로 단련된 튼튼한 손으로(그녀라면 그 리어카를 하루 종일 끌어도 물집 하나 잡히지 않을 것이다) 한쪽 귀퉁이를 뜯어낸 다음 바구니에서 화살을 하나 집었다. 그걸로 빵을 찌르고 난로 문을 열어 안에 넣었다. 빵이 더 까매졌고 여기에 불이 붙었다. 그녀는 생일 촛불 불듯 그걸 불어서 끄고 식탁 위의 사기 그릇에 담긴 버터를 손으로 덕지덕지 바른 다음 그 빵을 내밀었다. 레이더는 일어나 화살 끝에 달린 빵을 이빨로 물어서 구석으로 들고 갔다. 절뚝거림이 아까보다 괜찮아졌다. 보디치 씨도 클로디아의 약으로 찜질을 했다면 옥시콘틴을 생략할 수도 있었겠다는 생각이 들었다.

클로디아는 벨벳 커튼을 젖히고 내실로 들어가 메모지와 연필을 들고 왔다. 그걸 내게 내밀었다. 나는 연필에 찍힌 글자를 보며 파도처럼 밀려오는 비현실감을 느꼈다. **센트리 벌목협회 근정**이라는 글자가 남아 있었던 것이다. 메모지에는 남은 메모가 몇 장 없었다. 뒷면을 보니 희미해진 가격표가 붙어 있었다. **스테이플스 $1.99.**

"필요한 말이 있으면 여기 적어! 그럴 필요 없으면 고개를 끄덕이거나 젓고! 씨부럴 종이를 아껴야지! 에이드리언이 마지막으로 노이즈메이커를 들고 왔을 때 준 거고 남은 게 그거뿐이거든! 알겠지?"

나는 고개를 끄덕였다.

"에이드 개를 다시 젊어지게 하려고 온 거지?"

나는 고개를 끄덕였다.

"해시계로 가는 길을 찾을 수 있겠어, 젊은이?"

나는 메모지에 답을 적어서 클로디아에게 보여 주었다. *보디치 씨가 이니셜을 표시 삼아 남겼어요. 내가 생각하기에는 빵조각보다 훨씬 나은 방법이었다. 빗물에 씻겨 내려가면 얘기가 달라지지만.*

콜로디아는 고개를 끄덕인 다음 머리를 숙이고 곰곰이 생각에 잠겼다. 등잔 불빛에 비친 그녀의 얼굴을 보니 사촌 우디의 나이가 훨씬 많긴 하지만 둘이 확연하게 닮았다는 것을 알 수 있었다. 그녀는 오랜 세월 동안 육체 노동과 늑대 사냥을 하며 갈고 닦은 매서운 미모를 자랑했다. *망명 중인 왕족. 아기 돼지 3형제가 아니라 아기 왕족 3인방이네.*

마침내 그녀가 고개를 들고 말했다.

"위험해!"

나는 고개를 끄덕였다.

"어떻게 가서 어떻게 해야 하는지 우디한테 들었니?"

나는 어깨를 으쓱하고 적었다. 소리를 내면 안 된다고요.

그녀는 그게 뭐가 도움이 되겠느냐는 듯이 씩씩댔다.

"너를 계속 젊은이 아니면 젊은 왕자라고 부를 수는 없지! 왕자 같은 분위기를 조금 풍기긴 하지만! 이름이 뭐니?"

나는 *CHARLIE READE*라고 정자로 또박또박 적었다.

"샬리?"

그 정도면 비슷했다. 나는 고개를 끄덕였다.

클로디아는 난로 옆 상자에서 나무토막을 하나 집은 다음 난로 문을 열어서 나무토막을 쑤셔 넣고 문을 탁 닫았다. 다시 자리에 앉아서 깍지 낀 손을 무릎에 얹고 그 위로 몸을 내밀었다. 표정이 심각했다.

"내일 모든 일을 처리하려면 시간이 부족하겠어, 샬리. 그러니까 성문에서 조금 떨어진 곳에 있는 창고에서 하룻밤 자! 거기 보면 앞바퀴가 빠진 빨간색 마차가 있거든! 받아 적어!"

나는 창고, 바퀴 빠진 빨간색 마차라고 적었다.

"여기까지 좋아! 문이 열려 있겠지만 안에 빗장이 달려 있거든! 늑대 손님 만나기 싫으면 그걸로 잠가! 받아 적어!"

빗장 지를 것.

"아침 종소리가 들릴 때까지 거기 있어! 종소리는 한 번이야! 도시 성문이 잠겨 있겠지만 리아의 이름을 대면 열릴 거야! 갤리언의 리아! 받아 적어!"

나는 갤리온의 리아라고 받아 적었다. 그녀는 뭐라고 적었는지 보여 달라고 손짓하더니 미간을 찌푸리고는 연필을 달라고 손짓했다.

갤리온을 북북 지우고 갤리언이라고 고쳐 썼다.

"네가 사는 그쪽 세상에서는 아무도 맞춤법을 가르쳐 주지 않니?"

나는 어깨를 으쓱했다. 갤리온이든 갤리언이든 발음은 거의 같았다. 게다가 그 도시에 아무도 없다면 누가 내 말을 듣고 들여보내 주겠는가?

"아침 종이 울리자마자 빌어먹을 성문을 지나야 해! 왜냐하면 앞길이 빌어먹을 구만리거든!"

그녀는 이마를 문지르고 심란해하는 표정으로 나를 보았다.

"에이드가 남긴 표시가 보이면 별일 없을 거야! 그게 안 보이면 길을 잃어버리기 전에 나와! 거기 길이 미로거든! 해가 진 뒤에까지 그 지옥굴에서 헤매게 될 거야!"

나는 제가 시간을 되돌려 주지 못하면 레이더는 죽을 거예요! 라고 적었다.

그녀는 그걸 읽고 내 쪽으로 메모지를 밀었다.

"같이 죽을 수 있을 만큼 그 아이를 사랑하니?"

나는 고개를 저었다. 놀랍게도 클로디아는 노랫소리에 가까운 웃음을 터뜨렸다. 정적의 삶이라는 저주를 받기 전에 그녀의 목소리가 어땠을지를 미루어 짐작할 수 있는 흔적이었다.

"고귀한 대답은 아니지만 고귀하게 대답하는 사람들은 바지에 똥을 한 바가지 싸 놓고 요절하게 되어 있지! 맥주 한잔할래?"

나는 고개를 저었다. 그녀는 일어나 냉장고인가 싶은 곳을 뒤적이더니 흰색 병을 들고 돌아왔다. 구멍이 뚫린 코르크(공기가 통하라고 뚫어 놓은 모양이었다)를 엄지손가락으로 따서 길게 한 모금 마시고 낭랑하게 트림을 했다. 그녀는 다시 자리에 앉아서 무릎에 올려놓은 술병을 깍지 낀 손으로 감싸쥐었다.

"표시, 그러니까 에이드리언의 표시가 아직 남아 있으면 샬리, 최대한 빠르게 그리고 조용히 그걸 따라가! 절대 소리를 내면 안 돼! 무슨 목소리가 들리더라도 신경 쓰지 마! 죽은 사람들과…… 죽은 사람들보다 더 끔찍한 것들이 내는 목소리니까!"

죽은 사람들보다 더 끔찍한 것들? 어째 불길했다. 그리고 소리로 말할 것 같으면 나무로 된 도라의 리어카 바퀴가 포장도로와 부딪치면 소리가 날 수밖에 없었다. 레이더를 어느 정도까지는 걷게 하고 그 이후에는 안고 가야 할까?

"이상한 것들이 보이고…… 이런저런 것들의 모양이 바뀌겠지만…… 신경 쓰지 마! 계속 가다 보면 물이 마른 분수대가 있는 광장이 나올 거야!"

우디가 보여준 클로디아와 리아의 사진 속 그 분수대가 아닐까 싶었다.

"그 근처에 갈색 덧문이 달린 엄청 커다란 노란색 집이 있어! 한가운데로 통로가 나 있는! 거기가 해나의 집이야! 그 집의 한쪽 절반은 해나가 생활하는 곳이야! 나머지 절반은 식사를 하는 부엌이고! 받아 적어!"

내가 받아 적자 그녀가 메모지를 가져가 윗부분이 둥그스름한 통로를 그렸다. 그 위로 날개를 활짝 편 나비를 한 마리 그렸다. 잽싸게 대충 그린 것 치고 솜씨가 아주 훌륭했다.

"숨어야 해, 샬리! 네 개랑 같이! 저 아이가 조용히 있을 수 있을까?"

나는 고개를 끄덕였다.

"무슨 일이 있더라도?"

그건 장담할 수 없었지만 그래도 나는 다시 고개를 끄덕였다.

"종소리가 2번 들릴 때까지 기다려! 받아 적어!"

나는 종소리 *2번*이라고 적었다.

"종이 두 번 울리기 전에 해나를 밖에서 볼 수도 있고 못 볼 수도 있어!
하지만 해나가 점심을 먹으러 부엌으로 갈 때는 볼 수 있을 거야! 그때 통
로를 지나가야 해, 쥐 죽은 듯이 조용히! 받아 적어!"

그럴 필요는 없어 보였지만(해나가 지금까지 들은 것처럼 그렇게 무시무
시하다면 그 옆에서 얼쩡거리고 싶겠는가) 클로디아가 나를 너무 걱정하고
있었다.

"거기서 조금만 더 가면 해시계가 있어! 넓은 보도가 나오니까 알 수 있
을 거야! 쟤를 해시계 위에 올려놓고 거꾸로 돌려! 손으로! 명심해, 앞으로
돌리면 쟤가 죽어! 그리고 너는 멀찌감치 떨어져 있고! 받아 적어!"

시키는 대로 받아 적었지만 오로지 그녀를 안심시키기 위해서였
다. 나는 『사악한 것이 온다』를 읽었기 때문에 해시계를 잘못 돌리
면 어떻게 되는지 알고 있었다. 레이더에게 필요 없는 한 가지가 있
다면 나이를 먹는 것이었다.

"들어간 길 그대로 나오면 돼! 하지만 해나를 조심해! 통로를 지날 때 해
나 소리가 들리는지 귀를 쫑긋 세우고!"

나는 두 손을 들고 고개를 저었다. *그게 무슨 말인지 모르겠어요.*

클로디아는 섬뜩하게 미소를 지었다.

"그 거인 같은 년은 밥을 먹으면 항상 낮잠을 자거든! 그리고 코를
골아! 그 소리가 들릴 거야, 샬리! 천둥소리 같으니까!"

나는 그녀를 향해 양쪽 엄지를 들어 보였다.

"잽싸게 돌아와! 거리가 멀어서 시간이 부족할 거야! 종이 세 번 울릴 때
성문을 통과하지 않아도 되지만 그 직후에 릴리마르에서 빠져나와야 해!
해가 지기 전에!"

나는 메모지에 정자로 *밤의 병사들 때문에요?* 라고 써서 보여 주었다. 클로디아는 맥주로 목을 좀 더 축였다. 표정이 섬뜩했다.

"맞아! 그들 때문에! 이제 그거 지워!"

나는 지우고 그녀에게 보여 주었다.

"잘했어! 그 새끼들에 대해서는 말도 글도 아낄수록 좋아! 앞에 빨간색 마차가 있는 그 창고에서 하룻밤을 지내! 아침 종소리가 들리면 거기서 나와! 여기로 돌아와! 받아 적어!"

나는 받아 적었다.

"이제 끝났다. 이제 얼른 자. 피곤할 테고 내일 먼 길을 가야 하니까!"

나는 고개를 끄덕이고 메모지에 뭐라고 적었다. 한 손으로 그 메모지를 들고 다른 손으로는 그녀의 손을 잡았다. 메모지에는 큼지막하게 **고맙습니다,** 라고 적혀 있었다.

"아냐, 아냐, 아냐!"

그녀는 내 손을 꼭 쥐더니 갈라진 입술 쪽으로 들고 가서 입을 맞췄다.

"나는 에이드를 사랑했어! 여자가 남자를 사랑하듯이 아니라 여동생이 오빠를 사랑하듯! 내가 너를 사지로…… 아니면 그보다 더 끔찍한 지옥으로 보내는 건 아니길 바랄 뿐이야!"

나는 웃으며 걱정 말라는 뜻에서 양쪽 엄지손가락을 들어 보였다. 물론 걱정이 안 될 수는 없었지만.

7

궁금한 게 많았지만 더 아무것도 묻지 못했을 때 늑대들의 합창이 시작됐다. 여럿이 발악하듯이 울부짖었다. 오그라든 두 널빤지 사이 틈새로 반짝이는 달빛이 보였고, 온 집이 흔들릴 정도로 세게 쿵 하고 옆면에 뭔가가 부딪치는 소리가 들렸다. 레이더가 짖으며 귀를 쫑긋 세우고 일어났다. 쿵 하는 소리가 한 번 더, 다시 한번 더 들리더니 잠시 후에는 동시에 두 군데에서 들렸다. 클로디아의 선반에서 유리병이 하나 떨어졌고 피클 국물 냄새가 번졌다.

나는 보디치 씨의 총을 꺼내며 생각했다. 입김으로 콧김으로 이 집을 날려 버릴 테다.(『아기 돼지 3형제』에서 늑대가 돼지들의 집을 무너뜨리려고 할 때 하는 말이다 ─ 옮긴이)

"아냐, 아냐, 아냐!"

클로디아가 쩌렁쩌렁하게 외쳤다. 그녀는 재미있어 하는 듯한 표정을 짓고 있었다.

"따라와, 찰리, 에이드리언의 선물이 뭔지 보여 줄게!"

그녀는 벨벳 커튼을 젖히고 내게 안으로 들어가라고 손짓했다. 이 집의 널찍한 거실은 깔끔했다. 침실은 그렇지 않았다. 너저분했다고까지 표현하고 싶지는 않지만…… 사실 그랬다. 2장의 누비이불은 헝클어진 채 젖혀져 있었다. 바지, 치마, 면으로 된 속바지와 속치마처럼 보이는 속옷들이 바닥 곳곳에 흩뿌려져 있었다. 그녀는 옷을 발로 차 가며 침실 맨 안쪽까지 앞장섰다. 그녀가 뭘 보여 주려고 하는지 몰라도 나는 밖에서 펼쳐지는 늑대들의 공격에 더 신경이 쓰였다. 이제는 이 허술한 나무집을 거의 쉴 새 없이 두드리고 있었으니 정말로 공격이라고 할 수 있었다. 달이 구름에 가려지더라도 공격이 멈추지 않을 것 같았다. 녀석들은 피 맛을 보지 못해 안달이 나 있었다.

클로디아가 문을 열자 내 세상에서 건너온 것이 분명한 자연 발효 화장실이 모습을 드러냈다. 그녀가 말했다.

"변소야! 밤중에 갈 일이 있으면 여길 쓰라고! 내 걱정은 할 것 없어! 나는 잠들었다 하면 염병할, 누가 업어 가도 모르니까!"

귀가 먹었으니 그러고도 남을 테지만 늑대들이 집 안으로 쳐들어오면 화장실이고 뭐고 필요가 없을 듯했다. 오늘 밤은 물론이고 영원히. 내 느낌상으로는 밖에서 수십 마리가 난리를 부리고 있는데, 클로디아는 「러브 하우스」를 찍고 있었다.

"이제 여길 봐!"

클로디아는 손바닥의 불룩한 부분으로 변기 옆에 달린 벽판을 밀었다. 옆면에 ACDelco 스티커가 붙여진 차량용 배터리가 안에 들어 있었다. 단자에 점프 스타트용 집게가 꽂혀 있었다. 여러 가닥의 케이블이 일종의 전력 변환기에 연결되어 있었다. 변환기에서 나온 다른 케이블은 평범한 전등 스위치처럼 보이는 것에 연결되어 있었다. 클로디아가 씩 웃었다.

"에이드리언이 선물한 건데, 씨부럴 늑대들이 이걸 얼마나 질색하는지 아니?"

겁쟁이는 선물만 가져다주고 그만이지만.

그녀가 스위치를 올렸다. 50배 아니면 100배쯤 증폭된 차량 경보기 소리가 벼락처럼 쏟아졌다. 나는 손으로 귀를 막았다. 이러다 클로디아처럼 귀가 먹는 건 아닌가 싶었다. 10초에서 15초라는 긴 시간이 흐른 뒤에 그녀가 스위치를 내렸다. 나는 조심스럽게 손을 뗐다. 거실에서 레이더가 미친 듯이 짖고 있었지만 늑대들의 공격은 멈췄다.

"스피커가 6개야! 그 씨부럴 새끼들은 꽁지에 불이라도 붙은 것처럼 숲

속으로 도망치고 있을걸? 어떠니, 샬리? 네가 듣기에도 엄청 시끄러워?"

나는 고개를 끄덕이고 내 귀를 토닥였다. 이 세상의 어느 누구도 그 경보음 일제 사격을 버틸 수는 없었다.

"나도 들을 수 있으면 좋겠는데! 하지만 이로 느낄 수 있긴 해! 하!"

나는 메모지와 연필을 계속 들고 있었다. 거기에 이렇게 써서 들어 보였다. *배터리 수명이 다 되면 어떡해요?*

그녀는 고민하더니 웃으며 한 손으로 내 뺨을 토닥였다.

"내가 숙식을 제공하고 있으니까 네가 배터리 하나 가져다 줘! 공평하지, 젊은 왕자? 맞네!"

8

나는 도라의 집에서 그랬던 것처럼 난로 옆에 누웠다. 그날 밤에는 뒤척이며 현재 상황을 고민할 겨를이 없었다. 클로디아가 베개 대신 준 수건 더미에 머리를 대자마자 기절해 버렸다. 2초 뒤에(내 느낌상으로는 그랬다) 그녀가 나를 흔들어 깨웠다. 그녀는 나비 아플리케가 달린 긴 외투를 입고 있었다. 이번에도 도라의 작품이었다.

"왜요? 저 좀 잘게요."

"안 돼, 안 돼, 안 돼!"

그녀는 귀가 먹었을지 몰라도 내가 뭐라고 말했는지 완벽하게 알아차렸다.

"일어나, 샬리! 아직 갈 길이 멀어! 일하러 나가야지! 그리고 보여 주고 싶은 게 있거든!"

나는 반듯하게 누우려고 했지만 그녀가 나를 다시 일으켜 앉혔다.

"네 개가 기다리고 있어! 나는 1시간쯤 전부터 기다리고 있었어! 네 개도 그렇고! 약을 다시 발라 줬더니 애가 아주 팔팔해! 봐!"

레이더가 그녀의 옆에 서서 꼬리를 흔들고 있었다. 나와 시선이 마주치자 녀석은 내 목에 코를 박고서 뺨을 핥았다. 나는 일어섰다. 다리가 욱신거렸고 팔과 어깨는 더 심했다. 나는 어깨를 돌리고 앞으로 열댓 번 으쓱거렸다. 시즌 전에 미식축구 연습을 할 때 몸 푸는 동작이었다.

"가서 씻어! 나는 뜨끈하게 먹을 것 준비할 테니까!"

나는 그녀가 노란색의 단단한 비누와 함께 대야에 따뜻한 물을 받아놓은 조그만 화장실로 들어갔다. 소변을 보고 얼굴과 손을 씻었다. 벽에 자동차 백미러 크기의 조그맣고 네모난 거울이 달려 있었다. 긁힌 자국투성이에 지저분했지만 허리를 숙이니 얼굴을 볼 수 있었다. 나는 허리를 펴고 나가려고 몸을 돌렸다가 거울을 다시 한번 좀 더 유심히 들여다보았다. 밤색인 내 머리색이 조금 옅어진 것 같았다. 원래 여름에 며칠 동안 햇빛을 쪼이면 옅어졌지만 여기에서는 낮게 드리워진 구름이라면 모를까, 해는 본 적이 없었다. 밤에 구름이 흩어지면 그 사이로 달빛이 보인 적은 있지만.

하나뿐인 등잔 불빛과 조그맣고 부연 거울 때문에 그렇게 보인 모양이라고 대수롭지 않게 넘겼다. 다시 거실로 나가자 그녀가 두툼하게 썰어서 두 사람 분량의 스크램블드에그로 감싼 빵을 내밀었다. 나는 게 눈 감추듯 먹어 치웠다.

그녀가 내 짐을 건넸다.

"안에 물이랑 시원한 차 넣었어! 종이랑 연필도! 만일의 경우에 대비해서! 끌고 온 리어카는 여기 두고 가!"

나는 고개를 저으며 손잡이를 잡는 흉내를 냈다.

"안 돼, 안 돼, 안 돼! 그건 여기 두고 내 세발자전거 타고 다녀와!"

"그 세발자전거를 끌고 갈 수는 없어요!"

그녀는 이미 몸을 돌렸기 때문에 내 말을 듣지 못했다.

"나가자, 샬리! 조만간 동이 틀 거야! 이 순간은 놓치면 안 되지!"

나는 그녀를 따라가며, 문을 열었을 때 굶주린 늑대 일당이 기다리고 있지만은 않길 바랐다. 늑대는 없었고 전날에 남자아이가 악마가 사는 도시라고 했던 방향에서 구름 사이로 점점이 흩어진 별이 보였다. 킹덤 로드 옆에 클로디아의 대형 세발자전거가 세워져 있었다. 뒷좌석에 놓인 큼지막한 바구니 안에 플리스로 보이는 하얀색의 부드러운 천이 깔려 있었다. 거기가 레이더의 자리였다. 레이더를 리어카에 태워서 끌고 가는 것보다 세발자전거를 타고 가는 편이 더 쉽고 빠르겠다는 것을 알 수 있었다. 하지만 그보다 좋은 게 하나 더 있었다.

클로디아가 허리를 숙여서 등잔불로 초대형 앞바퀴를 비췄다.

"이 타이어도 에이드한테 받은 거야! 고무! 내가 들은 적은 있지만 처음 봤어! 너희 세계에서 온 요술이야, 샬리, 조용한 요술!"

이로써 확실해졌다. 단단한 바퀴가 자갈 길에 부딪치면서 내는 소리를 걱정할 필요가 없었다.

나는 자전거를 가리켰다. 그리고 나를 가리켰다. 심장 위쪽 가슴을 토닥였다.

"꼭 반납할게요, 클로디아. 약속해요."

"나중에 돌려줄 거지, 젊은 샬리 왕자? 믿어 의심치 않는다!"

그녀는 내 등을 토닥이더니 아무 거리낌 없이 내 엉덩이를 찰싹 때렸다. 하크니스 코치님이 내게 수비나 대타를 맡기려고 내보낼 때 그랬던 게 생각났다.

"이제 빛나는 하늘을 바라봐!"

나는 하늘을 보았다. 별빛이 희미해져 가는 가운데, 릴리마르 도시를 덮은 하늘이 예쁜 복숭아빛으로 물들었다. 열대 지방에서 동이 틀 때 그런 색으로 물들지 모르겠지만 나는 평생 그런 색을 본 적이 없었다. 레이더는 우리 사이에 앉아서 고개를 들고 공기 냄새를 맡았다. 눈에서 나오는 끈적끈적한 분비물과 홀쭉해진 몸만 빼면 전혀 아무 이상 없다고 착각할 수도 있을 것 같았다.

"뭘 찾는 거예요?"

클로디아는 내가 말하는 걸 보지 못했기 때문에 아무 대답도 하지 않았다. 그녀는 도시 쪽을 보고 있었다. 탑과 3개의 우뚝한 첨탑이 점점 밝아 오는 하늘을 배경으로 시커멓게 서 있었다. 멀리서 보아도 유리로 된 첨탑의 분위기가 마음에 들지 않았다. 형태 때문에 여러 개의 얼굴이 우리를 쳐다보고 있는 것처럼 느껴졌다. 나는 착시 현상이라고, 고목의 옹이구멍이 벌린 입처럼, 구름이 용처럼 보이는 것과 마찬가지라고 나 자신을 설득하려고 했지만 소용없었다. 소용이 눈곱만큼도 없었다. 저 도시 자체가 고그마고그일지 모른다는 (황당한) 생각이 머릿속에서 스멀스멀 고개를 들었다. 지각을 갖추고서 지켜보는 사악한 악마. 거기로 접근해야 한다니 겁이 났다. 리아의 이름을 대고 성문을 통과해야 한다니 무서웠다.

나는 속으로 중얼거렸다. *보디치 씨도 들어갔다가 나왔잖아. 너도 할 수 있어.*

하지만 과연 그럴 수 있을지 의심스러웠다.

그때 종이 길고 낭랑한 쇳소리를 내며 울렸다. 뎅.

레이더가 일어나 소리가 들린 쪽으로 한 걸음 다가갔다.

"첫 번째 종이 울렸니, 샬리?"

나는 손가락 하나를 들어 보이며 고개를 끄덕였다.

종소리가 아직 허공에 남아 있었을 때 초대형 바퀴벌레나 빨간색의 커다란 귀뚜라미보다 훨씬 더 놀라운 현상이 벌어졌다. 블라인드를 내리는 게 아니라 올리는 것처럼, 도시 바깥쪽에 옹기종기 모여 있는 판잣집과 오두막집을 덮은 하늘이 어두워지기 시작했다. 나는 순간 태양이나 달이 아니라 지구가 그림자로 가려지는 희한한 현상인가 싶어 클로디아의 팔을 부여잡았다. 잠시 후에 종소리가 완전히 사라지자 어둠이 수천 새의 틈새로 갈라져 그 사이로 햇빛이 펄떡이며 계속 바뀌었다. 여러 가지 빛깔이 보였다. 검은색과 금색, 하얀색과 주황색, 푸르스름한 자주색 중에서도 가장 짙은 색.

그건 제왕나비 떼였다. 크기는 참새만 하지만 워낙 야리야리하고 찰나적이라 아침 햇살이 그들을 감싸는 것을 넘어 뚫고 나왔다.

"엠피스 만세!"

클로디아가 외치며 우리 위로 떠오르는 생명의 범람을 향해 두 손을 들었다. 그 범람이 도시의 스카이라인을 봉쇄하고 내가 보았다고 생각한 얼굴들을 차단했다.

"갤리언 만세! 그들이 다시 그리고 영원히 다스리길!"

그녀의 목소리가 쩌렁쩌렁하게 울렸지만 내 귀에는 거의 들리지 않았다. 그 자리에서 꼼짝할 수 없었다. 평생 그렇게 희한하도록 비현실적이고 아름다운 광경은 처음이었다. 나비 떼가 하늘을 시커멓게 뒤덮으며 어딘지 모를 곳을 향해 우리 위를 날아갔고, 나는 그들

의 날개가 일으킨 바람을 느끼며 마침내 이 다른 세상의 현실을, 엠
피스의 현실을 완전하게 전적으로 받아들였다. 내가 있었던 곳이 가
상의 세계였다.

여기가 현실이었다.

<2권에서 계속>

옮긴이 | 이은선

연세대학교에서 중어중문학을, 국제학대학원에서 동아시아학을 전공했다. 편집자, 저작권 담당자를 거쳐 전문 번역가로 활동 중이다. 옮긴 책으로는 스티븐 킹의 『11/22/63』, 『닥터 슬립』, 『리바이벌』, 빌 호지스 3부작 (『미스터 메르세데스』, 『파인더스 키퍼스』, 『엔드 오브 왓치』), 『악몽을 파는 가게』, 『자정 4분 뒤』, 『악몽과 몽상』, 『아웃사이더』, 『인스티튜트』, 『피가 흐르는 곳에』를 비롯하여 『실크하우스의 비밀』, 『모리어티의 죽음』, 『맥파이 살인 사건』, 『그레이스』, 『도둑 신부』, 『아킬레우스의 노래』, 『키르케』 등이 있다.

페어리 테일 1

1판 1쇄 펴냄 2023년 9월 8일
1판 2쇄 펴냄 2023년 10월 3일

지은이 | 스티븐 킹
옮긴이 | 이은선
발행인 | 박근섭
편집인 | 김준혁
책임편집 | 정미리
펴낸곳 | 황금가지

출판등록 | 2009. 10. 8 (제2009-000273호)
주소 | 06027 서울 강남구 도산대로 1길 62 강남출판문화센터 5층
전화 | 영업부 515-2000 **편집부** 3446-8774 **팩시밀리** 515-2007
홈페이지 | www.goldenbough.co.kr

도서 파본 등의 이유로 반송이 필요할 경우에는 구매처에서 교환하시고
출판사 교환이 필요할 경우에는 아래 주소로 반송 사유를 적어 도서와 함께 보내주세요.
06027 서울 강남구 도산대로 1길 62 강남출판문화센터 6층 민음인 마케팅부

© 황금가지, 2023. Printed in Seoul, Korea
ISBN 979-11-7052-313-0 04840
ISBN 979-11-7052-315-4 04840(set)

㈜민음인은 민음사 출판 그룹의 자회사입니다.
황금가지는 ㈜민음인의 픽션 전문 출간 브랜드입니다.